MW01251408

Santiago García-Clairac

El Ejército Negro

I. El reino de los sueños

A mi hijo Roberto Santiago y su esposa Cristina Alcázar.

A todos los que se sienten diferentes.
A todos los que tienen sueños que les ayudan a mejorar.
A todos los que quieren lo mejor para los demás.

Esta obra ha sido publicada con una subvención
de la Dirección General del Libro, Archivos
y Bibliotecas del Ministerio de Cultura.

www.elejercitonegro.com

Dirección editorial: Elsa Aguiar
Coordinación editorial: M.ª Carmen Díaz-Villarejo
Diseño de cubierta: Juan Pedro Cantero
Ilustraciones: Marcelo Pérez

Impresores, 15
Urbanización Prado del Espino
28660 Boadilla del Monte (Madrid)
www.grupo-sm.com

CENTRO INTEGRAL DE ATENCIÓN AL CLIENTE
Tel.: 902 12 13 23
Fax: 902 24 12 22
e-mail: clientes@grupo-sm.com

ISBN: 84-675-1153-2
Depósito legal: M-35.901-2006
Preimpresión: M.T. Color & Diseño
Impreso en España / *Printed in Spain*
Imprime: Rotapapel S.L.

Vivimos en dos mundos.
En el de la realidad forjamos nuestro carácter,
mientras que en el reino de los sueños descubrimos
lo mejor de nosotros mismos.

Libro primero

La fundación

I
ARQUIMAES, EL SABIO DE LOS SABIOS

La primera página de la leyenda de Arturo Adragón, el valiente caballero que lideró un ejército increíble y fundó un mítico reino de justicia, libre de guerras, tiranía y brujería, se escribió una noche, cuando veinte soldados a caballo invadieron la calle principal de la aldea de Drácamont.

Envueltos en gruesas capas de paño, armados hasta los dientes, pertrechados con cota de malla, yelmos y escudos, estos jinetes venían para cumplir una misión que solo podía realizarse al amparo de la oscuridad, que es cuando se llevan a cabo las mayores infamias.

Las calles fangosas y encharcadas estaban solitarias. Los perros que se cruzaron en su camino huyeron en silencio, como presintiendo el peligro. Las ratas, para no toparse con ellos, optaron por abandonar los restos de comida podrida y se refugiaron en sus oscuros agujeros. El olor a muerte les acompañaba.

Los soldados sabían que, a pesar de su sigilo, los habitantes del insignificante pueblo de Drácamont los espiaban a través de las puertas y ventanas entreabiertas, pero estaban tan seguros de su poder que no les preocupaba.

Haber llegado hasta aquí sin ser detectados por los hombres del rey Benicius, en cuyas tierras habían penetrado clandestinamente, había sido la parte más difícil del trabajo. Eran conscientes de que sus vidas corrían peligro, pero la paga y los juramentos de fidelidad incluían este tipo de riesgos.

Por su parte, los humildes campesinos de Drácamont prefirieron ignorar su presencia. Habían aprendido que era mejor no enfrentarse con ellos. Por eso pidieron al cielo que, en esta oscura y sucia noche que no presagiaba nada bueno, volvieran a salir lo antes posible de la comarca.

–Dentro de poco volveremos a casa –les informó el capitán Cromell–. Si todo sale bien habrá una buena recompensa para todos.

Mientras, en las afueras de la aldea, cerca del cementerio, en el interior de un viejo torreón, había una gran actividad.

A salvo de miradas indiscretas, y con las ventanas cerradas para evitar que la luz de las velas llamara la atención, los ayudantes de Arquimaes, el alquimista, trabajaban frenéticamente.

Arturo, su joven discípulo, vertió un líquido negro y viscoso, que parecía tener vida propia, dentro de un pequeño frasco de cristal, en el que su maestro sumergió la pluma de acero; la impregnó de tinta y comenzó a escribir sobre el curtido pergamino amarillento que se extendía ante él.

Con pulso firme y delicado, Arquimaes dibujó unas preciosas letras que distribuyó en líneas rectas y formó un conjunto armonioso, ordenado y lleno de misterio. Un texto encriptado que ningún mortal podría descifrar, ya que estaba escrito en un lenguaje secreto inventado por el propio Arquimaes, como solían hacer todos los alquimistas cuando querían proteger sus inventos.

De repente, el silencio se rompió y la noche se llenó de ruidos alarmantes: el aleteo de varios pájaros que levantan el vuelo apresuradamente, cascos de caballos que golpean el suelo empedrado, gritos que ordenan y dirigen a los soldados...

A partir de ese momento, el caos se apoderó de la oscuridad y, antes de que los habitantes del torreón tuvieran tiempo de reaccionar, el inquietante ruido de armaduras, espadas y escudos chocando entre sí violentamente, les hizo comprender que el peligro se abatía sobre ellos. El sonido del acero siempre era peligroso.

Arquimaes dejó de escribir cuando la puerta de su gabinete se abrió de golpe, y una ola de aire gélido penetró, acompañada de varios soldados que lanzaban gruñidos mientras empujaban y aprisionaban a los ayudantes.

–¡Que nadie se mueva! –rugió el capitán Cromell, con la espada en alto y el rostro enfurecido–. ¡Cumplimos órdenes del conde Eric Morfidio!

El impulsivo Arturo intentó impedir la entrada de los soldados, sin darse cuenta de que su corta edad no iba a suponer ningún obstáculo para aquellos curtidos guerreros, habituados a pelear contra todos los que se enfrentaran con ellos, tuvieran la edad que fuese.

–¿Qué hacéis? –gritó dando un paso hacia los intrusos, enfrentándose al capitán, que ya le miraba con rabia–. ¡No podéis entrar aquí!

¡Este lugar es sagrado! ¡Es el laboratorio de Arquimaes! ¡Está bajo la protección del rey Arco de Benicius y estamos en sus dominios!

La espada de un soldado se alzó, dispuesta a golpear, pero una poderosa voz se lo impidió en el último momento:

–¡Quieto! ¡No hemos venido aquí a matar a nadie! A menos que haga falta...

El conde Morfidio, que acababa de entrar, salvó la vida del muchacho con su oportuna orden. El robusto noble de pelo alborotado y espesa barba gris se dirigió lentamente hacia Arquimaes, que observaba la escena en silencio, mientras los hombres armados se mantenían en estado de alerta, dispuestos a abalanzarse sobre el primero que se atreviera a moverse.

–Alquimista, es mejor que tus hombres no opongan resistencia –le advirtió en tono amenazador–. Ya sabes que no tengo mucha paciencia.

–¿Qué quieres, conde? –inquirió el sabio, usando un tono de rebeldía que inquietó a los presentes–. ¿Qué manera es esta de entrar en casa de un hombre de paz? ¿Acaso te dedicas ahora a atacar a gente inocente?

–Sabemos que haces magia. Hemos recibido denuncias contra ti y tus ayudantes. Si la acusación se confirma, morirás en la hoguera.

–¿Magia? Aquí la única magia que hacemos es crear medicinas para curar a los enfermos –respondió sarcásticamente Arquimaes.

–Me han llegado rumores de que has hecho un descubrimiento importante. Vendrás conmigo a mi castillo y permanecerás bajo mi tutela.

–Estoy amparado por Arco de Benicius –respondió Arquimaes–. ¡No iré a ningún sitio!

–Sabes que tarde o temprano confesarás tu delito. Esa fórmula secreta que tan bien ocultas es una traición –sentenció Morfidio.

–No he hecho ningún descubrimiento que atente contra las leyes de la ciencia...

–Eso lo decidiré yo, alquimista maléfico. No permitiré que tu invento caiga en manos inadecuadas –insistió Morfidio, mientras observaba atentamente el tintero que Arquimaes acababa de utilizar–. Tratas de conspirar contra mí y contra tu señor, el rey Benicius...

–¡Yo no conspiro contra nadie!

–... y una vez que te encuentres bajo mi tutela me explicarás todos los detalles... Veo que la pluma está manchada de tinta fresca –dijo, cogiéndola con la mano y agitándola, dejando caer algunas gotas al suelo–. ¿Qué estabas escribiendo?

–Aunque te lo dijera, no te serviría de nada –argumentó Arquimaes, en un inútil intento de hacerle desistir–. No existe ningún descubrimiento maléfico ni demoníaco... Yo no soy un brujo ni un hechicero. ¡Soy un alquimista!

–¡Mi señor no te entregará ninguna fórmula! –rugió Arturo, rojo de indignación.

Cromell lanzó un potente puñetazo en el estómago de Arturo que le hizo caer de rodillas, impidiéndole terminar su frase. Morfidio, seguro de sí mismo, se acercó al sabio y, después de dar una patada a una silla, le dijo en voz baja, como susurrando.

–No me provoques, traidor. Si insistes en desafiarme, verás cómo todos tus criados, incluyendo este joven impetuoso, caen degollados a tus pies.

Arquimaes leyó en los ojos del salvaje conde y comprendió que solo buscaba una excusa para llevar a cabo su amenaza. Todo el mundo sabía que Morfidio era tan sanguinario como una de esas bestias que salían de noche a buscar carne humana y que cualquier ocasión era buena para saciar su apetito.

–¡Preferimos morir antes que doblegarnos a tu petición! –gritó Arturo desde el suelo–. ¡Defenderé a Arquimaes con mi propia vida, si es necesario!

–Eso se puede arreglar en seguida, muchacho –aseguró Morfidio, sujetando con fuerza a Arturo, que aún tenía dificultades para respirar–. ¡Abre los ojos, Arquimaes, y verás que no estoy jugando!

Desenvainó su daga y de un rápido movimiento la clavó en el estómago de Arturo, con la misma frialdad que si estuviera trinchando un pedazo de carne en un banquete.

Arquimaes miró horrorizado cómo el cuerpo de su ayudante caía al suelo, haciendo un ruido contundente.

–¡Esto te demostrará que hablo en serio! –añadió el conde, señalándole con la punta de la daga ensangrentada–. Ahora, si puedes, sálvale la vida con tus medicinas y piensa en la ventaja de contarme tu secreto. ¡Tú serás el próximo!

–¡Eres una alimaña, conde Morfidio! –respondió Arquimaes, según abrazaba a Arturo, taponando la grave herida, que sangraba abundantemente–. ¡Desde aquí invoco a las fuerzas del bien para que se enfrenten a tu maldad! ¡Que ellas te den tu merecido!

El conde invasor dibujó una siniestra sonrisa para dejar claro que las maldiciones no le afectaban. Él era un hombre de acción y siempre conseguía lo que deseaba.

–¡En nombre de mi autoridad, todo esto queda requisado! –ordenó–. ¡Soldados, coged todas las pertenencias de este hombre y llevadlas a la fortaleza!

–¡No toquéis nada! –gruñó Arquimaes, presa de la indignación–. ¡La peor de las maldiciones caiga sobre aquel que se atreva a desplazar un solo objeto!

Los soldados se quedaron quietos, temerosos de que la amenaza de Arquimaes se cumpliera. Entonces, Eric Morfidio dio un paso hacia delante, y después de golpear varios objetos con su espada, colocó la afilada punta sobre la garganta del alquimista y presionó hasta el límite en que el acero podía perforar la piel.

–Insisto en que vengas de buen grado a mi castillo. A menos que prefieras unirte a tu criado.

Los soldados, al ver el arrojo de su señor, decidieron obedecer la orden y obligaron a los criados a colocar todas las pertenencias dentro de los carros.

En poco tiempo, el laboratorio estaba casi vacío y todos los libros y pergaminos que el alquimista había ido rellenado pacientemente a lo largo de varios meses quedaron en poder del conde. Las fórmulas de medicamentos y otros descubrimientos acababan de pasar a manos ambiciosas.

Por primera vez, el alquimista temió que Morfidio pudiera hacerse con la fórmula secreta y un escalofrío le recorrió el cuerpo. Solo de pensar que tal cosa pudiera ocurrir le estremecía.

–¡Matad a estos hombres! ¡No quiero testigos! –rugió Morfidio, mientras atravesaba el cuerpo de un criado con su larga espada–. ¡Y arrojad sus cuerpos al río!

Los soldados se lanzaron sobre los otros dos ayudantes, que ni siquiera opusieron resistencia, los ensartaron con sus afiladas armas y acabaron con sus vidas en pocos segundos. Aterrorizado, el sirviente más anciano intentó escapar escaleras abajo, hacia el exterior, pero Cromell salió en su persecución, dando gritos y lanzando amenazas. Volvió unos segundos después, con la hoja de la espada manchada de sangre.

–Llevaba esto entre las ropas –explicó a su señor–. Es un pergamino.

Morfidio desplegó el documento y lo observó con atención.

–¡Vaya, ahora tenemos otra prueba a nuestro favor!

Cuatro soldados obligaron al sabio y a su malherido ayudante a subir a un carro. Los trataron con dureza, olvidando que eran un hombre de paz afligido por la violenta situación que acababa de sufrir y un joven malherido que había puesto su vida en peligro por ayudar a su maestro.

Los guerreros eran dignos servidores de un amo salvaje y cruel que no se detenía ante ningún obstáculo para conseguir sus deseos. Las ratas y los perros hicieron bien en apartase de su camino.

–¡Volvamos al castillo. Es de noche y estas tierras son peligrosas en la oscuridad! –ordenó el conde Morfidio, prestando atención a los aullidos salvajes que llegaban a sus oídos desde las tinieblas–. Aquí ya no tenemos nada que hacer... ¡Quemad este lugar! ¡No quiero que quede ni rastro de este infecto santuario de brujería!

Arquimaes observó cómo varios hombres, dirigidos por el capitán Cromell, cumplían la orden y prendían fuego al laboratorio que tanto esfuerzo le había costado levantar. Vio cómo todo su trabajo era pasto de las llamas y se convertía en humo ante sus ojos. La indignación por el asalto y la matanza que acababan de sufrir le sumió en el más absoluto silencio, mientras la desesperación y la rabia crecían en su interior.

El sabio abrazó a Arturo y presionó sobre su herida con fuerza, pero no pudo evitar que unas lágrimas se asomaran en sus ojos cuando los soldados arrojaron los cuerpos de sus ayudantes al río.

Después, la caravana se puso en marcha hacia el castillo de Morfidio, dejando tras de sí una columna de humo que se elevaba hasta el cielo y se confundía con las nubes que lo encapotaban.

Ninguna ventana de las cercanas casas se había abierto, nadie había salido a la calle en su auxilio y el pueblo se encontraba inmerso en la más absoluta oscuridad, como si estuviese de luto. Nadie se atrevió a plantar cara al conde Morfidio para defender al alquimista que, en más de una ocasión, había salvado la vida de muchos enfermos o heridos.

Mientras la caravana se alejaba, un hombre de pequeña estatura, ojos saltones y grandes orejas, que había permanecido oculto entre la espesura del bosque cercano y que había observado atentamente la escena, montó en su caballo y se dirigió hacia el castillo del rey Benicius.

El conde Morfidio no imaginaba que su infamia iba a desencadenar una serie de terribles sucesos que cambiarían la historia y crearían una extraordinaria leyenda.

II

EL LOCO DE LOS LIBROS

ME LLAMO ARTURO ADRAGÓN, VIVO CON MI PADRE EN LA FUNDACIÓN, EN LA CIUDAD DE FÉRENIX. ESTAMOS EN EL SIGLO VEINTIUNO, HOY ES UN DÍA NORMAL Y TENGO QUE IR AL INSTITUTO.

CADA vez que me despierto por la mañana, después de dormir profundamente, repito la misma frase en voz alta para saber dónde estoy. Mis sueños son tan intensos que me cuesta despertarme y tengo problemas para situarme en la realidad, en mi verdadera realidad.

Esta noche he tenido otra vez un sueño lleno de aventuras extraordinarias, con soldados, castillos medievales, magos, alquimistas... Lo más preocupante es que sufro estas alucinaciones con tanta fuerza que me levanto agotado, como si las hubiera vivido de verdad. Es terrible... no sé qué puedo hacer para evitarlas.

A veces, creo que me estoy volviendo loco. A lo mejor resulta que cuando estás a punto de cumplir catorce años tienes paranoias que no puedes controlar.

Mientras mantengo una dura batalla con mis recuerdos fantásticos, entro en la ducha, abro el grifo y espero a que el agua templada me ayude a salir del mundo de ficción y a entrar en el real. El agua me ayuda a pasar de la Edad Media a la actual.

Me miro en el espejo y veo que la cabeza de dragón que tengo dibujada sobre la frente, entre las dos cejas, sigue en su sitio. Igual que esos extraños manchones negros, que están fundidos sobre mi piel, y que decoran mis mejillas.

Por su culpa me veo como un adefesio y me siento diferente al resto del mundo. Mis compañeros de colegio se encargan de recordármelo cada día. Igual que todas las personas con las que me encuentro, que cuando me ven, no pueden evitar susurrar: «Pobre muchacho». Y lo peor es que tengo que darles la razón: mi aspecto es verdaderamente deprimente.

–Hola, dragón –le saludo como todos los días–. ¿Estás bien? ¿No te vas a ir nunca?

Estoy condenado a ser un bicho raro durante toda mi vida. Estoy destinado a vivir solo y apartado del resto de la gente. Los únicos que me soportan son mi padre y los que viven con nosotros en la Fundación, mis únicos amigos.

Froto bien mi mejilla y mi frente con la esperanza de que estas malditas manchas negras se borren y desaparezcan de una vez de mi vida, pero sé que eso no ocurrirá. Sé que me acompañarán hasta el día de mi muerte. Sin duda, seré una persona rara a la que todo el mundo señalará con el dedo.

A veces pienso que debería estar en un circo. Por lo menos se me vería como algo normal. Un chaval que parece un cartel publicitario, con la cabeza de un dragón pintada en la frente, llamaría la atención de mucha gente que estaría dispuesta a pagar por reírse a mandíbula batiente, igual que hacen con los payasos y los deformes. Seguro que tendría más éxito que la mujer barbuda y el hombre elefante juntos.

Tengo un hormigueo por todo el cuerpo que no consigo eliminar y que está empezando a ponerme nervioso. Lleva algunos días molestándome, pero si sigo rascando de esta manera, seguro que me haré alguna herida. Es extraño, pero tengo la impresión de que las manchas se han extendido, de que son más numerosas... Ahora me llegan hasta el lateral de las mejillas y hay algunas sobre la nariz. ¡Esto va de mal en peor!

Mientras me visto, trato de encontrar un significado al sueño de esta noche, pero no lo consigo. Es como un jeroglífico de esos que mi padre colecciona desde hace años y que es incapaz de traducir. Mis sueños son una locura que ni siquiera puedo compartir con nadie. Lo curioso es que siempre aparecen los mismos personajes, los mismos temas... Son como los capítulos de un libro fantástico. Pero esta noche ha sido la peor de todas. Hasta ahora parecía un juego, pero las cosas se han complicado. Nunca había soñado con algo tan impactante y peligroso.

Cojo mi mochila y la abro para asegurarme de que llevo lo que voy a usar en el instituto. Saco algunos libros y me llevo los que creo que me van a hacer falta. Me aseguro de que tengo cuadernos, bolígrafos, lápices y goma de borrar.

Todo en orden.

Cada mañana, cuando hago la revisión, me gusta imaginar que preparo el equipaje para irme de viaje a algún lugar lejano, aunque sé que es una fantasía imposible. Hay algunas cosas que me atan a esta ciudad y que no podré dejar... Mi padre, el recuerdo de mi madre, la Fundación, *Sombra*... Quizá no sean demasiadas, pero son muy importantes, son las pocas cosas que me interesan. Daría cualquier cosa por alejarme de esta vida tan amarga.

Antes de salir cojo el libro que tengo sobre la mesilla de noche y que he terminado de leer. Es la historia del Rey Arturo, mi héroe favorito.

Bajo por las escaleras lentamente, y tropiezo con *Sombra*, el ayudante de mi padre, que se abalanza sobre mí, como un torbellino:

–*Sombra*, ¿qué haces? –grito sin poder contenerme.

Pero no me hace caso y sigue corriendo, como si estuviera persiguiendo algo...

–¡Maldita rata! –exclama, según da golpes en el suelo con una escoba–. ¡Si te vuelvo a ver, te mataré!

El pobre es incapaz de acabar con ella y se detiene en el rellano, absolutamente agotado. Se apoya contra la pared y se seca el sudor de la frente.

–Cada día hay más ratas. Tendremos que hacer algo –murmura, mientras intenta recuperar la respiración–. Ese maldito animal se estaba comiendo un manuscrito del siglo diez. Menos mal que he llegado a tiempo de impedirlo.

–Tranquilízate, que no es para tanto.

–¿Que no es para tanto? ¿Bromeas? ¿Crees que está que bien que estos bichos se coman los libros?

–No, claro que no. Lo que quiero decir es que no te conviene ponerte así.

–Cuando he visto a esa rata devorando el pergamino, me ha entrado una cólera que...

–Por cierto, ¿has visto a papá esta mañana?

–Está en su despacho. Se ha levantado temprano.

–¿Se encuentra bien?

–Igual que ayer. Creo que no ha mejorado –explica–. Además, se niega a tomar medicinas para curarse, así que...

–Voy a visitarle, a ver si consigo convencerle.

–Arturo, ¿has dormido bien? –pregunta *Sombra*, inesperadamente.

–Sí, bueno... Como siempre.

Una leve sonrisa indica que ha comprendido mi mensaje. Sin decir nada más, vuelve sobre sus pasos, escaleras arriba. *Sombra* es como mi segundo padre, aunque, a veces, tengo la sensación de que él me comprende mejor. Es un personaje especial.

–Que tengas un buen día –me desea mientras se aleja, arrastrando su escoba.

Me detengo en el segundo piso y entro en la biblioteca principal. Hay grandes estanterías repletas de volúmenes extraordinarios e irrepetibles que hemos ido coleccionando desde hace muchísimos años. La Fundación es una extraordinaria biblioteca llena de libros sobre la Edad Media. Aquí ha transcurrido la mayor parte de mi vida. Este es mi mundo.

Me acerco a un estante y coloco el libro de Arturo en su sitio. Antes de salir, busco uno sobre la reina Ginebra que ya he leído muchas veces, y lo meto en mi cartera. Su historia me apasiona y me he propuesto escribir una novela con esos personajes... dentro de unos años.

Después, entro en el despacho de papá. Le veo al fondo, inclinado sobre la larga mesa de madera, rodeado de libros y hojas de papel, sujetando la pluma con firmeza, hablando solo, o con los libros, que es casi lo mismo. Tiene un aspecto horrible. Parece uno de esos sabios que aparecen en las historias de fantasía, con el pelo revuelto y barba de varios días, enfebrecido por su actividad, como si no hubiera otra cosa en el mundo; ajeno a lo que pasa a su alrededor.

–Papá, ¿cómo estás? –le pregunto, acercándome.

Un poco sorprendido por mi presencia, levanta la cabeza y me mira:

–Arturo, hijo, ¿qué haces aquí a estas horas?

–Papá, son casi las nueve... Ya ha amanecido.

Como un niño al que hubieran descubierto haciendo una travesura, se levanta y corre los grandes cortinajes de la ventana. Una cascada de luz blanca que le deslumbra entra violentamente y le obliga a protegerse los ojos.

–Estoy bien, hijo. De verdad.

–Anoche tenías fiebre. Deberías tomar algo o empeorarás.

–No hay que preocuparse. Me encuentro bien. Además, ahora no me puedo poner enfermo, tengo que terminar este trabajo... ¡Estoy a punto de llegar al final!

–Me gustaría saber de qué va ese trabajo de investigación que estás haciendo desde hace tanto tiempo –pregunto.

–Cuando tenga algo concreto que explicar, te aseguro que serás el primero en saberlo.

–¿Me lo prometes?

–Te lo prometo, hijo, te lo prometo.

–Papá, me preocupa verte tan ofuscado con este asunto. Es como... como si te estuvieras volviendo loco.

Se levanta y me acaricia la cabeza, cosa que hace siempre que quiere hablar conmigo. Después, me pasa la mano sobre las manchas de la cara, como si intentara borrarlas.

–Arturo, no estoy loco; ya sé que lo parezco, pero no lo estoy. No debes pensarlo.

–Lo sé, pero la gente normal no se comporta así.

–Escucha, hijo, nosotros sabemos cosas que las demás personas ignoran. No somos brujos, ni magos... Somos estudiosos e investigadores. Sabemos que en este mundo hay fuerzas desconocidas que actúan sobre nosotros sin que podamos impedirlo. Y ya sabes que no hablo de hechicería ni de esas cosas; hablo de lo que pensamos, de lo que sentimos, y de lo que sabemos. ¡Y todo está aquí! –levanta la mano y señala las estanterías de madera, repletas de ejemplares–. ¡Todo está en los libros!

–¿No exageras un poco, papá?

–Lo que no está en los libros no existe –dice con una firmeza que me asombra–. Lo que no está escrito en los libros, no es digno de mención. Los libros son el alma y la memoria del mundo.

No me atrevo a discutir. Sé de sobra que la pasión de mi padre por los libros supera cualquier argumento. Vive por y para los libros... Su vida está ligada a ellos y eso me produce sentimientos opuestos: por un lado me gusta, pero, por otro, me asusta. A veces, tengo miedo de convertirme en un reflejo suyo, en un loco por los libros.

–Tengo que irme al instituto –susurro–. Ya es tarde.

–Bien, hijo, que tengas un buen día. Ya te contaré mis avances –susurra, desconectando del mundo, antes de sumergirse de nuevo en los papeles y en las letras–. ¡Tarde o temprano encontraré lo que busco!

Antes de irme, le lanzo una mirada y comprendo que ya se ha distanciado de los asuntos reales, que de nuevo se encuentra en el misterioso mundo de las letras, en el universo de las palabras. A veces, pienso que mi padre proviene de un libro, que ha nacido en el despacho de un escritor... O en un tintero.

–Ah, por cierto, dentro de poco es tu cumpleaños. ¿Quieres algún regalo especial? –me pregunta cuando ya estoy cerrando la puerta.

–Oh, no, es igual... Cualquier cosa...

Cierro y le dejo solo en su mundo.

En el portal, me encuentro con Mahania, la mujer de Mohamed, el portero, que está abriendo el portalón de madera. Mahania es una mujer pequeña y delgada, que aparentemente tiene pocas fuerzas, pero que, a pesar de los años, sigue haciendo su trabajo con la misma robustez de cuando era joven. Siempre la he admirado en secreto porque veo en ella algo que me recuerda a mi madre.

Es curioso que me evoque a alguien a quien no he visto nunca, ya que mamá murió la misma noche de mi llegada a este mundo. Mahania es, junto a mi padre, la última persona que la vio viva. Y eso me causa un tremendo respeto.

Aparte de lo que me ha contado papá, conozco a mi madre a través de Mahania; o mejor dicho, a través de las palabras de Mahania. Ella me ha contado casi todo lo que sé de ella. Me ha descubierto algunos aspectos de su personalidad y las coincidencias que, parece ser, existían entre nosotros.

Dice que, de alguna manera, mi madre y yo tenemos un gran parecido físico. Nuestra mirada tiene el mismo tinte de melancolía. Creo que significa que mamá y yo tenemos el mismo sufrimiento.

–Hola, Mahania, buenos días –saludo.

–¿Ya te marchas al colegio?

–Sí, y voy un poco tarde. Mahania, he visto que papá no se encuentra muy bien. Creo que tiene un poco de fiebre –le advierto.

–Sí, *Sombra* me ha contado que ayer tuvo un mal día. No te preocupes, que yo me ocuparé de él –comenta–. Vete tranquilo. Que mientras yo esté aquí, no le pasará nada malo. Ya sabes cómo se pone cuando se acerca la fecha...

–Gracias. ¿Y Mohamed?

–Ha ido al aeropuerto a buscar a un nuevo invitado. Creo que es un anticuario o algo así.

–Ah, ya, el señor Stromber. Papá le ha invitado a pasar unos días en la Fundación. Creo que van a hacer negocios.

–Ojalá le salgan bien. La cuestión económica no está muy boyante últimamente –explica Mahania–. Esperemos que este señor *Strumbler* ayude a que las cosas se arreglen.

–Stromber, Mahania, es el señor Frank Stromber. Y no hay que preocuparse por el dinero, las cosas se arreglarán pronto. Estoy seguro. Papá sabe lo que se hace.

–Sí, y los del banco también.

–¿Los del banco? ¿Qué banco?

–Oh, nada, nada... Tonterías mías. Anda, vete al colegio que yo me ocupo de tu padre. Que tengas buen día.

Miro a Mahania esperando una respuesta, pero no me hace caso y entra en su garita cantando una antigua canción de su país. Está claro que no voy a obtener respuesta sobre un tema que me preocupa: ¿el banco está presionando a mi padre?

Como siempre, el bullicio de la calle me devuelve a la realidad del mundo y me hace recordar que, tras los muros de la Fundación, hay otra vida. Que el mundo es mucho más ancho que el edificio en el que vivo, a pesar de ser el lugar en el que me siento seguro.

III

LA PROTECCIÓN DEL CONDE

Arquimaes entró en el aposento de Morfidio empujado por tres corpulentos soldados, que casi lo arrojaron al suelo.

El conde, que tenía una copa de vino en la mano, le observó con una cínica sonrisa en los labios, desde su gran sillón de madera, ricamente labrado y coronado por su blasón: un oso con corona de oro que sujetaba una espada entre las garras, símbolo del poder de la fuerza, única creencia de Morfidio.

–¿Te has decidido a hablar o prefieres seguir encerrado mientras tu ayudante agoniza? –le preguntó, después de dar un buen trago del denso y oscuro brebaje.

–¡Arturo está cada día peor! ¡Necesito medicinas para curarle! ¡Puede morir!

–Recuerda que él mismo pidió la muerte. No me culpes a mí de su desgracia.

–¡Eres un canalla, conde Morfidio! –gritó Arquimaes, indignado por la respuesta de su secuestrador–. ¡Cuando el rey Benicius se entere de esto, te pedirá cuentas! ¡Pagarás cara tu infamia!

–No te preocupes por eso y piensa en tu pellejo. Te recuerdo que existen graves acusaciones contra ti. Dicen que esas fieras que atacan por la noche son producto de tus experimentos, y que los dragones salvajes que asolan la región los has creado tú.

–¡Yo no experimento con animales! ¡Me dedico a la ciencia, no soy un hechicero!

–Está bien, iré al grano. Si no me confiesas tu secreto y me conviertes en un rey inmortal, quemaré tu cuerpo en la hoguera y esparciré tus cenizas por el valle. No quedará ni rastro de ti. ¿Lo has entendido?

–No me asustas, Morfidio. Yo no poseo nada que te pueda convertir en un rey poderoso.

–No me infravalores, Arquimaes. Insisto en que es por tu propio bien –respondió Eric Morfidio, blandiendo un pergamino–. Explícame con precisión ese descubrimiento y te daré las medicinas que necesitas para curar a ese muchacho. Y os dejaré en libertad. ¡De lo contrario, te aseguro que arderás en la hoguera de los brujos!

–Yo no trabajo para ningún gobernante ávido de poder –respondió Arquimaes, fulminando al conde con la mirada–. Mi esfuerzo es para que otros sabios, científicos y alquimistas saquen provecho de mis conocimientos y puedan ayudar a la gente. No quiero que se pierdan cuando yo haya muerto.

–Arquimaes, el día de tu muerte puede estar más próximo de lo que crees –susurró Morfidio, en un velado tono amenazador–. Te advierto que estás agotando mi paciencia.

El sabio levantó la mano y señaló las nubes a través del hueco de la ventana:

–Todas las maldiciones del cielo caerán sobre tu cabeza si osas ponerme la mano encima. La primera gota de mi sangre que hagas derramar se volverá contra ti y los tuyos con una furia que no puedes imaginar, conde Morfidio. Tu linaje podría desaparecer.

–¡Eres un maldito tozudo! ¡O hablas conmigo o te las verás con otros peores que yo!

–¡Ni mil reyes ambiciosos lograrán que mi lengua se desate! ¡Mi secreto está guardado en el fondo de mi mente, en un lugar inaccesible!

–¡Tengo pruebas de tu brujería! –exclamó Morfidio, agitando el pergamino que Cromell había descubierto en la torre–. ¡Aquí hay evidencias irrefutables!

–Ese pergamino es inofensivo.

Morfidio lo desenrolló, sonrió maliciosamente y leyó unas líneas:

–«El corazón de un hombre vale más que el oro siempre y cuando sea capaz de llenarlo de sabiduría.» ¿Qué significa esta frase, sabio?...

–Exactamente lo que dice: que los ignorantes no son nada.

–«Aquel que consiga colmar de conocimientos a un ser humano, le habrá dado la mayor riqueza de este mundo; le habrá entregado un poder ilimitado...» Explícame qué significado tiene esto. ¿Puedes acaso llenar la mente de un hombre de conocimientos y sabiduría? ¿Has encontrado la fórmula para convertir a un ignorante en sabio? ¿Ese poder es la inmortalidad? ¿Podré resucitar?

–Escucha, Morfidio. Eres ignorante y lo serás durante toda tu vida –explicó Arquimaes, recuperando la serenidad–. Yo no puedo hacer nada por ti. Eres demasiado vanidoso y déspota para transformarte en un hombre sabio.

–Y tú, alquimista del diablo, eres demasiado valioso para dejarte libre. Te pudrirás en mis mazmorras hasta que te decidas a hablar. Puede que estés viendo la luz del sol por última vez... Morirás junto a tu ayudante –amenazó Morfidio mientras abría la puerta–. ¡Guardias! ¡Llevaos a este hombre y encerradle con su criado en la celda más profunda y oscura del castillo! Que sean vigilados día y noche y que nadie, absolutamente nadie, hable con ellos! ¡Nadie!

Arquimaes sintió una profunda preocupación cuando escuchó las órdenes del conde. En seguida comprendió que ese encierro al que le sometía significaba la muerte segura para Arturo. Durante unos segundos se preguntó si debía revelar la fórmula secreta a cambio de la vida de su ayudante, pero recordó que era demasiado preciosa para ser compartida con ese conde ambicioso y sin escrúpulos. En sus manos, se convertiría en un arma terrible y destructora.

–Si supieras de qué se trata –murmuró Arquimaes cuando se quedó solo–, no dudarías en hacerme pedazos para arrancarme ese poderoso secreto que yace en mi corazón.

* * *

Arturo abrió los ojos y vio a Arquimaes inclinado sobre él, intentando secar el sudor que empañaba su frente.

–No te muevas –le dijo el sabio–. Tienes mucha fiebre.

–¿Voy a morir, maestro?

–Ojalá no ocurra. Esperemos que la infección desaparezca y la hemorragia se corte definitivamente. Pero has perdido mucha sangre.

–Morfidio no debe conseguir la fórmula secreta!

–No te preocupes, Arturo. Ni siquiera con torturas me arrancará una sola palabra –prometió Arquimaes–. Y ahora, intenta descansar.

–Esa fórmula es demasiado importante para que un individuo como Morfidio tenga el poder de usarla –susurró Arturo antes de cerrar los ojos y sumergirse en el mundo de las tinieblas–. ¡Hay que impedirlo!

IV

SALIENDO AL MUNDO

ME LLAMO ARTURO Y VIVO EN LA FUNDACIÓN ADRAGÓN, UN ANTIGUO PALACETE QUE, CON EL TIEMPO, SE HA CONVERTIDO EN UNA EXTRAORDINARIA BIBLIOTECA, REPLETA DE LIBROS Y PERGAMINOS DE LA EDAD MEDIA, QUE MI FAMILIA HA IDO COLECCIONANDO HASTA CONSEGUIR ALCANZAR LA CANTIDAD DE CIENTO CINCUENTA MIL EJEMPLARES. ESTO LA CONVIERTE EN UNA DE LAS MÁS APRECIADAS Y VISITADAS DEL MUNDO. AQUÍ SE ENCUENTRAN OBRAS TAN ANTIGUAS QUE NI SIQUIERA SE LES PUEDE PONER FECHA. EN LA FUNDACIÓN ADRAGÓN HAY VOLÚMENES TAN VALIOSOS QUE MUCHOS EXPERTOS EXTRANJEROS VIENEN A ESTUDIARLOS... COMO ESE TAL STROMBER.

TODOS los días me recuerdo a mí mismo quién soy. Esos sueños fantásticos que me persiguen me obligan a hacerme preguntas muy raras sobre mi identidad.

A pesar de que estamos a principio de curso, en pleno otoño, el día es bueno y apenas hace frío. Recojo algunas hojas que acaban de caer al suelo, que utilizaré para señalar las páginas de mis libros. Me gusta pensar que esas hojas de árboles se entienden muy bien con las hojas de papel de los libros. Al fin y al cabo, el papel proviene de ellos, y, aunque a la gente le parezca mal, a mí no se me ocurre un mejor uso para la madera que el de convertirse en papel de libro.

Como siempre, me cruzo con *Patacoja*, el mendigo de la esquina que pasa horas pidiendo limosna y que se ha convertido en mi amigo, casi mi único amigo fuera de la Fundación.

–Hola, *Patacoja* –saludo.

–Hola, Arturo. ¿Todo bien?

–Sí, me voy al colegio. ¿Cómo estás? Hoy te he traído una naranja.

–Gracias, chaval. Tienes buen corazón y algún día recibirás tu recompensa. Los generosos como tú tienen un lugar asegurado en el cielo, te lo digo yo.

–No digas tonterías –respondo–. ¿Cómo estás hoy?

–Estos días duermo mal. Es el tiempo, que está cambiando y me afecta a la pierna, la maldita pierna –dice, pasando la mano por el muñón–. Los diablos se conjuran contra mí.

–No digas bobadas. No te puede doler una pierna que no tienes –argumento–. No es posible.

–No todo lo que pasa en este mundo tiene explicación –responde *Patacoja* con la lengua un poco pastosa–. Si yo digo que me duele, es que me duele, ¿vale?

–De acuerdo, de acuerdo –reconozco, fijándome en el envase de cartón de una marca de vino que sobresale de su abrigo–. Creo que hoy va a ser un buen día, así que alegra esa cara.

–Tengo pocas esperanzas de que lo sea. La gente es cada día más tacaña y no se rasca el bolsillo como antes. Quizás es que ya no siente lástima por los desgraciados como yo.

–Venga, deja de quejarte.

–Te deseo que nunca te veas en mi lugar, chaval. Te lo deseo de corazón. No hay peor lugar en el mundo que estar tumbado en una acera, pidiendo limosna a gente que te ignora.

Mientras pela la naranja, me doy cuenta de que murmura algo.

–*Patacoja*, no me vengas con misterios –digo.

–Las cosas andan un poco revueltas por el barrio –dice–. Muy revueltas.

–¿Revueltas? ¿A qué te refieres?

–Atracos, palizas... gamberrismo.

–Vaya, eso no me gusta.

–Y que lo digas –dice, mordiendo un gajo–. Si yo te contara...

–¿Por qué dices eso? ¿Te ha pasado algo?

–Anoche... Unos tipos intentaron atracarme... Vamos, que intentaron robarme mis cosas.

–¿Estás seguro de que querían robarte?

–Yo solo te digo que tengas cuidado. Últimamente he visto mucha gente rara por aquí. Los demonios están saliendo de la cloaca. Nos están invadiendo. Rondan por aquí desde hace días.

–¿Merodean la Fundación?

–Exactamente. Te lo advierto, Arturo, ten cuidado, mucho cuidado...

–Gracias, eres un buen amigo... Aunque estás un poco loco.

–¿Loco, yo? ¡Si estuvieras en mi lugar no dirías eso!

Me voy corriendo para no escuchar sus quejas. Sé que le saca de quicio que le llamen loco, aunque, en el fondo, le gusta simular que lo es.

* * *

Cuando llego al instituto me cruzo con algunos compañeros de clase que, igual que yo, vienen con retraso, pero ni siquiera me saludan y eso me entristece. A pesar de que esta situación dura ya algunos años, no acabo de digerirla y, cada vez que se produce, me siento lastimado en lo más profundo de mi corazón. Aunque sé que lo hacen precisamente por eso, para hacerme daño, no puedo evitar sentirme herido y tampoco consigo disimularlo. En algunos momentos he estado tentado de decírselo a mi padre, pero jamás lo he hecho. Es un hombre acuciado por problemas de todo tipo y no he querido preocuparle. Le quiero demasiado para quejarme de asuntos que debo soportar solo.

Mercurio, el portero, me saluda igual que siempre, con una sonrisa y palabras de ánimo:

–Hola, Arturo, me alegra verte. Veo que tienes buen aspecto.

–Hola, Mercurio, buenos días.

–¿Qué tal está tu padre?

–¡Oh, bien, muy bien! Gracias.

–Pues dale saludos de mi parte cuando le veas. Y corre, que vas un poco tarde.

Hago un saludo de despedida con la mano y entro en el edificio principal. Llego a la clase justo cuando el profesor está cerrando la puerta.

–Arturo, siempre eres el último –me dice a modo de bienvenida.

–Sí, señor, perdone.

–Venga, pasa y siéntate, que vamos a empezar.

Mi pupitre es doble, pero soy el único de la clase que se sienta solo. Nadie quiere compartir mesa conmigo.

Apenas acabo de tomar asiento cuando la puerta se abre y el director del instituto entra atropelladamente. Todas las caras se tensan, ya que no es habitual verle entrar en una clase sin previo aviso. Aunque a veces trae buenas noticias, no podemos evitar ponernos nerviosos.

–Buenos días –anuncia con su amable voz.

Todo el mundo responde al saludo y se hace un respetuoso silencio, que significa que sus palabras son esperadas con ansiedad.

–Tengo buenas noticias para vosotros –dice, sabiendo que todo el mundo le presta atención–. Vuestro profesor de Lengua y Literatura, el señor Miralles, desea volver a su ciudad desde hace tiempo, por lo que está esperando a que encontremos a alguien que le sustituya. Pues bien, ya hemos encontrado a esa persona.

Se oyen algunos susurros, aunque resulta difícil saber si son de aprobación. El señor Miralles es un profesor apreciado por toda la clase, pero no ha habido tiempo de tomarle el cariño que se merece.

Para mí, su marcha es una mala noticia. Es la única persona del colegio, aparte de Mercurio, que me trata bien. Le tengo cariño y no me gusta nada que tenga que marcharse.

–Así que, dentro de una semana, el próximo lunes día uno, os presentaré a la nueva profesora que le sustituirá. Vendré yo mismo a presentarla. Espero que le deis una calurosa bienvenida, igual que espero que sepáis agradecer al señor Miralles el esfuerzo que ha hecho durante este mes para daros las clases necesarias, con el fin de que no perdierais el curso. ¿De acuerdo?

El profesor aplaude las palabras del director y nosotros le imitamos. El director toma nuevamente la palabra:

–Bien, pues hasta el lunes.

Cuando sale del aula, se produce un ambiente de alivio. Siempre es bueno saber que no venía a sancionar a alguien o a traer malas noticias sobre los próximos exámenes o algo así.

El profesor sube a la tarima y se dirige a nosotros:

–Bien, como habéis podido escuchar, el señor director nos ha traído buenas noticias a todos.

Un leve murmullo de aprobación recorre la clase. Después de unos segundos, continúa diciendo:

–Y ahora, vamos a revisar la clase de ayer. Vamos a repasar las lenguas románicas. Veamos… ¿Quién quiere explicarnos qué son las lenguas románicas?

Todos le miran, pero nadie dice nada.

Sé la respuesta. Aun así, dudo si abrir la boca, ya que sé que lo único que conseguiré serán más reproches de mis camaradas. Cada vez que he dicho que sabía alguna cosa, me ha costado caro. Y, con los años, he aprendido que debo permanecer callado. Pero hoy me siento valiente… Y levanto la mano:

–¡Yo lo sé! –afirmo en voz alta.

–¿Estás seguro? –pregunta el profesor, sabiendo las consecuencias que tendrá mi osadía.

–Sí, señor. Si me permite, lo explicaré.

El profesor asiente con la cabeza y mis veinticuatro compañeros y compañeras me miran incrédulos. Si salgo al estrado y les doy una lección, lo pagaré caro. Pero no me achanto. Al contrario, me levanto y me acerco a la pizarra. Después, cojo una tiza y dibujo un mapa de un territorio que se parece a Europa.

–Las lenguas románicas proceden del latín. Y se hablan en algunos países europeos como España, Francia, Portugal, Italia… En realidad, surgieron a raíz de la desintegración del Imperio romano y fue durante la Edad Media cuando el pueblo llano de cada país adaptó el latín a su ámbito natural y creó su propio idioma.

Dibujo algunos gráficos y añado algunas explicaciones suplementarias que redondean mis explicaciones.

–Digamos que el latín se fragmentó y se convirtió en diferentes idiomas que se llaman lenguas románicas o romances.

–Correcto –afirma el profesor–. Has hecho un buen trabajo. Has vuelto a demostrar que eres un gran alumno…

Para subrayar sus palabras, se pone a aplaudir, esperando que los alumnos van a seguir su ejemplo, pero se equivoca. El más completo silencio acompaña sus palmadas, dejándonos a ambos casi en ridículo.

Horacio levanta la mano para pedir la palabra y el profesor se la concede.

–Si Arturo trata de demostrar que los demás somos idiotas, quiero decirle que se equivoca. Cualquiera de nosotros sabía la respuesta a esa pregunta –explica, poniéndose en pie–. Lo que pasa es que no nos gusta ridiculizar a nadie.

He entendido el mensaje y bajo la vista en silencio.

–No lo ha hecho para dejar en ridículo a nadie –responde el señor Miralles–. Lo ha hecho porque sabía la respuesta. Ni más ni menos.

–No estoy de acuerdo. Él sabe perfectamente cuáles son los motivos que le llevan a ridiculizarnos cada vez que puede. Es un empollón que quiere hacerse el listo –insiste Horacio–. ¡Lo lleva en la cara!

Su última frase provoca las risas de toda la clase.

–Bueno, demos por terminado este incidente –pide el señor Miralles, haciendo un gesto con la mano–. Nadie quiere mofarse de nadie. Aquí venimos a aprender.

–Entonces, ¿para qué viene a clase si lo sabe todo?

No puedo contenerme y respondo indignado y de forma atropellada:

–¡Vengo porque tengo derecho a estudiar! ¡Vengo porque nadie puede impedirme ser como los demás!

–¡Pero no eres igual que los demás! ¡Sabes perfectamente que eres diferente a todos! –responde Horacio.

–¡Sí, eres un monstruo y no deberías estar aquí, con nosotros! –grita alguien, desde el fondo de la clase.

–¡Solo hay que mirarte la cara!

–¡Silencio! –ordena el profesor–. ¡No consentiré que en esta clase alguien pueda ser insultado!

Pero lejos de amilanarse, los alumnos se envalentonan y gritan con más fuerza. Algunos silban y otros se ríen, hasta que, entre todos, logran ponerme nervioso... Y noto que la cara se me enciende.

Me doy cuenta de que todos me miran con los ojos abiertos, sorprendidos. Borja señala mi cara con la mano y exclama:

–¡Mirad, se mueven! ¡Las manchas negras se mueven!

–¡Qué fuerte! –grita alguien que no identifico.

No lo puedo ver, pero lo noto perfectamente.

–¡Qué pasada! –dice Marisa, absolutamente alucinada–. ¿Cómo lo haces, tío?

Sé que las manchas negras se están desplazando sobre mi rostro. Sé que se mueven lentamente, igual que una serpiente reptando sobre una roca.

–¡Es un monstruo! –grita Horacio.

–Habría que llamar a la policía –dice Inés–. Esto no es normal.

–¡Es brujería! –grita Alfonso.

–¡No soy un monstruo! –grito desesperadamente varias veces, sabiendo que mis palabras se pierden entre el griterío de mis compañeros–. ¡No soy un monstruo!

Me tapo la cara con las dos manos, pero es demasiado tarde. Toda la clase lo ha visto... Incluso el profesor puede observar con pavor lo que tantas veces le habían comentado y muy pocos habían llegado a ver.

Le miro, implorando permiso para salir de clase. Tartamudeando, le pido autorización para retirarme.

–Puedes ir al cuarto de baño –dice, con cara de incredulidad–. Vuelve cuando te hayas tranquilizado.

Me acerco a mi pupitre, cojo mi mochila y salgo corriendo de la clase mientras mis compañeros gritan aquella maldita palabra que tanto odio: *¡Caradragón! ¡Caradragón! ¡Caradragón!*

Solo cuando alcanzo la calle empiezo a tranquilizarme un poco.

Ahora, mi gran preocupación es que no me vea nadie. Sé que si me encuentro con alguien, no podré resistirlo y me sentiré muy mal. No me gusta que nadie me contemple de esta manera, con ese gran dibujo en la cara y esa maldita mancha moviéndose a sus anchas.

Me acerco al espejo retrovisor de un coche y veo que las manchas han formado una especie de letra «A» que me cubre casi toda la cara. Una letra horrible y agresiva que tiene patas con garras y cuya cabeza, con forma de dragón, está entre mis dos cejas, casi sobre la frente... ¡Estoy horrible y no me extraña que la gente se asuste!

Todavía con los nervios a flor de piel, me siento en un banco del parque, cierro los ojos y acaricio mi rostro tatuado...

V

HERIDAS PROFUNDAS, HERIDAS MORTALES

LA herida de Arturo era profunda. Morfidio, experto en el manejo de las armas, había clavado la hoja de su daga hasta la empuñadura y había abierto un peligroso corte que se había infectado. Arquimaes aplicaba paños sobre la herida, que estaba llena de pus amarillento y maloliente. Usaba la poca agua que los carceleros le habían entregado y que ya empezaba a estar sucia.

El muchacho se revolvió en su camastro con inquietud, acosado por la fiebre que no dejaba de subir. Su cuerpo sudaba y se retorcía a causa del dolor insoportable. Tenía los ojos entornados pero no veía lo que había ante ellos…

Los gemidos entrecortados indicaban al maestro que estaba sufriendo mucho. Además del dolor físico, la herida había producido alucinaciones que le hacían pronunciar frases sin sentido. El delirio se había apoderado de sus facultades mentales, síntoma inequívoco de que la muerte estaba próxima.

De repente, Arturo sufrió varias convulsiones y se desmayó. Arquimaes le secó el abundante sudor que adornaba su frente y sintió una gran preocupación. Sabía que esos ataques eran el preludio del final.

Le acarició dulcemente y lloró por él.

–Lo siento, Arturo. Todo esto es culpa mía. Nunca debí permitir que me acompañaras. Hubiera sido mejor para ti no haberme conocido. No debí aceptarte como ayudante. La alquimia es peligrosa en estos tiempos.

Como si hubiera escuchado sus palabras, Arturo le agarró la mano y la apretó con fuerza.

* * *

El hombre de los ojos saltones y grandes orejas entró en el establo, escoltado por una pareja de soldados. Se detuvo a pocos metros del lugar en el que el rey Benicius estaba inclinado sobre su caballo de caza, al que acariciaba con ternura. El animal estaba tumbado en el suelo encharcado en sangre, con terribles mordeduras por todo el cuerpo que le habían desgarrado la piel. Era evidente que, a pesar de los cuidados que los veterinarios le dispensaban, no tenía salvación. Las heridas eran demasiado graves.

–¿Qué quieres, Escorpio? ¿Tienes algo importante que contarme? –preguntó el monarca, con los ojos llenos de lágrimas y el semblante apagado, mientras espantaba algunas moscas que se arremolinaban alrededor de las heridas del noble animal–. No llegas en el momento oportuno. Mi mejor caballo ha sido atacado esta noche por una de esas bestias que nos asedian. Me han dicho que un oso volador entró anoche en los establos y ha hecho esta escabechina.

–Lo siento, majestad, sé cuánto amáis a este animal.

–Ha sido una carnicería. Esa bestia ha matado a dos centinelas y ha atacado a varios caballos... Mira en qué estado ha dejado a mi pobre compañero de caza.

–Siento mucho molestaros en este momento, majestad, pero...

–Habla, habla, cualquier mala noticia que traigas no puede ser peor que esto.

–Tengo el deber de informaros de un terrible hecho que se ha producido en vuestro reino. El conde Morfidio ha penetrado en vuestras tierras y ha secuestrado a Arquimaes, ese sabio al que protegéis y al que yo, siguiendo vuestras órdenes, estaba vigilando.

–¿Y para qué ha cometido semejante atropello? –preguntó Benicius, con poco interés, más preocupado por el estado de su caballo–. ¿Es que acaso Morfidio no sabe que ese alquimista está bajo mi protección?

–Lo sabe, majestad. Lo sabe perfectamente. Pero no le importa en absoluto. Os ha perdido el respeto.

Benicius pasó su mano derecha sobre el hocico del animal. Lo hizo con cariño y delicadeza, como solía hacerlo siempre, ya que era un hombre delicado y los buenos modales formaban parte de su estilo.

–Ese alquimista trabaja para mí. Tiene el encargo de buscar una fórmula que sirva para defendernos de esas bestias devoradoras que infestan nuestros bosques y nuestros campos.

–Me temo, majestad, que eso a Morfidio no le interesa –dijo Escorpio en voz baja, para no perturbar el dolor del monarca que abrazaba al animal moribundo–. Arquimaes ha inventado algo distinto a lo que le habéis encargado.

–¿Insinúas que me ha traicionado?

–Solo cuento a su majestad lo que sé. Estoy seguro de que ha creado una fórmula secreta que convierte a los hombres en inmortales. Y Morfidio quiere apoderarse de ella.

Benicius se sobresaltó al escuchar la explicación del espía. Dejó de mimar al caballo y prestó atención a su delator.

–Salid todos y dejadme con este hombre –ordenó a los criados y guardianes que le acompañaban–. Y tú, explícate mejor.

–¡Creo que Arquimaes ha descubierto el secreto de la inmortalidad, mi señor! –aseguró Escorpio–. ¡Y Morfidio se ha adelantado!

–¿Qué puedo hacer? ¿Me devolverá a ese sabio si se lo ordeno?

–No lo hará, mi señor. Morfidio ha decidido apoderarse de esa fórmula secreta y nada le hará desistir... Salvo la fuerza.

–Debí ejecutar a ese maldito carnicero hace años, cuando ocupó el lugar de su padre.

En ese momento, el magnífico caballo lanzó un relincho, estiró el cuello, levantó la cabeza y cayó muerto. Benicius se arrodilló a su lado y pasó su mano sobre el cuello ensangrentado.

–¡Oh, cielos! ¡El mundo se ha vuelto loco! Los nobles traicionan a su rey; los hechiceros nos acosan con sus bestias asesinas; los campesinos se niegan a pagar los impuestos; los aldeanos cazan en nuestros bosques; los proscritos viven al margen de la ley, las enfermedades nos persiguen... Y, ahora, los alquimistas se burlan de sus protectores... ¿Qué puedo hacer? ¿Qué crees que debo hacer?

–Imponed orden, mi señor. Represalia total. Que vean que vuestro pulso es firme. Que todos entiendan que aquellos que os traicionan lo pagan caro. Hacedlo antes de que el caos y la anarquía se extiendan por vuestro reino, mi señor.

Benicius observó atentamente a su fiel servidor. Le puso la mano sobre el hombro y dijo:

–Me has prestado un gran servicio, Escorpio. Serás recompensado por tu trabajo. No lamentarás tu fidelidad. Sigue así. Creo que te haré caso...

Lanzó una última ojeada al cadáver de su caballo y, según salía de los establos, hizo un juramento:

–Te vengaré, querido amigo. Impondremos orden en el reino. Y los que te han atacado lo pagarán... ¡Todos los traidores morirán ahorcados y acabaremos con esas bestias salvajes. ¡Mi paciencia se ha terminado!

Escorpio esbozó una sonrisa de satisfacción. Observó cómo el rey caminaba hacia sus aposentos. Benicius, un hombre delgado, delicado y de poca salud, que aún se encontraba bajo el efecto de su ataque de lepra, estaba visiblemente deprimido y era blanco fácil para un hombre ambicioso como él. Escorpio se convenció de que si actuaba con habilidad podría obtener todo lo que quisiera. Arco de Benicius era un hombre débil que confiaba ciegamente en él.

–Me convertiré en tus ojos y en tus oídos y me lo pagarás en oro –susurró el delator.

* * *

Morfidio observó a través de la cerradura del calabozo la desesperación de Arquimaes, que pedía a gritos a los guardias que le trajeran medicinas para curar las heridas de Arturo, que se estaba muriendo.

El conde comprendió que aquella situación le beneficiaba. Dentro de poco el sabio estaría listo para hablar. Le contaría hasta el último detalle de esa fórmula que le daría un poder ilimitado.

Se apoyó contra la puerta, sintiéndose satisfecho con los gritos de desesperación del alquimista. Pidió a su criado que le llenara la copa de vino, que se había quedado vacía y esperó pacientemente.

Cuando Arquimaes, desesperado, lanzó una banqueta contra la puerta de la celda y la hizo temblar, Morfidio sonrió. Se marchó, convencido de que, al día siguiente, antes de que el sol estuviera en lo más alto del cielo, el alquimista le contaría el secreto que tanto ansiaba poseer... Deseó, por su propio interés, que Arturo sobreviviera a la oscura noche que se avecinaba. Una noche que, como casi todas, se estaba llenando de aullidos de lobos y de rugidos de bestias maléficas.

«Vamos a tener otra maldita noche sangrienta», pensó.

VI

EL VISITANTE

YA es de noche cuando llego a casa y Mahania me hace el primer reproche:

–¿Dónde has estado, Arturo?

–Pues, por ahí... Dando un paseo.

–Todo el mundo está preocupado por ti. Tu padre ha estado a punto de llamar a la policía. Te hemos llamado al móvil pero no lo cogías.

–No lo he oído –miento–. Lo siento, lo siento, pero...

–Anda, sube rápidamente a verle. Pero llama antes de entrar, que está con el invitado, el señor Stromber.

Subo las escaleras con rapidez y me dirijo al despacho de papá. Llamo a la puerta y unos segundos después él mismo me abre:

–Arturo, ¿dónde estabas? ¿Sabes la hora que es, hijo?

–Lo siento, papá. Me he distraído.

–Está bien, entra, que te voy a presentar a nuestro invitado, el señor Stromber, uno de los mejores anticuarios del mundo.

Me encuentro con un hombre alto, delgado, que viste con elegancia. Un personaje de esos que se ven en las películas, pero nunca en la vida real. Es como si estuviera disfrazado de anticuario millonario, para que todo el mundo sepa que está forrado de dinero: anillos de oro, reloj de lujo, traje exquisito, camisa y corbata de seda, en las que se pueden ver las mismas iniciales, que están grabadas en unos impresionantes gemelos de oro... Y un pequeño bigote, fino y afilado como un cuchillo, que da a sus palabras un aire amenazador.

–¿Así que este es el desaparecido? –pregunta, mirándome con una sonrisa pérfida–. ¿Sabes que has hecho sufrir mucho a tu padre, jovencito?

–Sí, señor, ya lo sé. Lo siento mucho, lo siento de verdad.

–Arturo es un poco despistado –dice papá para disculparme–. A veces se distrae y se olvida de la hora. Por esta vez le perdonaremos.

–Es usted un padre muy benevolente y comprensivo –dice Stromber–. Espero que Arturo sepa apreciarlo... Por cierto, qué bonita calcomanía llevas en la cara. Parece de verdad.

–Es que... es de verdad –le explico–. Es un defecto de nacimiento.

–¿De nacimiento? –dice, un poco sorprendido–. Pero, si parece una decoración artificial. Nadie nace con cosas así en la cara, jovencito...

–Esta inscripción, o tatuaje, o lo que sea, le acompaña desde siempre, y no hay forma de quitarla –explica papá.

–Quizá pueda ayudarle... Ya veremos. Esto es muy curioso, nunca había visto nada semejante. Parece la cabeza de un dragón... ¿Es la marca de la familia o algo así?

–Nadie en nuestra familia ha tenido esta marca en la piel. No hay antecedentes.

–Es muy original –admite nuestro invitado.

–No existe nada igual en el mundo. Arturo es un chico especial. Pero algún día conseguiremos que desparezca, ¿verdad, hijo?

Papá se acerca y me da un cálido abrazo.

–Arturo es lo mejor que tengo –añade–. Desde que mi mujer murió, él es el faro de mi vida. Sin él, todo esto no tendría valor.

–Vaya, yo pensaba que la Fundación Adragón era el eje de su vida. Me habían dicho que usted vive exclusivamente para mantener esta biblioteca.

–No, Arturo está por encima de todo. La Fundación ocupa el segundo lugar. Aunque, la verdad, sin ella, mi vida estaría vacía. Pero mi hijo es lo más importante para mí. Es el mejor recuerdo que me ha quedado de Reyna, mi mujer, a la que quería con locura.

–Es usted un hombre de suerte, señor Adragón. Tener un hijo al que uno adora es un regalo del cielo –reconoce Stromber–. En él se refleja el amor por su mujer desaparecida.

–Cierto, amigo mío. Un hijo es una bendición... Arturo, el señor Stromber estará con nosotros algún tiempo. Es un invitado de la Fundación. Ha venido a hacer un trabajo de investigación y necesitará toda nuestra ayuda. Yo estoy muy ocupado con mi proyecto, así que necesito que hagas todo lo posible por atenderle.

–¿Está usted embarcado en un proyecto? –pregunta Stromber, bastante interesado.

–Es un trabajo secreto del que no puedo comentar nada –responde papá–. Pero cuando consiga los resultados que espero, todo el mundo sabrá de qué se trata.

–Papá lleva años trabajando sobre un tema del que no habla con nadie –le informo–. Ese proyecto le ocupa todo el tiempo.

–Espero que sea algo rentable.

–Bueno, aunque no lo sea económicamente, espero obtener grandes beneficios personales... que servirán a los investigadores y estudiosos de la Edad Media.

–Así que es usted un altruista.

–No exactamente. Ya sabe que le vamos a cobrar una gran cantidad de dinero por los derechos de acceso a nuestros archivos. De eso vivimos, de prestar y alquilar servicios a otras entidades.

–El dinero es fundamental en estos tiempos –afirma Stromber–. Sin él no se puede hacer nada.

–Ciertamente. Y esa es una de nuestras grandes preocupaciones. La Fundación está pasando por un momento delicado.

–Si tiene problemas económicos, tal vez yo pueda hacer algo, si me lo permite –se ofrece Stromber.

–No creo que sea necesario, pero se lo agradezco.

Stromber es un hombre extremadamente educado y parece que, además, le gusta ayudar a la gente. Sin duda me he precipitado al juzgarle como una persona un tanto extraña. A veces, las apariencias pueden engañar.

–Tendrá usted la ayuda de Arturo, que conoce la biblioteca como la palma de su mano. También podrá contar con nuestros asistentes. Además, dispondrá de los servicios de *Sombra*, un personaje un poco huraño, pero que le será de gran ayuda –explica papá.

–Mi trabajo consiste en analizar y descifrar algunos pergaminos escritos por un famoso alquimista del siglo diez, un tal Arquimaes. Necesitaré su consejo...

–¿Arquimaes? –dice papá, un poco sobresaltado–. ¿Se refiere usted al alquimista que, según algunos estudiosos, logró convertir un material pobre en algo muy valioso?

–Exactamente, aunque nadie sabe de qué material se trata. ¿Le interesa este personaje?

–Arquimaes es uno de los pilares de mi investigación, pero hay pocas obras suyas. Es difícil encontrar pruebas reales de su trabajo –asegura papá, emocionado por encontrar a alguien que comparte su adoración por el alquimista medieval–. Trabajo en ese tema desde antes de que Arturo naciera.

–Lo sabe todo sobre él –añado–. Papá ha descubierto cosas sorprendentes sobre su vida y su trabajo. Estoy seguro de que nadie posee tanta información sobre Arquimaes. Ha venido usted al sitio adecuado.

–¡Qué casualidad! –exclama papá–. En su carta no decía nada de Arquimaes. Explicaba que tenía interés en conocer el sistema de trabajo de los alquimistas pero no me podía imaginar que...

–Señor Adragón, comprenda que hay cierta información que no se puede divulgar. Lo cierto es que quiero especializarme en ese terreno para comprar y vender objetos antiguos. Ya sabe, cosas de mi negocio.

Me parece que el señor Stromber es un hombre astuto que dosifica la información. Indudablemente, sabe lo que quiere y cómo conseguirlo. Empiezo a preguntarme qué busca exactamente en la Fundación.

–Bueno, señor Stromber, ya tenemos algo en común. Arquimaes es el centro de nuestras investigaciones, y eso nos convierte en compañeros de trabajo.

–Efectivamente, amigo Adragón. Somos compañeros de investigación ya que, por lo que veo, compartimos la misma pasión por este personaje tan interesante.

De momento, Stromber se ha ganado la confianza de papá. Quizá sea una buena idea que tenga un nuevo amigo y pueda abrirse un poco al mundo y compartir sus secretos. Desde que mamá murió, vive encerrado en sí mismo y apenas tiene contacto con el exterior. Su vida se reduce a la Fundación y a su extraña investigación.

Si la llegada de Stromber sirve para alegrar la vida a papá, por mí es bienvenido.

* * *

Me tumbo en la cama para descansar un poco antes de cenar. Ha sido un día terrible y estoy agotado. Hace tiempo que no me ocurría «eso», y he sufrido demasiado.

Lo peor es que las cosas están empeorando para mí. El único profesor que he tenido, que me ha cuidado y que me ha defendido, el señor Miralles, se marcha y me deja solo. Cualquiera sabe cómo será su sustituta.

La mejilla me duele un poco. Me acerco al espejo del cuarto de baño y observo con atención. Pero no veo nada, simplemente tengo la piel un poco enrojecida, irritada. El tatuaje ha perdido su forma y ha vuelto a ser como siempre: unas manchas diseminadas por mi rostro y con la cabeza de dragón sobre la frente.

Supongo que algún día tendré que enfrentarme con el problema, pero tengo que esperar a que las cosas se arreglen. No quiero angustiar a mi padre, ahora que parece que los asuntos económicos se han complicado.

Esta noche me siento solo. Es tarde y creo que todo el mundo está acostado. Es un buen momento para hacer lo que más me gusta. Salgo sigilosamente de mi habitación con la linterna en la mano. Cierro la puerta con cuidado, procurando no hacer ruido. Llego a la escalera de caracol y subo despacio, midiendo cada paso, fijándome en los peldaños antes de apoyar el pie. Logro llegar arriba y saco la llave de mi bolsillo. La introduzco en la cerradura y abro la puerta que da a la cúpula exterior, la que está sobre el tejado.

El interior está completamente oscuro. Apenas entra un poco de luz por la claraboya del techo. Dirijo el foco de mi linterna hacia el viejo sillón que se encuentra en el centro de la habitación, y veo que está cubierto con una sábana, igual que casi todo lo que hay aquí. Descuelgo la tela del gran cuadro que está colgado en la pared. Me siento en el viejo sofá y observo el gran retrato de mamá. Está guapísima con ese peinado y ese vestido lujoso, de los que llevaba cuando las cosas iban bien. Entonces papá era un hombre activo que luchaba por mantener la Fundación en buenas condiciones. Hace años que papá decidió colgar aquí este cuadro porque decía que le recordaba demasiado a mamá y le hacía sufrir. Se lo hicieron unos días antes de emprender el viaje a Egipto, por eso le trae malos recuerdos. La verdad es que es un retrato extraordinario. Tiene una mirada tan limpia, transparente y directa que parece que solo tiene ojos para el que la observa, o sea, para mí. Parece que está viva.

–Hola, mamá, aquí estoy otra vez. Hace tiempo que no venía a verte, pero hoy necesitaba hablar contigo. Estoy preocupado por papá. Le veo cada día peor. Está obsesionado con ese trabajo de investigación que parece no tener fin. Hoy he descubierto que lleva trabajando en él desde antes de que yo naciera. Lo ha dicho durante la conversación con Stromber, pero no logro que me cuente en qué consiste.

»Tengo que hacer algo para que se recupere y piense en otras cosas. Le veo trabajar sin cesar, igual que uno de aquellos viejos sabios que no podían hacer otra cosa más que dedicarse a su labor. Creo que no es sano que actúe así, de esa manera tan destructiva. ¿Qué hace, mamá? ¿En qué está trabajando?... Ya sé que no me puedes responder, pero tengo que preguntárselo a alguien. Y *Sombra*, que debe de saber la respuesta, no me lo dice. Estoy preocupado.

Me he acercado al cuadro y paso la mano sobre la pintura. Siento su respiración en la yema de los dedos. Es como si estuviera viva.

–¡Te necesito, mamá! ¡No sabes cuánto te necesitamos papá y yo!

Sin poder evitarlo, empiezo a llorar. No me gusta que me vea así, prefiero que se imagine que estoy bien.

–¿Sabes?, hoy ha llegado Stromber, un personaje que, a lo mejor, le viene bien a papá, aunque es un tipo un poco raro, un anticuario excéntrico. Va a hacer un trabajo de investigación y creo que su compañía le sentará bien. Ojalá se hagan buenos amigos.

Le lanzo un beso con la punta de los dedos.

–Bueno, me tengo que ir. Gracias por escucharme. Vendré pronto a verte. Adiós, mamá. Y no te preocupes por nosotros. Estaremos bien.

Vuelvo a cubrir cuidadosamente el cuadro con la tela y salgo de la buhardilla. Empiezo a bajar la escalera cuando oigo un ruido. Me detengo y espero. Es *Sombra*, que me ha visto, pero no dice nada. Me dirige una mirada de complicidad y desaparece en la oscuridad, dejándome solo.

–Cada día hay más ratas en este edifico –murmura mientras se aleja.

Me acuesto en silencio y me duermo pensando en mamá. Es mi consuelo.

VII

JURAMENTO INCUMPLIDO

ARQUIMAES se movió nerviosamente en la pequeña y oscura celda que estaba a punto de convertirse en la tumba de su querido Arturo. Era consciente de que nadie vendría en su ayuda y de que Morfidio no tendría piedad a menos que le desvelara el gran secreto, cosa que no ocurriría.

Observó el cuerpo agonizante de Arturo, que estaba pálido como la luna, y lamentó verle en ese estado. Había hecho todo lo posible por salvarle la vida con lo que tenía a mano, pero todo había sido inútil. La infección era tan fuerte que la batalla estaba perdida de antemano. Si hubiera dispuesto de los medios necesarios, seguro que le habría curado. Poseía conocimientos suficientes para librar de la muerte a un malherido, pero necesitaba ungüentos, hierbas, mezclas y todo lo demás. Pero el malvado conde, para presionarle, se lo negaba todo.

Se asomó por el ventanuco enrejado que dejaba ver una parte del cielo oscurecido de la noche y observó las pocas estrellas que se dejaban ver a través de las nubes. De repente, se sintió solo y abandonado, como una de esas estrellas del firmamento.

La luna apenas se distinguía y los alaridos de los seres que salían de noche en busca de carne fresca le ponían a la escena una música siniestra. Sabía que esos animales de la oscuridad eran bestias enviadas por los hechiceros, que las enardecían y las convertían en sanguinarias para asustar a los campesinos ignorantes, con la intención de hacerles pagar exagerados impuestos. Las poblaciones que se habían rendido ante el poder de los hechiceros tenebrosos como Demónicus, y pagaban los tributos y les rendían culto, estaban a salvo de los ataques de las alimañas salvajes. Arquimaes sabía que esas bestias eran producto de sortilegios maléficos, de la magia oscura, de una magia que él conocía muy bien, pero que había prometido no usar jamás.

Sin embargo, ahora tenía dudas sobre si debía cumplir su promesa. Se preguntó si la vida de Arturo valía más que su palabra de honor.

Ahora que sus conocimientos científicos no le servían de nada, se planteaba la posibilidad de usar poderes inconfesables que había jurado no usar nunca. ¿Debía un hombre incumplir sus juramentos para salvar la vida de un amigo?

Después de dudar durante horas, se acercó al camastro, se arrodilló ante el cuerpo de Arturo, le cogió de la mano con su mano derecha y le puso la izquierda sobre el pecho. Cerró los ojos y se concentró profundamente. Escuchó los débiles latidos del corazón de su ayudante, despegó los labios y entonó un suave canto que penetraba por el oído del moribundo. Su melodiosa voz invadió el cuerpo de Arturo. La infección producía pus, fiebre y dolor. Presionó un poco sobre el corazón y siguió con su letanía hasta que los primeros rayos del sol entraron en la celda e iluminaron las sucias y frías paredes, dándoles un color cálido, propio de un nuevo amanecer.

* * *

A media mañana, Morfidio descendió por la escalera que llevaba a la celda de Arquimaes con el convencimiento de que el sabio estaría derrumbado ante el cuerpo agonizante de su ayudante, listo para hablar.

El conde venía acompañado de varios criados que transportaban probetas, envases, cofres y otros objetos que habían requisado en el torreón de Drácamont, la noche del secuestro.

Imaginó que la visión de las medicinas y herramientas necesarias para salvar al muchacho serviría para desatar la lengua del sabio y que doblegaría su voluntad sin necesidad de violentar la situación.

Morfidio daba por hecho que dentro de unas horas sería un poderoso rey, inmortal, superior a los demás seres humanos. Sonrió.

–Abrid en seguida –ordenó, deteniéndose ante la puerta de la celda.

Escuchó cómo la cerradura chirriaba y observó, emocionado, que la puerta se abría. Estaba a punto de entrar en la inmortalidad.

–Alquimista, he decidido ser magnánimo y te traigo todo lo necesario para…

Se quedó boquiabierto cuando vio que Arturo estaba de pie, sano, sonriente y en perfecto estado, como si no le hubiera pasado nada. Las secuelas de la herida habían desaparecido

–Arturo se encuentra bien, conde. Creo que no necesitamos medicinas –dijo Arquimaes con una impresionante serenidad.

Morfidio no pudo articular palabra. La sorpresa le había superado y su mente no lograba comprender esa inesperada situación. Para él era como una pesadilla de la que deseaba despertar. De repente, todos sus planes se habían desvanecido.

–¿Qué ha pasado aquí? –logró preguntar al cabo de un rato–. ¿Qué es esto? ¿Qué ha ocurrido aquí?

–La noche ha sido generosa y ha traído la salud a mi querido ayudante –respondió Arquimaes, con tranquilidad–. El cielo ha venido en su ayuda.

–Pero... Pero... ¡Eso no es posible! ¡Estaba a punto de morir!

–Me he recuperado –dijo Arturo, en tono alegre y vivaz–. La herida no era tan profunda y los cuidados de Arquimaes han surtido efecto.

–¿Cuidados? Pero si no tenía medicinas... ¡Ha tenido que usar sortilegios para salvarte! ¡Brujería! ¡Esto es brujería! –exclamó–. ¡Acabarás en la hoguera! ¡Los campesinos tenían razón!

–No, mi señor conde. Yo no he practicado la brujería. De hecho, no hay en esta celda ningún instrumento que sirva para tal fin. Y, como bien sabes, los hechiceros necesitan vísceras de animales, amuletos y otros artilugios. Puedes registrar la celda, si quieres. No encontrarás nada relacionado con la hechicería.

Morfidio, cuyos ojos lanzaban chispas, se acercó a Arquimaes mientras cerraba su puño sobre el mango de su espada.

–¡No te burlarás de mí! ¡No dejaré que me tomes por idiota! Sé que has practicado la brujería y te lo haré pagar caro. Te queda poco tiempo para soltar la lengua. Pasado mañana, tú y tu criado seréis arrojados a la hoguera. ¡Es mi última palabra!

Después, salió de la celda con la cara enrojecida por la ira, seguido de cerca por sus desconcertados criados a los que insultaba y amenazaba.

–¡Si descubro que alguno de vosotros le ha ayudado, lo pagará caro!

Cuando llegó a su habitación, se sirvió una gran copa de vino y dio una terrible patada a uno de sus perros que se acercó a darle la bienvenida.

Sin embargo, y a pesar de que tenía la mente embotada a causa del vino, comprendió algo que le hizo feliz:

–Entonces, es verdad –pensó–. Si ha sido capaz de resucitar a ese chico moribundo, es que posee el poder de la inmortalidad...

VIII
LA PROFESORA NUEVA

ESTA mañana *Patacoja* tiene mala cara. No le culpo, el tiempo no acompaña. Hace un día gris y sopla un viento del norte que congela las palabras.

–¿Qué te ocurre? –le pregunto–. Pareces enfermo. ¿Has bebido?

–He pasado mala noche y he tomado un poco de vino para animarme –reconoce, mostrando el envase de cartón medio vacío–. Me sienta mal dormir a la intemperie, entre cajas de cartón, rodeado de ratas y cucarachas. Hay mucho ajetreo en las grandes ciudades. Parece que por la noche abren las puertas de los manicomios para dejar salir a los más peligrosos.

–Toma, te he traído una manzana y unas tostadas para desayunar –digo, entregándole los alimentos–. Deberías ir a algún sitio y buscar ayuda.

–Prefiero morir de frío antes que someterme a una vida ordenada –dice–. Desde que he perdido la pierna, no tengo ganas de obedecer a nadie. Prefiero morir de hambre antes que dejar que me den órdenes.

–No desesperes. A lo mejor un día te crece de nuevo.

–Arturo, eres un buen chico, pero no me harás creer en milagros. Lo que está mal, mal se queda para siempre. Mi pierna se está pudriendo en el infierno.

–Tienes poca fe. Todas las cosas tienen arreglo, menos la muerte.

–¿Lo crees de verdad, o lo dices para consolarme? ¿Crees que me voy a tragar semejante bobada?

–Todo lo que está mal, puede empeorar. Pero también puede mejorar, no lo dudes –insisto.

–Ya, y también podemos olvidar todo lo que nos duele, ¿verdad? ¿Crees que podemos hacer como si no pasara nada?

–Bueno, me voy al instituto. Luego nos veremos, que te estás poniendo muy trágico.

–No te he contado lo peor... Anoche hubo una pelea ahí enfrente.

–No me he enterado.

–La policía llegó en seguida, pero hirieron a un tipo para robarle la cartera y el coche. Yo lo vi todo desde un portal.

–Pues debiste hacer algo para ayudar a ese hombre –digo.

–¿Y qué puede hacer un pobre cojo? ¿Acaso quieres que me partan la otra pierna?

–No me vengas con historias. ¡Podías haber dado gritos para avisar a la policía!

–¡Nada! ¡No podía haber hecho nada! Además, creo que me han visto y me están vigilando. Son muchos y muy peligrosos.

–Vaya, ahora tienes una paranoia. ¿Quién quiere controlar a un mendigo?

–Esos tipos. Están por todas partes.

–¿Qué tipos? ¿De quién hablas?

–¿No lo sabes? Están muy organizados. Roban y asaltan todo lo que se proponen. Ahora la han tomado con este barrio. Tarde o temprano os tocará a vosotros. Son verdaderos profesionales.

–Me parece que tienes mucha imaginación.

–¡Esa banda es un verdadero peligro! ¡Te lo digo yo! ¡A ver qué dices cuando descubran mi cadáver entre la basura!

–Bueno, oye, me tengo que ir. Es un poco tarde –me disculpo–. Luego hablamos. ¡Ah, y cuídate, cascarrabias!

–¡No me llames cascarrabias!

Me voy para no seguir discutiendo, pero reconozco que estoy preocupado por él. Se nota que está empeorando... Y creo que bebe cada día más. Si sigue viviendo en la calle, podría morir de frío. *Patacoja* está desamparado y necesita ayuda. Además, en el fondo, sé que tiene razón con lo de las bandas organizadas. He oído muchas cosas acerca de ese asunto y, a veces, cuando lo pienso, me asusta un poco. Dicen que son muy peligrosos. En fin, hasta ahora he tenido suerte y no me he tropezado con ellos.

* * *

El instituto ya está lleno de compañeros. Veo que Horacio se está metiendo, como siempre, con el pobre Cristóbal, un chaval de Primaria.

–¡Eh, tú, *Caradragón*!

No le hago caso y sigo mi camino. Sé que si me detengo, habrá problemas.

–Oye, *Caradragón*, ¿estás sordo o qué te pasa? –dice, poniéndose delante de mí.

–No tengo nada que decirte. Déjame en paz.

–Te gusta hacerte el listo en clase, ¿eh?

–No es eso, es que me gusta estudiar –respondo.

–El otro día nos dejaste en ridículo ante el profe. No creas que te vamos a dejar que nos tomes el pelo. Ten cuidado con lo que haces y dedícate a cuidar al loco de tu padre, que...

–¡No te metas con mi padre! –grito.

–¡Tu padre está como una cabra! ¡Todo el mundo lo sabe!

–Sí, se parece a don Quijote, que se volvió loco de tanto leer –dice Mireia.

–¡Está chalado! El otro día le vimos con su bicicleta, en el centro... ¡Casi le pilló un coche! –dice Marisa.

–¡Mi padre no está loco! ¡Mi padre no está loco!

Cierro los puños, dispuesto a enfrentarme con el próximo que diga algo contra mi padre, pero en vez de eso, se ponen a cantar:

–¡*Caradragón*! ¡*Caradragón*! ¡*Caradragón*!

–¿Qué pasa aquí? –pregunta Mercurio, con su voz ronca.

Los demás dan un paso atrás y se callan.

–¿Puedo hacer algo por vosotros? –insiste–. ¿Queréis que os ayude a cantar? Porque si queréis, puedo inventar alguna canción.

–No, no hace falta –dice Horacio.

–Entonces, quiero ver cómo os marcháis a clase tranquilamente, sin meteros con nadie, ¿entendido? –dice con firmeza.

Horacio y los suyos me lanzan una mirada asesina mientras se retiran hacia el aula. Mercurio me pone la mano en el hombro:

–Ven, te acompañaré –se ofrece.

–Gracias, Mercurio, pero debo enfrentarme solo a mis problemas –le digo–. Aunque te agradezco la ayuda, de verdad.

–Está bien, chico –acepta–. Comprendo lo que dices. Pero si las cosas se complican, avísame, ¿vale?

–De acuerdo –digo, retirándome–. Muchas gracias, Mercurio.

Menos mal que ha llegado a tiempo, ya que la situación era francamente mala para mí. Estaba a punto de meterme en un lío. Horacio me la tiene jurada, aunque no sé por qué. Siempre que puede, se mete conmigo.

Entro en clase y me encuentro con que, en mi pupitre, en el sitio que siempre está libre, hay una chica. No sé de dónde ha salido, nunca antes la he visto en clase. Puede ser una repetidora.

–Oye, ¿no te has equivocado de sitio? –le digo.

–¿Por qué lo dices? ¿Es un sitio especial o algo así? ¿Hay que pagar para ponerse aquí?

–No, es que aquí no se sienta nadie nunca. Por eso es especial.

–Pues ha dejado de serlo. Ahora me siento yo. A partir de ahora este es mi sitio, ¿de acuerdo?

–Bueno, sí, de acuerdo. Tú verás.

–Me llamo Metáfora, ¿y tú?

–¿Metáfora? Eso no es un nombre, eso es…

–¡Mi nombre! Ya te he dicho que me llamo Metáfora, ¿o hay que repetirte las cosas dos veces?

–Bueno, yo me llamo Arturo. Arturo Adragón.

–Yo me llamo Metáfora Caballero. Bien, pues ahora que sabemos cómo nos llamamos, intentemos llevarnos bien. Soy nueva en este colegio y me acabo de instalar en esta ciudad… Y no me gusta que me molesten.

Esta niña es una pesadez. Ya se enterará de con quién se ha sentado. No sabe todavía lo que la espera. Ya le dirán que este es un sitio especial. Que nadie se sienta con *Caradragón*.

De reojo me doy cuenta de que me observa. Supongo que mi aspecto le extraña.

–No muerde –le digo, sin levantar la vista de mi cuaderno.

–¿Qué? ¿Qué dices?

–El dragón... No muerde. Es inofensivo.

–Oye, que yo no he preguntado.

–Y esas manchas también son de nacimiento. No se pueden quitar y de vez en cuando se mueven, así que tienes que estar muy atenta, a lo mejor tienes suerte y esta mañana tienes espectáculo gratuito.

–Será mejor que te calles o me enfadaré. Deja de decir tonterías, que no me asustarás. ¿O te gusta aterrorizar a las chicas?

–No, no...

–Pues no insistas, que tu dragón no me da miedo. Y tú tampoco.

Pero las sorpresas no han terminado: el director, acompañado de una mujer, entra en la clase. Los dos suben al estrado y él reclama nuestra atención:

–Por favor, escuchad lo que tengo que deciros –anuncia, dando un par de palmadas.

Finalmente, todo el mundo se calla y atiende a sus palabras. La mujer es joven y guapa.

–Os presento a vuestra nueva profesora. Se llama Norma y sustituye al señor Miralles, que se ha marchado a su nuevo destino. Espero que la acojáis bien. Norma tiene experiencia y os enseñará todo lo necesario para que, además de aprobar, aprendáis un montón de cosas nuevas.

De forma espontánea, empezamos a aplaudir. La señorita Norma sonríe ante nuestro recibimiento que, sin duda, le ha gustado. El director también aplaude y sonríe, feliz de su éxito.

–Bien, ahora os dejo con ella. Espero que no haya ningún problema. No me gustaría recibir ninguna queja.

Se despide de Norma y sale de la clase. Todavía hay un impresionante silencio cuando ella empieza a hablar:

–Muchas gracias por los aplausos y por el buen recibimiento. Deseo ser digna de vuestra aprobación. Para empezar, me gustaría escuchar vuestras opiniones sobre lo que debo hacer. ¿Hay alguna recomendación que queráis hacerme? No sé, alguna sugerencia.

Nos ha sorprendido. Ningún profesor nos había hecho esta pregunta.

–Si me permite –dice Horacio, levantando el brazo–. Puedo hacerle una sugerencia.

–Te ruego que la hagas –dice Norma, contenta de que alguien responda a su propuesta–. Di lo que quieras.

–Pues verá usted, en esta clase tenemos un problema que no conseguimos resolver.

–¿Un problema? ¿Qué problema?

Siento un retortijón en las tripas y me temo lo peor.

–Entre nosotros hay un mago, un brujo... Ya sabe, una especie de bicho raro como esos que se ven en los circos. Un amante de los dragones.

–No entiendo, ¿a qué te refieres?

–Me refiero a *Caradragón*. Es ese que se sienta ahí detrás, con la chica nueva. Hace cosas raras y tenemos miedo de que nos contagie. ¿Podría enviarlo a otra clase?

–¿Cómo has dicho que se llama?

–*Caradragón*.

–¿*Caradragón*? Pero, eso no es un nombre, eso es un mote, o un apodo...

–Bueno, puede llamarlo como usted quiera, pero para nosotros es *Caradragón*. Tiene uno pintado en la cara.

Norma me mira. Después mira a Horacio y vuelve a mirarme:

–¿Puedes levantarte y decirme tu nombre? –pide amablemente.

–Me llamo Arturo Adragón –digo.

–Muchas gracias, Arturo... Y tú, ¿puedes decirme tu nombre y apellido? –pide, dirigiéndose a Horacio.

–¿Yo? Me llamo Horacio Martín y soy el primero de la clase.

–Bien, Horacio, escúchame bien. Si vuelves a referirte a alguno de tus compañeros utilizando un mote, te aseguro que dejarás de ser el primero de la clase. ¿Lo entiendes?

Horacio se pone pálido y me lanza una mirada cuyo significado conozco muy bien. Norma cree que me ha hecho un favor, pero se equivoca.

–Se lo voy a decir a mi padre –amenaza Horacio, inesperadamente–. No estoy dispuesto a permitir que una profesora me ponga en ridículo delante de toda la clase.

–Estaré encantada de hablar con tu padre –responde Norma–. Puede venir a verme cuando quiera.

–Le advierto que no le va a gustar lo que acaba de hacerme.

–Y a mí no me gusta que se falte al respeto a los compañeros. No me gustan los motes ni los apodos. Y no me gusta que se compare a mis alumnos con bichos de circo. Esto es un colegio, esta es mi clase y nadie insulta a nadie. ¿Me he explicado?

Norma acaba de dejar atónitos a todos mis compañeros, empezando por mí. De momento, tengo la impresión de que he ganado con el cambio, aunque el tiempo lo dirá. Sea como sea, me parece que durante el recreo voy a tener algunos problemas.

–Voy a escribir mi nombre en la pizarra. Y vosotros vais a hacer lo mismo. De esta manera, quedará claro cómo se nos debe llamar. Y desde ahora mismo, os digo que aquí no hay magos, ni hechiceros, ni brujos. Aquí solo hay alumnos y alumnas que vienen a estudiar. Y todo el mundo respeta a todo el mundo... Aunque sea diferente.

Norma se acerca a la pizarra y escribe su nombre y apellido: Norma Caballero. Hace una seña a Horacio para que se acerque a la pizarra y escriba su nombre. Mientras van escribiendo, una duda me asalta. Me giro hacia mi compañera y le pregunto:

–Oye, ¿cuál era tu apellido?

–Caballero. Me llamo Metáfora Caballero.

–¿Igual que la profesora?

–Claro, es mi madre. Mi primer apellido es el suyo.

–¿Tu madre?

–Perdona, pero tengo que salir a escribir mi nombre –dice, poniéndose en pie.

Ahora resulta que mi compañera de pupitre es la hija de la profesora. ¿Es mejor o es peor para mí? ¿Las cosas van a mejorar o van a empeorar? Ser compañero de la hija de la profesora tiene su lado bueno, pero, bien mirado, también tiene su lado malo. Puede ayudarme pero también puede contar todo lo que vea de mí. Y si tengo la mala suerte de que se hace amiga de Horacio, estoy perdido ya que, al estar cerca de mí, lo sabrá todo.

–Arturo, ¿te importa venir a escribir tu nombre? –me pide la profesora.

Sin decir nada, me levanto y me acerco a la pizarra. Después de escribir mi nombre, vuelvo a mi sitio. Metáfora ya está sentada y me está esperando:

–¿Te llaman *Caradragón* por ese dibujo? ¿Cómo te lo hiciste?

–Eso no es asunto tuyo –respondo de mal humor, casi convencido de que he tenido la mala suerte de que se haya sentado a mi lado.

Mi padre siempre dice que las cosas tienden a empeorar. Y hoy me doy cuenta de que tiene razón.

* * *

Es de noche y estoy en mi lugar favorito. El tejado de la Fundación es el único sitio en el que no me buscan. Nadie sabe que subo aquí cuando me siento muy abatido. Me gusta ver la ciudad de noche. Me gusta imaginar que cada noche vivo en una casa diferente. Primero elijo un tejado, después me fijo mucho en sus características y me empiezo a creer que vivo en esa casa.

Esta noche he elegido un edificio alto, recubierto de pizarra negra, con una gran chimenea. Según la miro, me imagino una familia a mi medida. Una familia en la que tengo una madre que me cuida y un padre respetado por todos. Me gusta pensar que no hay problemas y que todo va bien. Incluso acaricio la idea de que estoy bien, de que no hay en mí nada que llame la atención. Me consuela pensar que «eso» ha desaparecido.

–¿Te encuentras bien?

Es *Sombra*.

–¿Qué haces aquí? Hacía mucho que no sabías...

–Ya sé que siempre que estás triste, subes aquí para estar solo. Pero esta noche te he visto más derrotado que otras veces, por eso me he atrevido a subir. Como antes...

–No quiero que le digas a nadie que…

–Tranquilo, no contaré nada. Ya sabes que puedes confiar en mí.

–Ven, siéntate a mi lado y cuéntame algo. Cuéntame una de esas historias que conoces. Ayúdame a olvidar.

–¿Sabes que tu padre y el señor Stromber han hecho buenas migas? –explica.

–Eso creo. Me alegro mucho por papá, le vendrá bien tener un amigo. Le hace falta.

–Tanta como a ti, ¿verdad?

–Bueno, yo ya te tengo a ti, querido *Sombra*. Tú eres mi mejor amigo.

–Me da pena ser tan mayor y no poder compartir todos tus intereses. Debemos buscar un chico de tu edad que quiera ser tu amigo.

–Sabes que eso es imposible. Nadie quiere acercarse a mí. En cuanto ven lo que me pasa, huyen...

–Un día encontrarás alguien que te comprenda. Eres un chico inteligente y harás buenos amigos.

–Sí, en el otro mundo –respondo–. En este ya sé que es imposible.

Sombra es mi mejor amigo. Era monje y lo dejó todo para venir aquí. Sin él, papá estaría perdido ya que, si hay alguien que conoce todos los secretos de la Fundación, es *Sombra*. Le llamamos así porque se desliza igual que una sombra y es tan silencioso como ella. Si quiere, puede estar a tu lado sin que te des cuenta.

–Hay algo en el señor Stromber que no me gusta –dice de repente–. No me mira a los ojos, y eso es un mal síntoma.

Además, *Sombra* es un gran psicólogo.

–Ese hombre es turbio –insiste.

–Deja de decir tonterías. Le cae bien a papá y le ayudará a conseguir el dinero necesario para afrontar las deudas. Así que haz el favor de no ver fantasmas donde no los hay.

–Tienes razón, Arturo. No voy a decir nada más contra él.

–Y le ayudarás. No quiero que papá se disguste por tu culpa.

–Sí.

–Bien, y ahora cuéntame una historia.

–De acuerdo... Hubo una vez un chico que vivía en el tejado de su casa...

–Sigue, sigue...

–... y soñaba con tener amigos...

–Oye, *Sombra*... he conocido a una chica.

–¿Qué?

–Es una nueva compañera. Se sienta a mi lado

–¿Es simpática? ¿Es inteligente? ¿Es guapa?

–Las tres cosas... Es preciosa. Y sonríe como el cuadro de mamá. Ya sabes a qué me refiero.

–Sí, sé de qué hablas. Tu madre tenía una sonrisa muy especial... Y ese cuadro la recoge perfectamente.

–Me hubiera gustado tanto conocerla...

–No te pongas triste, ahora tienes a esa chica. Ya verás como os hacéis buenos amigos.

–Bueno, no hay que adelantar acontecimientos.

–Deja volar tu imaginación, Arturo, déjala volar...

IX

UN EJÉRCITO PARA LIBERAR A UN SABIO

CUANDO el ultimátum estaba a punto de cumplirse, Arquimaes fue llevado a empujones ante la presencia de Eric Morfidio. Mientras subía las escaleras, el sabio se convenció de que su hora había llegado.

Una vez ante el conde, los soldados obligaron al científico a arrodillarse sobre la alfombra que se encontraba a los pies de su secuestrador.

–Arquimaes, la última oportunidad de desvelarme tu secreto ha llegado –le advirtió–. Mi paciencia ha terminado.

Arquimaes tragó saliva. Sabía que sus próximas palabras serían determinantes. Si se equivocaba, podrían ser las últimas que pronunciaría en su vida.

–Ya te he dicho, conde Morfidio, que mi invento no te servirá. Aunque te lo cuente no te será de provecho.

–Y yo te he dicho, hechicero, que de eso ya me ocuparé yo. Tú, explícamelo. Y hazlo ya...

–No puedo. Ni aunque quisiera sería capaz de poner en tus manos un descubrimiento que debe ser transferido a personas justas y honestas, y no a gente como tú, deseosa de poder.

Eric, ofendido por las palabras de su prisionero, se levantó y dio unos pasos hacia él.

–Por mucho que te escudes en esa estúpida historia, no te servirá de nada. O me lo cuentas a mí o no se lo contarás a nadie.

–¡Mi fórmula no es como esos edictos que redactas para subir impuestos!

–Escucha, sabio, si te niegas a colaborar, te aseguro que mañana por la mañana, tú y ese chico al que has devuelto la vida con tu poderosa hechicería, os convertiréis en ceniza.

–¡Si hiciera lo que me pides me traicionaría a mí mismo! Y yo no le he devuelto a la vida a Arturo... ¡Se ha curado solo!

–No puedes negar lo que he visto con mis propios ojos. ¡Ese muchacho estaba herido de muerte! Ahora sé que posees la fórmula de la inmortalidad.

En aquel preciso momento, justo cuando Arquimaes se disponía a responderle, el capitán Cromell entró atropelladamente en la sala y pidió permiso para hablar.

–Es urgente, excelencia. Traigo un mensaje personal que acaba de llegar –alegó–. ¡Es muy importante!

Morfidio alargó la mano y su hombre de confianza le entregó un estuche de cuero que contenía un pliego escrito. Impaciente por saber de qué se trataba, lo desplegó y lo leyó ansiosamente.

–¡Maldita sea! –exclamó unos segundos después–. ¡Ese condenado Arco de Benicius se ha vuelto loco!

Las palabras de Morfidio dejaron estupefacto a Arquimaes, que prefirió mantenerse en silencio. El conde se acercó a la bandeja de frutas y bebidas, se sirvió una gran copa de vino y se la tomó ansiosamente de un solo trago.

–Ya ves como tenía razón, sabio del demonio. Tu protector, Arco de Benicius, amenaza con atacarme si no te pongo en libertad. Ya ves que él también desea poseer tu secreto.

–No quiero que haya ninguna guerra por mi culpa.

–Entonces entrégamelo lo antes posible. Es la única forma de evitar una carnicería inútil. Este insensato ha reunido un ejército y se dirige hacia aquí. Dentro de poco lo tendré a las puertas de mi propio castillo.

Arquimaes comprendió que Eric tenía razón. En breve empezaría una guerra en la que moriría mucha gente y dejaría la región asolada. Las campañas dejaban siempre un rastro de muerte y desolación que solía durar muchos años. Y los más débiles, los campesinos y sus familias, eran los que más sufrían las consecuencias. Paradójicamente, las personas a las que quería ayudar, corrían ahora un serio peligro.

* * *

Arquimaes volvió a la celda completamente desolado.

Arturo, que comprendió en seguida en qué estado se encontraba, se acercó y trató de consolarle.

–¿Qué pasa, maestro? ¿Vamos a morir en la hoguera?

–Mucho peor, muchacho. ¡Una guerra está a punto de comenzar! Solo de pensar en la cantidad de gente que va a morir, se me parte el alma.

–¿Una guerra? ¿Por nuestra culpa?

–El rey Benicius viene con su ejército a rescatarnos. Dentro de poco sonarán las trompetas de guerra y nadie sabe cómo terminará. Quizá debería rendirme y revelar el secreto a Morfidio.

–¡No, maestro! ¡No debéis hacer eso! ¡Ese hombre es un bárbaro! –protestó Arturo.

–¿Debo dejar que mueran cientos de seres humanos para preservar una fórmula que solo unos cuántos podrán utilizar?

–¿Es una buena idea dar un poder ilimitado a un ser depravado que no valora la vida humana? –argumentó Arturo–. ¡Por favor, maestro, no os rindáis!

X

EL BUITRE DEL BANCO

ESTOY desayunando con papá y el señor Stromber, en el comedor pequeño, cuando Mahania entra y anuncia una visita:

–Es el señor Del Hierro, el gerente del banco. Dice que quiere hablar con usted, don Arturo.

–¿A estas horas? Pero si es muy temprano. Son solo las ocho y media de la mañana.

–Los banqueros madrugan mucho, querido Adragón, por eso ganan tanto dinero –explica Stromber, en tono de broma–. Atiéndale usted, que yo me voy a trabajar.

El anticuario se levanta y sale del comedor, dejándonos solos.

–Está bien, Mahania, dile que pase a mi despacho, que ahora bajo.

–Sí, señor –contesta, haciendo una inclinación de cabeza.

–Papá, ¿hay problemas con el banco? –pregunto.

–Oh, no debes preocuparte por esas cosas –responde, pasando su mano por mi cabeza–. Un muchacho de tu edad no debe angustiarse por los asuntos de adultos. Anda, vete al instituto, que esta tarde hablaremos un poco.

Se dirige con decisión hacia su despacho dispuesto a enfrentarse con el banquero.

Subo a mi habitación y reviso, como siempre, mi mochila. Cambio los libros que necesito por los que me sobran y cojo mi cazadora. Bajo las escaleras y me cruzo con el señor Del Hierro, un hombre grueso y vestido de negro que se parece más al empleado de una funeraria que a un hombre de negocios. Espero hasta que entra en el despacho de papá. Mahania, que le ha acompañado hasta la puerta, me ordena seguir mi camino:

–Vamos, Arturo, vete al colegio ahora mismo, que de esto ya se ocupa tu padre.

–Adiós, Mahania. Luego nos vemos. Ya me contarás.

–¡Nada, no te contaré nada! ¡Esto es asunto de tu padre!

En la calle me encuentro, como siempre, con *Patacoja*, que está aún más desmejorado:

–Te he traído dos naranjas –digo–. Pero me tienes que prometer que irás al médico para que te hagan una revisión. No me gusta el aspecto que tienes.

–Lo que tengo no se cura en el despacho de un médico –responde–. Los médicos no tienen la medicina que necesito.

–¿Y qué medicina necesitas?

–Alguien que me quiera –explica–. Alguien que se ocupe de mí. Eso es exactamente lo que necesito.

–Ya sabes que me tienes a mí –digo–. Soy tu amigo

–Un muchacho y un hombre no pueden ser los mejores amigos. Son edades tan diferentes que no encajan.

–¿Quieres decir que no somos amigos?

–Somos amigos, pero tú no puedes llenar el vacío que me falta... Igual que yo no puedo llenar el tuyo. ¿Entiendes, pequeño monstruo?

–¡No me llames así, que ya sabes que no me gusta! –protesto.

–Ah, vaya, tú me puedes llamar loco y cascarrabias, pero yo no te puedo llamar monstruo. ¡Eso es amistad, sí señor!

–Bueno, por esta vez que pase, pero...

–Ni pero ni nada...

Salgo corriendo sin dejarle terminar la frase, aunque creo que me ha comprendido perfectamente. *Patacoja* sabe que yo no me enfadaría con él por nada del mundo, pero hoy ha dicho algo que no me gusta. Y se ha dado cuenta.

Patacoja es un mendigo que vive a la sombra de la Fundación desde hace más de un año y, poco a poco, nos hemos hecho amigos. Le he tomado cariño por una razón especial: me recuerda a mi padre. Tiene algunos rasgos tan similares que, a veces, me parece que podrían ser hermanos o algo así. Además, un día me contó su historia. Recuerdo que me senté a su lado y me explicó cómo cayó en la indigencia:

–Yo tenía un empleo en una empresa importante –dijo–. Durante años las cosas me fueron bien hasta que, un día cometí un grave error... Yo era arqueólogo y dirigía una excavación en las afueras de Férenix, donde habíamos encontrado las huellas de un fortín medieval. Estábamos desenterrando las piedras con mucho cuidado ya que estaban bastante deterioradas. Pero todo salió mal y me echaron las culpas. Yo dirigía aquella excavación y la responsabilidad cayó sobre mis hombros... En fin, aquello fue el fin de mi vida profesional... y personal.

–Pero, ¿qué pasó exactamente? –le pregunté.

–Es muy complicado de contar. Pero ya te digo, fue mi ruina. Ahí acabó mi carrera de arqueólogo. Por un error.

–¿Y lo de la pierna?

–Un día bebí más de la cuenta. Crucé un semáforo pero no fui capaz de distinguir el color verde del rojo, y un coche me pasó por encima. La consecuencia fue que perdí esa maldita pierna. El coche se fugó y nunca se supo nada del conductor.

Desde entonces le llaman *Patacoja*. Cuando le conocí, aún llevaba un vendaje en la pierna, o en lo que quedaba de ella. *Patacoja* es una buena persona, pero la gente le rehúye. Un hombre tullido, que vive en el suelo, no es precisamente algo agradable de ver. *Patacoja* y yo nos entendemos bien porque somos iguales: dos bichos raros.

Sin embargo, me quedé con la impresión de que ocultaba algo. Un secreto que no me quiso contar.

Si en alguna ocasión puedo hacer algo para ayudarle, desde luego lo haré. Una de las cosas que mi padre me ha enseñado es que hay que mirar a las personas como personas y no como deshechos. Y mi padre sabe mucho de muchas cosas. Y siempre me ha enseñado cosas buenas.

* * *

Horacio está en la puerta del instituto con sus compinches, hablando con Metáfora. Ya sospechaba yo que las cosas irían por ese camino. Resulta que mi compañera de pupitre va a ser amiga de mis enemigos. No sé si podré aguantar esta situación, que empeora día a día.

–*Caradragón*, mira, estamos hablando de ti –dice Horacio, cuando paso a su lado–. Estamos poniendo al día a Metáfora sobre tus cosas. Ahora ya sabe quién eres.

Sigo mi camino sin responder. Prefiero evitar una discusión que no me beneficia en nada. Si Metáfora va a estar con ellos, pues que esté. Mejor para ella. Y si se lo quiere contar a su madre, pues que se lo cuente. Me da igual... ¡Me da todo igual!

–Buenos días, Arturo –dice Mercurio–. ¿Algún problema?

–No, no pasa nada. Es que siempre saluda así.

–Horacio es un problema. Se cree que porque su padre es amigo del director, puede tratar a la gente de esta manera, pero se equivoca –me advierte Mercurio.

–Gracias por tu ayuda, Mercurio. Te debo una

–No nos pongamos tiernos, chaval. Anda, vete a clase.

Entro en el aula y me siento en mi pupitre. Abro la cartera y antes de haber sacado los libros y los cuadernos, veo que Metáfora entra y se acerca.

–Hola, Arturo –dice.

–Hola –respondo secamente.

Es una pena que no quede ninguna mesa libre para cambiarme de sitio. La verdad es que prefiero estar solo. Estoy tan habituado que ahora me cuesta trabajo tener a alguien pegado.

–Ya me han contado por qué te llaman así –dice–. Me gustaría verlo algún día.

–¿Para burlarte de mí? ¿Es eso lo que quieres?

–Oh, no, no digas eso. Debe de ser precioso eso de que una letra aparezca mágicamente sobre tu piel. Creo que tienes un don especial que nadie más…

–Ya. Me sugieres que me vaya a un circo, ¿no?

Creo que mi respuesta no le ha gustado, por eso guarda silencio. No he estado muy educado, pero estoy tan irritado que ya no sé ni lo que hago. Debo tener cuidado con esta actitud tan negativa.

–Oye, perdona, he estado un poco brusco pero…

–Vale, vale, déjalo… –responde, un poco ofendida.

La profesora acaba de entrar en clase y todo el mundo se pone en pie.

–Hoy vamos a hablar de la escritura. ¿Qué opináis de ella?

Nadie responde.

–Bien, pues vamos a ver si Horacio es capaz de darnos su opinión. Haz el favor de salir aquí y de explicarnos qué crees que nos aporta.

Horacio obedece y, de mala gana, sale a la pizarra:

–Yo creo que la escritura no sirve para nada. La lectura está pasada de moda. Nadie lee, eso es prehistórico. Una imagen vale más que mil palabras.

–¿Prehistórico? Sin la escritura viviríamos todavía en las cavernas.

–La escritura es una tecnología anticuada –insiste Horacio–. Es medieval.

–Medieval es pensar así. En aquella época, a la gente le podía costar la vida aprender a leer… Pero ahora que todo el mundo sabe leer, resulta que muchos os negáis… ¿Quién es capaz de decir algo a favor de la escritura y de la lectura?

Yo no estoy de acuerdo con Horacio, pero no me apetece meterme en líos. Contradecirle puede significar meses de persecuciones. Así que lo dejo pasar. Pero veo que casi todos levantan el brazo para indicar que están de acuerdo con él.

–Yo creo que Horacio está equivocado –dice Metáfora, que se acaba de levantar–. No es una tecnología vieja y anticuada. Es lo más moderno que existe y me gustaría decir que no es verdad que una imagen vale más que mil palabras... ¡Una buena frase vale más que mil imágenes!

–¡Sí, como la cara de *Caradragón*! –se burla Horacio–. ¡Que tiene una letra pintada en la cara! ¡Eso sí que es moderno!

–Si vuelves a llamarle de esa manera, vas a pasar el resto del curso en el despacho del director –advierte de forma contundente la profesora–. Ya he dicho que no quiero ni el más mínimo signo de abuso ni de falta de respeto entre vosotros. ¿Está claro?

–Sí, señorita.

–Siéntate en tu sitio, Horacio, y gracias por tu colaboración –dice Norma.

Mientras siguen hablando y discutiendo sobre la virtud de la escritura, escribo una pequeña nota en un papel y se la entrego disimuladamente a Metáfora: «Gracias».

XI
EL ASEDIO

LA caballería llegó al amanecer, portando estandartes con el escudo del rey Benicius: un yelmo con antifaz y corona real. Un dibujo sencillo, pintado en blanco sobre fondo azul.

Los cien primeros jinetes se acercaron pisando los talones de los campesinos y labradores rezagados que huían hacia el castillo de Morfidio, en busca de protección. Los asaltantes hicieron algunos prisioneros y hubo varias escaramuzas con los exploradores.

El terror se apoderó de la población y los habitantes de los pueblos cercanos se escondieron en los bosques y entre las rocas, decididos a luchar contra el hambre y el frío antes que enfrentarse con el ejército de Arco de Benicius. Si los jinetes no habían tenido contemplaciones, ¿qué pasaría cuando llegasen las tropas de infantería, que eran más brutales?

Los primeros rayos del sol se reflejaban en las armaduras, en las lanzas y en los escudos relucientes del grueso del ejército atacante, que llegó una hora más tarde luciendo estandartes que ondeaban al viento y marchando al ritmo de los tambores de guerra.

Los centinelas, que vigilaban desde las almenas del castillo de Morfidio, dieron la voz de alarma y los oficiales de guardia alertaron al conde. Este, rodeado de sus hombres de confianza, pudo contemplar cómo las tropas de su enemigo se asentaban alrededor de la fortaleza, dispuestas para un largo asedio. Venían decididas a vencer o a morir.

Los invasores, en una actividad frenética, levantaron tiendas, pabellones y empalizadas. Las banderas decoraban los lugares principales mientras las cornetas resonaban para emitir órdenes que eran cumplidas inmediatamente. Asimismo, cortaron todos los caminos que permitían la entrada o salida del castillo. Morfidio contempló enfurecido cómo, en pocas horas, su fortaleza estaba completamente asediada.

–¡Traedme ahora mismo a ese alquimista loco! –ordenó, en un tono que no dejaba lugar a dudas sobre el estado de rabia que le dominaba.

Arquimaes y Arturo, que aún dormían, fueron sacados de la celda a trompicones y llevados a la almena principal, junto al conde. Cuando vieron lo que sucedía alrededor del castillo, sus corazones se encogieron de asombro y temblaron de miedo. Sabían que cuando las fuerzas militares se movilizaban de esta manera, muchas personas iban a morir y a sufrir.

–Todo esto es por culpa tuya, sabio. Es a causa de tu cabezonería –advirtió Morfidio–. ¿Estás contento de lo que has conseguido? Dices que trabajas para ayudar a la gente y, por tu culpa, vamos a morir todos.

–¡Déjame marchar en paz antes de que sea demasiado tarde! –respondió el sabio–. ¡Te suplico que renuncies a tu ambición!

El capitán Cromell abofeteó el rostro de Arquimaes.

–¡Contén tu lengua! –le amenazó–. ¡No vuelvas a hablar de esta manera a tu señor!

Eric dirigió su mirada hacia el exterior, como si lo que le acababa de ocurrir a Arquimaes careciese de valor para él.

–Son muchos –sentenció–. Va a ser una lucha cruel.

–Libérame y todo esto se evitará –solicitó Arquimaes–. Yo convenceré a Benicius de que se retire en paz.

–¿Me tomas por idiota? ¿Crees acaso que voy a permitir que ese miserable se apodere de tu invento? ¡Antes la muerte que someterme a su voluntad!

–Pero él no quiere mi secreto. Él solo quiere liberarme.

–¿Liberarte? ¿Y para qué querría liberarte si no es para conseguir el poder que le puede otorgar tu descubrimiento? ¿Crees que ha movilizado todo este ejército solo porque le caes bien?

–Me debe la vida. Le salvé de la lepra y está en deuda conmigo.

–Eres un ingenuo. Arco de Benicius solo está en deuda consigo mismo. Ese reyezuelo sabe lo que busca. ¡Es peor que una víbora!

–¡Nunca conseguirás tu objetivo, maldito conde! –estalló Arturo–. ¡Nunca conseguirás lo que buscas!

Morfidio se acercó al joven y, después de observarle atentamente, dijo:

–¡No creas que volverás a escaparte con vida! –rugió–. ¡Si muero, tú también caerás! ¡Ni siquiera la magia de tu amo te salvará!

Arturo estaba a punto de responder cuando un centinela levantó el brazo y señaló a tres jinetes que se acercaban hacia el castillo.

–¡Emisarios, mi señor! ¡Traen bandera blanca!

–Ocúpate de recibirlos, capitán. Que te digan lo que quieren y que vuelvan a sus filas, antes de que ordene matarlos a todos –rugió Eric, fuera de sí–. ¡Maldito Benicius!

Arquimaes escuchó las palabras del conde Morfidio con desesperación. Sabía perfectamente que nunca se doblegaría ante Benicius y que la batalla era inevitable.

* * *

Arco de Benicius recibió a sus emisarios en la tienda de mando, aunque ya sabía de antemano lo que le iban a decir:

–Se han negado, ¿verdad? –preguntó, apenas entraron en la tienda.

–Morfidio no quiere ni hablar del tema. Dice que Arquimaes es suyo y que no lo soltará de ninguna manera –explicó el caballero Reynaldo.

–Asegura que Arquimaes es su invitado. Dice que no está dispuesto a dejarle salir de su castillo –le secundó Hormar.

–¿Invitado? Morfidio es una rata que debí aplastar hace muchos años. Sabemos perfectamente que lo ha secuestrado para apropiarse de esa fórmula secreta. Tenemos que impedir que se salga con la suya –dijo Benicius con amargura–. Si lo hace, nuestro reino caerá bajo su poder y seremos sus esclavos. Antes de que eso ocurra prefiero entregarme a Demónicus.

–¿Tan importante es el descubrimiento del alquimista? –preguntó Reynaldo

–Nadie lo sabe. Puede que se reduzca a la transformación de una piedra en una gallina... ¡Cualquiera sabe lo que habrá pasado por la cabeza de ese pobre loco!

–Entonces, ¿por qué estamos aquí?

El rey tomó una copa de vino endulzado con miel y se la acercó a los labios.

–¿Y si se tratase de algo formidable? Mis espías me han hablado de un extraño poder...

–¡Ningún poder puede ser tan fuerte como nuestro ejército! ¡Nadie puede enfrentarse a nosotros! –gruñó Brunaldo, el más fiero caballero de la corte de Arco de Benicius.

–Ahora, lo importante es lograr la rendición de Eric –comentó el rey–. No podemos permanecer aquí durante meses, o años, hasta que ese bárbaro se quede sin alimentos y decida rendirse.

–¿Qué podemos hacer para someterle? –preguntó Reynaldo–. Esa fortaleza está bien protegida.

–Pediremos ayuda a Herejio. Es la mejor forma de acabar pronto y sin bajas –informó el rey.

–¿Ese mago perverso? –gruñó Brunaldo.

–¿Tienes alguna idea mejor? –preguntó el monarca–. A mí tampoco me gusta ese hombre, pero reconozco que, a veces, es muy eficaz... Id a buscarle y traedlo a mi presencia.

Los caballeros se miraron con desconfianza. Sabían que Herejio era un hombre corrupto y ambicioso que pediría una gran recompensa por su ayuda. Y sabían que Benicius le daría todo lo que pidiera con tal de conseguir una rápida victoria. El problema consistía en que la fortaleza de Morfidio era casi inexpugnable y se necesitaría mucha magia para invadirla. Los muros de piedra resultaban difíciles de derribar, y solo un mago hábil y eficaz podía hacerlo.

Cuando Benicius se quedó solo, una silueta salió de detrás de una de las cortinas que dividían la tienda en varias estancias.

–¿Qué opinas, Escorpio?

–Mi señor, vuestros hombres son muy blandos. No han comprendido el problema en toda su dimensión –respondió el hombrecillo–. Debéis ser más duro con ellos.

–¿Crees de verdad que Arquimaes ha hecho un descubrimiento importante?

–No me cabe duda. Le he vigilado durante meses y estoy seguro de que posee algo poderoso. Soborné a un criado que me contó que Arquimaes había descubierto una gran fórmula mágica.

–Entonces, no sabemos nada. Todo se basa en tus conjeturas, ¿verdad?

–Sí, mi señor, y en mis informes. Pondría la mano en el fuego para demostrar que tengo razón. ¡Ese maldito sabio ha encontrado una fórmula diabólica que dará un poder extraordinario al que la posea!

–Sé que los sabios son mentirosos y traidores –insistió Benicius–. Incluso desconfío de ese mago nuestro.

–Hacéis bien, mi señor. Herejio es indigno de confianza. En su corazón anida una ambición ilimitada... Debéis guardaros de él...

–Y de ti...

–Yo nunca os traicionaría.

–Lo pagarías muy caro.

–Os juro por la salvación de mi alma que jamás haré nada que atente contra vuestros intereses. Sois mi rey y solo os serviré a vos.

Benicius le dirigió una mirada de desconfianza muy parecida a la que los campesinos lanzaban a las serpientes que se encontraban en sus campos. Pero Escorpio no se dio por aludido y prefirió olvidar el desprecio que Benicius le demostraba cada vez que tenía ocasión. El monarca ignoraba que su espía era un hombre de paciencia ilimitada.

–Más te vale, Escorpio, más te vale no traicionarme –susurró el rey mientras observaba cómo el informador se alejaba.

XII
AL BORDE DEL PRECIPICIO

CUANDO llego a casa por la tarde, después de saludar a Mahania, me encuentro con *Sombra* en la escalera:

–*Sombra*, cuéntame lo que ha pasado con el banquero. Sé que ha estado hablando con papá. ¿Qué ha sucedido?

–No sé nada. No me he enterado.

Le agarro del brazo y le impido el paso:

–Oye, no me tomes el pelo. Estoy seguro de que lo sabes todo. Necesito que me informes.

Antes de responder, mira hacia todos los lados para asegurarse de que no hay nadie cerca:

–Aquí no quiero hablar. Quedamos esta noche en el tejado. Ahí no nos oirá nadie.

–Está bien, nos veremos después de cenar.

Me voy corriendo a ver a papá. Llamo a la puerta del despacho y espero una respuesta que no llega. Es raro, ya que siempre responde en seguida. Golpeo de nuevo pero sigo sin obtener respuesta. Con mucha precaución, giro el pestillo de la puerta y la empujo. Reina un silencio sepulcral, pero no hay ningún signo de vida. La habitación está a oscuras y únicamente la lámpara de la mesa está encendida. De repente, veo que algo se mueve ligeramente en el sillón. Reconozco la figura de papá. Estoy a punto de cerrar y marcharme, pero cambio de opinión y entro. Me acerco casi de puntillas hasta el sillón. No dice nada, creo que no me ha oído. Aunque se agita un poco, veo que está dormido. Sobre la mesilla hay envoltorios de chocolatinas. Seguro que es lo único que ha comido en horas. Su aspecto es deplorable. De repente, abre los ojos y me mira:

–Lo voy a conseguir, hijo, te juro que lo conseguiré, aunque me cueste la vida... –gime con dificultad.

–Papá, te tienes que cuidar –le suplico–. Te estás matando.

–Arturo, hijo, perdóname. Tienes que perdonarme por todo el mal que te he hecho... Lo siento mucho... Siempre te he complicado la vida, desde tu nacimiento...

–No tengo nada que perdonarte, papá.

–Si pudiera devolverte a tu madre...

–Papá, por favor, no te hagas más daño. No fue culpa tuya.

–Esta noche tenemos una cena con el señor Stromber. Él nos va a ayudar a solucionar todos nuestros problemas –añade–. Ya verás cómo todo se arregla. Anda, ve a prepararte.

Salgo del despacho un poco desanimado. Por lo que veo, la compañía de Stromber no le ha reconfortado tanto como yo pensaba.

Llego a mi habitación y entro en el baño, donde me quito la gorra y me miro en el espejo. Desgraciadamente veo que el tatuaje es todavía bastante visible. Casi puedo leer la gran letra «A» con cabeza de dragón que me cruza la cara. Me lanzo sobre la cama, escondo mi rostro entre las sábanas y me pongo a llorar de rabia.

–¡Nunca seré normal! ¡Soy un monstruo! ¡Soy un monstruo!

* * *

A papá le gusta que sea puntual a la hora de la cena. Dice que es importante que nos sentemos juntos a la mesa todos los días. Por eso, a pesar de la crisis que he experimentado hace un rato, pongo mi mejor cara, ya que no quiero que vea lo que he sufrido. No me gusta que sepa que me encuentro mal. El señor Stromber está en el salón, con una copa de champán en la mano, poniendo una de esas poses suyas tan características, similares a las que ponen los emperadores como Napoleón o Julio César:

–¿Qué tal te ha ido hoy en el colegio, Arturo? –pregunta amablemente.

–Bien, la nueva profesora parece muy competente –explico–. Hoy hemos tenido una muy buena clase. Además, su hija es mi compañera de pupitre.

–Me alegra ver que te relacionas –dice papá, acercándose a nosotros–. Eso está muy bien.

Parece que está tranquilo y tiene mejor aspecto. Pero percibo una cierta tristeza en su voz.

–Vamos a sentarnos –propone–. Esta noche tengo tanta hambre que me comería un jabalí.

–Le veo contento, amigo Adragón –dice Stromber–. Y eso me satisface.

–Sí, creo que conviene dejar los problemas de lado a la hora de la cena. Disfrutemos esta noche, que mañana será otro día.

–¿Es que mañana va a pasar algo malo? –pregunto, sospechando lo peor.

–No, nada que deba preocuparnos en exceso. Simplemente que algunos técnicos del banco vendrán a hacer un inventario de la Fundación, así que os ruego que si os encontráis con ellos, no os asustéis.

–¿Un inventario? ¿Para qué tenemos que hacer un inventario? –pregunto.

–Arturo, es conveniente ponerse al día. Ya sabes que en la Fundación entran y salen cosas de mucho valor continuamente –insiste–. Debemos saber lo que poseemos, ¿no?

–Claro que sí –interviene Stromber–. Ninguna biblioteca del mundo pasa más de dos años sin hacer inventario. El inventario es la base del negocio.

–Hace demasiados años que no lo hacemos –explica papá–. Creo que ya va siendo hora de ponernos al día. A veces tengo la impresión de que ya no sé ni los libros que tenemos.

–Muchos hombres y mujeres ilustres han muerto en la pobreza, acosados por las deudas por culpa de no haber sabido organizarse –dice Stromber, tomando un sorbo de champán.

–Cierto, y no quiero acabar como ellos –dice papá–. Es un final horrible.

Mahania sirve la cena en silencio. Aunque no dice nada, noto en su mirada que algo no va bien. Está disgustada, pero no consigo descubrir qué le pasa.

–Arturo, tu padre me ha contado algo sobre tu problema –dice Stromber–. Si quieres, podemos hacer una visita a un médico amigo mío que podría ayudarte. Es un eminente dermatólogo.

Lanzo una mirada de reproche a papá. Ya sabe que no me gusta que cuente a nadie mi problema.

–No te enfades con él –interviene el anticuario, dándose cuenta de mi disgusto–. Nos hemos hecho muy amigos y soy de confianza. Te aseguro que no se lo contaré a nadie. Pero insisto, si quieres podemos hacer un viaje a Nueva York para visitar a mi amigo que, seguro, podrá hacer algo por ti. Es muy caro, pero eso no debe preocuparte. Tu padre y yo nos ocuparemos de ese pequeño detalle, ¿verdad, Arturo?

–Nuestra situación económica no es buena. No nos podemos permitir ese lujo –me quejo–. Además, yo puedo aguantar.

–Arturo, hijo, eso no es verdad. Ese dibujo te tiene amargado –afirma papá, señalando el dragón de mi frente–. No te deja vivir tranquilo y estás acomplejado. Por su culpa vives solo y sin amigos. ¡Tenemos que arreglarlo!

–No exageremos. Es menos importante que una verruga –insisto.

–¿Una verruga, dices? Pero cómo puedes decir eso. Lo tuyo es... Un... No sé cómo llamarlo, pero desde luego es más grave que una verruga.

–Es como un tatuaje. Todos los chicos de mi edad llevan tatuajes. No es grave.

–¿Que no es grave? Dios, mío, ¿cómo puedes decir eso?

–Se nota que no es un tatuaje –dice Stromber–. Se nota que es algo... sobrenatural. ¡Ese dragón es horrible! Yo que tú me lo quitaría lo antes posible.

–¡Pero no a costa de agravar la situación económica de la Fundación! ¡Usted no lo entiende, pero esta biblioteca es nuestra vida! –protesto.

–¿Más importante que tu propia vida, Arturo? Ese símbolo mágico, o embrujado, o lo que sea, te ha convertido en un bicho raro y no puedes pasar toda tu vida con eso en la cara.

–El señor Stromber tiene razón, hijo.

–¿Ves como tu padre se preocupa? Arturo, tienes que hacernos caso. ¡Iremos a ver a ese dermatólogo!

–Como padre tengo la obligación de ayudarte a ser feliz. Y esa cosa te amarga la existencia.

–Jovencito, es evidente que tu padre tiene razón. Así que no se hable más.

Comprendo que la discusión no admite réplicas y opto por callarme. Cuando los mayores se empeñan en algo, nadie puede convencerles de lo contrario. Ellos mandan, nosotros obedecemos.

* * *

Ahora que todo el mundo está durmiendo, menos mi padre, que seguramente sigue trabajando en su investigación, subo al tejado para encontrarme con *Sombra*. Soy el primero en llegar, pero sé que no tardará en aparecer. No me ha fallado nunca.

Tiene la virtud de que su presencia no se nota. Es como un fantasma, que está sin estar, que entra sin llamar la atención, que sale sin haber entrado. *Sombra* es el alma de la Fundación. Nadie sabe qué hace exactamente, pero todos sabemos que es imprescindible. Me recuerda mucho al hombre invisible, que está pero no se le ve.

–Hola, Arturo, perdona por el retraso –dice, con su voz ronca pero cálida–. He tenido que ocuparme de un par de asuntos. Hay demasiadas ratas aquí. Tendremos que llamar a los fumigadores.

–No te disculpes, *Sombra*, que conmigo no es necesario –respondo–. Ven, siéntate a mi lado y cuéntame todo lo que sepas de ese asunto del banco. Papá me ha dicho que van a venir unos técnicos.

–Parece ser que tu padre debe mucho dinero al banco y que el señor Del Hierro ha decidido embargar la Fundación.

–¿Puede hacerlo? ¿Es legal?

–Totalmente. Le he sugerido que consulte con un abogado, pero me ha dicho que no hace falta. Ya sabes que a mí no me hace caso. Pero creo que lo necesita.

–¿Quién puede ayudarle? –pregunto–. Tiene que haber alguien...

–Si fuese capaz de reunir dinero y pagar al menos una parte de la deuda, podría mantener el control sobre la Fundación.

–¿Y qué podemos hacer?

–No dejarle solo. Si le abandonamos, cometerá muchos errores.

XIII
EL PODER DE HEREJIO

Al mago Herejio no le gustaba compartir sus secretos con nadie. Por eso desde hacía años prescindía de ayudantes que podrían venderle por un puñado de monedas. Para mayor seguridad había contratado los servicios de varios hombres armados, de su absoluta confianza, dispuestos a dar su vida para salvarle. Esos vigilantes protegían la entrada de su cueva de día y de noche para evitar cualquier ataque imprevisto. Y lo hacían bien.

El mago solitario había sido alumno de Demónicus y llevaba años perfeccionando el poder del fuego. Había conseguido progresos admirables que muy pocos habían tenido la oportunidad de apreciar.

Uno de los vigilantes, que acababa de entrar en la cueva, se quedó quieto durante unos segundos admirando la magia de su amo. Herejio, arrodillado ante la hoguera, ordenó a las llamas que se intensificasen hasta alcanzar una gran fuerza. El fuego adquirió un intenso color anaranjado y crepitó tanto que el guardia, que había olvidado hacer notar su presencia, tropezó y llamó la atención del mago. Este giró la cabeza y le sorprendió:

–¿Qué haces aquí? ¿No os he dicho mil veces que nadie puede entrar sin mi permiso? ¿Acaso me estabas espiando?

–Oh, no, mi señor... Es que una expedición dirigida por el caballero Reynaldo, el alférez del rey Benicius, acaba de llegar. Quiere hablar con vos –se disculpó el soldado, temeroso de que le impusiera un castigo–. Está esperando vuestro permiso para entrar.

–¡Eso no es una excusa para que penetres sigilosamente en mi laboratorio, sin mi autorización!

–El enviado del rey Benicius quiere hablar con vos urgentemente –insistió el hombre, intentando hacerse perdonar.

Pero el mago no era un hombre tolerante. Abrió los ojos y miró intensamente al soldado que, inmediatamente, sintió cómo un terrible calor recorría todo su cuerpo. Cuando comprendió lo que estaba sucediendo el terror lo inmovilizó... ¡Sus piernas empezaron a arder y de su pecho salieron unas llamas rojizas que le abrasaron el corazón!

–¡Nunca debiste desobedecer mis órdenes! –exclamó el mago, observando cómo el guardián se incineraba–. ¡He dicho mil veces que no quiero que me veáis trabajar!

Atraído por los gritos de horror, Reynaldo entró espada en mano, acompañado de tres soldados y del segundo vigilante.

–¿Qué pasa aquí? –gritó horrorizado el caballero–. ¡Hay que ayudar a este hombre!

–¡Nadie puede hacer nada por él! –respondió Herejio–. ¡Está sufriendo el castigo que le corresponde por incumplir mis órdenes!

El ayudante, convertido en una antorcha humana, se revolvía en el suelo, intentando en vano apagar las llamas que le envolvían. Su esfuerzo por liberarse del fuego era inútil ya que procedía del interior de sus entrañas, por lo que ninguna fuerza terrenal podría extinguirlo.

–¡No os atreváis a ayudarle! –ordenó Herejio–. ¡Quiero que recordéis que nadie debe desobedecerme!

Los hombres estaban espantados por el macabro espectáculo, pero ninguno movió un solo dedo para socorrer al desgraciado. Sabían que hay algo peor que no socorrer a una víctima: ser la víctima.

Finalmente, después de una larga lista de quejidos, gritos y lamentos, el cuerpo, carbonizado, se quedó inmóvil sobre el suelo. Las llamas se extinguieron lentamente y el olor a carne quemada inundó la gruta, lo que obligó a los hombres de Reynaldo a taparse la nariz y a cubrirse los ojos.

–¿A qué se debe esta intromisión? –preguntó Herejio–. ¿Qué buscáis en mi laboratorio?

–El rey Benicius requiere vuestros servicios, noble Herejio –respondió el caballero, aún impactado por la terrible muerte del soldado–. Os envía sus respetos.

–¿Y qué desea de mí en esta ocasión?

–Ha asediado el castillo del conde Morfidio. Pero confía más en vuestros trucos de magia que en el filo de nuestras espadas y en la fuerza de nuestros brazos. Os necesita.

–Eso demuestra que es inteligente. ¿Es entonces cierto lo que he oído sobre el secuestro de Arquimaes? Se trata de eso, ¿verdad?

–Mis explicaciones no os aportarán nada, ya que parece que sabéis más que yo... Estoy aquí para escoltaros... Por vuestra propia seguridad.

–¿Mi seguridad? Y, de la vuestra, ¿quién se ocupa? –preguntó irónicamente Herejio.

Reynaldo decidió no responder. Había comprendido perfectamente el mensaje: si no quería acabar abrasado como el vigilante, debía tener sumo cuidado de no ofenderle.

–Prepararé mis cosas. Partiremos al amanecer.

–Deberíamos salir ahora mismo –insistió el caballero–. El rey desea veros urgentemente.

–Si quiere conquistar la fortaleza de Morfidio, debo preparar lo necesario para realizar este trabajo. Y eso me llevará algún tiempo. Además, tendremos que hacer un alto en el camino para recoger ciertos productos... ¿De acuerdo?

Reynaldo asintió con la cabeza. Entendió perfectamente que era inútil tratar de presionar a aquel hechicero capaz de quemar vivo a un hombre por haber incumplido sus órdenes.

XIV
LOS INVASORES

ALGUIEN llama a mi puerta y me despierta de golpe. Abro los ojos y salgo de mi sueño:

–¿Puede abrir, por favor?

–¿Quién es? –pregunto, todavía adormilado.

–Los interventores.

–¿Cómo? ¿Qué ha dicho?

–Haga el favor de abrir, que tenemos mucho trabajo y poco tiempo –me apremia una voz autoritaria.

Me levanto y me encuentro con dos hombres vestidos con traje negro que me miran con seriedad:

–Joven, haga el favor de apartarse, tenemos que hacer inventario.

–Pero, oiga...

Sin decir nada más, entran en mi habitación y se apropian de ella. El que parece ser el jefe del grupo, me dice:

–Si quiere explicaciones, puede hablar con el señor Del Hierro, que está en el despacho del señor Adragón.

Salgo corriendo y voy a ver a papá. Por el camino, veo que hay varios hombres con carpetas, tomando notas de todo lo que encuentran a su paso. Igual que en las películas de marcianos, se han apoderado de todo el territorio y se introducen por todas partes en un esfuerzo por conquistarlo. ¡Estamos invadidos!

Llego al despacho de mi padre y veo que *Sombra* y el señor Stromber están pegados a la puerta, como fieles guardianes, dispuestos a no dejar entrar a nadie.

El anticuario me coge del hombro y me impide el paso.

–Arturo, es mejor que no entres, tu padre se encuentra en un momento delicado –susurra–. Está en una negociación muy importante, no le interrumpas.

–Es igual: quiero estar con él. Me necesita.

Stromber se interpone, dispuesto a no dejarme pasar.

–¡Déjeme entrar! ¡Quiero estar con mi padre!

–Escucha, Arturo, es mejor que le dejes tranquilo…

–¡*Sombra*, ayúdame! –ordeno.

Sombra se acerca y empuja a Stromber, que da un paso hacia atrás. Me escabullo entre sus piernas, abro la gran puerta de madera de par en par y entro en el despacho. Veo que papá está en su mesa, sentado frente al banquero:

–¿Qué pasa? ¿Qué es ese ruido? –dice.

–Soy yo, papá. ¿Qué está ocurriendo? ¿Qué hacen esos hombres aquí? ¡Se están apropiando de la Fundación!

–Tranquilo, hijo, tranquilo. Ya te lo dije, vienen a hacer inventario.

–Lo siento, señores, pero se ha colado y no lo he podido impedir –se justifica el señor Stromber.

–No pasa nada, no pasa nada –dice papá, agitando la pluma estilográfica.

Stromber se acerca amenazante hacia mí, dispuesto a sacarme de allí, pero *Sombra* se interpone en su camino:

–*Sombra*, haz el favor de salir –ordena papá–. Y usted también, señor Stromber.

Visiblemente disgustado, el anticuario se dirige hacia la salida y *Sombra* cierra la puerta.

Cuando nos quedamos solos, sigo con mi interrogatorio:

–¿Para qué hacen inventario esos hombres, papá? ¿Eh? ¿Para qué?

–Es algo habitual –responde–. Todas las empresas y las entidades suelen hacerlo. Ya te lo he explicado.

–Jovencito, no es buena idea entrometerse en cosas de mayores –dice Del Hierro–. Su padre sabe muy bien lo que tiene que hacer. Haga el favor de retirarse y dejarnos solos.

–¿Dejarles solos? ¿Qué son esos documentos? ¿Qué vas a firmar, papá?

–Nada, es un compromiso...

No le doy tiempo a terminar. Cojo las hojas de papel que papá está a punto de rubricar y leo la cabecera:

–«Procedimiento de embargo»... Pero, papá, esto es muy grave...

–Lo grave es no pagar las deudas –afirma el banquero–. Si no quiere acabar en la cárcel lo mejor es que firme inmediatamente...

–¡No firmes, papá, no aceptes que te quiten la Fundación!

–Escucha, hijo. Quiero explicarte algo. La Fundación no me importa, pero tú, sí. Si firmo estos documentos, el señor Del Hierro se compromete a pagar todos los gastos de tus médicos. Te curarán y quedarás libre de esa maldición.

–No quiero curarme a ese precio, papá.

–Arturo, lo he intentado todo, pero ya ves que mis esfuerzos no han servido para nada. ¡Esta es una buena ocasión! ¡No puedes seguir creciendo con esa... enfermedad!

–¡No es una enfermedad!

–Bueno, lo que sea. Pero te está destrozando la vida. Tus compañeros del colegio se burlan de ti y apenas te atreves a salir a la calle para que nadie te vea. ¡Yo soy el culpable de lo que te pasa y voy a solucionarlo!

–Papá, por favor, si perdemos la Fundación, si acabamos sin hogar, me pondré peor. ¿Qué haremos cuando nos echen de aquí?

–Jovencito, le informo de que nuestro acuerdo contempla la contratación de su señor padre como director de investigación de la Fundación Adragón. Percibirá un buen sueldo y podrán ustedes vivir dignamente en un piso alquilado.

–¡Yo quiero vivir aquí! ¡Y él también! –me rebelo.

–Arturo, ya lo he decidido –sentencia papá.

–¿Mi opinión no cuenta? ¿Soy tu hijo y no me pides mi parecer?

–Usted no tiene la edad legal para entrar en estos temas.

–O sea, que no puedo decir nada al respecto. ¿Es eso, papá? ¿Soy un cero a la izquierda?

–Arturo, por favor, no te pongas así –ruega papá.

–Los mayores siempre hacéis lo que queréis –le recrimino–. Haz lo que te parezca bien. ¡Ya no me importa!

Se me han acabado las palabras. Ya no tengo argumentos para rebatir su decisión, así que salgo del despacho. Stromber no dice nada y se aparta para dejarme pasar. *Sombra* me acompaña en silencio. De repente, me abrazo a él y empiezo a llorar.

–Tranquilo, ya encontraremos una solución. Tu padre sabe lo que hace –me consuela.

–Mi padre se equivoca al pensar que tiene que ceder la Fundación para deshacer esa maldición. ¡Eso no es lo que yo quiero!

–El cariño le ciega. Te quiere demasiado para pensar bien –susurra–. Todo lo hace por ti.

–Eso es lo malo; que va a perder la Fundación por mi culpa, para quitarme esas horribles manchas. Y eso será peor.

–Ahora tienes que ir a clase –dice–. Ya seguiremos hablando esta noche.

Me despido de *Sombra* y salgo a la calle. En la portería me encuentro con Mahania que me dirige una mirada de comprensión que agradezco enormemente. A su lado, dos hombres del banco están contando los muebles que se encuentran en su garito. Es terrible, lo están controlando todo.

Patacoja está, como siempre, en el mismo lugar, tumbado en el suelo, con mala cara. Ha debido de pasar mala noche y parece descontento.

–Qué pasa chico, parece que hay movimiento en la Fundación. Han llegado las aves de rapiña, ¿verdad?

–Hay una invasión. Nos lo van a quitar todo. Nos quieren embargar –le explico.

–Eso es grave, chavalote. Muy grave.

–Hoy no te he traído nada para desayunar. No he tenido ni tiempo para ducharme. Lo siento.

–No te preocupes. Comparado con lo tuyo, lo mío es un juego de niños. Ya me las apañaré. Lo siento por ti.

–Hasta luego...

–Espera, Arturo, no corras... Las malas noticias no han terminado.

–¿Malas noticias? ¿De qué hablas?

–Esta noche han pasado cosas raras. Esas pandillas están rabiosas.
–Cuéntamelo mañana, que ahora llevo prisa.
–¡Han atacado la Fundación! –exclama.
Ahora sí que ha despertado mi interés.
–¿Que han hecho qué?
–Ven conmigo, chico, y te enseñaré lo que han hecho.
Haciendo un extraordinario esfuerzo, logra ponerse en pie. Después, casi arrastrándose, me lleva hasta la parte trasera del edificio.
–¡Mira! ¡Aquí lo tienes!
El corazón se me congela del disgusto. ¡Han hecho unos graffitis en la pared! ¡Han escrito amenazas contra nosotros! ¡Contra mi padre!
–Pero... ¿Quién ha podido hacer esto?
–No lo sé con seguridad, pero es grave. Ya te lo dije. Los buitres salen de noche y atacan en la oscuridad. Debéis tener cuidado u os devorarán.
–Es inexplicable. ¿Qué pretenden?
–Cualquiera sabe... Dinero, asustaros...
–¿Asustarnos?
–Es la forma que tienen de demostrar que no tienen miedo a nada ni a nadie. Es como marcar el territorio, igual que hacen los animales.
En ese momento, el portón de salida de vehículos se abre y *Sombra* y Mohamed se acercan a nosotros. Vienen visiblemente enfadados.
–Arturo, ¿qué haces aquí? A estas horas deberías estar en el colegio –dice *Sombra*.
–Es que... He venido a ver esto...
–No es asunto que deba preocuparte. Anda, márchate, que yo me ocupo. Ya he llamado al servicio de limpieza. Ahora vendrán a quitarlo.
–Yo vigilo hasta que lleguen –se ofrece Mohamed–. Ayudaré a limpiar.
–Pues les va a costar trabajo. Han pintado un montón –dice *Patacoja*–. Lo han pringado todo.
Sombra le mira sin decir nada. Sé que le conoce, pero prefiere ignorarle, cosa que suele hacer cuando está enfadado.
–Bueno, yo me voy –dice *Patacoja*–. Aquí no pinto nada.
–Yo también. Adiós.

Me despido con un movimiento de cabeza y salgo corriendo. Mis pensamientos son confusos. De repente, es como si una maldición del cielo nos hubiera caído encima. Dicen que los problemas no vienen solos, y debe de ser verdad.

* * *

Llego tarde al instituto y la puerta está cerrada. Menos mal que Mercurio está atento y, cuando me ve llegar, acude rápidamente a abrirla:

–¿Qué te ha pasado, Arturo? Es la primera vez que llegas tan tarde.

–Es que... Tenemos problemas en casa. Una visita inesperada... y muy complicada. Lo siento.

–Anda, corre, por esta vez no te lo tendré en cuenta.

Subo las escaleras, llego al primer piso y me acerco a la puerta de la clase. Me pregunto cómo reaccionará la profesora cuando me vea llegar.

Doy dos golpes en la puerta y, antes de que me responda, la abro:

–Señorita, lo siento, pero hemos tenido problemas en casa –me disculpo.

Ella está a punto de responder cuando toda la clase empieza a reírse.

–¿Habéis estado haciendo brujería esta noche y te has quedado dormido? –dice burlonamente Horacio.

La profesora le lanza una mirada rabiosa y él se calla. Ya sabe que estas cosas no le gustan.

–¿Qué te ha ocurrido? ¿Es algo grave?

–Me temo que sí –digo en voz baja–. Lo siento.

–Está bien, siéntate.

Metáfora me mira con pena. Noto que siente lástima por mí. Sé que no traigo buen aspecto y no creo que vaya a mejorar en toda la mañana.

–¿Te encuentras bien? –pregunta, apenas me siento.

–No demasiado.

–¿Qué ha pasado? Parece que vienes de la guerra.

–Las cosas se han complicado mucho en la Fundación... Pero a ti eso no creo que interese.

–Claro que me interesa, eres mi compañero de pupitre. Así que haz el favor de no ponerte borde conmigo, ¿vale?

–¿Compañero?

–Sí, compañeros de mesa. Estamos unidos.

–Vale, vale... Lo siento.

Dejamos de hablar para escuchar a la profesora, que en ese momento está dando una explicación muy interesante sobre la escritura.

–En realidad, las letras son solo signos con formas determinadas –dice–. Y nosotros aprendemos a descifrarlos. Igual que algunos investigadores descubrieron que se puede enseñar a los animales a hacer ciertas cosas, nosotros hemos aprendido a leer.

–O sea, ¿que no leemos, sino que desciframos? –pregunta Esther.

–Sí, eso es exactamente la lectura: descifrar signos. Y tenemos capacidad para componer palabras combinando esos signos. Eso es lo que nos ayuda a pensar correctamente.

No ha pasado una hora de clase cuando un murmullo general me alerta. De repente, mis compañeros se levantan y se acercan a las ventanas que dan a la calle. Empiezan a gritar y a reír. Algunos me miran, mofándose abiertamente de mí. Picado por la curiosidad, me levanto también y me acerco a una ventana. ¡No puedo creer lo que estoy viendo! ¡Es mi padre, que viene montado en su bicicleta! Mercurio le está abriendo la puerta, se saludan... ¡Entra! ¡Viene hacia aquí!

Metáfora, que no entiende nada, me pregunta:

–¿Quién es ese señor tan raro?

–¡Es mi padre!

Noto que hace un esfuerzo para no responder. Se queda a mi lado y comprende el sufrimiento que me atenaza.

–¡Atención todo el mundo! –grita Norma–. ¡Cada uno en su sitio! ¿Me habéis oído?

Como casi nadie le hace caso, va cogiendo a algunos del brazo y les lleva a su pupitre. Todos se ríen y en seguida empiezan a cantar y a burlarse de mí:

–¡*Caradragón*, *Caradragón*, el loco de tu padre viene a buscarte!

Metáfora pone su mano en mi hombro y me dice:

–No les hagas caso. Son idiotas.

Pero sus palabras no me sirven de consuelo. Yo sé lo que significan las burlas de mis compañeros de clase. ¿Por qué habrá venido?

De repente, la puerta de la clase se abre de un golpe. ¡Es papá que acaba de entrar!

–¿Desea usted algo? –le pregunta la profesora–. ¿Cree usted que son maneras de entrar en una clase, caballero?

Papá se queda paralizado ante la voz autoritaria de la profesora. Noto que se pone colorado mientras mira hacia el interior del aula, buscándome.

–Perdone... le ruego que me disculpe. Normalmente no me comporto así, pero...

–¿Qué quiere? ¿Qué busca? ¿Quién es usted?

–Es que... Soy el padre de Arturo Adragón y necesito hablar con él –balbucea.

–¿Usted es el padre de Arturo Adragón?

–¡Se le nota a la legua! –grita de repente Horacio, haciendo reír a toda la clase–. Son tal para cual.

A la profesora no le ha gustado nada esa intervención. Se vuelve hacia el interior del aula y, pausadamente, anuncia:

–Si vuelvo a oír una burla o un insulto, os voy a poner tantos correctivos que se os van a quitar las ganas de tratar a la gente con esa falta de educación. ¡No quiero oír ni el vuelo de una mosca!

–No se preocupe. Es por mi culpa...

–Es por culpa de la mala educación que reciben –responde ella categóricamente–. Yo me llamo Norma Caballero y soy la nueva profesora de Arturo. Encantada de conocerle.

–¿Puedo hablar con mi hijo un momento? Se trata de algo urgente –empieza a decir papá.

–Claro. Salgan y hablen. No hay prisa. Ha sido un placer conocerle. A ver, Arturo, haz el favor de salir, que tu padre quiere hablar contigo.

Rodeado de un silencio sepulcral, me levanto y me acerco a mi padre. Ambos salimos al pasillo, cerrando la puerta detrás de nosotros. Hay un banco pegado a la pared y papá me propone que nos sentemos.

–¿Es tan urgente lo que tienes que decirme que necesitas interrumpir la clase? –pregunto secamente.

–Lo siento, Arturo, lo siento, pero tenía que contarte que...

–Ya ves lo que ha pasado. Ahora se reirán de mí durante tres meses –insisto.

–Escucha, Arturo, hijo. He venido para informarte de que... de que no he firmado la liquidación de deuda. De momento no habrá embargo –dice de un tirón.

Me quedo sin palabras. Trato de ordenar mis ideas. No tengo muy claro lo que significa su discurso... Pero suena bien.

–Significa que nos quedamos en la Fundación –aclara, como si me hubiera leído el pensamiento.

–¿No nos tenemos que ir? ¿Seguimos en la Fundación de verdad?

–Sí, hijo. De momento nos quedamos en casa –afirma.

–¿De momento? ¿Qué significa eso?

–Bueno, habrá que pagar la deuda, pero, por ahora, nos quedamos en nuestra vieja biblioteca. ¿Es eso lo que querías, no?

–Sí, papá. Es eso, y me alegra mucho que hayas tomado esa decisión. Gracias.

–Nunca haré nada que te disguste –susurra–. Eres lo más importante de mi vida. Eres mi vida.

Y me abraza con tanta fuerza que casi no puedo respirar. Estoy tan emocionado que yo también le abrazo. Estoy a punto de llorar cuando la sirena del recreo empieza a sonar.

Varias puertas se abren a la vez y docenas de chicos y chicas salen en tromba, dispuestos a disfrutar del recreo. Mis compañeros salen y, cuando pasan a mi lado, les oigo canturrear por lo bajo su maldita canción: ¡*Caradragón*, *Caradragón*, *Caradragón*!, mientras otros se ceban con nosotros y lanzan frases ofensivas: «viejo loco», «vaya familia de brujos», «está loco»...

En ese momento sale también la profesora. Se acerca a nosotros, y papá se levanta:

–¿Todo solucionado? –pregunta amablemente.

–Oh, sí. Tenía que comentarle algo urgente. Siento haber interrumpido de esa manera...

–No importa. Ha hecho usted bien –le disculpa ella–. A veces, hay que saltarse el protocolo.

–Le juro que no volverá a ocurrir. Pero en este caso era muy importante.

–No se excuse más. Le aseguro que le entiendo. Además, solo de ver la cara de felicidad de Arturo, creo que ha valido la pena.

–No tengo palabras para agradecerle...

Sin darme cuenta, Metáfora se ha unido al grupo.

–Esta es mi hija, Metáfora. Es una buena estudiante, tan buena como Arturo –explica Norma.

–Vaya, veo que los cuida usted mucho. No sé cómo agradecerle todo lo que... ¿Puedo hacer algo?

–¿Invitarnos a cenar? –sugiere inesperadamente.

–Mamá. Eso no se hace –protesta Metáfora.

–¿De verdad aceptaría venir a cenar conmigo...? Bueno, con nosotros.

–Claro, si se empeña.

–Pues... ¡Este fin de semana! Podemos celebrar juntos el cumpleaños de Arturo... ¡Cumple catorce años!

–Vaya, eso está bien –dice Norma–. Es una edad extraordinaria que marca la línea entre la infancia y la juventud.

–A los catorce años ya somos adultos, mamá –protesta Metáfora–. Que no te enteras.

–¿Qué le parece el sábado por la noche, en la Fundación? –propone papá.

–¿La Fundación? ¿Es un restaurante? –pregunta Norma.

–No, es nuestra casa. Es una biblioteca privada a la que llamamos la Fundación –explico, recuperando las fuerzas para hablar.

–¿Cenar en una biblioteca? Pero eso... ¡Es magnífico! Nunca hemos cenado en una biblioteca. ¿Verdad, Metáfora?

–Es algo muy original –acepta mi compañera de pupitre–. Comer entre libros antiguos debe de ser divertido.

–Bien, pues entonces nos vemos el sábado por la noche –dice papá, retirándose–. No lo olviden.

–Yo me ocuparé de recordárselo –añado–. No te preocupes.

Un poco después, le vemos montar en su vieja bicicleta y salir pedaleando en dirección a la Fundación. Después de todo, hoy ha sido un día excepcional. Hace mucho tiempo que papá no me mostraba su amor, porque una cosa es decirlo y otra es demostrarlo con hechos.

Y mantener la Fundación en nuestro poder, a pesar de las dificultades, es un hecho importante.

* * *

Entro en la buhardilla de la cúpula central intentando no hacer ruido. Como siempre, descubro el gran cuadro de mamá y me siento en el viejo sofá que hay enfrente. Es tarde, apenas hay tráfico en la calle, por eso el silencio casi se puede oír.

–Hola, mamá, aquí estoy otra vez. Hace tiempo que no venía a visitarte, pero es que he estado muy liado con muchos asuntos. El peor es que papá ha estado a punto de dejar que embarguen la Fundación. Hoy lo he impedido, pero no sé si la próxima vez podré hacer algo... Estoy muy preocupado.

Juego a apagar y a encender la linterna, como si lanzara mensajes luminosos.

–Empiezo a tener miedo. Me siento solo y las fuerzas empiezan a abandonarme. Daría cualquier cosa por tenerte aquí, conmigo, protegiéndome... Aunque ya sé que eso es imposible, no dejo de desearlo y de soñarlo. Ya ves que necesito ayuda... ¿Puedes hacer algo por mí? ¿Puedes ayudarme?

Apago la linterna y me quedo en la oscuridad total, esperando alguna señal. Pero no llega. Solo hay un gran silencio.

Sé perfectamente que mamá no puede hacer nada por mí, pero no puedo evitar desear que vuelva a este mundo...

Estoy notando que la piel me pica, cosa que ocurre de vez en cuando con el dibujo de la frente, por eso no le doy importancia. Sin embargo, estoy notando algo extraño, algo nuevo que no me había ocurrido nunca. ¡Me pica todo el cuerpo! ¡Es como si un terrible escozor se hubiera apoderado de mí!

Enciendo la linterna y levanto la camiseta para ver qué está ocurriendo. ¡La piel está enrojecida! ¡Y parece que algo se mueve bajo ella!

Levanto la cabeza rápidamente para mirar a mamá y compartir con ella esto tan raro que me está pasando y, sorprendentemente, tengo la impresión de que me sonríe.

Ya sé que es imposible, que los cuadros no tienen vida, pero, durante una milésima de segundo he tenido la sensación de que estaba viva. ¡Ha tenido que ser una alucinación!

–También he venido porque estoy a punto de cumplir catorce años. Dentro de poco celebraré mi cumpleaños. Una extraña fiesta que también me recordará el día de tu muerte. El día que yo nací, tú perdiste la vida. Vine al mundo para que tú murieras... O al revés...

Antes de marcharme, me quedo un buen rato callado, mirando el cuadro, igual que si ella estuviera de verdad delante de mí.

XV

LA PROMESA DE CROMELL

LAS catapultas de Benicius estaban situadas delante de la muralla, frente a la puerta principal, dispuestas para arrojar las grandes piedras que se amontonaban a su lado. Su objetivo era derribar el portón y atacar con escaleras para que las tropas de asalto pudieran entrar con la menor resistencia posible.

Benicius no se levantó de su silla para dar la bienvenida a Herejio, que acababa de llegar escoltado por los hombres del caballero Reynaldo. Al contrario, dejó que el hechicero se diera cuenta de que un rey es más importante que un mago.

–Gracias por llamarme, rey Benicius –dijo Herejio, inclinando servilmente su cabeza ante el monarca–. Estoy aquí para serviros.

–Necesitaré tu ayuda para rendir la fortaleza de Morfidio. Dicen que es imposible invadirla.

–Mi magia os ayudará a conquistarla –replicó con firmeza.

–Puedes instalarte en la tienda que te hemos preparado –ofreció Benicius–. Mañana estaremos listos para asaltar ese maldito castillo y apresar a Morfidio. Espero que no me falles.

–Lo conseguiremos con la ayuda de mi magia. Pero, decidme, ¿qué hay en esa fortaleza que os interesa tanto?

–No es asunto tuyo, Herejio. Limítate a cumplir con tu trabajo y serás bien recompensado.

–He oído decir que el conde tiene prisionero a ese hechicero llamado Arquimaes.

–Tienes las orejas muy largas, amigo. Ya te he dicho que no te inmiscuyas en los asuntos que no te interesan.

–No lo haré, mi señor. Solo quería advertiros de lo peligroso que es ese endemoniado Arquimaes.

–Y tú, ¿no eres peligroso?

–Solo para los que me odian y los que tratan de perjudicarme –respondió Herejio–. Mis amigos están a salvo.

Benicius se levantó y entró en su tienda, dejando al mago con la palabra en la boca. Por eso no pudo ver el cruce de miradas que se produjo entre Escorpio y Herejio.

Pero Herejio tampoco sabía que, en ese momento, estaba siendo observado por Arquimaes, desde la torre principal.

–No hay duda, se trata de Herejio. Es evidente que Benicius le ha mandado llamar. Ese hombre es muy peligroso –explicó Arquimaes.

–No creo que pueda hacer nada contra los muros de mi castillo –respondió Morfidio con fiereza–. Nadie ha conseguido derribarlos.

–Herejio tiene muchos recursos. Ha sido alumno de Demónicus durante años, y practica la magia casi como su maestro –le recordó Arquimaes–. No me gusta ver a este hombre aquí. Por su culpa la batalla podría ser muy sangrienta...

–Entonces, Arquimaes, entrégame el secreto que guardas. Luego nos desharemos de ese ejército, y tú serás rico para siempre. Te juro que podrás seguir con tu labor sin que nadie te moleste. Estarás bajo mi protección el resto de tu vida. Nadie osará tocarte un pelo.

Arquimaes inclinó la cabeza.

–Desearía volver a mi celda, conde –pidió.

Morfidio hizo una señal a Cromell, y el sabio y Arturo abandonaron la muralla almenada escoltados por un pelotón de soldados.

Cuando se quedaron solos, Cromell se acercó al conde y le hizo una advertencia:

–Ese hombre nunca os entregará su secreto por las buenas. Si me lo permitís, lo llevaré al potro de tortura, ya veréis cómo le hago hablar.

–¡Ni se te ocurra! No quiero correr el riesgo de verle morir. Nada de torturas. Estoy seguro de que se rendirá. La sola idea de que por su culpa se desencadene una guerra le tiene sobrecogido. Cuando caigan las primeras víctimas, hablará.

–¿Vale la pena seguir con esto?

Morfidio lanzó una sonrisa cínica antes de responder.

–Mira el ejército de Benicius. ¿Crees que estaría aquí delante si no fuese importante? Nadie moviliza a una fuerza militar semejante para liberar a un sabio que solo hace cremas para las manos o cura heridas de hacha.

La respuesta fue tan contundente que Cromell no insistió.

–Ese alquimista loco posee un poder como no se ha visto nunca por estas tierras –añadió el conde–. ¡Y será mío o de nadie!

–¿Y si las tropas de Benicius nos invaden?

–Si eso ocurriera, te ordeno que mates a ese maldito brujo. ¡No quiero que Benicius obtenga el poder de Arquimaes! ¿Lo entiendes?

–Claro que sí, mi señor. Lo mataré con mis propias manos. Os lo prometo.

–Si Benicius consiguiera apoderarse de ese secreto, yo no podría descansar jamás en mi tumba. Me revolvería en ella igual que una serpiente en un pozo, por eso tengo que estar seguro de que Arquimaes morirá.

* * *

Todos los libros que los hombres de Morfidio habían traído de la torre de Arquimaes estaban amontonados sobre varias mesas. Allí eran examinados por los mejores escribientes del conde.

–No hemos encontrado nada que indique que este hombre haya encontrado algún poder extraordinario –explicó Darío, el hombre de ciencias más importante del feudo de Eric Morfidio–. No hay ninguna pista.

–Pues hay que encontrarla como sea –rugió Eric–. Sé que hay un gran secreto oculto entre las páginas de estos libros.

–Llevamos días escrutando todos los misterios que se puedan esconder en sus páginas, y, salvo algunas fórmulas medicinales de poca importancia, os puedo asegurar que no hay nada de valor. Esa fórmula secreta no existe, pero...

Eric lanzó una mirada incendiaria a su servidor.

–... el caso es que habla de algo muy extraño...

–Sigue, no te detengas ahora, pero mide bien tus palabras –le ordenó Morfidio.

–He encontrado algunas expresiones misteriosas que, posiblemente, no signifiquen nada. Pero es la única pista que tenemos.

–¡No me hagas perder más tiempo y explícate!

Darío abrió un libro con tapas de madera, y buscó afanosamente una página.

–Aquí habla de algo muy extraño... Habla de un ejército protector que surgirá cuando se le invoque... ¡El Ejército Negro!

–¿El Ejército Negro? ¿Qué es eso? ¿Un ejército de muertos o algo así?

–No hay forma de saberlo. No hay más referencias –dijo el escribiente–. Es lo único que tenemos.

–Pues sigue buscando hasta que encuentres algo que me satisfaga –ordenó el conde–. No me conformaré con unas pistas tan endebles. Sé que Arquimaes posee un gran secreto y quiero apoderarme de él... Y tú me vas a ayudar, ¿entendido?

–Sí, mi señor, haré cuanto esté en mis manos –respondió Darío, haciendo una reverencia de sumisión.

Eric salió de la estancia más disgustado de lo que entró, pero absolutamente decidido a averiguar todo lo que pudiera sobre ese fantasmagórico Ejército Negro.

XVI
LA GRAN CENA

Los interventores todavía invaden la Fundación. Lo que más me molesta es que hacen su trabajo con arrogancia, como dando por hecho que están en su propiedad y que nos la podrán arrebatar cuando quieran.

Sé que dentro de poco habrá un juicio y nos embargarán la biblioteca. Entonces, las cosas se pondrán difíciles para nosotros.

Creo que papá no sabe nada de las horribles pintadas que han ensuciado las paredes de la Fundación. *Sombra* me ha dicho que se lo va a ocultar el mayor tiempo posible y yo estoy de acuerdo con él. Al fin y al cabo, es posible que se trate solo de una gamberrada pasajera y que no vuelva a ocurrir. Ojalá sea así.

Ahora, lo importante es que papá está un poco más animado. La cena de esta noche, con Metáfora y su madre, le hace mucha ilusión. La verdad es que a mí también me apetece. Puede ser interesante, sobre todo por él. Por fin mi cumpleaños va a servir para algo.

Es la primera vez que organizamos una fiesta de celebración como esta, con una profesora y una compañera de clase. Pero debo tener cuidado, no se me vaya a volver en contra. Sé perfectamente que, cualquier día, Metáfora puede hacerse amiga de Horacio y utilizar todo lo que vea esta noche aquí, en mi contra. Un escritor dijo una vez una frase inolvidable: «Tus amigos de hoy pueden ser tus enemigos de mañana».

* * *

Papá y yo nos hemos vestido de traje y corbata, cosa que no hacemos casi nunca, por eso nos encontramos un poco raros. Yo creo que Norma y Metáfora lo van a notar y volveremos a hacer el ridículo. Pero, bueno, yo estoy dispuesto a todo con tal de verle contento.

El caso es que, a papá, Norma le ha caído bien. Se ha pasado todo el día organizando la cena con Mahania y ha dispuesto algo especial. Se va a celebrar en el primer piso, entre las estanterías de la biblioteca principal, rodeados de libros. Un escenario único para una cena de amigos, algo que no haría nunca para nadie. Por eso pienso que está ilusionado.

–Creo que le encantará estar entre tantos libros antiguos –le ha dicho a Mahania–. Me ha parecido que le gustaban. Es lógico, al fin y al cabo es profesora.

Desde que la conoció, no ha dejado de hacerme preguntas sobre ella:

–¿Es una buena maestra? ¿Os enseña cosas importantes? ¿Os hace leer mucho? ¿Qué tipo de lectura le gusta?

–Papá, no seas pesado –le he dicho muchas veces–. Ya te enterarás de todo cuando se lo preguntes a ella.

Pero no me ha hecho caso y ha seguido con el interrogatorio.

–Pero, si viven solas, ¿dónde está su marido?

–No lo sé, papá. Nunca hablan de él.

–Pues podías preguntarle a Metáfora. Seguro que ella te lo cuenta. Hay que estar más atento, hijo.

Me parece que se está haciendo ilusiones. Nunca hubiera imaginado que papá pudiera interesarse por una mujer. Le veía tan abstraído con sus libros y con su investigación, que me parecía inimaginable que pudiera fijarse en otra mujer.

Pero esta tarde, cuando estábamos preparando la mesa, la realidad ha vuelto a aparecer. Stromber ha venido con unos documentos en la mano:

–Amigo Adragón –ha dicho–, me gustaría hablar con usted un momento sobre un tema de máximo interés.

–Si no le importa, hablaremos el lunes –respondió papá–. Hoy no quiero distraerme con nada que no sea la fiesta de mi hijo Arturo. Es lo más importante de todo.

–¿Es más importante celebrar esa fiesta que mantener la Fundación en su poder? –insistió Stromber.

–No, no es eso. Es que hoy tengo invitados especiales y quiero centrarme en ellos. Por eso no quiero llenarme la cabeza de problemas que ni siquiera puedo solucionar. Por lo menos hoy, que Arturo cumple catorce años.

–Ciertamente es un acontecimiento importante, pero no es excusa para evadirse de la realidad –le respondió con firmeza–. Le aconsejo que me dedique unos minutos, solo unos minutos.

Papá, que le tiene aprecio, dejó la vajilla que transportaba en ese momento sobre la mesa y le prestó atención.

–Veamos esa cosa tan importante que quiere usted enseñarme, pero sea breve, por favor.

–Escúcheme bien, querido Adragón. Si estuviera usted dispuesto a vender todos los archivos y documentos que posee sobre Arquimaes, podría saldar una buena parte de la deuda y vivir tranquilo. Recuerde que ha aceptado usted algunos préstamos legales que ahora deberá devolver. El señor Del Hierro y su banco le van a quitar hasta la camisa en el juicio.

–Usted sabe perfectamente que eso no lo haré jamás. Arquimaes forma parte de mi investigación y no puedo desprenderme de esos datos.

–¿Es que hoy le va a tocar la lotería? ¿Cree usted que las cosas se arreglarán solas? Vamos, amigo mío, no sea usted ingenuo.

–No los venderé de ninguna manera. Además, ¿quién pagaría tanto dinero por ellos? ¿Dónde puedo encontrar un comprador a estas alturas?

–Yo creo que podría ocuparme de eso. Por hacerle un favor, estaría dispuesto a adquirirlos. Y se los pagaría bien.

–¿Lo haría usted? ¿Haría usted eso por mí?

–Ya sabe que aprecio su trabajo y le tengo un enorme respeto. Su labor en la Fundación es encomiable y haría cualquier cosa con tal de que no se interrumpiera.

Papá se sintió tan emocionado que le dio un fortísimo abrazo.

–Amigo Stromber, no tengo palabras para agradecerle su ayuda. No hay nada en el mundo mejor que la amistad, y usted me lo acaba de demostrar.

–Pero no debemos perder tiempo. Debe usted reducir la deuda antes de que el juzgado intervenga. Después, será tarde. Del Hierro ganará el juicio ya que todas las pruebas están a su favor. Le arruinará.

–Tengo que pensarlo. Deshacerme de los libros de Arquimaes es lo último que estoy dispuesto a hacer en mi vida. Nunca le he contado la finalidad de mi investigación, pero le aseguro que es tan especial que no hay dinero en el mundo que la pueda compensar. Sin los textos del alquimista, no lograré nunca mi propósito.

–Escuche, piénselo hasta el lunes por la mañana. Tiene usted todo el fin de semana para tomar una decisión. El mismo lunes me marcharé de aquí ya que he terminado el trabajo que me ha traído a su casa.

–El lunes por la mañana...

–Exactamente. El lunes desayunaremos juntos y me contará usted su decisión. No tengo más que decirle. No quiero presionarle.

Y así terminó la conversación entre ellos. Una conversación que conozco gracias a *Sombra*, que ha tenido la feliz idea de contarme con todo detalle.

* * *

Falta poco para que lleguen. Papá ha enviado a Mohamed a buscarlas con el coche. La mesa está puesta y hemos bajado a la cocina para asegurarnos que la comida está preparada. Mahania ha hecho un buen trabajo y ha preparado un menú excelente.

–Era lo que solía prepararles a tus padres cuando celebraban su aniversario de bodas –me confiesa Mahania–. Era la comida favorita de tu madre.

Sus palabras me emocionan y me recuerdan que Mahania es el mejor lazo que me une con mamá.

–Tu padre está muy contento. Hace años que no le veía así. Esa invitada debe de ser algo muy especial –añade, aprovechando que papá está eligiendo un buen vino en la bodega.

–Pues, ahora que lo dices, sí, creo que es una mujer diferente. Tiene una manera de hacer las cosas que me gusta –explico.

–¡Ya están aquí! –exclama, cuando oímos sonar el claxon del coche de Mohamed.

Papá aparece en seguida con una botella en la mano:

–Venga, vamos a recibirlas –ordena–. Vamos deprisa. Han llegado antes de lo previsto.

Salimos corriendo de la cocina y llegamos a la puerta de entrada. En ese momento están bajando del coche.

–Buenas noches –dice papá–. Sean bienvenidas a la Fundación, nuestra casa...

–Nuestro hogar... –digo.

Norma se acerca a papá y extiende la mano:

–¿Suele usted obsequiar a sus invitados con una botella de vino? –pregunta.

–¿Qué? Oh, no, lo siento... No era mi intención... –se disculpa papá, entregando la botella a Mahania–. Estaba eligiendo en la bodega cuando ha sonado el claxon...

–A ver, ¿me permite? –pide Norma, cogiendo la botella de vino–. Mmmm... Un Vega Sicilia del 76. Tiene usted buen gusto, señor Adragón.

–Arturo, llámeme Arturo –titubea papá.

–No tengo edad para tomar vino –dice Metáfora–. Supongo que habrá algo para mí.

–También tenemos refrescos de naranja... –comento–. Tenemos toda clase de zumos.

–¿Y zumo de piña?

–¿Zumo de piña? –pregunto, mirando a Mahania.

–Seguro que hay zumo de piña –responde, haciendo una seña a Mohamed que, en cuanto comprende el mensaje, sale corriendo a la calle.

–¿Te gustan las frutas tropicales? –pregunto–. Son muy buenas para...

–Bueno, hoy me gustan; mañana ya veremos...

Metáfora viene en plan de hacerse la interesante. He leído en algunos libros que las chicas, a cierta edad, se ponen un poco... especiales. Tendré que estar alerta para no estropearle la noche a papá.

La verdad es que está guapísima con ese vestido que se ha puesto, no como yo, que parezco un anticuado.

–Bien. Si les parece, podemos ir subiendo al primer piso, para enseñarles nuestra biblioteca –propone papá.

–Estoy deseando conocerla –responde Norma–. Me gustan tanto los libros que estuve a punto de ser bibliotecaria.

Papá la mira embelesado. Ha oído lo que más le gusta de una persona: que le apasionen los libros.

–¿Te gusta leer? ¿Te gustan los libros?

–Es una devoradora de libros –explica Metáfora–. Lee todo lo que cae en sus manos. Tenemos la casa llena de libros.

–Ah, es una buena noticia –dice papá–. Creo que los libros son el alma de la civilización, la sangre de nuestro conocimiento...

–Y la memoria del mundo. Lo que no está en los libros no existe –añade Norma.

–Norma, me has dejado asombrado. ¡Acabas de pronunciar mi frase favorita! –exclama papá, exaltado.

Es curioso, pero creo recordar que esa frase se la he dicho a Metáfora en alguna ocasión... Aunque no estoy seguro.

La cojo del brazo y la aparto del grupo:

–Oye, esa frase te la dije yo. ¿No se la habrás repetido a tu madre, verdad?

–Esa frase la conoce mucha gente –dice–. Además, nosotras no jugamos a ese juego, ¿sabes?

–Vale, perdona.

–Mide un poco tus palabras. No hemos venido aquí para ser insultadas. Si no me tratas con respeto, es posible que me marche.

No sé, quizá me equivoque, pero por la forma que tiene Metáfora de mirar a mi padre, me parece que no le gusta esta cita entre su madre y mi padre.

Subimos a la primera planta y llegamos a la puerta de la biblioteca. Papá se dispone a abrir la puerta mientras dice:

–Aquí tenemos nuestro mayor tesoro. Almacenamos una gran cantidad de libros y pergaminos de valor incalculable.

–Creo que me va a gustar ver ese tesoro –dice Norma–. Me encantan los documentos antiguos.

–La escritura es el mejor tesoro de la Humanidad –afirma papá, dando una vuelta a la manecilla de la puerta–. Por eso he pensado que, a lo mejor, os gustaría...

Abre la puerta y podemos ver, entre las estanterías, una mesa engalanada con flores y con los cubiertos preparados, iluminada con velas.

–... cenar aquí, entre ellos.

Norma abre los ojos, como si no creyera lo que está viendo.

–¿Quieres decir que vamos a cenar aquí, entre los libros, los pergaminos, los códices históricos?

–Lo has dicho muy bien, espero que sea una velada «histórica».

Noto que hay algo mágico en el ambiente. Es algo que no soy capaz de expresar con claridad, pero que no me es ajeno. Suelo entrar en esta sala muchas veces, pero hoy, por primera vez, siento como si algunas fuerzas se hubieran conjurado para hacerme sentir a gusto. Es algo muy extraño.

–Esta sala es muy especial para mí. Aquí está todo lo que necesito para llevar a cabo mi gran investigación –explica papá.

–¿Qué investigación es esa? –quiere saber Norma.

–Es algo especial que me cambiará la vida si sale bien. Si os parece, podemos cenar y, después, Arturo y yo tendremos mucho gusto en enseñaros la Fundación.

–Me parece bien –dice Norma–. La verdad es que tengo un poco de hambre...

–Tenemos menú especial –anuncia papá–. Lo ha preparado Mahania.

Nos sentamos a la mesa según el orden establecido por papá: ellos dos en la cabecera, frente a frente; y Metáfora y yo en los laterales, cara a cara. Es la primera vez en mi vida que me siento en familia, y es una sensación nueva para mí. Una sensación que me gusta. Es como si, de alguna forma, me compensara un vacío que he tenido durante mucho tiempo... Como si fuera algo que hubiera estado esperando durante muchos años.

Mahania sirve los entremeses y papá descorcha la botella de vino. Con mucho cuidado, vierte unas gotas en la copa de Norma y le pide su aprobación.

–Exquisito –dice ella–. Hace tiempo que no probaba algo así.

En ese momento, entra Mohamed, llevando en la mano una jarra:

–Aquí traigo el zumo de piña para la señorita –anuncia.

–Muchas gracias –dice Metáfora–. Se lo agradezco mucho.

Mohamed deja la jarra ante ella y se retira.

–Es un excelente colaborador –dice papá–. Como podéis ver, es capaz de cualquier cosa con tal de hacer quedar bien a la Fundación.

–¿Trabajan muchas personas aquí? –pregunta Norma.

–Pues, verás... Mahania, Mohamed y *Sombra*... viven aquí, mientras que algunos colaboradores externos vienen solo durante las horas de trabajo, que son muchas –explica papá–. Unas veinte personas. Y ahora estamos pensando en contratar a un jefe de seguridad, pero no estamos seguros de necesitarlo.

Como veo que Metáfora está indecisa, me levanto y lleno su copa de néctar de piña.

–Gracias –dice–. Eres muy amable.

–Es el estilo de la casa –respondo–. Aquí somos todos así.

Papá levanta su copa de vino y hace un brindis que nosotros secundamos:

–¡Por nuestras invitadas! –dice.

–¡Por nuestros anfitriones! –responde Norma.

Creo que ahora hemos roto el hielo. Ya podemos comer tranquilamente y degustar los riquísimos entremeses.

–Vamos a probar un delicioso pato a la naranja que Mahania ha preparado especialmente para nosotros –anuncia papá–. El Vega Sicilia que he escogido potenciará su sabor.

–¿La piña combina bien con la carne? –le pregunto.

–La piña combina bien con todo –explica, como si fuese un experto–. Con la carne, con el pescado, con las verduras... Es una maravilla.

No sé si es por las palabras de papá, pero el pato a la naranja está exquisito. Es un plato muy sofisticado inventado por los franceses, que son especialistas en estas cosas de la comida.

–Hace muchos años que no recibimos visitas tan agradables. No sé si estaré a la altura como anfitrión –dice papá, retorciendo torpemente un hueso del pato.

–Estás a la altura y esta cena es una delicia. Además, estar aquí, rodeada de tantos libros, me ha emocionado –afirma Norma–. Nunca hubiera imaginado algo así. Es como un cuento de hadas.

–Bueno, hay que recordar que estamos en un pequeño palacio. Tiene tantos años que no se pueden ni contar. Pero mucha gente asegura que sus cimientos y algunos muros tienen más de mil años.

–Eso es mucho tiempo –comenta Norma, un poco sorprendida.

–Este edificio siempre ha pertenecido a nuestra familia. Pero un antepasado nuestro, un historiador llamado Arturo Adragón, lo remodeló y lo convirtió en una biblioteca. Aún conserva atributos de nobleza. Hay gran cantidad de elementos decorativos que lo embellecen... Cosas que ya no se hacen.

–¿Sueles celebrar cenas a menudo en este lugar o lo has hecho especialmente para nosotras? ¿Es una técnica de seducción?

Papá se ha quedado mudo. De repente, es como si se hubiera congelado. La pregunta de Norma ha logrado descomponerle. No lo entiendo. Norma se ha dado cuenta y rectifica:

–Perdón, me parece que he sido indiscreta. Te ruego que me disculpes...

Papá toma un leve trago de vino y logra articular palabra:

–No es culpa tuya. He organizado esta cena en esta sala pensando en agradarte y olvidando por completo lo que aquí ocurrió hace años. Es algo que guardo en lo más profundo de mi corazón.

–Podemos cambiar de tema –sugiere Metáfora–. No es necesario seguir...

–Aquí, en esta sala... me declaré a Reyna, mi mujer. Y hoy hace catorce años que... –reconoce con la voz entrecortada y temblorosa.

Papá no celebra mi cumpleaños, en realidad está recordando la muerte de mamá. Incluso Mahania, que se afana en preparar todo para servir el postre, se ha quedado petrificada. Norma y Metáfora me miran fijamente, es una situación incómoda.

–No pasa un solo día sin que me acuerde de ella. Hoy es un día extraño para mí: es a la vez el más feliz y el más desgraciado.

–¡Cambiemos de tema! –propone Norma–. Volvamos al guión previsto; la celebración del cumpleaños de Arturo.

–Ya sé que no es exactamente lo que esperabas –dice papá–. Lo siento mucho, pero me he emocionado al recordarla. Y eso que me había prometido no hacerlo.

Mahania se acerca a su lado, le recoge el plato y se retira. Papá toma otro trago y se dispone a hablar, pero mi compañera de clase le interrumpe:

–Arturo, ¿te he contado que yo vi la luz en un lugar parecido a este? –pregunta Metáfora–. ¡Yo nací en una imprenta!

–Es cierto. Mi marido era impresor y una noche, en la que tuvimos que quedarnos a trabajar para entregar unos ejemplares que habíamos prometido, me puse de parto. Metáfora vino al mundo entre máquinas de imprimir. Tuve la suerte de que pudimos llamar a una ambulancia y esta llegó a tiempo para asistir el parto. Y a la vista está que todo salió bien.

–Pero nuestro caso es diferente –dice papá, arrastrando las palabras–. A nosotros no nos salió bien. Hubo problemas. Problemas que aún perduran... Y todo por mi culpa.

–Si les parece, pueden tomar el postre en el despacho –propone Mahania, viendo que papá se está derrumbando por momentos. De hecho, se le nota nervioso y habla más de la cuenta.

–No, voy a contar todo lo que llevo dentro antes de que explote –afirma papá animado por la presencia de Norma, que le escucha con atención–. Llevo demasiados años guardando en mi corazón un secreto que debe ser compartido con Arturo.

–Arturo, no sé si debemos escuchar... –dice Norma.

–No hay nada que ocultar y sí mucho que contar. Es una historia personal de la que nunca hablo mucho para no hacer daño a Arturo, pero ya tiene edad para saber más sobre sí mismo.

Mahania entra con los platos de postre y una tarta, quizá con la esperanza de hacerle callar. Pero, evidentemente, no sirve de nada.

–Todo empezó hace catorce años, cuando yo seguía la pista de algunos documentos originales escritos por alquimistas reconocidos. La investigación indicaba que tenía que ir hasta Egipto y decidí viajar hasta allí. A pesar de que estaba embarazada, Reyna, mi esposa, decidió acompañarme en mi aventura. Nos internamos en el interior del desierto, muy alejados de la civilización, casi perdidos...

XVII

EL FUEGO DE HEREJIO

Acababa de amanecer, el sol rojizo despuntaba sobre la línea del horizonte. Había un silencio absoluto en las filas del ejército de Benicius y nadie osaba moverse o llamar la atención. Todos observaban con interés lo que ocurría en la gran explanada que se extendía entre ellos y el castillo de Morfidio.

El mago Herejio estaba de pie, dentro de un círculo que él mismo había trazado en el suelo durante la noche, con un líquido verde.

A su alrededor, docenas de soldados fuertemente armados habían formado una valla de protección. Estaban atentos para impedir que cualquier intruso intentara frustrar su malévolo trabajo.

Más atrás, en lo alto de una colina, montado sobre su caballo de guerra, el rey Benicius observaba atentamente al mago. A su lado, sus caballeros más fieles se mantenían en estado de alerta, dispuestos a actuar a la más mínima orden.

En las murallas, semiocultos tras las almenas, los soldados que defendían la fortaleza prestaban atención a cada movimiento de Herejio. Tenían los arcos preparados con las flechas colocadas, dispuestas para ser disparadas.

Arquimaes y Arturo habían sido llevados a la torre, junto a Morfidio, que estaba bastante preocupado.

–Ahora veremos quién es más brujo, él o tú –se burló el conde.

Como si hubiera escuchado sus palabras, Herejio extendió sus brazos hacia el cielo, en busca del sol. Sus manos se dirigieron directamente al astro, que estaba frente él. Entonces empezó a recitar un texto que muy pocos llegaron a escuchar y que nadie hubiera sido capaz de descifrar. Era un canto mágico que ningún otro ser humano podía comprender. Una oración al sol.

Los caballos relincharon, los guerreros no movieron un solo dedo, mientras permanecían atentos a lo que pudiera suceder. Algunos pensaron que la acción del mago era una fanfarronada; otros, al contrario, tenían el corazón acelerado, convencidos de que algo grande estaba a punto de ocurrir. Cuando se trataba de magia, podía suceder cualquier cosa.

De repente, sin que nadie pudiera afirmar de dónde había surgido, una bola de fuego surcó repentinamente el cielo y se dirigió directamente hacia el castillo de Morfidio, dejando una estela de humo negro y acompañada de un extraordinario zumbido. Mientras, crecía y crecía.

El clamor se generalizó en las almenas y las gargantas de los soldados se enrojecieron cuando gritaron de miedo. Pero eso no impidió que la bola de fuego prosiguiera su viaje hacia el muro principal del castillo.

Cuando se estrelló, ya había alcanzado el tamaño de un edificio de dos pisos. La gigantesca masa llameante explotó y lanzó esquirlas incandescentes en todas las direcciones. El ruido que acompañó a la explosión fue tan fuerte que estremeció el corazón de todos los que la escucharon. Algunos arqueros, soldados y caballeros, salpicados por las llamas voladoras, ardían y hacían lo imposible por apagar el fuego de sus ropas. Los que no lo consiguieron prefirieron lanzarse al foso de agua, a pesar de saber que fuera de las murallas les esperaba una muerte segura.

Ahora, todos sabían que el mago Herejio tenía un poder infinito. Un poder que podía arrasar campos, ciudades y castillos. Y eso atemorizaba tanto a los que defendían la fortaleza como a los que la atacaban.

Arquimaes y Arturo, rodeados de llamas que caían del cielo, se miraron en silencio, pensando que era necesario hacer algo para detener aquel salvaje ataque. Morfidio trató de aprovechar la confusión para debilitar la voluntad de Arquimaes.

–¿Comprendes ahora que Benicius no se detendrá ante nada? –gritó, mientras esquivaba una andanada de trozos ardientes–. ¿Quieres morir entre las llamas mágicas de Herejio? ¿Quieres que muramos todos?

Arquimaes comprendió que no era el momento adecuado para entablar una discusión. Pero, en el fondo de su corazón sabía que tenía que hacer algo si quería evitar la muerte de muchos cientos de hombres, mujeres y niños.

Como si no tuvieran prisa por caer, los trozos de fuego parecían volar igual que pájaros malditos, por lo que el ataque se estaba alargando más de lo que todos esperaban.

Arquimaes y Arturo se habían protegido tras una pequeña catapulta de madera que se hallaba dispuesta sobre las almenas. Los pedazos de fuego pasaban por todos lados, a su alrededor. Se estrellaban contra la máquina de guerra, contra el suelo y contra la almena, produciendo otros trozos más pequeños que, a su vez, volvían a multiplicarse cada vez que chocaban contra algo. Era una verdadera lluvia de fuego de la que era muy difícil salir bien librado.

De repente, un enorme proyectil, grande como un carro de heno, cayó directamente sobre la catapulta.

–¡Cuidado, Arturo! –gritó Arquimaes, apartándose a tiempo–. ¡Cuidado!

Pero Arturo no pudo evitar el fragmento de fuego que cayó pesadamente sobre él. Su cuerpo quedó envuelto en llamas antes de que el sabio pudiera hacer nada para apartarlo de su trayectoria. Arturo parecía otra bola de fuego, como las que inundaban el castillo, con la diferencia de que era una bola viva, con capacidad de movimiento.

Morfidio observó horrorizado cómo la figura incendiada del muchacho se revolvía, intentando liberarse inútilmente del fuego mágico de Herejio. No podía apartar los ojos de Arturo, que ardía como una antorcha, sin hacer nada por ayudarle.

El cuerpo de Arturo estaba envuelto en feroces llamas amarillentas y anaranjadas que se ensañaban con él. Arquimaes cogió una capa de un soldado caído y se lanzó sobre su ayudante. Lo envolvió con el grueso paño e intentó asfixiar esas horribles llamas que parecían crecer por momentos. Sin embargo, el sabio, que no conseguía su propósito, tuvo la extraña sensación de que el cuerpo de Arturo no ardía y de que estaba protegido por una especie de coraza. Comprendió inmediatamente que era más un deseo que una realidad y redobló inútilmente sus intentos.

Cromell, que estaba cerca, cogió un cubo de agua y lo lanzó sobre el cuerpo del joven, exponiéndose él mismo a ser víctima de la lluvia de fuego. Las llamas decrecieron y Arquimaes ayudó al oficial. Entre los dos lograron apagar definitivamente el terrible envoltorio de llamas que rodeaba el cuerpo de Arturo. Después, para rematar su obra, el científico se arrojó sobre el cuerpo de Arturo y lo envolvió de nuevo con la capa, asfixiando definitivamente el fuego.

El muchacho se quedó quieto durante unos segundos, tumbado sobre el suelo. Parecía haber perdido todo halo de vida. Arquimaes estaba desconsolado intentando reanimarle... Pero Arturo no respondía.

El sabio ignoró los proyectiles de fuego que seguían cayendo a su alrededor y le cogió en sus brazos. Lentamente, empezó a bajar las escaleras pobladas de cadáveres y, entre gritos de dolor y desesperación, se dirigió hacia su celda.

Morfidio lo observó en silencio. Al fin y al cabo, la muerte de Arturo podía beneficiarle. Una persona desmoralizada era siempre más propensa a hablar.

–Por cierto, Arquimaes –gritó inesperadamente Morfidio–. ¿Has oído hablar del Ejército Negro?

El alquimista no hizo caso a las palabras del conde y siguió su camino. Ahora casi nada le importaba. Poco después, portando el cuerpo sin vida de Arturo, entró de nuevo en su calabozo y lo depositó sobre el camastro.

Mientras tanto, aprovechando que el ataque de fuego había terminado, un mensajero del rey Benicius se acercó a pocos metros de la puerta principal, que ahora estaba chamuscada, y leyó un edicto:

–¡Mi señor os advierte que si no os rendís, mañana enviará una nueva bola de fuego que destruirá definitivamente este castillo, y todas las personas que se encuentren dentro morirán abrasadas! –gritó el hombre, agitando su bandera blanca–. ¡Tenéis hasta el amanecer para rendiros!

XVIII

EL HIJO DEL DESIERTO

–REYNA y yo recorríamos lugares inhóspitos del antiguo Egipto en compañía de nuestros fieles Mohamed y Mahania –continuó papá–. Él nos servía de guía, mientras que ella era la cocinera y asistente de Reyna que, como ya he dicho, estaba en avanzado estado de gestación.

Finalmente, llegamos a una zona deshabitada, siguiendo la pista de cierto pergamino que podía estar relacionado con Arquimaes. Los soldados que nos escoltaban nos dijeron que podíamos alojarnos en un extraño templo, semi abandonado, lleno de pergaminos, libros y todo tipo de documentos antiquísimos. En cuanto nos instalamos en ese recinto, los soldados se marcharon con la promesa de volver al cabo de una semana. A cambio de una gran cantidad de dinero, logré que me dieran mano libre para revisar todo lo que yo quisiera; la única condición fue que no podía sacar ningún documento ya que, como todo el mundo sabe, está prohibido por la ley, que allí es muy rigurosa en este sentido.

Nos dejaron en aquel lugar, abandonados en el desierto, y se llevaron la llave de nuestra camioneta para que no pudiéramos ponerla en marcha. Estuvimos así algunos días hasta que, una noche, ocurrió algo terrible. Recuerdo que estaba trabajando con un curioso pergamino supuestamente escrito por Arquimaes, haciendo algunas pruebas, cuando noté que el edificio temblaba a causa de los truenos.

En seguida empezó a llover torrencialmente. Hubo rayos y truenos desde que oscureció y se desencadenó una terrible tormenta en aquel desierto en el que todo parecía más peligroso. Por si la situación en sí misma no fuera lo suficientemente peligrosa, cayó tal cantidad de agua que nos hizo temer que se produjeran inundaciones.

A causa de un rayo, el motor del generador ardió y el edificio entero quedó a oscuras. Las chispas saltaron desde la pared hacia la mesa, dando la impresión de que eran seres vivos diminutos los que inundaban la estancia. Mi esposa, debido posiblemente al susto, lanzó un tremendo grito de dolor.

–¡Arturo! –chilló.

–¿Te encuentras mal? –le pregunté asustado.

–Creo que ha llegado el momento –respondió ella, con la voz entrecortada.

Estábamos solos en el templo. No había nadie que pudiera ayudarnos, salvo Mahania y Mohamed que se encontraban en algún lugar del edificio, haciendo su trabajo.

–¡Llama a Mahania! –imploró mi esposa–. ¡Llama a Mahania!...

Salí corriendo, sin saber muy bien hacia dónde dirigirme. Llegué al sótano, donde nuestro guía Mohamed y su esposa Mahania se alojaban, pero no estaban allí. Desesperado, seguí corriendo y gritando:

–¡Mahania! ¡Mahania!

Pero nadie me respondió. Supuse que, ante la fuerza de la tormenta, se habrían refugiado en algún lugar más seguro. Dado que el edificio, que era una especie de templo, era demasiado grande para buscarlos, decidí volver al lado de mi esposa. Los rayos y los truenos se hicieron más intensos mientras mi esposa notaba cómo nuestro hijo estaba a punto de nacer. Yo estaba decidido a hacer un puente y poner en marcha el vehículo.

–¡Te llevaré en el coche hasta la ciudad! –le aseguré–. No te preocupes, llegaremos en seguida...

Pero ella, que no tenía fuerzas para moverse, se negó. Sabía de sobra que era demasiado tarde.

–¡No llegaremos! –afirmó.

–Hay que intentarlo... Es nuestro hijo y debemos...

No pude terminar la frase. Se sintió mareada y estuvo a punto de perder el conocimiento. Apenas tuve tiempo de recogerla entre mis brazos antes de que cayera al suelo. Yo estaba desesperado y no sabía qué hacer.

Entonces, milagrosamente, llegaron Mahania y su esposo.

–¿Qué ocurre? –preguntó Mohamed, levantando el brazo en el que portaba un candil, para ver mejor la inesperada escena.

–Es Reyna, está a punto de dar a luz...

Mahania se acercó y la observó atentamente.

–¡No hay tiempo de llevarla a ningún sitio! –exclamó–. Debemos atenderla ahora mismo.

–Pero... Aquí...

–Sí, póngala sobre la mesa central. El bebé nacerá aquí...

De un manotazo, arrojé al suelo todos los papeles y documentos con los que estaba trabajando, y deposité delicadamente su cuerpo sobre la mesa. Al verla ahí tendida, me llevé las manos a la cabeza y me sentí desesperado; no sabía qué hacer...

–¡Salga de aquí y espere fuera! –ordenó Mahania–. ¡Yo me ocupo de todo!

–Pero...

–¡Fuera de aquí ahora mismo! ¡Vaya a calentar agua y busque toallas! Necesito que Mohamed se quede aquí, para darme luz.

Obedecí sin rechistar. Tropezando con los libros que se encontraban apilados o caídos por el suelo, salí lanzando gemidos de angustia, absolutamente desperado. Yo lo tenía todo: era un hombre trabajador y amante de la cultura, que se había dejado la piel para salvar y coleccionar los mejores libros del mundo, los mejores ejemplares antiguos y clásicos... Había heredado el legado de mi familia y lo había mantenido y mejorado. Amaba a mi esposa más que a nada en el mundo y me sentía dichoso por el próximo nacimiento de un hijo... Y ahora, por mi imprudencia, mi primogénito iba a nacer entre pilas de libros desordenados, a la luz de un candil de aceite, entre rayos y truenos, en medio del desierto. Mi mujer estaba clínicamente desasistida y me dolía el alma verla sufrir de esa manera.

La lluvia golpeaba el tejado del edificio y retumbaba como los disparos de una ametralladora, un sonido que me atormentaba.

Cuando mi mente empezaba a perder el control, una música inesperada llegó a mis oídos: ¡Era la voz de un bebé que lloraba a pleno pulmón! ¡Era mi hijo! ¡Mi hijo Arturo acababa de nacer!

Volví sobre mis pasos y entré de nuevo en la estancia. Entre la brumosa oscuridad logré distinguir la minúscula luz del candil. La silueta de Mahania se hizo visible cuando un tremendo rayo iluminó la sala con una rabiosa luz blanca que dio a la escena un tono espectral. El lugar parecía un campo de batalla, con las columnas de libros que se elevaban hasta el techo y proyectaban su sombra contra la pared y el suelo sembrado de ejemplares.

–¡Aquí tiene a su hijo! –anunció Mahania, entregándome el bebé.

En ese momento, como si el destino quisiera impedir que mi hijo cayera en mis brazos, una fuerte corriente de aire entró por la ventana principal y un chorro de aire húmedo cruzó la habitación. Entonces, como no disponía de toallas ni mantas para cubrirle, agarré el pergamino que había estado estudiando, y que casualmente estaba a mi alcance, lo desenrollé y lo utilicé como una larga sábana de papel. Con él envolví el menudo cuerpo de mi pequeño Arturo para protegerle del frío. Estremecido de alegría, cogí la criatura y la estreché entre mis brazos.

Después, acerqué el niño a mi esposa para que pudiera verlo:

–Nuestro hijo –susurró–. Nuestro querido hijo...

–Le llamaremos Arturo –anuncié–. Tal como habíamos decidido. En homenaje al creador de La Fundación.

Mi esposa y yo entrelazamos nuestras manos justamente cuando un temblor sobrenatural hizo que el viejo templo se estremeciera. La luz se reanimó durante un segundo...

Algunas pilas de libros se derrumbaron a causa del temblor y se esparcieron por el suelo, creando tal desconcierto que, por un momento, temimos que podría producirse el desplome de aquel viejo edificio.

Permanecimos casi a oscuras hasta que, de forma milagrosa, la luz del sol volvió a iluminarlo y disipó nuestros temores.

Aquellos fueron los peores momentos de mi vida. Allí, abandonados de la mano de la civilización, sin ayuda de ningún tipo, veía cómo Reyna empeoraba a cada hora, sin poder hacer nada. Desesperado, intenté en vano poner en marcha la camioneta, pero fue imposible, ya que se habían llevado algunas piezas del motor, como descubrí más tarde.

A pesar de nuestros esmerados cuidados, sobre todo los de Mahania, Reyna murió dos días después. Cuando los soldados llegaron, era demasiado tarde. Habíamos ya enterrado a mi esposa. Todavía yace en una tumba apenas señalada a pocos metros del templo de Ra, en el desierto de Egipto, muy cerca del Nilo.

Desde entonces vivo en un infierno de remordimientos, ya que no puedo quitarme la sensación de culpabilidad. Si no hubiera hecho aquel maldito viaje y nos hubiéramos quedado aquí, esa tragedia no habría sucedido.

Papá hace un largo silencio que significa claramente que ya no le quedan palabras.

Absolutamente emocionado, me acerco y le abrazo como nunca lo había hecho en la vida. Es como si, por fin, nos reconciliásemos.

–Lo siento –susurra Norma–. Lo siento de veras.

Papá intenta recomponerse y toma un trago de champán.

–Bueno –dice–. Es una vieja historia que ya pertenece al pasado.

Mahania empieza a recoger los platos y sale. Noto que también ella tiene lágrimas en los ojos.

–Hablemos de otra cosa –propone papá, haciendo un tremendo esfuerzo por borrar los malos recuerdos.

–¿Y el pergamino, qué pasó con él? –pregunta Norma, entre lágrimas de emoción.

–Se quedó allí. Quise traerlo, pero no me lo permitieron. Me pusieron tantas dificultades que ni ofreciendo ingentes cantidades de dinero conseguí hacerme con él. La verdad es que hubiera dado cualquier cosa por tenerlo.

–Quizá algún día puedas traerlo –dice Norma–. Las cosas han cambiado y es posible que las autoridades sean más tolerantes. Al fin y al cabo, eres investigador.

–Eso si existe todavía. A veces pienso que quizá esté destruido –dice con pena–. Allí, en el desierto, bajo el sol y la lluvia, sin protección... Cualquiera sabe dónde estará.

–¿Has vuelto a visitar la tumba de Reyna?

–Lo he intentado, pero los corrimientos de tierra la desplazaron y nunca he podido encontrarla. Ni a ella ni al pergamino.

Mahania, con los ojos enrojecidos, nos acerca la tarta con catorce velas encendidas.

–¡Feliz cumpleaños! –exclaman todos a la vez–. ¡Feliz cumpleaños, Arturo!

Como es la primera vez en mi vida que tengo la oportunidad de celebrar mi cumpleaños con tanta gente, estoy a punto de llorar de emoción.

–¡Gracias, papá! –susurro–. ¡Es un cumpleaños muy especial!

–Vamos, vamos, no hay que exagerar –dice, desconcertado ante este ataque emotivo que me acaba de dar–. Hay otras personas a las que tienes que dar las gracias.

–Muchas gracias a todos por esta fiesta –digo–. Gracias, de verdad.

–Nosotras te hemos traído un pequeño regalo –anuncia Norma–, ¿verdad, Metáfora?

Metáfora abre el bolso de Norma y saca un paquetito, que me entrega personalmente.

–¡Feliz cumpleaños en nombre de mamá y mío! –me desea–. Espero que te guste.

–Vaya, esto sí que es una sorpresa –digo–. No teníais que haberos molestado.

–Claro que sí –dice Norma–. Eres mi alumno y amigo de Metáfora. ¿Cómo no te íbamos a hacer un regalo, Arturo?

Estoy tan emocionado que mantengo el paquete entre las manos, turbado, sin saber qué hacer ni qué decir.

–¿No lo vas a abrir? –pregunta Metáfora.

Miro a papá, como pidiéndole permiso para abrir el regalo.

–Vamos, hombre, ya eres mayor para tomar decisiones –dice–. Recuerda que hoy cumples catorce años. Es una edad importante en la vida de una persona. Se puede decir que hoy te haces mayor.

–Cumplir catorce años es un símbolo de crecimiento –explica Norma–. A partir de ahora, muchas cosas van a cambiar en tu vida, ya lo verás. Anda, abre nuestro regalo, a ver si te gusta.

Deshago el lazo y rasgo el papel que recubre la caja. Después, lentamente, lo desenvuelvo, deseoso de saber qué contiene.

–¡Una navaja de afeitar! –exclamo, absolutamente sorprendido–. ¡Una navaja de afeitar!

–Dentro de poco te empezará a salir bigote y querrás afeitarte –dice Norma–. Aquí tienes tu primera navaja de afeitar.

–Vaya, menudo regalo –comenta papá, examinando la navaja–. Ya te la pediré de vez en cuando. ¡Es una preciosidad!

Metáfora me mira con una extraña sonrisa. Siempre he tenido la impresión de que a las chicas les hace gracia eso de que los chicos empecemos a ser hombres.

–¡Feliz cumpleaños, Arturo! –dice en tono cariñoso.

–Gracias, gracias a todos –digo–. De verdad, muchas gracias.

XIX
EL VIAJE DE ARTURO

Arquimaes permaneció durante algunas horas velando en silencio el cuerpo de Arturo. Ni siquiera se había planteado usar de nuevo la poderosa magia que le había salvado la vida días atrás ya que sabía perfectamente que un cuerpo carbonizado por el fuego de un hechicero era irrecuperable. Arturo estaba definitivamente muerto y nadie podía devolverle la vida.

En su mente rondaba todo lo sucedido en los últimos tiempos, desde aquella maldita noche del secuestro, en la que ya murieron cuatro personas y Arturo había quedado malherido.

A partir de entonces las cosas se habían complicado extraordinariamente. Y ahora culminaban con la muerte de su ayudante, un muchacho que se había presentado un día en su laboratorio y se había ofrecido para ayudarle a cambio de nada. Uno de los mejores ayudantes que había tenido jamás, que había confiado en él y que, ahora, posiblemente por su culpa, yacía sobre ese camastro de madera, en un pútrido calabozo de un conde ambicioso y sin escrúpulos.

Y, lo que era peor, muchas personas iban a morir dentro de poco... ¿Qué podía hacer para impedir que la masacre siguiera adelante? ¿Debía entregar la fórmula mágica a Eric Morfidio?

De repente escuchó un extraño ruido, pero fue incapaz de determinar su procedencia. Pensó en las ratas y en las cucarachas y dejó de prestar atención...

Arquimaes se disponía a envolver el cuerpo carbonizado de su ayudante cuando notó que algo raro estaba pasando. Tuvo la ligera impresión de que... ¡Respiraba! ¡Pero eso no podía ser! Arturo estaba cubierto de una capa de polvo negro como el carbón. Sus ropas chamuscadas confirmaban que había sufrido un terrible ataque y, sin ninguna duda, ¡estaba muerto!

Arturo abrió los ojos de sopetón, sobresaltado.

–¿Dónde estoy? ¿Qué hago aquí? ¿Estoy muerto? ¿Sigo soñando?

Arquimaes no dio crédito a lo que sus ojos y sus oídos le mostraban.

¡El joven que había muerto entre las llamas del fuego de Herejio acababa de recobrar el aliento! ¡Arturo estaba vivo de nuevo!

–Arturo, muchacho... ¿Qué ha ocurrido?

–No sé... No entiendo nada... De repente, todo se hizo oscuro... Dejé de respirar, de pensar, de oír...

Arturo trató de ver en la penumbra de la celda para saber dónde se encontraba. La pequeña lámpara de aceite producía una escasa luz que permitía distinguir con dificultad entre los objetos y las personas.

Poco a poco su acelerada respiración se fue regulando y sus nervios se tranquilizaron. Durante un rato se estuvo preguntando si acababa de salir de un sueño o había caminado por los senderos de la muerte.

–Maestro, no recuerdo nada. Es como si hubiese perdido la memoria. ¿Qué hacemos aquí?

–Estamos en la celda del castillo del conde Morfidio. Somos prisioneros y estamos cerca de la muerte. Mañana moriremos todos.

–No sé si he tenido una pesadilla, pero tengo malos presentimientos –reconoció el joven–. Algo nos amenaza.

–El ataque de Herejio va a ser devastador y no podemos hacer nada. No tengo poderes suficientes para enfrentarme con esa magia maléfica –le advirtió Arquimaes–. El fuego es nuestro peor enemigo.

Arturo se sintió inquieto y preocupado cuando se dio cuenta de que algo, en su piel, cobraba vida. Arquimaes le observaba con atención y el chico se topó con su penetrante mirada.

–Pero, Arturo, ¿qué te pasa?

–No lo sé, maestro. No me encuentro bien. Es como si me estuviese transformando. Es algo que no he sentido nunca... Es muy raro. La piel me escuece.

El muchacho abrió su camisa y, sorprendido, mostró el pecho a su maestro.

–¿Qué tienes en el cuerpo, Arturo?

–No lo sé. Nunca lo había visto antes –dijo, mientras observaba el batallón de letras que se deslizaban sobre su piel–. Es algo extraño que no puedo explicar.

Arquimaes y Arturo se miraron con desconcierto, como si esas letras fuesen la respuesta a algo sorprendente.

–Ven, no tengas miedo... Déjame ver...

Arturo, a pesar del temor que le invadía, cedió ante la petición de Arquimaes y se dejó llevar hasta el candil. El alquimista observó fijamente las letras que decoraban el cuerpo de Arturo y no pudo evitar una exclamación:

–¡Es imposible! ¡Es imposible! –susurró Arquimaes–. No tiene explicación. Es un milagro...

–Pero, ¿qué significan? ¡Yo no sé de dónde salen! –insistió Arturo–. ¡Nunca las había visto!

–¡Es la tinta mágica! ¡Es la tinta del poder! –exclamó Arquimaes, pasando la yema de los dedos sobre la piel de Arturo, tocando las zonas tatuadas–. ¡Eres nuestra salvación!

–¿De qué tinta habláis? ¡Yo no soy la salvación de nadie!

–¡No te muevas, muchacho! ¡Eres nuestro salvador! –exclamó Arquimaes, dirigiéndose a la puerta y golpeándola–. ¡Carcelero, quiero hablar con Morfidio! ¡Es urgente! ¡Decidle que venga!

Pocos minutos después, la puerta se abría para dejar entrar al conde que daba por hecho que Arquimaes se había derrumbado ante la muerte de Arturo y le iba a confesar el gran secreto de la inmortalidad.

Pero se llevó una gran sorpresa cuando vio que el muchacho estaba de pie, igual que la otra vez, observándole y mostrando su cuerpo tatuado.

–¿No estás muerto? ¡He visto con mis propios ojos cómo te abrasabas! ¡Has hecho otra vez de las tuyas, alquimista del diablo!

–No, conde, esto no es obra mía. Arturo puede salvarnos del fuego de Herejio.

Con los ojos muy abiertos, Morfidio intentó comprender qué significaba aquella cosa que decoraba el cuerpo de Arturo.

–¿Qué clase de payasada es esta? –preguntó el robusto hombre de armas–. ¿Es una tomadura de pelo?

–Es la solución al problema –respondió Arquimaes–. ¡Es lo que necesitamos! ¡Tenéis que confiar en mí! ¡Haced lo que os digo y nos libraremos de ese fuego infernal!

* * *

Herejio, que se había situado en el centro del círculo verde, levantó los brazos y emitió algunos sonidos similares a los del día anterior. Ante los asombrados ojos del ejército de Benicius, una pequeña chispa salió de los dedos del mago y empezó a crecer sobre el suelo hasta que se convirtió en una gran bola de fuego alta como la torre del castillo.

El globo de fuego producía un calor tan intenso que los caballos se encabritaron y algunos soldados, protegidos por las cotas de malla y túnicas guateadas, sintieron un mareo que les hizo agitarse en sus monturas. Aquella bola era como el sol y emitía una temperatura insoportable. Era el fuego del infierno.

Herejio dio una orden y aquel sol obedeció. Lentamente, empezó a desplazarse hacia delante, en dirección al castillo, rodando pesadamente sobre el suelo, quemando todos los rastrojos y hierbas que encontraba a su paso. Nada podía detener su marcha y el castillo de Morfidio no iba a ser capaz de resistir su impacto. Todos comprendieron que, en cuanto chocara contra la muralla exterior de protección, salpicaría hasta el último rincón de la fortaleza con sus lenguas llameantes. Eran conscientes de que llegado ese momento, toda la fortificación ardería sin remisión. Sus habitantes estaban condenados a una muerte horrible.

El rey Benicius, rodeado de sus jefes, oficiales y caballeros, sonrió cuando vio la silueta de Morfidio en la almena de la torre. Si ese hombre era tan estúpido como para no comprender lo que estaba a punto de ocurrir, es que merecía morir abrasado.

–Espero que Arquimaes sobreviva a este infierno –deseó en tono irónico–. Ojalá no le pase nada. Pero si muere, me consolaré pensando que su secreto está a salvo. Nadie podrá usarlo.

La bola empezó a tomar velocidad y parecía que nada podría detenerla. Las tropas de Benicius, a pesar de estar horrorizadas y de lamentarse por el destino que esperaba a los pobladores del castillo, se sintieron felices de tener a alguien que hiciera su trabajo. Sin la ayuda de Herejio, hubieran tenido que asaltar el castillo con sus propias armas y muchos habrían muerto.

Entonces, ocurrió algo sorprendente: el puente levadizo de madera descendió y se tumbó serenamente sobre el foso de agua.

–¡Ese estúpido Morfidio ha decidido rendirse! –exclamó con alegría el rey Benicius–. ¡Por fin ha comprendido que...!

No pudo seguir. Lo que vio a continuación le heló la sangre y ya no fue capaz de emitir una sola palabra más.

Un caballero vestido de negro, con una larga lanza y protegido por un escudo cruzó el puente y salió al exterior. La cota de malla brillaba como un espejo mientras que el escudo, reluciente como un cristal, reflejaba el cielo sobre su superficie.

Después de unos minutos de desconcierto, la gente empezó a comprender que el caballero negro estaba decidido a enfrentarse con la enorme bola de fuego que avanzaba inexorablemente, y todo el mundo se estremeció.

–¿Qué hace ese loco? –se preguntó Benicius, absolutamente asombrado–. ¿Quién es? ¿De dónde sale? ¿Qué pretende?

Herejio tuvo un presentimiento de derrota apenas le vio. En seguida comprendió que ese jinete era la respuesta de Arquimaes. Supo que las cosas iban a cambiar de rumbo y que su poder sería humillado.

El caballero negro se dirigió al galope, con la lanza en ristre, hacia el sol de fuego que rodaba directamente hacia el castillo con una fuerza que ningún ser humano hubiera podido detener. Protegido por el escudo y con la cabeza bien cubierta por el yelmo, galopó a toda velocidad, dispuesto a embestir a la bestia de fuego, igual que hacían los caballeros en los torneos.

Todo el mundo contenía la respiración. Los soldados, los caballeros y los oficiales se sintieron unidos por la admiración que la valentía del caballero negro despertaba en ellos. Ninguno de los que observaban el espectáculo hubiera sido capaz de enfrentarse a semejante enemigo, ni por todo el oro del mundo, ni siquiera por la salvación de su alma, ni contando con la protección de todos los magos.

La punta de la lanza del caballero penetró en la masa incandescente y produjo una terrible llamarada, similar a las que salen de la boca de los dragones cuando se enfurecen. Después, el caballero negro siguió su marcha y se abrió camino entre las llamas infernales hasta que fue engullido completamente por el sol que, ahora, gemía igual que si estuviese herido de muerte. Entonces, el jinete desapareció de la vista de los que observaban, con los ojos muy abiertos, aquella proeza. Incluso los gritos de ánimo de los defensores del castillo, que hasta ahora le habían acompañado, enmudecieron.

Durante unos interminables segundos se produjo un terrible silencio. Solo se escuchaba el sonido del viento, el relincho de algunos caballos encabritados y el aleteo de los pájaros que huían espantados de aquel lugar.

De repente, la bola que acababa de tragarse al jinete negro pareció inflamarse y empezó a hacerse más grande, dando la impresión de que estaba creciendo. Sin embargo, el engaño duró poco. La bola estalló y se fragmentó en mil pedazos, que salieron disparados en todas direcciones. Pareció que el mundo acababa de reventar y que había llegado su fin.

Cuando el humo comenzó a disiparse, el caballero negro cobró de nuevo forma ante los ojos de todos y dejó ver su figura victoriosa. Había atravesado el mágico instrumento de fuego de Herejio de un lado a otro y había salido ileso. Ahora cabalgaba con la gallardía propia de los valientes.

Herejio no daba crédito a sus ojos, y Benicius sentía una mezcla de admiración y odio hacia aquel desconocido caballero del que nunca había oído hablar. Era la primera vez que tenía conocimiento de un ser tan extraordinario, capaz de llevar a cabo semejante proeza.

El jinete dio media vuelta y volvió a entrar en el castillo de Morfidio, rodeado del más absoluto silencio, pero acompañado de la admiración de todos, testigos de la más increíble gesta de la que se tenía noticia hasta entonces. Y eso, en unos tiempos en que la magia y la hechicería eran omnipresentes en casi todos los aspectos de la vida medieval, era mucho.

En el mismo momento en el que el jinete negro desaparecía tras las murallas de la fortaleza, los soldados accionaron los tornos que movían las pesadas cadenas del puente levadizo, izándolo de nuevo. El castillo ahora, era inexpugnable y estaba a salvo de cualquier nuevo ataque de Herejio, el antiguo discípulo de Demónicus, el más terrible y maléfico Mago Tenebroso del mundo conocido.

Dentro de la fortaleza, Arquimaes, que no había perdido detalle, bajó corriendo en busca del caballero negro, con cuya hazaña tenía mucho que ver.

Lo recibió con emoción y le dio un tremendo abrazo. Después, le acompañó hasta la celda, en la que se encerraron. Le ayudó a desvestirse y pudo observar, con asombro, que en el cuerpo del muchacho no había una sola quemadura. Pasó su mano sobre la coraza de letras que cubría el cuerpo de Arturo y volvió a preguntarse en qué momento habían aparecido sobre él.

Después de ver la hazaña de Arturo, Morfidio se convenció de que el poder de Arquimaes era mayor que el de ualquier otro y decidió que, fuese como fuese, y tuviese que pagar el precio que fuese, se haría con ese poderoso secreto. Decidió que nada ni nadie se opondría a su deseo. Pasase lo que pasase, obtendría lo que tanto deseaba: la inmortalidad.

XX

LOS SECRETOS DE LA FUNDACIÓN

La tarta está deliciosa y el regalo me ha parecido extraordinario. Muy adecuado para celebrar mi llegada a la edad adulta... En fin, espero que la barba me crezca para poder usarla.

Pero no puedo evitar hacerme una pregunta: ¿Qué me habría regalado mamá? ¿Una navaja de afeitar u otra cosa? Ojalá estuviera viva aunque no me hiciera ningún obsequio. Tenerla aquí conmigo sería el mejor regalo de mi vida... Quizá esta noche suba a hablar con ella... Quiero que me felicite. Quiero estar cerca de su imagen.

–¿Estás contento, Arturo? –pregunta papá–. Yo también te he comprado algo... Mira...

En este momento, Mohamed entra con una larguísima caja entre las manos. Vaya, parece que esta noche es noche de regalos, como cuando vienen los Reyes Magos.

–Anda, ábrela, hijo...

Mohamed pone la caja delante de mí, sobre la mesa, mientras Mahania observa con mucha atención. Creo que está más emocionada que yo.

El lazo se deshace solo y el papel de regalo cae al suelo en cuanto lo toco. Es una caja de madera. Imposible saber qué es. Levanto la tapa y me encuentro con… ¡Una espada! ¡Es una reproducción de la espada del rey Arturo! ¡La espada Excalibur!

–Vaya, es increíble –exclamo–. Gracias, papá. ¡Me hace mucha ilusión!

–¿Te gusta? ¿Te gusta de verdad?

–Claro que me gusta –digo, empuñándola–. Es una verdadera locura. Es una joya. La colgaré en mi habitación.

–Pero ten cuidado. Tiene una punta muy afilada. Procura no hacerte daño.

–Papá, por favor, yo sé cómo se maneja esto… ¿Cómo se te ha ocurrido hacerme este regalo? ¿Cómo sabías que tenía ganas de tenerla?

–No sé, ha sido como… una inspiración –explica–. Eso es, una iluminación que me ha venido del cielo.

No se da cuenta, pero es como si acabara de decirme que esa revelación del cielo es de mamá. ¡Menudo regalo me ha enviado!

–Vaya, eso está bien –digo–. Tienes buenas ideas.

–Me alegra saber que te gustan mis ideas… Por cierto, Arturo, ¿qué te parece si le enseñas la Fundación a Metáfora? –propone papá.

–Por favor, di que sí –dice ella–. Estoy deseando conocerla.

No estoy seguro de que sea una buena idea, pero accedo para complacer a papá, al que veo con ganas de quedarse a solas con Norma.

–Está bien. Vamos, pero te advierto que es muy aburrido. Aquí solo hay libros… y cuadros.

–Eso es lo que me gusta. Quiero conocer todos los libros que tenéis aquí –dice.

–Bueno. Allá tú.

Salimos de la sala y en el rellano de la escalera, le doy una primera explicación:

–Pues verás, el edifico tiene tres pisos, tres cúpulas, una torreta y tres sótanos… En la planta baja está la portería, y ahí vive Mahania con su marido Mohamed, el que te ha traído el zumo de piña… También se encuentra el salón de actos.

–Néctar. Era néctar de piña –dice, interrumpiéndome.

–Bueno, eso… Es lo mismo.

–Es que no es igual. Un zumo tiene menos sustancia, mientras que el néctar contiene lo mejor de la piña.

–No entiendo nada. ¿A qué viene ahora eso?

–Pues a que quiero que me enseñes el néctar de la Fundación. Yo no soy una visita cualquiera y quiero conocer lo mejor, así que haz el favor de poner un poco más de entusiasmo y no me vengas contando tonterías...

–La segunda planta es semi privada. El público en general accede a la primera planta. A la segunda solo entran los invitados especiales.

–¿Y en la tercera, qué hay?

–La tercera es privada. Ahí vivimos nosotros y nadie puede entrar a ella.

–¿Ah, no?

–Ahora te voy a enseñar la gran biblioteca de la segunda planta –indico–. Es algo único por su valor histórico...

Abro la puerta y enciendo la luz. Metáfora se queda admirada y sorprendida:

–¿Cuántos libros hay aquí?

–No lo sé. Pero seguramente hay más de cincuenta mil. Y son todos antiguos. Es la mejor colección privada del país... O del mundo...

–Qué maravilla. Ahora comprendo que estéis tan orgullosos de vuestro tesoro.

–Tú lo has dicho: es un verdadero tesoro. Aquí tenemos lo mejor de lo mejor sobre la Edad Media. Si se produjera un incendio y todo esto desapareciera, el mundo lloraría de pena.

–¿Sabes que hablas como un guía de verdad?

–Oh, gracias. Mohamed, que a veces hace de guía cuando tenemos visitas de grupo, me ha enseñado a...

–Pero yo no quiero un guía profesional –me corta–. Quiero un guía personal, que quiera enseñarme de verdad este edificio. Y me parece que tú no eres el indicado.

–Pero, bueno, ¿se puede saber qué te pasa?

–¡Me pasa que me estás haciendo perder el tiempo! ¡Eso es lo que me pasa!

–¿Es que a la señorita no le gusta cómo trabaja el guía?

–¡La «señorita» no quiere que la traten como a una turista!

No sé cómo ha ocurrido, pero estoy empezando a ponerme nervioso. No entiendo adónde quiere ir a parar.

–¡Quiero que me enseñes los verdaderos tesoros de la Fundación! ¡Quiero subir a la tercera planta!

–¡Estás loca! ¡Ahí no entra nadie! ¡Es una zona privada e íntima!

–¿Es que tenéis algo que ocultar?

Ahora sí que me ha picado. Me parece que las cosas se están complicando mucho y creo que es mejor dar la visita por terminada antes de que las cosas se líen.

–Oye, si no me vas a enseñar lo más interesante, es mejor que lo dejemos. A mí no me vas a tratar como a una visita cualquiera. Venga, regresemos.

–Espera, espera... Ellos están hablando tranquilamente y no deberíamos interrumpirles –digo–. Verás, vamos a hacer una cosa... Te voy a enseñar algo especial.

–Espero que valga la pena. No me gustaría sentirme engañada.

–¿Te he engañado alguna vez?

–Eres muy raro, Arturo. No dices mentiras, pero tampoco dices la verdad. No sé si fiarme de ti.

–Aguarda, me siento un poco confundido –digo–. No entiendo.

–¿Te encuentras bien? Estás sudando –dice.

–Es que he comido demasiado –respondo–. Me siento un poco mareado, pero se me pasará en seguida.

–¿Quieres que nos sentemos un rato?

–No, déjalo, vamos a mi habitación, allí tomaré un poco de agua y me pondré bien.

Haciendo un esfuerzo tremendo, subimos las escaleras y llegamos a la puerta de mi habitación. Una vez dentro, me acerco al grifo y me mojo la cara, pero me encuentro francamente mal.

–Debería tumbarme un rato –digo–. No me tengo en pie.

–Tienes mala cara. Voy a avisar a tu padre.

–¡No! Déjale tranquilo. Ahora me pondré bien. Si quieres, puedes marcharte, pero, por favor, no le digas nada, no quiero que se preocupe.

–No te voy a dejar en este estado...

Casi no la oigo. Me parece que estoy... Estoy perdiendo el sentido...

–Arturo... ¡Arturo!... ¿Me oyes?

Oigo su voz, pero es como si estuviera lejos, muy lejos de aquí.

Ahora me está echando un poco de agua en la cara, pero no me hace ningún efecto. Es algo parecido a un corte de digestión, pero mucho peor. Tengo arcadas y mareos. Es una nueva sensación que no había sentido jamás. Acabo de notar una especie de sacudida eléctrica... Es como si me... Sí, ¡me estoy desdoblando en dos! Es como si mi hermano gemelo acabara de nacer desde dentro de mí... Estoy atrapado en el espacio, en un lugar indeterminado en el que los relojes no existen y el tiempo no pasa. Mi respiración es la única pauta que tengo para saber que estoy vivo. Me encuentro en un lugar en el que el tiempo ni avanza ni retrocede. ¿Qué me pasa?

–¡Dios mío! –grita Metáfora, horrorizada–. ¿Qué te ocurre?

–No te preocupes, ahora me pondré bien –susurro–. Espera un poco.

Pero sé que no es verdad. Sé de sobra que no estoy bien... y ahora, además, me pica el cuerpo... Ha debido de ser el pato a la naranja, que me ha sentado mal, con esa salsa francesa... El escozor se está haciendo insoportable. Me desabrocho la corbata y abro la camisa.

–¡Arturo! ¿Qué te pasa?

–Metáfora, ¿de qué hablas?

–¡Mira!

Me ayuda a levantarme, me acerca al espejo grande y me pone delante.

¡Las manchas de mi cuerpo se mueven y forman dibujos! Como si surgieran del interior, de la sangre, se colocan sobre mi piel y forman filas rectas.

–¡Estoy asustada! –exclama mi amiga–. ¡Deja de hacer eso!

Pero no lo estoy haciendo a propósito; de hecho, ni siquiera lo estoy haciendo. ¡Esa cosa me está dominando! ¡Me está envolviendo el cuerpo!

De repente, una fuerte sacudida me hace perder la noción de la vida y algo estalla en mi interior, en el interior de mi cabeza... Y empiezo a ver cosas...

–¡Arturo...! ¡Por favor, abre los ojos! –grita Metáfora–. ¡Me estás asustando! ¿Qué te pasa en la piel? ¿Qué te ocurre? ¡Dios mío, tu cuerpo...! ¿Qué te pasa? ¡Háblame!

XXI
EL ASALTO FINAL

El rey, Arco de Benicius, salió de su tienda engalanado con su mejor traje de guerra y portando todos los distintivos que le señalaban como jefe supremo del ejército. Sobre el yelmo, una corona dorada resplandecía de manera especial, y lanzaba brillos y destellos que deslumbraban a los atrevidos que osaban mirarla. La enorme capa roja que ondeaba al viento le daba una majestad que ningún otro caballero poseía.

Subió a su magnífico caballo de guerra adornado con largos faldones de tela y cota de malla, además de una protección metálica que le cubría la cara, y cabalgó al trote, con el rostro elevado, entre las filas de su ejército, acompañado de escuderos, sirvientes, caballeros y oficiales. Iba escoltado por su guardia personal, compuesta por veinte jinetes vestidos de rojo que destacaban entre los colores apagados del resto.

Cuando los soldados vieron que se situaba en lo alto de la colina, supieron que el asalto al castillo estaba a punto de empezar. Muchos rezaron, ya que, posiblemente, aquel iba a ser el último día de su vida. Los tambores redoblaron su sonido y las trompetas aullaron como nunca. Los más expertos sabían que Arco de Benicius jamás empezaba un ataque sin la música adecuada. Una música que anunciaba muerte y destrucción.

A una señal del monarca, las catapultas iniciaron su trabajo y toneladas de grandes piedras volaron hacia la muralla, abriendo algunos agujeros en su estructura y, seguramente, también en la confianza de los defensores.

Los arqueros de Benicius se sumaron al ataque lanzando oleadas de flechas que obligaron a los defensores de las almenas a refugiarse para no ser alcanzados, cosa que muchos no consiguieron. Las saetas se colaban por todos los resquicios, penetraban hasta alcanzar la carne y se clavaban en ella con una precisión mortífera. Las primeras víctimas cayeron entre gritos de dolor y angustia.

Un poco más atrás, los soldados de infantería de Benicius vieron cómo los capitanes tomaban posiciones y comprendieron que había llegado su turno. Después de las flechas les tocaba a ellos.

Una trompeta lanzó un sonoro aullido de guerra que indicó que la batalla cuerpo a cuerpo estaba a punto de comenzar. Morfidio, en la almena que se alzaba sobre la puerta de entrada principal, desenfundó su espada y se aprestó a dirigir la defensa de su fortaleza.

–¡Lucharemos a muerte! –dijo alzando su arma, para que todos sus soldados vieran que pensaba estar en primera fila, junto a ellos, poniendo su vida en peligro–. ¡Lucharemos hasta nuestra última gota de sangre!

* * *

Mientras, en la celda, el jinete estaba tumbado sobre el camastro, agotado por el esfuerzo. El sabio le mojó los labios con un paño empapado y esperó un poco a que se tranquilizara.

–¿Qué ha pasado? –preguntó Arturo, en cuanto se quitó el yelmo negro–. ¿Estoy muerto?

–No, amigo mío, estás vivo y te encuentras en mi celda. Te has portado como un valiente. Has despedazado esa terrible bola de fuego.

Arturo cerró los ojos durante un instante y rememoró el encuentro con la gran esfera incandescente. Recordó cómo la había atravesado de parte a parte y cómo había cruzado entre las llamas, que se habían separado a su paso ante el empuje de la lanza. También su mente recordó la temperatura que su cuerpo había alcanzado, haciéndole temer que, si seguía subiendo, ardería como una brasa.

–¡He estado en el infierno! –dijo–. ¡Era el mismísimo infierno!

–Tranquilízate, Arturo, todo ha pasado. Estás a salvo.

El muchacho intentó asimilar las palabras del sabio y guardó silencio durante unos instantes. Después consiguió hacer una pregunta:

–¿Qué ocurre ahí fuera?

–El asalto ha comenzado. Han lanzado centenares de flechas y ahora la infantería está a punto de alcanzar la muralla. Va a ser una batalla dura.

–¿Podemos hacer algo para impedir que muera más gente? –preguntó Arturo–. ¿Queréis que vuelva a salir, maestro?

–No podemos hacer nada. Es una lucha de poder contra poder. Benicius ha lanzado sus fuerzas contra el castillo y nadie puede detenerlas.

* * *

Las dos torres de asalto se movieron lentamente hacia la muralla, decididas a hacer su trabajo de destrucción. Protegidos por grandes escudos, los soldados de infantería las siguieron de cerca con las escaleras preparadas. Tardaron media hora en llegar al pie de la muralla exterior y, en cuanto lo hicieron, fueron recibidos con calderos de agua y aceite hirviendo. Una torre logró pegarse a la muralla y extender su pasarela de madera que, en poco tiempo, arrojó una nube de valientes dispuestos a todo. La segunda torre llegó poco después.

A pesar de la feroz resistencia de los hombres de Morfidio, las fuerzas de asalto alcanzaron el foso a media mañana. El portón de madera fue derribado y sus restos formaron un puente por el que pasó la caballería de Benicius, que entró en tromba, a sangre y fuego, seguida de la infantería que llegó como una bestia insaciable. Fue entonces cuando se entabló una feroz batalla que fue el preludio del fin del mandato del conde Eric de Morfidio.

El combate cuerpo a cuerpo fue terrible. Las largas hachas dibujaban círculos en el aire para acabar su trayectoria en el cuerpo del enemigo, que, a su vez, ensartaba a todos los que se ponían por delante. Gritos de horror de los soldados se mezclaban con los de las mujeres y los niños que se protegían inútilmente bajo los carros, en los establos o en el almacén.

Algunos hombres, durante el asalto, lanzaron varias antorchas en el heno y sobre los tejados de madera, provocando un incendio que alcanzó grandes proporciones. El fuego se extendió con rapidez por toda la fortaleza, lo que generó enormes columnas de humo que hacían irrespirable el aire que golpeaba las caras sudorosas de los soldados. Poco a poco el desánimo cundía entre los defensores, que veían pocos motivos para seguir luchando. Cuando algunos caballeros y soldados buscaron con la vista a su señor, descubrieron con horror que Morfidio había desaparecido. En seguida corrió el rumor de que había sucumbido bajo el filo de las espadas enemigas, pero nadie pudo confirmarlo. Entonces, las dudas se instalaron entre los sitiados y pronto dejaron de luchar para defender a un señor que, posiblemente, ya no existía.

Finalmente, los soldados de Morfidio arrojaron sus armas y se rindieron, sabiendo que ponían sus vidas y su honor en las manos del vencedor. Los prisioneros fueron tratados con suma brutalidad, agrupados en el patio de armas. Allí, atados y humillados, eran vigilados por los más sanguinarios guerreros de infantería de Benicius.

Primero los despojaron de toda su dignidad; luego, les arrebataron botas, anillos, brazaletes, colgantes y cualquier objeto que pudiera tener algún valor.

La mayor recompensa para los soldados que atacaban un castillo era el saqueo y el provecho que podían obtener gracias a la rapiña. Por eso, los hombres de Benicius, en virtud de los derechos del vencedor, destruyeron lo que no tenía valor, se apropiaron de todas las riquezas que encontraron y se las repartieron como hienas. Así se financiaban las guerras en aquellos tiempos.

El triunfador rey Benicius entró en la fortaleza conquistada a la hora de comer, envuelto por los vítores de sus hombres que, bajo la sombra de una gran columna de humo que se elevaba hasta el cielo, le homenajearon como a un gran guerrero. Después de su triunfal paseo, el monarca se dirigió a la torre principal, entró en la sala de mando y tomó asiento en el trono de Morfidio. Alguien le puso una copa de vino dulce en la mano y, después de tomar el primer trago, ordenó que trajeran a su presencia al alquimista y al conde, encadenado y humillado.

–Ahora veremos quién tiene el poder –susurró mientras saboreaba el vino rojo y oscuro como la sangre–. Y ahora veremos quién es el dueño del poderoso secreto de Arquimaes.

XXII

LA REVELACIÓN DE ARTURO

El sueño se ha evaporado y vuelvo a estar consciente. Cuando abro los ojos me encuentro con la cara de Metáfora, que está muy asustada.

–¿Estás bien? ¿Te sientes mejor? –pregunta inmediatamente.

–Creo que sí. ¿Qué me ha ocurrido? –murmuro, todavía un poco aturdido–. ¿Has visto ese ejército? ¿Has visto la batalla? ¡Las flechas!

–Aquí no hay ninguna flecha, ni ha habido ningún ejército, ni batalla, Arturo. Te has desmayado. Has estado algunos segundos inconsciente –explica–. Estaba a punto de ir a buscar ayuda, pero he visto que te recuperabas y...

–¡He revivido! ¡Me he abrasado y he vuelto a la vida! ¡He vuelto a vivir!

–Yo creo que la cena te ha sentado mal. Estás pálido y pareces aturdido. ¿Quieres que salgamos a tomar el aire? Ya verás qué bien te sienta.

Antes de responder, lo pienso un poco. Y me doy cuenta de que tiene razón:

–Está bien –acepto–. Ven, vamos a un sitio especial.

Me levanto con dificultad. Aún no sé qué me ha ocurrido, pero sé que ha sido algo fuerte. Me encuentro todavía bastante aturdido y las piernas me tiemblan. De hecho soy incapaz de comprender si ha sido un sueño, una alucinación o solo un corte de digestión.

–Deberías ponerte algo, puedes coger frío –sugiere Metáfora–. Además, no sé si conviene que alguien vea tu cuerpo en estas condiciones.

Me pongo una camiseta y un jersey encima. Casi sin querer, lanzo una rápida ojeada a mi pecho que está un poco enrojecido.

–Ven, es por aquí –le indico–. Subamos por estas escaleras.

–Pero, esto lleva arriba, al tejado –advierte, un poco preocupada–. No te conviene hacer esfuerzos después de lo que te ha pasado.

–Hazme caso. Por aquí vamos bien. Ya me encuentro mejor.

Un poco después, llegamos al tejado de la Fundación. Mi lugar favorito para observar la ciudad y pensar en mis cosas.

–¡Es una maravilla! –exclama Metáfora cuando se sienta a mi lado–. ¡Menudas vistas! ¿Desde cuándo subes a este sitio?

–Desde que era pequeño. *Sombra* me lo enseñó. Solía venir aquí, con él. Aquí me ha contado los mejores cuentos y me ha consolado. Aquí he conocido a Peter Pan, al Principito y a un montón de personajes... Mis primeras fantasías.

–¿Y tu padre, no subía contigo?

–Tiene vértigo. Con mi padre he descubierto la Edad Media. Él me ha enseñado todo lo que sé sobre esa época tan mágica. Pero mi infancia ha transcurrido bajo la protección de *Sombra*... Él es mi segundo padre.

–Bueno, veo que te encuentras un poco mejor.

–Supongo que sí... Pero estoy intranquilo. Todavía no sé qué me ha ocurrido.

–Menudo susto me has dado –explica–. Creía que te morías.

–Sí, eso creía yo. He tenido la sensación de estar muerto de verdad.

–Tu cara –dice, un poco asustada–. El dibujo de tu cara se ha...

–¿Qué? ¿Qué le ha pasado a mi cara? –pregunto con preocupación.

–Pues... Bueno, pues que... Las manchas se han movido. Pero lo más increíble ha sido lo de tu cuerpo que, de repente, y durante un rato, se ha llenado de letras antiguas. Como... las de un pergamino.

Instintivamente, me toco la cara y levanto la camiseta. Mi mano pasa por todo el torso, buscando pruebas de sus palabras.

–¿No estás exagerando? Aquí no hay nada.

–Te aseguro que digo la verdad. Ha sido como un flash. Durante ese tiempo, tu cuerpo parecía... un libro. Sí, eso es, era como un libro.

–Eso no puede ser. Aquí no hay nada. Tienes que estar equivocada...

–Yo creo que no, pero... Ahora cuéntame qué te ha sucedido. Antes has dicho que habías estado en una batalla.

–He tenido una especie de alucinación. Ha sido como ver una película dentro de mi cabeza. No sé, es difícil de explicar.

–Inténtalo. Cuéntame qué has visto...

–Es una tontería...

–Es igual, cuéntame todo lo que has visto...

Trato de recopilar todas las imágenes que han pasado por mi mente y las ordeno, aunque resulta difícil, ya que han sido muchas:

–Pues verás... De repente, llovía fuego. Luego sentí mucho calor... Un calor insoportable... Y después, todo se hizo oscuro... Luego me encontré en una celda de un castillo o algo así. Pero no un castillo moderno, sino en uno antiguo, medieval. Era un sitio oscuro con muchos olores raros y penetrantes. Un sitio con el que ya había soñado otras veces... Ahora que lo pienso, creo que había alguien. Un hombre que estaba vestido como esos magos que salen en las películas. Con túnica, barba, amuletos colgados del cuello y todo lo demás...

–¿Quién era?

–No me acuerdo. Un hombre con barba. Estaba sentado, desesperado.

–Has sufrido una especie de alucinación, sí. No sé, a lo mejor has tomado algo que...

–No, no... Era algo más que una alucinación. Era tan real que tenía la impresión de estar allí, con esos soldados y con la gente que moría. Después, me vistieron como a un caballero, con cota de malla y me subieron a un caballo... ¡Con una lanza!

–Pero ¿qué dices? ¿Ibas a celebrar un torneo?

–Es difícil decirlo, pero me parece que sí. Veía perfectamente cómo todos me observaban. Estoy seguro de que la cara de ese hombre me resultaba familiar. No sé, como si hubiera visto su rostro en cuadros, dibujos o algo así.

–No sé qué decirte, pero si todo esto es una técnica para ligar conmigo, me parece que te estás pasando un poco. Si quieres que seamos algo más que amigos, dímelo claramente y déjate de historias –dice Metáfora–. Ya estoy habituada a que los chicos traten de deslumbrarme con sus historias.

–Escucha, lo que te cuento no es una bobada para ligar. Es algo extraordinario que no tiene explicación. Es algo...

–¿Sobrenatural?

–Pues, sí. Puede decirse que es sobrenatural.

Me mira como si no creyera en mis palabras. Quizá no me conviene insistir. Cuando una chica te dice que no te cree, puedes estar seguro de que no te creerá nunca.

–Oye, ahora cuéntame tú eso que dices sobre las letras de mi cuerpo.

–Bueno, ahora que lo pienso, a lo mejor no tiene tanta importancia. Me pareció que tu cuerpo se llenaba de letras... y que cobraban vida.

–¿Pudiste leerlas?

–No. Además, me pilló por sorpresa... Eran palabras extrañas, de un idioma desconocido...

–Es curioso. Nunca me había pasado algo así. No me explico a qué pueden deberse estos síntomas.

–En este sitio pasan cosas muy raras. Este edificio debe de estar embrujado. Es lo que pasa con los caserones antiguos –asegura.

–Perdona, pero la Fundación no es ningún caserón, es un palacio –replico un poco enfadado–. Es una de mejores bibliotecas del mundo, para que lo sepas.

–Oh, claro, por eso pasan estas cosas raras, que te desmayas, que tienes una alucinación y el dibujo de tu cara cambia de aspecto y tu cuerpo se llena de letras –responde–. No me negarás que todo esto es muy extraño.

Estoy a punto de responderle, pero las palabras no me salen. Algo pasa en mi cabeza, las imágenes se mezclan a gran velocidad y empiezo a comprender algunas cosas...

–Me parece que ya sé quién era ese hombre mayor, el de la barba...

–¿Dios?

–No. ¡Era Arquimaes!

–¿El alquimista que tu padre está investigando?

–¡Sí! ¡Estoy seguro de que era él! –afirmo–. ¡El alquimista que escribió el pergamino con el que me envolvieron cuando nací!

–¡El pergamino que te transmitió la tinta que llevas escrita en el cuerpo!

Metáfora se cubre la boca con la mano y abre los ojos. Está tan sorprendida como yo.

–¿Qué has dicho? –pregunto–. ¿Qué tontería es esa?

–Pues eso, que ese pergamino se ha unido a tu piel.

–Vamos, por favor, no digas tonterías.

–Pues si no es eso, ya me dirás...

–¡No puede ser! ¡No es posible que sea verdad!

–¡Hay que decírselo a tu padre! –exclama finalmente–. ¡Debe saberlo!

–Es mejor esperar. Prefiero estar seguro. A lo mejor es todo un truco de la mente...

–O quizá se trate de una especie de alucinación –dice Metáfora–. Similar a lo que pasa con los sueños, que cuando algo te preocupa acabas soñando con ello. Y lo de la tinta es una bobada sin sentido. Pensándolo bien, no puede ser.

–Claro, no puede ser –le confirmo–. No puedo haber viajado en el tiempo para encontrarme con un hombre que murió hace mil años.

–Pero, ¿podría ser algo mágico?

–No lo creo. Por eso es mejor esperar antes de contárselo a mi padre. No quiero meterle ideas tontas en la cabeza. Además, esta noche le he visto muy contento.

–Sí, mi madre también está feliz. Creo que se gustan.

–¿Tú crees? ¿No estarás ya pensando en que, a lo mejor, se acaban casando?

–¿Por qué no? Al fin y al cabo son adultos y no tienen compromiso con nadie. Son libres para hacer lo que quieran.

Estoy a punto de preguntarle por su padre, pero me parece de mala educación, así que me callo. Si quiere, ya me lo contará.

–Mi padre se marchó de casa cuando yo era muy pequeña y casi no me acuerdo de él –susurra, como si me hubiera leído el pensamiento–. No le he vuelto a ver.

–¿Adónde se fue?

–No lo sabemos. Se marchó sin decir nada. No hemos vuelto a saber nada de él.

–Lo siento –digo–. Debes de haber sufrido mucho.

–A veces, los padres no se dan cuenta de que pueden hacer sufrir a sus hijos con sus actitudes –solloza–. Creyó que con dejar una nota de despedida ya había cumplido... No sé, a lo mejor pensó que le podíamos leer el pensamiento.

Un rayo acaba de iluminar el cielo y unas gotas de agua caen sobre nosotros. El terrible ruido de un trueno nos devuelve a la realidad.

–Entremos –digo–. Dentro de poco lloverá con fuerza.

La ayudo a bajar de la ventana y volvemos al interior del edificio.

–Gracias por enseñarme tu lugar secreto –comenta–. La verdad es que es un buen sitio para hablar.

–Si quieres, puedes venir otro día. Estás invitada.

–Me gustaría. He pasado un buen rato. Hacía tiempo que no hablaba con alguien, así tranquilamente, de cosas muy personales.

–Vuelve cuando quieras. Yo también me lo he pasado muy bien.

Ha sido la mejor noche de mi vida. Jamás había tenido la ocasión de hablar con una chica, a solas. Y eso que hemos tenido una noche ajetreada con esa movida del desmayo y todo lo demás.

Ahora sé que Metáfora ha entrado en mi corazón, igual que la tinta del pergamino.

* * *

En este momento estoy solo en mi habitación y acabo de colgar la espada en una pared. La verdad es que me gusta un montón. Es una magnífica reproducción, con una empuñadura llena de signos y dibujos.

Metáfora y su madre se han marchado hace más de una hora y yo debería estar durmiendo, pero no puedo. Tengo los nervios a flor de piel. Por eso he estado en el baño, ante el espejo, observando cómo mi cuerpo se ha vuelto a llenar de letras, tal y como ella me había contado.

Si tenía pocas preocupaciones con el dibujo de la cara, ahora me las tengo que apañar para que nadie vea mi pecho. Tengo que tener cuidado de que ni mi padre, ni *Sombra*, ni nadie, vea lo que me sucede.

FIN DEL LIBRO PRIMERO

LIBRO SEGUNDO

EL MATADOR DE DRAGONES

I
LA MUERTE ACECHA

MIENTRAS el castillo ardía por los cuatro costados y la gran columna de humo cubría gran parte del cielo, Morfidio, el capitán Cromell y su guardia personal salían del pasadizo secreto que les había llevado a las afueras de la fortaleza. Allí se encontraban lejos del alcance de sus enemigos. Arturo y Arquimaes les acompañaban.

–Tenemos que irnos de aquí lo antes posible –ordenó Morfidio, apartando los helechos que cubrían la salida del estrecho túnel–. Si nos cogen, nuestra cabeza no valdrá nada. Debemos ir en dirección norte, a las tierras pantanosas de los hechiceros. Es peligroso, pero es lo mejor. Nadie nos seguirá porque no se atreverán a entrar en ese territorio.

–Sugiero que vayamos a pedir ayuda a la reina Émedi, seguro que nos ayudará –propuso Cromell–. Ella es justa y nos dará cobijo hasta que las cosas se arreglen con Benicius.

–Nunca haré las paces con Benicius –bramó Morfidio–. Además, hay rumores de que Émedi ha muerto. Dicen que la han asesinado y es posible que el caos se haya adueñado de su reino. Crucemos estas tierras pantanosas y hagamos un pacto con Demónicus.

–¿Un pacto con ese mago? Mi señor, os sugiero que...

–¡Es la única posibilidad! ¡La reina Émedi ha muerto y nadie más nos ayudará!

–Nadie sabe si ha muerto o no. Algunos dicen que ha sobrevivido –insistió Cromell–. Me han dicho que la han visto hace poco tiempo en la reunión de reyes del valle de...

–¡Capitán, te digo que Émedi está muerta! En cuanto Benicius descubra que hemos logrado salir del castillo, lanzará a sus perros en nuestra persecución. Si queremos encontrar cobijo seguro, debemos acudir a Demónicus. Es la única solución. Si nos atrapan, no tendrá piedad de mí... de nosotros. Iremos a la Tierra de los Magos y Arquimaes nos ayudará a recuperar lo que nos pertenece –repitió Morfidio, subiendo a su caballo–. ¡Ahora!

Cromell comprendió que la discusión había terminado y dio la orden de partir. Morfidio, sus hombres y sus prisioneros emprendieron la marcha a toda velocidad hacia el sur. En breve, los hombres de Benicius se lanzarían en su persecución y, cuando eso ocurriera, habría pocas esperanzas de vida para ellos.

Cabalgaron con los ojos puestos en todo lo que se movía a su alrededor. Estaban preparados para defenderse de cualquier ataque inesperado que pudiera producirse; pero sabían que si alguien se lanzaba contra ellos tenía que ser forzosamente alguna patrulla de vigilancia de poca envergadura. Benicius no había tenido tiempo de advertir a sus hombres de que Morfidio había escapado. Seguro que todavía le estaba buscando en el castillo.

Horas después, con los caballos totalmente agotados, se vieron obligados a hacer un descanso. Acamparon en un pequeño bosque, al lado de un riachuelo por el que habían marchado los últimos minutos para no dejar huellas en el suelo.

–No entiendo para qué nos dirigimos a las tierras de los Magos Tenebrosos. No son precisamente nuestros amigos –insistió Cromell, que todavía estaba muy preocupado por la decisión del conde.

–Tengo un plan. Es posible que Arquimaes se decida a hablar cuando vea que le voy a entregar a Demónicus. Si lo consigo, poseeré ese poderoso secreto.

–Si es que existe.

–¡Claro que existe! –gruñó el conde, dándole un bofetón–. ¡No pongas en duda mis palabras! ¿No has visto cómo Arturo ha esquivado la muerte en dos ocasiones?

–Por supuesto, mi señor –respondió humildemente el capitán–. Espero que no tengamos encuentros inesperados. Estas tierras son peligrosas. Tenemos muchos enemigos por aquí.

Sus proféticas palabras se hicieron realidad al día siguiente.

Después de pasar una noche terrible a causa del frío, y mientras descansaban para comer, unos individuos desaliñados, pero bien armados, salieron de entre los árboles del bosque. Iban provistos de arcos, hachas y espadas y no parecían tener muy buenas intenciones. Eran esbirros, hombres que vivían de la rapiña.

Muchos habían sido juzgados y condenados por el propio Morfidio, al que reconocieron enseguida. Esta sería su oportunidad para vengarse. Jamás se les había presentado la ocasión de encontrarlo con tan poca protección.

–¿Qué queréis? –preguntó Cromell, desenfundando su espada–. ¿Quiénes sois?

–Gente libre que trabaja al servicio de Benicius –respondió el más osado, que parecía el jefe–. Él nos pagará muy bien por vuestras cabezas. Acabamos de saber que os está buscando, conde, por lo que habrá oro en abundancia para quien consiga llevaros ante él. Y esos seremos nosotros. ¡Dejad las armas en el suelo ahora mismo y entregaos!

–Es mejor que os retiréis ahora que estáis a tiempo –respondió el capitán–. Aunque seamos pocos, somos más fuertes, más diestros en el arte de la lucha y estamos mejor armados que vosotros.

Una flecha que se clavó en el pecho de uno de sus soldados contradijo su advertencia. Los mercenarios tenían buena puntería y muchos estaban ocultos entre el follaje. Ni siquiera era posible saber cuántos eran.

–¡Preparados para repeler el ataque! –ordenó Cromell, levantando su espada–. ¡A muerte con ellos!

Sus palabras fueron respondidas por una lluvia de flechas que hizo estragos entre los hombres de Morfidio, el cual esquivó milagrosamente una saeta que le rozó la cara. Tres de sus soldados cayeron en la primera andanada y otros dos lo hicieron en la segunda.

Aprovechando su aparente ventaja, algunos salteadores se acercaron más de la cuenta, pero encontraron una feroz resistencia. Entonces comprendieron que, efectivamente, los hombres de Morfidio eran expertos en el arte de la lucha. Algunos forajidos cayeron mortalmente heridos y otros quedaron destrozados.

–¡Tenemos que salir de aquí inmediatamente! –ordenó el conde–. ¡Ellos no tienen caballos!

Se colocaron los escudos sobre la espalda y se alejaron lo más rápidamente posible. Las flechas que silbaban a su alrededor, sin acertar, demostraban que aquellos bandidos no eran tan hábiles disparando sobre blancos en movimiento. De esas flechas, pocas rebotaron sobre los escudos.

Siguieron cabalgando con ligereza y cruzaron zonas rocosas, vadearon un río turbulento y solo cuando se sintieron seguros, decidieron descansar para volver a recuperar fuerzas.

–Estoy agotado –dijo Arturo, deteniendo su caballo–. No puedo más.

–Lo importante es que estamos vivos –dijo Arquimaes–. Después de todo lo que ha pasado, podemos estar contentos.

–Hemos tenido suerte –respondió Cromell, con la cara muy pálida–. Pero ahora necesito descansar. No me encuentro bien.

El capitán cayó al suelo sobre una extensa mancha de sangre dibujada sobre la tierra, que rodeó su cuerpo en pocos segundos.

–¿Qué le pasa a este hombre? –preguntó Arturo bastante preocupado–. ¡Capitán Cromell!

–¡Hombre herido! –gritó un soldado, que no se había dado cuenta de que su jefe había sido blanco de una flecha.

Morfidio se acercó y observó a su fiel oficial, inmóvil en el suelo, donde Arquimaes trataba de asistirle.

–Ya ves lo que has conseguido, alquimista del demonio –gruñó el conde–. Este hombre puede morir por culpa tuya. Si hubieras hablado, muchas personas seguirían vivas. ¡Maldito seas!

–Intentaré curarle –se defendió Arquimaes.

Morfidio desenfundó su daga y se la colocó en el cuello:

–¡Se acabó, brujo! ¡He perdido mi castillo y mi fortuna por tu culpa! ¡Estoy desesperado! ¡Contaré hasta cinco, si no hablas, morirás! ¿Lo has entendido?

Todos los presentes se dieron cuenta de que la paciencia de Morfidio se había agotado. Pero, en ese momento, Cromell gimió profundamente y el conde soltó a su prisionero.

–Me encuentro mal –balbució el capitán–. Es como si me ardieran las entrañas.

–Tienes mucha fiebre –dictaminó Arquimaes, poniéndole las manos sobre la frente–. Te daré algo que te curará.

–Nadie puede aliviarme. Sé que voy a morir. Esa flecha me ha matado.

–No digas eso, capitán. Arquimaes usará sus poderes para curarte –exclamó Morfidio–. ¡Te ordeno que lo salves, igual que hiciste con tu ayudante!

Arquimaes, rabioso, se puso en pie y le miró fijamente a los ojos.

–¡Este hombre está muy grave! –se rebeló el alquimista–. ¡La flecha le ha perforado el pulmón!

Cromell se revolvió entre los brazos del sabio, que trataba de aliviarle. El capitán tenía la mirada perdida y sudaba copiosamente.

–¡Si muere será por tu culpa, necio! –gritó Morfidio.

–Creo que deberíamos matar a este sabio de pacotilla y poner nuestras vidas a salvo –sugirió uno de los soldados, que estaba muy nervioso por la proximidad de las patrullas enemigas.

–Quizá deberíamos curar al capitán antes de que los hombres de Benicius se nos echen encima –propuso Arturo–. ¡Cuanto antes empecemos a trabajar, será mejor para todos!

–Arturo, ayúdame a recoger algunas hierbas –pidió Arquimaes–. Tratemos de aliviar su dolor.

Arturo siguió a su maestro y, bajo la vigilancia de los soldados, se acercaron al bosque. Allí, en silencio, buscaron plantas con propiedades curativas que pudieran ayudar a sanar la herida del capitán Cromell.

Arturo apiñó en una tela las hojas y plantas que su maestro le iba entregando. Después, encendieron un pequeño fuego, las cocieron e hicieron una pasta de color verdoso, que aplicaron sobre la llaga de Cromell. Así consiguieron que pasara una noche tranquila.

Al día siguiente montaron a caballo y se alejaron lo más deprisa posible, sintiendo que ojos enemigos los observaban.

II

PROTAGONISTA DE UN SUEÑO

ME LLAMO ARTURO ADRAGÓN, VIVO CON MI PADRE EN LA FUNDACIÓN, ESTAMOS EN EL SIGLO VEINTIUNO Y HOY ES UN DÍA NORMAL.

DESDE mi cumpleaños los sueños son cada día más intensos y parecen más reales que nunca. Por un lado disfruto, pero también sufro mucho porque me hacen sentir todo lo que ocurre como si los estuviese viviendo de verdad. Es una experiencia terrible que me empieza a pesar como una losa.

En la vida real las cosas no van nada bien. Mis compañeros siguen empeñados en hacerme la vida imposible. Desde que se han dado cuenta de que no han podido romper mi amistad con Metáfora, mi situación ha empeorado. Ella no lo sabe, pero tengo necesidad de su compañía. Creo que se ha convertido en la amiga que siempre he deseado tener, y eso me da fuerzas para seguir yendo cada día a clase.

Horacio es el líder del grupo y se ha tomado muy en serio su papel. No deja de hacer todo lo que está en su mano para ridiculizarme. Soy consciente de que me está acosando y de que debería decírselo a mi padre, pero no quiero darle un disgusto con mis asuntos; bastante tiene con mantener en pie la Fundación, que está asediada por las deudas y por las presiones del banco, que son cada día más fuertes. Ahora están a punto de nombrar a un interventor que se ocupará de vigilar todos los gastos de la Fundación. O sea, que estaremos bajo vigilancia administrativa, no podremos hacer ningún gasto extra y tendremos que dar cuenta de cada paso que demos y de cada decisión que tomemos. Ya no podremos adquirir ningún libro o documento sin su permiso... Y, posiblemente, tampoco podremos vender nada.

–¿Qué pasa, Arturo? –pregunta *Patacoja*–. Te veo un poco triste. ¿Se va a acabar el mundo?

–Todavía no, pero está a punto. Estoy preocupado por mi padre. Las cosas están empeorando por culpa de las deudas con el banco.

–Eso es lo que pasa con las empresas y los negocios, que cuando te quieres dar cuenta, te encuentras en la ruina. Pero no deberías preocuparte, tu padre encontrará una solución, ya lo verás.

–No estoy preocupado, estoy asustado. Tengo miedo por su salud. Está débil y si perdemos la Fundación, podría costarle caro. No resistiría un disgusto como ese.

–Tu padre es más fuerte de lo que parece. Deberías preocuparte por ti, que sí necesitas ayuda.

Me acerco y le entrego una pequeña bolsa.

–Toma, te he traído unos yogures. Con las prisas, es lo único que he podido coger.

–Tienes un corazón de oro, chico. Algún día te devolveré todo lo que estás haciendo por mí. Siempre recogemos lo que sembramos, muchacho, no lo olvides.

–Ya sabes que no lo hago por eso. Te aprecio y sé que necesitas ayuda.

–Eso es verdad. Si logro sobrevivir a estos tiempos tan duros, te devolveré el favor algún día. Por cierto, los gamberros andan dando vueltas por aquí otra vez.

–Espero que no nos vuelvan a pintar los muros de la Fundación –digo–. Ojalá se olviden de nosotros.

Me observa con esa mirada que pone cuando le dices algo que no le convence, y abre la tapa de un yogur.

Mientras come, me marcho hacia el instituto un poco más preocupado. Espero que esos tipos dejen en paz la Fundación y no sea necesario llamar a la policía. Estos asuntos no benefician a mi padre y le roban tranquilidad. Justamente lo que más necesita ahora.

–Hola, Arturo, buenos días –me saluda Mercurio, apoyado en la puerta.

–Buenos días, Mercurio. Veo que te has cortado el pelo.

–Ya me hacía falta. Además, vamos a tener inspección y me conviene dar buena imagen.

–¿Inspección?

–Sí, vienen los inspectores del Ministerio para hacer comprobaciones. Vamos, que quieren estar seguros de que estamos haciendo las cosas bien. Seguramente pasarán por tu clase.

No sé si es una buena noticia, pero supongo que no me va a perjudicar. Espero que no hagan cambiar de sitio a Metáfora, ahora que empiezo a entenderme bien con ella. O que no trasladen a Norma, que también me está beneficiando.

–¡Eh, tú, tío raro! –grita alguien a mis espaldas–. ¿Ya han encerrado a tu padre en un manicomio?

Es Horacio, que viene buscando guerra. Pero esta vez se ha pasado de la raya. Estoy dispuesto a permitirle cualquier cosa menos que se meta con mi padre.

–¿Qué has dicho?

–Ya me has oído. Te he preguntado por el loco de tu padre –insiste, provocando las carcajadas de los que le acompañan–. Está como una chota... igual que tú.

–No tiene ninguna gracia que te metas con mi padre –digo–. ¿Te gustaría que yo insultara al tuyo?

–¿Eh? ¿Qué has dicho? ¿Has insultado a mi padre?

–Todavía no, pero si vuelves a meterte con el mío, te responderé adecuadamente –respondo.

–Y yo te ayudaré –dice Metáfora, uniéndose al grupo–. No dejaré que ataquen a tu padre.

–¡Tú no te metas en esto! –protesta Ernesto, que es el pelota oficial de Horacio–. No es asunto tuyo.

–Cuando alguien se mete con un amigo mío, es asunto mío.

–No creas que porque eres la hija de la profesora te puedes entrometer en nuestras cosas –añade Horacio–. Mi padre tiene más influencia en este colegio que tu madre.

–Ni tú ni tu padre me dais miedo –responde mi compañera–. Esto es asunto nuestro y no permitiré que os metáis con Arturo.

–Por ahora lo vamos a dejar correr –advierte Horacio, dando un paso hacia atrás–. Pero no pienses que esto se acaba aquí. No nos gustan los raros... Ni los que los defienden.

Se alejan de nosotros lanzando burlas y amenazas. Tarde o temprano tendré que enfrentarme con él.

–¿Qué tal te encuentras? –me pregunta Metáfora cuando nos quedamos solos–. ¿Has vuelto a tener un ataque como el de la otra noche?

–No lo sé, pero he tenido sueños muy fuertes. Ya no soy capaz de distinguir entre los sueños y los ataques.

–¿Has soñado con lo mismo de siempre? ¿Has vuelto a ver a Arquimaes? ¿Y a ese caballero negro que lucha contra bolas de fuego?

–Sí, pero ahora es peor. Es como si viviera dentro de la historia. Estoy alucinado. Es como si tuviera una doble vida... A veces me parece que soy el personaje principal de ese sueño. Me parece que ese caballero... ¡soy yo!

–Vaya, eso se llama afán de protagonismo.

–No bromees. Lo digo en serio. Estoy preocupado.

–Deberías ver a un médico. A un psicólogo.

–¿Y qué le cuento? ¿Le digo que tengo sueños de historias medievales de ejércitos que asaltan castillos y de magos que hacen bolas de fuego? ¿Quieres que me encierren en un psiquiátrico para el resto de mi vida? Dirán que estoy loco, y no les faltará razón.

–No exageres. Un médico te hará un diagnóstico profesional. Y no te encerrarán, yo me ocuparé de eso. Te lo garantizo. No te dejaré solo.

–Ya, eso lo dices ahora, pero cuando empiecen los problemas, también me abandonarás.

–¿Y si fuéramos a un lector de cartas? Seguro que descifra lo que te pasa. Seguro que entiende tus sueños y los interpreta mejor que nosotros. Al fin y al cabo, también tienen que ver con la magia. Dicen que los sueños son parte de la magia... Y viceversa.

–Anda, vamos a clase, que ya empiezas a decir tonterías... –concluyo.

Creo que es mejor no hacer bobadas, centrarse en la realidad y ocuparse de los estudios, que falta me hace.

–Hola, Arturo –dice Cristóbal–. ¿Qué tal estás?

–Bien, bien... ¿Qué haces por aquí? ¿No deberías estar con tus compañeros de Primaria?

–Es que me gusta más estar con los mayores. Se aprenden más cosas.

–Luego no te quejes si se meten contigo –le advierto–. ¿Vale?

–Vale, ya nos veremos –dice, marchándose.

III

EN TIERRAS PELIGROSAS

Los siete fugitivos siguieron su marcha intentando evitar caminos transitados para no dejar pistas ni llamar la atención de los hombres de Benicius, que eran cada vez más numerosos y ya se dejaban ver de vez en cuando. La persecución había empezado.

Cromell, agotado por la pérdida de sangre, estaba siendo transportado sobre una camilla improvisada.

Morfidio estaba muy preocupado por su situación, que empeoraba por momentos. En realidad, estaba rabioso y frustrado ya que sus planes no habían salido según esperaba; no solo no había obtenido el tan ansiado secreto de Arquimaes, sino que había perdido sus posesiones y se había convertido en un fugitivo. En pocas horas había pasado de ser un conde temido y respetado a ser un prófugo, sin tierras y sin amigos.

La cuarta noche cayó precipitadamente sobre ellos. Se vieron obligados a descansar en una gruta que, casualmente, uno de los soldados había descubierto. Entraron con cuidado por si se trataba de la guarida de algún animal, ya que los osos abundaban en aquella región. Sin embargo, estaba vacía y pudieron instalarse cómodamente e incluso encender un fuego para tomar algo caliente, cosa que no hacían desde la noche anterior al ataque de Benicius.

–Tendremos que cambiar nuestro plan –propuso Cromell–. Debemos internarnos en el bosque. Aquí no estamos seguros. Los hombres del rey Benicius nos pisan los talones y acabarán por encontrarnos. Creo que saben el lugar al que nos dirigimos.

–Cruzar el bosque no es una buena alternativa –respondió Morfidio–. No sobreviviremos. Hay demasiados peligros. Los proscritos habitan entre los árboles y nos cazarán como a patos. Es mejor adentrarnos directamente en las tierras pantanosas.

Cromell tosió y escupió sangre. Arquimaes le dio un brebaje que alivió momentáneamente su dolor. Pero estaba claro que el capitán no se recuperaría.

–En las tierras pantanosas no se atreverán a seguirnos –insistió el conde Morfidio–. Pronto llegaremos al castillo de Demónicus y te curarán, amigo mío.

Cromell comprendió que su jefe no pensaba cambiar de idea, pasase lo que pasase. Sabía perfectamente que él no resistiría el viaje por las putrefactas aguas pantanosas, pero se resignó a su suerte.

–Está bien, creo que tienes razón, mi señor –musitó.

–Ahora descansa y trata de recuperar las fuerzas –susurró Morfidio, intentando animarle–. Mañana seguiremos nuestro camino. Los magos nos darán protección. Ellos tienen medios para sanar a los heridos... Ya que Arquimaes no lo consigue.

Morfidio se acercó al alquimista y le puso la mano en el hombro.

–Eres un testarudo. Te niegas a entregarme lo que tendrás que dar a otro con menos escrúpulos que yo. Ha muerto mucha gente por tu culpa y yo lo he perdido todo.

–Buscas un secreto que no te puedo entregar –respondió Arquimaes–. Ni siquiera estoy seguro de que sirva para algo. Tu empeño ha sido en vano.

–He visto cómo has devuelto la vida a Arturo en dos ocasiones. Ahora sé que posees el secreto de la inmortalidad. Me lo entregarás o sufrirás las consecuencias. Así están las cosas. Y hablo en serio.

–No sabes lo que dices. Ninguna tortura me obligará a hablar.

–Sé de alguien que te obligará a soltar la lengua. Lo verás dentro de poco. Y te arrepentirás. ¿Conoces a Demónicus, verdad? Sabes que ese hechicero daría cualquier cosa con tal de poseer tu secreto. Y ya sabes el empleo que hará de él. Lo aprovechará bien.

–¡Demónicus es un mago perverso! ¡Solo quiere esclavizar y torturar a la gente! ¡Ese mago es repugnante!

–Pues ya ves, ahora resulta que has estado trabajando para él –dijo sarcásticamente el conde Morfidio–. Menuda sorpresa, ¿verdad?

–Ya sabes lo que se cuenta de él. Dicen que hace cosas horribles con la gente. Cuentan que utiliza seres humanos para sus terribles experimentos.

–Leyendas malvadas. La gente habla mucho. Demónicus no es tan malo. Te gustará.

Arturo escuchó atentamente la conversación entre los dos hombres y comprendió que las cosas iban a empeorar. Entregar al alquimista a Demónicus era una canallada.

–Ya veremos qué piensa la gente cuando vea que Demónicus es más poderoso gracias a ti y a tu maldito invento.

Cuando reemprendieron la marcha al amanecer, el capitán Cromell había empeorado mucho y apenas podía hablar. Algunas horas después entraban en las tierras pantanosas, el reino de los hechiceros, donde Demónicus representaba el poder absoluto.

El paisaje se volvió más salvaje e inhóspito. La vegetación era mucho más agresiva y del suelo surgían columnas de humo y chorros de agua caliente. Acompañados por el ulular del viento, algunos sonidos que recordaban voces humanas se dejaban oír entre las altas hierbas y llamaban su atención.

De vez en cuando, las pútridas aguas se agitaban y algunos lagartos de grandes y afilados dientes aparecían amenazantes. Un enjambre de mosquitos se pegó al lomo de los caballos, haciendo zumbar sus pequeñas alas como si anunciaran su presencia. Los soldados, asediados por ellos, tuvieron que cubrirse el rostro con las capas y agitaban inútilmente los brazos para espantarlos.

Los caballos tropezaban continuamente poniendo en peligro la vida de los jinetes. Bandadas de pájaros oscuros los sobrevolaban, asustando a las monturas y molestando a los hombres. Al atardecer, una densa cortina de niebla los envolvió y les obligó a reducir la marcha, aumentando terriblemente su angustia y su preocupación.

Los lagartos se acercaban cada vez más y se mostraban más agresivos, lo que inquietaba a los caballos y dificultaba su control. El caballo de Morfidio se encabritó un par de veces para evitar la mordedura de uno de esos peligrosos animales y su amo estuvo a punto de caer al agua. Cromell empeoró debido al movimiento provocado por los caballos.

Cuando estaba a punto de anochecer, la niebla se disipó y se dieron cuenta de que estaban rodeados de guerreros salvajes que llevaban el cuerpo cubierto de barro, adornados con huesos y pinturas de guerra, y provistos de largas cerbatanas y espadas cortas. Se comportaban igual que los reptiles y se ocultaban entre las hierbas. La mayoría vestía harapos de tela gruesa oscura mezclada con algunas pieles de serpiente, mientras otros portaban rudimentarias corazas hechas con cuero endurecido.

Algunos de los guerreros más atrevidos se acercaron hasta rozar casi a los caballos, a los que miraban con gran codicia. En ellos veían un alimento del que solían carecer. La presencia de carne fresca les ponía nerviosos y eso les hacía más audaces y peligrosos.

–Llévanos ante tu señor –pidió Morfidio, levantando los brazos en señal de paz–. Somos amigos y le traemos algo muy valioso.

Los salvajes de los pantanos se acercaron lentamente, tanteando el terreno, intentando descubrir las verdaderas intenciones de los recién llegados. Pronto comprendieron que Morfidio venía en son de paz, pero uno de sus soldados, que hizo un gesto demasiado rápido, recibió un flechazo en la espalda que acabó con él de forma inmediata. El cuerpo cayó al agua y levantó un gran revuelo; varios lagartos se lanzaron inmediatamente sobre él y desapareció tan deprisa que apenas hubo tiempo de reaccionar. Después, una mancha roja empapó el agua y el silencio volvió a reinar. Dos salvajes agarraron las bridas de su caballo y lo apartaron rápidamente del agua.

–¡Quietos! –gritó Morfidio para impedir que los siguieran atacando–. ¡Somos amigos!

El que parecía el jefe, y que llevaba la cabeza cubierta con una piel de animal, posiblemente un perro, levantó su arco y ordenó a sus hombres que desarmaran a Morfidio y a los demás. Cuando el conde comprendió lo que pretendía, entregó voluntariamente su espada y ordenó a los dos soldados que le acompañaban que hicieran lo mismo. Poco después, eran escoltados hacia lo más profundo de las tierras pantanosas, una zona inhóspita, de la que se contaban terribles historias que nadie se atrevía a desmentir y que estremecían el alma de aquellos que las escuchaban.

* * *

Arco de Benicius estaba fuera de sí. Arrojó el trozo de carne que estaba comiendo a sus perros y dio un tirón del mantel que hizo caer al suelo casi todos los platos y copas. Escupió el bocado que tenía en la boca y se encaró con su hombre de confianza, el caballero Reynaldo.

–¿Qué has dicho?

–Estamos seguros. Morfidio y el alquimista han entrado en las aguas pantanosas. Va a entrevistarse con Demónicus, mi señor.

–¿Significa eso que no podéis traerlo a mi presencia, tal y como os había ordenado?

–Me temo que sí, majestad. Podemos considerar que el conde Morfidio está fuera de nuestro alcance. El reino de Demónicus es inaccesible para nosotros. Nadie que entra en sus tierras sale vivo.

Benicius retorció la manga de su túnica y entornó los ojos. La rabia y la frustración lo dominaban y le costaba trabajo tomar una decisión.

–¡Malditos inútiles! ¡Os pago bien, os alimento para que engordéis, os protejo como si fueseis mis hijos y me pagáis de esta manera! ¿Es que no puedo dar una orden que cumpláis sin dificultad? ¿Qué tengo que hacer para que me traigáis a ese alquimista y al conde? ¿Cómo puedo hacer justicia si no tengo a ese maldito Morfidio para ahorcarle?

–Podemos enviar un emisario y hacer un trato con Demónicus.

–¿Y qué ofrecería a cambio?

–A la reina Émedi. Todo el mundo sabe que el Mago Tenebroso desea poseer su reino más que ninguna otra cosa en el mundo. Émedi a cambio de Arquimaes y Morfidio. Es un buen trato.

Benicius se frotó la barbilla mientras daba vueltas a la propuesta de Reynaldo. En algún momento, sus ojos brillaron, como si estuviera dispuesto a aceptar. Sin embargo, su rostro cambió de aspecto.

–No, no entregaré a Émedi a ese diablo. Émedi será mi esposa y ampliaré mi reino. Si es que todavía vive, claro...

–La reina Émedi está viva, os lo aseguro. Podemos encadenarla, entregarla a Demónicus y, además, conquistar su reino y unirlo al vuestro. Arquimaes caerá entonces en vuestro poder y conseguiréis el secreto que posee y que tanto os obsesiona. Es una maniobra perfecta.

–No me fío de Demónicus. No cumpliría su palabra –respondió el rey–. No puedo exponerme a entregarle la reina y que me devuelva el cadáver de esos dos, después de haberles arrancado el secreto... Tiene que haber otra solución.

–La hay... Podéis entregarle a Herejio, ese mago que os ha fallado en el asalto del castillo de Morfidio. Demónicus quiere ponerle la mano encima desde que le traicionó y ha ofrecido una buena recompensa por su cabeza... Herejio a cambio de...

–¡Arquimaes! –exclamó Benicius alborotado–. ¡Que me entregue a Arquimaes y que se quede con Morfidio y con Herejio!

–Es una buena idea. Al fin y al cabo, Morfidio no nos sirve para nada. Ahora sois dueño de sus posesiones... Podéis nombrar a alguien que le sustituya y que os sea fiel... Alguien que fortifique esta posición y que os proteja de un ataque inesperado de Demónicus...

–¿Conoces a alguien de quien me pueda fiar?

–Claro que sí, mi señor Benicius. Conozco a un hombre que solo piensa en vuestro interés –respondió Reynaldo, haciendo una reverencia de sumisión que dejó claro en quién estaba pensando.

IV
LAS CARTAS DEL FUTURO

DESDE que he cumplido catorce años mi vida ha cambiado mucho. Y parece que va a cambiar más. Las letras parecen haberse instalado definitivamente en mi cuerpo. No sé qué hacer para que desaparezcan. Si no tenía bastante con el dibujo del dragón, ahora se añaden estas filas de palabras, escritas en tinta negra sobre mi piel.

Necesito que alguien me diga qué pasa y a qué se deben. Ya no puedo guardar más ese secreto que empieza a pesarme demasiado. La única persona que lo conoce es Metáfora.

–¿Puedes acompañarme a un sitio? –me dice mientras recogemos los libros.

–¿A qué sitio? ¿Adónde me quieres llevar?

–Tenemos cita con una echadora de cartas –explica.

–¿Qué? ¿Vamos a visitar a una lectora de tarot? ¿Estás loca o qué te pasa?

–Si no quieres venir, déjalo. Olvidemos el asunto. Yo lo hago por ti, a mí me da lo mismo. Pero luego no digas que no me preocupo por ti.

–Bueno, vale. Está bien, te acompañaré. Total, no creo que mi situación empeore por culpa de una echadora de cartas.

–Venga, pues vamos allá antes de que te arrepientas.

Salimos del instituto y nos encontramos con mi padre, que está aparcando la bicicleta.

–Hola, papá, ¿no habrás venido a buscarme, verdad?

–No, bueno, sí... pero antes tengo que hablar con Norma de un asunto que me preocupa. Hace tiempo que quiero saber qué tal llevas los estudios y es mejor que me informe de primera mano.

–Oh, claro, claro... Está ahí, en la sala de profesores. Puedes pasar si quieres.

–Vale, hijo, luego nos vemos en casa... Hola, Metáfora.

–Hola, mamá se alegrará de verle. La cena de la otra noche nos gustó mucho. A ver cuándo hacemos otra.

–Cuando queráis, cuando queráis... Se lo diré a Norma, a ver si quiere... Podemos reunirnos la semana que viene.

Nos dirigimos a la parada del autobús que nos llevará hasta el centro de la ciudad, donde Metáfora ha quedado con la echadora de cartas... Una «bruja»... La ha localizado en Internet. Dice que su página web le ha resultado muy interesante y que es la mejor que ha encontrado.

–Mi madre no hace más que hablar de tu padre –dice Metáfora, apenas nos sentamos–. Yo creo que se está enamorando.

–A mi padre le pasa lo mismo. Solo piensa en ella. Ya ves que viene a buscarme cada dos por tres, cosa que antes de conoceros no hacía. Estaba todo el tiempo metido en la biblioteca, investigando.

–Claro, tu padre gana mucho con esta relación. Sin embargo, mi madre...

–Oye, ¿qué quieres decir con eso?

–Que tu padre es un hombre solitario, mientras que mi madre tiene una vida social más activa. Vamos, que tiene más pretendientes. Espero que elija lo mejor.

–¿Qué insinúas? ¿Que mi padre no es un buen partido para tu madre?

–No, no es eso... Venga, tenemos que bajar en esta parada.

El autobús nos ha dejado dos calles más abajo de la dirección que tiene apuntada en el papel. Andamos unos cinco minutos y llegamos al portal de una casa muy antigua, que está apuntalada con unas vigas de madera. Parece en ruinas.

–Es aquí –dice Metáfora–. Entremos.

–Esta casa está a punto de hundirse. Creo que no deberíamos entrar.

–Venga, no digas tonterías. Aquí dentro no corremos más peligro que cuando cruzamos un semáforo. Me parece que eres un poco miedoso.

–Precavido es lo que soy. Pero bueno, si quieres que nos juguemos la vida, pasa delante, que yo te sigo.

Unos obreros, que empujan carretillas cargadas de sacos de cemento, entran y salen continuamente. Alguno de ellos nos obliga a apartarnos para dejarles paso. Nuestra presencia no les preocupa lo más mínimo y hacen su trabajo como si no existiéramos.

–Ya te he dicho que aquí corremos peligro –le recuerdo–. Si el edificio no se hunde, caeremos aplastados por estos hombres.

El ascensor no funciona y subimos los tres pisos andando, tropezando con restos de ladrillos, cables, maderas y otros elementos de la obra.

–Mira, es aquí... –dice, señalando una vieja y desvencijada puerta de madera–. ¿Ves? «Pitonisa medieval»... Voy a llamar.

–¿Estás segura de que quieres seguir adelante?

Aprieta el timbre de la puerta y esperamos unos segundos.

–¿Qué quieren? –pregunta un hombre que parece un personaje de las cartas de tarot. Va vestido con ropa de época, similar a la que utilizaban los magos de la Edad Media–. Solo atendemos a personas adultas.

–Tengo cita –dice inmediatamente Metáfora, antes de que nos cierre la puerta en las narices–. Me llamo Metáfora Caballero; llamé ayer por teléfono.

–Sí, hablé contigo, pero no me dijiste tu edad. ¿Cuántos años tienes?

–Voy a cumplir quince dentro de unos meses.

–Vuelve cuando tengas dieciocho. No queremos líos con menores.

–Pagaremos por adelantado –insiste Metáfora–. Y no diremos nada a nadie. Será un secreto entre nosotros.

–Son cien euros.

–Mi amigo paga –dice Metáfora, dando un paso atrás–. Él quiere saber cosas.

–Yo solo tengo cuarenta euros –digo, sacando varios billetes del bolsillo–. Metáfora, ¿tienes algo de dinero?

Abre su bolso y saca un billete de veinte.

–Solo tenemos sesenta euros –dice–. Es lo que hay.

El hombre nos mira con cara de pocos amigos. Pero, al final, después de pensarlo un poco, dice:

–Venga, vale, por esta vez pase. Pero, por la cuenta que os trae, os aconsejo que no me engañéis. Pasad y sentaos hasta que os llame.

Después de coger el dinero nos lleva hasta una pequeña sala de espera, que más bien parece una gruta sucia y maloliente, con las paredes recubiertas de estampas antiguas que representan al diablo, animales legendarios y una extensa gama de magos, brujos y hechiceros de ambos sexos, además de locos, reyes y soldados. Hay una música esotérica compuesta de sonidos difíciles de identificar, acompañados de voces de ultratumba. En una pared hay un gran cuadro de una mujer que parece flotar en el espacio y que está iluminada por dos focos que se dirigen hacia ella.

–¡Es la mujer de internet! –dice Metáfora–. Estaba en la página web.

–Ya podéis entrar –anuncia el hombre, al cabo de unos minutos.

Ahora pasamos a una habitación más grande, que tiene una débil iluminación rojiza. Lo justo para ver las figuras, pero con tan poca potencia que los pequeños detalles no se perciben.

–Sentaos en esas sillas y no mováis un dedo –indica el hombre disfrazado de mago–. Estrella vendrá ahora.

Nos quedamos solos y esperamos con la respiración entrecortada. A pesar de que sabemos que todo esto forma parte de la puesta en escena, nos sentimos un poco sobrecogidos por el ambiente, que debe de estar preparado para angustiar a los clientes.

De repente, una puerta se abre haciendo chirriar las bisagras. Aunque al principio creo que es por falta de mantenimiento, me doy cuenta de que el ruido forma parte del espectáculo. Aquí todo está montado para lograr el efecto de que estás en un lugar sobrenatural.

–¿Qué queréis saber? –pregunta una mujer vestida de la forma más extraña que he visto en mi vida–. Preguntad y yo os responderé.

Metáfora me mira, sin decir nada.

–Pues... soy yo el que quiere saber –digo.

–¿Cómo te llamas, chico?

–Arturo. Mi nombre es Arturo. Arturo Adragón

–¿Eres su novia? –pregunta, mirando a Metáfora– ¿Le has traído porque quieres saber si os casaréis y si tendréis hijos?

–No somos novios –salta inmediatamente–. Somos compañeros de clase y amigos.

–Quiero saber algo sobre mis sueños –digo–. Tengo sueños muy raros y muy complicados.

–Vaya, vaya... el chico tiene sueños raros –comenta en un tono burlón que no me gusta demasiado–. ¿Cómo son? ¿Sueñas con riquezas, con poder, con chicas guapas?

–No es eso. Mis sueños son de aventuras en la Edad Media, con caballeros, asaltos a castillos y todo eso.

–¿Hay dragones? –pregunta mientras observa el dibujo que hay en mi frente–. ¿Son dragones buenos o malos?

–Todavía no me he encontrado con ninguno, pero estoy seguro de que, tarde o temprano, aparecerán. Siempre aparecen en las historias medievales. Por ahora hay magos, reyes y alquimistas. Y secretos raros.

–No tienes que preocuparte. Está de moda. Ahora hay muchas películas, libros, cómics y videojuegos sobre ese mundo de fantasía. Es toda una invasión. Es normal que los chicos y las chicas estéis un poco obsesionados con todo eso. Pero no es grave, ya pasará.

–Pero lo mío es más serio. He viajado al pasado y he estado ahí, en un castillo. Y he participado en una guerra...

–Oh, claro. Eso le pasa a muchos. Si ves demasiadas pelis y juegas al rol y esas cosas, te acabas creyendo que estás metido de verdad en la Edad Media. Tienes que controlarte. Leer otras cosas. ¿Te gusta la poesía?

–Yo lo que quiero saber es si es pasajero o durará mucho; y qué va a pasar conmigo. Para eso hemos pagado. Pero si no puede decírmelo, devuélvanos nuestro dinero y nos vamos.

–¡Claro que puedo responder a tus preguntas! Tranquilízate. Te voy a echar las cartas y veremos qué te depara el futuro.

Abre una caja roja que está sobre la mesa y saca un paquete de cartas de gran tamaño, las arroja sobre el tapete, las vuelve a recoger, las mezcla y me mira fijamente:

–Presta atención, chico, ahora vas a ver lo que te tiene reservado el futuro.

Saca una carta y la coloca boca arriba sobre la mesa.

–Vaya, una buena noticia. Vas a vivir muchos años, muchísimos.

Otra carta.

–Es posible que seas inmortal. Es posible que vivas hasta que se unan las dos personalidades que hay dentro de ti.

–¿Dos personalidades? –pregunta Metáfora.

–Tu amigo es doble –explica–. Es un fenómeno que se da en algunas ocasiones. Es algo así como una persona con dos vidas. Ya sabes, la que vive en la realidad y la que es producto de los sueños.

–Eso ya se lo he dicho yo. Usted ya sabe que tengo sueños y que...

–Chissss... Silencio, deja que me concentre, chico.

Otra carta.

–Pero hay un problema. ¡Tendrás que tomar una decisión importante que afectará a tu vida futura! ¡Un día te encontrarás en un camino y tendrás que decidir si debes seguir adelante o volver atrás! Será una decisión vital que tendrás que afrontar.

–¿Cuándo ocurrirá eso? –pregunto, cada vez más interesado.

–Pronto. Antes de lo que crees.

Otra carta... Otra más... Otra...

–Y ahora vienen las malas noticias. Pero no creo que deba contártelas –comenta, intentando tranquilizarme.

–¡Claro que debe! ¡Para eso he pagado!

–Está bien, te lo diré, pero luego no me digas que he intentado asustarte. Escucha... Tu vida está condicionada por los signos, por la magia y por ...

–¿Por qué? –pregunta Metáfora, ansiosa–. ¿Qué más?

–Por el amor. Te tendrás que dividir en dos también por culpa del amor.

–¿Qué significa eso? Nadie se divide en dos partes por culpa del amor. Eso es una bobada.

–Es posible que tu corazón se divida y te encuentres en la necesidad de tener que tomar una decisión. Estás maldito y vivirás el doble que los demás, pero también sufrirás el doble. Ahí tienes el sol y la luna, que lo confirman. Eso es todo lo que puedo decirte.

–¿Nada más? ¿Eso es todo por cien euros?

–¿Te parece poco? Me has dejado agotada. Tu caso es muy complicado y he tenido que hacer un esfuerzo extraordinario para resolver tu problema. Ahora haced el favor de salir de aquí. La sesión ha terminado... Tengo que descansar. Además, solo habéis pagado sesenta, y por ese precio ya os he dado mucho. Venga, chicos, fuera de aquí.

Metáfora y yo comprendemos que es inútil discutir, así que nos levantamos y nos marchamos. Mientras descendemos por la escalera llena de escombros y tropezamos con los albañiles, empiezo a sentir una cierta preocupación. Eso de que voy a sufrir el doble que los demás no me ha gustado nada. Suena a maldición.

–Oye, Arturo, no estarás preocupado por lo que ha dicho esa mujer, ¿verdad? –pregunta Metáfora.

–Ni hablar. Ya sé que todo es mentira. Es una forma de sacarle el dinero a la gente. Ya te dije que íbamos a perder el tiempo. Teníamos que haber ido al cine.

–Sí, hombre, para alimentar más tu imaginación –me advierte–. Creo que durante una temporada no deberías ver películas, ni leer cómics, ni novelas, ni hacer nada que provoque tu fantasía.

–¿Qué dices? ¿Me estás prohibiendo hacer las cosas que más me gustan en esta vida?

–¡Yo no te prohíbo nada, solo te sugiero que dejes de hacer tonterías durante una temporada. No te va a pasar nada por dejar de fantasear, ¿sabes? Hay otras cosas. Podemos ir a bailar...

Subimos al autobús que nos lleva de vuelta a casa y hablamos de cosas que nada tienen que ver con la brujería, ni de las letras de mi cuerpo y todo lo demás. Pero, en el fondo, sé que algo pasa, que lo que me ocurre no es normal.

–Oye, me estoy poniendo malo. Me siento un poco cansado –le digo cuando bajamos en nuestra parada.

–Eso es por el susto que te ha dado esa mujer. Se ha pasado con eso de que vas a sufrir el doble.

–Me estoy mareando.

–Venga, vamos a tomar algo a esa cafetería. Ya verás como se te pasa.

Apenas me siento en una silla, noto que el mareo progresa mucho y vuelvo a sentir aquella sensación de la noche de la cena de mi cumpleaños. La sensación de que estoy desapareciendo de este mundo.

V

LA FORTALEZA DEL DIABLO

El cuartel general de Demónicus estaba construido sobre una antigua fortificación romana que pocas personas ajenas a su reino habían visto con sus propios ojos. Se encontraba sobre un promontorio de roca y tierra firme, rodeado de agua y barro. La edificación principal estaba cubierta por una gran cúpula, sustentada sobre cien poderosas columnas, recubierta por una capa de fuego cuyas enormes y eternas llamas alcanzaban gran altura y se veían desde lejos. Era como un faro que iluminaba tanto el día como la noche. Servía para atraer a los fieles y asustar a los enemigos. Era tan espectacular que la sola contemplación del poderoso fuego, que desprendía una negra columna de humo, sobrecogía el corazón de quienes lo veían por primera vez. Posiblemente, gracias a esa enorme llamarada, el cuartel de Demónicus nunca había sido atacado. ¡Tenía un aspecto diabólico e infernal!

Cuando vieron de cerca el intenso fuego, Arquimaes y sus compañeros quedaron deslumbrados y sobrecogidos. La majestuosidad del palacio de Demónicus imponía respeto.

La cúpula principal estaba rodeada de grandes templos y palacios adornados con estandartes de vivos colores que ondeaban al viento. Varios cuarteles militares bien amurallados se elevaban alrededor de la gigantesca fortaleza y la convertían en inexpugnable. Ningún ejército sería capaz de penetrar hasta el corazón del imperio de los magos; ningún rey disponía de fuerzas suficientes para conquistar un reino tan protegido. Todos los que lo habían intentado habían alimentado con su propia sangre a las bestias de los pantanos.

Los recién llegados observaron con asombro cómo dos magníficos dragones sobrevolaban el palacio en círculo, cerca de las nubes, iluminados por la luna blanca que destacaba en el cielo oscuro. Los dos dragones estaban acompañados por unos misteriosos seres, mitad lagarto mitad hombre, que formaban un anillo de protección a su alrededor. Planeaban cerca de la cúpula de fuego con los brazos y las piernas extendidas, como si quisieran cogerse en el aire unos a otros. Eran animales de una ferocidad palpable, que arrojaban por sus bocas llamas y ácido venenoso de un color repugnante.

Después de cabalgar por varias callejuelas, bajo una lluvia de insultos que los habitantes de aquella ciudad fortificada lanzaron contra ellos, fueron entregados a los soldados de Demónicus. Los salvajes de los pantanos recibieron a cambio monedas, armas y otros objetos, y se marcharon felices, llevándose además un par de caballos.

Arturo y sus compañeros fueron arrojados sin contemplaciones a una oscura celda y permanecieron encerrados dos días, durante los cuales apenas recibieron por todo alimento un cuenco lleno de una pasta verdosa formada de grumos hediondos y unos cazos de agua oscura y maloliente.

–¿Qué nos van a hacer? –preguntó Arturo, bastante preocupado, y al límite de sus fuerzas–. ¿Qué será de nosotros?

–Si sobrevivimos nos llevarán ante Demónicus –respondió Arquimaes–. Estoy seguro de que Morfidio negociará con él. Nuestras vidas serán el precio.

–¿Nos torturarán?

–Supongo que sí, pero no les servirá de nada –aseguró el alquimista–. He jurado que jamás revelaré el secreto que poseo. Antes moriré.

–Maestro, juro que nada interesante saldrá de mis labios –murmuró Arturo–. No diré una palabra.

–No sabes nada que les pueda interesar y no conoces la fórmula –señaló el alquimista–. Estoy seguro de que te dejarán en paz.

Al tercer día, y a pesar de los cuidados de Arquimaes, Cromell murió entre terribles dolores. Sufrió una larga agonía con la que pagó todas las fechorías que había cometido durante muchos años en nombre de su señor. Falleció con los ojos y la boca abiertos, lo que dio a su rostro una expresión terrorífica; aunque no llegó a exhalar un solo gemido. Sorprendiendo a todos, Morfidio lloró ante su cadáver durante horas.

Algunos días después, escoltaron a los cinco supervivientes hasta el edificio central, donde fueron nuevamente encerrados en otro oscuro calabozo, rodeados de ratas y cucarachas. Los prisioneros hicieron lo posible por evitar las mordeduras de unas y otras y, aunque lo lograron en ocasiones, el olor que desprendían aquellos bichos fue su peor tortura. Los excrementos y la suciedad tenían tal grado de podredumbre que resultaba difícil vivir en esas condiciones. Debido a ello, algunas heridas se infectaron, aunque Arquimaes pudo curarlas. Incluso libró a Morfidio de una peligrosa inflamación.

Después de haber pasado unas jornadas horribles en las que no pudieron pegar ojo por culpa de la gran cantidad de roedores, y del ruido de los carceleros y los verdugos, fueron llevados al patio principal y arrojados desnudos a una charca pestilente, cuyo olor era tan fuerte que ni siquiera los soldados podían soportarlo.

Una tarde, después de comer, los condujeron a una sala grande, los dejaron ponerse su ropa seca y les hicieron esperar hasta que el sol empezó a ocultarse.

Varios soldados bien armados, comandados por Tórtulo, un hombre que solo tenía una mano, los encadenaron y los llevaron escaleras arriba, hasta el piso superior, donde un tribunal compuesto por una docena de hombres que cubrían su rostro con capuchas y horribles máscaras les esperaban para interrogarlos.

Los arrodillaron a golpes y les prohibieron hablar si no era para responder a sus preguntas.

–Contestad sin insolencia a lo que se os pregunte –ordenó el hombre de una sola mano–. O perderéis la lengua.

Después de unos minutos de silencio sepulcral, las puertas de madera se abrieron y un hombre entró acompañado de un pequeño cortejo y de su guardia personal; era Demónicus en persona.

Era extremadamente alto, y su expresión mostraba a un hombre que odiaba a la humanidad entera. El pelo largo y negro caía en cascada sobre sus hombros y, de la frente, salía un mechón de pelo blanco que le cruzaba la cabellera y se la dividía en dos partes iguales. El mechón blanco parecía una serpiente sinuosa que reptara sobre su cabeza y le daba un aspecto peligroso. Miraba con rabia y sus ojos despedían odio a raudales. Demónicus era la representación de lo peor del ser humano.

El Mago Tenebroso se sentó en el trono e hizo la primera pregunta.

–¿Quién de vosotros es Morfidio?

–Yo, señor. Soy el conde Morfidio.

–Tenemos cuentas pendientes contigo. Nos has perseguido y has encerrado a varios magos y hechiceros muy queridos por nosotros. Antes de condenarte a muerte queremos que nos digas para qué has venido a nuestras tierras sabiendo que aquí no serías bien recibido.

–Gran mago, os traigo algo especial… Este es Arquimaes, el alquimista, a quien seguramente conocéis. Es poseedor de un extraordinario secreto que no me ha querido revelar. Pero estoy seguro de que vosotros seréis capaces de arrancárselo.

–¿De qué secreto hablas?

–Se trata de un descubrimiento extraordinario. Creo que ha descubierto la piedra filosofal. He leído una frase que escribió en un pergamino en la que asegura que es capaz de convertir a los hombres en seres valiosos. ¿Qué otra cosa puede ser sino el poder de convertir a los seres humanos en inmortales? Además, he visto con mis propios ojos cómo ha sido capaz de devolver la vida a ese muchacho en dos ocasiones. ¡Le ha hecho revivir con su extraordinario poder! La cuestión, mi señor Demónicus, es que no he podido arrancarle la fórmula, y por eso os lo he traído. Espero que sepáis recompensarme debidamente.

–¿Recompensar a un bastardo como tú? ¿Qué esperas recibir de nosotros?

–Quiero ocupar el trono de Arco de Benicius a cambio de una fidelidad absoluta a tu reino. Os ayudaré a extender el poder de los hechiceros. Yo seré la mano de hierro que pondrá en pie vuestro Imperio Mágico. Puedo hacerlo y lo sabéis.

Algunos encapuchados intercambiaron palabras en voz baja mientras Demónicus consideraba su propuesta. Morfidio tuvo la impresión de que había dado en el clavo. Todos sus sufrimientos habían valido la pena.

–Es posible que tu oferta nos interese, conde Morfidio. Sabemos que eres lo bastante cruel como para imponer el orden y la disciplina que necesitamos. Pero no es fácil. Recuerda que aún tenemos que enfrentarnos a la reina Émedi, que se opondrá con todas sus fuerzas, y a la que aún no hemos podido destruir. Es nuestra mayor enemiga.

–Lo sé, pero soy capaz de enfrentarme con ella y derribarla de su trono, que se tambalea por momentos. Sus fieles huirán cuando vean lo que se avecina. Les demostraremos que nuestro poder es mayor. Pero yo había oído decir que la habías matado... ¿Entonces, no es cierto lo que se dice?

–Hemos enviado conjuros para eliminarla, pero nadie sabe por qué no han surtido efecto. Lo cierto es que ahora vive... y amenaza con atacar nuestro poder. Ha emprendido una caza contra todos los que practican la magia y la hechicería... Nos odia a muerte y nos hace responsables de todos los males que asolan su reino.

–Con el secreto de Arquimaes podréis enfrentaros a ella.

Demónicus, tras observar a Arquimaes durante unos segundos, ordenó que se lo acercaran.

–Así que tú eres el famoso Arquimaes.

–Sí. Yo soy el que dices.

–El amigo de la reina Émedi, el que le ha proporcionado ayuda y la ha ayudado a fortalecerse.

–Y lo seguiré haciendo cada vez que pueda. Ella es ahora mismo la única que se opone a vuestra tiranía.

–Dime, sabio, ¿estás dispuesto a entregarme tu secreto a cambio de tu vida y la de tu ayudante? –preguntó Demónicus directamente.

–De ninguna manera. Prefiero morir. Pero aunque lo hiciera, no os serviría de nada. En vuestras manos mi secreto es inservible –respondió con firmeza el gran alquimista–. Es para gente civilizada, no para animales salvajes.

–¡Llevadlo a la sala de torturas! –ordenó con rabia el Mago Tenebroso–. En cuanto a ti, Morfidio, más te vale que esa fórmula de la que hablas sea verdaderamente poderosa. Si nos has engañado lo pagarás caro.

–Os aseguro que...

El soldado más próximo le dio un golpe en la espalda que le hizo aullar de dolor.

–¡Perro, habla solo cuando te pregunten! –le recordó Tórtulo.

–Que ejecuten a esos soldados. No queremos espías aquí –sentenció Demónicus–. Y a ese muchacho, también.

–¡Dejadle en paz! –gritó Arquimaes, antes de recibir un golpe.

Morfidio hizo un gesto para pedir la palabra. Cuando se le concedió, dijo:

–Puede que nos sea útil. Hace cosas extraordinarias. Ha luchado contra una bola de fuego creada por Herejio y ha sobrevivido. ¡Arquimaes le ha resucitado dos veces!

–¿Ha luchado contra la magia de Herejio? –preguntó con asombro Demónicus–. ¿Él solo?

–Se lanzó a galope contra una gigantesca bola de fuego que Herejio había enviado contra mi castillo y la hizo añicos –explicó Morfidio–. Pero lo más extraordinario es que no le ocurrió nada. Estoy seguro de que está protegido por los poderes de ese secreto de

Arquimaes. Es la prueba viviente de que Arquimaes sabe algo extraordinario.

–Quizá quiera darnos alguna información –dijo Demónicus–. Y tú, muchacho, si hablas, puedes salvar la vida. ¿Nos contarás lo que sabes?

–No sé nada. Y si lo supiera, no lo contaría –respondió Arturo

–¡Encadenadlo junto a su maestro! –ordenó con rabia el Mago Tenebroso–. La tortura le hará recuperar la memoria.

Arturo se dio cuenta en ese momento de que una sombra se deslizaba tras una cortina que colgaba al fondo de la sala. Supo enseguida que alguien había estado observando el interrogatorio a escondidas y se preguntó quién sería. Pero no pudo seguir mirando, ya que los guardias empezaron a tirar de sus cadenas y los arrastraron hacia la puerta de salida.

VI

UN GENERAL EN LA FUNDACIÓN

LLEGAMOS a la Fundación cuando empieza a oscurecer. Me estoy recuperando del esfuerzo, pero aún me encuentro aturdido. Me siento como una marioneta que está a merced de un desconocido que me maneja a su gusto.

–Es mejor que te acuestes un rato –propone Metáfora–. Ahora estás agotado. Mañana me contarás lo que te ha pasado.

–Es alucinante. Formo parte de la historia. Los demás personajes giran a mi alrededor. ¡Me estoy convirtiendo en el protagonista! ¿Qué está pasando? ¿Qué me está ocurriendo?

–No lo sé, Arturo, pero ya lo averiguaremos. No te abandonaré. Estaré contigo hasta que lo descubramos.

–Tengo miedo. No soy dueño de mí mismo. Esto me supera...

–Descansa esta noche. Mañana estudiaremos el asunto. Quizá debamos ver a un médico. ¿De acuerdo?

Hago caso a Metáfora y entro en la Fundación, dispuesto a meterme en la cama y a descansar durante algunas horas. Ella se marcha y me encuentro con Mahania que, como siempre, me trata como a un hijo.

–Estás pálido, Arturo, ¿te pasa algo?

–No, no. Es que hace mucho frío y me siento un poco destemplado.

–Te voy a preparar una cena que te reconfortará mucho. Anda, sube a ver a tu padre, que ha preguntado por ti. Está en su despacho.

A pesar de que estoy hecho polvo, subo directamente a verle. Casualmente, me encuentro con *Sombra* que deambula silenciosamente por los pasillos.

–Hola, *Sombra*, voy a ver a papá.

–Te acompaño. Me ha mandado llamar. Creo que quiere encargarme algo.

Antes de abrir la puerta, *Sombra* da un par de golpes y esperamos a que nos autorice la entrada. Apenas han pasado unos segundos cuando papá abre la puerta.

–Ah, hola, Arturo. ¿Dónde has estado? Quería hablar contigo para... pasad, pasad. *Sombra*, tengo un encargo para ti.

–He tenido que hacer un recado con Metáfora –me disculpo.

–Muy bien, también quería hablarte de eso. He charlado con Norma y me ha contado que está muy contenta contigo... pero pasad, que quiero presentaros a alguien.

Entramos en el salón y nos encontramos con un hombre que nos mira con firmeza. *Sombra* me sigue y se mantiene en silencio.

–Arturo, *Sombra*, os presento al general Battaglia. Ha contratado nuestros servicios para hacer una investigación especial y debemos prestarle todo nuestro apoyo. General, este ser silencioso es *Sombra*, la persona que conoce la biblioteca mejor que nadie. Incluso mejor que yo. Es el alma de la Fundación... Y este joven es mi hijo Arturo...

–Encantado de conocerles a los dos –dice haciendo una especie de saludo militar, con inclinación de cabeza y todo eso–. Señor *Sombra*, Arturo... A sus órdenes.

–Hola, general; encantado –digo, tapando el bajísimo susurro de bienvenida de *Sombra*.

–El general está investigando sobre un supuesto ejército que existió en la Edad Media –explica papá–. Insiste en que ese ejército fue importante, aunque nadie sabe nada sobre él y no hay ninguna información que avale esa tesis.

–¡Estoy seguro de que existió y de que jugó un gran papel en la organización y el progreso de aquella época! ¡Lo llamaron el Ejército Negro! –afirma el militar–. Y espero demostrar su existencia... Con la ayuda de la Fundación, claro.

–¿Un Ejército Negro? –pregunto–. ¿En la Edad Media? No me suena de nada. Suena a videojuego o algo así.

–Nunca he oído hablar de él –dice *Sombra*–. Jamás he oído nada semejante. ¡Es una fantasía producida por mentes calenturientas!

–Es verdad –nos apoya papá–. Nunca hemos oído hablar de él y tampoco recuerdo haber leído nada sobre el particular. Pero, en fin, si usted cree que puede encontrar alguna pista, cuente con nosotros. ¿Verdad *Sombra*?

–Claro que puede contar con mi ayuda. ¿Por dónde quiere empezar?

–Me gustaría revisar todos los documentos que existen sobre estrategias militares de la época. Ya le diré exactamente qué siglos me interesan –pide, como si estuviera dando una orden–. Después hablaremos de castillos. Hay algunos que me interesan especialmente. Ah, y creo que también tienen armas y otros objetos, ¿verdad?

–Sí, en el primer sótano tenemos una pequeña colección, nada importante.

–También me gustaría verla –insiste el general.

–Esta misma noche haré una lista de libros y mañana se la entregaré –dice *Sombra*.

–Vaya, eso es eficacia. Un monje y un militar trabajando juntos pueden hacer verdaderas maravillas –dice el viejo general.

–¡Stromber! –exclama papá, mirando hacia la puerta–. Pase, pase.

–Me he enterado de que el general Battaglia ha llegado y quería presentarle mis respetos –dice desde la puerta–. Soy Frank Stromber, anticuario y coleccionista de antigüedades de la Edad Media. He oído hablar mucho de usted.

–Yo soy el general Battaglia, experto en estrategias militares de esa época maravillosa y misteriosa que es la Edad Media. Encantado de conocerle, amigo Stromber.

–¿Qué le trae por aquí, general? –pregunta el anticuario.

–Una investigación. Estoy siguiendo la pista a un ejército.

–¿Un ejército medieval?... En esos tiempos hubo muchos ejércitos.

–Este fue diferente. Por lo que he descubierto hasta ahora, el Ejército Negro tenía unas características especiales. Muchos historiadores lo han ignorado, pero estoy seguro de que fue una pieza importante en un momento determinado de la historia. Yo quiero sacarlo a la luz.

–Vaya, esto empieza a animarse –dice papá–. Creo que podríamos celebrar una cena y hablar de todo lo que nos une. Por supuesto, Arturo y *Sombra* están invitados. ¿Qué les parece esta misma noche?

–Yo no sé si podré, papá. Creo que tengo un poco de fiebre y temo que vaya a peor. Prefiero acostarme, si no te importa –digo.

–Claro que estás disculpado, jovencito –dice el general–. Un buen soldado debe cuidarse.

–Yo también debo excusarme –dice *Sombra*–. Tengo mucho trabajo retrasado. Ya habrá más ocasiones.

–Nos las apañaremos nosotros solos –dice Stromber–. Un bibliotecario, un militar y un anticuario. Será una cena especial. Tenemos muchos temas en común. Nos lo pasaremos bien.

Mientras se organizan, *Sombra* y yo nos retiramos sigilosamente y los dejamos solos.

–¿Quién le habrá hablado del Ejército Negro al general? –se pregunta *Sombra* según subimos las escaleras–. ¿Quién le mandará meterse donde no le llaman?

–¿Sabes algo de ese ejército? –pregunto.

–Nadie sabe nada. Nunca existió.

–¿Cómo lo sabes?

Cuando *Sombra* quiere mantener algo en secreto, sabe hacerlo muy bien, por eso no me responde.

Entro en mi habitación y me encuentro en una bandeja la cena que Mahania me ha dejado preparada, mientras yo hablaba con papá. No falta nada: una sopa bien caliente, un filete, un flan y un zumo de naranja.

Me doy una ducha rápida. Luego, mientras veo una película en la tele, tomo la cena tranquilamente. Entonces pienso en lo que me ha dicho la pitonisa. Sé que sus palabras no tienen valor y que no puede saber lo que me pasará en el futuro, pero no puedo evitar que sus augurios me inquieten. Eso de que tendré que dividirme en dos me ha llamado la atención. Esas falsas predicciones no dejan de ser curiosas... e inquietantes.

No debí dejar que Metáfora me llevara a esa cita. Yo no creo en esas cosas, ni en la parapsicología, ni en espectros, ni en fantasmas del pasado o del futuro. La próxima vez que quiera llevarme a algún sitio de esos, me negaré. No creo que me convenga empezar a meterme en esas historias, como el general Battaglia, que persigue la pista de un ejército. Como si un ejército se pudiese perder. Si existió tiene que haber datos en los libros, y si no los hay, es que nunca existió.

Llevo un rato intentando leer, pero no me concentro. He cogido un cómic, pero tampoco me apetece. Y es que estoy inquieto. Últimamente están pasando muchas cosas que no acabo de asimilar bien. Así que voy a poner una película de aventuras con caballos, viajes, música potente y todo lo demás... Pero algo va mal. Siento como una subida de calor mientras los párpados se me van cerrando... Y me pica todo el cuerpo... No sé qué pasa...

Después de rascarme durante un rato, me acerco al espejo y veo que estoy pálido. La letra «A» ha vuelto a aparecer en mi cara. Levanto la camisa del pijama y veo que mi cuerpo está, otra vez, invadido por las letras medievales. ¡Filas de palabras negras, organizadas en líneas rectas, unas debajo de otras, en formación militar, formando bloques rectangulares, se agitan sobre mi piel blanca!

Estoy aterrorizado. Esto va de mal en peor. Tengo que hacer algo. No puedo seguir pensando. Los ojos se me nublan, me tiemblan las piernas... Tengo el tiempo justo de tumbarme en la cama antes de perder el sentido.

VII

LA PRINCESA OSCURA

Arturo comprendió enseguida que todos los que entraban en la sala de torturas no volvían a salir vivos. Los ayudantes de los verdugos sacaban jaulas tapadas con grandes telas, en las que parecía haber prisioneros, aunque era imposible saber en qué estado estaban. Arturo, a través de una grieta en la puerta de su celda, contó hasta seis en un día.

La ferocidad de los verdugos, las herramientas, el olor a carne quemada y los gritos de los hombres que habían estado aullando toda la noche le hicieron entender que Arquimaes y él corrían un serio peligro. Cada segundo que permanecieran en ese lugar les acercaba a un final horrible.

Cuando los verdugos le encadenaron, supo que estaba viviendo sus últimas horas y que nadie vendría a salvarle.

–Lo siento, Arturo –dijo Arquimaes, cargado de pesadas cadenas–. Nunca habría imaginado este final para nosotros.

–Maestro, os estoy agradecido por haberme dado la oportunidad de actuar como un caballero y haber destrozado esa maldita bola de fuego. Ni en mis mejores sueños hubiera imaginado algo así –respondió Arturo–. Ahora sé que todo ha valido la pena. He salvado muchas vidas.

–Espero que nuestro paso por este mundo haya servido de algo y que los que vengan detrás de nosotros sepan aprovechar nuestro legado –dijo el sabio.

Las palabras de consuelo no aliviaron demasiado a Arturo. Había oído hablar de las torturas de los hechiceros, pero ahora, que se encontraba encadenado a una pared, con gruesas argollas de hierro oxidado y ennegrecido a causa de los restos de sangre procedente de los muchos infortunados que le habían precedido, asumió que las palabras siempre se quedan cortas.

Un verdugo alimentó la fragua que servía para enrojecer los hierros que se aplicaban sobre los cuerpos de los torturados y echó una pequeña palada de carbón mientras otro, sujetándolo por el mango, retorcía uno de aquellos hierros haciendo saltar miles de chispas anaranjadas.

Un hombre que estaba colgado por las muñecas comprendió que era para él y empezó a implorar perdón, pero un verdugo le asestó un golpe en el estómago que le dejó sin aliento. Después, el hierro ardiente empezó a acariciar su piel.

Arturo observaba el espectáculo con los ojos muy abiertos y la mente enfebrecida, sabiendo que, en cualquier momento, podría ocupar el puesto de ese pobre diablo.

La puerta se abrió y una figura envuelta en una tela negra entró, bajó la pequeña escalera y se acercó a Arturo. Aquella persona era la que había observado el interrogatorio tras la gran cortina.

Una mano salió de entre las ropas oscuras, levantó la camisa de Arturo y recorrió su cuerpo con curiosidad. Los dedos se deslizaron sobre las letras, que eran muy visibles a la luz del fuego.

–¡Llevadlo a mi cámara! –ordenó una voz juvenil y femenina–. ¡Tengo permiso del Gran Mago!

Los verdugos comprendieron que era una orden indiscutible e inmediatamente lo descolgaron. Mientras los soldados le escoltaban, miró por última vez a su maestro desde la puerta y le lanzó una mirada de angustia. Tuvo la terrible impresión de que le veía por última vez.

La desconocida vestida de negro caminaba con ligereza y a Arturo le costó trabajo seguirla debido a los padecimientos de los últimos días. Llevaba horas sin comer, y las carreras, las cabalgadas y los malos tratos le habían debilitado enormemente. Estaba al borde del agotamiento.

El trayecto fue corto y llegaron en seguida a la cámara de la joven. Apenas pusieron los pies en ella, se quitó el velo del rostro y dejó ver que era extraordinariamente bella. Tenía el pelo largo y negro, y un larguísimo mechón blanco que nacía en la frente y cruzaba su cabeza, dividiéndola en dos mitades exactamente iguales. El mechón blanco era como un río de plata en la noche. Era el vivo retrato de Demónicus.

–Dejadlo aquí y salid –ordenó la muchacha–. Esperad fuera.

Los soldados, después de asegurarse de que las cadenas estaban bien sujetas, arrojaron a Arturo al suelo y salieron de la estancia sin decir palabra.

–Soy Alexia, la hija de Demónicus –dijo la joven, ofreciéndole una jarra de agua–. Quiero que contestes a mis preguntas. Si me convences y respondes con honestidad, puede que salves la vida. ¿Me has comprendido?

Arturo hizo un gesto de asentimiento con la cabeza mientras bebía ansiosamente.

–¿Sabes leer? –preguntó Alexia.

–Sí.

–¿Puedes leerme lo que pone en esas inscripciones que tienes sobre la piel?

–No, no puedo. No sé qué significan –contestó Arturo.

–Quiero que me cuentes cómo te las has hecho. Pero que sea la verdad. ¿Es algún tipo de hechizo? ¿Te las ha hecho Arquimaes? ¿Eres un mago como él? ¿Es verdad que has revivido en dos ocasiones?

Arturo trató de incorporarse un poco para hablar. Alexia, que notó su esfuerzo, esperó con paciencia. Se dio cuenta de que estaba realmente exhausto y prefirió no forzarle.

–No es magia, ni hechizo, ni nada. No sé de dónde salen. Llevan ahí toda la vida. Creo que nací con ellas –dijo, finalmente–. Pero son inofensivas.

–Arturo, ayudante de Arquimaes, creo que sabes más de lo que dices. Te recuerdo que estás hablando con la princesa Alexia, hija de Demónicus, futura Gran Maga de las Tierras Pantanosas... Así que responde con claridad a mis preguntas: ¿Cómo lograste deshacer la gran bola de fuego? ¿Esas letras te ayudaron? ¿Eres mago? ¿Qué magia empleaste?

–No soy ni mago, ni hechicero, ni alquimista ni nada... Solo soy... Soy un viajero...

–¿Me has tomado por idiota? ¿Quieres volver a la sala de torturas? –preguntó airadamente Alexia, que estaba perdiendo la paciencia–. ¿De dónde vienes?

–De un sitio muy lejano. Aparecí por casualidad en la torre de Arquimaes y me convertí en su ayudante. Me vistieron como un caballero, me montaron a caballo... y destrocé a esa horrible bola de fuego. Es todo lo que sé.

–Ahora veremos si mientes –aseguró la hija del hechicero, poniéndose en pie y dando unas palmadas–. Conmigo no se juega.

Una puerta, que hasta ahora había pasado desapercibida a Arturo, se abrió y un hombre muy delgado que llevaba una caja de madera en la mano entró en el aposento.

–Rías, quiero que me digas si las letras que hay sobre el cuerpo de este muchacho han sido escritas por Arquimaes –ordenó Alexia–. Quiero saber todo sobre ellas. Lo que significan, para qué están en su cuerpo... ¡Y si tienen poderes!

El hombre se aproximó a Arturo y lo tumbó en el suelo, pisándole con el pie. Abrió la caja, sacó una especie de lupa bastante tosca y la pasó sobre el pecho del muchacho. Después de un breve análisis, se levantó y dijo:

–No hay ninguna duda. Estas letras pertenecen a Arquimaes. Conozco muy bien su caligrafía –sentenció con un tono de voz que no dejaba lugar a dudas–. No las ha escrito directamente sobre la piel. Es como si las hubieran pegado. Es muy raro.

Alexia se acercó a Arturo y, tocando su piel con un bastón, dijo:

–Bueno, pequeño mentiroso, parece que la verdad se abre paso, ¿eh?

–Yo no he mentido. He dicho que no sabía...

–No me tomes por una ignorante. Ya ves qué fácil ha sido descubrir tus embustes. Ahora veamos si Rías puede descifrar lo que significan. ¿Puedes hacerlo?

–Llevará tiempo. Tendré que disponer de este pequeño libro viviente para estudiarlo a fondo. Hay que tener en cuenta que cada pliegue de su piel puede confundir la vista, así que tendré que inmovilizarlo, señora. Además, debo consultar algunas obras sobre el lenguaje secreto de los alquimistas, que suele ser muy complejo. Si no colabora y se mueve demasiado, es posible que tengamos que arrancarle la piel.

–Bien, así lo haremos. Mañana vendrás aquí para que puedas descifrarlo. Daremos una alegría a mi padre. Estoy casi segura de que el famoso secreto de Arquimaes está relacionado con la escritura de su piel. Y nadie debe saber el resultado. Habrá soldados en la puerta y no podrás decir a nadie lo que descubras.

–Sí, señora. Juro fidelidad. Seré discreto.

–Bien, ahora puedes retirarte. Busca lo que necesites, consulta tus libros. Y no me falles.

Rías salió de la habitación de Alexia haciendo una extraordinaria reverencia para poner de manifiesto que era una gran oportunidad para él y que se sentía muy honrado por la confianza. Dejó claro que iba a hacer todo lo que estuviera en su mano para dar satisfacción a su señora. Pero Arturo se estremeció. Comprendió que las próximas horas iban a ser muy duras.

* * *

Demónicus escuchó a su hija con cierta desconfianza. Sus palabras no acababan de convencerle. Aún la consideraba una niña, a pesar de que la había instruido en el arte de la mentira, la hechicería y la confusión.

–Te lo aseguro, padre, ese muchacho tiene la clave del secreto de Arquimaes. Dame la oportunidad de descubrirlo –rogó la princesa–. Sé que puedo hacerlo.

–No hará falta. Antes de que amanezca, ese sabio loco habrá recitado hasta la última palabra de esa supuesta fórmula mágica, si es que existe. Deja que yo me ocupe. Aunque me parece que es todo una mentira. Arquimaes no posee nada que nos interese.

–¡Ese secreto existe! –insistió Alexia–. ¡Arturo es la prueba viviente de que es real!

–Bien, pues mañana lo sabremos todo. Arquimaes hablará pronto.

–Arquimaes no dirá nada más que mentiras con tal de salvar su vida. Ganará tiempo contando historias falsas que solo te harán perder la paciencia. Morfidio no lo ha conseguido y nadie lo hará. Déjame utilizar a Arturo. Es un buen atajo para llegar a la verdad.

La reflexión de Alexia hizo dudar a Demónicus. ¿Y si tenía razón? ¿Y si era cierto que ese Arturo podía llevarles a la clave de todo ese asunto?

–¿Cómo piensas hacerlo? ¿Tienes algún proyecto?

–Sí, tengo un plan especial que no puede fallar –explicó Alexia–. Si me autorizas a llevarlo a cabo. Ese chico lleva escrito en la piel el secreto que queremos descubrir... Y creo que se trata de algo verdaderamente importante. Algo nunca visto. Pero necesito que Arquimaes no muera, debes ordenar que lo mantengan vivo. Si muere, Arturo no nos servirá de nada.

–Está bien, Alexia, tienes mi permiso.

–Gracias, padre, no te defraudaré –aseguró la joven hechicera, poniéndose en pie.

Demónicus la observó mientras salía de la estancia y pensó que su hija era una buena alumna. Siempre había deseado tener un hijo que le sustituyera, pero ella cada día le sorprendía con alguna habilidad nueva. Su educación como maga y hechicera estaba resultando muy provechosa. La astucia era, probablemente, una de las mejores armas para un Mago Tenebroso, y Alexia la había aprendido a la perfección.

VIII

UNA LUZ EN LA OSCURIDAD

No consigo quitarme de la cabeza las palabras de la echadora de cartas. Ya sé que, posiblemente, todo lo que me dijo fuera falso, pero aun así, sus profecías me han intrigado.

Sin embargo, creo que gracias a ella he descubierto algo. Es posible que, durante mis sueños, mientras dormía, haya estado haciendo auténticos viajes al pasado. Si es así, mi problema es más grave de lo que pensaba porque resulta que mis sueños son reales. O sea, que los he vivido de verdad.

Esta última experiencia ha sido terrible. Todavía tengo temblores y sudores a causa del miedo que he pasado en ese mundo paralelo, o lo que sea, que ya no sé ni cómo llamarlo. Cada día tengo más claro que mi vida ha tomado un nuevo camino y que no sé hacia dónde va.

Aunque para miedo, el que estamos pasando en la Fundación, con esa presión del banco, que cada día que pasa se nota más. Del Hierro no ceja en su empeño de censar todas las obras y objetos que tenemos aquí. Continuamente viene gente desconocida que mueve los libros, cambia las cosas de sitio y se entromete en todo, invadiendo a veces nuestra intimidad. Aunque apenas hablamos del tema, sé que papá está muy disgustado con la actitud de los interventores y estoy seguro de que, si pudiera, los echaría a todos.

Sombra ha venido a verme para contarme algo sorprendente.

–El general está buscando información sobre ese Ejército Negro, pero me parece que pretende algo más que no nos dice.

–¿Quieres decir que nos oculta algo?

–Sí, estoy seguro de que tiene extrañas intenciones.

–¿En qué te basas para decir esto? ¿Le has visto hacer o decir algo raro?

–Bueno, de momento no es más que una intuición. Hay algo raro en todo esto. Stromber, Battaglia, el banco... Es como si se hubiesen juntado todos a la vez por algún motivo. Ya sabes, como las conjunciones de astros.

–Por supuesto, *Sombra*, amigo, pero no debemos exagerar. Puede que sea casualidad. A veces las cosas son así. Pero te informaré de cualquier cosa que me llame la atención.

–Más nos vale estar atentos... No me gusta nada lo que está pasando últimamente. Hay demasiada gente por aquí.

Sale de mi habitación refunfuñando, igual que hace siempre que está nervioso. A pesar de que sé que tiende a exagerar, me quedo preocupado. Yo también estoy con la mosca tras la oreja.

Metáfora me ha llamado esta mañana para decirme que va a venir a verme. Hace dos días que no voy a clase.

Mientras llega, estoy leyendo un libro sobre caligrafía medieval, que es el arte de escribir a mano, con herramientas como plumas, cañas u otros objetos que ya no se usan.

La inclinación de la mano, la cantidad de tinta que es necesario usar y todas las precauciones que hay que tener para hacer un buen trabajo, lo convierten en un arte con una base técnica extraordinaria.

Este libro me lo ha prestado *Sombra*, que sabe mucho de eso, ya que los monjes fueron los primeros y más expertos calígrafos. Eran capaces de escribir páginas enteras de libros sin torcer las líneas ni un milímetro y sin cometer un solo error, cosa que yo no sería capaz de hacer.

El artista que escribió el pergamino con el que me envolvieron cuando nací debía de ser un gran maestro de la escritura ya que, según observo en las letras de mi cuerpo, tenía una gran facilidad para dibujar letras maravillosas. La pena es que no consigo entender nada de lo que pone. Incluso he intentado leer en el espejo, por si acaso estaba escrito al revés, pero no hay nada que hacer. Eso de escribir palabras invertidas es una técnica muy utilizada en casi todos los juegos de rol y en los libros de aventuras.

Alguien da un par de golpes en la puerta. Dejo el libro a un lado y yo mismo abro, después de tapar las letras con la camiseta.

–Hola, Arturo, ¿qué tal te encuentras? –pregunta Metáfora, entrando alegremente y dándome un par de besos en la mejilla.

–Mejor. Me encontraba un poco agotado. Pero creo que voy recuperándome gracias a la ayuda de Mahania.

–He pensado mucho en todo lo que te pasa y me parece que ya tengo una solución. Es necesario ir al grano y encontrar un remedio.

–¿A qué te refieres?

–Pues a lo de tu inscripción, o tatuaje, o como lo quieras llamar. Ya has visto que la echadora de cartas no ha dado ninguna respuesta clara. Hay que buscar a alguien capaz de ayudarnos.

–¿Por ejemplo?

–¡Consultar a un especialista en tatuajes!

–¿Bromeas?

–Hay que hablar con alguien que entienda mucho de esas cosas. Un tatuador debe de saber qué motivos hacen que un tatuaje que no ha sido tatuado aparezca sobre la piel cada vez que le da la gana.

–No, gracias, no pienso ponerme en manos de un tatuador para que me diga lo que ya sé –le advierto.

–¿Lo que ya sabes? ¿Y qué es lo que sabes, si puede saberse?

–¡Lo que tú misma dijiste! ¡Eso es lo que sé!

–Vamos, hombre, no digas tonterías.

–¡Tú inventaste lo del pergamino!

–No es solo el pergamino, tiene que haber otra razón.

–¿Otra razón? ¿A qué te refieres?

–Pues que la tinta normal no se queda pegada al cuerpo. ¡Estoy segura de que se trata de una tinta especial!

–¿De qué estás hablando?

–¡Tiene que ser una tinta mágica! ¡Es algo sobrenatural! ¡Esa tinta seguro que la inventó un mago!

–¡Ese pergamino era de un alquimista, no de un mago!

–Bueno, sí, claro... Por eso quiero hacer esa prueba. Algún día tocaré esa tinta...

–Imagínate que te ocurre lo mismo que a mí y te pasas el resto de tu vida con el cuerpo inundado de letras medievales que van y vienen cuando quieren. ¿Te gustaría eso?

–Bueno, no queda tan mal. Hay gente que se hace tatuajes por todo el cuerpo y es muy feliz.

–Sí, pero se lo hacen voluntariamente.

–Claro, cuando lo encontremos, yo también me envolveré en ese pergamino voluntariamente.

La discusión me ha puesto un poco nervioso. Intento hacer una pausa para recuperarme. Me parece que Metáfora se ha vuelto un poco loca. Yo creo que no piensa bien lo que dice.

–Escucha, iré contigo a ver a un tatuador si me prometes que después te olvidarás del pergamino, de las letras y de todo lo demás –propongo.

–Ni hablar. Primero iremos al tatuador y después buscaremos la solución a lo de tus letras. Y te aseguro que si alguna vez me encuentro con ese pergamino me envolveré en él. ¡Si tú lo has hecho, yo también lo haré!

–Ningún tatuador querrá verme. Esto es una tontería.

–He encontrado uno. Es un amigo de un amigo que puede verte mañana. Quiere examinarte de cerca. Le he contado tu caso y está loco por conocerte.

–A ver si ahora me vas a ir enseñando por ahí como si fuese un mono de un circo o algo así.

–Deja de refunfuñar y descansa. Mañana por la tarde iremos a ver a Jazmín, el mejor tatuador de Férenix.

Sale de la habitación y me deja sumido en un mar de confusiones. Esta chica es un torbellino que hace conmigo lo que le da la gana.

* * *

Algo me ha despertado. No estoy seguro, pero creo que ha sido un brillo de luz... Y me parece que ese reflejo ha salido de la espada que está colgada en la pared. Posiblemente alguna luz exterior ha rebotado en la hoja y ha provocado un efecto luminoso que me ha dado de lleno en los ojos.

Lo peor es que me va a ser difícil dormirme otra vez. Son las dos de la madrugada. Voy a subir al tejado un rato, a ver si me entra sueño. Cojo la linterna y salgo de mi habitación. Todo el mundo duerme tranquilamente. La luz de la luna entra por los grandes ventanales e ilumina los pasillos. Es como una de esas noches que aparecen en las películas de fantasmas... Estoy pensando que voy a hacer una visita a mamá, que hace mucho que no hablo con ella. Todavía no le he contado esos viajes al pasado que estoy haciendo últimamente y esa súbita aparición de las letras. Subo al piso superior, que lleva al desván, donde está el cuadro.

Veo que todo sigue igual que la última vez que estuve aquí.

Descuelgo la gran sábana que cubre el cuadro y me siento en el sofá que hay enfrente. La observo durante unos instantes y, por fin, me decido a hablar:

–Hola, mamá. Aquí estoy otra vez. Tenía muchas ganas de hablar contigo para contarte las últimas novedades.

Espero un poco a que mi cabeza se asiente. Así gano tiempo para organizar mis ideas.

–Ya sabes que hace algunos días, cuando celebramos mi cumpleaños, hicimos una cena con mi profesora y con su hija Metáfora, que también es compañera de instituto. Es la primera amiga que tengo desde hace muchos años, bueno, desde siempre. Me da un poco de vergüenza decirlo, pero creo que me gusta... O sea, como amiga. Pero no estoy seguro de que lleguemos a ser novios ni nada de eso. Es una buena compañera y me ayuda mucho en las cosas del instituto, pero nada más. Ella quiere saber lo que me pasa con esto del tatuaje y todo eso, y supongo que me compadece, por eso no creo que yo le interese demasiado... También estuvo presente cuando me pasó algo extraordinario. Verás, la noche que vino a cenar me sentí mareado y tuve que acostarme un rato y ella me acompañó a mi habitación. Entonces ocurrió algo increíble, algo que no me había pasado nunca y que no sé a qué se debe... ¡Hice un viaje temporal! Ya sabes, un viaje al pasado, a la Edad Media. ¡Y conocí a Arquimaes, el alquimista que papá tanto adora! ¡Y mi cuerpo se llenó de letras! ¡Fue alucinante! Las letras del pergamino que utilizó papá para envolverme cuando nací... Metáfora dice que la tinta de ese pergamino era mágica... Ya ves tú...

Tengo la impresión de que sus labios sonríen, pero sé que es una ilusión óptica producida por alguna luz del exterior o cualquier otra cosa. Ya sé que los cuadros no se mueven ni cambian de forma. Lo sé muy bien. Eso solo ocurre en las películas y en los libros, como dijo la pitonisa.

–Supongo que te sorprende que te diga algo así. Ya sabes que yo no creo en la magia, pero te aseguro que ocurrió de verdad. Y no tengo ninguna explicación para describir este fenómeno extraño, pero sí sé algo, que no tiene nada que ver con marcianos y gente de otros planetas. Y que tampoco es un milagro, es simplemente, un viaje en el tiempo. Eso es todo... Aunque, claro, a lo mejor fue un regalo de cumpleaños del destino... Bueno, ya sé que no es para tomarlo a broma, pero... en fin, un poco de humor no viene mal, ¿no?

Como considero que ya he terminado la visita, cojo la sábana y vuelvo a tapar el cuadro con mucho cuidado. Siempre que lo hago, tengo miedo de que, la próxima vez que venga, el cuadro haya desaparecido...

–Bueno, mamá, debo irme. Se hace tarde. Te prometo que vendré a verte más a menudo.

Salgo un poco más tranquilo. Hablar con mamá me relaja y me sienta bien. Bajo la escalera y veo un resplandor que me sorprende. Es una luz fugaz, que parece moverse libremente. ¿De dónde vendrá? Continúo bajando y llego hasta la planta de los invitados, pero no veo nada. No hay ni rastro de ella. ¿Dónde se habrá metido? ¿O he visto fantasmas?

Como todo el mundo está dormido, me asomo por el hueco de la escalera para ver de quién se trata. ¿Quién andará a estas horas dando vueltas por ahí?... ¡Ahí está!... Es alguien que acaba de salir del portón de la escalera del sótano... Pero, ¡si es papá! ¿Qué estará haciendo a estas horas ahí abajo? ¡Qué extraño! ¿De dónde vendrá?

IX
LAS LETRAS DE ARTURO

ARTURO fue arrojado a la celda, al lado de Arquimaes, que yacía acurrucado, temblando y gimiendo de dolor. El sabio tenía el cuerpo lleno de cardenales y por algunas heridas abiertas perdía sangre.

–Maestro, soy yo, Arturo... ¿Puedo ayudaros?

–No puedes hacer nada por mí. Esos salvajes me han golpeado con tanta ferocidad que ya no siento mi cuerpo. Apenas puedo moverme.

–Tengamos confianza. Cuando vean que…

–No nos hagamos ilusiones, nadie sabe que estamos aquí y nadie vendrá a rescatarnos. Ahora solo hay que morir con valor y dignidad… Y no abrir la boca, pase lo que pase. Este es mi destino.

–Pero, no puedo quedarme impasible ante semejante injusticia. Tengo que hacer algo. Estoy aquí por algún motivo.

–Tienes que permanecer en silencio. No digas nada. No sabes nada. Eres un ayudante, y a los ayudantes no se les permite el acceso a los secretos del maestro. Salva tu vida, al menos.

Cuando Arturo vio en qué estado se encontraba Arquimaes, empezó a llorar en silencio. Supuso que estaba escuchando sus últimas palabras. Después de lo que había padecido desde la noche del secuestro, el encierro en el castillo de Morfidio, la huida y estas sesiones de tortura, a Arquimaes apenas le quedaban fuerzas. No estaba preparado para soportar tanto dolor. El alquimista ya había tomado la decisión de morir antes de confesar un secreto que ahora se perdería en la noche de los tiempos. ¿De qué le habían valido tantas horas de estudio e investigación?

Como si le hubiera leído el pensamiento, Arquimaes añadió.

–Arturo, tienes que comprender que esta vida es dura para todos. Que no estamos aquí para dejar pasar el tiempo como si fuésemos hojas de árboles, sino que debemos contribuir a mejorar la vida de nuestros semejantes. Hemos de intentarlo, ¿comprendes? Por eso he dedicado casi toda mi vida al estudio y a la investigación. No quiero dejar un vacío detrás de mí.

–Pero, maestro, ahora todo ese esfuerzo se va a perder. Si morís, de nada habrá servido tanto trabajo. Ni siquiera la muerte de esas personas inocentes estará justificada.

–Tienes que tener fe, Arturo. Mi descubrimiento revivirá. Algún otro lo sacará a la luz. Es solo cuestión de tiempo.

–¿Y si Demónicus es el premiado? ¿Y si cae en poder de gente malvada?

–Mi obligación es no ponerlo en manos de brujos, hechiceros y magos oscuros. Ellos aplastan y someten a la gente con sus sortilegios y yo no puedo contribuir a este crimen. Hay una lucha entre reyes y hechiceros, entre alquimistas que sirven a la ciencia y alquimistas que sirven a la magia negra. Nosotros somos de los primeros y nunca debemos prestarles ayuda, nuestra alma se cocería en el infierno durante toda la eternidad.

Luego, Arquimaes cayó dormido en un profundo sueño. Arturo se quedó a su lado, velando por su salud, pensando en todo lo que estaba ocurriendo. En el fondo de su corazón, sabía que su maestro tenía razón. Él mismo recordaba haber visto cómo sus amigos y vecinos habían sufrido los encantamientos de los brujos... ¿O lo había soñado?

* * *

Al amanecer, cuando dos verdugos entraron en busca de Arturo, vio cómo el sabio era llevado al potro de tortura. No pudo evitar un retortijón en el estómago al pensar que aquella máquina servía para alargar los miembros de los prisioneros. Sintió un intenso dolor por su maestro.

Le llevaron hasta la habitación de Alexia, donde Rías le estaba esperando, con todas sus herramientas preparadas. Mientras le ataban a una columna, sintió cómo el cuerpo empezaba a picarle y se preguntó a qué se debía aquella extraña picazón que le estaba poniendo nervioso y le irritaba sobremanera.

Unos minutos después, Alexia entró en la sala con una sonrisa extraordinaria, que tenía por finalidad ganarse la confianza de Arturo.

–Arturo, ayudante de Arquimaes, tengo una oferta para ti. Mi padre accede a liberar a tu maestro si nos explicas con claridad lo que significan esas letras que adornan tu cuerpo. Y es mejor que me lo digas rápido, antes de que Rías empiece su trabajo... Así te evitarás sufrimientos.

–No tengo nada que decir, Alexia, hija de Demónicus –respondió Arturo–. Prefiero morir antes que darte información. Los alquimistas no hacemos tratos con hechiceros.

Alexia se mostró desconcertada por las palabras del joven, al que creía moralmente vencido. Había planificado la puesta en escena de la noche anterior, encerrándole en la misma celda de Arquimaes para que pudiera sentir de cerca el sufrimiento de su maestro, pero se había equivocado; las palabras de Arquimaes le habían fortalecido.

–Entonces dejemos que Rías haga su trabajo –dijo, mientras se sentaba–. Salid todos –ordenó a los soldados y a los criados.

Alexia no quería que hubiera testigos de lo que iba a suceder a continuación. Si había algún secreto que desvelar, lo quería para ella sola y nadie podía estar presente, aparte de Rías, que era de su absoluta confianza.

–Ama, no hay problema –susurró Rías, blandiendo una pequeña pinza que usó para estirar la piel de Arturo, produciéndole un dolor agudo e intenso–. Le sacaremos hasta el último secreto de su pequeño corazón... Y, ahora, veamos qué palabras se han escrito sobre este cuerpo.

Arturo no podía evitar gemir de dolor cada vez que Rías introducía una aguja o un bisturí en su piel. El lector de jeroglíficos estaba haciendo un buen trabajo. Cada letra era escudriñada con suma atención y después copiada con gran exactitud por Alexia en un pergamino. Con los mismos caracteres, al mismo tamaño y en la misma situación. Lo medía todo cuidadosamente y, en más de una ocasión, tuvo que aplicar las pinzas para estirar la piel, ya que le costaba trabajo determinar exactamente las características de alguna letra o signo.

–Una letra «O», que mide exactamente lo mismo que la anterior y con un rabo que sobresale arriba, a la derecha –dijo Rías–. Tiene una curiosa inclinación hacia la derecha, debido, posiblemente a que está cerca de la tercera costilla –dijo Rías, poniendo mucha atención en lo que decía, ya que era consciente de que el más leve error podía dar al traste con todo su trabajo.

El dolor era insufrible, pues Rías no tenía ninguna consideración con Arturo. Ahora la piel le picaba con tanta fuerza que estaba punto de llorar. Algunas pequeñas heridas sangraban abundantemente, lo que complicaba el trabajo de Rías, que se veía obligado a pasar un paño para limpiarlas y provocaba un dolor añadido a su víctima.

Entonces, ocurrió algo extraño. Aunque no podía verle la cara, Arturo se dio cuenta de que Rías estaba padeciendo algún poderoso suplicio que le mantenía rígido y le obligaba a soltar pequeños gemidos acompañado de breves estertores.

–¿Qué te ocurre, Rías? –preguntó Alexia, sin saber exactamente qué le pasaba–. ¿Te encuentras mal?

Pero Rías no podía hablar. Su cuerpo empezó a retorcerse, como si alguien hubiera clavado una lanza en su cuerpo y la retorciera con fuerza.

–¡Rías!... ¡Rías! –insistió la joven bruja, preocupada–. ¿Qué te ocurre?

Rías se incorporó como si una fuerza poderosa le estuviese empujando. Era como un muñeco al que alguien intenta levantar, a pesar de que su cuerpo insistía en dejarse llevar por la fuerza de la gravedad. Arturo giró la cabeza para ver qué ocurría, pero apenas pudo distinguir la espalda del hombre, que se movía compulsivamente.

–¡Dioses! –exclamó Alexia cuando observó con claridad lo que estaba sucediendo ante sus ojos–. ¡Es una maldición!

¡Una legión de letras negras se habían despegado del cuerpo de Arturo y aprisionaban a Rías, al que estaban asfixiando! ¡Las letras estaban vivas y levantaban el cuerpo del descifrador! ¡Parecía que hubieran venido en ayuda de su dueño!

Cuando Arturo consiguió ver lo que sucedía, su mente se negó a aceptarlo. Las letras de su cuerpo estaban vivas y actuaban en defensa propia.

Alexia, que no era capaz de emitir una sola palabra, dio un paso hacia atrás para salir de la estancia mientras Rías iba perdiendo fuerza y empezaba perder el conocimiento. Disimuladamente, la princesa giró la llave de la cerradura. Alexia estaba a punto de abrir la puerta cuando, en cuestión de segundos, las letras dejaron caer el cuerpo sin conocimiento de Rías e, igual que aves de presa, se lanzaron velozmente a por ella, la envolvieron y la arrojaron al suelo, ante Arturo. Después, las letras mágicas retorcieron las cadenas que tenían aprisionado a Arturo y le liberaron completamente. Luego, volvieron a unirse a su cuerpo y se incorporaron nuevamente a su piel blanca. Y se hizo el silencio.

Alexia, maravillada, comprendió el poder de Arturo y se arrodilló ante él, haciéndole ver que estaba dispuesta a obedecerle. Para ella, Arturo era un mago con más poder que su propio padre. Arturo la había asombrado. La princesa, acostumbrada a ver poderosos hechizos, quedó deslumbrada por ese nuevo poder del que nunca había oído hablar.

Pero Arturo no se dejó llevar por los nervios e hizo la cosa más útil que se le ocurrió: cogió un cuchillo del estuche de herramientas de Rías y lo colocó con fuerza sobre la garganta de la muchacha, demostrándole que estaba dispuesto a clavárselo si gritaba o hacía algún movimiento sospechoso.

–¡Ahora, hija de Demónicus, vamos a liberar a Arquimaes antes de que las letras voladoras obliguen a mi mano a cortarte el cuello!

* * *

Después de padecer el tormento del torno, Arquimaes había sido arrojado a una oscura mazmorra. Allí sufrió durante horas los peores tormentos que un ser humano es capaz de soportar.

Durante todo ese tiempo, desagradables animales se habían desplazado sobre su cuerpo, rozándolo con sus babeantes lenguas y posando sus escamas sobre su piel. Feroces lagartos le habían amenazado con despedazarle con sus terribles fauces. Millones de gusanos habían reptado sobre su cuerpo, dispuestos a invadir sus pulmones. Terribles alimañas le habían lanzado su fétido olor a la cara y le habían provocado horribles temblores...

A pesar de que sabía que todo era una ilusión de su mente, producida por los brebajes y maleficios de los hechiceros tenebrosos, Arquimaes había padecido el tormento exactamente igual que si se hubiese tratado de seres vivos y reales. La magia negra invocada por aquellos hechiceros negros era tan real y poderosa, que sus víctimas tomaban como ciertas las apariciones y espejismos que sus conjuros provocaban.

Arquimaes no dejaba de gritar y de gemir. Aunque en algún momento estuvo tentado de usar su propia magia para deshacer los hechizos, se dio cuenta de que no tenía fuerzas para llevar a cabo ni el más mínimo esfuerzo. Su mente se había debilitado y sus fuerzas flaqueaban. Comprendió que estaba a punto de rendirse y de que corría el peligro de descubrir su secreto.

Entonces, la puerta de la celda se abrió... Y lo que ocurrió a continuación le pareció tan sorprendente que creyó haber enloquecido definitivamente.

X
PELEA EN EL PATIO

No he conseguido averiguar qué estuvo haciendo papá la otra noche, cuando le vi saliendo de la puerta que lleva a los sótanos. Por muchas vueltas que le he dado, no he encontrado una respuesta a esa extraña visita. ¿Para qué habrá bajado a los sótanos él solo, a esas horas? Quería comentárselo a *Sombra* pero, al final, he decidido no hacerlo. Ya lo averiguaré por mi cuenta.

Para evitar la visita al tatuador de Metáfora, he «recuperado» la salud, y he venido a clase. Es mejor enfrentarse con los bárbaros de Horacio que con un tipo que disfruta perforando la piel de la gente. La idea de visitarlo no me hace feliz. Además, creo que no va a servir para nada; lo mío no es un tatuaje, aunque mi amiga intente buscar cualquier tipo de explicación.

Por lo que veo, todo sigue en su sitio. Mercurio controla la entrada para evitar que los vendedores de droga se cuelen o que haya peleas. El instituto es grande y aquí viene mucha gente. Alumnos, padres, representantes de editoriales, vendedores de productos de limpieza... menos mal que los de Primaria están en otra zona y por aquí solo estamos los de Secundaria. Desde que se produjo ese cambio, hay más espacio para todo el mundo. Así, los mayores tenemos nuestro territorio. Solo algún que otro pequeñajo se atreve a venir a nuestra área. Como Cristóbal: cada vez que viene, Horacio le humilla. La verdad, no sé qué busca ese chico aquí.

Ahora están construyendo un teatro y un gimnasio. La pena es que la biblioteca siga en el edificio antiguo y sea tan pequeña.

Metáfora me ha visto. Ahora viene hacia mí y me saluda con la mano.

–¿Qué haces aquí, Arturo?

–Es que ya me encuentro mejor. Anoche tomé una medicina que me dio Mahania y esta mañana me sentía tan bien que he decidido venir.

–Me alegro, así esta tarde vendrás conmigo a ver a Jazmín.

–No, ni hablar. Tengo muchas cosas atrasadas y debo hacer algunos recados. Ya lo veré otro día.

–Me lo prometiste. Me dijiste que hablarías con él.

–Pero bueno, ¿qué interés tienes en que hable con ese tipo? ¿Es que te paga? –insisto.

–Oye, no hace falta que seas grosero conmigo, ¿sabes?

–¿Te está molestando? –pregunta Horacio, acercándose–. ¿Este idiota te está gritando?

–No te metas, Horacio, no es asunto tuyo –dice rápidamente Metáfora–. Déjanos en paz.

–No dejaré que este tío raro se meta con una chica de mi clase –dice en plan amenazador, lanzando su mochila al suelo–. Ahora te vas a enterar, idiota.

–¡Estate quieto! –grita Metáfora–. ¡Márchate de aquí!

Pero Horacio no le hace caso y se lanza contra mí, con los puños cerrados, dispuesto a golpearme. Me ha pillado desprevenido y doy unos pasos atrás para no perder el equilibrio. Pienso rápidamente en una solución, pero no se me ocurre ninguna. No sé cómo salir de este lío.

–¡Ven aquí, cobarde! –grita Horacio, llamando la atención de otros compañeros, que ya empiezan a formar corro a nuestro alrededor–. ¡Te voy a enseñar a maltratar a las chicas!

–¡Yo no he maltratado a nadie! –grito mientras esquivo un puñetazo que se pierde en el vacío–. ¡Déjame en paz!

Pero no está dispuesto a soltar la presa. Se ha dado cuenta de que no sé pelear y veo en sus ojos que quiere aprovechar la ocasión.

–¿Qué pasa aquí? –grita Mercurio, interponiéndose entre nosotros–. ¡Aquí no se viene a pelear, aquí se viene a aprender!

–¡Ha maltratado a Metáfora! –exclama Horacio.

–¡Es verdad, yo lo he visto! –dice un amigo suyo.

–¡La estaba gritando e iba a pegarla! –añade otro.

–¡No es verdad! –chilla Metáfora–. ¡Estábamos hablando!

–¡No defiendas a ese maltratador! –grita Mireia.

Mientras sus amigos intentan calentar el ambiente, Horacio ha conseguido darme un puñetazo en la cara sin que Mercurio haya podido impedirlo. Sin embargo, y haciendo gala de una energía extraordinaria, ha conseguido agarrarle del brazo y le ha inmovilizado.

–¡Esta pelea ha terminado! –ordena Mercurio–. ¡Se acabó!

–¡Me has hecho daño! –brama Horacio–. ¡Se lo diré a mi padre y te denunciaré! ¡Tengo testigos!

–Vamos, no digas tonterías –dice Mercurio, dándose cuenta de que se ha podido meter en un lío–. Solo he intentado detener la pelea.

–¡Me has hecho daño para defender a un maltratador! –insiste Horacio, frotándose el brazo–. ¡Vosotros lo habéis visto!

–¡Es verdad! –gritan algunos–. ¡Mercurio ha atentado contra Horacio!

–¡Eh, un momento! –protesta Mercurio–. Yo solo he detenido una pelea. No he hecho daño a nadie.

–Yo hablaré en tu favor –dice Metáfora–. La pelea la ha empezado Horacio.

–Sí, él me ha agredido primero –explico–. Mercurio ha intentado ayudarme.

–Claro, para ayudarte a ti me ha golpeado a mí –dice Horacio–. Por ayudar a uno que es amigo tuyo, has atacado a otro que no te cae bien. Hace tiempo que me tienes ganas y has aprovechado la ocasión. Voy a llamar a mi padre ahora mismo para explicárselo.

El director, ante el bullicio que se ha organizado, ha decidido intervenir.

–Mercurio, ¿qué ha pasado?

–¡Me ha pegado! –exclama Horacio–. ¡Me ha hecho daño! ¡Voy a demandar al colegio!

–Mercurio, venga a mi despacho... Los demás a clase... Horacio, ven conmigo... Y Arturo también.

–Yo estaba presente y lo he visto todo –dice Metáfora–. También quiero ir.

–Ya hablaré contigo, pero ahora vete a clase –ordena el director–. Haz lo que te digo.

XI

EN BUSCA DE LA LIBERTAD

MIENTRAS le liberaban de sus cadenas, Arquimaes se preguntó a qué se debía que, ahora que estaba a punto de darse por vencido, los verdugos decidieran soltarle. Cuando llegó al patio de armas y vio cómo Arturo mantenía prisionera a Alexia, montados en el mismo caballo, con un cuchillo presionando sobre su garganta, lo comprendió todo.

–¿Cómo lo has conseguido? –preguntó el sabio, cubriendo su débil cuerpo con una capa que arrebató a uno de los soldados–. ¿Qué va a pasar ahora?

–Que nos vamos de aquí ahora mismo, maestro –afirmó–. Y nos llevamos a la hija de Demónicus con nosotros. Será nuestro rehén.

–Eso no le va a gustar a ese mago diabólico. Se pondrá furioso y nos lo hará pagar caro.

–Ya lo hemos pagado caro. No perdamos tiempo y salgamos de aquí –respondió Arturo, tirando de las riendas de su montura, a la que había añadido un arco con un carcaj repleto de flechas–. ¡Abrid paso! ¡Y recordad que, si nos perseguís, pondréis en peligro la vida de Alexia!

Los soldados, que comprendieron el mensaje, se apartaron y los dejaron salir. Arturo iba delante y Arquimaes le seguía de cerca, con un caballo de refresco. Cabalgaron lentamente por las calles pobladas de enemigos que hubieran dado gustosamente su vida a cambio de liberar a su princesa, pero ninguno se atrevió a hacer un gesto peligroso, por si acaso. Ese muchacho que la mantenía prisionera parecía dispuesto a todo.

Arturo vio algunas sombras que se deslizaban sobre los tejados, con los arcos dispuestos para disparar, siguiéndolos de cerca. Buscó las calles más anchas y de mayor tránsito de gente, en busca de mayor seguridad. Además, rodeó su cuerpo y el de Alexia con una cuerda, asegurando de esta manera la proximidad de ambos, poniendo en mayor peligro a la princesa. Después, una flecha pasó rozando a Arquimaes, y el que la disparó debió de arrepentirse de haberla lanzado, a juzgar por el grito que dio antes de morir a manos de los suyos.

Menos de una hora después llegaban a campo abierto y apretaron el paso. Algunos jinetes hicieron un amago de avanzar hacia ellos, pero desistieron en cuanto Arturo levantó la mano armada, recordándoles su amenaza. Sin embargo, el joven vio cómo algunos, en vez de volver al castillo, se dirigían a los bosques cercanos que se extendían a ambos lados del camino. Seguramente con la intención de esperarlos un poco más adelante y tenderles una emboscada. Pero decidió seguir adelante, ya que en ese momento lo importante era alejarse lo más posible de aquel siniestro lugar en el que tanto habían sufrido.

Cruzaron la llanura sin que hubiera ningún soldado a la vista, a pesar de que sabían perfectamente que los seguían y que aprovecharían la mínima oportunidad para lanzarse sobre ellos. Al llegar a un alto, Arturo detuvo su caballo y ordenó a Alexia que montara en el de refresco, pensando que, de esta manera, correrían bastante más. Le ató las manos y encordó ambos caballos para evitar que pudiera alejarse demasiado de él.

–Recuerda, Alexia, si intentas algo, no llegarás lejos. Soy un buen cazador y manejo el arco con extraordinaria habilidad –mintió con desparpajo–. No escaparías viva.

–No vivirás lo suficiente como para disfrutar de tu triunfo –respondió la joven hechicera–. Los hombres de mi padre no te dejarán escapar. Y si me matas, sufrirás tanto que lamentarás haberme conocido.

Una columna de humo que provenía de una colina avanzada les advirtió de que los hombres de Demónicus les estaban cerrando el paso. De hecho ya habían empezado a quemar todas las aldeas y lugares en los pudieran recibir alguna ayuda. ¡Los estaban cercando!

Arturo comprendió que, a pesar de sus advertencias, los perseguirían hasta el fin del mundo si fuese preciso. Estaba claro que no los dejarían escapar. Su audacia iba a costarle caro.

Mientras seguían su alocada carrera hacia la ansiada libertad, Demónicus había reunido a los hechiceros y oficiales para organizar el rescate de su hija. Estaba fuera de sí y pidió que trajeran inmediatamente a su presencia a los soldados que estaban con Alexia cuando Arturo la hizo prisionera.

–La princesa quiso quedarse sola con él, mi señor –se disculpó el oficial que estaba al mando–. No vimos cómo sucedió. Nos ordenó quedarnos fuera y cumplimos sus órdenes. Rías estaba en la estancia.

–Maldito inútil. ¿Quieres decir que la culpa la tiene ella? Deberías saber que un condenado a muerte es un hombre desesperado y nunca hay que darle la oportunidad de escapar porque es seguro que la aprovechará.

–La princesa nos dio órdenes muy concretas –insistió el hombre–. Cerró la puerta con llave para que no pudiéramos entrar, Gran Mago.

–Yo también te voy a dar órdenes muy concretas: ¡antes de que anochezca quiero ver tu cadáver y el de tus hombres sobre esta alfombra! Elegid vosotros mismos la forma en que queréis morir... Y ahora, salid de aquí antes de que pierda la paciencia y os envíe a la sala de torturas para que os arranquen la piel a tiras u os lance al foso de los dragones para que les sirváis de alimento. ¡Fuera de aquí, inútiles!

Rías comprendió que ahora le tocaba a él dar explicaciones. Tragó saliva antes de ponerse de rodillas ante su señor.

–Explícame lo que ha pasado –le ordenó el gran Mago Tenebroso–. Y no se te ocurra mentir.

–La verdad, mi señor, es que habíamos atado a ese criado a una columna con una gruesa cadena. Vuestra hija estaba sentada a mi lado para escribir lo que yo iba descifrando del cuerpo del prisionero...

Demónicus esperó pacientemente a que el hombre continuara su relato pero, cuando le vio titubear, tuvo claro que iba a escuchar cosas extrañas.

–Entonces, ocurrió algo sorprendente... Un hechizo inexplicable... ¡Las letras que estaban tatuadas sobre el cuerpo del chico cobraron vida y me atenazaron la garganta!

–¡Eso no es algo sorprendente, idiota, eso es magia poderosa! –estalló Demónicus–. ¡Sigue!

–Las letras volaron a mi alrededor y me asfixiaron hasta que perdí el sentido. Cuando me desperté, él y Alexia habían desaparecido. ¡Era un sortilegio de Arquimaes! ¡Esas letras las había escrito Arquimaes con alguna intención! ¡Son letras de poder!

–¿Qué ponía en aquellas letras? ¿Qué significado tenían?

–Apenas habíamos empezado a descifrar su contenido cuando ocurrió lo que os he relatado. Aquí están escritas las que la princesa dibujó en el papel antes de...

–¡Trae!

Rías se deslizó sobre la alfombra y entregó el papel a Demónicus.

–Aquí no hay casi nada. Esto es una broma...

–No, mi señor, ya os he dicho...

–¡Ya te he oído, estúpido! ¡Mi hija ha sido secuestrada a cambio de unas letras que no significan nada! Te voy a dar hasta el anochecer para que descifres lo que pueden significar. Si cuando el sol se haya puesto no lo has conseguido, es mejor que te unas a esos soldados que acaban de salir de aquí, ¿entendido?

–Sí, mi señor, haré lo posible...

–Sal de aquí y empieza a trabajar. ¡Que venga Oswald!

–Estoy aquí, mi señor –respondió un individuo grande como un toro, saliendo del grupo de soldados–. ¡A vuestro servicio!

* * *

Mientras tanto, Arturo, Arquimaes y Alexia, tras cruzar algunas comarcas muy pantanosas, habían alcanzado terreno firme y estaban a punto de entrar en una zona rocosa. Los caballos estaban cansados y decidieron reposar para recuperar fuerzas.

–No conseguiremos escapar –dijo Arquimaes, dejándose caer sobre una gran piedra plana–. Apenas hemos avanzado.

–No hay más remedio que seguir adelante –indicó Arturo–. Si desfallecemos nos cogerán prisioneros y no tendremos más oportunidades de salvar la vida.

–No tenéis ninguna oportunidad –añadió Alexia–. Estáis rodeados y nadie vendrá en vuestra ayuda. A estas horas, mi padre ya habrá organizado algún plan para eliminaros de la faz de la tierra.

–Escucha, pequeña bruja, si quieres llegar a ser Gran Maga, mantén tu boca cerrada –advirtió Arturo con una determinación que sorprendió al mismísimo Arquimaes–. ¡Si nosotros morimos, tú también mueres!

Por primera vez, Alexia comprendió que su vida corría peligro. La voz de Arturo había adquirido un tono más adulto y más resuelto. Indudablemente, enfrentarse con la muerte le había hecho crecer.

–¿Adónde piensas ir? –preguntó Arquimaes, dando por hecho que el joven ya era el jefe de la expedición.

–No lo sé. No conozco esta región. Yo vengo de... de otro lugar, de otro país. ¿Qué sugerís, maestro?

–¡Pediremos ayuda a la reina Émedi! ¡Ella nos dará cobijo!

–¡Esa mujer odia a mi padre! –exclamó Alexia.

–Precisamente por eso iremos a verla. Odia la magia oscura y nos prestará el auxilio que necesitamos –insistió el alquimista.

–¿Y si volvemos en busca de la protección de Benicius? –sugirió Arturo.

–No podemos. Tendríamos que volver a cruzar las tierras pantanosas. No hay más remedio que seguir adelante. Además, Benicius no es garantía de seguridad.

–Pero él está de vuestro lado. Benicius está contra los Magos Oscuros y ayuda a los alquimistas. Os dio protección.

–No, Arturo. Benicius no tiene escrúpulos. Ya has visto que, cuando lo ha necesitado, ha recurrido a Herejio. Le da exactamente igual que la ciencia progrese o no, solo quiere sacar provecho. Quiere obtener el máximo poder para conquistar territorios. Creo que la única persona de fiar es Émedi.

–Pero ¿la conocéis? ¿Estáis seguro de que nos ayudará?

La expresión de Arquimaes cambió radicalmente.

–Bueno, sí la conozco... Pero hace mucho tiempo que no la veo... No sé si se acordará de mí...

* * *

Demónicus había dado las órdenes y los poderes suficientes a Oswald para rescatar a Alexia. Estaba en el patio de armas, dispuesto a marchar al frente de un numeroso grupo de fieles guerreros cuando un criado entró y susurró algo al oído de Demónicus, que había salido para despedir a su oficial:

–¡Traedlo a mi presencia! –ordenó.

No había pasado ni un minuto cuando trajeron a Morfidio, encadenado, y lo arrodillaron ante el Gran Mago Tenebroso.

–¿Qué quieres, Morfidio? Te recuerdo que eres el culpable de lo que está ocurriendo. Tú has traído a ese chico que ha secuestrado a mi hija.

–Ahora vengo a ofrecerte mis servicios. Puedo ayudarte a rescatar a tu hija –se ofreció–. Sé muchas cosas que os pueden ser muy útiles. He pensado mucho en Arquimaes y empiezo a comprender algunos detalles que te pueden facilitar la búsqueda.

–De eso se va a encargar Oswald. Puedes descansar tranquilo en tu celda, mientras decido qué voy a hacer contigo.

–¡Antes de que se den cuenta los tendremos rodeados! –gruñó Oswald–. Sé hacer mi trabajo.

–No me cabe duda –explicó Eric Morfidio–. Pero yo sé cosas que tú no sabes. Sé cómo atraer a Arquimaes.

Demónicus se interesó por las palabras del conde y le pidió que continuara.

–Sé lo que busca ese alquimista –dijo–. Estará dispuesto a todo con tal de continuar con su experimento.

–¿Experimento? ¿No decías que era una fórmula mágica?

–Ahora sé para qué trajo a Arturo. Ese muchacho es un peligro para todos. Posee poderes mágicos inimaginables. Hay que detenerlos o Arquimaes y él nos destruirán a todos.

–¿Desde cuando lo sabes? –preguntó Demónicus, muy interesado, recordando las palabras de su hija–. ¿Qué pueden hacer un muchacho y un alquimista?

–No los menosprecies, Demónicus. Te aseguro que lo que le he visto hacer a ese muchacho supera con creces todo lo demás. He escuchado todo lo que decía mientras le torturabais y estoy seguro de que ese alquimista tiene un plan, un proyecto...

–Palabras inconexas, producidas por el dolor, pero nada interesante.

–Piénsalo bien, Demónicus. No pierdes nada dejándome ir con estos hombres... Puede que les ayude a salvar a tu hija,

Oswald miró a su amo, esperando una respuesta.

–Está bien. Puedes ir con Oswald y sus hombres. Pero irás en calidad de consejero. Él tiene el mando absoluto y tomará las decisiones.

Incluso podrá decapitarte si lo considera adecuado... ¿Hacia dónde crees que se dirigen?

–¡Al castillo de la reina Émedi! –afirmó tajantemente Eric Morfidio–. ¡Es el único lugar seguro al que pueden acudir! ¡Ni siquiera Benicius los ayudará!

–Seguidlos y cumplid vuestra misión –añadió Demónicus, agitando su vara–. Así sabremos si esa maldita reina vive o está muerta, como me han asegurado. ¡Pero te lo advierto, Morfidio, si no vuelves con mi hija, lo lamentarás!

–Pero si la recupero, tendré derecho a una recompensa –respondió el conde–. Una jugosa recompensa.

–¡Vámonos! –ordenó Oswald, disgustado por las palabras del conde–. Ya hemos perdido demasiado tiempo.

El Gran Mago Tenebroso observó con preocupación cómo la expedición armada salía de la fortaleza.

Pero no prestó atención a un individuo de grandes ojos y enormes orejas que, algunos metros más atrás, había sido testigo de la escena. Aún no sabía que Escorpio había pedido audiencia.

XII

LA PRESIÓN DEL GENERAL

El director está realmente furioso.

Mercurio baja la vista y prefiere aguantar el chaparrón antes de defenderse. Sabe que la acusación es grave y que eso de ponerle la mano encima a un alumno está muy castigado.

–¿Cómo se te ha ocurrido pegar a un alumno, Mercurio?

–Es que no le ha pegado –contesto antes de que el pobre Mercurio pueda abrir la boca.

–Arturo, tú hablarás cuando te pregunte, ¿entendido?

–Sí, señor –respondo sumiso.

El director se levanta y da una vuelta alrededor de su mesa, mientras espera que Mercurio dé una explicación. Pero Mercurio no responde.

–¿No te das cuenta de que lo que has hecho puede traer complicaciones a este centro?

–Lo siento, lo siento mucho –balbucea.

–Claro, pero ahora veremos qué consecuencias tendremos que soportar. A menos, claro, que Horacio esté dispuesto a olvidar el asunto...

–No puedo. Me siento muy humillado –responde Horacio–. Me ha pegado delante de todo el mundo. Mis compañeros se reirán de mí. No puedo olvidar lo que me ha hecho.

–¡No ha pasado nada! –exclamo indignado–. ¡Estás exagerando!

–¡Arturo! ¡Te exijo que contengas tu lengua!

–Sí, señor, me callaré, pero que conste que está mintiendo.

–¡Sal de aquí ahora mismo! ¡Vete a clase y dile a tu padre que venga mañana a hablar conmigo! ¡Eres incorregible!

Veo que Horacio sonríe. Está contento y se ha salido con la suya.

Cuando entro en clase todo el mundo me mira. Me siento al lado de Metáfora, que tiene la delicadeza de esperar a que yo le cuente lo que ha pasado.

–¡Creo que le van a despedir! Horacio ha exagerado el incidente. Incluso dice que quiere denunciar al colegio. ¡Es injusto!

–¿Por qué se ensaña con Mercurio?

–Porque es amigo mío. Solo por eso. Horacio me odia y es capaz de cualquier cosa con tal de perjudicarme. Ataca todo lo que tiene que ver conmigo.

–¿Por qué te odia? ¿Le has hecho algo?

–Te juro que no. Es algo incomprensible. La tiene tomada conmigo desde el principio.

–Arturo, veo que a lo mejor tienes alguna cosa que contar –dice el profe de Ciencias–. ¿Quieres compartirlo con nosotros?

–No, señor, lo siento. Ya me callo.

Después de un rato de silencio, Horacio vuelve a clase en plan triunfador y se monta un pequeño revuelo. Sus amigos le reciben como si hubiese ganado un campeonato.

–Eh, Arturito –dice Horacio al cabo de un rato–. ¡He oído que por fin te van a expulsar!

–Te vamos a echar de menos. Ya no tendremos de quién reírnos –dice Emilio–. Vamos a tener que buscar otro payaso.

–El problema es que no creo que encontremos ninguno con cara de dragón.

–¡*Caradragón*!

–¡*Caradragón*!

* * *

Llegamos a la Fundación y veo que *Sombra* está un poco nervioso.

–¿Qué te ocurre? –le pregunto–. ¿Ha pasado algo?

–Oh, no, nada grave.

–Vamos, *Sombra*, puedes confiar en nosotros. Ya sabes que no vamos a decir nada –le insiste Metáfora.

–Bueno, no es que quiera quejarme, pero...

–¿Qué ha pasado?

–El general lleva todo el día dándome órdenes –se lamenta–. Cree que estoy a su servicio. Debe de pensar que soy uno de sus soldados o algo así.

–Bueno, no te pongas nervioso –le digo.

–Resulta que ahora quiere bajar al sótano. Dice que es necesario inspeccionar las armas que guardamos allí. Sigue empeñado en que puede descubrir cosas sobre ese dichoso Ejército Negro. Ya ves tú. Como si hubiese existido alguna vez.

–Pero ¿cuál es el problema? Enséñale el sótano y ya está –sugiero–. Tiene permiso de papá. Déjale que busque lo que no existe.

–Vaya, lo que me faltaba. Ahora te pones de su lado. Claro, yo estoy aquí para obedecer a todo el mundo, ¿no?

–No es eso, *Sombra*. Si le muestras lo que quiere ver, acabarás antes –le explico–. Es lo mejor que puedes hacer.

–Además, a mí también me gustaría ver todo eso –dice Metáfora–. ¡Debe de haber maravillas ahí abajo!

–Claro, podemos anunciarlo y que venga toda la ciudad a visitar nuestro sótano –se queja *Sombra* mientras se aleja–. ¡Lo que me faltaba por oír!

XIII

EL MATADOR DE DRAGONES

Los caballos se pusieron nerviosos de repente y Arturo y Arquimaes intentaron calmarlos, pero resultó imposible; algo los estaba irritando... o asustando.

Alexia dibujó una leve sonrisa que ellos no pudieron ver, pero que significaba claramente que sabía lo que estaba sucediendo.

–¿Qué les ocurre a estos animales? –preguntó Arturo, sujetando las bridas con fuerza e intentando detener su caballo–. Algo les preocupa.

–Están muy nerviosos –respondió Arquimaes, tratando de contener al suyo–. Quizá haya algún oso cerca. Los depredadores los asustan. O a lo mejor ronda por aquí una manada de lobos...

–O algo peor –vaticinó Alexia–. Algo que también pone nerviosos a los hombres.

Arturo trató de descifrar sus palabras, pero no lo consiguió. Sin embargo, Arquimaes tuvo una intuición.

–Si es lo que imagino, estamos perdidos –dijo con tono de preocupación–. Las cosas se van a complicar mucho.

Las palabras de Arquimaes se confirmaron cuando un dragón emergió de las nubes y empezó a volar en círculos sobre ellos. Un dragón similar a los que sobrevolaban la fortaleza de Demónicus.

–¡Os lo avisé! –gritó Alexia–. ¡Mi padre no os perdonará lo que habéis hecho!

En vista de que era imposible escapar, Arturo decidió enfrentarse con el problema y agarró el arco y las flechas. Entregó las riendas a Arquimaes y se preparó para repeler el ataque del gran animal.

–¡Cuida de mi caballo y procura que esta bruja no se escape! –ordenó, dirigiéndose hacia las rocas.

–¿Qué vas a hacer?

–¡Acabar con él! ¡Le acribillaré!

–¡No servirá de nada! –gritó Alexia–. ¡Te matará!

Arturo subió a una roca, colocó una flecha en el arco y apuntó cuidadosamente al imponente animal. La flecha salió disparada hacia el dragón y se clavó en su cuello, haciéndole rugir. El monstruo remontó el vuelo y giró varias veces sobre ellos, buscando el ángulo de ataque ideal para lanzarse de una vez sobre el que le había disparado la flecha. Arquimaes apenas podía contener los caballos y se vio obligado a desmontar. Después, obligó a Alexia a bajar de su montura.

Arturo preparó nuevamente su arco y apuntó con precisión. Pero el dragón no estaba dispuesto a dejarse castigar otra vez. En esta ocasión bajó haciendo grandes giros en el aire, lo que provocó que Arturo fallara en su segundo intento. La flecha ni siquiera rozó al gigante alado, que lanzó un terrorífico rugido para demostrar que era él quien dominaba la situación.

A continuación se elevó hasta que se perdió entre las nubes. Arturo y Arquimaes se miraron en silencio. No entendían nada. De repente, un nuevo rugido los devolvió a la realidad: el dragón caía en picado a toda velocidad sobre ellos, a la vez que lanzaba llamas y humo por la boca, como si fuese un volcán.

–¡Te matará! –gritó Arquimaes–. ¡Usa tu poder!

Arturo no comprendió a qué se refería. ¿De qué poder estaba hablando? ¿Acaso pretendía que lo ensartara con las flechas?

–¡Tu poder! –repitió Arquimaes–. ¡Es lo único que nos puede salvar!

Arturo le miró sin comprender, mientras el dragón se acercaba peligrosamente.

–¡Las letras! –gritó Alexia–. ¡Las letras mágicas!

Se deshizo inmediatamente de la cota de malla que llevaba sobre la camisa y rasgó la tela. Descubrió su pecho que, ahora, estaba henchido y desbordante de letras que habían presentido el peligro. Su torso parecía un nido de pájaros negros, deseosos de volar.

Arturo abrió los brazos cuando el dragón estaba a punto de alcanzarle y las letras salieron volando hacia él, formando una barrera infranqueable, sólida como la roca y resistente como el hierro. El dragón se encontró de frente con el escudo inesperado y chocó contra el muro de tinta voladora, que lo paró en seco. El golpe fue tan fuerte que le hizo estremecerse de dolor, dejándole atontado. De repente, una malla de bichos negros envolvió al animal igual que una telaraña enrolla a una mosca. El dragón quedó enredado entre miles de signos de escritura que le impedían seguir volando. Sus ojos se cegaron y sus alas se quedaron sin fuerzas. Perdió el sentido del equilibrio y se convirtió en una marioneta manejada por esa fuerza superior y poderosa que le sostuvo en el aire, le transportó hasta el borde del barranco, sobre el vacío... ¡y le dejó caer!

El tremendo animal cayó sin sentido hasta el fondo, donde se despeñó como un muñeco. Allí quedó inerte y moribundo entre las rocas, lanzando sus últimos gruñidos.

Después, hubo algunos segundos de silencio. Apenas se oía el vuelo de los pájaros que habían huido cuando escucharon la llegada del dragón. Ahora volvían a sus nidos, sobrevolando a Arturo y observando los últimos estertores del animal alado, que ya no era un peligro para nadie.

–¡Ha sido increíble! –dijo Arquimaes–. ¡Nunca he visto nada parecido!

–¡Formidable! –reconoció Alexia, acercándose, con la cara descompuesta de admiración–. ¡El dragón ha caído ante ti! ¡Eres el mejor mago que he visto en mi vida! ¡Tu magia es indestructible!

Arturo, incapaz de emitir una sola palabra, sudaba copiosamente y trataba de regular su respiración, que aún estaba excesivamente agitada.

–¡Era el mejor dragón de mi padre! –dijo Alexia, todavía maravillada–. ¡Te has convertido en una leyenda: Arturo, ayudante de Arquimaes, el matador de dragones!

Pero Arturo apenas escuchaba las palabras de sus dos compañeros. Las letras, que habían vuelto a decorar su pecho, todavía palpitaban y no le dejaban hablar. Sentía que los pulmones le ardían y todavía le costaba respirar. No sabía muy bien lo que había sucedido.

Arquimaes le dio un trago de agua de su cantimplora y le mojó la cabeza, para refrescarle. Finalmente, Arturo recobró la cordura y, después de frotarse bien los ojos, preguntó:

–¿Cómo ha ocurrido?

–¿No te has dado cuenta? –preguntó Alexia.

–Solo recuerdo que el dragón venía hacia mí, echando fuego por la boca... Y de repente, escuché un gran ruido y vi una cortina negra. Entonces sentí un temblor.

–¿Te encuentras bien? –preguntó Arquimaes–.

–No sé cómo estoy. No puedo centrarme. Es como si el mundo se hubiera dado la vuelta. ¡Ese dragón venía a matarme y le he matado yo!

–Es cierto: el mundo al revés. Un dragón nunca había chocado con un ser humano –explicó Alexia–. ¡Has cambiado la historia de los dragones!

–Pero no ha chocado conmigo. He sentido el impacto, pero muy lejano... En realidad fue como si hubiese chocado contra... una montaña. Sí, eso es, con una montaña.

–Las letras de tu pecho formaron una poderosa barrera –le explicó Arquimaes–. Y eso lo detuvo. ¡Las letras!

–¡Tienes un poder extraordinario, Arturo! ¡Volvamos a mi castillo y mi padre te rendirá honores! ¡Te aclamaremos como a un gran mago! ¡Serás adorado como un dios!

–Yo, ¿un dios? ¿Qué dices? –dijo, mirando al cielo, buscando algo que le ayudara a recuperarse–. Yo solo soy... Soy...

–Acamparemos aquí hasta que te recuperes –sugirió Arquimaes–. No estás en condiciones de seguir el viaje.

–Tenemos que alejarnos de aquí –dijo Arturo, montando su caballo–. Debemos escondernos en un bosque, entre los árboles. Aquí somos una presa fácil. ¡Vamos!

Arquimaes y Alexia siguieron sus instrucciones sin rechistar. De alguna manera, Arquimaes comprendió que ya no era necesario sujetar a Alexia. Estaba deslumbrada por lo que había visto y ya no quería escapar. El secreto de las letras era demasiado grande para alejarse de él. Alexia se había convertido en su prisionera voluntaria. Estaba seducida por la mayor magia que jamás había visto.

Ese día, posiblemente, se escribió una de las páginas más gloriosas de la leyenda de Arturo que, gracias a su valor, se ganó el derecho a llevar un apellido extraordinario que perduraría durante siglos: Adragón.

XIV
DESENTERRANDO UN SECRETO

METÁFORA se está ganando mi confianza. Después de lo que ha ocurrido en el instituto, creo que ya puedo empezar a creer en ella.

Aunque por muy bien que me lleve con ella, hay cosas que no le podré contar, por ejemplo, que hablo con el cuadro de mi madre. Uno tiene que mantener un poco de intimidad.

Me acerco a la Fundación y veo de lejos a *Patacoja*, apoyado en su muleta, dirigiéndose hacia el final de la calle. Estoy a punto de llamarle para preguntarle qué tal está, pero, curiosamente, se me ocurre otra idea. Una idea tonta que no sé de dónde me viene, pero que voy a poner en práctica. ¡Le voy a seguir!

Renqueando, llega hasta un semáforo, que ahora está en rojo, y se detiene. Espera pacientemente a que la luz se ponga verde para cruzar. Los coches comienzan a pararse y la luz cambia de color. Entonces, reemprende el camino.

Procuro que no me vea, lo que no es muy difícil, ya que no mira hacia detrás ni una sola vez. Va muy despacio, mirando algunos escaparates, hasta que entra en un bar. Vaya, eso quiere decir que... Me entristece comprobar que sigue bebiendo.

Ha salido y cruza otra calle. Se detiene para hablar con una mujer que empuja un carrito repleto de bolsas de basura. Se ríen y ella le ofrece un cigarrillo. *Patacoja* se sienta en un banco al que se aproxima otro mendigo. A juzgar por lo bien que se lo están pasando, deben de ser buenos amigos. Parece que se conocen bien.

Después de un buen rato de charla, *Patacoja* se despide de ellos y sigue su camino. Ahora se ha detenido delante del escaparate de una tienda de ropa deportiva. Se mete en otro bar. Cruzo la acera y paso disimuladamente para ver qué bebe. Cerveza.

Le espero escondido tras la esquina más cercana. Lo peor es que ha empezado a llover. Es aguanieve, de esa que está helada. Le veo salir. Se dirige hacia mí, por lo que me escondo en un portal.

Desde dentro, cerca de un ascensor, le veo pasar. Salgo a la calle y, de repente, me lo encuentro de frente.

–Hola, Arturo, ¿qué haces por aquí? –me pregunta.

–Oh, bueno, es que...

–¿Me estabas siguiendo?

–Algo así, solo por curiosidad, no creas que...

–Ya. Curiosidad. ¿Te gustaría que te siguiese? ¿Te gustaría saber que te espían? –pregunta un poco irritado.

–No, desde luego que no.

–Entonces, ¿por qué lo haces conmigo? ¿Crees que porque no tengo dónde caerme muerto puedes tratarme así? ¿No te da vergüenza espiarme?

–Lo siento, amigo. Ha sido una tontería –me disculpo–. Como un juego...

–Un maldito juego que no tiene ninguna gracia.

Se da media vuelta para marcharse pero, en el último momento, se detiene.

–Anda, ven, vamos a tomar algo –propone–. Yo te invito.

–Pero es que...

–Hazme un poco de compañía. Venga, vamos.

Se mete por una callejuela muy estrecha y le sigo hasta un bar infame que huele a pizza barata. Una vez dentro, nos sentamos en una mesa, al fondo, cerca de una televisión que no funciona.

–Pídeme una cerveza y tómate lo que quieras –ordena–. Estás en mi territorio.

Me levanto y me acerco a la barra. El camarero me sirve una cerveza y un café con leche.

–Aquí está lo que has pedido –digo, poniendo la jarra sobre la mesa–. Me parece que ya has bebido mucho por hoy.

–¿Mucho? ¿Que he bebido mucho? –dice en tono de burla–. ¡Sabrás tú lo que es beber mucho! ¡No me has visto en mis mejores momentos!

–¿Es que te sueles emborrachar?

–¿Cómo crees que puedo soportar todo esto si no es con la ayuda del alcohol, amigo? ¿Cómo crees que puedo acallar mi conciencia?

Rasgo el sobre de azúcar y espero un poco.

–¿Tienes motivos para que te remuerda? ¿Has hecho algo de lo que puedas arrepentirte?

–Te quejas de que la gente se ríe de ti a causa de ese dibujo que te cruza la cara, pero te lo cambiaría ahora mismo por mi problema. Te aseguro que duelen más las cicatrices que no se ven que las que se ven.

Remuevo el café con la cucharilla y le doy muchas vueltas, para que se mezcle bien con el azúcar.

–Sé que hay algo que te hundió –digo–. Pero no me quiero meter en tus cosas.

–Hombre, que digas eso después de seguirme tiene gracia. Ahora no te va a quedar más remedio que escuchar mi historia, chico. La historia del arqueólogo que se hundió por culpa de... Bueno, por haber tomado una mala decisión.

–Si no quieres, no hables –le digo.

–¿Te acuerdas de aquella historia que te conté? Cuando perdí el empleo por culpa de un error...

–Sí, sí me acuerdo. Pero creo que no tuviste la culpa...

–Yo tuve toda la culpa de lo que ocurrió.

Tomo un sorbo de café con leche y espero a que empiece a hablar.

–Como te dije, todo empezó cuando iniciamos las excavaciones de un fortín... El caso es que habíamos perforado hasta una gran profundidad y tenía algunos ayudantes trabajando en los andamios. Yo, como arqueólogo jefe, había dado órdenes de cuidar los objetos que se iban encontrando, que eran muchos... Un día descubrimos una galería que estaba en mal estado y corría peligro de derrumbe... Mis ayudantes dijeron que era muy peligroso adentrarse en ella sin apuntalar las paredes. Pero yo les dije que no había tiempo que perder y les ordené que entraran sin miedo, que no iba a pasar nada. Como protestaron los amenacé con despedirlos y les dije que si no tenían valor, debían cambiar de trabajo.

¡En qué mala hora les dije aquello! Tres de ellos siguieron mis órdenes y entraron en el túnel. Una hora después se produjo un derrumbe y no volvimos a verlos con vida. ¡Y todo por mi culpa!

–¿Y no sabías que podía ocurrir? –le pregunté–. ¿No calculaste los riesgos?

–Cuando eres un profesional de éxito, no mides los riesgos, solo piensas en el triunfo. Y yo me equivoqué. Tres personas perdieron la vida por mi arrogancia.

–¿Qué pasó después? –le pregunté.

Da un largo trago a su jarra de cerveza, que se derrama un poco por el mentón. Se limpia los labios con la manga y prosigue su relato.

–Me despidieron y tuve juicios. El veredicto fue «culpable» y me enviaron a la cárcel durante tres años. Después, me arrojaron a la calle... Y aquí sigo, hasta que me muera.

Me quedo sin palabras. Es una historia tan fuerte que no sé qué decir.

–Ya ves lo que pasa por meterte en la vida ajena, Arturo. Ahora ya sabes quién soy sin necesidad de seguirme. Mis amigos son los mendigos del barrio y todos los días hago el mismo recorrido por las mismas tascas. Intento llegar a casa borracho para dormirme enseguida.

–¿Casa? ¿Tienes casa?

–Oh, sí, un día te invitaré a visitarla.

Patacoja tiene razón, hay que tener cuidado de no meterte donde no debes, puedes excavar en zona peligrosa.

XV
ENTRANDO EN EL INFIERNO

Arquimaes, Alexia y Arturo tuvieron que hacer muchos esfuerzos para esquivar las patrullas que los perseguían. A cada hora que pasaba, los soldados de Demónicus que los buscaban eran más numerosos, por lo que estuvieron a punto de caer entre sus manos en varias ocasiones.

Los salvajes de los pantanos se acercaron peligrosamente durante el trayecto, pero el arco de Arturo los mantuvo a raya. Cada vez que oían silbar una de sus flechas, huían despavoridos y se perdían entre las altas hierbas. Posiblemente sabían que una herida atraería a los lagartos, que tenían gran debilidad por la sangre. Por eso preferían eludir el combate y atacar con sus largas cerbatanas desde sus escondites.

Preocupado por los continuos asaltos, Arquimaes propuso un plan para evitar los ataques frontales:

–Podemos atravesar el bosque de Amórica, adelantaremos mucho y será más fácil esquivar a nuestros seguidores. Así perderemos de vista a estos salvajes, y evitaremos los ataques de esos peligrosos lagartos.

–Ese bosque está lleno de proscritos que nos asesinarán a todos –advirtió Alexia.

–Prefiero correr el riesgo de los proscritos al de la llanura, donde no hay ninguna protección –respondió Arturo, que ya empezaba a pensar como un guerrero–. Es mejor para nosotros. Sobre todo si hay que esconderse.

–Estoy de acuerdo contigo –dijo Arquimaes.

–Tengo una buena idea que pondremos en marcha esta misma noche –aseguró el joven, convencido de lo que decía.

Los tres jinetes siguieron su camino con mucha precaución. Eludieron las pequeñas poblaciones, las granjas y los caseríos, en los que, casi con certeza, los estarían esperando. A estas horas, la noticia había llegado hasta todos los rincones del territorio de los magos y todo el mundo corría a la búsqueda de una chica acompañada por un hombre joven y otro maduro. Demónicus había prometido una sustanciosa recompensa para quien se atreviera a detenerlos.

* * *

Morfidio, que estaba cansado de tanto cabalgar, detuvo su montura y esperó a que Oswald pasara a su lado.

–Estamos perdiendo el tiempo –le dijo el conde–. Vamos muy lentos. Deberíamos escoger un pequeño grupo y correr como leopardos. Con toda esta tropa nunca llegaremos a ningún sitio.

–Te recuerdo que yo mando esta expedición –replicó Oswald–. Haremos las cosas como yo diga.

–Y yo te recuerdo que soy Morfidio. Deberías tener en cuenta mis opiniones. Sé lo que digo. Soy un buen estratega.

–Claro, por eso te han echado de tu castillo y has tenido que huir como una rata. En cuanto los atrapemos pediré tu cabeza por el secuestro de Alexia. Es culpa tuya.

–Eres terco como una mula. A este ritmo se evaporarán antes de que podamos avistarlos. Entrarán en el reino de Émedi y será más difícil recuperar a la princesa.

–Mi señor ya se ha ocupado de detenerlos –respondió fríamente Oswald–. Nosotros solo vamos a recoger los restos. Demónicus ha enviado un dragón y Alexia nos espera al lado de los despojos de esos idiotas. Por eso no hay prisa.

* * *

La noche había caído y Arturo y sus acompañantes llevaban más de una hora observando el movimiento del carromato, que estaba apostado al borde del bosque. Vieron cenar a sus ocupantes tranquilamente y esperaron a que la fogata redujese su fulgor y se tumbaran en sus mantas para dormir, que es el momento de mayor desprotección.

–Ahora voy a acercarme para obtener ropa y comida –les informó Arturo–. Vosotros quedaos aquí hasta que yo vuelva.

–Tu truco no te saldrá bien –advirtió Alexia–. Los hombres de mi padre no son idiotas. Esta gente vive en mi reino y no te ayudarán.

Arquimaes terminó de atarla al árbol y Arturo se acercó por detrás y la amordazó.

–Callada estás mejor –dijo, apretando el nudo del pañuelo–. No olvides respirar por la nariz, Gran Maga.

Los ojos de Alexia se encendieron de rabia ante la ironía de Arturo, pero solo pudo emitir algunos gruñidos que apenas se escucharon, lo que confirmó que la mordaza era eficaz.

Arturo se deslizó entre la hierba, subió a su caballo y se dirigió hacia el corro con mucha lentitud. Sabía que corría el riesgo de recibir algún flechazo inesperado, pero tenía que intentarlo.

Cuando se acercó al grupo, dos hombres se pusieron de pie, con las armas en la mano, preparados para defenderse si el intruso venía en busca de pelea o a robar.

–¿Qué quieres, forastero? –preguntó el que blandía un hacha de leñador–. ¿Qué buscas aquí a estas horas?

–Un poco de comida. Tengo algunas monedas y pagaré por ello.

–Esto no es un hostal. Al final del camino hay un pequeño pueblo –le indicó otro, más joven, que tenía una daga–. No nos fiamos de nadie. Los que se han llevado a la hija del Gran Mago podrían estar cerca.

–Soy pacífico. Estoy de paso y necesito seguir mi camino –insistió Arturo–. Pagaré bien.

–En estos días nadie es pacífico –gruñó un tercer hombre que disponía de una espada de caballero–. Tu dinero no nos interesa.

–Entonces me marcharé por donde he venido –respondió Arturo–. Pero os equivocáis. Solo quiero comer. Tengo una misión que cumplir y Demónicus sabrá agradecérselo a todos los que me han ayudado.

–¿Qué misión es esa?

–Rescatar a Alexia, su hija –aseguró–. ¡Ésa es mi misión!

–¿Estás loco o nos tomas el pelo? –dijo el del hacha–. No es un trabajo para un zascandil como tú. Es cosa de soldados y de caballeros. Ellos la liberarán.

–No si yo los encuentro antes –insistió Arturo, haciendo sonar su bolsa–. He decidido invertir toda mi fortuna en esta misión. Yo los encontraré.

Los tres hombres se miraron y decidieron que, quizá, no les vendría mal algún dinero. Las mujeres aún no se habían acostado y, a lo mejor, podían preparar algo de comer.

–Si quieres comida, cobraremos caro –dijo el hombre que parecía el jefe–. Te daremos algo para llevar, pero no te puedes quedar con nosotros.

–Bien, eso me vale. Y os lo agradezco –dijo, apeándose del caballo–. No sabéis lo cansado que estoy. Llevo horas buscando a esos granujas.

–No deberías hacerte ilusiones. Los soldados de Demónicus están por todas partes, ellos los encontrarán antes que tú. Todo el que quiere enriquecerse los está buscando.

Arturo se sentó en el suelo, al lado de la fogata, y se frotó las manos para entrar en calor.

–Dicen que se trata de un hombre y un chico –dijo–. Seguro que no opondrán resistencia.

Una mujer se acercó y le enseñó un trozo de queso, cecina y un pedazo de pan. Lo envolvió todo en un trapo y se lo ofreció a Arturo.

–Es todo lo que podemos darte –dijo.

–Es suficiente –respondió, entregándole una moneda de oro–. Con esto me apañaré. Pero necesito algo de ropa... Una manta...

La mujer esperó a que el jefe le diera permiso y entró en el carro. Al cabo de un momento salió portando algunas prendas.

Arturo las examinó y les entregó dos monedas más.

–Que tengas suerte –le despidió el de la espada–. Si no dices a nadie que has estado aquí, nosotros tampoco abriremos la boca si los soldados nos preguntan.

Arturo, que ya se disponía a marcharse, se acercó al hombre y le puso en su mano tres monedas más.

–En estos tiempos conviene mantener la boca cerrada. Es mejor para todos –dijo–. No nos hemos visto.

Espoleó su caballo y se perdió en la espesura del pequeño bosque en el que le esperaban Arquimaes y Alexia. Quizá aquella gente no dijera nada, pero también era posible que hablaran más de la cuenta si eran interrogados.

–¿Qué tal ha ido todo? –preguntó ansioso Arquimaes–. ¿Has conseguido comida?

–Nos están buscando por todas partes. La comarca está plagada de soldados y de buscadores de recompensas –dijo Arturo, entregándole la bolsa de comida–. Es mejor que nos separemos.

–¿Crees que es buena idea? –preguntó Arquimaes.

–Están buscando a un hombre, un muchacho y una chica. Tú irás solo y nadie sospechará de ti, sobre todo si te pones estas ropas. Yo iré con Alexia, y despertaré menos sospechas.

–¿Cuándo y dónde nos veremos?

–Donde tú me digas.

–En el monasterio de Ambrosia, al pie de las montañas.

–¿Ambrosia? ¿Qué es eso?

–Una abadía solitaria. Está fuera de los caminos habituales... Está al pie de la montaña Fernis.

–De acuerdo, dentro de tres días, en el monasterio de Ambrosia.

–Nadie nos buscará allí. Los monjes nos darán cobijo y cuando recuperemos las fuerzas, seguiremos camino hasta el castillo de la reina Émedi.

Los dos estaban de acuerdo en que era la mejor solución. A Arquimaes no le gustaba nada separarse de Arturo, pero sabía que no había otra opción. Mientras permanecieran los tres juntos, el peligro acechaba.

* * *

Al día siguiente, Oswald y sus hombres descubrieron los restos del dragón en el fondo del acantilado. Les costó trabajo imaginar qué podía haber sucedido, ya que unas simples flechas no pueden matar a un animal de esa categoría.

–Algo grave ha tenido que ocurrir –dijo Oswald–. Esos dos no han podido acabar con él por las buenas. Han tenido que usar…

–¡La magia! ¡Ese alquimista ha usado ese poder secreto del que os he hablado! –respondió Morfidio–. ¡Ahí tienes la prueba de que lo que digo es cierto!

–A mí eso me da lo mismo. Yo quiero encontrar a la princesa, lo demás no me interesa. Si esos malditos escapan, nuestra vida no valdrá nada. Demónicus no nos perdonará que su hija desaparezca.

–¿Qué piensas hacer?

–Tú eres el gran guerrero. Dímelo tú.

Morfidio tragó saliva y comprendió que no era el momento de hacer reproches. Ahora tenía que pensar en los próximos movimientos si quería conservar la cabeza. Estaba seguro de que Oswald no dudaría en ejecutarle si fuera necesario. Es más, tenía la certeza de que Demónicus se lo había ordenado antes de salir.

–¿Te gusta leer? –le preguntó.

–¿Bromeas? ¡Yo no sé leer, idiota!

–Pues te llevaré a un sitio en el que te pueden enseñar –dijo Morfidio–. ¿Has oído hablar de Ambrosia?

–No, nunca he oído ese nombre.

–Es un monasterio que hay en las montañas nevadas. Ahí es donde vamos.

Oswald levantó el brazo y dio la orden de marchar sin cuestionar la propuesta de Morfidio. Estaba habituado a cumplir órdenes y ahora no iba a dejar de hacerlo. Al fin y al cabo, el que las da, asume toda la responsabilidad.

XVI

ATAQUE AL MENDIGO

Esta mañana estoy agotado. Voy a ducharme rápidamente para recuperarme de los fatigosos sueños de la pasada noche. Yo no soy capaz de luchar contra un dragón, así que no entiendo nada y no sé a qué vienen esos sueños.

Antes de salir, voy a ver a papá que, curiosamente, está reunido con Stromber. Está bastante animado y gesticula como suele hacerlo cuando tiene deseos de expresar algo que le emociona.

–¿Qué ha pasado para que estés tan contento? –pregunto.

–Hola, hijo. El señor Stromber me acaba de dar una buena noticia. Es posible que nuestros problemas económicos se acaben pronto.

–Efectivamente. Unos amigos míos acaban de hacer una sustanciosa oferta. Estamos dispuestos a comprar los dibujos de Arquimaes por una cantidad de...

–¡Esos dibujos no están en venta! –le interrumpo–. Los necesitas para trabajar. Además, son unos de nuestros mejores documentos históricos.

–Vamos, vamos, no hay que exagerar. Arquimaes era un farsante que nunca hizo nada, solo era bueno haciéndose publicidad –dice Stromber–. Es mejor aceptar esa oferta antes de que mis amigos se den cuenta del poco valor que tienen. Al fin y al cabo, solo son dibujos. Arquimaes no era un gran artista.

–Estoy de acuerdo con él. La oferta de compra es muy buena y ayudará a solucionar el problema –explica papá.

–¡No debes venderlos, papá! ¡No lo hagas!

–Escucha, hijo, ya te hice caso cuando me pediste que no cediera la Fundación al banco. Ahora te ruego que entiendas que debo aprovechar esta ocasión.

–¡No debes venderlos! ¡Forman parte de nosotros! Tú mismo lo dijiste durante la cena con Norma.

–Oh, bueno, son cosas que se dicen para deslumbrar, pero que no tienen fundamento. Yo mismo me negué hace poco, pero lo he pensado mejor.

–Arturo, no puedes pedir a tu padre que ponga en peligro la Fundación por un capricho. Además, lo de tu piel no será un problema. ¿Te acuerdas de ese médico del que te hablé? Pues me ha prometido que no te quedará ni huella y podrás empezar una nueva vida. Ya verás qué bien te queda.

–No necesito ningún dermatólogo y tampoco quiero quitarme ese tatuaje. Lo que quiero es hablar con mi padre a solas de este asunto –respondo enérgicamente–. Papá, te ruego que no tomes ninguna decisión hasta que hablemos esta noche, los dos solos.

–Bueno, está bien, pero no servirá de mucho. El acuerdo está cerrado –responde.

–Espera hasta esta noche. Por favor.

Salgo de su despacho sin decir nada más. Cierro la puerta con tranquilidad, aunque por dentro estoy verdaderamente nervioso. La venta de esos dibujos es una mala noticia. No puedo explicarlo, pero sé que deben permanecer entre estas cuatro paredes. Es como si tuviésemos la misión de protegerlos.

Me cruzo con el general Battaglia, que sube las escaleras, dispuesto a empezar su trabajo diario.

–Buenos días, general.

–Bueno días, Arturo. ¿Vas al instituto?

–Sí, señor, como todos los días. ¿Qué tal van sus investigaciones?

–Bien, aunque un poco lentas. Ese condenado Ejército Negro está más escondido que el Santo Grial, pero estoy seguro de que lo encontraré. A mí no se me escapa nada.

–Le deseo suerte, general.

Salgo a la calle y me dispongo a visitar a mi amigo *Patacoja*, cuando veo que en su lugar hay un pequeño grupo de personas que le rodean. Me acerco corriendo y le veo en el suelo, tendido y sangrando.

–¿Qué ha pasado? –pregunto.

–Le han asaltado –dice un muchacho–. Y le han pegado.

–Unos desaprensivos han intentado robarle –añade una señora mayor, que le ofrece su pañuelo–. Hay que ver cómo está la gente.

–¿Te encuentras bien? ¿Quieres que llamemos a una ambulancia?

–No hace falta. Ya me estoy recuperando. Me las apañaré solo. Soy muy duro.

–Vamos a llevarle hasta la portería de la Fundación –digo–. Ayúdenme.

El muchacho y dos hombres le ayudan a levantarse y casi le arrastran hasta la puerta principal de la Fundación. Mahania, que nos ve entrar, viene corriendo a nuestro encuentro.

–¿Qué le ocurre?

–Trae un poco de agua para limpiarlo –le digo–. Le han dado un golpe en la cabeza.

Mohamed, su marido, acerca una silla en la que sentamos a *Patacoja*. Se queja un poco, pero creo que no le pasa nada grave, lo cual me tranquiliza.

Mahania le aplica un paño sobre la herida de la cabeza y se la limpia, dejando un pequeño rasguño a la vista.

–Es poca cosa –dice la mujer–. Le pondré un esparadrapo.

–A lo mejor conviene llevarlo a un hospital –sugiere uno de los hombres que nos han acompañado.

–No es necesario, de verdad –dice *Patacoja*–. Ya estoy mejor y debo volver a mi trabajo.

–¿Vas a volver a la acera?

–Arturo, tengo que trabajar. Nadie vendrá a darme de comer aquí, ¿sabes?

–Pero, te acaban de atacar y debes descansar. Además, imagínate que vuelven otra vez.

–No volverán. No tienen valor. Son unos cobardes. La próxima vez los estaré esperando.

–Hay que denunciar esta agresión a la policía –propongo–. Ellos buscarán a los agresores.

–¡Ni se te ocurra! –exclama.

–¿Por qué no quieres?

–Ya estoy bien, gracias por todo, pero debo volver a lo mío. Si no gano dinero, no como.

Patacoja se levanta a pesar de nuestras protestas, pero como es un testarudo, no hay forma de impedírselo.

–Gracias por todo, señores –dice antes de salir por su propio pie–. Me encuentro mejor.

–Espera, te acompaño un poco –digo–. Cuéntame qué ha pasado.

–Ya te dije que este barrio se estaba poniendo muy mal. Cada vez viene gente más rara. Esto ha sido un aviso.

–¿Para qué te avisan?

–Para que me mantenga ciego, sordo y mudo –explica–. Por eso no debes preocuparte... Anda, márchate, que vas a llegar tarde a clase.

* * *

He llegado a clase en el último momento. Me siento al lado de Metáfora, que señala el reloj, en plan reproche.

–¿Qué pasa, es que no puedes ser un poco más puntual? –dice.

–Perdona, pero es que han atacado a *Patacoja* y he tenido que ayudarle.

–Siempre tienes excusas para todo.

–Te juro que es verdad. Lo he llevado a la Fundación.

–¿Está bien? ¿Es grave?

–Está bien, pero se ha llevado un susto de muerte

–Arturo, además de llegar tarde, ¿vas a distraer a los demás con tus historias? –pregunta Norma, desde el estrado.

–Perdón, pero es que he tenido un incidente y se lo estaba contando a Metáfora.

–¿Es un incidente relacionado con este centro?

–No, lo siento...

–Bien, intenta no interrumpir para que podamos dar la clase con normalidad, ¿de acuerdo?

–Sí, señorita.

–Ya sabes que a mi madre no le gusta que lleguemos tarde. Deberías ser un poco más cuidadoso.

Me callo para no seguir llamando la atención, pero no puedo negar que estoy preocupado por lo de *Patacoja*... Y por esa decisión de mi padre...

–Papá quiere vender los dibujos de Arquimaes –susurro.

Me mira como si la hubiese insultado.

–¡No puede ser! ¡Hay que impedirlo!

–Ya me dirás cómo.

La profesora me lanza una mirada de reproche y decido que ya no voy a seguir molestándola. Norma es una mujer muy rígida, y a pesar de que tiene una buena relación con mi padre, estoy seguro de que me impondría un castigo si lo considerara necesario. Por eso es mejor no provocarla.

XVII
BOSQUE DE PROSCRITOS

Arturo y Alexia cabalgaban entre los árboles del bosque de Amórica poniendo toda su atención en lo que sucedía a su alrededor. El más mínimo ruido podía significar la muerte. Sabían perfectamente que si se descuidaban podían caer en una trampa de los proscritos que lo poblaban y que no hacían distinciones entre sus víctimas. Les daba igual que fuesen ricos o pobres, plebeyos o nobles... Su desesperación era tan grande que se apropiaban de todo lo que caía en sus manos.

Habían perdido ese halo de justicieros que los había acompañado desde el principio, cuando muchos campesinos y labradores les comprendían y compartían su lucha en busca de justicia. Pero con el tiempo, quizá por culpa del hambre y de la feroz persecución a la que se les había sometido, se habían convertido en bestias salvajes que ya no tenían más finalidad que robar, secuestrar y matar. Eran capaces de cualquier cosa con tal de sobrevivir. Y la prueba estaba en los cadáveres de esos tres soldados que colgaban de los árboles, con las flechas aún clavadas en sus cuerpos, medio devorados ya por las alimañas.

Arturo sabía que, cuando corriese la voz de que había matado al dragón, muchos se lanzarían en su busca para adquirir gloria, fama y recompensa. Seguro que los magos y hechiceros pondrían precio a su cabeza... y los proscritos serían de los primeros en correr tras él. Por eso, si ahora caía en sus manos, podía darse por muerto. Seguro que le entregarían sin preguntarse si tenía algo en común con ellos.

Alexia colaboraba y actuaba con sigilo, pues sabía que ella también sería presa de estos individuos sin principios y deshumanizados a causa del hambre y la pobreza. Por la cuenta que le tenía, hacía lo posible para no llamar la atención. Los bandidos no eran precisamente amigos de los Magos Oscuros, a los que odiaban por haberles negado su apoyo cuando lo necesitaron.

–Este territorio es peligroso –le previno Arturo–. Pocos han salido ilesos de este lugar. Los bandoleros están desesperados y ya no respetan nada.

–Lo sé, mi padre ha tratado de aniquilarlos varias veces, pero no lo ha conseguido –explicó Alexia–. Son bazofia humana.

–No es cierto. Eso no existe. Solo son víctimas de hombres ambiciosos que han abusado de ellos todo lo que han podido. Algún día encontrarán justicia –susurró Arturo–. Nadie merece vivir en la miseria, fuera de la civilización.

Mientras hablaban, no se dieron cuenta de que algunas siluetas los habían estado siguiendo desde que pusieron los pies en el bosque. Ocultos tras el follaje, los proscritos que los seguían se estaban acercando demasiado. Tanto, que ya suponían un grave riesgo para su seguridad. Pero ellos estaban absortos en su conversación y no notaron absolutamente nada.

–Princesa, cuando salgamos de aquí te dejaré libre para que puedas volver con tu padre. Ya no te necesitaré.

–Sí me necesitarás. Te recuerdo que yo te dije que usaras tu poder para enfrentarte al dragón. De no ser por mí, estarías muerto.

–¿Por qué lo hiciste? ¿Por qué me salvaste la vida?

Alexia tardó un poco en responder. La verdad es que no conocía la verdadera respuesta. Solo sabía que cuando lo vio en peligro sintió un miedo terrible que la dejó sin respiración. Y eso la angustiaba, ya que jamás se había preocupado por salvar la vida de nadie y nunca se había interesado por otra persona que no fuera ella misma o su propio padre. Ni siquiera Ratala, su prometido, había despertado en ella el sentido de la solidaridad.

–Eres un gran mago y no merecías morir entre las fauces de un dragón –dijo al cabo de un rato–. Yo también soy maga y reconozco el poder de quien es más poderoso que yo. Por eso te salvé, por respeto a tu magia. Si quieres, seré tu aprendiza...

El asalto fue tan rápido que apenas tuvieron tiempo de reaccionar. De repente, varios tipos rudos los habían rodeado y los apuntaban con sus arcos. Habían surgido de la nada, sin hacer ruido, sigilosos como la serpiente, que se desliza en la hierba sin que nadie se dé cuenta de su presencia hasta que ya es demasiado tarde.

Detuvieron sus caballos y levantaron amistosamente las manos, esperando que esos tipos les trataran con respeto, pero se equivocaron. Cuando Arturo trató de parlamentar, recibió un golpe de maza que casi le parte la cabeza. Tuvo suerte de caer inmediatamente del caballo y ahorrarse un segundo golpe que, con seguridad, le habría matado.

* * *

Arquimaes se escurría entre las rocas para evitar que unos campesinos le vieran. Pero, la mala suerte quiso que algunos perros se dieran cuenta de su olor y empezaran a ladrar. Ante el ataque de los animales, se vio obligado a usar un poco de su magia alquímica.

Apuntó con sus manos a los tres canes que se dirigían hacia él y confundió sus sentidos, haciéndoles cambiar de dirección. Los perros, absolutamente despistados, se alejaron hasta que se perdieron en la distancia, olvidándose de él.

A pesar de que algunos hombres siguieron mirando hacia el lugar en el que aún se encontraba, pronto dejaron de hacerlo y se fueron en busca de los animales cuyos ladridos se escuchaban más lejos a cada minuto que pasaba.

De esta manera cruzó la comarca y al anochecer aún no había tenido encuentros desagradables con los hombres de Demónicus.

* * *

Cuando Arturo recobró el conocimiento, se dio cuenta de que estaba en el campamento de los proscritos. Era un lugar sucio y maloliente en el que imperaba el caos, la desidia y la violencia. Lejos de la idea que mucha gente se había forjado sobre ellos, en la que predominaba la idea de una organización similar a la de las personas que poblaban los burgos, estos individuos vivían en la anarquía más absoluta. Eran como una manada de lobos en la que dominaba la ley del más fuerte.

Y el más fuerte era Forester, que ahora estaba frente a Arturo, esperando a que despertara para interrogarle... o matarle, según el caso.

–Mira, padre, ya se recupera –dijo un muchacho que estaba en cuclillas ante él–. Acaba de abrir los ojos.

–Quita de aquí. Quiero interrogarle.

Crispín, el primogénito de Forester, se apartó y dejó que su padre ocupara su sitio.

–¿Qué buscáis en mis dominios? ¿Sois espías de los nobles? ¿Os envía el rey Benicius? ¿O acaso os envían los magos? –preguntó el jefe de los rebeldes.

–Solo somos dos descarriados que nos hemos perdido –respondió Arturo–. Queremos seguir nuestro camino.

–Ella nos ha dicho que vais de viaje a algún sitio. Espero que tu respuesta concuerde con la suya, por tu bien.

–Vamos al monasterio de Ambrosia. Vamos a ver a los monjes.

–Ambrosia, eso es lo que ella dice. Pero no me creo que vayas a hacer lo que nos cuentas. Llevas dos monturas muy bien alimentadas, tienes una bolsa repleta de monedas y mucha ropa. ¿De dónde has sacado la cota de malla?

–Encontré a un soldado muerto y la cogí. Ella lo vio todo.

–¿Es tu novia, tu criada...?

–Es mi hermana. Viene conmigo porque se va a quedar allí. Voy a ser monje y ella vivirá en el monasterio. Seguramente trabajará en la cocina.

–¡Miente, padre, es un mentiroso! –exclamó Crispín–. ¡Hay que matarle!

Forester miró a Arturo con los ojos entornados, demostrando su desconfianza.

–Mientes, muchacho. Mientes más que hablas. Crispín tiene razón... Y le voy a hacer caso.

–No hemos venido a haceros ningún mal –respondió Arturo–. Solo queremos salir de aquí y seguir nuestro camino.

–Sí, pero te irás desnudo... Y tu hermanita se quedará con nosotros. Aquí hay mucho trabajo y nos será más útil que tú. ¡Quítate la ropa antes de que te la quite yo!

–¿Qué dices?

–¡Cumple mi orden inmediatamente!

Dos hombres, que estaban cerca, sacaron sus espadas y se acercaron a Arturo, dándole a entender que no le quedaba más remedio que cumplir los deseos de Forester.

–Venga, haz caso a mi padre –insistió Crispín–. Quiero tu cota de malla. Y esas botas que llevas me vendrán bien.

–¡De eso nada! –protestó Forester–. Esa cota será para mí, que para eso soy el jefe. La heredarás cuando muera.

–¡Me corresponde! –protestó el muchacho, poniéndose en pie y enfrentándose a su padre–. ¡Yo le di el golpe en la cabeza!

–¡Será para mí! –gruñó Forester, dando un empujón a su hijo y tirándole al suelo–. ¡Vamos, haz lo que te digo antes de que me enfade!

–Está bien, está bien. Ya me quito todo esto –dijo Arturo, despojándose de la ropa que llevaba encima.

Cuando se quedó desnudo, los hombres se rieron de él. A la humillación que ya de por sí suponía estar en estas condiciones ante tantos desconocidos, se unía la ridícula postura que había adoptado en su intento vano de mantener en pie la poca dignidad que aún le quedaba: las piernas juntas y las manos tapando la entrepierna. Algunos le tiraron piedras y ramas para vengarse de él, ya que le consideraban noble debido a su porte principesco. Para ellos, Arturo andaba demasiado recto y estaba claro que no se había inclinado mucho ante reyes, nobles o caballeros, y eso los irritaba. Sin embargo, Forester prestó atención a otra cosa que le llamó mucho la atención.

–¿Qué es eso que llevas en el cuerpo? ¿Quién te lo ha hecho?

–¡Es asqueroso! –exclamó Crispín–. ¿Es lepra?

–No es lepra y no es ninguna enfermedad –afirmó Arturo–. Lo he llevado toda la vida. Son letras.

–Vamos, no me intentes engañar... Ven y enséñamelo de cerca. ¡Traedlo aquí!

Los dos hombres le sujetaron con fuerza y le acercaron a pocos centímetros de Forester.

–¡Qué asco! –dijo Crispín–. ¡Parece que tiene la piel podrida!

–¡Es repugnante! –añadió uno de los secuaces.

–¡Es brujería! –exclamó una mujer que se había acercado–. ¡Hay que quemarlo para que no nos contagie!

Forester levantó los brazos y pidió silencio. Los que se habían congregado alrededor de Arturo empezaron a escupirle y a insultarle.

–¡Sois peores que los animales! –gritó Alexia–. ¿No veis que es inofensivo? Solo son letras grabadas sobre su cuerpo, nada más.

–¿Letras? ¿Eso qué es? –preguntó un hombre sucio y maloliente.

–Signos que significan algo cuando se juntan. Sirven para escribir libros... Y edictos como esos que dicen que pagarán bien por nuestra cabeza –explica Forester–. O cuando anuncian que van a subir los impuestos... Eso son las letras.

–¡Los edictos son una maldición!

–¡Brujería! ¡Unos garabatos no pueden significar nada bueno!

–Solo son trazos de tinta –dijo Arturo–. No son nada.

–¡Traed a la hechicera! –ordenó Forester–. Górgula nos dirá qué diablos es esto.

Varios hombres cruzaron el campamento y volvieron un poco después, acompañados de una vieja mujer que curaba a los enfermos y a los heridos. Le faltaban casi todos los dientes y vestía prácticamente con harapos sucios y rotos. De su cuello pendían más de una docena de cuerdecillas con colmillos, plumas, monedas, garras, picos de ave y otros objetos de imposible identificación debido a su mal estado y a la capa de suciedad que los cubría. Llevaba la cintura rodeada por varios cordeles medio rotos, que se mantenían milagrosamente unidos por nudos. De la cadera derecha colgaba un cuchillo con el mango destrozado por el uso.

Se movía con lentitud debido a su extrema gordura y a la avanzada edad. La cabeza había perdido prácticamente todo el cabello y su grandioso aspecto producía un cierto temor. Era el vivo retrato de la ignorancia y por los ojos desprendía odio a raudales.

–Górgula, examina a este hombre y dinos qué es eso que tiene sobre la piel. Queremos saber si es peligroso –le ordenó Forester.

La mujer se acercó con precaución a Arturo. Primero le rozó el cuerpo con la yema de los dedos. Después, cogió un palo del suelo y le pinchó en varios lugares. Le pellizcó, le escupió y le dio varios manotazos.

–No me gusta –sentenció–. No me gustan nada esos signos. Pueden ser símbolos del diablo. Maleficios para destruirnos.

–Eso es una tontería –se defendió Arturo–. Solo son letras que se han grabado casualmente sobre mi cuerpo.

–Cosa del diablo. Es mejor matarlo antes de que sus hechizos nos hagan daño –insistió la bruja, que odiaba lo desconocido–. He visto a muchos así. Les ponen signos sobre el cuerpo y les envían para contagiar la lepra y otras enfermedades. Este chico no nos traerá más que desgracias.

–Haremos caso a Górgula –afirmó Forester. Prefería llevarse bien con la hechicera, ya que era muy popular en el campamento–. Preparad la horca.

–¡No! ¡Hay que quemarlo vivo! Debe convertirse en cenizas y desaparecer por completo! –exigió Górgula, agitando su gran cuerpo–. ¡El fuego lo purifica todo!

–Así lo haremos... ¡Preparad la hoguera!

–Es mejor que yo me ocupe de eso –propuso la bruja–. Traedlo a mi choza. Lo cortaré en trocitos y lo arrojaré a las llamas. Así el hechizo de los signos desaparecerá por completo y no podrá recomponerse.

Forester se estremeció. Estaba seguro de que Górgula era un ser sin entrañas, capaz de llegar hasta el extremo de descuartizarlo vivo y de lanzar sus restos a la hoguera. Incluso de comérselos.

–Atadlo bien y llevadlo a su casucha –dijo Forester, deseoso de deshacerse del problema–. Y que se cumpla lo dicho.

Górgula sonrió, satisfecha de su actuación. No se lo había dicho a Forester, pero, antes de quemarlo, pensaba hacer algo especial con ese chico. No todos los días aparece un hechizado tan bien adornado. Y tenía que aprovechar la ocasión. ¡La piel de Arturo valía su peso en oro!

* * *

A muchos kilómetros de distancia, Arquimaes se había refugiado en una cueva para protegerse del frío. Durante las últimas horas había nevado y la noche prometía ser glacial. Encendió una pequeña hoguera y se acurrucó junto a ella. Había comido algunas moras y su estómago pedía urgentemente más comida, pero no tenía nada que llevarse a la boca. Así que intentó dormir. Antes de cerrar los ojos, se acordó de Arturo y se preguntó si estaría bien.

–Necesito que vivas, Arturo –susurró–. Eres la prueba viviente de que la ciencia es más poderosa que la hechicería. Y tienes una gran misión que cumplir. No me puedes fallar, amigo.

Después, se tumbó sobre el frío suelo, se envolvió con la manta que Arturo le había entregado y cerró los ojos.

XVIII
LA BIBLIOTECA ACORRALADA

Quiero hablar con Metáfora de la venta de los dibujos medievales, por eso la he invitado a tomar algo en una cafetería.

–Es muy grave, Metáfora. Si mi padre vende esos dibujos, no sé qué ocurrirá. Será una gran pérdida para la Fundación.

–Tienes razón. Hay que hacer algo para que no siga adelante.

–Yo he hecho todo lo que está en mi mano, pero ya he quemado el cupo de peticiones. No me hará caso. Además, creo que ya está decidido a hacerlo y cuenta con ese dinero.

–Pero conozco a alguien a quien sí escuchará. ¡Tienes que ganar tiempo hasta que podamos organizar una cena en mi casa! Allí le convenceremos.

–No sé si podré hacerlo. Ya lo tiene medio apalabrado con Stromber.

–Pues apáñatelas como puedas. Es la única posibilidad que veo –insiste Metáfora.

–Vale. Esta noche hablaré con él. Tú habla con Alexia, a ver si quiere colaborar.

–¿Alexia? ¿Quién es Alexia? –pregunta un poco recelosa.

–Oh, es una... Una bruja o algo así... Me he equivocado, me refería a Norma, tu madre.

–Pero has dicho otro nombre. Has nombrado a esa tal Alexia. ¿Quién es?

–Ya te he dicho que me he equivocado. Lo siento.

–¿Quién es? ¿Cuándo la has conocido? ¿Dices que se llama Alexia?

–No sé. Es difícil saberlo... Creo que la he conocido en mis sueños o en mis viajes a la Edad Media. No lo sé, no me acuerdo muy bien. A veces mezclo la realidad con los sueños y me estoy haciendo un lío. No me hagas caso.

–¿Por qué no me has hablado nunca de ella? ¿Es que quieres ocultarla? –interroga con ansiedad–. ¿Qué te une a ella? ¿Es guapa?

–No, no... Es que esto me tiene medio loco. Me acuerdo de algunas cosas, pero otras se me olvidan. No entiendo nada. Creo que es una hechicera, pero no estoy seguro.

–Ya, yo tampoco entiendo nada –dice mientras se levanta–. ¡Tienes una amiga que es hechicera de la Edad Media!

–Vamos, por favor, Metáfora, piensa lo que estás diciendo. ¡Solo se trata de un sueño!

Me mira como si la hubiera devuelto a la realidad. Es curioso, pero soy yo el que tiene sueños y da la impresión de que ella se los cree más que yo. ¡Mira que ponerse celosa por culpa de una persona que no existe!

Pagamos la consumición y salimos a la calle, un poco más esperanzados.

–¿Me acompañas a ver a *Patacoja*? Esta mañana estaba muy mal.

–No sé, a lo mejor te conviene más llevar a esa Alexia, que como es hechicera, le puede curar.

–Por favor, Metáfora, no te enfades –insisto–. Te juro que se me había olvidado contártelo.

–A ver cuántas cosas se te han olvidado. Me parece que tienes tú muchos misterios. ¿Hay más chicas de las que no me has hablado?

–No, no, de verdad que no... Te aseguro que Alexia no me importa nada...

–Eso ya lo veremos. Anda, vamos...

–Entonces, ¿me acompañas a verle o no?

–Claro que sí, él no tiene la culpa de que tú seas así... ¿Tan grave ha sido ese ataque? ¿Qué ha pasado?

–Lo más preocupante es que se trata de una banda que se ha instalado en el barrio. Eso es lo que nos asusta. *Patacoja* estaba muy indignado y le creo capaz de hacer cualquier barbaridad.

–Voy contigo. Quiero saber qué ocurre.

Desde la acera de enfrente vemos que *Patacoja* está sentado en el mismo sitio donde le dejé esta mañana. Yo, que le conozco muy bien, noto que está rígido y enfadado. Por eso es mejor ir con pies de plomo.

–Hoy no tiene un buen día –la advierto a Metáfora–. Tengamos cuidado de no molestarle. Se irrita enseguida. Y cuando se enfada, es mejor estar lejos.

Cuando ve que nos acercamos trata de dibujar una sonrisa, pero no le sale demasiado bien. Está más tenso de lo que imaginaba.

–Hola, *Patacoja*, ¿estás mejor?

–No. Estoy de muy mal humor. Y no consigo que se me vaya. Si alguien se mete conmigo, le mato.

–Bueno, tranquilo, hemos venido a consolarte un poco –dice Metáfora–. Ya me ha contado Arturo lo que te ha pasado.

–Esto va de mal en peor. Cada día hay más violencia en la calle. En cualquier momento me voy a hartar y se van a enterar. Ya lo creo que se van a enterar.

–Bueno, bueno, relájate, amigo –digo–. Ahora, lo importante es que te pongas bien.

–Tened cuidado en la Fundación –nos advierte–. Os están espiando. Y están pasando muchas cosas raras. Te lo digo yo, que de eso sé mucho. En la calle se ve cada cosa...

–¿Qué cosas raras? ¿De qué hablas? ¿Quién nos espía?

–He observado muchos movimientos extraños por aquí en los últimos días. ¡Os están preparando algo, os lo digo yo!

Sus palabras me alarman. Pasan cosas raras: mi padre andando por ahí como un fantasma, a las tantas de la madrugada... Las pintadas en las paredes de la Fundación...

–Escucha, *Patacoja*... tenemos que hablar en privado –le propongo–. El fin de semana, cuando haya poca gente por la calle...

–Te contaré cosas interesantes, ya lo verás. Lo sé todo...

–Oye, por cierto, he visto que por aquí están haciendo muchas obras –digo–. ¿Están abriendo túneles o algo así?

–¡Arqueólogos! Están excavando en busca de ruinas históricas. Dicen que esta zona está llena de edificios antiguos. Incluso dicen que hay ruinas romanas aquí debajo.

–Pero ¿para qué las quieren sacar?

–Es por el turismo. Ahora se ha puesto de moda que las ciudades antiguas descubran sus restos de la antigüedad y luego montan un Casco Histórico, que atrae a un montón de turistas. Además de los tesoros escondidos que encuentran, claro. A veces, han encontrado fortunas en monedas de oro.

–¿Tantos edificios antiguos hay en Férenix? –pregunta Metáfora–. ¿Tan antigua es?

–Pequeña, esta ciudad es de las más antiguas –responde *Patacoja*, un poco enfadado por la ignorancia de mi amiga–. A cada paso que das, pisas un trozo de historia. El subsuelo está lleno de construcciones antiguas. Nadie sabe lo que hay aquí debajo, pero te aseguro que está lleno de sorpresas. Por eso no pueden construir el Metro.

–¿Cómo lo sabes? ¿Qué sabes tú de excavaciones y de historia? –pregunta Metáfora.

–Todo. Arturo sabe que yo soy... era... arqueólogo. Antes, trabajaba en una empresa de arqueología –responde con orgullo–. En cuanto veo una piedra, soy capaz de decirte cuántos años tiene y de dónde proviene. Lo sé todo. Si te contara la cantidad de descubrimientos que he hecho.

–Vaya, no lo sabía, lo siento...

–Se me olvidó contártelo –me disculpo–. Bueno, *Patacoja*, nos vamos. Ya hablaremos, ¿vale?

–Vale, chaval... ¡Tened cuidado!

Metáfora y yo nos vamos y le dejamos ahí, rumiando sus ideas estrafalarias. A veces me confunde y no sé si habla en serio o son todo alucinaciones producidas por el alcohol y la rabia que lo domina por haber perdido todo lo que tenía. La verdad es que eso de vivir en la calle debe de provocar extrañas paranoias que te hacen ver la vida de una manera muy complicada.

De cualquier forma, estaré atento por si *Patacoja* tiene razón. Es posible que esté pasando algo en lo que no me había fijado. Es cierto que en los últimos tiempos han ocurrido cosas importantes, pero no las había relacionado hasta ahora.

XIX
LA REBELIÓN DE LAS LETRAS

En cuanto puso los pies en el interior de la pestilente casucha de Górgula, Arturo supo que la hechicera tenía planes especiales para él. Y se estremeció. Los huesos humanos y de animales que decoraban las paredes le dieron una idea de lo que le esperaba.

–¡Atadlo a esta mesa y salid de aquí inmediatamente! –ordenó la mujer–. ¡No quiero ver a nadie cerca de aquí!

Los hombres obedecieron la orden con prontitud. Arturo quedó absolutamente inmovilizado sobre la gran tabla de madera que servía de mesa. Cuando se quedaron solos, la bruja atrancó la puerta con un gran leño, se echó sobre el chico y le amordazó.

–¡Ahora vamos a ver lo que vales, muchacho! –exclamó Górgula, abriendo un pequeño cajón–. ¡Voy a conseguir mucho dinero por esa piel tan preciosa que tienes! ¡Eres un regalo de los dioses!

Arturo se horrorizó cuando la vio blandir un cuchillo largo y muy afilado. Comprendió enseguida lo que se proponía.

–¡Te voy a despellejar vivo! –amenazó la hechicera, acercándose peligrosamente–. ¡Venderé tu piel a Demónicus! ¡Seguro que me la pagará bien! ¡A él, estas cosas le gustan mucho y sabe sacarles el jugo!

Arturo comprendió que estaba a punto de perder la vida en manos de esa ambiciosa hechicera y abrió los ojos hasta el límite de sus posibilidades. Empezó a respirar agitadamente y trató de revolverse para evitar que Górgula llevara a cabo su macabro plan. Pero sospechaba que nada ni nadie podía impedir que se saliera con la suya. Estaba en manos de la mujer más cruel que había conocido en su vida y decidió que no valía la pena resistirse.

* * *

En ese momento, Demónicus estaba de rodillas ante el altar de su gran laboratorio. En la pared, varios huesos de dragón, calaveras y estatuas de monstruos estaban dispuestos alrededor de un pebetero del que salía una gran llama rodeada de otras más pequeñas:

–Dioses, os ruego que me ayudéis a recuperar a mi hija –imploró–. Esta noche haré una ofrenda para conseguir vuestros favores. Diez hombres serán descuartizados vivos y su sangre os será servida en copas de plata.

Después cogió su propio cuchillo y se abrió una herida en el antebrazo. Levantó el brazo herido y dejó caer la sangre sobre su rostro y lo embadurnó hasta cubrirlo completamente.

–Cada día os ofreceré mi propia sangre. Si no es suficiente, os entregaré mi vida, pero os ruego que salvéis a mi hija Alexia. Ella es el futuro de este reino. Si ella muere, mi obra no habrá servido de nada. ¡Y sin nosotros, el mundo perecerá!

* * *

Górgula se disponía a clavar el cuchillo sobre la piel de Arturo cuando notó que algo extraño ocurría. Al principio no fue capaz de determinar exactamente de qué se trataba, pero supo que no era bueno para ella. Las hechiceras poseen un sentido del peligro que las demás personas no tienen. Ellas saben perfectamente que la maldad surge en cualquier momento.

–¿Qué pasa? –logró preguntar–. ¿Qué diablos estás haciendo, muchacho?

Arturo se dio cuenta de que la hechicera estaba siendo dominada por algo que la tenía atrapada y que le impedía moverse con libertad. Levantó un poco la cabeza y descubrió lo que pasaba: ¡las letras de su cuerpo habían cobrado vida otra vez más para salvarle!

–¿Qué hechicería es esta? –gritó la mujer– ¡Maldito brujo!

Pero no pudo decir nada más. Su prominente cuerpo se elevó sobre el suelo y quedó flotando como una pluma. Las letras la habían envuelto por completo y todo el campamento pudo escuchar su espantoso grito.

Cerca del riachuelo, Crispín y Alexia comprendieron de dónde provenía aquel horroroso alarido. Lo supieron en seguida, sobre todo ella.

–¿Qué pasa? –preguntó Forester.

–¡Es Górgula! –dijo alguien cercano.

–Se ha equivocado de víctima –afirmó Alexia–. ¡Va a pagar caro su error!

Todos los hombres salieron de sus casuchas con las armas en la mano, dispuestos a enfrentarse a un posible enemigo, pero se llevaron una terrible sorpresa: ¡el cuerpo de Górgula estaba suspendido en el aire, a varios metros del suelo, casi a la altura de los árboles más grandes, sujetado por unos extraños bichos negros que se retorcían como pájaros!

–¡Por todos los diablos del infierno! –balbució Forester, absolutamente asombrado–. ¡Nunca había visto nada igual!

–Ni lo verás –añadió Alexia–. Ese chico es único. ¡Es un elegido de los dioses y de los diablos!

Las letras negras liberaron el cuerpo de la hechicera que cayó hacia el suelo, sobre el que se estampó levantando una nube de hojas otoñales esparcidas sobre la hierba. Su voluminoso cuerpo hizo un ruido que sobrecogió el corazón de los que estaban cerca.

Mientras los bandoleros se preguntaban qué había ocurrido, Alexia comprendió en seguida que, quizá, estaba ante una buena oportunidad que no debía desaprovechar. Por eso, mientras los demás se acercaban al cuerpo de la hechicera, ella salió corriendo hacia la cabaña y trató de entrar, golpeando furiosamente la puerta de madera que se negaba a abrirse.

–¡Déjame que te ayude! –se ofreció Crispín, que la había seguido–. ¡Es mejor hacer un agujero en la pared!

Agarró uno de los leños que estaban amontonados al lado de la puerta y golpeó con furia varias veces. Finalmente, la débil pared de adobe y paja cedió ante los golpes del muchacho, de forma que los dos pudieron acceder a la cabaña y ver lo que en ella ocurría. Crispín no daba crédito a sus ojos y Alexia volvió a sentirse maravillada: ¡las letras habían vuelto al interior y rodeaban el cuerpo de Arturo, formando un escudo protector, de tal forma que nadie podía acercarse! ¡Zumbaban a su alrededor igual que un enjambre de avispas protegiendo su nido! ¡Nadie podía acercarse sin correr peligro de ser atacado!

–¿Qué es esto, Arturo? –preguntó Crispín, casi sin fuerzas para hablar–. ¿Qué brujería practicas?

–¡Soy amiga de Arturo! ¡Soy amiga de Arturo! –repitió Alexia, acercándose al prisionero–. ¡Solo quiero ayudarle!

Arturo gimió para confirmar que era cierto, y las letras se apartaron y le permitieron acercarse. La hija de Demónicus quitó la mordaza de la boca de Arturo y empezó a soltar sus ligaduras.

–Gracias –dijo Arturo, poniéndose en pie–. Ya me estaba ahogando.

Entonces, las letras voladoras se acercaron a Arturo para volver a penetrar en su piel, pero Alexia, que estaba atenta, se abalanzó sobre el cuerpo de Arturo y logró que sus manos tocaran las letras antes de que se unieran al cuerpo del muchacho.

–¡Lo he conseguido! –exclamó, abriendo las manos y mostrando cómo habían sido rozadas fugazmente por las letras mágicas–. ¡Yo también tendré tu poder!

Sin embargo, apenas pasados unos segundos, las letras desaparecieron de sus manos, dejándolas tan limpias como lo estaban antes de entrar en el chamizo. Alexia se sintió muy decepcionada, pero no dijo nada.

–¿Cómo haces este truco? –preguntó Crispín.

Pero Arturo no tuvo tiempo de responder. Los proscritos, al mando de su jefe, estaban rodeando la cabaña e intentaban entrar. Pero, como el agujero era demasiado pequeño para ellos, pretendían derribar la puerta a hachazos y ensanchar el boquete de la pared, lo que puso en peligro la estabilidad de la chabola.

–¿Qué pasa aquí? –preguntó Forester, blandiendo su larga espada–. ¿Qué le has hecho a Górgula? ¡Apártate de mi hijo, maldito brujo!

–No ha sido él, padre, han sido... esas cosas que tiene en la piel –explicó su hijo–. Lo he visto todo.

–¡Eso es imposible! Eso no ha podido levantar el cuerpo de Górgula –respondió el jefe de los proscritos–. ¡Quiero saber qué ha pasado!

–¡Es un brujo, amigo de Demónicus! –exclamó Górgula, cuyo maltrecho cuerpo estaba siendo transportado con dificultad por varios hombres–. ¡Es un brujo oscuro! ¡Está maldito!

Ante esas palabras, los bandidos dieron un paso atrás. Si había algo que temían más que a los soldados del rey, era precisamente a los Magos Oscuros.

–¡Hay que quemarlo! –sugirieron algunos–. ¡Hay que matarlo antes de que nos embruje a todos!

–Es mejor decapitarlo –propuso Górgula.

–¡No! –gritó Forester–. Lo mejor es dárselo a los cerdos para que se lo coman. Cuanto menos rastro quede de él, mejor.

Los proscritos intercambiaron miradas, esperando encontrar en su vecino una respuesta adecuada. Estaban confundidos por la cantidad de propuestas que habían surgido, pero no sabían qué postura tomar. ¿Qué hacer con un Mago Oscuro que tiene más poder que la hechicera del campamento, en la que todos confían plenamente y que ha salvado la vida de muchos de ellos con sus ungüentos especiales?

–¡Esperad! –gritó Alexia–. ¡Lo mejor es alejarle de aquí antes de que sus amigos vengan a buscarle!

–¿Quiénes son sus amigos? –preguntó Forester.

–¡Demónicus y todos los Magos Oscuros que pueblan la tierra pantanosa! Si hacéis daño a Arturo, vendrán a buscar venganza. Podéis estar seguros. ¡Ni siquiera Górgula podrá protegeros!

Después de un breve silencio, Forester dio a conocer su decisión.

–¡Que se marche igual que ha venido! ¡En mala hora ha pasado por nuestro campamento!

Los proscritos dieron por buenas sus palabras y, salvo Górgula, que a pesar de estar maltrecha y con algunos huesos rotos insistió sin éxito en la conveniencia de recuperar a su víctima y matarla, nadie puso objeciones a la expulsión del joven Mago Oscuro y su amiga.

–¡Devolvednos nuestros caballos y nos marcharemos enseguida! –aseguró Alexia–. ¡Antes del anochecer habremos salido de vuestro bosque y estaréis a salvo de los peores maleficios! ¡Si las letras vuelven a cobrar vida nadie las detendrá y es imposible saber qué harán!

Pocos minutos después, Alexia y Arturo cabalgaban velozmente entre los árboles, en dirección a las montañas blancas. Dos horas más tarde, cuando estaban a punto de abandonar el bosque, un jinete que los había estado siguiendo se acercó a toda velocidad:

–¡Eh, esperad!

–¿Quién es? –preguntó Arturo.

–Debí imaginarlo –dijo Alexia–. ¡Te ha salido un admirador!

El jinete los alcanzó y detuvo su montura.

–¡Crispín! –exclamó Arturo–. ¿Qué haces aquí?

–¡Voy con vosotros! ¡Esas letras tienen un poder que me gusta! ¡Quiero aprender a manejarlas y quiero ser como tú!

–Pero eso no funciona así…

–En el campamento de mi padre no voy a aprender nada nuevo. Me convertiré en un proscrito. Algo me dice que contigo podré hacer algo importante. ¡Seré tu criado!

Arturo comprendió que sus protestas no servirían de nada. Espoleó su caballo y sus dos compañeros le siguieron campo a través.

Dos días después, se encontraron con Arquimaes en un cruce de caminos, a una jornada de Ambrosia, cerca de donde habían quedado. El plan había salido mejor de lo que esperaban.

XX
RETORNO A LA EDAD MEDIA

CUANDO papá y yo llegamos a la cafetería del Museo de Historia, Norma y Metáfora nos están esperando sentadas ante una mesa y tomando un café. Hay mucho ambiente y nada de humo, pues en este sitio no está permitido fumar, cosa que los no fumadores agradecemos mucho.

–¡Menudo chaparrón os ha caído encima! –dice Norma, en cuanto nos ve–. ¡Os habéis traído toda la lluvia!

–Sí, se nos ha olvidado coger el paraguas, y ya ves… Pero vosotras estáis secas…

–Somos más precavidas. Y nos gusta llegar a la hora –responde Norma, haciendo un leve reproche.

–Tienes razón. Lo siento.

–Espero que esta exposición sea interesante –digo, quitándome el chaquetón.

–Seguro que lo es –pregunta papá–. Lo avalan varias entidades culturales. Incluso participa una revista con la que colaboro: *Edad Media Popular.*

–A mí me hace ilusión. Una exposición sobre la Edad Media puede resultar interesante –explica Metáfora–. Anda, tomad algo caliente que venís hechos polvo.

Me siento a su lado y papá se coloca junto a Norma. El camarero viene a preguntarnos qué queremos tomar y pedimos un té para mí y un café con leche para él.

–Creo que la conferencia que vamos a escuchar es muy buena. Es sobre la escritura de los monjes.

–Claro que sí –dice Metáfora–. Además han expuesto objetos que pertenecieron a calígrafos medievales.

–¡Va a ser una exposición increíble! –añado–. Por lo que he visto en la página web vamos a ver cosas que pocas veces se han expuesto.

El camarero deposita nuestras tazas sobre la mesa y se retira, dejando también una nota de las nuevas consumiciones.

–Os contaré que esta exposición ha levantado mucha expectación entre los estudiosos de la Edad Media –comenta papá–. Nos lo vamos a pasar muy bien.

–También vienen escritores de novela histórica –dice Metáfora, mirando el programa–. Si tenemos suerte podemos conseguir algún autógrafo… Esta tarde estará Jon Leblanc, el autor de *Los sueños medievales.*

–Creedme: la realidad supera con creces la imaginación de cualquier escritor –explica papá, después de probar su café–. El mundo real está lleno de aventuras y de hecho, mucho más imaginativas que las que se cuentan en las novelas de caballería y de fantasía, os lo aseguro.

Norma pone su mano sobre la de papá, como dándole la razón.

Metáfora y yo cruzamos una mirada de complicidad que ellos no ven.

–A veces, hay personas capaces de superar la realidad –comenta Metáfora–. Hay gente que tiene una vida imaginativa muy fuerte.

Papá da un sorbo a su taza y sonríe antes de responder.

–Eso lo dices porque eres joven. Ya verás cuando crezcas como me das la razón. Descubrirás que la realidad es insuperable y que la imaginación es cosa de la juventud.

–Bueno, ha llegado la hora de irse –nos apremia Norma, llamando al camarero–. Vamos a pagar y nos vamos... Venga, terminad vuestras consumiciones, que se está haciendo tarde.

Papá, Metáfora y yo tomamos rápidamente lo que queda en nuestras tazas y nos ponemos en pie. Para entonces, Norma ya ha pagado al camarero y salimos al pasillo del museo, que está repleto de gente.

–Nunca hubiera imaginado que existiera tanto interés por la Edad Media –confiesa Norma.

–Hay asociaciones y agrupaciones de amigos de la Edad Media. Hay mucha gente que pasa la mayor parte de su tiempo estudiando y analizando esa época –explica papá–. Incluso campamentos en los que la gente vive y se viste como en aquellos tiempos. Te asombraría descubrir la pasión que despierta este período de la Historia.

Entramos en la sala dedicada a la exposición y nos encontramos con un espectáculo insólito: la reproducción exacta de un *scriptorium*, medieval. ¡El lugar en el que los monjes escribían y dibujaban los libros y los pergaminos!

Varios escritorios, atriles, cofres para guardar libros, candelabros, cirios, tinteros, plumas... Además, para decorar las paredes, han hecho ampliaciones de pergaminos en las que se puede apreciar la belleza de las letras caligrafiadas. Incluso las azafatas, los porteros y los vigilantes están vestidos de época. Todo un espectáculo.

Tenemos la impresión de estar muy cerca de aquellos tiempos y eso nos produce una sensación maravillosa. Es un escenario que me resulta tan cercano que tengo la impresión de haber vivido en él.

Después de dar una vuelta y de observar algunas maravillas, entramos en la sala de conferencias.

–Estoy emocionado –dice papá–. El que va a hablar es un monje calígrafo auténtico. Quizá, después de la conferencia, pueda hablar con él. Me gustaría contar con su colaboración para mi investigación.

Nos sentamos en nuestro sitio justo cuando la luz se está apagando para que la conferencia comience. Sobre el escenario hay una mesa con dos personas: un monje y un hombre de aspecto señorial.

–Buenas tardes, me llamo Jon Leblanc, soy escritor especialista en temas de la Edad Media y estoy aquí para presentar al hermano Tránsito, monje calígrafo...

¿Hermano Tránsito? ¿Un monje?

–... que nos va a explicar algunos secretos de la escritura medieval.

Sé que he escuchado ese nombre alguna vez... Pero no soy capaz de recordarlo...

–Descubrí que tenía habilidad para dibujar letras cuando era pequeño... Esto, unido a mi deseo de llevar una vida de reclusión y dedicada a la meditación me llevó a ingresar en el monasterio de Montefer, en las afueras de Férenix. Un monasterio poco visitado, en el que nos dedicamos a caligrafiar libros al estilo medieval. Usamos las mismas herramientas, la misma tinta, e idéntico sistema de trabajo. Intentamos reproducir el modo de vida del siglo X y podríamos decir que incluso comemos las mismas cosas que nuestros hermanos de aquella época.

Veo que papá bebe las palabras del monje. Ha captado su interés de una manera extraordinaria. La verdad, es que a mí también me ha atraído.

–Hoy he venido aquí de manera excepcional ya que nunca salgo a dar conferencias, pero el señor Leblanc me ha convencido de la necesidad de explicar nuestra labor para que ustedes sean conscientes de que, de alguna manera, la Edad Media sigue viva...

–¿Te gusta? –pregunta Metáfora en voz baja.

–Oh, sí, claro

–¿Te gustaría vivir dentro de ese monasterio? ¿Te gustaría ser un monje medieval?

–Mmmm... Bueno, sí... es posible que me ayudara a descubrir algunas cosas sobre mi problema... Y a ti, ¿te gustaría ser monje?

–A mí me gustaría ser reina... Para luchar contra la hechicería.

–¿Y eso?

–Así podría quemar a esa bruja de Alexia.

–Es una broma, ¿verdad? –digo.

–Claro. No sería capaz de quemar a una persona. Yo nunca haría eso.

La conferencia acaba entre un aplauso atronador.

El hermano Tránsito se ha ganado al público, que se ha puesto de pie aplaudiendo.

–Norma, acompáñame, que quiero hablar con este hombre –propone papá–. Necesito contar con su colaboración.

–Chicos, si queréis, podéis esperarnos en la sala de cóctel –dice Norma–. Ahora nos vemos.

Nos mezclamos entre el público que abarrota la exposición y aprovechamos para buscar a Jon Leblanc, y conseguir el autógrafo que Metáfora tanto desea.

–He leído algunos de sus libros –dice mi amiga cuando conseguimos acercarnos a él–. Tiene usted la habilidad de transportar al lector a la Edad Media.

–Gracias, señorita –responde el hombre, mientras firma en la agenda que Metáfora le ha puesto en las manos.

El hombre se aleja, envuelto en una nube de admiradores y Metáfora y yo nos acercamos a la sala donde unos camareros sirven bebidas.

Cuando conseguimos atrapar una naranjada, papá y Norma se acercan.

–Estoy encantada –dice Norma–. Ha sido una gran idea traer a ese monje. Nunca he conocido a alguien tan... tan sereno.

–Sí, estoy de acuerdo contigo –dice papá.

Papá y Norma se entienden cada día mejor, y eso me gusta. Creo que a él le está sentando bien eso de tener a una mujer con la que hablar. Espero que todo esto acabe bien y que no tengamos algún disgusto por el camino, ya sabemos que las parejas se hacen y se deshacen con demasiada facilidad. Un día dicen que se quieren y al otro que se odian. El día que yo me decida por una chica, será para siempre... Y no la cambiaré por nada ni por nadie.

Salimos a la calle, donde sigue lloviendo a mares. La gente que tiene un paraguas lo abre, mientras que los que no somos previsores, nos tenemos que refugiar bajo la gran cornisa que bordea el edificio del Museo.

Norma agarra del brazo a papá y abre el paraguas.

–Verás, vamos a hacer una cosa... Tú y yo nos vamos a dar un paseo bajo la lluvia y los chicos se pueden ir a merendar o a lo que quieran.

–¿Tú y yo solos?

–¿No me tendrás miedo, verdad? Además, quiero hablarte de un asunto que me preocupa. Me gustaría compartir contigo una gran duda que tengo.

–¿Una duda?

–Sí, fíjate que mientras escuchaba al monje me preguntaba sobre el valor de esos dibujos medievales... –dice mientras se lleva a papá–. Bueno, chicos, hasta luego... ¿Tú qué harías en su lugar? ¿Te desharías de algo tan valioso?

Metáfora y yo vemos como se marchan bajo la lluvia.

–¿A que hacen buena pareja? –me pregunta.

–Sí, son casi de la misma estatura –respondo.

–No lo decía por eso. Me refería a lo bien que ella le maneja. Fíjate, le protege con el paraguas, le hace pasear bajo la lluvia y le va a convencer de que no venda los pergaminos.

–¿A eso le llamas tú hacer una buena pareja?

–Hombre, claro. Un buena pareja se entiende hasta en los más mínimos detalles.

–¿Tú crees que tu madre le convencerá de que no debe vender los dibujos?

–¿Acaso tienes dudas? Desde luego, es que no te enteras.

–Oye, que yo no soy ningún idiota.

–Bueno, venga, no quería molestarte.

–Pues mide tus palabras.

Veo como se alejan cubiertos bajo el mismo paraguas, y me pregunto si de verdad soy un iluso, como dice Metáfora.

* * *

Me acabo de acostar y papá aún no ha llegado a casa, pero no estoy preocupado. Si a estas horas todavía está con Norma, es que el problema está resuelto y no venderá los dibujos.

La discusión con Metáfora me ha sacado de mis casillas y estoy un poco enfadado con ella. Mañana, cuando nos veamos en clase, se lo diré. Le explicaré que no me puede tratar como a un bebé, ya tengo catorce años y sé muy bien lo que pasa a mi alrededor. No sé de dónde ha sacado esa idea de que soy un ingenuo.

Pi... Pi... Pi...

El móvil. Debe de ser papá que me envía un mensaje para decirme que llegará tarde y que no me preocupe. Aprieto la tecla de los mensajes y me encuentro una pequeña sorpresa:

> *Perdóname. Me he pasado de lista. Mañana hablamos.*
> *Un beso. Metáfora.*

Vaya, parece que se ha dado cuenta de que me ha molestado su comentario.

XXI

EL SUEÑO DE ARQUIMAES

ARTURO, Arquimaes, Alexia y Crispín cabalgaron durante una dura y fría jornada en la que la nieve no dejó de caer ni un solo instante.

Al llegar la noche, Arquimaes, que parecía conocer la región, les llevó hasta una cueva en la que pudieron descansar.

–Pasaremos por Ambrosia –propuso el sabio–. Allí repondremos fuerzas. Después, iremos a ver a la reina Émedi para ponernos a su servicio.

–¿Visitaremos a una reina? –preguntó Crispín–. ¿De verdad nos recibirá?

–Espero que se acuerde de mí –dijo Arquimaes–. La conocí hace algunos años y no la he olvidado desde entonces.

–Es mejor que no hagáis planes –intervino Alexia–. No llegaréis a ningún sitio. Mi padre os aniquilará.

–No te equivoques, princesa –respondió Arturo–. Nos uniremos a la reina Émedi y emprenderemos una campaña contra tu reino de hechicería.

–Arturo Adragón será caballero y yo me convertiré en su escudero –explicó Crispín–. ¡Y nadie podrá impedirlo!

Arquimaes escuchó con paciencia las advertencias y amenazas de sus compañeros y se dio cuenta de que entre Alexia y Arturo se estaba estableciendo un lazo que nada tenía que ver con el odio.

–Bueno, muchachos, es hora de dormir –dijo–. Yo haré la primera guardia.

Mientras el sabio alimentaba la hoguera, se acostaron y se quedaron dormidos enseguida. A medianoche, Arturo se levantó para hacer su turno.

–Acostaos, maestro, que yo vigilaré –dijo–. Podéis estar tranquilos.

–No tengo sueño –respondió en voz baja, para no despertar a Alexia y a Crispín–. Llevo horas pensando en el futuro... Y en el pasado... Estoy nervioso.

–¿Queréis compartir conmigo vuestros pensamientos?

Arquimaes se acurrucó cerca del fuego y, mirando las llamas, dijo, como en un susurro:

–Hace años tuve un sueño. Un sueño insistente, que se repetía noche tras noche...

Las palabras de Arquimaes evocaron extraños recuerdos en Arturo. Durante unos instantes, se preguntó si el discurso de su maestro se refería a él mismo.

–Yo nací en el seno de una familia de campesinos que vivía en la más absoluta miseria. Mi padre, en su juventud, había cometido el error de apoyar un alzamiento de campesinos contra el rey. La revuelta fracasó y fue apresado. Permaneció en la cárcel durante varios años, hasta que, gracias a un indulto, le soltaron. Se casó con mi madre, una mujer con menos medios que él y formaron una familia de hijos ignorantes y hambrientos. En poco tiempo estaban acosados por las deudas y las enfermedades... Todavía no comprendo cómo sobrevivimos a aquella mísera vida...

Arquimaes hizo una pausa. Arturo esperó a que se le deshiciera el nudo que se le había formado en la garganta. En ese momento, Crispín, que tenía el oído más fino que un lobo, se despertó y se unió a la conversación.

–Mi padre murió cuando un noble le descubrió robando unas frutas en un bosque del rey. Lo juzgaron allí mismo, lo declararon culpable y lo ajusticiaron con una cuerda que él mismo llevaba y que utilizaba para subir a los árboles. Y mi madre se volvió loca de desesperación... Ese fue el final de nuestra familia... Yo tenía catorce años y empecé a tener sueños. La vida se había vuelto tan dura que la única salida que me quedaba era soñar, cosa que no estaba ni prohibida ni perseguida ni castigada. Los pobres podemos soñar, es lo único que se nos permite hacer.

Crispín se estremeció. El relato de Arquimaes le había producido una gran angustia ya que le recordó muchas cosas de su propia infancia. La agitación del muchacho no pasó desapercibida a Arturo, que estaba igualmente emocionado.

–Dos de mis hermanos se hicieron monjes, otro murió, mi hermana mayor se encerró en un convento, en el que aún permanece, y otra se casó con un comediante de feria y desapareció de nuestras vidas. No he vuelto a saber nada de ella.

–¿Qué hiciste tú, maestro? –preguntó Arturo–. ¿Qué decisión tomaste?

–Mis hermanos me invitaron a entrar en el monasterio, pero esa vida no me atraía nada. Era joven y necesitaba acción, así que me alisté en el ejército del noble que había traído la desgracia a mi familia. Me hice soldado.

–¿Te fuiste a servir al villano que acabó con la vida de tu padre? –preguntó Crispín–. ¿Eso hiciste?

–Era la única forma que tenía de acercarme a él. Mi plan consistía en clavarle un cuchillo en la garganta en la primera ocasión que se me presentase. Solo quería vengarme... Pero los sueños empezaron a hacerse más claros e intensos. Durante los años que serví a sus órdenes, aprendí a luchar y me convertí en un poderoso guerrero. Pero también desarrollé mis sueños hasta límites insospechados.

–¿En qué consistían esos sueños? –preguntó Crispín, deseoso de saber–. ¿Acaso alguna mujer?

–¡Soñaba con crear un mundo justo! –respondió Arquimaes–. Los sueños progresaban y, si bien al principio eran divagaciones juveniles sobre las injusticias que me rodeaban, al final, me vi sentado en un trono, con una corona de oro y plata en la cabeza... acompañado de una mujer.

–Vaya, eso sí que es tener sueños ambiciosos –intervino Alexia, que lo había escuchado todo–. ¡Siempre he oído decir que los alquimistas buscan poder, pero esto supera todas las expectativas!

–En mis sueños, yo era un rey justo y sabio. Un rey tolerante y comprensivo con mis súbditos. Un rey que no tenía ambiciones de poder, sino deseos de reparar las injusticias y dar cobijo a los más pobres.

–¿Rey de campesinos? –dijo irónicamente la princesa–. ¡Un campesino investido rey por los campesinos!

–Mis sueños eran nobles y era rey por necesidad. Rey para acabar con las injusticias que asolan estas tierras. Era rey para curar las enfermedades y ayudar a los pobres, aliviar las desgracias, enseñar a los que no saben... ¡Rey de todos los seres que necesitan justicia! ¡Ese es mi sueño, princesa, crear un reino de justicia y honor! ¡Un reino que la gente como vos no puede entender!

–¡Ya he escuchado bastante! –respondió Alexia–. ¡Sois un alquimista traidor que pretende arrebatar el trono a cualquier inocente que crea en vuestras dulces palabras! ¡Sois un encantador de serpientes!

–¡Un momento! –la interrumpió Arturo–. ¡Arquimaes no ha cometido ningún delito para ser tratado de esta manera! Solo ha hablado de sus sueños.

–¡Todo el mundo tiene sueños! –dijo Arquimaes–. Y los sueños no hacen daño a nadie.

–Todos deseamos cosas que solo aparecen en los sueños –añadió Crispín–. ¡Yo quiero ser caballero!

Alexia depuso su actitud agresiva cuando comprendió que las palabras de Arquimaes eran sinceras y se parecían, de alguna manera, a lo que ella misma había sentido alguna vez, cuando siendo niña, había tenido bellos sueños.

Arquimaes esperó un poco a que los ánimos se tranquilizasen y reanudó su explicación.

–Los sueños son el territorio de la libertad. Ellos nos dicen lo que ansiamos y lo que deseamos y a mí me explicaron lo que tenía que hacer. Comprendí que mi misión en esta vida consistía en crear un reino en el que imperasen la justicia y la libertad. Por eso dejé la carrera de armas y me hice monje, como mis hermanos. Durante los años que permanecí en Ambrosia aprendí todo lo relacionado con la escritura y ahí forjé, dibujando y escribiendo, el plan que debo poner en pie. ¡La creación del reino de Arquimia!

–¿Quieres poner tu nombre a un reino? ¿No es eso una falta de humildad impropia de un monje? –preguntó Crispín.

–Cuando abandoné el monasterio y me dediqué a la alquimia, adquirí el nombre que ahora llevo. Pero no es mío. Arquimaes no me pertenece. Es un homenaje al gran alquimista que me enseñó todo lo que sé: Arquitamius, un hombre que dio su vida a la causa de la ciencia. Arquimaes es un nombre inventado, basado en este maestro de maestros. Yo solo sigo su labor.

–Y ahora, ¿qué te propones, maestro? –preguntó Arturo, profundamente conmovido–. ¿Qué planes tienes?

–Ha llegado la hora de poner mi sueño en pie. Arquimia va a ser una realidad. Ya no haré en este mundo más cosas que aquellas que puedan servir para mi propósito. ¡Voy a fundar Arquimia!

–Crear un reino no es un juego. ¿Con qué fuerzas cuentas para llevar a cabo tu misión? –preguntó Crispín.

Arquimaes miró a Arturo.

–Arturo Adragón será el primer caballero arquimiano –dijo, poniéndole la mano sobre el hombro–. Él será mi brazo ejecutor.

–¿Un muchacho de catorce años os ayudará a fundar un reino? –preguntó Alexia–. ¿Es una broma?

–¡Yo también les ayudaré! –saltó Crispín–. Ahora soy escudero, pero me convertiré en caballero arquimiano.

–Arturo es la señal que esperaba. Me ha demostrado que puedo confiar en él. Es el elegido para ayudarme –insistió Arquimaes–. ¡Arturo Adragón, el caballero arquimiano que lucha contra los dragones del Mal!

–¡Os harán falta más caballeros! –advirtió la princesa–. Demónicus está preparando un verdadero ejército para aniquilaros a todos. ¡Cuando él pase por aquí no quedará piedra sobre piedra!

–Opondremos resistencia –respondió Arturo, poniéndose en pie–. Aunque seamos pocos, le costará hacerse el amo de estas tierras.

–Sí, le daremos lo que se merece. Nos da igual que venga con todo su ejército y sus dragones –afirmó Crispín–. ¡Les haremos frente!

–Maestro, ¿cuál es vuestro verdadero nombre? –preguntó Arturo.

–Ya no me acuerdo... Y no importa... Ahora soy Arquimaes, el alquimista que trabaja para lograr un mundo de justicia... Eso es lo único que importa...

* * *

Al día siguiente reemprendieron la marcha. El campo estaba cubierto de nieve y cabalgaban con una lentitud exasperante. Aprovechando que estaban un poco apartados de Crispín y Alexia, Arquimaes hizo una confesión a Arturo.

–En el sótano del torreón, en Drácamont, hay un cofre con dibujos que te ayudarán a llevar a cabo tu misión. Si me ocurriera algo, debes buscarlo entre las ruinas, descifrar los dibujos y hacer tuyo su contenido.

–Pero, maestro, no os ocurrirá nada malo. No permitiré que nadie os haga daño –respondió el ayudante.

–Arturo, el destino siempre es imprevisible. Recuerda que si muero, tú tomas el relevo. Debes buscar esos dibujos, y hacer tuya la misión que os he contado esta noche. Hay que sacar a este mundo de la oscuridad. ¡Hay que crear un reino de justicia! ¡Prométemelo!

–Os lo prometo, maestro. Os lo prometo.

–Y recuerda que la cerradura para acceder a ellos no está donde parece que está. ¡Ten cuidado cuando abras el cofre!

XXII
EL TATUADOR

Como se ha disculpado y se lo había prometido, he aceptado ir con Metáfora a ver a Jazmín, el tatuador.

–Ya ves que cumplo mis promesas –le digo cuando bajamos del autobús–. Aunque no creo que esta visita sirva para algo.

–Ya verás como sí sirve. Tienes un problema complicado. Necesitamos escuchar opiniones profesionales.

–No creo que un tatuador nos aclare mucho.

–Algo hará. Además, te aconsejo que también visitemos a un especialista en sueños.

–¡Eres insaciable! ¡Cuánto más consigues de mí, más quieres!

–Solo quiero ayudarte.

–Con tal de que no se te ocurra llevarme a hablar con Leblanc, el escritor –ironizo–. Podría escribir una historia sobre mí.

–Pues no es una mala idea. A lo mejor él…

–¿Crees que puedes tratarme como si fuese un mono de feria? –estallo–. ¿Se puede saber qué pretendes hacer conmigo?

–Nada. Pero no puedes seguir así, creyéndote que eres una especie de Capitán Trueno. Tienes que comprender que eres un chico moderno, que vives en el siglo veintiuno y que no serías capaz de manejar una espada ni de broma. Todo lo que tienes es la cabeza llena de fantasías.

–¿Ah, sí? ¿Los tatuajes también son producto de mi imaginación?

–Eso tiene que tener una explicación técnica y razonable. Para eso venimos aquí, para que Jazmín nos explique a qué se debe. Seguro que nos da una buena respuesta, ya lo verás. Ya estamos llegando… Es ahí.

La tienda de tatuaje tiene una gran cristalera publicitaria llena de dibujos de todos los colores y tamaños. Hay imágenes de todo tipo: corazones con frases románticas, espadas con lemas patrióticos, calaveras con textos de canciones, escudos de clubes de fútbol, dragones, caballos, aviones... Por lo que veo, uno se puede tatuar lo que le dé la gana. Hay para todos los gustos.

–¡Mira qué pasada! ¡Parece un cuadro! –dice Metáfora– ¡Fíjate!

Se trata de una gran fotografía a tamaño natural de un tipo calvo que tiene todo el cuerpo tatuado con docenas de motivos. ¡Es alucinante! No tiene un centímetro de piel sin tatuar. Signos orientales, árabes, africanos... Dibujos, logotipos, letras... ¡Hasta se ha pintado un mapa en el pecho! ¡Será posible!

–¿Ves? ¿No te lo decía yo? ¿A que un cuerpo tatuado queda precioso? –comenta como si fuese algo natural.

Toda la tienda está tatuada. Quiero decir que está llena de fotografías de personas con tatuajes y ella misma parece estarlo. De hecho, parece un enorme catálogo para que el que entre aquí no salga sin haberse hecho alguna cosa en algún sitio...

–Hola, ¿está Jazmín?

–¿Quién eres? –pregunta una muchacha muy atractiva, que también tiene tatuajes hasta en... hasta en los párpados.

–Me llamo Metáfora y he quedado con él. Dile que he venido con mi amigo Arturo.

–Esperad un segundo, voy a ver si puede atenderos –responde mientras se desliza entre varias cortinas–. Ahora está con un cliente.

–Oye, a ver si va a pensar que nos queremos tatuar, que yo ya estoy servido –le digo cuando nos quedamos solos.

–Venga, deja de decir tonterías. Que tú estás más para servir de modelo que otra cosa.

La joven tailandesa surge de entre las sedas colgantes y nos invita a entrar:

–Os está esperando. Pasad por aquí.

Cruzamos un pequeño mar de telas de todos los colores y llegamos a una sala en la que hay un tipo tumbado en una camilla, que llora a lágrima viva, mientras que un tipo gordo nos observa con una sonrisa de oreja a oreja. Me recuerda a esas escenas en las que un torturador se ensaña con su víctima y esta sonríe para demostrar que el sufrimiento es un placer.

–Hola, podéis hablar mientras yo trabajo –dice Jazmín, mostrando su máquina de tatuar–. Sentaos y contadme lo que os pasa.

Por lo que me has contado, el caso de tu amigo puede ser muy interesante.

No puedo quitar la vista de la cara del pobre chaval que está siendo tatuado. No deja de llorar, aunque, curiosamente, parece feliz. La verdad, con lo que cuesta que te decoren la piel, no sé de qué me quejo, al fin y al cabo, a mí no me ha supuesto ningún sufrimiento.

–Pues, verás, Jazmín, mi amigo Arturo tiene el tatuaje más curioso que hayas visto en tu vida.

–¿Te refieres a esa cabeza de dragón que tienes en la frente? En China es muy normal. El dragón es chino...

–Bueno, del dragón hablamos después; ahora quiero que veas esto... –le interrumpe Metáfora–. Arturo, ábrete la camisa...

–¿Ahora? ¿Aquí? ¿Delante de todo el mundo?

Su mirada me atraviesa, así que, aunque me da pudor desvestirme ante personas desconocidas, me quito la cazadora y empiezo a desabrocharme los botones... Y dejo que vean mi pequeña obra de arte particular.

Jazmín entrecierra los ojos e intenta descifrar las letras de mi cuerpo.

–¡Más! ¡Enséñame más! –pide, extremadamente interesado.

Me quito definitivamente la camisa y me quedo ahí de pie, para que me pueda ver bien.

–¡Por los dientes de dragón! –exclama–. ¡Nunca he visto nada igual en mi vida!

Incluso el joven lloroso se interesa por lo que ve. Tiene los ojos enrojecidos y percibo claramente que está sufriendo como un loco. Jazmín, que está asombrado, ha penetrado su piel un poco más de la cuenta y le hace gritar.

–¡Jazmín! ¿Qué haces, hombre? ¿No ves que me has hecho daño? –protesta el pobre.

–¡Tú te callas! ¡Te he hecho un buen precio, así que no molestes! ¡Deja que admire esta obra de arte! –dice, mientras deposita la pistola sobre una bandeja y se limpia las manos de sangre y tinta.

–¿Qué te parece? –pregunta Metáfora.

–¡Una obra de arte! ¡Única en el mundo!

–¿Te lo dije o no te lo dije?

–¡Es una pasada! –exclama el joven sufridor, que ahora que me fijo, se está tatuando toda la espalda con viñetas de cómics–. ¡Esas letras son increíbles!

Jazmín se acerca y pasa la yema de los dedos de la mano derecha sobre la letras. Posiblemente con la intención de descubrir el gran misterio que las rodea. Se acerca a su mesa de trabajo, coge una gran lupa y vuelve a acercarse. La coloca ante sus ojos e inclina la cabeza sobre mi cuerpo.

–¿Quién te lo hizo? –pregunta finalmente.

–Creo que el contacto con un papel escrito.

–¿Adhesivo?

–No, adhesivo, no. Fue algo mágico. Imposible de explicar. Me envolvieron en un pergamino cuando era pequeño y me contagiaron.

–Las letras no se contagian.

–Pues ya ves que sí –replico–. Mi piel actuó como papel secante.

–Ah, ya entiendo.

Me rodea y me examina por completo, cada vez más sorprendido. De vez en cuando lanza alguna exclamación y no deja de pellizcarme y de rozarme. Después da un paso atrás y se pone al lado de Metáfora.

–Ve a ver a la señorita de la entrada y pídele la cámara digital para mí –le pide–. Quiero hacer fotografías para mostrarlas en el Congreso Internacional de Tatoo. ¡Van a alucinar!

Mi amiga sale entre las cortinas y Jazmín vuelve armado con su lupa.

–¿Y el dibujo del dragón de la frente, también contacto con papel?

–No estoy seguro, pero me han dicho que ya nací con él. Quizá me lo hicieron en otra vida.

–Ah, ¿es un caso de transferencia temporal? –dice Jazmín.

–¿Transferencia temporal?

–Sí, algo que ocurre en un siglo y aparece en otro... Ya sabes, transferencia temporal. ¿Estás seguro de querer quitarlo?

–No lo sé –respondo–. Me conformaría con saber qué es.

–A mí me mola –dice el chaval que se está tatuando.

–Déjame que lo vea de cerca –pide Jazmín–. Es lo más raro que he visto en mi vida. La tinta es muy rara... Y de gran calidad...

Le permito que observe lo que le dé la gana. Noto que me toca el dibujo y me pellizca la frente. Golpea con los nudillos y presiona un poco.

–Voy a sacar muestras para analizar –dice al cabo de un rato–. Es necesario para estudiar el caso y curarte. Creo que el dragón tiene la respuesta a tu problema.

–¿No me irás a hacer daño?

–Tranquilo. Duele menos que un pinchazo de *piercing*... Cierra los ojos para no asustarte.

Como soy un poco cobardica para estas cosas, le hago caso y me encierro en mí mismo. Estira la piel y, después de manosearla, noto un leve pinchazo que no es muy doloroso, pero sí muy molesto...

–¡Ahhhhhhhhhhhhh!

¿Qué ha pasado? Abro los ojos y veo que Jazmín está contra la pared, sudando, aterrorizado, sin palabras. El sufridor me mira con los ojos abiertos, sin decir palabra, igual que si hubiera visto una alucinación.

–¿Qué ha pasado? –pregunta Metáfora, acompañada de la dependienta–. ¿Qué ha ocurrido?

–No lo sé. Yo solo he cerrado los ojos... Que te lo digan ellos.

–¡Tu amigo es un brujo! ¡Tu amigo es un brujo! –repite incesantemente Jazmín, con la cara desencajada y la voz quebrada–. ¡Ese chico es un demonio!

La joven tailandesa se acerca al pobre hombre y le ayuda a mantenerse en pie ya que parece que está a punto de perder el sentido. Ella le pregunta algo en su idioma y, después de intercambiar algunas frases, dice:

–¡Salid de aquí ahora mismo o llamo a la policía!

–¿Por qué? –insiste Metáfora–. ¿Qué ha pasado?

–¡Marchaos! ¡Fuera!

–¿Qué ha ocurrido?

El joven señala mi frente y exclama:

–¡El dragón ha atacado a Jazmín! ¡El dragón está vivo!

–¿Qué? ¿Estás loco o qué te pasa? –pregunta Metáfora, desconcertada.

–¡Ese dragón es peligroso!

Yo miro a Metáfora y me paso la mano por la frente. No entiendo lo que quiere decir. Ese hombre está borracho. Los dibujos no atacan a las personas.

–¡Tu dragón ataca a la gente!

–¡Salid de aquí o llamo a la policía! –nos amenaza la joven–. ¡Ahora mismo!

Me pongo la camisa lo más rápidamente posible. Cuando estoy a punto de coger mi cazadora, el chaval se incorpora un poco y dice:

–Eh, Jazmín, yo quiero que me hagas un dragón como ese. ¡Y que tenga tan mala leche! ¿vale?

Mientras salimos, oímos cómo Jazmín chilla al pobre sufridor.

–¡No te burles de mí, idiota! ¡Nadie se ríe de Jazmín!

* * *

Mientras Metáfora y yo viajamos en el autobús, hacia la Fundación, apenas cruzamos palabra. Estamos tan atónitos por lo que ha pasado que preferimos no decir nada.

Miro a través del cristal de la ventanilla a la gente que camina tranquilamente por la calle, como si no tuviera ningún problema, y siento algo de envidia. Si supieran que bajo sus pies hay otro mundo oculto, enterrado y secreto, seguro que cambiarían de actitud.

Si es verdad lo que *Patacoja* nos ha contado y Férenix está construida sobre ruinas antiguas, y la Fundación esconde bajo sus piedras un gran tesoro, puede que las cosas mejoren para nosotros.

Sin embargo, no estoy seguro de que mi problema se arregle, más bien al contrario. Cada paso que doy, me demuestra que tengo dos vidas... Que vivo en dos mundos...

–Oye, Arturo, esa chica, Alexia, ¿es rubia o morena?

–¿Y eso qué importancia tiene?

–Ninguna, pero me estaba acordando de que se dice que los chicos siempre sueñan con lo que más les gusta... Vamos, que me gustaría saber cómo es la chica de tus sueños.

–Pues, no sé, nunca había pensado en eso.

–Ya, vale... Sigue soñando con esa hechicera. A lo mejor ella puede ayudarte más que yo.

–Vamos, por favor, no me digas esas cosas.

–A mí, lo que de verdad me gustaría es saber qué ha pasado con Jazmín. Y si puedes, podrías contarme si has visto lo mismo que él... Pero te ruego que no me mientas. Prefiero que te calles.

Giro la cara y vuelvo a observar las calles de Férenix en silencio. No sé qué decir. No sé qué he visto y no sé lo que pienso sobre todo lo que ocurre.

FIN DEL LIBRO SEGUNDO

Libro tercero

Los poderes del mal

I
LA ABADÍA DEL FIN DEL MUNDO

Arturo y sus compañeros divisaron la torre mayor de Ambrosia con mucho esfuerzo. Los abundantes copos de nieve les impedían ver con claridad. La intensa nevada les obligaba a avanzar con tanta dificultad que los caballos estaban al borde de la extenuación, igual que ellos. Parecían muñecos de hielo que se deslizaban con desgana sobre el manto nevado.

La abadía apenas se diferenciaba del paisaje que la rodeaba. Estaba tan integrada en la estepa nevada que daba la impresión de haber nacido con ella. Ambrosia era la abadía más antigua, escondida y solitaria de cualquier reino conocido, y poca gente estaba al corriente de su existencia. Eran tan pocas las personas que acudían a visitarla que nadie sabía exactamente a qué se dedicaban los monjes que la habitaban. Los campesinos de la región se habían olvidado de ella debido a que apenas necesitaba alimentos del exterior, ya que se autoabastecía perfectamente gracias a la espléndida huerta que los monjes cultivaban con esmero. Además, los monjes copiaban libros y pergaminos por encargo de algunos reyes. Entre estos soberanos se encontraba la reina Émedi, que los recompensaba con generosidad.

Solo algunas caravanas de comerciantes que se atrevían a cruzar las montañas intercambiaban algunos productos necesarios como sal, aceite y algunas simientes. Para los monjes, Ambrosia era un paraíso aislado del mundo. Un paraíso al que poca gente accedía.

Arturo, Alexia y Crispín habían oído hablar vagamente de esta abadía, pero únicamente Arquimaes la había visitado. La gente solía pensar que era un lugar imaginario.

–Así que Ambrosia existe –susurró Arturo–. La leyenda es real.

–Todas las leyendas lo son –respondió el alquimista– Aquí tienes la prueba. Ambrosia es la más extraordinaria abadía del mundo civilizado, aunque nadie la conozca. Entre sus paredes están los mejores tesoros.

–¿Hay oro? –preguntó Crispín–. ¿Y joyas?

–No, muchacho, libros. Miles de libros caligrafiados por los monjes. Te asombrará descubrir la habilidad que tienen para dibujar letras sobre los pergaminos. Son verdaderos artistas. Sus obras son auténticos tesoros. Escriben y dibujan con la misma facilidad.

–Será vuestra tumba –auguró Alexia–. En ella perderéis la vida. Ahí no hay más que maldad y oscuridad. Los libros son manipuladores y confunden la razón de los hombres. Y estos escribientes alimentan la oscuridad para que unos pocos puedan gobernar.

–Te equivocas –la corrigió Arquimaes–. Ambrosia es fuente y guardiana de conocimientos. De ella se nutren los más ilustres hombres de nuestro tiempo. De ahí salen casi todos los textos y libros que ilustran a nuestros sabios. Ambrosia es un manantial de conocimientos.

–¿Libros? ¿Qué es eso? –preguntó Crispín–. ¿Eso es comida?

–Es comida para la inteligencia –explicó el sabio–. Es el mejor alimento del mundo.

–Libros llenos de patrañas –escupió Alexia–. Artilugios que solo sirven para confundir a la gente. Mi padre me ha enseñado a no creer en ellos. Él los conoce bien y sabe que solo contienen falsedades.

–¿Qué tienes contra los libros, Alexia? –preguntó Arturo–. ¿Por qué los odias tanto?

–Contienen las mayores mentiras del mundo. Están escritos por gente sin escrúpulos, que miente, que engaña y que quiere el poder para si misma. ¡Los libros convierten la mentira en verdad! ¡Por eso son peligrosos! ¡Nublan el pensamiento de la gente sencilla! ¡Son perversos! ¡Odian la hechicería y la magia!

Arquimaes dejó la discusión y prestó atención al camino que apenas se veía entre la nieve. Corrían el peligro de salirse de él y que algún caballo tropezara o cayera en un hoyo y se partiera una pata. Por eso se guió por los postes de madera que señalaban sus límites y que apenas mostraban una pequeña parte, pero suficiente para mantenerse en la senda.

Cuando por fin llegaron ante los muros, se encontraron con las puertas cerradas a cal y canto. El viento y la nieve les azotaban el rostro y las manos hasta el punto de que apenas podían sujetar las bridas. Y eso que llevaban envueltos en paños y pieles las manos y los pies. Crispín y Arturo, poco habituados a estas bajas temperaturas, empezaban a sentir los primeros síntomas de congelación.

Arquimaes se acercó y empezó a golpear la puerta de madera con todas sus fuerzas. Sin embargo, a pesar de su empeño, la puerta permaneció cerrada. Seguramente, los encargados de vigilar la entrada estaban calentándose junto a algún fuego y habían abandonado sus obligaciones.

El sabio llegó a la conclusión de que tal vez no le abrirían hasta varias horas más tarde y que, para entonces, ya habrían muerto de frío. Lamentó de nuevo haber hecho el juramento de no volver a utilizar la magia. Sin embargo, sus vidas corrían peligro y necesitaban la ayuda de sus poderes. Observó que sus tres compañeros de viaje estaban paralizados por el frío y tomó una decisión.

Hizo dar media vuelta a su caballo y se separó de la puerta; entonces, levantó los brazos hacia el cielo, invocó fuerzas misteriosas que solo él conocía y les pidió ayuda. Pocos segundos después, la nieve se arremolinó y una poderosa fuerza mágica en forma de viento huracanado se lanzó contra la puerta y la abrió de golpe hacia dentro, rompiendo la gruesa traviesa de encina que la mantenía cerrada.

Arquimaes usó sus últimas fuerzas para obligar a los caballos de sus amigos a entrar en el monasterio. Seguidamente se bajó del caballo y entró en una estancia en la que brillaba una luz amarillenta que procedía de una fogata; se encontró de frente con dos monjes que le confundieron con un fantasma, debido a su aspecto blanquecino y a su espectacular aparición.

–¿Quién eres? –preguntaron a la vez–. ¿Cómo has llegado aquí?

–Me llamo Arquimaes y necesito ayuda.

–Arquimaes murió hace tiempo. Eres una aparición.

–No, creedme. Soy Arquimaes el alquimista –dijo antes de caer al suelo de rodillas–. Necesitamos ayuda.

Uno de los monjes por fin lo reconoció.

–¡Arquimaes!... Creíamos que habías muerto. Nos dijeron que tu propia magia había acabado contigo.

–Aún no. Necesito vuestra ayuda... Y mis compañeros también. Socorredlos antes de que mueran –susurró mientras caía inconsciente al suelo.

* * *

Cuando los caballos pisaron la nieve, el conde Morfidio sonrió con satisfacción. Oswald espoleó su montura, se le acercó y le hizo una pregunta:

–¿Estás seguro de que estamos en el buen camino, conde?

–No te quepa duda, Oswald. Sé perfectamente dónde se encuentran.

–Si te equivocas y no rescatamos a Alexia, nuestra vida correrá un gran peligro. Sobre todo la tuya.

–No tengas miedo. Te garantizo que la recuperarás antes de lo que piensas. Ya tendrás tiempo de darme las gracias.

–Ojalá sea así. Si me engañas, Morfidio, juro que te mataré.

–Eso será si yo me dejo, estúpido. Aún no sabes de lo que soy capaz. Recuerda que entre nosotros hay una gran diferencia: yo soy un noble, mientras que tú provienes de la escoria.

–Has perdido tus propiedades y tu ejército. Has dejado de ser lo que eras porque nadie cree en ti. Ni siquiera tú mismo –se burló Oswald–. Lo próximo que puedes perder ya es la vida, lo único que te queda.

Los hombres se cubrieron con mantas y pieles, ya que el frío empezó a azotar sus cuerpos. Los caballos redujeron la marcha a causa de la nieve, y Morfidio decidió que, a partir de ahora, iría siempre detrás del sanguinario Oswald. Acababa de darse cuenta de que su vida realmente corría peligro.

* * *

Cuando Arquimaes abrió los ojos se encontró en una oscura y estrecha habitación desangelada, en la que apenas había muebles. Arturo y Crispín estaban cerca de la chimenea, frotándose las manos para intentar entrar en calor.

–¿Cuánto tiempo llevamos aquí? –preguntó el sabio.

–Un día –respondió Crispín–. Has dormido profundamente.

–¿Te encuentras bien? –preguntó Arturo–. ¿Quieres comer algo? Aquí hay un poco de pan, queso, vino y fruta.

Arquimaes se incorporó y se acercó a la mesa. Después de observar con atención los alimentos que los frailes habían dejado, cortó un trozo de pan y se lo llevó a la boca.

–¿Qué ha pasado durante este tiempo? –quiso saber.

–Nos han dejado descansar y nos han dado de comer –explicó Arturo–. Han dicho que vendrían más tarde para ver cómo estabas.

Arquimaes notó dolor en la espalda y se pasó la mano por ella, pero Arturo le aconsejó que no lo hiciera.

–No te frotes. Te han curado las heridas y te han puesto algunas hierbas y ungüentos para cicatrizar las llagas que aún tienes abiertas. Las torturas de Demónicus te han dejado huella.

–¿Quién me ha curado?

–El hermano Hierba –respondió Crispín–. Es un hombre muy simpático. Y te ha cuidado como un padre cuida a su hijo.

Más tarde, después de comer, Arquimaes empezó a sentirse mejor. Se dio cuenta de que su salud empezaba a mejorar. Había recuperado sus fuerzas y recobrado el ánimo.

–¿Y Alexia? –preguntó el sabio–. ¿Qué ha sido de ella?

–La han llevado al edificio de los siervos –explicó Arturo–. Allí la cuidarán.

–Espero que no se le ocurra escapar –deseó–. Nos traería problemas. Ojalá no descubran su verdadera identidad. Por aquí no aprecian a su padre.

–Nadie puede salir de aquí –dijo Crispín–. Estamos aislados del mundo. Nadie entra, nadie sale... Y el que sale no puede sobrevivir en estas montañas.

–Alexia tiene muchos recursos –advirtió el sabio–. La brujería y la magia pueden ayudarla más de lo que creemos.

–Sus trucos no le servirán de nada ahí fuera –añadió Crispín, convencido de sus palabras–. Sus argucias no le pueden proporcionar alimento. Los trucos de magia no siempre funcionan.

–¿Ah, no? –dijo Arquimaes, antes de morder un buen trozo de queso–. ¿Qué sabes tú de los poderes de la magia?

–Que son falsos –respondió categóricamente el joven–. Más falsos que las palabras de Benicius.

Antes de que el alquimista pudiera responder, alguien golpeó la puerta, pidiendo permiso para entrar. Crispín dio un salto y abrió rápidamente.

–Pasa, hermano Hierba –dijo, apartándose para dejar entrar al monje–. El alquimista ya se ha levantado.

–Espero que te encuentres mejor –deseó el monje, acercándose a Arquimaes–. Rezamos para que recobres pronto la salud.

–Gracias, hermano –dijo Arquimaes, agradecido–. Me encuentro mucho mejor. Tus cuidados han surtido efecto, como siempre.

Los dos hombres se fundieron en un abrazo fraternal.

–¿Os conocéis? –preguntó Arturo, un poco desconcertado.

–Soy su hermano menor –dijo el hermano Hierba–. Ahora iremos a ver a nuestro hermano mayor, que está deseando verte.

–¿Hermano? ¿Sois hermanos? –preguntó Crispín con incredulidad.

–Desde que nacimos –respondió Arquimaes–. Somos varios hermanos que buscamos el mismo destino.

–Ellos son monjes y tú eres alquimista y sabio –dijo Crispín–. No sois iguales y no podéis tener el mismo destino.

–Arquimaes fue monje durante años –explicó el hermano Hierba–. Hasta que decidió dedicarse a la medicina, o a la magia, según se mire.

–A la ciencia –afirmó categórico Arquimaes–. Me dedico a la ciencia y a la alquimia. Y eso nada tiene que ver con la magia.

El hermano Hierba le miró de reojo, como haciendo un reproche que los dos jóvenes no entendieron, pero que despertó su curiosidad. Era evidente que entre los dos hombres había un poso de resentimiento que procedía del pasado.

–Bajemos a ver a nuestro hermano Tránsito. Está deseando hablar contigo.

–Espero que ya no esté enfadado conmigo –dijo Arquimaes.

–Todavía no te ha perdonado que abandonaras la orden, pero te quiere. Intenta no discutir con él y todo irá bien.

–Si él no quiere, no habrá problemas.

–Los dos sois unos cabezotas. No permitiré una voz más alta que otra –advirtió el buen hombre–. No quiero veros discutir más. Ya habéis tenido bastantes problemas y habéis estado separados demasiado tiempo. Tenéis que recordar que sois hermanos, y los hermanos no pelean.

Antes de salir de la habitación, Arturo lanzó una mirada hacia las montañas. El cielo estaba cubierto de nubes y se dio cuenta de que se avecinaba una tormenta. «Tendremos que permanecer una buena temporada aquí», pensó.

II

LA CAÍDA DEL MURO

LAS cosas han empeorado en el instituto. Mercurio se comporta de forma más prudente después de que el director le llamara la atención. Aunque me saluda cordialmente, noto una cierta distancia, y eso me entristece. Tengo la sensación de haber perdido un amigo.

Llevo todo el día aguantando burlas y miradas de los amigos de Horacio. El ambiente se está cargando mucho y noto que me están buscando las cosquillas, aunque hago lo posible por ignorarlos.

–No les hagas caso –me pide Metáfora–. Ocúpate de lo tuyo y olvídate de ellos. Te están provocando para que entres en su juego.

–Venga, vale. Te voy a hacer caso, para que luego no digas que no te escucho. Pero esto pinta muy mal. No dejan de desafiarme.

Ahora toca Historia y Sofía, la profesora, nos habla de la construcción de castillos y de los arquitectos que los idearon.

–Los castillos no se construyen solos –explica–. Costó mucho diseñarlos y mucho más construirlos. Aunque, curiosamente, parece que era más fácil destruirlos.

Proyecta algunas diapositivas y nos muestra varios ejemplos de castillos medievales.

–Existió una gran variedad de castillos: desde los que estaban formados por una sólida torre hasta los que se encontraban protegidos por una o dos murallas exteriores. Son la prueba de que en algún momento se vivió una etapa en la que los reyes y nobles necesitaban defenderse de los ataques de los reinos enemigos. Había alianzas y se llegaron a formar grandes comunidades que se prometían protección en caso de ataque. Cuando un miembro de esa comunidad era atacado, los demás venían en su ayuda. Debéis saber que en Europa existen unos sesenta mil castillos, mejor o peor conservados.

La clase ha sido muy interesante y, sin querer, me ha hecho pensar en mi problema. Si quisiera, casi podría explicarles cómo se conquista una fortaleza. Salimos a comer, pero antes de entrar en el comedor doy un paseo por el patio con Metáfora, que quiere hablar conmigo.

–A ver, todavía no me has respondido a la pregunta que te he hecho.

–¿Qué pregunta?

–Arturo, no te hagas el tonto. Me refiero a lo del dragón, a lo de Jazmín. ¿Qué viste? ¿Qué ocurrió realmente?

–Nada, ya te he dicho que tenía los ojos cerrados. Te aseguro que no sé qué le pasó.

–Tienes que saber algo, tú estabas allí. Tuviste que notar alguna cosa.

–Es que, de verdad... yo no puedo decir nada... Quizá vio una sombra que le asustó, yo qué sé... Ya sabes que la gente tiene mucha imaginación.

–¡Venga, venga! Seguro que sabes lo que ocurrió. Yo creo que Jazmín vio algo real que le aterrorizó. He llamado hace un rato para ver cómo estaba y me han dicho que sufre un ataque de ansiedad y que le han tenido que administrar tranquilizantes. Nadie se pone así por una sombra que se mueve.

–Vaya, lo siento por él, lo siento mucho...

–¿Qué pasa ahí? –pregunta, fijándose en un grupo de compañeros que parece muy agitado.

–Estarán haciendo algo...

–Vamos a ver qué ocurre –ordena Metáfora, mientras se aproxima a ellos.

La sigo y vemos que Horacio y sus amigos están increpando a Cristóbal:

–¡Venga, Cristóbal, ponte de rodillas! –le ordena.

–¡Ya os he dicho que no lo voy a hacer!

–Venga, hombre, pero si nos ha contado Mireia que lo haces cuando ella te lo pide.

–¡Eso no es verdad! ¡Yo no soy un perro!

–Oye, tú, que yo sé muy bien lo que digo –interviene Mireia–. ¡Te has puesto de rodillas cuando te lo he pedido!

Cristóbal se siente acosado y retrocede un poco. Horacio se envalentona y le empuja. Sus amigos le rodean y forman una muralla que le impide avanzar. Está a punto de echarse a llorar.

–Ríndete de una vez, caniche –le apremia Horacio–, que no te va a pasar nada. ¡Danos una alegría y ponte de rodillas, como los perros!

–Eso, y ladra un poco –dice uno de sus amigotes.

Veo que Metáfora no aguanta más y se mete de lleno en la riña.

–¡Ya está bien! ¿Qué os habéis creído? ¡Dejadle en paz!

–¿Qué pasa? ¿Es que nunca podemos jugar sin que te entrometas? –se rebela Horacio–. ¿O es que te crees que porque eres la hija de una profesora puedes molestarnos cada vez que te dé la gana?

–¡No me hace falta nadie para defender a mis compañeros! ¡Deja en paz a Cristóbal de una vez!

–Oye, tú, que solo estamos jugando –insiste Mireia–. Así que ya te puedes ir por donde has venido.

–¡Si me voy, él se viene conmigo!

–Vamos, Cristóbal –intervengo–. Ven con nosotros.

–¡Hombre, ha llegado el Príncipe Valiente, el defensor de los débiles! –ironiza Horacio–. ¿Estás dispuesto a protegerle con tu vida, *Caradragón*?

–No me provoques, que estoy empezando a hartarme –respondo, mostrando un valor del que no dispongo–. ¿Entendido?

Cuando me da un empujón en el hombro, me doy cuenta de que no lo ha entendido. Huelo problemas. Además, noto que la cara se me enciende.

–¡Este no se va de aquí sin hacer lo que le hemos pedido que haga! –dice categóricamente Horacio–. Así que ya te puedes ir por donde has venido

–¡No, él se viene conmigo! –insisto.

–¡Y yo le apoyo! –añade Metáfora–. ¡Si quieres pelea, la vas a encontrar!

Horacio hace como que se retira, pero inmediatamente se gira, alarga el brazo y me lanza un puñetazo, del que me libro por poco.

Me revuelvo y, antes de que me ataque de nuevo, le doy un empujón que le hace rodar por el suelo. Mireia se acerca para darme un bofetón, pero Metáfora se adelanta, la sujeta del brazo y la aparta. Horacio se ha levantado y se lanza con su cuerpo musculoso sobre mí y los dos forcejeamos. Vamos de un lado a otro, recibiendo empujones y golpes de los que nos rodean, que ahora son muchos.

Harto de recibir, empiezo a dar, aunque con muy poco acierto. No me queda otro remedio que lanzar golpes. Horacio, desconcertado por mi reacción, inicia el contraataque y me golpea con fuerza.

Retrocedo y entramos en la zona ajardinada, al otro lado de los setos que marcan los límites del patio. Los que gritan se quedan atrás y nosotros nos vamos acercando a la pequeña arboleda y alejándonos de la vista de los demás, hasta que tengo la impresión de que nos hemos quedado solos. Me extraña que no nos hayan seguido.

–¡Te arrepentirás de esto, *Caradragón*! –exclama Horacio, sudoroso–. ¡Vas a ver quién manda aquí!

Nos enzarzamos de nuevo y entablamos un feroz cuerpo a cuerpo. Hasta que, al final, ocurre algo inesperado: chocamos contra la casa del jardinero.

Noto que a nuestro alrededor se levanta una gran polvareda, que parece provenir del tejadillo... O del muro que se está tambaleando.

Asustados, nos echamos hacia atrás. La casa es muy vieja y nadie, aparte del jardinero, entra en ella. Aquí guarda sus herramientas, y los sacos de abono. De pronto, una parte de la pared se cae y casi nos alcanza.

Pero Horacio no cede. A pesar de que la situación es peligrosa para los dos, quiere que sigamos peleando. Se lanza de nuevo contra mí. Me golpea en el pecho, en la frente y en el resto de la cara con la intención de derribarme. Está furioso y no va a dejar de luchar a menos que...

–¡Ahhhhh! –grita de repente–. ¡Quita eso de ahí!

Retrocede tapándose la cara con las manos. Sigue gritando como si hubiese visto al mismísimo diablo.

–¡Socorro! ¡Socorro! –grita a pleno pulmón, mientras se aleja de mí–. ¡Socorro! ¡Es un monstruo!

Algunos compañeros se acercan, atraídos por el ruido y los gritos de Horacio, que parece poseído. Da la impresión de que acaba de pasar algo grave, pero no se ve nada fuera de lo normal.

–¿Qué ocurre? ¿Qué te ha hecho? –pregunta Mireia–. ¿Por qué gritas así?

–¡Es un monstruo! ¡Esa cosa que tiene en la cara me ha atacado! –exclama–. ¡Creo que me ha mordido!

Mireia se acerca y le observa con atención, pero no encuentra nada sospechoso.

–Horacio, no tienes nada, nadie te ha mordido –explica suavemente–. ¡Estás alucinando!

–¡Te digo que ese dragón me ha atacado!

Ahora todo el mundo me mira a mí, buscando algo que confirme las palabras de Horacio. Pero nadie ve nada fuera de lo normal. Solo mi cara sucia y algo ensangrentada por los golpes... y el dibujo del dragón que ahora se ha completado y que recubre mi cara. Lo de siempre, lo que les hace tanta gracia.

–Bueno, venga, vámonos de aquí –propone Mireia–. Vamos a limpiarte.

–Menos mal que no nos dejan entrar en esta zona –dice un compañero–. Esto es un peligro.

–La casa es una antigualla. Deberían haberla demolido hace tiempo.

–Tendremos que quejarnos –dice otro mientras se alejan.

Metáfora se acerca e intenta sacarme de allí, ayudada por Cristóbal, que recoge del suelo una de mis zapatillas y mi gorra.

–¿Estás bien? ¿Te ha hecho daño?

–Me encuentro bien, de verdad. Por suerte, estoy entero.

–¿Quieres que te llevemos a la enfermería? –pregunta Cristóbal.

Mercurio, que se ha enterado de lo que ha pasado, llega corriendo. Está muy nervioso y le noto agobiado.

–¿Estás bien, Arturo?

–Sí, Mercurio, de verdad... Te juro que no me ha pasado nada.

–No os preocupéis, yo me ocupo de todo... Salid a tomar algo y tranquilizaos... Luego nos vemos.

–¿Por qué no han demolido esa casa antes? –pregunta Metáfora–. Es un peligro.

–Parece que tenía cierto valor histórico. Había un escudo antiguo y algunas inscripciones grabadas y la Dirección decidió conservarla. La iban a restaurar dentro de poco –explica Mercurio, desolado por el destrozo.

* * *

Estamos tomando un zumo en el Horno de Los Templarios, un bar que está frente al instituto. Es un sitio tranquilo al que venimos mucho y donde nos conocen, por eso me han dejado entrar en el baño y me han prestado una toalla. Con la ayuda de Metáfora intento recuperar la tranquilidad.

–Nunca te había visto luchar con ese coraje –comenta Metáfora, mirándome fijamente–. No sabía nada sobre esa afición tuya a las artes marciales.

–¿Artes marciales? ¿Bromeas? ¡Yo no sé nada de artes marciales! ¡Es la primera vez que me meto en un lío de estos! ¡Y la última!

–Pues para ser un novato te ha salido bastante bien.

–Es verdad –añade Cristóbal–. Menudos puñetazos le has arreado.

–Tú, cállate, pequeñajo. Que todo ha sido por tu culpa.

–Lo siento. No quería meterte en problemas.

–Lo que queremos es que no te vuelvas a complicar tú la vida con Horacio. ¿Por qué se estaba metiendo contigo? –pregunta Metáfora.

–Precisamente por eso, porque Mireia le había contado que me había visto arrodillado... Pero era mentira... Yo jugaba a buscar cosas en el suelo. Es una afición que tengo...

Metáfora y yo nos miramos, seguros de que quien miente es él. Cristóbal es un renacuajo que sabe más de lo que parece.

–¿Y has encontrado algo? –pregunta Metáfora.

–No, nunca encuentro nada.

–Bueno, pues si no nos lo quieres contar, nos vamos –digo–. Por hoy ya está bien.

–No, esperad. Podéis preguntar lo que queráis.

–¿Sabes algo de esa historia que nos ha contado Mercurio? –le interrogo.

–Sí, he oído decir que no nos dejan jugar en el jardín porque hay restos históricos que nadie debe tocar –responde.

–Y ahora lo pensarán con más motivo –dice Metáfora.

–¿Qué clase de restos? ¿A qué te refieres?

–No sé, pero dicen que hay un montón de piedras, monumentos y cosas así. Dicen que son construcciones medievales que se rompen con mirarlas. Hace tiempo oí decir que están esperando la visita de un arqueólogo para hacer una valoración.

Cristóbal nos explica algunas cosas que yo no conocía sobre el jardín. Está visto que este chico es un águila. A pesar de ser mayor que él, me siento un poco pardillo. Eso de vivir recluido en la Fundación me pasa factura.

–Pero si queréis saber más cosas, solo tenéis que visitar la biblioteca, ahí hay libros que lo explican muy bien. Además, uno de los folletos informativos del instituto hace también referencia al enclave histórico sobre el que está construido.

Nos levantamos y nos acercamos a la barra para pagar las consumiciones, pero Cristóbal se adelanta y paga con su propio dinero.

–Es mi manera de daros las gracias por haberme defendido de ese energúmeno. Gracias, de verdad.

–Venga, no vale la pena. Hemos hecho lo que teníamos que hacer. No nos gusta ver a un grandullón abusar de uno más pequeño.

–Chaval, soy más grande de lo que parezco. Sé muchas cosas que los demás desconocen. Mi cuerpo abulta poco, pero soy muy poderoso...

–Vaya, ahora muestras tu otra cara.

–Una de mis otras caras... Espera, para que veas que de verdad os estoy agradecido voy a compartir una parte de mi pequeño tesoro con vosotros –dice, sacando algo del bolsillo–. Esto lo he recogido antes, en el suelo, en el lugar de la pelea. Es un regalo.

Pone en mi mano una moneda antigua, cubierta de barro y de polvo.

–Parece auténtica –dice Metáfora.

–Sí, pero solo los expertos nos podrían decir si realmente lo es. Podemos enseñársela a Stromber, que es anticuario y debe de saber un montón sobre estas cosas –propongo.

–Sí, o podemos pedir la opinión de un experto en excavaciones...

–Eso me parece mejor. Pasaremos a ver si *Patacoja* sigue en su puesto de trabajo. Pero tendremos que entregar estas monedas al director –digo.

–Oye, esas monedas las he encontrado yo. Son mías –responde Cristóbal.

–No, Cristóbal –le explico–. Pertenecen al patrimonio histórico. Tienes que entregarlas si no quieres meterte en un lío.

–¿Un lío? ¿Por qué?

–Porque te pueden acusar de robo. Las piezas históricas están bajo la protección del Estado. ¿Entiendes?

III

REENCUENTRO DE HERMANOS

Arquimaes y Arturo entraron en un estudio en el que, de pie, un monje de porte recio aguardaba pacientemente a que se acercaran. El alquimista se detuvo en cuanto lo vio y, por un momento, dio la impresión de que iba a retroceder. Sin embargo, avanzó con decisión y se acercó al fraile.

–Hermano Tránsito, aquí está nuestro hermano –dijo el hermano Hierba–. Ha vuelto a casa.

–Esta no es su casa –afirmó el hermano Tránsito–. Cuando decidió marcharse dejó de serlo. ¿Para qué has venido?

–Me dirijo al castillo de la reina Émedi –explicó Arquimaes.

–O sea, que vuelves al castillo de esa mujer...

–Necesito su protección –respondió Arquimaes–. Voy a ponerme a su disposición.

–¿Qué has hecho? ¿Quién te persigue?

–No he hecho nada, pero los hombres de Demónicus quieren darme caza y el conde Morfidio también me busca. Te aseguro que no hay nada de lo que deba avergonzarme...

–Ya, claro, supongo que te persiguen sin motivo.

–Nos atraparon y me torturaron. Arturo, mi joven ayudante, logró apresar a Alexia, la hija de Demónicus, y ella consiguió liberarnos. Ahora nos dirigimos hacia...

–¿Has dicho que esa chica que viene con vosotros es la hija de Demónicus? ¿Estás loco, Ático?

–Ya no me llamo así, ahora me llamo Arquimaes –le corrigió inmediatamente el sabio–. Y sí, esa chica es quien dices. No podíamos abandonarla en la nieve. Se la habrían comido los lobos o los salteadores la habrían matado.

–¿Te das cuenta de que has traído la desgracia a este monasterio? Siempre has sido un inconsciente, pero esta vez te has pasado de la raya. Es mejor que te marches ahora mismo con tus amigos.

–La culpa es mía –interrumpió Arturo–. Todo lo que ha pasado es por mi culpa. Yo apresé a esa chica y la he traído hasta aquí. Y no pienso soltarla. Sabe demasiadas cosas.

–¿Sabe demasiado? ¿De qué habla este muchacho? –quiso informarse el hermano Tránsito–. ¡Explícate ahora mismo, hermano Ático!

Arquimaes se disponía a seguir con sus explicaciones cuando el hermano Tránsito le interrumpió.

–Antes de proseguir, necesito que me cuentes qué tal está nuestro hermano Épico. Desde que se marchó contigo no he vuelto a tener noticias de él. Supongo que sigue bajo tu protección.

–Tengo malas noticias. Nuestro querido hermano ha muerto.

Tránsito se quedó paralizado, mudo por la sorpresa. Tardó un rato en reaccionar.

–¡Maldito seas, Arquimaes! ¡Tu paso por este mundo arrastra tanta violencia que no sé cómo puedes seguir viviendo!

–Déjame explicarte lo que ocurrió –suplicó Arquimaes.

–¿Y qué más da? ¿Tus explicaciones resucitarán a nuestro hermano pequeño? ¡Jamás volveremos a escuchar su risa!

* * *

Demónicus estaba fuera de sí. Acababa de recibir un mensajero de Oswald, que le había explicado la situación de su hija Alexia. Le dio detalles sobre la muerte del dragón y le contó que se dirigían al valle cubierto de nieve. Al pie de la gran montaña.

–¡Estos idiotas han perdido a mi hija! ¡Vuelve con ellos y adviérteles que, si no la recuperan, lamentarán haber nacido! ¡Sal de aquí antes de que te mate!

El soldado salió de la estancia del rey de la Magia Tenebrosa a toda velocidad. Bajó la escalera y no se detuvo hasta que alcanzó la silla de su caballo. Después, se perdió en el camino.

Demónicus le observaba desde una ventana de la alta torre, bajo la cúpula del Fuego Eterno. El Gran Mago Tenebroso se preguntó si volvería a ver alguna vez a su hija Alexia. Cerró los ojos, invocó los más oscuros sortilegios y, hablando con el viento, dijo:

«Alexia, carne de mi carne, no te abandonaré. Los que te han arrancado de mi lado pagarán caro lo que han hecho. Volverás a mí.»

* * *

Mientras los tres hermanos discutían, Arturo decidió visitar a Alexia, a la que estaba deseando volver a ver.

–Te acompaño –dijo Crispín–. Aquí no hago nada y quizá encontremos algo interesante en esta extraordinaria abadía.

–Te recuerdo que no hemos venido aquí a robar –le advirtió Arturo, en tono serio–. Nos han dado alojamiento y debemos ser corteses y educados. No perdamos su confianza.

–Yo soy un ladrón desde que nací –respondió el hijo de Forester–. Pero intentaré no hacer nada que te disguste.

Cruzaron el patio y, después de preguntar un par de veces a varios monjes que quitaban la nieve, llegaron al edificio donde estaba la cocina y encontraron a Alexia fregando cacharros.

–Vaya, por fin os dignáis a venir a verme –se quejó la princesa–. Necesito salir de aquí en seguida. No estoy dispuesta a que se me siga tratando como a una criada.

–Recuerda que eres mi prisionera –dijo Arturo–. Así que harás lo que se te diga. Tienes que ganarte lo que comes.

–¡Soy la hija de Demónicus y quiero ser tratada con respeto!

–En cuanto pase la tormenta, iremos a Emedia y te dejaré partir. Podrás volver con tu padre.

–No te necesito. Me iré cuando quiera.

–¡No le hables así! ¡Ya has visto lo que hizo con Górgula! ¡Podría matarte si quisiera! –advirtió Crispín–. ¡Es un gran mago y tiene mucho poder!

–No digas tonterías, Crispín –le cortó Arturo–. No soy mago y no quiero hacerle daño.

–Es que no podrías –respondió Alexia–. Si quieres te puedo demostrar que tengo más fuerza que tú. ¡Te reto a un duelo a espada!

–¿Estás loca? ¡Yo nunca lucharé contigo!

–¡Eres un cobarde, Arturo, criado de Arquimaes! –gritó Alexia, arrojándole una lechuga–. ¡Quiero pelear contigo para demostrarte que soy mejor guerrera que tú!

–¡No le provoques, hechicera! –gritó Crispín–. ¡Arturo es el guerrero más poderoso que existe! ¡Incluso puede matar dragones!

Los tres monjes que se encontraban en la cocina y que, hasta ahora se habían divertido escuchando la discusión de los jóvenes, prestaron más atención a sus palabras:

–¿Matar dragones? –dijo uno que tenía una larga barba blanca y gris–. ¿Has matado algún dragón?

–No, no, yo no he hecho nada...

–Hace unos días acabó con un dragón que iba a atacarle, ¿verdad, Alexia? –dijo Crispín–. ¿A que es verdad?

–Es cierto, Arturo eliminó a ese dragón, enviado por Demónicus –confirmó la muchacha–. Yo lo vi.

–¿Cómo ocurrió? –preguntó un fraile–. Cuenta, cuenta...

–El dragón venía directamente hacia nosotros –dijo Alexia, subiéndose a una banqueta y abriendo los brazos, como si fuesen alas–. Volaba a toda velocidad y, entonces, él...

–¡Basta! –cortó Arturo–. ¡No le hagáis caso! ¡Es una fantasía! ¡No ocurrió nada!

–¡Claro que ocurrió! –insistió Alexia–. ¡Yo estaba allí y lo vi todo!

Arturo, visiblemente enfadado, la agarró del brazo y la obligó a cerrar la boca.

–Perdonad, hermanos, es una mentirosa que quiere encender vuestra imaginación. Olvidad todo lo que ha dicho... Y tú, ven aquí, que te voy a enseñar a no mentir.

Tiró de ella hasta que consiguió sacarla de la cocina y la llevó hasta el patio, cerca del establo.

–¿Qué te pasa? –le preguntó Arturo cuando nadie podía oírlos–. ¿Estás loca? ¿Quieres que empiece a correr una leyenda sobre mí? ¿Quieres que me encierren por contar mentiras? En estos tiempos te llevan a la hoguera por contar historias semejantes, ¿sabes?

–Pero, Arturo, es la pura verdad –insistió Crispín que los había seguido hasta el patio–. Alexia y Arquimaes lo vieron todo. Yo también fui testigo de tus poderes.

–¡Vaya, un alquimista, la hija de un Mago Oscuro y el hijo de un ladrón serán mis testigos en un juicio! ¡Eso me llevará a la hoguera de cabeza!

–¡Serás caballero, Arturo, y yo quiero ser tu escudero! –dijo Crispín–. ¡El escudero de Arturo Adragón!

–Y yo seré tu maga –propuso Alexia–. Cuando seas rey, yo haré magia para engrandecer tu poder. Puedes contar conmigo. Mi padre te dará riquezas y te hará rey. Tendrás más poder del que puedas soñar. ¡Volvamos a mi reino!

–¡Sois unos idiotas! ¡Nuestra vida corre un gran peligro y vosotros os dedicáis a inventar bobadas! Dejadme en paz.

Arturo se disponía a salir cuando Alexia, de un salto rápido, se apoderó de las espadas que estaban junto a las sillas de montar, cerca del arco y de sus otros enseres.

–¡Defiéndete, caballero Arturo Adragón! –gritó mientras le lanzaba una de las espadas–. Ahora veremos si tienes tanto poder.

–¡Esto es una tontería! –respondió Arturo, atrapando el arma al vuelo–. Deja esa espada y pasemos dentro, que ya empieza a hacer frío.

–Ahora entrarás en calor –amenazó, lanzando un mandoble que le obligó a apartarse.

Arturo no tuvo más remedio que defenderse. Aunque no era muy experto con la espada, fue capaz de repeler los primeros golpes de Alexia con bastante éxito. Sin embargo, se resistía a atacarla. Algo le decía que no debía emplearse a fondo con ella.

Pero Alexia golpeaba violentamente y, sin poder evitarlo, Arturo se fue enfureciendo. Al cabo de unos minutos, los dos luchaban con todas sus fuerzas y el combate había crecido en intensidad. Alexia y Arturo lanzaban mandobles y los paraban con la misma fuerza.

–¡Dejadlo ya! –imploró Crispín–. ¡Os vais a matar!

El ruido del acero llamó la atención de los siervos y de los monjes que, poco a poco, formaron corro a su alrededor.

–¡Dale fuerte, muchacho! –gritó un sirviente malencarado–. ¡Que vea lo que le pasa a una chica que pelea con un hombre!

–¡Más fuerte, muchacha! –gritó una mujer, gruesa como un tonel–. ¡No te dejes dominar!

Crispín se estaba poniendo nervioso y pensaba únicamente en detener la pelea, que ahora ya había alcanzado un grave nivel de furia. Los golpes de los dos contendientes eran tan fuertes que habrían matado al contrario si le hubieran alcanzado. Se miraban con rabia, mantenían las mandíbulas apretadas y movían las espadas con bastante habilidad.

Arquimaes y sus hermanos, atraídos por los gritos, se asomaron a la ventana y observaron cómo los dos jóvenes luchaban con fiereza.

–¡Se han vuelto locos! –dijo Arquimaes–. ¡Es cosa del diablo!

–¡Hay que impedir que sigan luchando! –exclamó el hermano Tránsito–. ¡Detened esa pelea ahora mismo!

Pero nadie le hizo caso. Arturo y Alexia estaban enfrascados en el duelo de tal manera que nada ni nadie hubiera podido separarlos.

Crispín se inquietó cuando vio que la espada de Alexia abría una pequeña herida en la mano de Arturo y la sangre le salpicaba la cara. Entonces, decidió actuar.

Se abrió paso entre los que les rodeaban, entró en la caballeriza, cogió un cubo de agua y se encaramó hasta el tejado. Esperó el momento propicio y, cuando los dos luchadores estuvieron debajo, a su alcance, lanzó el contenido del cubo sobre ellos, lo que enfrió sus ánimos inmediatamente y dejaron de luchar.

–¿Qué os pasa? ¿Os habéis vuelto locos? –gritó el hijo del proscrito–. ¿No os dais cuenta de que podéis haceros daño?

Alexia y Arturo intentaron recuperar la respiración.

–Pero..., solo nos estábamos entrenando –se disculpó Arturo.

–Estábamos practicando –añadió Alexia.

Arquimaes se acercó en ese momento y se colocó entre ellos.

–Estabais enfurecidos –los reprendió–. De no ser por Crispín, puede que ahora uno de los dos estuviera muerto.

–Las armas son peligrosas –dijo el hermano Hierba–. Cuando se cruzan, los seres humanos se vuelven locos.

–Lo siento, Alexia –susurró Arturo–. Yo solo intentaba defenderme.

–Se notaba que querías matarme –dijo Alexia–. Eres peligroso.

–Es mejor que lo olvidéis todo –propuso Arquimaes–. Id a vuestros aposentos y tratad de recuperar la calma.

Crispín cogió las dos espadas y las envolvió en paños.

–¡Volved a vuestro trabajo! –ordenó el Hermano Tránsito–. ¡El espectáculo ha terminado!

Mientras las mujeres y los criados se retiraban, Tránsito se acercó a Arquimaes y le dijo:

–Ya lo ves, hermano, nos has traído la violencia. Es mejor que te marches cuanto antes de aquí.

–Mañana mismo partiré, hermano –respondió el alquimista–. Y nunca más volveré.

IV

EL BUSCADOR DE TESOROS

PATACOJA está en el mismo sitio de siempre, hablando con una señora que le acaba de dar una bolsa con algunos productos. A su lado, en el suelo, tiene otros paquetes que la gente le ha entregado.

–Cuídese, cuídese, que tiene usted mucha vida por delante –dice la mujer mientras se aleja–. ¡Y cómase el bocadillo de jamón que le he traído!

–Gracias, muchas gracias, señora Ménez.

Nos acercamos mientras observa el contenido de la bolsa con cara de satisfacción.

–Vaya, parece que la gente te quiere –dice Metáfora.

–Para que luego digas que no se rascan el bolsillo –digo.

–Hay que ver cómo son las cosas. Desde que me pegaron esa paliza, el barrio se está portando muy bien conmigo. Me traen de comer, me dan dinero…

–¿Le estás echando cuento para dar lástima a tu público?

–Metáfora, por favor, no me digas esas cosas, que yo no soy así.

–Claro, claro, tú eres un buenazo que nunca has hecho nada malo.

–Yo era un arqueólogo honrado. ¡Soy arqueólogo! ¡Cuando trabajaba encontré cosas que no puedes imaginar, y no eran ruinas, eran tesoros! ¡Estás hablando con Juan Vatman!

–¿Quién? ¿Quién es ese? –preguntamos los dos a la vez.

–¡Juan Vatman! ¡El arqueólogo que descubrió el fortín medieval de Angélicus! ¡Yo soy Juan Vatman!

–No he oído hablar nunca de ese fortín –dice Metáfora–. Y tu nombre no me suena de nada.

–¡Pequeña ignorante, aún te queda mucho por aprender! El mundo está lleno de gente valiosa a la que no conoces. Pero ya crecerás, ya. ¡Y distinguirás entre lo que tiene valor y lo que no lo tiene!

–Escucha, *Patacoja*... Si eres tan bueno como dices, seguro que serás capaz de reconocer esto –digo, mostrándole la moneda que Cristóbal me ha regalado–. ¿Qué te parece?

La coge con cuidado y la observa con atención. La mira y remira. La toca, la roza, la acaricia...

–¡Esta moneda debe de tener por lo menos mil años! ¡Es auténtica!

–¿Se puede sacar mucho por ella?

–Estas cosas no se valoran por el dinero, sino por su valor cultural e histórico... De todas maneras está muy gastada. El tiempo la ha dañado y apenas se puede leer... Fijaos. Está casi lisa... Habría que hacer algunas pruebas para conocer su origen. ¿De dónde la habéis sacado?

–Eso no se puede decir –le corta Metáfora–. Es un secreto.

–Si no confiáis en mí, no podré ayudaros. ¡Guardaos vuestra moneda y volved cuando creáis que merezco vuestra confianza! ¡Fuera de aquí!

–No te pongas así. Solo queríamos...

–¡Venís aquí con vuestra moneda, me ponéis la miel en los labios y después me la quitáis! ¿Qué os proponéis?

–Nada, solo queríamos tu opinión profesional –digo, tratando de suavizarle–. Creímos que podías ayudarnos.

–Pues tendrá que ser otro día. Hoy me habéis sacado de mis casillas. ¡Volved mañana, a ver si el mendigo puede resolveros el problema!

Hemos metido la pata. Nuestro amigo se siente humillado. Seguro que hoy no conseguiremos nada de él. Es posible que mañana tenga mejor humor.

Metáfora y yo entramos en la Fundación. Saludamos a Mahania y vamos a mi habitación. Antes de mostrar la moneda a mi padre o a Stromber, hemos pensado buscar algo de información en internet.

–A ver qué encontramos –digo, empezando a conectarme–. Puede que exista alguna referencia. Casi todas las monedas de reinos conocidos están clasificadas.

–El problema es que no se lee nada. Mira, aquí parece que pone... A Q... I A... Es el final de una palabra... Pero faltan letras intermedias.

Entramos en Google y encontramos varias páginas interesantes que contienen imágenes de monedas antiguas, pero ninguna se parece a la nuestra...

Alguien llama a mi puerta. Por la forma de hacerlo, sé que es *Sombra.* Me levanto rápidamente y le abro.

–¿Interrumpo? –pregunta.

–No, no, pasa.

–El general Battaglia quiere hacer una visita al primer sótano. A pesar de que he intentado disuadirle, tu padre me ha ordenado que no le ponga ningún impedimento. Así que el sábado por la mañana...

–¿Podemos acompañaros? –interrumpe Metáfora–. Me encantaría entrar y ver lo que hay. Las cosas antiguas me chiflan.

–Pues, no sé si al general le gustará. Él cree que va a estar solo...

–No pondrá pegas, seguro –insiste Metáfora.

–Es una buena idea, a mí también me gustaría entrar. Hace muchos años que no lo hago y apenas recuerdo lo que hay –digo–. No creo que le moleste. Si hace falta, hablaré con mi padre para que me dé permiso.

–No esperéis encontrar nada interesante... ¿Qué es eso? ¿De dónde habéis sacado esta moneda?

–La ha encontrado un amigo en el instituto –explico–. Y me la ha regalado. Estaba entre unas ruinas.

–¿En el instituto? ¿Cuándo la ha encontrado? ¿Había más piezas?

–Ha sido hoy. Sí, ha encontrado unas cuantas.

–¿Dónde ha aparecido?

–Ha habido... un pequeño derrumbe. Un muro se ha caído y... Bueno, pues eso...

Sombra la observa con mucho interés.

–No sabía que te apasionaran las monedas –digo–. Pensaba que lo tuyo eran los libros.

–Bueno, todo lo que tiene que ver con la Edad Media me interesa.

–¿Cómo sabes que es de esa época?

–No lo sé, lo supongo... Parece medieval... En fin... el sábado por la mañana nos vemos en la puerta del primer sótano. ¿De acuerdo?

Cuando se marcha, Metáfora y yo seguimos con nuestro viaje por la red, pero no encontramos ninguna pista clara. No encontramos su origen. Lo que más nos llama la atención es que tanto *Patacoja* como *Sombra* la han dado por buena a primera vista. Para ellos sí es auténtica y me pregunto cuál será su verdadero origen.

–Arturo, ¿sigues sin recordar lo que ocurrió en la tienda de Jazmín? –pregunta inesperadamente Metáfora.

–Yo creo que no sucedió nada. Ese hombre tuvo alguna alucinación. A lo mejor por el estrés, ya sabes lo que ocurre cuando la gente trabaja demasiado.

–Sí, que empieza a ver cómo los dibujos cobran vida... Y supongo que tampoco puedes explicarme lo que le sucedió a Horacio mientras os peleabais.

* * *

–Hola, mamá... Hace mucho que no venía a verte. Últimamente han pasado muchas cosas que me tienen un poco desconcertado. Los estudios van bien, sigo aprobando y creo que terminaré bien el año.

Observo el retrato de mi madre durante un rato y la veo cada día más guapa. Parece una reina, con ese aire de nobleza. Tengo pendiente conocer a su familia, que vive lejos de aquí. Sé que su padre, mi abuelo, está muy enfadado con papá, por eso no viene nunca a verme. Parece ser que le responsabiliza de la muerte de mamá y nunca se lo ha perdonado. Yo sé que papá no tiene la culpa, él la llevó a Egipto en busca de documentos y libros, pero eso no le convierte en responsable. De mi otro abuelo, el padre de papá, sé que hace años enloqueció y está encerrado en un centro psiquiátrico.

Sea como sea, algún día tendré que hablar con el padre de mamá para explicarle lo que opino. No soy tan ingenuo como para pensar que me hará caso, pero tendré que intentarlo.

–La amistad de Metáfora me está viniendo muy bien. Me siento muy a gusto con ella. Lo de papá y Norma va por buen camino, creo que su relación le anima a seguir adelante. Pero quiero que sepas que, por encima de todo, por encima de cualquier mujer que entre en esta casa, tú ocuparás siempre el primer lugar. Eres y serás la reina de la Fundación y también de mi corazón... Y del de papá... También quiero comentarte algo que me ha ocurrido, algo nuevo y sorprendente... Quiero hablarte del dragón... Del dragón que tengo sobre la frente...

Vuelvo a mi habitación satisfecho. He contado a mi madre lo de la espada que papá me regaló el día de mi cumpleaños... La reproducción de *Excalibur*, la espada mágica del rey Arturo. Le he explicado que me hacía ilusión por las inscripciones de la empuñadura. Y es que hay pocas espadas que las tengan... Y también le he dicho que estoy casi seguro de que ella ha tenido algo que ver con ese regalo... A partir de entonces me han pasado cosas muy extrañas.

Estoy a punto de entrar en mi habitación, cuando veo una luz. Me asomo por el hueco de la escalera y veo a *Sombra*, que se dirige hacia la puerta de los sótanos... ¡Qué cosa más extraña!

V

CONDE CONTRA CABALLERO

MIENTRAS Crispín preparaba los caballos y organizaba las provisiones, Arquimaes, acompañado de Arturo y de Alexia, estaba en el *scriptorium*, sala en la que se caligrafiaban los libros y los pergaminos. Había ido allí para despedirse de sus antiguos compañeros, con los que había pasado muchos años de trabajo durante su anterior estancia en el monasterio. Los monjes copistas estaban apesadumbrados, ya que perdían de nuevo a uno de sus mejores compañeros, uno de sus grandes calígrafos.

–Lo sentimos mucho, Arquimaes. Habíamos pensado que, a lo mejor, podrías quedarte con nosotros y empezar de nuevo con tu actividad de calígrafo –dijo el hermano Pliego.

–Nada me gustaría más en el mundo –respondió el sabio–. Pero tengo una misión que cumplir. Estamos atravesando tiempos peligrosos para la escritura. Los Magos Tenebrosos están empeñados en combatir la alquimia y se están preparando para luchar. Hay que afrontar la realidad. Por eso voy a poner mis conocimientos al servicio de la única persona que puede enfrentarse a Demónicus: la reina Émedi.

–Aquí estamos a salvo –dijo el Hermano Pluma–. No hacemos mal a nadie. Solo escribimos libros y nuestras armas son la pluma y los pergaminos.

–Armas muy poderosas que inquietan a los ignorantes. Esa gente odia todo lo que tiene que ver con la escritura. Para ellos, lo peor de este mundo es ver plasmados en un libro los conocimientos, la poesía y todas las creaciones del alma.

–He visto con mis propios ojos cómo esos diablos están formando un ejército que, un día u otro, se lanzará contra nosotros –terció Arturo–. Y eso ocurrirá más pronto que tarde.

–No inquietemos a nuestros hermanos –pidió el monje encargado del *scriptorium*–. Necesitamos trabajar en paz.

–Debemos irnos antes de que... –empezó a decir Arquimaes–. ¿Qué pasa? ¿Qué son esos gritos?

Alarmados por el vocerío que provenía del patio, todos se lanzaron a la ventana para averiguar qué pasaba. ¡Sus ojos se negaban a ver el dantesco espectáculo!

Morfidio y los hombres de Oswald habían entrado en la abadía y pasaban por las armas a todos los que oponían resistencia. Algunos cadáveres yacían sobre las piedras y otros habían caído en el barro. Arquimaes estaba espantado. Su hermano Tránsito ya le había advertido de que llevaba la violencia allá donde iba, pero nunca hubiera imaginado que lo haría hasta ese extremo.

Los bárbaros golpeaban todo lo que se movía, mientras por la puerta abierta de par en par algunos trataban de huir hacia las montañas nevadas para eludir el ataque. Pero, para salvar la vida, se adentraban en un peligro mayor.

–¿Qué podemos hacer? –preguntó el hermano Pliego–. ¿Quién nos defenderá?

Arquimaes miró a Arturo con una súplica en los ojos.

–¡Eres el único que puede defendernos!

–¡Estoy desarmado! –respondió Arturo–. ¡Yo solo no podré con todos ellos!

–¡Emplea tu poder! –le ordenó el sabio–. ¡Igual que lo empleaste con el dragón!

–¿Poder? –preguntaron los monjes–. ¿Qué poder?

–¡El poder de la escritura! –gritó Arquimaes–. ¡Para eso lo tienes!

Arturo estaba desconcertado. Una cosa era permitir que aquellas letras se interpusieran en el camino de un dragón y otra muy distinta era enfrentarse con hombres armados, sedientos de sangre y expertos en el combate.

En ese momento, Crispín entró en la sala muy asustado.

–¡Aquí tienes tu espada! –dijo el muchacho–. Tenemos que escapar antes de que nos atrapen. Están matando a todo el mundo.

Arturo empuñó la espada que Crispín le ofrecía y dio un paso adelante. Sabía que no podría hacer mucho contra tantos enemigos, pero la sangre le ardía y le pedía que actuara. Sintió que debía luchar, y, aun sabiendo que posiblemente le costaría la vida, siguió adelante.

–Venid conmigo y no os separéis de mí –ordenó–. Crispín, ata a Alexia, para que no intente escapar.

Apenas había bajado algunos escalones cuando un guerrero, manchado de sangre, se interpuso en su camino.

–¡Suelta a la princesa! –ordenó, apuntando a Arturo con su espada–. ¡Ella viene conmigo!

Arturo, sin mediar palabra, agitó su arma y dibujó un arco en el aire con ella. Cuando terminó, la garganta del bárbaro estaba seccionada y dejaba salir un reguero de sangre. El movimiento había sido tan rápido que el soldado ni siquiera se dio cuenta de lo que había pasado. Su cuerpo cayó hacia atrás y tropezó con otros dos compañeros suyos.

El muchacho no les dio tiempo a hablar. La extraordinaria habilidad que había desarrollado con la espada se puso nuevamente de manifiesto cuando con dos rápidos movimientos se deshizo de ellos.

Fuera, los gritos eran más fuertes y una columna de humo empezaba a oscurecer el cielo. Era evidente que se estaban empleando a fondo contra los inofensivos monjes, mujeres y criados. Algunos hombres, decididos a vender cara su vida, se defendían como podían con herramientas de labranza o con cuchillos de cocina, pero era una resistencia inútil.

–¡Tenemos que alcanzar los caballos y huir! –ordenó Arturo–. Es la única forma de salir de aquí con vida.

–¡Hay otra manera! –dijo Alexia–. Rendíos e intercederé por vosotros ante mi padre. ¡Os juro que nadie morirá!

Arturo y Arquimaes cruzaron una rápida mirada y tomaron una determinación:

–¡No volveremos a ese terrible castillo de fuego! –respondió Arquimaes–. Prefiero morir aquí y ahora.

–¡Entonces moriréis todos! –exclamó Alexia–. ¡No quedará nadie con vida! ¡Seréis responsables de esta masacre!

Otros dos guerreros se enfrentaron con Arturo y encontraron una muerte inesperada. Ninguno hubiera pensado que un muchacho que apenas tenía edad para ser escudero tuviera tanta destreza con la espada.

La puerta que daba al patio estaba abierta de par en par y pudieron salir sin problemas. Arturo vio cómo un criado, armado con un arco de caza, disparaba una flecha contra un guerrero de Oswald y lo atravesaba. En seguida, otros dos se arrojaron sobre él y le partieron por la mitad a hachazos. Los guerreros habían sembrado la muerte y la destrucción en Ambrosia. Algunos focos de fuego producían un humo negro que se metía en los ojos y dificultaba la respiración.

De repente, Morfidio, montado en su caballo, les dio una orden:

–¡Arquimaes! ¡Entregadnos a Alexia y rendíos!

Los guerreros de Oswald dirigieron su amenazante mirada hacia ellos. Inmediatamente se vieron rodeados y comprendieron que habían llegado al final de su viaje. Pero entonces, Arturo hizo algo sorprendente:

–¡Morfidio, enfréntate conmigo! –gritó, apuntándole con su espada–. ¿O es que me tienes miedo?

–¿Miedo a un aprendiz? –se carcajeó el conde–. Ni siquiera me voy a molestar en pelear contigo. ¡Matadle!

Dos soldados, deseosos de conseguir el favor de sus jefes, se adelantaron con las armas preparadas, pero en seguida comprendieron que habían cometido un grave error: aquel mozo no era tan inofensivo como parecía. Dos certeros mandobles fueron suficientes para convencer al conde de que era un digno enemigo.

–Vaya, parece que has aprendido a pelear –se burló Morfidio–. Pero soy un noble y no puedo luchar con un plebeyo.

–¡Es un caballero! –gritó Crispín–. ¡Es Arturo Adragón, el caballero que mata dragones!

Morfidio le miró sorprendido.

–¿Tú mataste al dragón?

–¡Él lo mató! –respondió Alexia–. ¡Es muy poderoso!

–¡Hagamos un trato! –propuso Arquimaes cuando vio que el conde descabalgaba–. Pero deja en paz al muchacho.

–Demasiado tarde, alquimista –respondió Morfidio–. Ahora tengo curiosidad por saber si es más fuerte que yo.

Arturo y Morfidio se colocaron frente a frente, con las armas preparadas. Durante unos segundos se miraron a los ojos para medir las fuerzas del contrario. Luego alzaron las afiladas espadas.

–¡Le matará! –susurró Alexia–. Arturo no está preparado para un duelo a muerte con un experto como Morfidio.

–Ya es tarde para impedirlo –dijo Arquimaes–. Si Arturo muere, todos moriremos.

Morfidio lanzó una estocada precisa que Arturo evitó a tiempo. Después, el conde golpeó de nuevo desde arriba hacia abajo y en sentido horizontal, para desconcertar al joven, pero la rapidez de este hizo que ni siquiera le tocara. Entonces Arturo pasó al ataque, sorprendiendo al conde y a todos los que contemplaban el duelo. Oswald sonrió ligeramente al ver cómo Morfidio se sentía en apuros. Arturo lanzó continuos mandobles a su adversario hasta que uno de ellos rozó el brazo del noble y le produjo una herida sangrienta.

El conde, enfurecido, pasó al contraataque. Arturo se dio cuenta de sus intenciones y retrocedió rápidamente con el propósito de cansar al conde. Sabía perfectamente que cuantos más golpes de su espada realizara, antes se cansaría. Era una buena estrategia, siempre y cuando no la sufriera en sus carnes.

Pero Morfidio ya solo pensaba en atravesar a su contrincante con la espada. Estaba en el momento más peligroso del combate, con todas las fuerzas enteras y deseoso de sangre, una fase en la que Arturo aún no había entrado.

Las espadas abatían todo lo que tocaban a su paso: cuerdas, palos, ventanas... Los golpes eran tan potentes que nada se resistía a su paso. Ante las feroces acometidas de Morfidio, Arturo se vio obligado a entrar en el edificio principal, donde destrozaron algunos tapices que adornaban las paredes.

Arquimaes y los demás quisieron entrar para seguir de cerca la lucha, sabiendo que, ante testigos, el conde no emplearía trucos sucios; pero Oswald y sus hombres les impidieron la entrada.

–¡Quietos ahí! –ordenó el hombre de confianza de Demónicus–. ¡Esto es asunto de ellos! ¡Dejadlos luchar solos!

Acosado por los lances de Morfidio, Arturo no dejaba de retroceder. La gran experiencia y la fortaleza física del conde se estaban imponiendo. Empezaron a bajar por la escalera que llevaba al sótano y Arturo tuvo que abrir la puerta que, a través de un estrecho pasadizo, conducía hasta las catacumbas de la abadía.

Arquimaes se escabulló como pudo de la vigilancia de los soldados y dio un rodeo al edificio principal. Aún se escuchaban gritos de dolor y varios heridos se arrastraban por el suelo e imploraban ayuda. Pero el alquimista, a su pesar, siguió su camino y entró por una pequeña puerta trasera. Este acceso se encontraba semioculto tras la ropa tendida en el patio de una de las paredes laterales del edificio. Tratando de no ser visto por nadie, entró en la estancia. El ruido de los golpes metálicos le hizo comprender en qué lugar exacto se hallaban los combatientes.

–¡Me lo temía! –susurró–. Llegarán al sitio en el que nadie debe entrar.

Más abajo, Morfidio asestó un peligroso golpe a Arturo que logró herirle en una pierna. La sangre de la herida empezó a brotar, y eso decididamente le enfureció. Ahora ya estaba poseído de esa rabia que domina a los guerreros en el combate y los convierte en invencibles.

Arturo contraatacó y el conde dio un rodeo para eludir los golpes. El joven llevaba la rabia en los ojos. La pelea estaba alcanzando un punto en el que la fuerza dejaba de servir y debía ser sustituida por la astucia, cosa que Morfidio dominaba mejor que Arturo.

–¡Ten cuidado, Arturo! –gritó Arquimaes–. ¡Te está tendiendo una trampa!

Arturo comprendió entonces que el conde se estaba haciendo el cansado para hacerle creer que podía acercarse sin miedo, pero, en realidad, era una artimaña.

El noble, enfadado, lanzó un candelabro contra Arquimaes.

–Largo de aquí, alquimista –gritó, mientras el sabio esquivaba el objeto–. ¡Ya me ocuparé después de ti!

–¡Sigue luchando, cobarde! –exclamó Arturo–. ¡Ven aquí y verás!

Morfidio estuvo a punto de dar un paso adelante y enfrentarse frontalmente con su adversario, pero, como suelen hacer los cobardes, prefirió huir escaleras abajo, en busca de alguna oportunidad.

Arturo se volvió hacia Arquimaes:

–¿Estás bien?

–Sí, pero ten cuidado. Este hombre es una rata acorralada. Y las ratas se tiran al cuello. Salgamos de aquí y huyamos. Todavía podemos escapar.

–¡No! ¡Voy a terminar esto de una vez! –dijo Arturo bajando la escalera, deseoso de encontrarse con el conde.

Aquella zona era oscura, pero a Arturo no le importó. Vio moverse una cortina y siguió ese rastro. Como sabía que podía tratarse de una trampa, caminó despacio y poniendo atención.

Una luz al final del largo pasillo le hizo comprender que el conde Morfidio le estaba esperando. Armándose de valor, decidió seguir adelante para enfrentarse con su destino. Estaba dispuesto a luchar hasta el final.

VI

LADRONES DE PIEDRAS

DESPUÉS de pelear con Horacio he vuelto otra vez al despacho del director. Está verdaderamente enfadado ya que, además de alterar el orden, esta vez ha habido desperfectos que él considera graves.

–Ya habrá tiempo de hacer una valoración económica de los daños –me explica, bastante irritado–. Arturo, tu padre tendrá que abonar a este instituto las cantidades pertinentes por los desperfectos.

–Perdone, pero la pelea la tuvimos Horacio y yo. Supongo que...

–¡Tú le provocaste! Me han contado que él estaba hablando tranquilamente con Cristóbal y tú le atacaste. ¡Y es la segunda vez que ocasionas un altercado! ¡Tendré que abrirte un expediente!

–Intervine porque Horacio estaba acosando a Cristóbal. Pregúntele si quiere.

–Ya hablaré con él cuando llegue el momento. Por ahora debo advertirte que no te conviene seguir con esa actitud. No sé qué te pasa últimamente, pero has dejado de ser el alumno modelo que has sido durante años. Debes corregir ese talante agresivo.

–Señor director, yo no...

–Escucha, Arturo, te ordeno que no te acerques a Horacio más de lo necesario. Solo estarás cerca de él en clase. Pero no te cruces en su camino. Y no intentes provocarle de nuevo.

–¿Me está ordenando que me aleje de Horacio?

–Si me entero de que le persigues, de que le miras o de que le provocas, me enfadaré mucho.

–Me convierte usted en el culpable.

–Tómalo como quieras. Hablaré con tu padre personalmente para contarle todo esto. A partir de ahora, estás bajo vigilancia –me advierte antes de coger el teléfono de su mesa, que lleva un rato sonando–. ¿Quién es?

Estoy confundido. Resulta que he tratado de ayudar a un chaval al que llevan tiempo acosando, y en vez de recibir felicitaciones, parezco el malo de la película.

–Arturo, tengo una mala noticia para ti –dice mientras cuelga el aparato–. Escúchame bien y no te pongas nervioso. Me acaban de llamar del Hospital General para decirme que acaban de ingresar a tu padre. Parece ser que ha sufrido una agresión.

–¿Una agresión? ¿Qué clase de agresión?

–Alguien le ha atacado y le ha... Bueno, le han hecho una herida. Pero me aseguran que no es grave, sin embargo, deberías ir...

–¿Puedo ir ahora mismo?

–Sí, espera, que le voy a pedir a Mercurio que te lleve en el coche. Es lo mejor... Espera un momento...

Mientras llama a Mercurio, envío un mensaje de móvil a Metáfora. Ya lo verá cuando se conecte, después de clase. Pero una pregunta se cruza en mi mente: ¿tiene este ataque algo que ver con lo que le pasó a *Patacoja*?

* * *

Mercurio aparca el coche frente a la entrada de urgencias del hospital, después de haber cruzado media ciudad a toda velocidad. Suelto mi cinturón de seguridad y abro la puerta.

–Espera, voy contigo –dice–. No te voy a dejar aquí solo.

–Gracias, pero no hace falta.

–Nunca digas eso. No se sabe cuándo te puede hacer falta la ayuda de un amigo... ¡Venga, corre!

Entramos y un celador, que nos corta el paso, nos pregunta adónde vamos.

–¡Han ingresado a mi padre hace un rato! –explico–. ¡Quiero verlo!

–¿Cómo se llama?

–Arturo Adragón

–Espera... ¿En qué planta está el señor Adragón? –pregunta por teléfono–. ¡Gracias! Sube a la segunda planta. Está en quirófano.

–¿Le están operando?

–No te pongas nervioso. Es posible que solo le estén cosiendo alguna herida sin importancia... Ahí tienes el ascensor.

No hemos tardado ni un minuto en subir y me acerco a una enfermera que en ese momento sale de la sala de operaciones:

–Señorita, están operando a mi padre, Arturo Adragón. ¿Puedo verle?

–No te dejarán entrar ¿De qué le están operando?

–¡No lo sé! ¡Le han ingresado en urgencias hace media hora!

–Ah, entonces tranquilo. Ya sé quién es. No le pasa nada grave, solo le están sacando unos cristales de la mano... Siéntate aquí y espera. Ahora vendrá alguien a informarte.

Estoy a punto de entrar cuando Mercurio me sujeta del brazo y me impide seguir adelante.

–¡Espera! ¡Las cosas no se hacen así! Si te han dicho que esperes, pues te esperas, ¿entendido?

–¡Es mi padre!

–¡Por favor, siéntate y cálmate! ¡Estás en un hospital y no en un supermercado! ¡Aquí hay que seguir unas normas!

Me acompaña hasta los asientos de la sala de espera y nos sentamos junto a la puerta, para estar seguros de que cuando salgan los médicos nos vean.

–Lo siento, Mercurio, sé que tienes razón, pero he perdido los nervios.

–Está bien, no pasa nada... Tranquilízate... Ya ves que no se trata de nada grave...

Los minutos pasan con una lentitud desesperante. Si no sale alguien a informarme, voy a entrar como un elefante en una cacharrería. De repente alguien me dice:

–¿Eres el hijo del señor Adragón?

–Sí, sí señor... Me llamo Arturo Adragón, como mi padre.

–Tu padre se encuentra bien. Le acaban de llevar a una habitación. Dentro de media hora podrás verle.

–¿Por qué no puedo verle ahora?

–Porque ahora necesita descansar. Anunciaremos el número de su habitación por megafonía y, para oírlo, tendrás que bajar a la cafetería. Aquí no llega el sonido. ¿Entendido?

–Muchas gracias, doctor –dice Mercurio–. Esperaremos tomando algo. Vamos, Arturo, ven conmigo.

Han pasado quince minutos y ya estoy en mi segunda consumición. Deben de ser los nervios.

–¿Sabes que lo que hiciste por Cristóbal ha sido muy comentado en el instituto? –dice Mercurio–. Mucha gente aprecia tu gesto, pero otra...

–¡Me da igual lo que piensen y lo que digan unos y otros!

–Pues algunos dicen que te portaste como un valiente –asegura.

–Que digan lo que quieran.

–Horacio no está nada contento. Supongo que buscará la revancha. Ten mucho cuidado.

–Lo tendré... Por cierto, Mercurio, supongo que limpiaste bien la zona en la que nos peleamos, ¿verdad? Me refiero a la casa del jardinero.

–Claro que la limpié bien. ¿Por qué lo preguntas?
–Por nada... Por si habías encontrado alguna cosa rara.
–¿Has perdido algún diente o algo así?
–No. Me refiero a monedas.
–¿Euros? No, no había euros por allí. Yo no vi ninguno. Ni billetes ni monedas.
–Bien, mejor.
–Pero sí encontré otra cosa...
–¿Otra cosa? ¿El qué?
Antes de que Mercurio pueda responder, el aviso que suena por megafonía me provoca una aceleración de las pulsaciones.
«El señor Adragón ha sido ingresado en la habitación 555.»
–¡Vamos! ¡Vamos! –digo, dejando la taza sobre el mostrador y empezando a correr.
Mercurio, que ya ha pagado, sale corriendo detrás de mí. Entramos en el ascensor y apretamos la tecla del quinto piso. Como ocurre en las películas, el ascensor sube con una lentitud exasperante.
–Es para que la gente no se maree –dice mi compañero, intentando hacer un chiste que no tiene ninguna gracia.
Las puertas se abren y nos lanzamos al pasillo en busca de la habitación...
–¡Aquí está! –exclamo cuando la veo–. ¡Por fin!
Después de dar un golpecito de cortesía, giro el pomo y abro.
–¡Arturo, hijo! ¡Estaba pensando en ti!
–¡Papá, papá! –exclamo según me acerco a su cama, donde hay una enfermera que le está ajustando el suero–. ¿Estás bien?
–Sí, sí, ha sido un susto. Pero creo que todo irá bien.
–Solo tiene algunas magulladuras por todo el cuerpo –aclara la enfermera–. Y esa mano que le acaban de limpiar. Pero nada grave. Aun así tiene que estar en observación algunos días, por el golpe de la cabeza... Ha estado bastante tiempo sin conocimiento.
–¿Qué ha pasado? ¿Qué es lo que ha ocurrido?
–Pues que de repente me vi atacado por dos individuos. Estaban intentando coger unas piedras del jardín y cuando me acerqué para impedirlo se lanzaron sobre mí.
–¿Intentaban robar unas piedras?

–Te lo aseguro. Cuando empecé a gritar, ese amigo tuyo, *Patacoja*, intentó ayudarme, pero no llegó a tiempo. Alguien debió de llamar a una ambulancia y me desperté aquí. Entonces pedí que te llamaran al instituto.

–Sí, vine en cuanto me lo dijo el director. Me ha traído Mercurio, ya lo conoces.

–¡Oh, sí, gracias! Oye, ¿se lo has contado a Norma?

–No, pero le he mandado un mensaje a Metáfora. Supongo que vendrán en cualquier momento.

–No me gusta que me vea con este aspecto.

–No se preocupe, está usted muy guapo –dice la enfermera, abriendo la puerta para salir–. Si necesitan algo, toquen el timbre, que yo me tengo que ir.

Nos hemos quedado solos y me siento a su lado.

–Bueno, papá, ahora cuéntame con detalle todo lo que ha ocurrido, que eso de los ladrones de piedras suena muy raro...

–Te aseguro que es la verdad. ¡Querían llevarse esas piedras antiguas que decoran el jardín, las que marcan el camino de entrada!...

VII

LA CUEVA NEGRA

Arturo vio cómo una silueta se movía al otro lado de la puerta. A pesar del cansancio que le atenazaba, decidió seguir adelante, sabiendo que Morfidio le estaba esperando para acabar la lucha. Haber llegado hasta aquí, siendo su primer combate cuerpo a cuerpo y con un guerrero experto, se podía considerar una hazaña. Ese pensamiento le dio ánimos.

–¡Entra, muchacho, y observa el lugar en el que vas a morir! –exclamó Morfidio–. ¡Esta será tu tumba!

Arturo, ya más tranquilo, cruzó la puerta y penetró en la estancia. Era una gran gruta natural, formada en la roca por la erosión del tiempo y de las corrientes de aire. El suelo estaba compuesto de tierra, piedra y arena que, en algunas zonas, era negra, parecida al polvo de carbón. Un riachuelo de agua transparente cruzaba la cueva y se ensanchaba, formando un pequeño lago. En el centro, entre el agua, como una señal victoriosa y provocativa, sobresalía una gran roca negra. El silencio era casi absoluto. Solo se escuchaba el agua que se deslizaba tranquilamente y cuyo eco resonaba en la lejanía, como un largo susurro.

«Un buen lugar para morir», pensó Arturo.

–Ha llegado el momento de acabar esta pelea, muchacho. Ya no podemos seguir retrocediendo. Hemos llegado al final del camino.

–Pues reza lo que sepas, conde –advirtió Arturo, enarbolando la espada y dando algunos pasos hacia su enemigo, que le recibió con un movimiento rápido pero ineficaz–. Tu hora ha llegado. Estaremos mejor sin ti.

Arturo había comprendido que solo tenía una oportunidad de salir vivo. Si era capaz de hacer retroceder a Morfidio para que metiera los pies en el agua quizá le inmovilizaría lo suficiente para atacar con eficacia.

En ese momento Arquimaes entró en la cueva. Cuando vio lo que sucedía, lanzó una advertencia a Arturo:

–¡No te fíes, Arturo! ¡No te fíes!

Arturo aprovechó la distracción del conde, que lanzó una mirada de odio al alquimista, para abalanzarse contra él con la espada en alto. Su inesperado ataque consiguió el efecto deseado: Morfidio retrocedió para ponerse a salvo del impetuoso ataque y sus pies entraron en el agua. Sorprendido, quizá por la gelidez del agua o porque sus pies se hundieron más de lo que esperaba, Morfidio se distrajo un momento y Arturo le asestó un terrible golpe en el hombro que le desequilibró y le hizo emitir un grito de rabia y dolor. Entonces, la espada de Arturo le atravesó completamente.

Morfidio soltó la espada y se quedó un momento con los ojos muy abiertos, incapaz de decir nada. Dio un paso hacia atrás y se tambaleó. Después, cayó como una piedra sobre el riachuelo que, a pesar de no ser muy profundo, casi cubrió su cuerpo inerte. Acababa de morir.

Arturo dio un paso adelante y, justo cuando iba a poner el pie en el agua, Crispín entró en la gruta y gritó:

–¡Oswald se ha llevado a Alexia! ¡Se ha marchado con sus hombres!

–¡Hay que impedir que se salga con la suya! –dijo Arturo–. ¡Si Alexia le cuenta a su padre todo lo que ha visto, estamos perdidos!

–¿Qué hacemos? –preguntó Crispín–. ¡Ya se han marchado!

Arturo lanzó una mirada a Morfidio y se dio cuenta de que no se movía.

–¡Iremos en su busca!

–¿Estás loco? –inquirió Arquimaes–. Estás agotado y no estás para más peleas. Iremos a pedir ayuda a la reina Émedi.

–¡No hay tiempo! –dijo Arturo con resolución–. Debemos recuperar a Alexia. ¡Sabe demasiado!

Los tres compañeros subieron la escalera con dificultad. Se estaba empezando a llenar de humo y cuando llegaron a la planta baja se dieron cuenta de que el edificio estaba en llamas.

–¡Esto ya no se puede apagar! –dijo Arquimaes, lamentando el destrozo causado por los hombres de Demónicus–. ¡Será una pérdida irreparable!

Cuando salieron al patio, se encontraron con un panorama desolador. Los que aún sobrevivían ayudaban a los heridos a salir del recinto en llamas. Algunos caballos relinchaban y se encabritaban debido al terror que les producía el fuego que, ahora, se estaba extendiendo por todo el edificio.

El hermano Tránsito se dirigió hacia el alquimista con los ojos a punto de salirse de sus órbitas. Estaba tan lleno de rabia que las palabras le salieron atropelladamente.

–¡Maldito seas, hermano! ¡Has traído la maldición a este lugar de paz y recogimiento! ¡Has traído la violencia contigo y todo esto está siendo pasto de las llamas! ¡Por tu culpa nuestros hermanos han muerto!

–Lo siento, yo no quería... –empezó a decir Arquimaes, verdaderamente desconsolado–. ¡Perdóname!

Pero Tránsito, que estaba fuera de sí, no le escuchó. Se acercó y le lanzó un puñetazo a la cara antes de que nadie pudiera impedirlo. Arquimaes encajó el golpe con sorpresa y se tambaleó ligeramente. Entonces, Tránsito le soltó otro puñetazo y otro más.

–¡Maldito seas mil veces! –dijo–. ¡Ojalá te pudras en el infierno! ¡Ojalá no hubieras nacido!

Algunos frailes trataron de impedir que siguiera golpeando al alquimista, y lo consiguieron a duras penas.

–¡No quiero verte más en mi vida! –gritó Tránsito–. ¡Desaparece de mi vista antes de que te mate con mis propias manos!

–Es mejor que te marches –sugirió el hermano Hierba, que tenía una herida que le cruzaba la cara–. ¡Marchaos de aquí lo antes posible!

Crispín acompañó a Arquimaes hasta las caballerizas, o lo que quedaba de ellas. Arturo, por su parte, recogió el casco de un soldado muerto y los siguió. Prepararon sus caballos, que aún seguían en los establos y, unos minutos después, los tres compañeros salían por la puerta principal sin mirar atrás ni despedirse de nadie.

Solo cuando alcanzaron la falda de la montaña, una hora después, se detuvieron para observar los efectos del desastre. Una enorme columna de humo indicaba las consecuencias del incendio. Ambrosia se estaba convirtiendo en cenizas y nadie podía hacer nada para impedirlo.

–¡Todo esto ha sido por mi culpa! –murmuró Arquimaes, con lágrimas en los ojos–. No me lo perdonaré nunca.

–La culpa la tienen los que le han prendido fuego –dijo Arturo, tratando de animarle–. ¡Demónicus y su gente!

–Hoy han muerto muchas personas en ese lugar –se lamentó Crispín–. Han muerto para nada.

–Dentro había un tesoro –añadió Arquimaes–. Libros irrepetibles, códices, pergaminos antiguos... Demónicus tendrá que pagarlo.

–¡Lo pagará con su vida! –aseguró Arturo–. ¡Lo juro por la mía!

–¡Ese hombre es el mismísimo diablo! –exclamó Crispín.

–Hoy empieza la guerra de los alquimistas –dijo Arquimaes–. Emprenderemos una guerra sin cuartel contra esos demonios. Hay que reducirlos antes de que acaben con nosotros, con nuestros conocimientos y con nuestra cultura. ¡Son verdaderos salvajes!

Durante unos minutos observaron en silencio cómo Ambrosia desaparecía mientras hacían juramentos de venganza. Los tres decidieron que su vida tendría como objetivo acabar con Demónicus, el padre de Alexia.

–Ahora, intentemos recuperar a la hija de ese diablo. Ella será la primera en sufrir nuestra ira –prometió Arturo, apretando los dientes y espoleando a su caballo–. La atraparemos.

* * *

Mientras, en lo más profundo de la gruta, que estaba llena de humo, el cuerpo de Morfidio se movió lentamente, como si se despertara de un profundo sueño. A pesar de haber perdido mucha sangre, el conde logró ponerse en pie y apretó la herida para frenar la hemorragia. Con mucho esfuerzo, empezó a subir por los escalones desgastados, apoyándose en la pared. Tosió varias veces y en algún momento sintió que se asfixiaba, pero su corpulencia física le dio las fuerzas necesarias para seguir adelante. Cuando llegó arriba, vio cómo algunos hombres y mujeres salvaban libros y otros objetos de valor. En seguida comprendió que dependía de si mismo y que, si caía en manos de esa gente, su cuerpo acabaría colgado de una soga.

El hermano Hierba se acercó a un mueble cercano y lo abrió para sacar algunos documentos. Estaba tan concentrado en su labor que no se dio cuenta de que Morfidio se acercaba sigilosamente por detrás. Cuando estuvo cerca, rodeó el cuello del fraile con su brazo y, a pesar de estar herido, todavía tuvo fuerza para apretar con decisión durante unos interminables segundos. Cuando notó que el monje ya no respiraba, lo mantuvo en alto para impedir que cayera e hiciera demasiado ruido. Cualquier golpe podía alertar a los que estaban cerca y cuyas siluetas se adivinaban a través de la ventana.

El conde arrastró el cadáver de su víctima hacia detrás y, antes de que nadie se percatara, lo había ocultado y se había puesto su hábito. Luego salió del edificio portando algunos legajos que depositó sobre un carro, en el que estaban acumulando todo lo que se pudiera salvar. Sin que nadie le reconociera, se escondió entre unas piedras y esperó tranquilamente la llegada de la noche. Solo entonces, aprovechando la oscuridad, se apoderó de una mula y salió de Ambrosia tan sigilosamente como pudo. El rastro de sangre que dejaba tras él se iba cubriendo con la nieve que empezaba a caer. Nadie fue consciente de su partida.

Al día siguiente, una mujer descubrió el cadáver del hermano Hierba. Avisaron a Tránsito, que lloró desconsoladamente por la muerte de su pacífico hermano menor.

–¡Maldito Arquimaes! ¡Puedes añadir otra muerte a tu historial!

La abadía de Ambrosia estuvo ardiendo durante muchos días. Cuando el incendio quedó totalmente apagado, el monasterio era una ruina y nadie hubiera sido capaz de reconocerlo. Solo algunos muros se mantenían en pie, pero las techumbres se habían venido abajo. Tenía el aspecto de un esqueleto de piedra ennegrecida y maloliente. Incluso la puerta que daba acceso a la escalera de la gruta había quedado taponada a causa del derrumbe de las vigas de madera del techo.

Ninguno de los que vivieron aquella desgracia pudo olvidarla. Para ellos, ese día pasó a ser una horrible pesadilla en la que Ambrosia, que había sido un paraíso, se convirtió en un infierno lleno de cadáveres de inocentes, mientras las llamas devoraban todo a su paso, incluyendo un gran número de libros.

VIII

EL LOCO DE LOS LIBROS BAJO VIGILANCIA

HA sido un interminable desfile de visitas. Las primeras en llegar fueron Metáfora y su madre. Después, Stromber, Battaglia, Mahania, Mohamed y otros empleados de la Fundación. Incluso nos ha visitado el señor Del Hierro, el banquero que nos tiene acosados. También el director del instituto y algunos profesores han tenido el detalle de venir, además de otros amigos y conocidos. Un periodista, atraído por la extraña noticia de un intento de robo de piedras antiguas, ha venido en busca de un reportaje, pero Norma le ha despachado con cajas destempladas y se ha tenido que ir con las manos vacías. El último en llegar ha sido Cristóbal.

Entre los que no han venido se encuentra *Sombra*, que ha llamado para decir que no pensaba abandonar la Fundación en un momento de crisis como este. Sus palabras, más que tranquilizarme, me han alertado. ¿Qué es eso de que estamos en un momento de crisis? ¿Sabrá algo que yo desconozco?

–Lo importante es que no te muevas durante algunos días –ha dicho Norma a papá, que ya ha tomado el mando–. Ahora tienes que descansar. Lo demás no cuenta.

–Pero, Norma, yo creo que mañana ya podré salir a...

–¡De ninguna manera! Saldrás cuando los médicos te lo digan. ¿Es que no te das cuenta de que tu salud corre peligro? Has recibido un fuerte golpe en la cabeza y tienes que estar en observación.

Ante tanta visita, y para no estorbar, Metáfora y yo hemos bajado a la cafetería, acompañados de Cristóbal, para tomar algo.

–Esa historia de las piedras es muy extraña. Nadie se dedica a robar piedras. Tiene que haber una confusión –comenta Metáfora–. Tu padre tiene que estar equivocado.

–No sé qué decirte. Él asegura que los vio claramente. Incluso parece que se han llevado una...

–Había más –dice Cristóbal de pronto.

–¿Qué dices?

–Que había más monedas. En el jardín del colegio.

–Mercurio dice que no.

–Yo las vi. Os aseguro que había un buen montón. Estaban entre el polvo, pero no las pude coger. Y también otros objetos.

Tomo un sorbo de café con leche mientras ordeno mis ideas. Están ocurriendo muchas cosas a la vez y apenas puedo asimilarlas. Mi padre suele decir que las cosas siempre están relacionadas y que no ocurren por casualidad. ¿Podría haber alguna relación entre las piedras de la Fundación y las monedas encontradas en el colegio?

Creo que empiezo a volverme loco. Tengo la impresión de que mucha gente sabe cosas que yo ignoro y que, además, me las ocultan.

En ese momento, el general Battaglia entra en la cafetería y se acerca a nuestra mesa.

–Muchacho, tu padre se encuentra bien. Es un hombre duro que sabe soportar el dolor. Sería un gran soldado.

–Gracias por venir, general. Su visita le ha animado mucho –le digo.

–Es lo menos que podía hacer. Además, un general tiene la obligación de velar por la salud de sus hombres. Aunque, en este caso, me he descuidado un poco.

–Usted no estaba obligado a nada, general. Solo es un visitante que...

–No, no, te equivocas. Desde que descubrí que la Fundación está llena de tesoros y de valiosa información, debí recomendar a tu padre que contratara servicios de protección, para mayor seguridad. Si hubiera cumplido con mi obligación, esto no habría ocurrido, te lo digo yo.

–¿Se refiere usted a que debemos contratar vigilantes armados y todo eso? –pregunto, un poco sorprendido.

–Naturalmente que me refiero a eso. En estos tiempos la seguridad es fundamental. Sobre todo cuando se dispone de una biblioteca como la vuestra, donde cada mueble, cada libro, cada... piedra tiene un valor incalculable.

–Espere, ¿ también cree que las piedras valen mucho?

–Por supuesto. Las piedras de tu edificio tienen un valor histórico incalculable. No te puedes hacer idea del precio que los objetos arqueológicos adquieren en el mercado negro. Sobre todo si tienen inscripciones o están grabadas.

–¡Tu padre tenía razón! –exclama Metáfora.

–Claro. Hay redes de traficantes que saquean lugares históricos. Y el único remedio es poner vigilancia armada. Vuestro edificio está lleno de objetos valiosísimos. Esa gente no se anda con tonterías: si tienen que atacar a las personas, las atacan.

–Creo que le haremos caso, general –reconozco–. Debimos haberlo hecho antes.

–Bien. Por cierto, creo que pensáis venir el sábado con *Sombra* a la visita que voy a hacer a ese sótano.

–Si no le importa, habíamos pensado acompañarlos. Quiero que Metáfora vea esas cosas antiguas.

–Por supuesto que no me importa. Estoy seguro de que encontraré algunas pistas sobre ese Ejército Negro. A lo mejor me podéis ayudar.

–Pero, general, todos dicen que el Ejército Negro es solo una leyenda sobre la que casi no hay referencias –interviene Metáfora–. Es una fantasía.

–Un general es capaz de oler las huellas de un ejército a mil años de distancia. Os digo que existió y quiero descubrir, también, por qué desapareció. Debió de tener un gran jefe. Las historias de Grecia y de Roma están llenas de ejemplos. Grandes jefes, grandes ejércitos.

–¿Qué le hace pensar eso? –pregunto.

–¿Conoces algún ejército que no lo tuviera? Los ejércitos romanos subsistieron gracias a sus grandes generales. Ellos son el alma de los ejércitos.

–¿Y yo puedo acompañaros en esa visita? –pregunta Cristóbal–. Me muero de curiosidad.

–Si *Sombra* te deja entrar, yo no pondré ningún inconveniente –digo.

–Cuantos más soldados, mejor –concluye el general, levantándose–. Pero recordad que esta misión la dirijo yo.

–Sí, señor –dice Metáfora, haciendo una parodia del saludo militar.

El general se marcha, convencido de que su charla ha sido muy instructiva. La verdad es que no le falta razón. De haber tenido la vigilancia adecuada, papá ahora estaría bien y los ladrones de piedras ni siquiera se hubieran acercado.

–Este hombre tiene las ideas claras –comenta Cristóbal–. Es un profesional de la cabeza a los pies.

–Pero está buscando a un fantasma –responde Metáfora–. Ese Ejército Negro nunca existió. *Sombra* se lo ha dicho mil veces, pero no le hace caso. Al final se llevará una gran decepción.

–Ya has oído que es su gran sueño. A su edad, la meta de su vida es demostrar que tiene razón –digo.

–Bueno, espero que... ¿Qué miras con esa cara? ¿Has visto un fantasma?

–Mira... Stromber acaba de salir –digo.

–¿Qué tiene eso de raro?

–Que acompaña a Del Hierro.

–Se conocerán.

–Tienes razón, pero... No sé, me ha parecido como si se conocieran mucho.

–¿Y si es así?

–¿Quién es Stromber? –pregunta Cristóbal.

–Es un invitado de la Fundación. Vino para unos días, pero su visita se está alargando.

–Está haciendo un gran trabajo de investigación –dice Metáfora–. Le ha contado a mi madre que gracias a la Fundación podrá localizar objetos que él daba por perdidos. Y eso significa publicidad.

Prefiero no responder. Pero verlos juntos me ha producido una sensación de peligro que todavía me revuelve el estómago.

–Mira, Arturo, están ahí enfrente hablando como viejos amigos –dice Metáfora al cabo de un rato, mirando por la ventana entreabierta–. En la acera, al lado del quiosco.

Miro por la ventana y veo que, efectivamente, charlan amigablemente.

–Daría cualquier cosa por oír su conversación –susurro.

–¿Tanto te interesa? –pregunta Metáfora.

–A lo mejor es una tontería, pero sí, sí me gustaría saber de qué hablan.

–Hay un modo de saberlo –dice Cristóbal–. Esperad un poco.

Poco después le vemos cruzar la calle y acercarse al quiosco. Observa las portadas de las novelas del escaparate, a menos de medio metro de Stromber y Del Hierro, que ni siquiera se fijan en él...

Mi móvil suena y le atiendo, pero nadie responde... Presto atención y escucho ruidos de coches, de una moto, igual que la que ahora pasa al lado del kiosco y que hace un ruido infernal... Conecto el altavoz para que Metáfora pueda oír lo que creo que vamos a escuchar...

«Hay que presionar más.» «Hago lo que puedo, pero no cede.» «Es por culpa de ese hijo suyo, el sarnoso. Pero voy a emplearme a fondo. Usted siga con el embargo.» «Tengo la posibilidad de presentar una demanda judicial, pero necesito congelar sus fondos.» «Acúsele de estafa. Ha estado a punto de vender unos documentos que estaban bajo control del Banco.» «¿Cree que una demanda bastará?» «Amigo Del Hierro, esto se está alargando demasiado. Hay que presionar.» «¿Y la paliza, era necesaria?» «Él se la buscó. Necesito pruebas de que ese edificio es un verdadero tesoro y mis socios tienen que ver que hablo en serio.»...

Vemos cómo se despiden con un apretón de manos.

Cristóbal se queda un poco más de tiempo junto al quiosco para despistar. Luego cruza de nuevo la calle. Al poco rato entra en la cafetería.

–¿Qué os ha parecido mi trabajo? ¿Qué os pasa? ¿Qué ha ocurrido? ¿He hecho algo mal?

–Al contrario, amigo, al contrario –susurro–. Nos has ayudado mucho.

IX

MANJAR DE BUITRES

Al segundo día de persecución, Arturo, Arquimaes y Crispín avistaron a los hombres de Oswald, que habían acampado cerca de un río. Arturo, desde un promontorio, vio claramente a Alexia y sintió una extraordinaria alegría al distinguir su bella figura. Aún no estaba seguro, pero a veces pensaba que se había enamorado de ella. Alexia le tenía desconcertado. Una Maga Oscura y hechicera, bella como la luna, capaz de luchar como un hombre, se estaba colando en su corazón. Y ahora tenía que recuperarla. Tenía que arrancarla de las garras de esos brutos, de los guerreros de su propio padre, que habían venido para salvarla.

–He contado hasta cuarenta hombres –dijo Arquimaes–. Habrá algunos más vigilando los alrededores. No podremos con todos ellos.

–Hay que recuperar a Alexia –afirmó tajantemente Arturo–. Ha visto demasiadas cosas y no podemos dejar que se las cuente a Demónicus.

–Yo puedo eliminar a unos cuantos con mi arco –intervino Crispín mostrando su arma–. Tengo buena puntería.

–Dejemos que se confíen –sugirió Arturo–. Mañana se habrán olvidado por completo de nosotros y bajarán la guardia. Ni siquiera saben que los seguimos.

–¿Tienes algún plan? –preguntó el sabio.

–Recuperar a Alexia, aunque tenga que luchar contra todos. ¡Ese es mi plan!

Arquimaes y Crispín le miraron sorprendidos. Arturo se sentía atraído por la joven hechicera, y eso era un problema añadido.

–Podemos entrar esta noche en el campamento y raptarla sin que se den cuenta –propuso Arquimaes–. La noche es ideal para estas cosas.

–No. ¡Tienen que pagar lo que han hecho en Ambrosia! –respondió Arturo–. ¡Tienen que pagar por cada inocente que han matado!

–Si estuvieran más agrupados sería más fácil –comentó Arquimaes–. Están demasiado dispersos.

Arturo no respondió. Cogió un manojo de hierbas y lo retorció entre sus manos.

* * *

Escorpio entró en la sala del trono con la cabeza inclinada.

–¿Qué noticias me traes? –preguntó Benicius–. ¿Qué sabemos de Morfidio y del sabio?

–Han desaparecido, mi señor. Pero, a cambio, te puedo alegrar el día con un buen pacto.

–¿Quién quiere pactar conmigo?

–Demónicus. He recibido noticias de que desea negociar contigo una paz beneficiosa. Es una gran noticia.

–Pero si ya estamos en paz.

–Hay malos presagios. Corren vientos de guerra, mi señor. Dentro de algún tiempo las armas saldrán de sus fundas y la sangre correrá como un río. Demónicus quiere dominar todas las tierras y se va a enfrentar con la reina Émedi. Es tiempo de hacer alianzas.

–¿Una alianza con ese diablo? ¿Por quién me has tomado, Escorpio?

–Por un rey inteligente. Cuando empiece la guerra y los perros de Demónicus salgan de sus guaridas, nadie estará libre de sus ataques... Salvo sus amigos. Demónicus es muy poderoso.

Benicius bebió de la copa que un bufón le ofreció. Se puso en pie y se acercó hasta el perro de caza que le miraba, esperando una caricia. El rey le pasó la mano sobre la cabeza y el animal se sintió satisfecho.

–Tienes razón. Es mejor situarse en el lado bueno antes de que la locura nos envuelva a todos. Dile que tendremos una entrevista para firmar esa paz.

–A cambio, ha pedido la cabeza de Herejio. Dice que ese mago le traicionó y le robó la fórmula del fuego. Es el precio de la paz.

–Por mí, Herejio se puede ir al infierno. Se lo entregaremos atado de pies y manos. Me falló en el asalto del castillo de Morfidio. Ya no me sirve para nada. Espero que Demónicus le haga pagar cara su traición.

El espía salió de la estancia absolutamente feliz. Acababa de dar un paso importante para ocupar el trono de su señor, el rey Benicius.

* * *

Oswald encabezaba la expedición. Detrás, dos hombres de su confianza escoltaban a Alexia con la orden expresa de no perderla de vista ni un solo momento. También de protegerla con la vida en caso de algún ataque imprevisto.

Más atrás, los demás hombres cabalgaban despreocupados. Estaban satisfechos por el botín conseguido en Ambrosia. Algunos bebían y estaban casi borrachos. Los flancos estaban protegidos por varios vigías que, desde lo alto de las colinas, observaban cualquier movimiento sospechoso, aunque no lo hacían con demasiado entusiasmo.

En el flanco derecho, un guerrero cabalgaba medio adormilado, por eso no oyó el silbido de la flecha que voló directamente hacia su garganta. Su cuerpo sintió la terrible punzada y se tensó durante unos segundos antes de caer del caballo. Su compañero, que iba unos metros por delante, se giró cuando escuchó el ruido producido por la caída.

–¡Eh, Jaer! ¿Qué te pasa? Ya te dije que no debías beber tanto...

La segunda flecha disparada por Crispín se clavó en su pecho, justo donde comienza la armadura. La agarró con la mano y ya se disponía a gritar para avisar a sus compañeros cuando otra flecha entró en su boca y se clavó en el interior de su garganta, silenciándole para siempre.

–¡Buena puntería! Cuando sea rey te nombraré jefe de arqueros –dijo Arturo, bromeando–. ¡Eres increíble!

–Ya te lo dije. Nací con un arco en la mano. Y no he dejado de usarlo ni un solo día. Por eso soy libre.

Nadie se dio cuenta de la pérdida de los vigías hasta que los caballos se acercaron al grupo. Oswald fue el primero en percatarse de que ocurría algo extraño.

–¡Alerta! –gritó, desenfundando su espada–. ¡Quiero que los cuatro primeros hombres vayan a ver qué les ha pasado! Los demás, ¡preparados para repeler un ataque!

El corazón de Alexia dio un vuelco. Supo inmediatamente quién estaba detrás de aquello. De hecho, lo estaba esperando. Desde que cruzó la puerta incendiada de Ambrosia estuvo segura de que Arturo vendría en su busca. Sabía que intentaría recuperarla a cualquier precio. Cuando sus dos escoltas se prepararon para defenderla, comprendió que iban a morir, pero no dijo nada.

–¡Flechas!

–¡Los han acribillado! –dijeron los hombres que habían ido a inspeccionar–. ¡Alguien nos está atacando!

–¡Proteged a la princesa! –ordenó categóricamente Oswald–. ¡Formad un círculo!

Los vigías del otro flanco notaron que algo raro estaba pasando y decidieron unirse al grupo principal, por si necesitaban su ayuda y, de paso, protegerse. Así que galoparon a toda velocidad para ponerse a las órdenes de su jefe.

Los guerreros formaron una muralla humana alrededor de Alexia. Solo Oswald permanecía fuera, esperando que el enemigo se manifestara. Pero no ocurrió nada. Estuvieron esperando durante más de una larguísima hora. Cuando pensaron que el peligro había pasado decidieron reiniciar la marcha.

–¡Dos columnas! –ordenó Oswald–. ¡La princesa en el centro, protegida!

Desde un promontorio, Arturo y sus amigos vieron cómo la expedición se ponía otra vez en marcha.

–Ya están alertados –dijo Arquimaes–. Mañana entrarán en las tierras de su señor y se sentirán más seguros.

–Todavía no han llegado –sentenció Arturo–. Aún queda mucho camino... Y ya han perdido dos hombres.

–Pero yo no tengo muchas flechas –dijo Crispín–. Me acercaré a uno de los muertos para coger su carcaj. Es mejor estar bien provistos.

–Ahora están más unidos –bromeó Arturo–. ¿No era eso lo que queríais?

–Justamente. Pero hay un problema. Alexia está demasiado cerca de ellos y eso es peligroso. Hay que separarla del grupo.

–Yo me ocuparé de eso –aseguró Arturo–. Cuando lleguen a aquella explanada les obligaremos a juntarse todavía más y haré que la princesa se aparte. ¿Qué planes tenéis? ¿Vais a usar vuestra magia contra ellos?

–Prometí que jamás la usaría –protestó Arquimaes–. Y las promesas se cumplen.

–Se lo prometisteis a vuestro hermano Tránsito. Pero después de lo que ha pasado en Ambrosia, podéis considerar que estáis liberado de vuestra promesa –determinó Arturo.

–La palabra de un alquimista es sagrada.

–Claro, pero ahora hay que solucionar un problema... ¿O esperamos a que algún otro mago venga a resolverlo?

–Soy Arquimaes, el sabio que conoce todos los secretos de la magia.

–Algún día me contaréis dónde los aprendisteis –dijo Arturo–. Me gustará conocer vuestra vida, maestro.

Una hora más tarde, los hombres de Oswald estaban en una explanada donde apenas sobresalían algunas rocas. Entonces, una nueva flecha alcanzó al último jinete de la retaguardia. Cuando cayó al suelo, los hombres gritaron y Oswald se vio obligado a imponer un poco de orden.

–¡En círculo, con las armas preparadas! –exclamó–. ¡Alerta!

De nuevo se colocaron en posición de defensa, atentos a lo que pudiera suceder. En poco tiempo, tres compañeros habían caído atravesados por flechas, seguramente disparadas por el mismo arco.

Se sorprendieron mucho cuando vieron la silueta de un jinete en el horizonte, dirigiéndose tranquilamente hacia ellos.

–¿Quién es? –preguntó el lugarteniente de Oswald.

–Me parece que es el joven que luchaba con Morfidio en la abadía –dijo Oswald–. Sí, creo que es él... Eso significa que el conde ha perdido.

Arturo se aproximó a ellos, pero quedando fuera del alcance de sus arcos. Cuando se detuvo, Oswald gritó:

–¿Qué quieres? ¿Qué buscas aquí?

–¡Vengo a hablar con la princesa Alexia!

–¡Acércate y te dejaré hablar con ella!

–¡Es mejor que salga ella! –insistió Arturo–. ¡Déjala venir!

–¡No la dejaré salir!

–¡Estoy seguro de que ella quiere verme! ¡Sabe que es lo mejor!

Oswald se quedó desconcertado ante las palabras de Arturo.

–Tiene razón –dijo Alexia–. Iré a hablar con él.

–Es peligroso –le rebatió Oswald–. Puede matarte.

–No, no lo hará.

–¿Cómo lo sabes?

–Lo sé. Lo sé muy bien.

La princesa espoleó su montura y salió del círculo protector, cabalgando al trote. Sin correr demasiado, pero sin hacerse esperar.

Cuando llegó cerca de Arturo, detuvo su caballo y preguntó:

–Y ahora, ¿qué va a pasar?

–Es mejor que no mires –dijo Arturo–. No va a ser agradable.

Ella comprendió el significado de las palabras de Arturo y clavó la mirada en sus ojos, decidida a no apartarlos, pasara lo que pasara. Y en ellos leyó lo que ocurría a sus espaldas.

Arquimaes adelantó su caballo, se acercó a Arturo, levantó los brazos hacia el cielo y emitió algunas palabras que nadie comprendió. De repente, los caballos se encabritaron y los guerreros tuvieron que esforzarse para mantenerlos en su posición.

El alquimista recitó algunas palabras y las letras de Arturo cobraron vida. Se despegaron de la piel y empezaron a aletear como pájaros. Los guerreros de Oswald, habituados a ver trucos de magia, no se sorprendieron demasiado y ni siquiera pensaron que aquellas extrañas formas pudieran suponer algún peligro.

Las letras sobrevolaron al grupo igual que si se tratase de un enjambre de avispas. Algunos soldados intentaron inútilmente atraparlas con las manos o golpearlas con las lanzas y espadas. Después, la bandada de letras descendió y se metió entre los guerreros, que no supieron cómo reaccionar. Jamás habían visto nada semejante. Las letras los rodearon hasta ponerlos nerviosos. Entonces, de repente, se clavaron en sus cuerpos como dardos mortíferos y les provocaron terribles heridas imposibles de curar. Los primeros en recibir los impactos cayeron al suelo lanzando gritos de dolor, mientras que los más ágiles se protegieron con los escudos, intentando inútilmente defenderse con las espadas. Las veloces y mortíferas letras volaban igual que pájaros y, en pocos minutos, no quedó nadie con vida. El mismísimo Oswald se encontró agonizando en el suelo, con la garganta y el pecho perforados, bañado en un gran charco de sangre.

Cuando terminaron su trabajo, las letras volvieron a situarse dócilmente sobre el cuerpo de Arturo y el sabio dejó de recitar. El joven se acercó hasta el grupo y miró frontalmente a Oswald, que aún respiraba.

–¿Tú... mataste... al conde Morfidio? –preguntó el jefe de los guerreros.

–Igual que a ti y a tus hombres. Lo que habéis hecho en Ambrosia fue abominable y merecéis ser castigados.

Oswald se apoyó en su espada y, haciendo un tremendo esfuerzo, se arrodilló. Luego consiguió ponerse en pie. Los labios le temblaban, estaba empapado en sangre y gastó sus últimas fuerzas en hablar:

–Tenía que cumplir una orden. Tenía que rescatar a la princesa –murmuró–. Te voy a matar por lo que has hecho a mis hombres, brujo.

–No hagas más tonterías, bárbaro –dijo Arturo, sacando su espada de la funda–. Vas a morir.

Oswald no hizo caso de la advertencia. Levantó su arma intentando asestar un golpe mortífero, pero Arturo fue más rápido y clavó su espada en el cuerpo del guerrero, ante los atónitos ojos de sus compañeros. Después, dio media vuelta y volvió junto a ellos. Se acercó a Alexia, le ató los pies por debajo del caballo con una cuerda bien tensada y le hizo una advertencia:

–¡No intentes escapar, princesa! –advirtió Arturo–. ¡O jamás volverás a ver a tu padre!

Los buitres, que huelen la sangre desde lejos, vinieron a revolotear sobre el montón de carne humana que estaba extendida en la hierba verde y fresca, mientras los caballos huían en todas direcciones.

–Deberíamos recuperar esos animales –indicó Crispín–. Valen mucho y podemos venderlos.

–No somos saqueadores –respondió Arturo–. Déjalos que vayan donde quieran. Tenemos cosas más importantes que hacer.

Crispín no dijo nada y siguió cabalgando junto a sus compañeros, hacia la puesta de sol.

X

ESPADAS Y ESCUDOS

HOY es sábado por la mañana. *Sombra* nos está esperando en la planta baja, con la gran llave que abrirá el primer sótano. Si bien no parece contento, tampoco se puede decir que esté de mal humor, a pesar de que se dispone a hacer algo que no le apetece nada. Él siempre ha considerado que la Fundación debía permanecer cerrada al público y que, cuantas más puertas se abrieran, peor para todos.

El general Battaglia acaba de llegar. Cristóbal entra en este momento y se pone al lado de Metáfora

–¿Cómo se encuentra tu padre, muchacho? –pregunta el militar.

–Bien, general. Parece que le van a dar el alta en seguida.

–Me alegro mucho. Es un buen hombre y no se merece lo que le ha pasado. Brindaré por su recuperación. Y ahora, bajemos hasta ese sótano, a ver qué contiene.

Sombra, que no ha abierto la boca, da media vuelta y empieza a descender la escalera con mucha lentitud, como hace cuando reniega de hacer algo. Le seguimos convencidos de que vamos a ver cosas excepcionales.

–Procuren no tocar nada sin pedirme permiso –advierte cuando divisamos la puerta de entrada–. Esto es propiedad privada y no permitiré que nadie piense que puede apropiarse de lo que le dé la gana.

–No se preocupe, monje, somos gente honrada –responde el general.

–Hoy día hasta los ladrones se las dan de honrados. Por eso aviso que estaré atento, muy atento... Supongo que los que intentaron robar las piedras y atacaron al señor Adragón también eran honrados.

Se detiene ante la puerta e introduce la enorme llave. Haciendo un gran esfuerzo, empuja la hoja derecha, que chirría como si protestara. Parece que el propio sótano no está muy contento de recibir visitas.

–Hace muchos años que nadie entra aquí –advierte *Sombra*, agitando la mano como si estuviera espantando polvo o fantasmas–. Esperemos un poco a que el aire se renueve antes de pasar.

La verdad es que estamos emocionados. Vamos a entrar en un sitio que, supuestamente, contiene verdaderas joyas históricas que solo nuestros ojos van a contemplar. A pesar de que estoy seguro de haberlo visitado alguna vez hace años, estoy muy ilusionado.

Sombra conecta un interruptor de la luz y esta se enciende en seguida. Estamos en una gran sala, repleta de telarañas, en la que hace un frío terrible y húmedo, igual que en las tumbas. Escuchamos algunos ruidos al fondo, y en seguida pensamos en fantasmas.

–¡Cuidado con las ratas! –advierte–. No son peligrosas, pero conviene no provocarlas. ¡Saltan al cuello cuando se ven acorraladas!

Yo, que le conozco muy bien, sé que está tratando de asustarnos, sobre todo al general. *Sombra* es cabezota como una mula; no le gusta esta visita y hará todo lo posible para que los invitados se sientan incómodos. Por eso voy a ir con cuidado.

Este lugar no es como lo esperaba. Creía que iba a encontrarme con una sala repleta de cofres con tesoros, joyas, cuadros y todo tipo de objetos de valor, pero no hay nada de eso.

Para empezar, casi todo está cubierto con telas y sábanas, por lo que cuesta mucho saber qué hay debajo. Además, hay muchas puertas cerradas. También las columnas de piedra impiden que nos hagamos una idea más concreta de lo que encierra este sótano.

–Bueno, general, ya estamos aquí. Dígame exactamente qué busca, quizá pueda ayudarle a conseguirlo –dice *Sombra*.

–No sé, busco pistas que demuestren que el Ejército Negro existió –balbucea el militar, visiblemente decepcionado–. ¡Necesito pistas y pruebas!

–Dígame qué clase de pruebas... Ya ve que esto es muy grande y si no me dice qué quiere, no le podré ayudar.

–Voy a empezar a revisar personalmente...

–¡Ni se le ocurra tocar nada sin mi permiso! –le corta de forma tajante–. ¡No toque nada!

–Pero si no me permite buscar, no podré encontrar lo que busco. Así es imposible.

–Bien, pues entonces la visita ha terminado. Estamos perdiendo el tiempo. ¡Salgamos de aquí!

–¡Espadas! ¡Quiero ver espadas!

–¿Espadas? ¿Qué clase de espadas?

–Todas las que tengan mil años. ¡Quiero verlas todas!

–De esas tenemos pocas. Si quiere ver otras más modernas...

–¡Quiero ver las espadas de los siglos X y XI... –ordena el general Battaglia con firmeza militar–. ¿Me ha comprendido?

–Bueno, veamos... es posible que las encontremos en aquella habitación... Allí enfrente...

Metáfora, Cristóbal y yo no decimos nada para no causar más tensión, pero el ambiente está muy enrarecido. La verdad, nunca he visto a *Sombra* en este estado. Está furioso y parece que busca un enfrentamiento.

Se dirige hacia la zona de la izquierda, muy alejada de la puerta de entrada, que está señalizada con unos gráficos pintados en la pared: X.

–Es posible que aquí encontremos algo de lo que busca, aunque lo dudo... Veamos... –levanta una gran tela que recubre una caja de madera–. Aquí hay algunas espadas... Pero meta la mano con cuidado, puede haber ratas, serpientes, lagartijas...

–¡Deje de asustarme! ¿Con quién se cree que está tratando? –le responde Battaglia–. ¡Soy capaz de meter la mano en cualquier agujero con los ojos cerrados! ¡Nunca he tenido miedo!

Agarra una espada por el mango y la saca haciéndola chocar con otras, lo que produce un sonido metálico de acero contra acero, que a todos nos sobrecoge. Un sonido que he oído en muchas películas. Es el que se escucha cuando alguien va a morir.

–Esta espada es normal. Debió de pertenecer a un soldado. Quiero ver las de los caballeros.

–Son todas iguales.

–No. Las espadas de los caballeros estaban mejor forjadas y tenían una empuñadura mejor labrada. Estas espadas que me muestra ni siquiera están equilibradas. Solo servían para golpear, pero no para luchar. ¡Ni siquiera tienen punta! ¿Dónde están las otras?

–No sé si seré capaz de encontrarlas.

–¡Ya está bien! ¡Me estás tomando el pelo, monje, y no te lo voy a permitir! ¡O me enseñas lo que te pido ahora mismo o nadie impedirá que lo busque yo! ¿Entendido? ¡Ahora mismo!

Creo que la voz autoritaria del general ha impresionado a *Sombra*. Se dirige hacia un gran armario, lo abre y muestra el contenido. Docenas de espadas de gran calidad están colgadas de una barra y ordenadas por tamaño.

–Aquí tiene lo que busca. Espero que le sirva porque no hay nada más.

–Seguro que tienes incluso espadas de reyes –dice, cogiendo una de ellas–. ¡Qué belleza! ¡Esto sí es una espada de verdad!

La empuña y se aleja de nosotros unos metros. Entonces, hace algunos movimientos realmente sorprendentes. Actúa como un verdadero caballero medieval.

–¿A quién pertenecían estas armas? ¿De dónde provienen?

–Desde luego, a ningún Ejército Negro –responde *Sombra* con ironía–. Son armas medievales de gran calidad que pertenecen a los siglos X, XI y XII. Pero no hay constancia exacta de su procedencia. Es casi imposible saberlo.

–Voy a hacer algunas fotografías –dice el general, sacando una pequeña cámara digital–. Yo averiguaré lo que necesito saber. Tengo mis contactos. Iré al Museo del Ejército, ahí me dirán la verdad.

Sujeta su cámara y fotografía las espadas desde varios ángulos. De cerca, de lejos...

Después de hacer bastantes fotos, coloca las espadas en su sitio y observa las demás, que siguen ordenadas. Las coge, las empuña y maneja algunas.

–Una verdadera maravilla –sentencia–. Ya no se hacen armas así. Se ve que eran para luchar, no para decorar.

Mientras él se esmera en apreciar y valorar las espadas, hay algo que me ha llamado la atención.

–*Sombra*, ¿puedo coger esa espada? La del fondo.

–Ya sabes que las armas son peligrosas. No me gusta que...

–Te aseguro que tendré cuidado. Es solo para ver lo que pesa.

La descuelga y me la entrega por la empuñadura, para no hacerme daño.

–No toques la hoja, puede estar oxidada y un corte podría ser mortal.

–Sí, *Sombra*, tendré cuidado.

–A ver, monje, ¿hay escudos por aquí? Y no me lo hagas repetir.

Sombra, más dócil, le lleva hasta otro gran armario y lo abre.

El general se queda asombrado. Docenas de escudos medievales quedan expuestos ante su vista. Mientras los examina, yo me ocupo de revisar la espada que tengo entre mis manos.

Curiosamente, tengo la sensación de que me resulta familiar, cercana, como si ya la hubiera tocado alguna vez. La empuñadura está coronada por un gran medallón que contiene un signo extraño, que no soy capaz de identificar.

–Si quieres te puedo hacer una foto con mi móvil –se ofrece Cristóbal–. Nadie se dará cuenta.

Coloco la espada de forma que pueda hacer la foto rápidamente. Metáfora se ha dado cuenta de nuestra jugada y se coloca delante para taparnos.

El general ha terminado de revisar los escudos y parece que se siente satisfecho. Ha hecho fotografías y ha tomado muchas notas.

–Bueno, por hoy ya está bien, pero también quiero que me enseñe todos los objetos que están en la lista que le acabo de hacer. Volveremos el sábado que viene.

–Si lo permite el señor Adragón –responde *Sombra*.

–Lo permitirá, monje. Los señores siempre hacen más caso a los militares que a los monjes.

–El señor Adragón no tiene título nobiliario. No es noble.

–Eso ya lo veremos, amigo. Ya lo veremos.

Salimos del sótano y *Sombra* vuelve a cerrar la puerta de doble hoja con la gran llave. Metáfora, Cristóbal y yo decidimos subir a mi habitación.

–Gracias por todo, *Sombra* –digo–. Ha sido muy instructivo.

Mi amigo y protector me lanza una de sus sonrisas silenciosas antes de desaparecer.

XI
RETORNO AL CASTILLO DEL REY

DURANTE la semana que duró el viaje apenas hubo incidentes. Solo un intento de asalto por parte de dos bandoleros poco experimentados que se resolvió fácilmente con el brillo de la espada de Arturo y una certera flecha de Crispín.

A lo largo del trayecto se encontraron con muchas personas que cargaban con sus pertenencias, abandonaban sus hogares y partían en la misma dirección que ellos. Los caminos se encontraban abarrotados de hombres, mujeres, niños y ancianos. En algunos tramos se toparon con verdaderas caravanas de gente que huía.

–Vamos a protegernos al castillo de Benicius –le explicó un campesino que llevaba a un niño en brazos–. Las bestias devoradoras de humanos son cada día más feroces y nos atacan continuamente. Benicius ha prometido protección y está formando patrullas de caballeros y soldados que van a exterminarlas.

Cuando divisaron el castillo del rey Benicius se detuvieron a contemplar la extraordinaria y mítica fortificación que jamás había sido conquistada. Estaba protegida por una gran muralla, en cuyo perímetro interior se hallaba el fortín a su vez amurallado con cuatro grandes torres, además de la gran torre central, que tenía forma circular. Desde fuera, parecía inexpugnable.

–¿Estáis seguro de que nos recibirá con los brazos abiertos? –preguntó Arturo.

–Sí. Le libré de la lepra y me prometió protección eterna –respondió el sabio–. Aunque no me fío mucho de él, creo que se unirá a nosotros y se aliará con la reina Émedi.

–Pues no dudó en usar la magia de Herejio para atacar el castillo de Morfidio, poniendo vuestra vida en peligro, maestro –le recordó Arturo–. A lo mejor no es lo que parece.

–Supongo que buscó la ayuda de Herejio para evitar que sus hombres tuvieran que luchar –le disculpó el alquimista–. Creo que comparte nuestra inquietud sobre los poderes de la hechicería; ya ves lo que cuentan los campesinos. No dudará en luchar a nuestro lado contra Demónicus.

–Benicius no es un buen rey –dijo Crispín–. Mi padre me ha contado que ahorca a los hambrientos cuando cazan en sus tierras y que también abusa de los campesinos. Mi padre es una de sus víctimas y si descubre quién soy, me encerrará en una celda.

–Te aseguro que no te pasará nada. Ahora necesitamos su apoyo –insistió Arquimaes–. Hemos de hacer aliados donde sea posible. Hay que aniquilar a Demónicus antes de que se haga el dueño del continente.

–¡Nadie puede enfrentarse a mi padre! –gruñó Alexia–. ¡Tiene más poder que todos los reyes juntos!

–De momento, hablaremos con Benicius –confirmó Arquimaes, ignorando las palabras de la muchacha–. ¡Adelante!

* * *

Mientras, a muchos kilómetros de distancia, los diez hombres de una patrulla que vigilaba los alrededores de la ciudad de Demónicus se detuvieron en un riachuelo para dar de beber a los caballos y descansar un momento. Hacía calor y estaban cansados de cabalgar.

Vístor, el jefe del grupo, descubrió algo que le alarmó y ordenó a sus hombres que se prepararan para cualquier imprevisto

–He visto que algo se ha movido detrás de aquellos árboles –dijo en voz baja–. Vamos a acercarnos con cuidado. Tres hombres conmigo, cuatro por aquel camino y otros dos que se queden aquí para vigilar los caballos.

Con el mayor sigilo posible, Vístor y sus guerreros rodearon la pequeña floresta y alcanzaron los puntos de observación óptimos para vigilar sin ser vistos.

–Mirad, hay tres caballos ensillados junto al río. Pero no veo a los hombres que los montan –dijo–. ¡Pueden ser peligrosos!

–Es posible que...

Entonces, los otros cuatro hombres de la patrulla aparecieron por detrás del camino, entre los árboles. Se hicieron señas para informarse de que no había rastro de seres humanos.

–Me parece que esos caballos están abandonados o perdidos –supuso Vístor–. ¡Cogedlos!

Sus tres soldados se acercaron en silencio y consiguieron atrapar los animales para mostrárselos a Vístor. Los otros cuatro soldados se unieron al grupo y todos se miraron con sorpresa cuando reconocieron las sillas de montar.

–¡Son nuestras! –dijo uno–. ¡Estos caballos son de nuestro ejército!

–Cierto. ¡Mirad la marca!

–¿Dónde están los jinetes? –preguntó Vístor–. Aquí no hay nadie.

–Esos caballos pertenecen a los hombres que se fueron con Oswald en busca de la princesa Alexia –explicó un soldado–. Yo los vi partir.

–¿Y dónde están?

–Aquí hay sangre –dijo uno, pasando la mano sobre una de las sillas–. Y la sangre siempre pertenece a los muertos.

Vístor se dio cuenta de que tenía un problema. Como jefe del grupo, tenía que explicar a Demónicus que los hombres que habían partido en busca de su hija habían muerto. Sabía que los portadores de malas noticias no eran muy bien recibidos. De hecho, muchas veces eran recompensados con terribles castigos. Demónicus no era conocido por ser un hombre benevolente.

* * *

Lo primero que llamó la atención de Arturo y sus amigos cuando entraron en el castillo de Benicius fue la frenética actividad de los soldados. Muchos practicaban con sus armas, otros preparaban los caballos. Por su parte, los campesinos apilaban flechas y cargaban carros que debían transportar provisiones.

–¡Se están preparando para la guerra! –dijo Arquimaes, bastante alarmado–. Dentro de poco correrá mucha sangre.

–¿Contra quién luchará? –preguntó Arturo.

–Contra Demónicus, sin duda –respondió Arquimaes.

–Pues morirán todos –advirtió Alexia–. Mi padre tiene un ejército muy poderoso. Muchas tribus se han unido a su causa.

–¡Yo quiero ir a la guerra contra Demónicus! –dijo Crispín–. ¿Te alistarás, Arturo?

–No lo sé. Antes hablemos con Benicius. Veamos qué ejército está organizando. Supongo que solo admitirá caballeros. No me dejará participar.

–Ya eres un caballero –intervino Alexia–. Has matado dragones, cosa que pocos han hecho. Deberá nombrarte comandante o jefe de caballería.

–¡Y tú debes mantener la boca cerrada! –le reprendió Arturo–. ¡O tendré que amordazarte! ¡No debes contar a nadie lo que has visto!

–Aunque me cortes la lengua, todo el mundo conocerá tu hazaña, joven guerrero –insistió la princesa–. ¡Son cosas que no se pueden ocultar!

–¿Yo también tengo que estar callado? –quiso saber Crispín–. Quiero decirle a todo el mundo que soy escudero de un caballero que ha matado dragones.

–¡Solo ha sido uno! –le cortó Arturo–. ¡Y no lo maté yo!

–Es igual, yo quiero decirlo.

–La discreción es una virtud de los escuderos –le recordó Arquimaes–. Tienes que aprender a mantener la boca cerrada y a no hablar más de la cuenta. Aprende a hacer bien tu trabajo.

Llegaron a las caballerizas y pidieron alojamiento para sus caballos.

–En el castillo no hay sitio para nadie más –dijo un hombre sucio y maloliente–. Tendréis que buscar otro establo fuera, en el pueblo.

–Venimos a ver al rey –explicó Arquimaes–. Soy un alquimista que está bajo su protección.

–Hoy, los únicos que están bajo su protección son los caballeros y los soldados. Los demás no existimos. Seguid mi consejo. Id al pueblo y acomodaos como podáis.

–Aquí tienes dos monedas. Guarda los caballos hasta la noche. Luego vendremos a recogerlos –propuso Arturo, que no deseaba llamar demasiado la atención–. Y gracias por tu consejo.

–Y ahora, vayamos a ver a Benicius –dijo Arquimaes–. Ya es hora de poner orden a varios asuntos.

Alcanzar la entrada de la torre principal les costó mucho tiempo y esfuerzo, debido a la cantidad de gente que entraba y salía. Caballeros, soldados y otros servidores del ejército cruzaban la puerta incesantemente. La actividad era frenética y el acceso estaba a rebosar de aldeanos que pedían audiencia.

–Soy Arquimaes –explicó el sabio al secretario que apuntaba los nombres de todos aquellos que esperaban ser recibidos por el monarca–. Mis amigos y yo queremos ver al rey. Somos cuatro personas.

–¿Arquimaes? ¿El alquimista? ¿El que fue raptado por Morfidio?

–Sí, pero no lo digas muy alto. No quiero llamar la atención. ¿Cuándo podré ver al rey Benicius?

–Seguidme. Estoy seguro de que os atenderá en seguida.

Algunos protestaron al ver que unos recién llegados se colaban, pero la guardia real puso orden inmediatamente. Cuando llegaron a la antesala, varias personas que estaban a punto de ser recibidas los miraron con malos ojos, ya que se dieron cuenta en seguida de que iban a entrar sin esperar su turno.

–En cuanto salgan los que están dentro, avisaré a su majestad –explicó el secretario–. Saldré a buscaros.

Pocos minutos después la puerta se abrió y dos caballeros con actitud arrogante salieron de la sala de audiencias. Se esforzaban en demostrar a los que esperaban que eran importantes y que tenían el apoyo del rey.

El secretario entró, dejando a los cuatro compañeros bajo la mirada ácida de los que esperaban.

–¿Tan importantes sois que creéis que podéis saltaros la lista a vuestro antojo? –dijo un hombre ricamente vestido–. ¿Quiénes sois, que vestís tan pobremente y venís acompañados de un siervo sucio y andrajoso?

–No somos nadie, caballero, igual que vos –respondió Arquimaes–. Lo que pasa es que el rey recibe hoy a todo el mundo. Incluso a la gente que no se lo merece.

–¿Quién os habéis creído que sois para hablarme de este modo?

–Me he limitado a responderos, señor...

En ese momento, la puerta se abrió y el secretario llamó a Arquimaes.

–Podéis pasar. El rey os espera con impaciencia.

Cuando pasó al lado del caballero insolente, Crispín estornudó sobre su rica túnica y la manchó.

–Lo siento, señor, pero los siervos somos sucios y pegajosos –se disculpó–. Deberíais cambiaros de ropa para que el rey no os vea con este aspecto. Parecéis un caballerizo.

Arquimaes, Arturo, Alexia y Crispín entraron en la sala de audiencias con enorme respeto. Las paredes estaban bellamente adornadas con grandes tapices, y colgando de las columnas había antorchas y lámparas que iluminaban la estancia, de forma que el sol parecía estar dentro. Los servidores y guardianes vestían con lujo y limpieza, lo que llamó mucho la atención de Crispín, que jamás había visto nada semejante. «Esto debe de ser lo que llaman el cielo», pensó.

Benicius se levantó del trono, bajó los tres escalones que le separaban del suelo y se acercó a Arquimaes con los brazos abiertos.

–¡Arquimaes, viejo amigo! –exclamó, dándole un caluroso abrazo–. ¡Creía que habías muerto! ¡No sabes cuánto me alegra tenerte aquí, a mi lado! ¡Es una gran sorpresa!

–Escapé de milagro, majestad. Morfidio huyó por un túnel secreto y nos entregó a Demónicus –explicó Arquimaes–. Luego, Arturo me liberó, y... En fin, ha sido un largo viaje. Pero ahora he vuelto, para ponerme a vuestro servicio, mi señor.

–Llegas en el momento oportuno. Nos preparamos para una guerra... Ha llegado la hora de recuperar la dignidad.

–¿Os pondréis al lado de la reina Émedi? –preguntó el sabio.

–Oh, claro, claro... Nos aliaremos con ella para impedir que ese maldito brujo invada su reino.

–Señor, traemos una prisionera importante... –añadió Arquimaes–. ¡Alexia, la hija de Demónicus!

El rostro de Benicius se congeló al escuchar aquellas palabras. Observó a la joven con incredulidad.

–¿Ella es Alexia, la hija de Demónicus?

–Sí, es nuestra prisionera y os la entregamos gustosamente. Supongo que equilibrará la balanza cuando emprendáis la campaña contra su padre. Os dará una extraordinaria ventaja.

–Oh, claro que sí. Esto facilita mucho las cosas –dijo Benicius, frotándose las manos–. Y mejora nuestra posición, querido amigo. ¿Y quiénes son estos jóvenes que te acompañan?

–Este es Arturo, y el más joven es Crispín. Arturo me ayudó a escapar de las manos de Demónicus.

–Habrá que recompensarle como se merece –dijo–. Hay que ser generoso con los amigos.

–Gracias, majestad –respondió Arturo, inclinando la cabeza–. Solo hemos cumplido con nuestro deber. Arquimaes corría un grave peligro y le hemos dado nuestra ayuda.

–Y os lo agradecemos... Por cierto, Arquimaes, ¿le has contado a alguien tu secreto? –preguntó el rey–. ¿Tu fórmula está segura?

–No he dicho una palabra a nadie, majestad.

–Bien, eso está muy bien, amigo mío –levantó la mano y llamó a un oficial que estaba a pocos metros, atento a sus órdenes–. Ocúpate de estos amigos y dales todo lo que pidan. Búscales alojamiento y acomódalos como se merecen. No quiero que les falte de nada. Ah, y que encierren a la chica. Es muy peligrosa y quiero vigilancia especial. Nadie debe hablar con ella.

Dos horas después, Arquimaes, Arturo y Crispín estaban alojados en una gran habitación situada en la torre principal, cerca de los aposentos de Benicius. Los caballos fueron trasladados de las caballerizas a los establos reales.

XII

LOS MUTANTES

Metáfora, Cristóbal y yo estamos en mi habitación analizando la fotografía que me hice con la espada del sótano. Aunque la calidad no es excelente, nos permite ampliar la imagen en el ordenador. En el archivo hay un dibujo que me interesa, porque tengo la impresión de haberlo visto en algún sitio, pero no recuerdo dónde.

–¡Fijaos! Es una calavera... Es una calavera extraña... Pero no pertenece a un ser humano. La parte de arriba sí es humana, pero a partir de la nariz las cosas cambian –explico–. Esos dientes parecen de un animal.

–Esas fosas nasales no son humanas y tampoco la mandíbula –dice Metáfora–. Se proyecta hacia delante, igual que las de los perros...

–O los dinosaurios –añade Cristóbal.

–O los dragones –digo.

–Pero no es nada de eso. Es medio humana y medio bestia –insiste Metáfora–. Es un extraño símbolo. Yo creía que los símbolos medievales utilizaban siempre animales, como leones, dragones, caballos, perros... pero jamás había oído hablar de esta extraña mezcla. Además, hay algo que parecen llamas, como si salieran de la cabeza de...

–¡Es un mutante! –exclama Cristóbal–. Es alguien que se está transformando. Un humano en bestia o una bestia en humano. ¡Una bestia que tiene fuego en la cabeza!

–¡Es verdad! –añade Metáfora–. ¡Es un mutante! Yo creía que esas criaturas solo existían en las historias de ciencia ficción... O en la mitología.

–No tiene nada de extraño –explico–. Es solo un símbolo. Puede ser solo creación de un artista.

–¿Con qué intención? –quiere saber ella.

–Para asustar a la gente –digo, regodeándome en la explicación–. En la Edad Media eran muy supersticiosos y esas cosas les daban terror. Hay muchas leyendas sobre mutantes... El hombre lobo... Drácula...

–Batman, Spiderman... –dice Cristóbal.

–Sí, tú ríete, pero más de uno acabó en la hoguera por haber sido acusado de diablo mutante –digo–. La cosa es seria. ¡Un mutante al que le salen llamas del cráneo! Menos mal que estamos en la Edad Contemporánea y las supersticiones están superadas. Ahora ya no hay mutaciones, ni diablos, ni resucitados...

–No, pero hay transplantes, clonaciones, congelaciones... –añade Metáfora.

–Sí, dentro de poco resucitarán a los muertos –dice Cristóbal, en plan macabro–. ¡Ya lo veréis!

–Venga, no perdamos el hilo. Ahora tenemos que averiguar qué significa ese signo... Busquemos en Google, a ver qué encontramos.

Mientras el buscador hace su trabajo, yo tengo algunos destellos de recuerdos que me confirman que conozco muy bien el símbolo del mutante. Pero me resulta tan doloroso que prefiero no decir nada.

–Mira, aquí hay una página de símbolos medievales –dice Metáfora–. Es posible que...

–Veamos si hay alguno que se parece... Si es importante, seguro que estará...

Cientos de imágenes de todo tipo de animales, sobre todo leones y dragones, que son los más utilizados, desfilan ante nuestros ojos. Algunos se parecen a nuestro dibujo, pero no hay ninguno de mutantes.

–Es normal. Yo creo que en esa época la mutación no era motivo de...

–Pero está en la espada, y eso significa que algún reino lo usó como bandera –insisto.

–Espera, a lo mejor solo se trata de una pieza única. Algún caprichoso encargó esa espada...

–¡Tengo más! –dice Cristóbal.

–¿Más qué?

–Más fotos. He hecho más fotos de espadas... Y algunas de escudos y de esos estandartes que colgaban del techo... Y de las puertas... tengo un montón de fotos.

–¿Eres espía profesional o algo así? –dice Metáfora.

–¿Queréis verlas o no?

Las descargamos en el ordenador y podemos estudiarlas a conciencia. Efectivamente, hay más espadas con el símbolo del mutante. Además, vemos que uno de los escudos también lo tiene dibujado... Pero hay algo todavía más inquietante: ¡un escudo lleva el logotipo de la gran A, que tiene la cabeza de dragón! ¡El mismo símbolo que tengo dibujado en la frente y que, de vez en cuando, se completa formando la letra sobre mi rostro! ¡El símbolo del dragón que, según Jazmín, cobró vida y le atacó! Y, posiblemente, el que aterrorizó a Horacio.

–Oye, también podemos escanear la moneda e investigar un poco –propone Cristóbal, que resulta ser más sagaz que un águila.

El escáner lee la moneda y la imagen se plasma en la pantalla. Pero la superficie está tan gastada que apenas se puede distinguir nada. Algunos relieves demuestran que, en algún momento, hubo dibujos y posiblemente letras, pero resulta imposible descubrir su contenido.

–Lo único que se aprecia es que hubo un perfil de una cara en el centro y que, alrededor, había letras... Pero no se pueden leer –digo.

–¿Y en la otra cara? –pregunta Metáfora.

–Es peor. Manchas, relieves incompletos, nada claro... No hay forma de saber qué...

–¡Necesitamos un programa más avanzado! –sugiere Cristóbal–. ¡Uno de esos que usan en los centros de investigación, los que completan solos las zonas que faltan!

–¡Claro, podemos llamarles y pedir que nos hagan el favor de leer una moneda medieval! ¡No te digo!

–Pues cosas más raras se han visto. Un amigo mío entró en el sistema informático de la NASA y consiguió…

–Deja de soñar, Cristóbal, que estas cosas no se resuelven así.

Tengo un extraño presentimiento. El reverso de la moneda tiene algunos rasgos que me resultan familiares, pero no puedo confirmarlo. Sin embargo, todo este asunto me está alterando. Es como si mi memoria quisiera recordar algo y a la vez se negara a hacerlo.

–Bueno, por hoy deberíamos dejarlo. La visita al sótano me ha dejado agotado –digo–. Además, quiero llamar al hospital para hablar con mi padre. Quiero saber si le van a dar el alta. Nos vemos el lunes en clase, ¿vale?

* * *

Ahora que estoy solo, he subido al tejado para ordenar mis ideas. Últimamente han ocurrido muchas cosas sorprendentes y estoy un poco aturdido. Por eso vengo hasta aquí, porque es el único lugar desde el que puedo ver las cosas con más claridad.

Si es verdad que todas las cosas de este mundo están relacionadas, todo lo que ha sucedido también tiene que estarlo. Así que debería tratar de averiguar qué tienen en común la agresión a *Patacoja*, el intento de robar piedras, la aparición de la moneda en el instituto, la visita al primer sótano y el símbolo del mutante… ¡Y la espada con el dragón y la A! ¡Demasiadas cosas!

Parece un puzle lleno de piezas que no acabo de encajar y creo que nunca uniré correctamente; al menos mientras los recuerdos de las fantasías y los sueños se mezclen en mi cabeza. Si recuerdo ese símbolo del mutante debe de ser porque lo he soñado, o porque, cuando era pequeño, en alguna de mis visitas al sótano, lo vi y lo he memorizado. Pero no puedo asegurar ni una cosa ni la otra. Y, si lo he soñado, ¿por qué aparece ahora en el mundo real? Uno no encuentra en el mundo real las cosas con las que ha soñado. Eso no le ocurre a nadie. La verdad es que, aunque no lo quiero reconocer, sé perfectamente dónde he visto ese horrible símbolo.

Escucho el ruido de la puerta que se abre. No me hace falta mirar para saber quién es.

–Hola, *Sombra.*

–Hola, Arturo, ¿molesto?

–No, no, ven a mi lado, que me hace falta.

–Por eso he venido. Hoy, durante la visita al sótano, te he visto un poco triste.

–Es por papá.

–No te preocupes, ya sabes que pronto regresará a casa. Se encuentra bien.

–No entiendo lo que ha pasado. He hablado con *Patacoja* y me ha contado que eran dos tipos con la cara tapada.

–Ladrones. Son como las ratas. Están por todas partes.

–Nunca había oído hablar de ladrones de piedras.

–El mundo está lleno de ladrones. Robaron piedras de las pirámides de Egipto, del Coliseo de Roma. Las piedras antiguas tienen mucho valor, y hay gente que paga muy bien por ellas. Hay saqueadores de tumbas... No debe extrañarte lo que ha pasado.

–¿Quieres decir que la Fundación tiene tanto valor histórico como esos monumentos?

–Este edificio es muy antiguo. Se ha remodelado varias veces, pero todavía conserva vestigios de su origen medieval, como algunos muros y columnas. Seguramente por eso han intentado llevarse esas piedras.

–Pero no se pueden vender. Solas, apenas tienen valor. Tendrían que llevarse todo el muro.

–No descartes que un día lo intenten. La rapiña es un mal de este mundo. Se llevan hasta el polvo para venderlo.

–La visita del general Battaglia te ha puesto muy nervioso, ¿verdad? –le digo.

–Me ha sacado de quicio –confiesa–. Ese hombre se empeña en buscar lo imposible. Ese Ejército Negro nunca existió, pero él está obsesionado. Creo que todo se reduce a que...

–*Sombra*, si ese ejército nunca existió, ¿por qué le pones tantas trabas?

–Pues... Pues... Porque lo va a revolver todo. Empieza buscando un ejército fantasma y acaba encontrando cualquier cosa. Ese hombre nos volverá locos a todos.

–Dime una cosa, tú que conoces muchos símbolos medievales, ¿qué sabes de uno que representa una calavera de un mutante con llamas que salen del cráneo?

–Nada. Fantasías. ¿Dónde has oído hablar de él?

–Estaba en la espada que me cogí en el sótano.

–¿Ves lo que te digo? Ese hombre ha abierto una puerta que nos traerá complicaciones. Nunca debí abrir el primer sótano.

–Pues piensa entrar en el segundo.

–¡No se lo permitiré!

La noche es oscura y tranquila. La compañía de *Sombra* siempre me tranquiliza, sobre todo cuando me cuenta historias.

–Hoy quiero que me hables de los sueños –digo en voz baja–. De los sueños que nos hacen vivir y nos hacen creer cosas maravillosas...

XIII
LA TRAICIÓN DEL REY

ESCORPIO inclinó la cabeza y entró en la sala de armas, donde Benicius se había reunido con sus jefes. Los caballeros estaban estudiando varios mapas que colgaban de las paredes, mientras que los criados no dejaban de servir copas de vino y de distribuir frutas. Había tal bullicio que parecía mentira que en aquel lugar se estuviese planificando una guerra.

–Acércate, Escorpio –dijo Benicius–. Tengo buenas noticias.

–He oído rumores –afirmó Escorpio–. Creo que su majestad ha puesto a buen recaudo a ese alquimista escurridizo.

–No creo que pueda salir de su jaula de oro –rió Benicius–. Es mío y no se me escapará. Pero lo mejor es que cree que soy su amigo.

Incluso piensa que cuando la guerra comience estaremos del lado de Émedi.

–Ese hombre es un ingenuo. No le ha valido de nada aprender tantas cosas. La alquimia no es tan buena como dicen algunos.

–La magia y la brujería son mucho mejores. Por eso estaremos del lado de Demónicus. Supongo que cuando le entreguemos a su hija, comprenderá que merecemos más poder.

–Majestad, ¿podemos hablar a solas, lejos de este ruido y fuera de la vista de tanta gente? Quiero deciros algo importante y nadie más debe escuchar mis palabras o leer mis labios.

–¡Salid todos ahora mismo! –ordenó Benicius–. ¡Esperad fuera!

Los criados corrieron a abrir las puertas y, en pocos segundos, la sala estaba completamente vacía.

–¿De verdad pensáis entregar a Alexia a su padre? –preguntó Escorpio cuando se quedaron solos.

–¿Para qué la quiero? ¿De qué me sirve una muchacha de...? Espera, ¿estás sugiriendo que la mantengamos en nuestro poder?

–Nunca se sabe lo que puede ocurrir –sugirió Escorpio–. ¿Quién sabe que está aquí?

–Poca gente, aparte de los tres que la han traído. Supongo que ni siquiera los guardianes saben quién es esa chica a la que están vigilando.

–Debéis ocultarla en lo más profundo de vuestro castillo. Por su propio bien, naturalmente. Y nadie debe saber dónde está ni quién es. Debéis esconderla como un tesoro.

–Existen algunos lugares en esta fortaleza que servirán perfectamente. Estoy pensando en un pozo secreto que hay precisamente debajo de esta torre.

–Trasladadla ahí ahora mismo. Que la tapen con una capucha para que nadie pueda verle la cara. Que la vigilen hombres de confianza.

–¿Y Demónicus?

–No haremos nada. No le diremos nada, ya que nada sabemos.

–¿Y Arquimaes?

–En cuanto os cuente su fórmula secreta, le haremos desaparecer junto a sus amigos. Los cerdos se ocuparán de que no quede ni rastro de ellos. Si alguien pregunta, lo negaremos todo. Tener a Alexia en nuestro poder es una de nuestras mejores cartas... Y creo que nos reportará grandes beneficios. Demónicus no lo sabe, pero está en nuestras manos.

Benicius tomó una copa de vino y bebió un largo trago.

–Escorpio, eres más peligroso de lo que imaginaba –dijo, después de limpiarse con la manga–. Pero me eres muy útil.

–Estoy seguro de que sabréis recompensarme como merezco, majestad.

–No te quepa duda. Si tu plan sale bien, obtendrás un buen premio. Y ahora, sal y di a mis criados que hagan entrar a esos valientes caballeros. Debo preparar una invasión.

* * *

Nadie prestó atención a un sucio pordiosero que, vestido con hábito de monje y montado a lomos de una vieja mula, entraba en la aldea de Asura. El jinete tenía el pelo largo, la barba desaliñada y la cara envuelta en tanta suciedad que era imposible reconocerlo. Su ropa maloliente alejaba a los que se cruzaban con él.

Se dirigió a la taberna y, después de atar su mula a un árbol, entró y se sentó en una mesa, provocando la desconfianza de los clientes.

–¿Qué quieres? –le preguntó el mesonero–. Enséñame tu dinero o no te serviré. Aquí no queremos mendigos.

–Soy una especie de juglar –respondió Morfidio–. Puedo divertir y entretener a tus clientes contándoles historias asombrosas. Cuanto más tiempo permanezcan en tu local, más dinero ganarás.

–Sal de aquí antes de que te eche a patadas. Este no es lugar para mendigar.

–Espera, hagamos un trato... Si mis historias no les gustan, no tendrás que darme nada. Te aseguro que mis historias les encantarán.

El mesonero se lo pensó durante unos instantes.

–Te daré la oportunidad que pides. Si no consigues que beban y coman más, yo mismo te sacaré. ¿Entendido?

Morfidio subió a una banqueta y dio algunas palmadas.

–¡Escuchad, oh nobles señores, la historia que os voy a contar!... Yo era noble y tenía mi propio castillo. Pero, un día, tuve la desgracia de toparme con un muchacho inmortal que me arruinó.

Algunos prestaron atención. Las historias de gente desgraciada siempre eran bien recibidas, ya que consolaban mucho.

–Ese chico se llamaba Arturo y nadie podía matarlo... Tenía un poder mágico que le protegía de la muerte. Su cuerpo estaba cubierto de letras negras que actuaban como un ejército defensor de su dueño... ¡Guardaos de él si se cruza en vuestro camino!

–¡Eh, monje, ¿de dónde has sacado esa historia? –preguntó un individuo–. ¿La has inventado cuando estabas borracho?

–Invítame a una jarra de vino y te contaré más detalles –respondió Morfidio–. Sé cosas aterradoras.

–¡Tú no eres juglar! –gritó otro–. ¡Estás completamente loco!

El conde notó cómo la rabia le subía a la cabeza, pero se contuvo.

–Si hubieras visto lo que mis ojos han visto, se te quitaría esa sonrisa de asno –mascculló Morifidio–. ¡Esas letras son peligrosas!

–¡Tabernero! ¡Pon una jarra de vino a este hermano, nosotros pagamos! –ordenó un hombre que estaba acompañado de un individuo armado–. Ven aquí, quienquiera que seas, tu historia me interesa... Me encantan las historias fantásticas.

–Gracias, amigo –dijo el conde, agarrando la jarra que el tabernero le puso en la mano–. Os voy a enseñar algo extraordinario.

Bebió la mitad de la jarra de un solo trago y la depositó sobre la mesa. Entonces, deslizó la parte superior de su hábito hasta la cintura y dejó al descubierto una horrible cicatriz.

–¿Veis esto? ¡Me lo hizo él con su espada! ¡Me mató!... ¡Pero resucité!

Sus palabras provocaron el más absoluto silencio.

–¡Ahora soy inmortal! ¡Igual que él!

–Venga, deja de decir tonterías –pidió un campesino, que estaba un poco bebido–. No nos cuentes fantasías.

–¿Fantasías? ¿Crees que estoy mintiendo? –preguntó Morfidio, bastante irritado.

–Vamos, no te pongas así –respondió el hombre–. Pero no pienses que te vamos a creer. Te ganarás bien la vida contando historias, amigo. Eres un gran mentiroso.

Morfidio se puso en pie de un salto. Miró al campesino y se enfrentó con él.

–¡Escucha, siervo, cuando hables con un noble, debes hacerlo con respeto! –le dijo–. Así que arrodíllate y pide perdón.

–¡Estás borracho!

Morfidio, enfurecido, se arrojó sobre el caballero que le había invitado y le arrancó la daga del cinturón. Después, como si estuviese poseído por la ira, se abalanzó sobre el campesino y se la clavó hasta la empuñadura. A continuación, cortó el cuello de un hombre mayor que se acercó para socorrer al herido y la hundió en el pecho del caballero.

–¡Así aprenderéis a respetar a los que están por encima de vosotros! –rugió–. ¡Nadie se ríe de mí!

El tabernero empuñó su cuchillo de cortar carne y se dirigió hacia él en tono amenazador.

–¡Maldito borracho! –gruñó–. ¡Sal de aquí ahora mismo!

Morfidio iba a encararse con él, pero se dio cuenta de que los clientes se estaban poniendo en pie, dispuestos a defender al tabernero.

–¡Ya tendréis noticias mías! –amenazó mientras salía–. ¡Os acordaréis de mí!

Una vez fuera del mesón desató su mula con rapidez, se subió a ella y la obligó a correr. Los clientes de la taberna le lanzaron piedras que estuvieron a punto de golpearle por la espalda. Mientras huía, se preguntó de dónde había surgido esa rabia que le había dominado y que le había inducido a cometer esos brutales actos.

Salió de la comarca y se perdió entre las colinas. El destino quiso que su mula, que trotaba sin control, se dirigiera hacia el reino de Benicius.

* * *

Arturo decidió salir a dar una vuelta por el castillo. Quería ver las máquinas de guerra, que le llamaban mucho la atención, y observar de cerca a los soldados que se estaban preparando para luchar.

–Estas son muy básicas –le advirtió Arquimaes–. Las hay mejores y más grandes. Los instrumentos de guerra cambian con rapidez. Hay muchos inventores dedicados a este trabajo.

–¿Vos no habéis inventado ninguna máquina de guerra? –preguntó Crispín, con su natural curiosidad–. Seguro que os lo pagarían bien.

–Si invento alguna máquina será una máquina de paz. Aunque me parece que ya está inventada.

–¿Existe una máquina de paz? –preguntó.

–Claro. Es una máquina con muchas pequeñas piezas, que encajan bien unas con otras, que sirven para que los seres humanos se entiendan bien... Se llama alfabeto. Y las letras son sus piezas.

–Las runas son más antiguas y no han servido de nada.

–La runa es un lenguaje de símbolos escritos muy anticuado. El alfabeto es mejor, más completo y más eficaz. Tiene como finalidad transmitir conocimientos, poesía y todo lo que el ser humano es capaz de pensar... Arturo, ¿buscas algo? Veo que llevas un rato revolviéndolo todo.

–Mi espada. No encuentro mi espada.

–Se la habrán llevado los criados para limpiarla.

–¡Nadie limpia la espada de mi caballero! –exclamó Crispín muy enfadado–. ¡Iré a buscarla ahora mismo!

–Me parece que también se han llevado tu arco –añadió Arturo.

–¿Quién les ha dado permiso para coger nuestras armas? –exclamó el escudero, bastante indignado.

–¡Espera! Espera un poco... Aquí pasa algo raro.

Arquimaes prestó atención a las palabras de Arturo, ya que sabía perfectamente que ningún sirviente cogería las armas de sus invitados sin pedir permiso.

–¿No estarás pensando que...?

–No pienso nada. Solo digo que se han llevado nuestras armas y eso no me gusta nada.

En ese momento, la puerta se abrió, y el secretario que se había ocupado de alojarlos entró.

–Arquimaes, mi señor, el rey Benicius, desea que vengáis a verle –dijo.

–Los sirvientes se han llevado las armas de mis compañeros –respondió el sabio–. ¿Quién les ha ordenado hacerlo?

–No lo sé, pero lo averiguaré. Ahora, por favor, seguidme.

–Está bien, vamos –aceptó Arquimaes–. Veamos qué quiere de nosotros.

–Solo quiere veros a vos. Los demás deben esperar aquí. Son órdenes.

Arquimaes sintió que un puño le atenazaba el estómago. Sus peores sospechas estaban a punto de confirmarse. Cuando salió de la estancia y comprobó que había varios soldados vigilando su puerta y que esta se cerraba tras él con una barra de hierro, comprendió que había caído en una trampa. Y aceptó definitivamente que Benicius no era el monarca bondadoso que aparentaba ser.

XIV

UN YELMO NEGRO

PATACOJA entra en la sala de reuniones de la Fundación, acompañado de Metáfora, y observa el gran mapa de la ciudad que he desplegado sobre la mesa principal mientras los esperaba.

–¿Estás bien, amigo? –le pregunto.

–Sí, sí, perfectamente. ¿Y tu padre? Ya sabes que intenté ayudarle cuando aquellos desalmados le atacaron, pero no pude hacer nada.

–Mi padre está bien. Dentro de poco le van a dar el alta y se va a reincorporar a su trabajo. Volverá a dirigir la Fundación. Pero, hasta que él vuelva, yo me ocupo de todo.

–¿Para qué me has llamado?

–Me has asegurado que eras arqueólogo. Y quiero que me lo demuestres. Necesito saber que no es un farol.

–Es verdad. Antes de que me diera por beber era un buen profesional. Trabajaba en una empresa especializada en cuestiones arqueológicas. Mi trabajo consistía en hacer excavaciones para averiguar, antes de construir un edificio, si había en el subsuelo alguna obra de importancia histórica. Las piezas arqueológicas tienen mucho valor, y si las rompes, te pueden caer grandes multas. En eso consistía mi trabajo. Y te aseguro que lo hacía muy bien.

–Sí, eso ya lo sabíamos, pero ahora te vamos a proponer volver al trabajo –dice Metáfora.

–Hace años que no ejerzo, pero conozco mi profesión. Ya os lo he dicho varias veces.

Le ofrezco asiento y le sirvo un vaso de agua.

–¿Te gustaría volver a ejercer de arqueólogo? –le pregunto a bocajarro.

–¡Claro que me gustaría! Pero nadie confiará en mí. Toda la profesión sabe lo que pasó en las ruinas de Angélicus. Saben que soy un alcohólico. Y, además, tullido. Soy un deshecho y el hazmerreír de la profesión.

–Yo te ofrezco una oportunidad. Si trabajas para la Fundación podrías recuperar tu prestigio profesional... Por lo menos durante un tiempo.

–¿Es una broma? La Fundación no es una empresa de arqueología y no necesita mis servicios. ¿De qué va todo esto?

Metáfora se sienta a su lado y le muestra el mapa.

–Mira, aquí está la Fundación Adragón, en el centro de la ciudad. Necesitamos saber más sobre su valor arqueológico. De eso estamos hablando, de un trabajo puntual por el que percibirás una buena cantidad de dinero. Como puedes ver, estamos en pleno casco histórico y pensamos que, a lo mejor, tenemos algo que descubrir.

–¿Por qué no contratáis a una empresa? Esta ciudad está llena de buenos profesionales, muy reconocidos. Yo solo soy un mendigo que se pasa la mitad del tiempo borracho, recordando los viejos tiempos.

–Es que queremos que trabajes para nosotros en secreto. Tienes que hacer tu trabajo sin que nadie sepa que estás en ello. Esa es la condición. Si hablas más de la cuenta, se acabó el contrato.

–¿Si hablo más de la cuenta? ¡Pero si soy un borracho de lengua desatada! ¡Cualquiera puede hacerme hablar!

–Si no nos garantizas discreción, es mejor que olvides el asunto –insisto–. ¡No debes decir una palabra a nadie! ¡Únicamente nos informarás a Metáfora y a mí! ¡Y dejarás de beber!

–¿Quién me pagará?

–¡Yo! Aquí tienes un adelanto. Son casi todos mis ahorros –digo, acercándole un fajo de billetes–. Con esto puedes organizarte la vida y afrontar los gastos que surjan.

–¿Y qué quieres que haga exactamente? –pregunta, con los ojos puestos en los billetes.

–Averiguar qué valor arqueológico tiene este edificio. Averiguar qué interés puede tener para algunas personas. Averiguar qué empresas pueden estar interesadas en adquirirlo. Averiguar todo lo que nos pueda servir para defender nuestra independencia.

–Estáis rodeados de enemigos.

–Lo sabemos.

–También los tenéis en casa.

–También lo sabemos.

–¿Queréis que sea vuestro topo?

–Yo no lo hubiera dicho mejor.

Patacoja coge su muleta y se acerca a la ventana, desde la que se ve el lugar en que habitualmente se sienta para pedir limosna. Supongo que la nueva perspectiva de su «puesto de trabajo» le hace ver las cosas de otra manera. Es diferente ver la vida desde una acera a verla desde un despacho.

–¿Estáis seguros de que yo soy la persona que necesitáis? –pregunta.

–Sin duda. Fuiste el primero en avisarme de que algo extraño sucedía en la Fundación. Sabes mucho más de lo que cuentas. Y espero que te comportes con lealtad hacia la Fundación.

–No os debo nada. Te has portado bien conmigo, pero eso no significa que esté en deuda contigo.

–Lo sé. Por eso te voy a pagar por tus servicios. Pero debes decidirte ahora mismo. Si no aceptas el trabajo, tendré que buscar a otra persona.

–No pareces el mismo que suele darme alguna fruta o un yogur.

–Es que las cosas han cambiado. Ahora debo luchar para salvar la Fundación. Y haré lo que sea necesario.

Después de reflexionar durante algunos segundos, coge los billetes y se los guarda en el bolsillo interior del abrigo. Después, con lentitud, se dirige hacia la puerta. Antes de abrirla, me mira y dice:

–Puedes contar conmigo. Te daré toda la información que necesitas.

–Bien, pero recuerda que tenemos que ser discretos.

–Lo seré.

–Aquí tienes un móvil para comunicarte conmigo. ¿Sabes cómo funciona?

–Te podría dar lecciones –ironiza mientras lo coge–. Si supieras la cantidad de aparatos como este que la gente «pierde» al cabo del día, te asombrarías.

Sale y cierra, justo cuando entra el señor Stromber.

–¿Qué hacía este individuo aquí? –pregunta.

–Nada. Quería darle las gracias por haber ayudado a mi padre. Le he dado algo de dinero.

–Es un mendigo y no te puedes fiar de él

–No me fío de él –digo, dándole a entender que la conversación ha terminado; él, sin embargo, insiste en hablar conmigo.

–Arturo, ahora tienes que ser fuerte. Tu padre está pasando un momento delicado. Es posible que tengas que tomar algunas decisiones difíciles.

–Espero que papá se reponga pronto y pueda tomarlas él mismo.

–Ha dicho el médico que en breve saldrá del hospital –interviene Metáfora–. Eso nos anima a pensar que pronto le veremos por aquí.

–Sí, pero mientras tanto, el banco sigue metiendo prisa. Y mis socios quieren ver algún avance en las negociaciones. No hay que olvidar que han depositado un aval para impedir el embargo. Habría que darles algo a cambio.

–¿Qué esperan exactamente?

–Algunos documentos y otros objetos. He hablado con el general Battaglia y me ha dicho que en el primer sótano hay un verdadero depósito de objetos valiosos. Espadas, escudos, etc.

–Pero no están en venta. No sacaremos nada de la Fundación hasta que mi padre esté de nuevo al mando. Cuando llegue el momento, él decidirá. Además, esos objetos no pertenecen a la Fundación, son de *Sombra*. Se los legó mi madre. Todo lo que está en los sótanos le pertenece.

–Entonces, podría vender algunas cosas y aliviar la situación de la Fundación, y, por tanto, de tu padre. Convéncele.

–No venderá nada. Conservará todo lo que mi madre le dejó en herencia. ¡Nuestra decisión es firme, señor Stromber!

–Con esa actitud complicas las cosas, Arturo.

–Con esta actitud defiendo los intereses de la Fundación y de mi familia –afirmo–. Y ahora, señor Stromber, tiene que disculparme. Tengo cosas que hacer.

–Oh, claro. Ya seguiremos hablando.

Sale y nos deja solos en la sala de reuniones. Su insistencia me ha preocupado. Estoy seguro de que presionará a mi padre, ahora que está más débil.

–¿Qué opinas? –pregunta Metáfora, que ha seguido en silencio toda la conversación.

–Que hará todo lo posible para apropiarse de la Fundación. Pero no entiendo tanta insistencia. Podría comprar otros edificios de gran valor histórico. La ciudad está llena de ellos.

–Pero quiere este. Quiere la Fundación, por encima de todo. Y eso me preocupa. ¿Por qué tiene tanto empeño en apoderarse de vuestra casa y vuestros tesoros?

* * *

Llego al instituto un poco abatido. Aunque no lo quiera reconocer, los últimos acontecimientos me han afectado mucho. Ver a mi padre en la cama de un hospital me deprime bastante. Y encima, las cosas aquí se han complicado. El director tiene pendiente hablar con papá sobre la pelea y la caída del muro, y me hará culpable de todo. Eso me preocupa. No quiero darle disgustos, que bastante tiene ya con lo suyo.

–Hola, Arturo, ¿qué tal está tu padre? –me pregunta Mercurio.

–Se está recuperando bien. Muchas gracias por llevarme al hospital el otro día. Estoy en deuda contigo.

–No tiene importancia. Pero debo advertirte que Horacio está preparando algo contra ti; lo del otro día no le gustó nada. Afirma que no permitirá que nadie le deje en ridículo. ¡Ahora dice que eres un brujo!

–Yo solo me defendí. Ya no podía soportar ver cómo se mete con los más débiles.

–Pero ahora el más débil eres tú. Ese chico tiene muy malas pulgas. Ten cuidado. Está rabioso.

–Lo tendré en cuenta. Por cierto, siento que por mi culpa hayas tenido que trabajar en la limpieza del muro.

–No fue culpa tuya. Pero resultó muy interesante... Encontré algo increíble. ¡Un yelmo!

–¿Un yelmo medieval?

–Sí. Un verdadero yelmo de esos que usaban los caballeros de la Edad Media.

–¿Dónde lo tienes? ¿Lo conservas todavía?

–Lo he guardado y nadie lo ha visto. Estoy decidiendo qué hacer con él. Quizá se lo entregue al director en cuanto llegue.

–¿Puedo verlo? Ya sabes que los objetos de esa época me apasionan.

–No sé... Quizá si te quedas un rato esta tarde, cuando no haya nadie...

–¿Y si lo vemos ahora? Solo quiero echarle un vistazo.

–Pues... bueno, pero tendría que ser muy rápido. Apenas tengo un momento libre... Acércate corriendo a la casa del jardinero que ahora voy yo. Date prisa.

En vez de ir al edificio principal, doy un rodeo y entro en el jardín, procurando que nadie me vea. Lo que menos quiero es complicarle la vida a Mercurio. Mientras le espero, observo la casa y los alrededores. La pared es tan vieja que si rascas un poco, se deshace. Aunque no soy un experto, veo que estas piedras son muy antiguas y están corroídas por el tiempo. Posiblemente pertenezcan a la Edad Media. Por algún motivo, esta parte del colegio está abandonada, pero me parece que es una verdadera joya histórica.

Mercurio llega y, después de abrir la puerta con su llave, entramos en la caseta. Veo que, amontonados al fondo, hay algunos sacos de escombros de tierra y piedra que deben de corresponder a los restos de ese muro. También hay herramientas de trabajo y varias telas.

–Mira, aquí está –dice, levantando una tela de saco que recubre varios bultos–. ¡Mira qué maravilla!

Me muestra el yelmo y lo observo detenidamente. Conserva algo de su color original, el negro. Es un yelmo de estilo cazuela, de esos que recubren completamente la cabeza y que solo tiene una abertura a la altura de los ojos. ¡Es exactamente igual que el que yo llevo en los sueños! ¡Casi podría afirmar que es el mío! ¡Es increíble!

–¿Te gusta? ¿Crees que es de verdad? ¿Es tan antiguo como parece?

–Debe de tener por lo menos mil años –susurro–. Y sí, creo que es auténtico.

–Me parece muy pequeño para un hombre. Debió de pertenecer a un escudero o algo así.

–Los escuderos no llevaban yelmos, ni corazas, ni ninguna parte de la armadura.

–Entonces, su dueño debía de ser muy joven. Un muchacho de tu edad, aproximadamente.

–No creo. A mi edad, los chicos no eran caballeros.

–En la Edad Media había jóvenes que lideraban ejércitos.

Sujeto el yelmo con las dos manos, de la misma manera que, cuando en mis sueños, me lo voy a poner.

–Eh, quieto. No te lo pongas. Está lleno de polvo y puede estar oxidado. Déjame que lo limpie primero. Ya te lo dejaré –dice Mercurio–. Tendrás oportunidad de ponértelo.

Antes de devolvérselo, me fijo en la parte frontal: está decorada con trazos que, aunque no se ven muy bien, identifico en seguida. ¡Es la letra A con cabeza y garras del dragón! Los sueños y la realidad empiezan a parecerse demasiado... Y eso me asusta.

XV
NUEVOS RENCORES

ARQUIMAES entró en una sala en la que había poca luz. Las paredes estaban desnudas y no había cortinas. Comprendió en seguida que aquella era la antesala de la prisión. Benicius le esperaba sentado en una gran silla de madera y, frente a él, había una banqueta cerca de una mesa sobre la que habían colocado unas hojas de pergamino un tintero y una pluma.

–Querido Arquimaes, siéntate y hablemos –le invitó el rey–. Hablemos como amigos que somos. Recuerda que hubo un tiempo en que te di mi protección y que gracias a ella pudiste trabajar a gusto, sin ser molestado, allá en el torreón de Drácamont. Te di todo lo que necesitabas para desarrollar una fórmula que nos librara de esas bestias que nos acosan.

El alquimista hizo caso y tomó asiento. Una docena de soldados observaban en silencio, pegados a la pared, sin hacer ningún movimiento, pero dispuestos a atacar si su rey se lo ordenaba.

–Efectivamente. Y te estoy agradecido. De no ser por el ambicioso conde Morfidio, que me secuestró, aún seguiría allí, trabajando en mis investigaciones. Nunca olvidaré tu generosidad. Demostraste ser un rey que cree en la ciencia y que está dispuesto a apoyarla. Estoy en deuda contigo.

–Pero me han dicho que has encontrado una fórmula secreta que sirve para dar la vida eterna a quien la posee. Y fortuna, y poder... Creo que es lógico que yo quiera obtener algún beneficio a cambio de la ayuda que te di. Cuando todo el mundo decía que eras un brujo maléfico, yo te apoyé. Así que es normal que el fruto de tus investigaciones revierta en mi beneficio. ¿Me comprendes?

–No hemos hecho ningún trato... No te prometí nada y nada te debo. Tú me encargaste otra cosa.

–Tienes que ser agradecido con la mano que te protegió. Además, nunca me entregaste la solución para librarnos de esas bestias, que es lo que te había encargado. Digamos que nunca me diste nada.

–Escucha, Benicius...

–¡Shhhhh! No digas nada. Aquí tienes todo lo que necesitas para entregarme ese secreto que tantas vidas ha costado. Escribe ahora mismo esa condenada fórmula para que yo pueda disponer de ella. Cuando sea poderoso e inmortal, te nombraré mago de mi reino, que se extenderá hasta los confines del mundo. ¡Podrás trabajar en lo que te apetezca! ¡Te convertirás en el mejor mago científico del mundo y pasarás a la historia!

–No quiero nada de lo que me ofreces. Yo trabajo para mejorar este mundo y hago todo lo que puedo para que sea más justo.

–Bien, bien, todo eso me parece bien. Me gusta que tengas ideales. Eso me ayudará a convertirme en un rey sabio y justo. ¿Ves cómo nuestros intereses van en la misma dirección?

–No exactamente, Benicius. Si esa extraordinaria fórmula de la que hablas existiera, no te la podría entregar. Estaría reservada para gente especial... ¿Comprendes?

Benicius se acercó a la ventana y, señalando a Arquimaes con la espada, dijo:

–Me aburres, mago. Mañana, al amanecer, tú y tus amigos seréis ejecutados. Nadie sabe que estáis en este castillo, así que nadie vendrá a salvaros.

–¿Y si escribo la fórmula secreta nos dejarás partir con vida? –preguntó el sabio.

–Comprenderás que no voy a exponerme a que le cuentes este secreto a otros, por ejemplo a Émedi. Si no la escribes moriréis los tres; si escribes, ellos se van y tú te quedas. ¿Entendido? Serás mi Primer mago, y trabajarás en exclusiva para mí.

–¿Y Alexia? ¿Qué has hecho con ella?

–Olvídala. No te incumbe en absoluto. Ahora solo tienes que ordenar tus ideas y plasmarlas en ese pergamino. Date prisa, te queda poco tiempo.

–¿Qué hay de tu promesa de aliarte con Émedi?

–¿Bromeas? ¿Crees que voy a enfrentarme a Demónicus?

Benicius se levantó y se acercó a la puerta.

–Ahora te dejaré solo.

* * *

Demónicus montó en cólera cuando el mensajero le explicó que algunos caballos de la partida de Oswald habían regresado sin jinetes.

–¡Arrodíllate inmediatamente! –ordenó–. ¡E inclina la cabeza!

El soldado comprendió que había llegado el fin de su vida. «Por lo menos no sufriré tormentos», pensó.

El sable de Demónicus le cortó limpiamente el cuello de un solo tajo. De esta manera, el Gran Mago Tenebroso alivió momentáneamente la angustia de no haber recuperado a su hija. La sangre del soldado se extendió sobre el suelo y Demónicus sintió un poco de paz en su alma atormentada. Si perdía a su hija, su vida ya no tenía sentido.

–¿Dónde está? –gritó–. ¿Qué puedo hacer para recuperarla? ¿Por qué los dioses no me ayudan?

* * *

Alexia trató de ver en la oscuridad de su encierro. Había tocado las paredes y se había dado cuenta de que había mucha humedad, lo que indicaba que estaba cerca de algún lugar en el que había agua, bajo tierra. «Seguramente estoy en un pozo», pensó acertadamente.

Intentó hacerse una idea de las dimensiones de la estancia cruzándola en varios sentidos poniendo un pie tras otro. Después, sin despegarse de la pared, la recorrió completamente sin dejar de tocarla en ningún momento. Apenas dos metros por dos. Lo justo para tumbarse en el camastro de madera. No había puertas y la habían bajado en una cesta por el techo, la única boca de entrada. La altura era, por lo menos, de cinco metros. «Complicado salir de aquí», se dijo.

Una persona normal no podría alcanzar jamás la boca de salida, pero ella no era normal, era una maga con grandes poderes, dato que Benicius no había tenido en cuenta. El rey era tan prepotente que ni siquiera había pensado que la hija del más diabólico brujo podía haber heredado alguna habilidad para la magia.

«Escaparé de aquí, entregaré a Arturo a mi padre y Benicius pagará cara esta traición», pensó Alexia, mientras cruzaba los brazos sobre su pecho y se concentraba en sus pensamientos y en sus deseos.

* * *

Arturo se asomó por la ventana de su habitación y se dio cuenta inmediatamente de que no tenía por donde escapar. Había demasiada altura para intentar descolgarse, y, caso de conseguirlo, el patio estaba tan lleno de gente que le resultaría imposible escapar sin ser visto. Se convenció de que ni siquiera durante la noche lo conseguiría.

–¿Cómo vamos a salir de aquí? –le preguntó Crispín.

–No lo sé. Necesitamos un milagro.

–Puedes usar el poder de las letras. Ellas te ayudarán, seguro.

–Es que... bueno, en realidad, no sé cómo funciona. Yo no las dirijo, ellas hacen lo que quieren, cuando quieren y como quieren.

–Así que no mandas en ellas.

–Me parece que no. Actúan cuando les parece bien. Arquimaes es el único que puede controlarlas.

–¡Pues vaya poder que tienes! Creía que tú les dabas órdenes. A ver si resulta que no tienes tantos poderes como parece.

–Supongo que tendré que aprender. Pero, de momento, no sé cómo hacerlo... Debemos buscar la forma de salir de aquí sin la ayuda de las letras.

–¿Lo has intentado? –insistió Crispín–. ¿Por qué no pruebas, a ver qué pasa?

Arturo pensó que su situación era tan desesperada que no perdía nada por hacer una prueba. Se quitó la camisa y se situó en el centro de la habitación, con los brazos abiertos, imitando la postura de Arquimaes cuando envió las letras contra los hombres de Oswald.

–¡Os ordeno que me ayudéis! –dijo en voz alta, en tono solemne–. ¡Soy Arturo y os ordeno que me ayudéis!

Crispín acercó la cara al pecho de Arturo, esperando ver algo extraordinario, pero no ocurrió nada. Las letras seguían en su sitio, sobre la piel.

–Esto no funciona –se lamentó–. No te hacen ni caso.

–Ya te he dicho que son independientes y hacen lo que quieren. Parece que solo actúan cuando estoy en un grave peligro o alguien me ataca o me hace daño.

–Si quieres te puedo dar un par de golpes a ver si reaccionan.

–Recuerda lo que le pasó a Górgula... Puede ser muy peligroso. Podrían matarte

–O sea, que la misión de estas letras es defenderte. No atacan, solo te defienden.

–Sí, eso parece.

–Pues... se me está ocurriendo una idea...

Los soldados que vigilaban la estancia de Arturo y Crispín se alarmaron cuando escucharon fuertes ruidos en el interior. El oficial pegó la oreja a la puerta y se dio cuenta de que estaban discutiendo a voces y peleando: «¡Socorro! ¡Socorro!», oyó gritar.

–¡Hay que entrar inmediatamente! –ordenó.

Abrieron la puerta y se encontraron, efectivamente, con que Arturo y Crispín se insultaban y se zarandeaban.

–¡Quietos! ¡Estaos quietos o tendremos que usar la fuerza! –gritó el oficial–. ¡Os vamos a encadenar!

–¡Ha querido hechizarme! –exclamó Crispín–. ¡Quería convertirme en un cerdo!

–¡Tienes que tratarme con respeto, renacuajo! –dijo Arturo, dándole bofetadas–. ¡Aprende a respetarme!

–¿Hechizarte? –preguntó el guardián–. ¿De qué hablas, chico?

–¡Es un brujo con poderes! –exclamó Crispín–. ¡Protegedme antes de que me haga daño!

–¡Eso es una tontería! –respondió Arturo–. ¡Yo no soy ningún brujo!

–¿Ah, no? ¡Enséñales esos signos mágicos que tienes en tu cuerpo! ¡Deja que los vean!

–¿De qué signos hablas? –quiso saber el guardián.

–¡Tiene el cuerpo tatuado con símbolos de magia! –explicó Crispín–. ¡Quiero que lo apartéis de mí!

–¡Es mentira! –insistió Arturo.

–¡Te ordeno que te quites la camisa! –repitió el oficial–. ¡Ahora mismo!

–¡Miente! ¡No hay nada que ver! –respondió Arturo, apretándose la camisa contra el pecho.

–¡Sujetadle y quitadle la camisa! –insistía Crispín.

Tres soldados se abalanzaron sobre Arturo, que opuso toda la resistencia posible. Forcejearon tanto que Arturo empezó a sentirse presionado. Los hombres le dieron algunos puñetazos para reducirle y consiguieron rasgar su camisa, descubriendo completamente el pecho repleto de signos.

Al ver el cuerpo tatuado de Arturo se quedaron muy sorprendidos. Les pareció algo mágico y asombroso. Habían visto a algunos brujos con dibujos y signos rúnicos sobre el cuerpo, pero jamás a alguien con letras, como si hubieran escrito sobre él.

–¡Es verdad! –dijo el sargento–. ¡Es un hechicero!

–¡Yo soy Arturo Adragón y no soy un mago!

–¡Le llevaremos ante el rey! –ordenó el oficial a sus hombres–. ¡Atadlo!

Arturo opuso más resistencia y obligó a los soldados a emplearse a fondo con él. Le dieron algunos golpes hasta que, finalmente, sucedió lo que el muchacho estaba esperando.

–¿Qué es esto? –preguntó sorprendido el oficial, cuando vio que las letras se despegaban del cuerpo del joven Arturo–. ¿Qué brujería estás haciendo?

Pero ya era tarde. Las letras habían sujetado a dos soldados y los habían arrojado al suelo con fuerza. Otro estaba siendo asfixiado y un cuarto había perdido el sentido a causa del susto.

–¡Eres un brujo y vas a morir! –advirtió el guardián, desenvainando su espada–. ¡El acero es el mejor remedio contra los hechiceros!

Ni siquiera se preocupó cuando Arturo cogió la espada de uno de los soldados. No pensaba que un joven de catorce años pudiera ser un buen enemigo en un duelo a espada. Pero no tardaría mucho tiempo en darse cuenta de que se había equivocado.

Mientras Crispín cerraba la puerta para no llamar la atención, el sargento lanzó un primer mandoble que Arturo esquivó con mucha habilidad. Volvió a la carga y se encontró con que su adversario cruzaba su acero y detenía el golpe.

–¡Vas a morir, muchacho! –amenazó el hombre.

Arturo se plantó frente a él y levantó su espada. Lanzó varios golpes que el guardián detuvo con mucha dificultad. Después de intercambiar algunas estocadas, la espada de Arturo se clavó en el pecho del guarda, en el hueco que queda entre la cota de malla y la coraza.

–¿Ves lo que pasa por hablar más de la cuenta? –dijo Arturo–. ¡Nunca digas lo que pretendes hacer!

* * *

Un soldado se arrodilló ante Demónicus y pidió permiso para hablar.

–Un extranjero viene a ofreceros sus servicios. Afirma que puede ayudaros a recuperar a la princesa –explicó el hombre.

–¿Quién es? ¿De dónde viene?

–No ha dicho nada. Se niega a dar explicaciones. Solo quiere hablar con vos.

–Está bien, hazle pasar. Pero antes, aseguraos de que no lleva armas escondidas ni ningún objeto maléfico.

Un par de minutos después un hombre de mediana estatura entró escoltado por varios soldados que no dejaban de observarle.

–Extranjero, aseguras que puedes devolverme a mi hija –dijo Demónicus–. ¿Qué poderes tienes para conseguir esa hazaña?

–Dispongo de fuerzas extraordinarias. He estudiado junto a los más grandes sabios, alquimistas y magos. Y he descubierto un gran secreto que podrá ayudarte en esa guerra que estás a punto de emprender. Si me permites unirme a tu ejército, seremos invencibles.

–¿Qué buscas en mi reino? Si tus poderes son tan grandes como dices, ¿para qué me necesitas?

–Soy un hombre sediento de venganza. Necesito ayuda para construir un arma terrible que puede destruir a todos nuestros enemigos.

–¿Buscas poder o riquezas?

–¡Solo quiero recuperar la paz de mi alma! Y no lo conseguiré hasta que me haya vengado del ser que ha destrozado mi vida, la de mis hermanos y la de mi gente.

–¿Quién es esa persona que tanto daño te ha hecho y que ahora te arroja en mis brazos?

–¡Arquimaes!

Demónicus sintió un estremecimiento brutal en sus entrañas. Había tenido a Arquimaes en sus calabozos y su vida en sus manos. Y se le había escapado. Ahora Arquimaes era el responsable de la desaparición de Alexia.

–Entonces, has venido a buen sitio. Arquimaes es también mi enemigo y tengo una cuenta pendiente con él. Si hace falta, arrasaré la tierra para encontrar a ese bastardo. ¡Se ha llevado a mi hija y me ha quitado el sueño!

El viajero se quitó la capucha y dejó ver su rostro.

–Juntos encontraremos la venganza que ansiamos –dijo con profundo rencor el hermano Tránsito.

XVI
SUEÑOS Y ARQUEOLOGÍA

AUNQUE estoy dominado por la fuerza de mis sueños, he venido a ver a papá al hospital. Lo he visitado cada día desde que está ingresado y siempre me ha acompañado Metáfora. Su madre, Norma, no le ha dejado ni a sol ni a sombra, a pesar de que ha seguido dando clases en el instituto. Ellas no lo saben porque todavía no se lo he dicho, pero les estoy profundamente agradecido. Gracias a los cuidados de Norma, papá mantiene el ánimo alto, y eso tiene mucho valor para mí.

–Hola, papá, ¿qué tal te encuentras hoy? –pregunto apenas entro en la habitación.

–Me encuentro mejor. Creo que un día de estos me echarán de aquí. Estoy deseando volver a mi trabajo y echo mucho de menos a la Fundación y a su gente. Mis investigaciones están paradas y debo reanudarlas lo antes posible. Tengo que seguir con mi proyecto.

–Ya tendrás tiempo, Arturo –le corta Norma–. Lo primero es tu salud. Ahora solo tienes que pensar en recuperarte. Los golpes en la cabeza pueden ser peligrosos.

–Ya, ya lo sé, pero estoy deseoso de...

–Bueno, yo he venido a decirte que en la Fundación todo va bien. *Sombra* abrió el primer sótano el otro día y el general Battaglia pudo entrar para...

–Ya lo sé. Creo que *Sombra* estuvo un poco desagradable con el general, que se me ha quejado. Le he dado permiso para que vuelva a entrar y también para que acceda al segundo sótano.

–¿Al segundo? Pero, papá, eso es peligroso. *Sombra* dice que ahí se guardan secretos que nadie debe ver.

–*Sombra* exagera. Ya es hora de abrir las puertas de nuestro museo. Debemos permitir la entrada y compartir nuestros conocimientos. El general merece ser el primero en ver lo que guardamos... Quizá descubra algo interesante.

–¿Tú también crees que el Ejército Negro existió? No me digas que te ha convencido de esa fantasía.

–¿Y si tuviese razón? ¿Te imaginas el éxito que supondría para la Fundación? Sería lo más grande que nos ha ocurrido nunca –dice con ilusión–. Si descubrimos que existió un ejército del que nadie tiene referencia...

–¿Pero qué interés puede tener ese descubrimiento?–insisto

–Arturo, si el Ejército Negro existió alguna vez, fue porque pertenecía a un reino. Y descubrir la existencia de un reino medieval nuevo y desconocido hasta ahora es la mayor noticia que una Fundación como la nuestra puede dar al mundo. ¿No te das cuenta de lo que eso significa?

–¿Crees que puede haber existido un reino fundado por ese ejército?

–¡Exactamente! ¡Un reino del que nadie tiene noticia! ¡Un reino desconocido, especial, lleno de secretos! ¡Un reino que, posiblemente, se creó más cerca de lo que creemos!

–¿Cerca de dónde, papá?

–¡Cerca de aquí! ¡En nuestra ciudad! ¡Cerca de la Fundación!

–Creo que estás delirando. Las medicinas te están trastornando. ¡Aquí nunca existió ningún reino! Mira los archivos de la ciudad y verás que...

–¡Veré que no hay nada que diga lo contrario! Ya los he revisado. El general Battaglia los conoce como la palma de su mano y los ha estudiado a fondo, por eso cree que podemos estar sobre un polvorín histórico. ¡Podemos estar ante un descubrimiento sin precedentes! Lo he comentado con Leblanc y está dispuesto a trabajar conmigo en el tema. ¿Te imaginas a esa eminencia trabajando con nosotros?

–Papá, tú estás hablando del reino de las fantasías y de los sueños. ¡Aquí nunca hubo ningún reino con un Ejército Negro!

–¿Cómo lo sabes? ¿Cómo sabes que jamás hubo un reino del que nada sabemos y cuyos gobernantes crearon un ejército para defenderlo?

–Papá, no soy quién para decirte lo que debes hacer, pero yo esperaría un poco. Las cosas están muy revueltas. Pasan cosas muy raras y sería mejor ser pacientes. Y no deberías dejarte influir por las fantasías de un general jubilado.

–¿No estarás insinuando que el general nos podría engañar?

–No, no, papá. Lo que digo es que no sabemos qué está pasando. Todavía no sabemos quién te ha atacado ni qué buscaban en la Fundación. Es mejor ser prudentes.

–Vamos, vamos, no imagines cosas raras. La teoría de la conspiración no cuajará conmigo. Son casualidades que nada tienen que ver con todo lo que ha pasado.

–¿Has pensado en la posibilidad de contratar un jefe de seguridad?

–¡Pero si apenas tenemos dinero! No sé si la Fundación se puede permitir un nuevo sueldo.

–Tienes razón, pero la seguridad se está haciendo necesaria. Yo buscaría un buen jefe de seguridad, alguien que pueda defendernos en caso de agresión.

Norma, que lleva un rato callada, decide intervenir:

–Tienes que escuchar a tu hijo. Yo, particularmente, creo que tiene razón. Un buen jefe de seguridad impedirá que os vuelvan a agredir.

–¿Tú crees?

–Mira en qué estado te encuentras por no haberlo tenido desde hace tiempo. La próxima vez puede ser peor. Vamos, yo lo contrataría ahora mismo.

–Está bien, llamaré a una empresa...

–No te preocupes, conozco alguien de confianza.

–¿De verdad?

–Pondría mi mano derecha en el fuego por esa persona –responde Norma–. Confía en mí. Ya sabes que nunca te he defraudado.

–Está bien, asunto zanjado. Y ahora, Arturo, explícame ese mensaje que me ha llegado del director de tu colegio. Parece que has destrozado medio patio.

–Pues... tuve una pelea con Horacio y rompimos una valla.

–Querrás decir un muro.

–Bueno, sí, pero estaba muy viejo. La piedra estaba carcomida y apenas aguantó un empujón. Lo siento mucho, no volverá a ocurrir.

–Ya sabes que siempre estoy de tu lado, pero no puedo permitir que esta situación siga adelante. Últimamente me das bastantes disgustos. Tienes que parar de meterte en líos, hijo.

–Sí, papá. Te prometo que no volveré a pelear con ese chico, ni con ningún otro.

–No prometas lo que no puedas cumplir. Lo único que quiero es que no te conviertas en un pandillero peleón. Recuerda quién eres. Los Adragón somos gente respetable.

–Por lo que sé, la culpa la tuvo Horacio, que estaba acosando a Cristóbal. Arturo le defendió –interviene Norma–. Tu hijo es inocente, te lo aseguro.

–Te has buscado una buena madrina –acepta papá–. No me quiero enfadar, pero tampoco aprobaré que te líes a puñetazos todos los días, aunque tengas razón.

Metáfora entra y, después de dar un beso a su madre, saluda a papá. Finalmente, me ofrece una simpática sonrisa.

–He llegado un poco tarde porque he estado en una librería buscando libros sobre arqueología –se disculpa–. Es un tema que me está interesando mucho. Dicen que la arqueología es como un espejo en el que vemos cómo éramos... O cómo somos.

–Vaya, eso está bien –dice papá–. Me gusta que te intereses por la arqueología. Así nos entenderemos mejor. La historia y la arqueología son casi hermanas.

–Sí, quiero estudiarla en serio. La arqueología es apasionante.

–Vaya, ahora va a resultar que el pasado es más interesante que el futuro –dice Norma.

–Bueno, ya está bien de filosofía arqueológico-histórica... –digo–. Tengo hambre y me apetece merendar algo. ¿Me acompañas a la cafetería?

–Claro. Quiero contarte algunas cosas que he aprendido sobre el arte de la excavación.

–Bien, bien, y yo te voy a enseñar algo sobre el arte de merendar con la boca cerrada. ¿No sabes que mientras se come no se habla?

Salimos de la habitación y bajamos en el ascensor hasta la cafetería. Elegimos una mesa alejada y, antes de que empiece a hablar, le digo:

–¡Ha pasado algo increíble que no te he podido contar!

–¿Has vuelto a tener uno de esos sueños?

–¡Mejor! ¡He encontrado algo que aparece en mis sueños! ¡El yelmo negro con la gran A!

–¿Dónde lo has encontrado? ¿Dónde está? ¡Quiero verlo!

–Lo tiene Mercurio. Lo encontró entre los restos de la casa del jardín. ¡Te juro que es igual que el que llevo en los sueños!

–¿Y qué? ¿Qué significa que hayas encontrado un objeto similar al de tus sueños? Si sigues así, acabarás creyendo que eres el caballero que luchó contra esa terrible bola de fuego.

–¡Es que creo que lo soy! ¡Cada día que pasa estoy más convencido de que vivo mis sueños de verdad! ¡De que soy un caballero que puede matar dragones!

–Estás cada día peor, Arturo. Es peligroso perder la noción de la realidad.

–Tú has visto cuál es mi estado cuando empiezo a soñar. Ya sabes que no son fantasías.

–Eso es una enfermedad del sueño. No puede ser real. No te vuelvas loco. No creas en tus propios sueños.

Cristóbal acaba de entrar en la cafetería. Nos busca con la mirada y, cuando nos ve, se acerca y se sienta a nuestro lado.

–¿Qué os pasa? Os veo muy alterados.

–Estamos tratando un asunto de personas mayores –responde Metáfora.

–Estamos hablando de sueños –digo.

–Los sueños son temas de mayores y de pequeños. Todo el mundo sueña. Y para que lo sepas, los sueños son muy importantes y hay que hacerles caso. Los sueños revelan lo más importante de la vida –explica Cristóbal.

–¿Tú qué sabes de todo eso? ¡Sigue jugando a Spiderman y a Batman, que nosotros estamos ocupados con cosas serias! –le regaña Metáfora, un poco enfadada por su intromisión.

–Mi padre es médico y ha estudiado acerca de los sueños. Lo sabe todo –responde Cristóbal con firmeza–. Si queréis hablar con él, os puedo organizar una consulta gratis, por haberme ayudado con lo de Horacio.

Estoy a punto de responderle cuando mi móvil me avisa de que he recibido un mensaje:

Novedades. Mañana nos vemos. Patacoja. Arqueólogo.

XVII
LAS TABLAS DE ARQUIMAES

ARQUIMAES parpadeó varias veces cuando terminó de escribir sobre las hojas de pergamino que Benicius le había dejado sobre el escritorio. Colocó la pluma al lado del tintero de cristal y volvió a releer lentamente todo el texto con mucha tranquilidad. Había quedado perfecto, bien caligrafiado, redactado de forma clara y extraordinariamente limpio. Era un documento digno de uno de los monjes de Ambrosia. Una obra de arte de la escritura.

Después lo dejó sobre la mesa y esperó pacientemente a que el rey Benicius viniera a recogerlo antes del amanecer, según habían acordado.

El sol acababa de salir y la luz inundó la habitación cuando el monarca entró en la habitación. Parecía contrariado. Pero no dio explicaciones.

–¿Has terminado de escribir esa maldita fórmula?

–Sí, aquí está. Si sigues al pie de la letra mis indicaciones, conseguirás lo que buscas. Ahora espero que cumplas tu palabra y liberes a Arturo y a Crispín.

–Bien, cumpliré mi palabra. Pero a ti te ahorcaré –dijo Benicius–. He cambiado de idea. No serás mi Primer mago. De hecho, cuando consiga el poder que necesito no dejaré que ningún mago, científico o hechicero se me acerque. Pero te aseguro que tu muerte será una fiesta. Haré una ejecución pública que se recordará durante mucho tiempo. Me ocuparé de que todos piensen que te ibas a aliar con Demónicus. ¿Verdad que es una buena estrategia?

–¡Eres un traidor, indigno de la confianza que la gente deposita en ti! –rugió Arquimaes.

–Nadie deposita su confianza en mí. Nadie se fía de mí. Me temen, eso es todo. Pero no te enfades, no te servirá de nada. Ahora seré poderoso gracias a ti y nadie se opondrá a mis deseos.

–¿Cómo sabes que la fórmula que he escrito es buena? ¿Cómo sabes que no te he engañado y que cuando la pongas en práctica no te convertirás en un sapo en lugar de en un ser inmortal?

–No lo has entendido. Tu fórmula no me interesa. Simplemente convertiré este pergamino en una herramienta de poder. Está firmado por ti y todo el mundo sabrá que, ahora, yo soy el más poderoso. Ni siquiera me hará falta usarlo. ¡Tu firma será mi fuerza, idiota! –explicó con detalle el rey–. Cuando Émedi vea este documento comprenderá quién tiene el poder.

–Y yo que pensaba que creías en la alquimia y que la hechicería y los trucos de los magos carecían de valor para ti –se lamentó Arquimaes–. ¡Me has engañado! ¡Me has hecho creer que eras un buen rey!

–¡Eres un ingenuo! Ni me interesa la alquimia ni creo en la brujería. A mí solo me interesa el poder. Y eso se obtiene únicamente con la fuerza de la guerra. Los alquimistas y los hechiceros solo sois una excusa para conseguir lo que quiero. ¡Conquistaré el reino de Émedi y me casaré con ella! ¡Obtendré todo el poder del mundo!

Arquimaes contrajo los músculos del rostro cuando las palabras de Benicius entraron en su corazón.

–No te atrevas a tocar a Émedi, y menos aún sueñes con convertirla en tu esposa, rey traidor. Bastante has hecho con usarme como cebo para hacer creer a todo el mundo que defendías el conocimiento.

–Vaya, parece que ya empiezas a comprender. Pero ya es un poco tarde. Te daré tiempo para que pongas en orden tus ideas antes de morir. Creo que es conveniente irse de este mundo con las ideas claras. Adiós, mago, tengo asuntos que atender. En cuanto a Émedi, te aseguro que se convertirá en mi reina.

Benicius se dirigió satisfecho hacia la puerta de la habitación, con los pliegos en la mano. Pero, antes de salir, se detuvo, señaló la cabeza de Arquimaes con los pergaminos y dijo con cinismo:

–¡Ah, por cierto, tus cachorros se han escapado! Te han abandonado, viejo amigo. Ya ves que no te eran tan fieles. Vas a morir solo. Tu intento de salvarles la vida no ha servido para nada. Te has rendido ante mí y me has dado tus poderes. Ahora puedes morir en paz.

* * *

Horas antes, Arturo y Crispín habían bajado la escalera central camuflados bajo la capa de dos criados. Habían cruzado la puerta principal y atravesado el puente levadizo por separado, sin que nadie los detuviera. La orden de su captura aún no se había dado.

Dejaron atrás la muralla exterior y llegaron a campo abierto. Allí se arrastraron por el suelo para no ser vistos por los vigías. Alcanzaron un grupo de árboles y se escondieron entre ellos. Después, siguieron el camino que llevaba hasta la aldea, a la que llegaron al anochecer. Drácamont estaba sumida en la oscuridad y el silencio, como siempre. Los dos amigos la bordearon y consiguieron que nadie los viera.

Llegaron al viejo cementerio de las afueras, lo cruzaron y alcanzaron el torreón que había sido el laboratorio de Arquimaes, hasta aquella nefasta noche en que el conde Morfidio perpetró la infamia que dio comienzo a esta historia.

–¿Qué hay aquí que nos pueda interesar? –preguntó Crispín exhausto–. ¿Qué buscamos en este lugar de ruinas?

–Ahora lo verás –respondió Arturo–. Si es que todavía sigue intacto.

El torreón, que había sido reducido a cenizas, mantenía en pie las paredes de roca. Sin embargo, las vigas y los muebles de madera eran ahora trozos de materia negra carbonizada, y el suelo estaba recubierto de una capa de polvo oscuro y ceniciento que se levantaba a cada paso.

–Ayúdame a levantar esta trampilla –pidió Arturo–. Sujeta fuerte esta anilla.

La tapa de madera crujió cuando la levantaron. Llevaba tanto tiempo cerrada que las bisagras se negaban a trabajar. Con esfuerzo, consiguieron abrirla.

–Parece que esto baja directamente al infierno –dijo Crispín–. No seré yo quien descienda por ahí.

–Entonces, espérame aquí. Bajaré yo solo.

–No está bien que un escudero abandone a su caballero en los momentos difíciles. ¿Hay acaso algún tesoro ahí abajo?

–Algo así –respondió Arturo, encendiendo una antorcha–. Tenemos que hacernos con él.

Arturo descendió por la escalera de madera con precaución, ya que podía estar carcomida por el fuego y corría peligro de dar con sus huesos en el fondo de la cueva. Crispín lo siguió, apoyándose en la barandilla. A pesar de que hacía meses que el incendio se había apagado, todavía olía a quemado y quedaba humo en el ambiente.

–Tenemos que abrir ese baúl –ordenó Arturo cuando alcanzaron un rellano–. Pero no tengo la llave del candado.

–Espera, yo sé cómo abrirlo –dijo el joven escudero, cogiendo un hacha–. ¡Ahora verás!

–¡No, aguarda! Hay que hacerlo con más cuidado. No sabemos lo que hay dentro.

–No hay problema, el oro no se rompe con un hacha –dijo Crispín, convencido de que el arca contenía un tesoro–. Los objetos de valor suelen ser sólidos.

Arturo se arrodilló ante el cofre y palpó el candado. Era grande y compacto, sin abertura alguna por donde introducir la llave. Después de reflexionar un poco, comprendió que era una puerta falsa. Dio una vuelta alrededor del baúl, tocando algunas zonas con la punta de los dedos, hasta que, finalmente, rozó una tuerca que parecía estar suelta. Arturo la giró y la apretó. Entonces, casi de forma mágica, la tapa del baúl se levantó sola.

–Menos mal –dijo Arturo–. Si llegas a golpear el candado, se hubiera perdido el líquido que contienen estas pequeñas frascas.

–¿Y qué más da?

–Ese líquido es ácido y hubiera destrozado el contenido del baúl.

–El oro no se puede corromper con ácido.

–Es que no hay oro, Crispín, hay pergaminos –dijo Arturo, metiendo la mano en el arca–. Pergaminos con dibujos muy especiales.

–¿Hemos venido hasta aquí solo para encontrar pergaminos llenos de garabatos? –dijo Crispín, indignado–. Así nunca serás caballero y no nos haremos ricos.

–Son dibujos de Arquimaes que contienen secretos increíbles. Los secretos para luchar contra los enemigos de la escritura y de la sabiduría.

–Ya, pero eso, ¿para qué sirve? ¿Pagará alguien por poseerlos? ¿Quién querrá comprarlos?

–No los vamos a vender. Al contrario, debemos conservarlos. Son únicos y especiales.

Crispín se rascó la cabeza sin comprender absolutamente nada. Su pobre mentalidad de proscrito no entendía que unos pergaminos pudieran tener tanto valor.

Arturo acercó los dibujos a la antorcha con mucho cuidado y los observó con atención. En seguida empezó a entender la valía de su contenido. Viéndolos comprendió que Arquimaes no era un alquimista como los demás. Esos dibujos contenían secretos profundos sobre la justicia del ser humano.

–Crispín, estás a tiempo de cambiar de idea –dijo, volviéndose hacia el escudero–. Pero si quieres acompañarme, debo advertirte que consagraremos nuestra vida a la defensa de estos dibujos.

–¿Y qué ganaremos con ello?

–Seremos defensores de los grandes valores de la vida, la ciencia, el conocimiento, la sabiduría, la razón, la justicia, el honor... Todo lo que hace que la vida valga la pena. Yo dedicaré todos mis esfuerzos a esa labor. Tú puedes decidir lo que quieras.

Crispín, que se había criado entre pillos y ladrones, tenía la mente habituada a la astucia. Por eso pensó que si Arturo juraba defender esos pergaminos, seguro que era por una buena razón. Al final, tenía que haber alguna recompensa.

–Entonces, si soy libre de decidir, digo que estoy de acuerdo contigo y me pongo de tu lado. Pondré mi vida al servicio de la defensa de estos dibujos –dijo con cierta solemnidad–. ¡Y juro que cumpliré mi palabra!

Arturo le puso la mano en el hombro.

–Me alegra saber que vas a ser mi compañero en esta cruzada –dijo–. Confío en ti.

–Ahora dime cómo vamos a liberar a Arquimaes –pidió el joven escudero–. Porque supongo que Alexia ya estará de vuelta con su padre.

–Sí, estoy seguro de que ese taimado de Benicius la habrá devuelto a Demónicus. Debemos olvidarnos de ella y centrarnos en liberar a Arquimaes antes de que sea ejecutado. Será difícil descifrar estos dibujos.

–¿Por qué no escriben más claro? ¿No podrían contar sus ideas de forma que todo el mundo pueda comprenderlas?

–Lo hacen así para mantener sus secretos. Una de las armas defensivas de los alquimistas es la escritura secreta y los dibujos misteriosos. Vayamos arriba y, mientras comemos algo, revisaremos todos los dibujos para descubrir su significado.

* * *

Mientras Arturo y Crispín trataban de desentrañar el contenido de los dibujos de Arquimaes, Alexia se esforzaba por salir del pozo en el que la habían encerrado.

Después de reflexionar mucho, había llegado a la conclusión de que Benicius la había secuestrado para mantener una posición dominante sobre su padre, Demónicus. También concluyó que Arquimaes, Arturo y Crispín estarían en alguna celda y que Benicius trataría de obligar al alquimista a escribir la fórmula secreta que todo el mundo parecía buscar. Ni ellos sabían dónde se encontraba ella, ni ella sabía nada de sus compañeros. La astucia de Benicius los había separado, quizá para siempre.

Los dos días que llevaba en el pozo estaban empezando a minar su moral. El hambre, el frío y la incertidumbre de lo que iba a pasar con ella la estaban debilitando rápidamente. En el fondo, sabía que Benicius no la mataría, ya que la necesitaba. Pero tampoco descartaba que su mente retorcida pudiera llegar al convencimiento de que si la eliminaba obtendría mejores beneficios.

Por eso, ante el temor de que decidiera acabar con ella, y sabiendo que nadie vendría a buscarla en este infecto agujero, decidió intentar algo por su cuenta. Había llegado el momento de probar su fuerza mental junto con la magia que su padre y otros maestros le habían enseñado. Se decidió a hacer algo que nunca había hecho.

Se situó en el centro de la celda y extendió los brazos hacia los lados, como si fuesen alas. Luego, cerró los ojos y se concentró. Recordó todo lo que había aprendido sobre la levitación e invocó los poderes mágicos que poseía. Y esperó...

* * *

En una celda contigua, Arquimaes revisaba los momentos más importantes de su vida con el fin de poner su alma en paz. Ya había aceptado que le quedaban pocas horas de vida y decidió dedicarlas a reordenar sus ideas, pensamientos y sentimientos. Para él aquello era lo más importante de la existencia de un ser humano.

Recordó toda su vida desde que, siendo niño, su padre fue ejecutado por haber cogido algunas frutas para alimentar a su familia. Y también tuvo un emocionado recuerdo para la reina Émedi, a la que había conocido años atrás, cuando empezaba a dedicarse a la alquimia, y a quien, gracias a sus conocimientos, salvó de morir envenenada...

De repente, sintió una fuerza que procedía de algún lugar indeterminado, que no consiguió localizar. «Alguien está haciendo un hechizo o invocando poderes mágicos», musitó. Incluso imaginó que podría tratarse del mago Herejio, pero ni siquiera pensó en Alexia, a la que creía muy lejos del castillo de Benicius.

XVIII
EL YELMO DE LA DISCORDIA

Hemos venido temprano para que Mercurio nos enseñe el famoso yelmo. Metáfora se ha puesto muy pesada y quiere demostrarme que todo lo que me pasa es una especie de locura que yo mismo he provocado. Dice que ese yelmo no es mío, que no puede serlo y que no me haga más ilusiones sobre esa idea de que soy un caballero medieval que lucha contra la injusticia.

–Tienes un virus –insiste–. Esto es una enfermedad de la que te tienes que curar. Además, quiero que vuelvas a contarme la historia de esa chica, ya sabes, Alexia… ¿Has vuelto a soñar con ella?

–Bueno, creo que de vez en cuando aparece de fondo, pero apenas habla.

–O sea que has estado otra vez con ella.

–Pero vamos a ver, ¿no dices que esto de mis sueños es una estupidez? Entonces, ¿por qué preguntas si la he vuelto a ver? ¡Tú sí que me vas a volver loco si sigues con esos ataques de celos!

–¡Yo no tengo celos de una chica que aparece en tus sueños! ¿Qué te has creído? ¡Puedes soñar con quien te dé la gana, que a mí no me importa! Me da igual qué amigas tengas ocultas en tu mente.

–Deja ya de martirizarme con eso. Alexia es la hija de un hechicero y no es amiga mía. Ni me gusta ni me interesa. ¡Forma parte de un sueño!

–¡Pues para no interesarte, aparece mucho en ellos! Y, conmigo, ¿sueñas alguna vez? ¿Salgo yo en tus sueños? ¿Verdad que no? Claro, no tienes tiempo para soñar conmigo.

–¡Oye, que no somos novios ni nada parecido! –grito.

–Ni lo seremos jamás.

Menos mal que llega Mercurio y puedo dejar esta discusión.

–¡Mercurio! ¡Mercurio!

Sorprendido por la hora tan temprana, se acerca un poco preocupado.

–¿Qué pasa? ¿Qué hacéis aquí a estas horas?

–Quiero que me enseñes el yelmo –dice Metáfora–. Quiero estar segura de que existe y de que es antiguo.

–¿Quieres comprarlo?

–No, solo quiero verlo. Necesito asegurarme de que... Pues eso, de que es de verdad de la Edad Media y no se trata de una falsificación.

–¡Es auténtico! Ayer se lo enseñé a un comprador de antigüedades y me ha asegurado que es un yelmo medieval. Cree incluso que hay manchas de sangre que demuestran su antigüedad. Quería hacer la prueba del carbono 14, pero no le he dejado. Todavía tengo que decidir qué debo hacer con él.

–¡Quiero verlo, Mercurio, por favor! –insisto.

El hombre mira hacia todos los lados para asegurarse de que nadie nos ve.

–Si alguien se entera, me puedo meter en un lío. No sé si debo...

–Podemos ir hasta la casa del jardinero sin que nadie nos vea...

–Lo he guardado en mi casa.

–Pues vayamos a tu casa. ¡Es necesario, Mercurio! ¡Toma, veinte euros para que veas que...!

–No, no quiero dinero.

–Pues entonces, abre la puerta y llévanos hasta ese dichoso casco, antes de que me ponga nerviosa –concluye Metáfora.

Mercurio abre la puerta y nos deja entrar. Le seguimos hasta su casa, que está unida al edificio principal, junto a la garita de recepción.

–Espero que mi mujer haya salido para limpiar la escalera –refunfuña–. Si me ve con vosotros, me va a caer una buena. ¡Me estáis metiendo en un lío!

Entramos en el pequeño salón y nos pide que esperemos un momento. Se sube en una banqueta y coge una bolsa de deportes que hay encima del armario, oculta por un gran ramo de flores artificiales.

–Aquí está. Fijaos qué bonito se ve, así, sin barro. ¿A que parece nuevo?

No parece nuevo pero se ve más presentable que cuando me lo enseñó por primera vez. Metáfora está impresionada por la belleza del yelmo, que parece una joya.

–¡Es una maravilla! –exclama–. ¡Es de verdad!

–Ya te lo dije. Ya te dije que era auténtico...

–¡Póntelo! ¡Ahora mismo!
–¿Qué? ¿Qué dices?
–¡Quiero que te lo pongas! ¡Quiero ver si te entra bien, si es de tu talla!

Mercurio, que no deja de mirar por la ventana, nos mete prisa.
–Dejad de decir tonterías y espabilad. El director puede aparecer en cualquier momento. ¡Si me descubren con esto me despedirán y mi mujer me matará!
–¡Póntelo! –insiste Metáfora.
Como la conozco muy bien y sé que no va a ceder en su actitud, cojo el yelmo y meto la cabeza dentro. Curiosamente, me entra como un guante, parece hecho a mi medida. Asomo los ojos por la ranura de la mirilla y digo:
–¿Me crees ahora? ¿Ves lo que te digo?
–Esa perola de hierro le cabe a cualquiera que tenga la cabeza pequeña –dice con desprecio–. Esto no significa nada.
–¡Mira que eres cabezota...!
–Vámonos. El director acaba de llegar –nos corta Mercurio, sacándome el yelmo–. Trae acá, que lo voy a guardar antes de que alguien lo vea. Si el director se entera, me buscará la ruina. Venga, venga...
Mercurio vuelve a guardar la pieza en la bolsa y la sube nuevamente a lo alto del armario. Recoge la banqueta sobre la que se ha subido y nos arrastra hacia la puerta.
–¡Procurad que nadie os vea salir! ¡Nunca habéis estado aquí! Vamos, salid corriendo.
Bordeamos el edificio para que nadie se fije en nosotros. El timbre de la puerta está sonando. Ya están llegando los primeros alumnos.

* * *

Es de noche y *Patacoja* nos está esperando. Tal y como hemos acordado, nuestras entrevistas se llevarán en secreto.
Entramos en un callejón que hay cerca de la biblioteca y nos damos un apretón de manos. Metáfora prefiere darle dos besos como saludo.
–Supongo que tu padre mejora, ¿verdad?

–Supones bien. Hemos estado con él y dentro de poco se encontrará de nuevo gobernando la Fundación, pese a quien pese.

–Hace bien en recuperar fuerzas, le van a hacer falta. Las cosas se van a complicar mucho.

–¿Qué has averiguado? –pregunta Metáfora.

–¡Ladrones de objetos históricos! ¡Saqueadores de monumentos! ¡Pillaje total!

–Explícate mejor. ¿De quién hablas? –pregunto.

–Se trata de una banda que expolia todo lo que huele a arte o a historia. Roban aquí y lo venden en Europa del Este. Allí hay un gran mercado. Os han echado el ojo encima y no van a parar hasta saquear por completo la Fundación. Se van a llevar todo lo que puedan. Y son peligrosos, muy peligrosos.

–¿Podemos denunciarlos a la policía?

–No servirá de nada. No hay nadie a quien denunciar ya que aún no han hecho nada. Y cuando lo hagan será tarde. Por eso debéis tomar fuertes medidas de seguridad.

–¿Los conoces? ¿Sabes quiénes son?

–¡Qué más da! Lo que os digo es que hay que extremar las precauciones. Son buitres que se lanzarán sobre vuestras posesiones en cuanto puedan. Y lo repito, son muy violentos y están muy organizados. Lo que ha pasado hasta ahora ha sido un juego de niños. Han estado tanteando.

–¿Cuándo crees que intentarán entrar a saquear?

–Nadie lo sabe. Ellos eligen el momento. Pero cuando lo hagan, no tendréis tiempo de reaccionar. Llegarán una noche, con un camión o dos, y se lo llevarán todo. Así es como actúan. Y es mejor que no os encuentren cerca.

–Me estás asustando –dice Metáfora–. Parece que estás hablando de gente desalmada que puede actuar impunemente. Y que pueden hacernos daño.

–Eso es exactamente lo que digo. Por eso debéis protegeros.

–¿Qué propones? Mi padre va a contratar a un jefe de seguridad, a lo mejor eso es suficiente.

–Tendría que trabajar las veinticuatro horas del día. Y aun así, ellos serán más. Son violentos y no están sujetos a ninguna ley. Son proscritos, viven fuera de la ley y no tienen miedo a nada.

–No nos dejas muchas alternativas –me lamento–. Parece que no podemos hacer nada para impedirlo.

–Nadie puede hacer nada. ¿Tenéis búnker?

–¿De qué hablas? ¿Te refieres a un búnker cerrado por si hay una guerra atómica?

–No, me refiero a esos que ahora construye la gente en sus chalets y en los que se mete cuando los asaltan. ¡Habitaciones blindadas!

–¿Bromeas? –dice Metáfora–. Eso no existe.

–Están de moda. Ahora la gente solo piensa en protegerse cuando la atacan. Antes estaba preocupada por la guerra atómica, ahora el peligro son las bandas de asaltantes. Vienen armados y no tienen piedad.

–Oye, *Patacoja*, te he contratado para que nos informes, no para que nos asustes. ¿Tienes alguna cosa más que contar?

–Tengo más cosas, pero esta es la más urgente. Os advierto del peligro que corréis. Del resto ya hablaremos, pero debéis saber que algunas empresas también han puesto el ojo sobre la Fundación. No sé qué tiene ese sitio, pero debe de valer su peso en oro. ¡Empresas importantes quieren hacerse con ella!

–¿Hablas en serio? –le pregunto, un poco sorprendido.

–Totalmente. Os seguiré informando. Estad prevenidos, os acechan... Ahora debo irme... Ya os daré más datos.

Metáfora y yo entramos en la Fundación con una extraña sensación. Las advertencias de *Patacoja* no son ninguna tontería y nos ha metido el miedo en el cuerpo.

–¿Qué piensas sobre lo que nos ha contado? –me pregunta Metáfora.

–Bueno, no hay que hacerle demasiado caso. Ha vivido durante mucho tiempo en la calle y ve amenazas por todas partes. Yo no me preocuparía demasiado.

–¿Crees que exagera?

–Sí, eso creo –afirmo.

–Pues si crees eso, ¿cómo es que estás pálido, te tiemblan las piernas y la voz no te sale con fuerza? Yo creo que estás muerto de miedo y que lo niegas para tranquilizarme. Pero que sepas que no lo consigues, me estás asustando más que él.

XIX

SUEÑOS DE PERGAMINO

Arturo había colocado los veinticinco dibujos en fila, sobre el suelo, para observarlos mejor. Estaban dibujados en tinta negra, sin un solo toque de color, a plumilla. El estilo era muy claro, limpio y artístico. Las escenas que allí se veían eran, a primera vista, imágenes que representaban personas en actitudes más o menos comunes, que apenas despertaron el interés de Arturo y de Crispín.

–No entiendo qué significan estos dibujos –reconoció Crispín, poco habituado a observar ilustraciones.

–Vamos a colocarlos en el orden en que fueron dibujados. Tiene que haber algunos números.

Los dos amigos se acercaron a los dibujos y los observaron con más atención, en busca de alguna pista.

–Yo no entiendo mucho –dijo Crispín–, pero ¿qué hacen estos pequeños soles en la esquina?

–Aquí está la clave para darles un orden correcto... Mira, en cada uno hay varios soles. Has acertado, amigo. Eso está bien.

En pocos minutos los habían colocado según el orden que marcaba la cantidad de soles que había en cada dibujo. Ahora, los veinticinco grabados estaban situados de forma correcta y cronológica, listos para ser descifrados secuencialmente. Eran como las páginas de un libro sin encuadernar.

–Bueno, ahora podemos intentar descifrarlos –propuso Crispín, que estaba impaciente por conocer el contenido de los dibujos.

–El primer dibujo representa la escena de un hombre que duerme plácidamente –explicó Arturo–. Y que sueña... Mira: las nubes que salen de su cabeza están llenas de dibujos que representan sus sueños.

–Es verdad... Pero, fíjate, no es un hombre, es un muchacho.

–Es un chico joven que está tumbado en un camastro... Parece que está en una pobre cabaña de campesino. Observa que apenas hay muebles. Sobre una mesa hay un mendrugo de pan y el calzado al pie de la cama está medio roto.

–Pero ¿qué sueña? –preguntó Crispín.

–Los dibujos del sueño son muy pequeños y apenas se ven –reconoció Arturo–. Creo que en el siguiente dibujo se ve lo que sueña. Fíjate, se parecen mucho a los que hay en esa nube.

El segundo dibujo mostraba una escena de unos soldados que ahorcaban a un hombre. En el suelo, la familia del campesino ajusticiado lloraba. Allí se podía ver a la esposa que abrazaba a un bebé de pocos meses, mientras que a su alrededor se observaban otros cuatro chiquillos. A pocos metros, un ciervo abatido tenía un flecha clavada en el cuello. Los soldados reían mientras colgaban al hombre, bajo la severa mirada de alguien con vestiduras nobles y ricas.

–Es un escena típica de lo que vemos casi a diario. Un campesino ajusticiado por haber cazado un ciervo con el que pretendía alimentar a su familia hambrienta –explicó Arturo.

–Sí, y el noble ha ordenado su muerte por haber cazado un animal del bosque –continuó Crispín, bastante indignado–. Mi padre estuvo a punto de morir ahorcado por el mismo asunto. Pero logró escapar a tiempo. Son muchos los que han tenido que cazar para sobrevivir. El campamento de mi padre está lleno de gente pobre que lo ha hecho. Los nobles quieren los animales para sus cacerías y consideran que son los dueños de todos ellos.

–Es una gran injusticia colgar a un hombre que solo pretende alimentar a su familia –susurró Arturo–. Pero, volviendo a nuestros dibujos, el joven soñador tiene pesadillas con este asunto. Debe de ser algo que le obsesiona. Observa la siguiente ilustración, es una cámara de tortura...

–¡Están torturando a un hombre!

–¡Otra injusticia! Posiblemente, quieren hacerle pagar alguna ofensa.

–O es un desertor. Mira, en el suelo están sus ropas. Es un soldado –dijo Crispín.

–¡Es cierto! Y el hombre que le observa, y que posiblemente dirige la tortura, es un capitán. ¡Es su jefe!

–¡Ese hombre tiene el cuerpo destrozado! ¡Le han quemado parte de la cara y le han retorcido los brazos!

–Los sueños de nuestro muchacho son muy duros.

–Veamos el próximo grabado –sugirió Crispín–. Es un tullido tumbado en la calle, sobre el fango. Y unos caballeros pasan a su lado sin prestarle ninguna atención...

–¡Le ignoran completamente! –dijo Arturo–. Es como si no existiera.

–Claro, es lo que ocurre todos los días. Los tullidos y los enfermos están abandonados. No tienen cura y nadie les presta atención. Los tratan como apestados, aunque solo sean enfermos.

–Nuestro amigo soñador sí se acuerda de ellos.

–¿Qué habrá querido representar Arquimaes con estos dibujos? –preguntó Crispín, cada vez más intrigado–. ¿Qué tiene todo esto que ver con la alquimia?

–No lo sé. Parece que Arquimaes cuenta la historia de un muchacho que tiene sueños relacionados con lo que ve durante el día. Creo que es su propia historia.

Los siguientes dibujos representaban escenas similares a las primeras. Injusticias, enfermedades, guerras, muertes, hambre... Arquimaes había representado la historia de un muchacho soñador que tenía una visión extraordinariamente lúcida sobre la época que le había tocado vivir.

–¡Fíjate! –exclamó Arturo de repente–. En este dibujo las cosas cambian. ¡Está soñando con un sol naciente! ¡Un sol, grande y brillante, que ilumina el cielo y el paisaje!

–¡Y ahí abajo, a punto de salir de la lámina, hay una luna! –advirtió Crispín–. ¡Yo nunca he visto un sol y una luna juntos!

–¡El sol y la luna representan a los alquimistas! –explicó Arturo–. Repara en que el sol embellece el paisaje y lo hace más... luminoso. En los otros dibujos había muchas zonas de sombras, mientras que, en este, todo es brillante. Incluso hay flores y frutos en los árboles... Y pájaros en el cielo.

–Y animales en el campo. También se ven campesinos trabajando tranquilamente.

–¡Es verdad! Los soldados están en el castillo y parecen proteger a los campesinos, al contrario que en los dibujos anteriores.

–Esto es asombroso. Arquimaes no sabe lo que quiere contar. Ahora se contradice. Este grabado no tiene nada que ver con los anteriores –comentó Crispín, un poco desilusionado–. Este dibujo no representa la realidad.

Arturo se quedó pensativo durante un rato, observando la ilustración número trece.

–¿Y si no representa la realidad, sino un sueño? –dijo un poco después–. ¡Un sueño del muchacho! Ya sabes, un deseo, una aspiración.

–Eso es una tontería... Arquimaes no perdería el tiempo en hacer dibujos para representar escenas falsas. Es alquimista y ya nos ha explicado durante el tiempo que hemos estado con él que los sabios científicos se basan solo en hechos reales y que los sueños no tienen nada que ver con el mundo real.

–No, los científicos se basan en la realidad, pero sueñan con hacer descubrimientos fantásticos. Los sueños forman parte de los alquimistas. Quizá eso es lo que quiere explicar en estos dibujos. Los sueños de alguien que desea que lleguen tiempos mejores. Tiempos de justicia.

Su discusión se cortó repentinamente. El relincho de un caballo los alertó y, cuando quisieron reaccionar, ya era tarde: tres hombres armados acababan de entrar en el sótano del torreón y los observaban con los ojos entornados y con las armas listas, dispuestas para ser usadas.

–¿Qué hacéis aquí, muchachos? –preguntó el que parecía el jefe, que era calvo–. ¿No sabéis que este lugar está maldito?

–Y todo lo que hay aquí pertenece al rey Benicius –dijo otro.

Arturo se levantó lentamente para no alarmarlos. Levantó las dos manos y con mucha tranquilidad dijo:

–Somos ayudantes de Arquimaes, el alquimista, que trabajaba aquí antes de que lo llevaran. Estaba bajo la protección del rey Benicius. Nosotros venimos de su castillo y también estamos bajo su protección.

–Pero no has contestado a mi pregunta –insistió el hombre, dando un paso hacia delante–. ¿Qué buscáis aquí?

–Nada importante. Arquimaes ha vuelto al castillo de Benicius y nos ha enviado aquí para recoger algunas de sus pertenencias. Ya sabéis, herramientas para seguir trabajando.

–Arquimaes era un brujo –dijo el tercer hombre–. Habría que llevarle a la hoguera.

–Nuestro señor, el rey Benicius, prefiere hacerle trabajar para él –indicó Arturo–. Nosotros solo cumplimos órdenes.

El jefe del grupo se acercó a los dibujos y los observó con desprecio. Los tiró al suelo y después de convencerse de que Arturo y Crispín estaban solos, se sentó sobre una banqueta medio desvencijada.

Crispín aprovechó la confianza de los hombres y desenfundó su daga. Pero los asaltantes fueron más rápidos. Se lanzaron sobre el muchacho y le golpearon con tanta fuerza en el estómago que se quedó sin respiración. Arturo se acercó para ayudarle y recibió una buena tanda de golpes que le dejaron tirado en el suelo, con una herida en la cabeza y sangrando por la boca.

–¡Nos habéis mentido! –dijo el hombre calvo–. Sois simples saqueadores. Sois peores que las ratas. Habéis venido a robar.

–Os llevaremos ante nuestro señor, el rey Benicius –dijo el hombre rubio, escupiendo sobre Arturo–. Seguro que nos dará una buena recompensa por vosotros.

–Sí, pero antes quemaremos estos dibujos. Seguro que son hechizos diabólicos –advirtió el tercer hombre–. Benicius estará contento de saber que hemos librado al reino de un maleficio.

Arturo trató de no ponerse nervioso. La alusión a los dibujos le había sacado de quicio, pero no iba a permitir que soldados quemaran la obra de su maestro.

–Yo creo que han venido a buscar algún tesoro –añadió el jefe–. ¿Habéis encontrado algo de valor, muchachos? ¿Dónde habéis escondido el oro? Arquimaes fabricaba oro aquí, ¿verdad?

–Solo hemos encontrado estos dibujos –dijo Crispín, con la voz entrecortada–. Pero no tienen ningún valor. Aquí no hay nada que valga la pena.

–Vuestras cabezas –dijo el rubio–. A lo mejor sois los dos chicos que se han escapado del castillo de Benicius. Las noticias corren, muchachos.

Arturo comprendió que estos tipos iban a matarlos para cobrar la recompensa ofrecida por Benicius.

–Está bien –reconoció, mientras se limpiaba la sangre de la boca–. Os diré a qué hemos venido. Hay un tesoro y podemos repartirlo con vosotros. Si me dais vuestra palabra de que no nos vais a engañar, os contaré dónde está.

–¿Nuestra palabra? –preguntó burlonamente el jefe–. Claro que te damos nuestra palabra, ¿verdad, muchachos? Anda, cuéntanos dónde está ese tesoro del que hablas.

Arturo dio un paso hacia delante y se acercó al hombre, que le dejó avanzar confiadamente.

–Lo tengo debajo de la camisa –susurró Arturo–. ¿Me das permiso para mostrártelo?

–Claro que sí. Ahora somos socios y podemos confiar el uno en el otro –dijo antes de soltar una carcajada.

Arturo retrocedió y empezó a despojarse de la camisa. Con lentitud, levantó los brazos y dejó su torso al descubierto.

–Aquí está nuestro tesoro –dijo, con un sonrisa maliciosa en los labios–. Y estoy pensando en entregároslo completamente. Creo que eso es lo que voy a hacer si no salís de aquí en seguida.

Los tres hombres se quedaron estupefactos. Al principio pensaron que se trataba de una broma estúpida de un muchacho asustado, por lo que no prestaron atención a las letras que ya se movían como sanguijuelas sobre la piel de Arturo.

Observaron con asco las formas oscuras que empezaban a despegarse del pecho de Arturo y que ya llevaban un rato esperando la oportunidad de salir.

–¡Ya os dije que eran hechiceros! –bramó el rubio.

–Es igual –avisó el calvo, dando un paso adelante y alzando su espada–. Acabaremos con ellos y con sus trucos de magia oscura.

Cuando sintió que algunas letras le atravesaron el corazón se quedó congelado, quieto como una de esas figuras de los dibujos de Arquimaes. Quieto para siempre. Dejó caer su espada y Arturo la recogió inmediatamente.

Los otros dos se abalanzaron sobre él, dispuestos a matarle, pero Arturo actuó con tanta rapidez que ni siquiera tuvieron tiempo de gritar.

El hombre rubio, que estaba de rodillas, con el pecho perforado y sangrando en abundancia, preguntó:

–¿Quién eres?

–Te lo diré –explicó Crispín, mirándole fijamente–. Es el caballero Arturo Adragón. Y yo soy Crispín, su escudero.

El hombre cerró los ojos y cayó al suelo como un fardo de paja.

–¡Esto pasará a la historia de la caballería! –exclamó Crispín–. Ningún caballero ha luchado contra tres hombres y ha ganado la lucha sin sufrir un solo rasguño. ¡Estoy orgulloso de ser tu escudero!

Arturo secó su espada con la ropa del jefe y dijo:

–Recojamos esos dibujos, escondamos el baúl y partamos. Es hora de rescatar a Arquimaes.

–Cuando le cuente lo que has hecho para proteger sus dibujos, seguro que querrá hacer uno con tu hazaña –dijo Crispín.

–No digas tonterías. Yo no soy un personaje de dibujos. Yo soy de carne y hueso y no tengo tiempo para sueños. Y otra cosa: aprende a mantener la boca cerrada. Lo que ha pasado aquí no debe trascender. ¿Entendido?

* * *

Después de varios intentos, Alexia consiguió elevarse hasta la reja que mantenía el pozo cerrado. A pesar de que la poderosa cerradura le impedía salir al exterior, se mantuvo allí durante varios minutos. Pero no encontró la forma de abrirla.

Así que, aprovechando que se sentía con fuerzas, se ocultó en un lateral, cerca del enrejado, donde no podía ser vista por los carceleros. Y se quedó colgada en el vacío, a oscuras, durante horas.

A la hora de la comida, un carcelero abrió la reja y se preparó para bajar la cesta que contenía una pasta ácida y maloliente: la bazofia para alimentar a los prisioneros. Como era un trabajo rutinario, ni siquiera se molestó en prestar atención al camastro de Alexia, y dio por hecho que estaba dormida bajo la raída y sucia manta.

–¡Vamos, perezosa, coge el cuenco o lo dejaré caer y tendrás que lamer el suelo si quieres comer! –gritó con su desagradable voz.

–¡Lo cogeré aquí! –dijo Alexia, saliendo de su escondite y colocándose a su altura, haciéndole palidecer a causa de la sorpresa.

Ni siquiera tuvo tiempo de emitir un leve grito, ya que su garganta quedó obstruida inmediatamente por un certero golpe de la joven.

–¿Dónde están los que venían conmigo? –preguntó la muchacha, atenazando su garganta–. No te soltaré hasta que me lo digas. Y, si no hablas, morirás asfixiado.

El carcelero hizo un gesto de sumisión y Alexia aflojó la mano.

–¡Los chicos se han escapado! Y el mago está en la torre principal...

–¡Me estás mintiendo! –exclamó Alexia, decepcionada por la acción de Arturo–. ¡No han escapado!

–¡Lo juro! ¡Se escaparon hace dos días! ¡Lo juro!

–¡Te dejaré vivir, pero si descubro que me has engañado, volveré a buscarte y lamentarás haberme mentido, carcelero! –dijo, llena de rabia.

Le dio un empujón y lo lanzó al pozo. Escuchó cómo caía sobre el camastro de madera y lo destrozaba completamente.

Después de asegurarse de que el ruido no había llamado la atención de los soldados, caminó sigilosamente hacia la torre principal. Aunque al principio no lo quiso reconocer, la acción de Arturo le dolió en el alma. No podía aceptar que el joven al que secretamente admiraba se hubiera marchado de allí, dejándola en manos de Benicius y abandonando al hombre que le había dado tanto poder con esas letras mágicas. El que abandona a su maestro y a sus compañeros en el peligro es una rata.

–¡Me vengaré! –murmuró–. ¡Me lo pagarás, Arturo!

XX

UNA MUJER PARA PROTEGER LA FUNDACIÓN

Me estoy despidiendo de Mahania para irme al instituto cuando una mujer joven se acerca a nosotros. Es morena, de pelo largo y viste traje de chaqueta, en plan ejecutivo de empresa. Guapa y muy activa.

–¿Es usted Mahania? Buenos días, me llamo Adela Moreno –dice, hablando a toda velocidad, como hacen las personas habituadas a dar órdenes

–Hola, buenos días. Si quiere usted hablar con el señor Adragón, debo decirle que no está. Vuelva la semana que viene. Y si es para vender algo, le atenderá dentro de dos semanas.

–No, no volveré dentro de dos semanas. He venido para quedarme. Tengo instrucciones muy concretas.

–Perdone, pero ya le digo que...

–Y yo le digo que voy a quedarme. Debe usted abrirme la puerta del despacho 33 en la tercera planta. Me voy a instalar allí.

–Nadie me ha dicho nada.

–Señorita, soy Arturo Adragón, el hijo del señor Adragón... Si puedo servirle en algo.

–No. Su padre me ha contratado y empiezo hoy a trabajar aquí. Si necesito alguna información, ya le avisaré.

–¿Va a trabajar en la Fundación?

–Soy la nueva jefa de seguridad. Ayer cerré el trato con su padre. Empiezo a trabajar hoy, exactamente dentro de cinco minutos –explica, mirando su reloj de pulsera.

–No lo sabía.

–No es asunto mío. Ahora quiero instalarme en mi despacho. Hay mucho trabajo que hacer.

Mi teléfono móvil suena y le atiendo.

–¿Papá? Hola, sí, estoy aquí con Adela... Sí, me lo acaba de decir... No pasa nada, pero... Sí, claro que sí, ahora me ocupo de todo. Vale, hasta luego.

Corto la comunicación y observo a Adela que, desde luego, no parece una jefa de seguridad. Tiene aspecto de ejecutiva de empresa multinacional o algo así. A lo mejor es que siempre me he imaginado a los jefes de seguridad con una pistola al cinto y aspecto feroz, y no con un maletín de trabajo.

–Es mi padre. Me acaba de informar de que la ha contratado como jefa de seguridad de la Fundación. Me ha pedido que le abra la puerta de su nuevo despacho. Bienvenida.

–Gracias, chico. Puedes tutearme si quieres, pero no creas que me podrás tomar el pelo, ¿entendido? Ya te daré instrucciones sobre lo que vas a hacer a partir de ahora.

–¿Instrucciones?

–Claro. Desde hoy vais a tener que modificar vuestros hábitos. Hay que asegurar vuestra seguridad. Lo que le ha pasado a tu padre no me gusta nada y debo evitar que vuelva a ocurrir.

–¿Qué vas a hacer?

–Tomar medidas. Desde ahora vamos a trabajar mucho para evitar hechos como los que han llevado a tu padre al hospital. Para ello necesito vuestra colaboración.

–Subamos por aquí. Te voy a enseñar tu despacho. Yo me tengo que ir al instituto.

La llevo hasta su despacho y le abro la puerta para que pueda entrar. Intento dar sensación de eficacia para que no piense que somos unos pardillos.

–Gracias, chico...

–Arturo.

–Sí, eso, Arturo... Mira, ahora necesito estar sola para hacer algunas llamadas.

–¿Quieres que te presente al resto de los habitantes de la Fundación? Puedo quedarme un rato para...

–No, no hace falta. Sé presentarme sola. No te preocupes, vete a tus cosas. Hasta luego, Arturo...

Casi me ha sacado del despacho a empujones. Esta mujer es un torbellino que parece difícil de manejar. En fin, si hace bien su trabajo, con lo que se avecina, me daré por contento.

Salgo a la calle y me encuentro con *Patacoja*, que, como todos los días, da coba a los viandantes.

–¡Que Dios la bendiga, señora! ¡Que el cielo le otorgue sus bendiciones! ¡Que sus hijos consigan un empleo!

–Hola, amigo –digo cuando estoy cerca–. Aquí te traigo un par de manzanas. Que tengas buen día.

–Lo mismo te digo, chaval. Eres un buenazo e irás al cielo, te lo digo yo.

Para no llamar demasiado la atención, me retiro en seguida y sigo mi camino hacia el instituto. Si es verdad lo que me contó durante nuestra entrevista secreta, seguro que nos están observando.

Cuando doblo la esquina, le llamo por el móvil.

–Oye, *Patacoja*, te llamo para informarte de que tenemos un nuevo jefe de seguridad. Acaba de llegar.

–¿Es esa belleza que ha entrado hace un rato?

–Bueno, sí, se llama Adela y es...

–Sí, guapa y operativa ¿Dónde la habéis encontrado? ¿Es de confianza?

–Es amiga de Norma. Y supongo que podemos fiarnos de ella.

–Tú consígueme sus datos, que ya te diré yo si nos podemos fiar de ella.

–Oye, no te pases. Si es amiga de…

–Pi… pi… pi…

* * *

Mercurio me recibe con alegría, creo que está contento de verme.

–Oye, Arturo, he estado excavando un poco en la caseta, para ver si había algún objeto antiguo, y he descubierto que hay más cosas. ¡He encontrado hasta una espada!

–¿Una espada medieval? ¿Estás seguro?

–Y hay más cosas. Cotas de malla, dagas… ¡Un montón de objetos antiguos! ¡Tienes que ayudarme a decidir qué hago con ellos! ¡Seguro que tienen mucho valor y puedo ganar algún dinero extra!

–No hagas tonterías. Esos objetos no te pertenecen, y si descubren que los has vendido te puedes meter en un lío. El director debe informar a las autoridades de que estos objetos son de interés histórico y cultural. No sigas excavando y ni se te ocurra venderlos. ¡Te ofrezcan lo que te ofrezcan!

–¿Estás seguro de lo que dices?

–Escucha, Mercurio, estas cosas son muy serias y podrían acusarte de cometer un delito de saqueo. Lo más sensato será que se los entregues al director. ¡Esos objetos los has encontrado tú, pero no son tuyos, amigo!

–¿Quieres que los entregue?

–No te queda más remedio. Déjame que hable con mi padre, pero creo que la única solución es que te comportes con honradez.

–Está bien, te haré caso. De momento no diré nada a nadie hasta que me digas lo que debo hacer. Tú tienes más experiencia.

Sigo mi camino y me dirijo a clase, pero en el pasillo me encuentro de nuevo con Horacio, que persiste en su actitud acosadora. Está molestando otra vez a Cristóbal.

–¡Eres un muñeco y me has complicado la vida, enano! –le grita, haciendo sonreír a sus amigotes, que como siempre, le corean sus estúpidas gracias.

Aunque le he prometido a mi padre que ya no me iba a meter en líos, no me queda más remedio que intervenir. Después de la noche que he tenido, con esos sueños, tengo ganas de hacer un poco de justicia. Supongo que tengo que interpretar mi papel hasta el final.

–¡Eh, Horacio, deja en paz a ese chico! –exclamo–. ¡Estoy más que harto de tus abusos!

–Vaya, aquí llega el *Príncipe Valiente* –dice, girándose hacia mí–. Ha llegado el momento de vernos las caras de una vez por todas. Y esta vez tus trucos con el dragón no te van a servir.

–Entonces deja en paz a Cristóbal y enfréntate conmigo.

–¡Te voy a aplastar ese dragón que tienes en la frente! –amenaza–. ¡Ya no serás *Caradragón*, te llamaremos *Dragónmuerto*!

Veo que está decidido a luchar, así que me dispongo a pelear yo también. Entonces noto que alguien tira de mí hacia atrás con fuerza.

–¡Nada de peleas! –ordena Norma, interponiéndose entre los dos–. ¡Mis alumnos no luchan entre sí! ¡Mis alumnos se respetan!

–¡No hace más que provocarme! –grita Horacio–. ¡Me está buscando las cosquillas! ¡Ha inventado un truco para asustarme!

–No creas que no me doy cuenta de lo que pasa, Horacio. Sé perfectamente que eres tú el que acosa a Cristóbal y a todos los que tienen menos fuerza que tú. Lo sé y no lo voy a permitir. Si quieres, podemos subir al despacho del director y lo aclaramos.

–Yo estoy dispuesto a declarar ante el director –dice Cristóbal–. Estoy harto de sus ataques.

–¿Subimos al despacho del director o vamos a clase? –pregunta Norma.

Horacio inclina la cabeza y se dirige hacia nuestra aula. Creo que está empezando a perder fuerzas. Me parece que a su padre no le debe de gustar demasiado eso de que siempre esté peleando. Vaya, vaya... Además, me parece que esa visión que tuvo del dragón le ha bajado un poco los humos.

–Oye, Arturo, he hablado con mi padre. Si quieres, puedes ir a verle dentro de dos días. A las siete de la tarde –dice Cristóbal.

–Muchas gracias, pero no estoy seguro de que...

–¡Tienes que ir! ¡Te conviene! Es posible que estés enfermo. Mi padre siempre dice que las alteraciones del sueño son peligrosas. ¡A lo mejor te estás volviendo loco!

–Tiene razón –añade Metáfora–. Es mejor perder un poco de tiempo para intentar solucionar los problemas. Es posible que aprendas algo nuevo sobre lo que te está pasando.

–¿Lo que me está pasando? Pero, bueno, ¿de qué hablas?

–¿Sabes que hablas solo? ¿Sabes que dices cosas sin sentido?

–¿Qué cosas?

–Ayer hablaste de Alexia, dijiste que estaba prisionera en un castillo y que tenías que rescatarla... ¡Lo tuyo es grave, Arturo!

XXI

JAQUE AL REY

Arturo y Crispín se mezclaron entre la gente que acudía al castillo para presenciar la ejecución de Arquimaes, que se iba a producir en el patio central. Los dos amigos estaban nerviosos. Habían decidido liberar al alquimista, aunque en realidad, no sabían cómo iban a hacerlo. Ni siquiera habían ideado un plan de fuga. Su mejor arma eran las letras mágicas, si es que funcionaban.

–¿Qué llevas ahí, muchacho? –preguntó un soldado, poniéndose delante de Crispín y cerrándole el paso–. Quiero verlo.

–Son pergaminos. No sirven para nada. Un monje me ha encargado que se los lleve al párroco de Drácamont, pero antes quiero ver la ejecución de ese diablo.

–¡Enséñamelo! –ordenó categóricamente, haciendo gala de muy malas pulgas–. ¡No te lo repetiré!

–Está bien, está bien... Mira...

Crispín abrió la gran cartera con tapas de madera que llevaba colgada en bandolera y la puso ante los ojos del soldado, que apenas miró los veinticinco dibujos de Arquimaes.

–¿Para que sirven?

–No lo sé. A mí me pagan para transportarlos. Son cosas de frailes.

El soldado, que no vio delito en el transporte de los dibujos, prestó atención a Arturo y le miró de arriba abajo, buscando un motivo para detenerlo.

–¿De dónde has sacado esa espada? ¡Seguro que la has robado!

–No, señor. Es de un amigo que me la ha prestado para acompañar al chico. El viaje es largo y hay que protegerse.

–Es mi guardia personal –dijo Crispín.

El hombre los miró sin decir nada. En su mente algo bullía, pero no consiguió encontrar motivos para seguir molestándolos. No fue capaz de relacionar la huida de los ayudantes del alquimista, que tantos quebraderos de cabeza había dado a la tropa, con esos dos estúpidos recaderos que transportaban dibujos realizados por monjes.

–Está bien, podéis pasar, pero tened cuidado con lo que hacéis. Os vigilaré de cerca.

–Mejor para nosotros –dijo Crispín–. Si tenemos un soldado como tú cerca, nadie se atreverá a robarnos.

El soldado, tocado en su orgullo, sonrió y se dirigió a una familia de campesinos que entraba en ese momento.

Mientras ellos se acomodaban entre el público, Benicius observaba atónito cómo Alexia le mantenía retenido junto a la cama de Arquimaes. Recordó cómo, horas antes, había entrado en su habitación y le había sacado del lecho a punta de navaja, en plena noche.

–¿Cómo has entrado aquí? –exclamó cuando la vio–. ¡Estoy rodeado de soldados!

–Soy Alexia, la hija de Demónicus, y puedo atravesar las paredes o hacerme invisible.

–Eso es una patraña. Nadie es invisible.

–¡Te aseguro que si no me acompañas hasta la habitación de Arquimaes, dentro de poco este mundo sí será absolutamente invisible a tus ojos! –amenazó la hija del Gran Mago Tenebroso–. Di a tus soldados que se retiren hasta el piso inferior, que quieres estar solo y que no se extrañen si oyen gritos. ¿Me has entendido?

Benicius, que llevaba un camisón grande cuyo bajo pisaba al caminar, se acercó a la puerta y la abrió lentamente. Sintió una punzada en el cuello, cerca de la nuca, y comprendió que su vida dependía de sus próximas palabras.

–Oficial, quiero que la guardia se retire hasta la planta baja. No quiero verlos cerca de mí hasta la ejecución.

–Pero, señor, no podemos...

–¡Obedeced! ¡Obedeced de una vez! ¡Haced lo que os digo sin rechistar si no queréis acabar en la cámara de tortura! –rugió Benicius, que notaba que la daga se estaba clavando en su cuello.

El oficial inclinó la cabeza y desapareció inmediatamente, llevándose a sus hombres. En pocos segundos, la zona real estaba limpia de hombres armados y Benicius se hallaba en poder de Alexia.

–Ahora, rey traidor, vas a hacer lo que te ordene sin rechistar –comentó Alexia–. ¡O te convertiré en un cerdo para el resto de tu vida! ¿Dónde está Arquimaes?

Benicius levantó la cabeza y señaló la habitación contigua.

–Le he traído aquí para tenerle bajo vigilancia –explicó–. Sus ayudantes se han escapado.

Alexia abrió la puerta y vio al alquimista atado a una columna, despidiéndose de la vida, abatido. Era la viva imagen de la desolación.

–¿Qué haces aquí? Creía que te habías vuelto con tu padre.

–No, me habían encerrado. Por lo visto soy más útil como rehén que como aliada. He decidido llevarte conmigo. Te entregaré a mi padre –explicó la joven, cortando las ligaduras.

–No le serviré de nada. Ni siquiera él conseguirá hacerme hablar.

–No te preocupes por eso. Yo he visto muchas cosas. También me ocuparé de ese traidor de Arturo cuando llegue el momento. Serás un buen cebo.

–¿Cómo piensas salir de aquí?

–No saldré. Vendrán a buscarme. Tengo un plan. Ahora descansemos.

Se sentaron y esperaron la salida del sol. Aunque Benicius intentó escuchar lo que decían, apenas consiguió oír algunas palabras sueltas que no fue capaz de relacionar.

Ahora que faltaba poco para la hora de la ejecución y el patio se estaba llenando de gente, Benicius volvió a la realidad.

–¿Os habéis unido para usurpar mi trono? –preguntó–. ¡Una hechicera y un alquimista!

–Nos hemos unido para hacerte pagar tus traiciones –respondió Alexia–. Y ha llegado la hora de hacerlo. ¡Vamos a llamar a tu hombre de confianza!

* * *

En el patio, Arturo y Crispín se estaban impacientando. Los soldados estaban nerviosos y la gente empezaba a protestar. Los retrasos en las ejecuciones siempre resultaban problemáticos ya que la gente, deseosa de ver sangre, se irritaba cuando surgía algún inconveniente.

La puerta por la que debía aparecer el reo se abrió de par en par. Pero no era Arquimaes el que apareció, sino el caballero Reynaldo, montado en su caballo de guerra, armado y acompañado de una pequeña guardia.

–Esto no es normal –susurró Crispín–. Algo raro está pasando.

Reynaldo se acercó al patíbulo y obligó a su caballo a subir la rampa de madera hasta la plataforma. Una vez arriba, esperó a que se hiciera un silencio sepulcral y exclamó:

–¡Por orden de nuestro señor, el rey Benicius, la ejecución se suspende!

Crispín y Arturo se miraron, sorprendidos.

–Yo creo que lo ha matado en la cámara de torturas –dijo el joven escudero–. ¡Benicius ha asesinado a Arquimaes!

–Esto es muy raro –susurró Arturo.

–¿Dónde está el mago? –preguntó una voz entre de la multitud.

–Sí, queremos verlo. Si es un hechicero hay que ejecutarlo –gritó una mujer–. Queremos vivir tranquilos.

–¡Los hechiceros a la hoguera! –gritó otra voz de hombre–. ¡Hechiceros a la hoguera!

Algunos clamores se alzaron pidiendo explicaciones y el ambiente se tornó más agresivo. En vista de que las cosas se empezaban a descontrolar, los soldados se prepararon para contener a los descontentos, que eran cada vez más.

–¡Retiraos en seguida! –gritó el capitán Reynaldo–. ¡Volved a vuestras labores!

Pero la muchedumbre ya estaba alterada. Algunos hombres, frustrados por la suspensión de la ejecución, se enfrentaron a los soldados y les dieron varios golpes. Estos, para defenderse, utilizaron sus armas y la sangre corrió por el patio del castillo.

A pesar de los esfuerzos de Reynaldo para evitar el enfrentamiento, la lucha adquirió dimensiones inesperadas y varios campesinos cayeron ensartados por las armas de los soldados, lo que enfureció a los demás. Fue la chispa que encendió la llama de la rebelión.

Arturo y Crispín intentaron salir de aquel lugar, en el que ya no tenían nada que hacer, con el objetivo principal de proteger los dibujos de Arquimaes que Crispín llevaba en bandolera. Pero no les resultó fácil. Los soldados no dejaban de golpear a cualquiera que no llevase su uniforme y les daba igual que se tratase de una mujer, un niño o un anciano. Las espadas dibujaban surcos en el aire y se clavaban en la carne sin contemplaciones.

Por su parte, los campesinos, indefensos y desarmados, se defendían como podían. Para conseguir armas rodeaban a los soldados y les quitaban las suyas. La rebelión se extendió a todos los rincones del patio central y llegó hasta las afueras del castillo, donde una gran multitud, que no había podido entrar, esperaba para escuchar los gritos del ajusticiado y ver su cadáver carbonizado.

Los gritos de dolor y las amenazas no cesaban. Brunaldo estaba atónito, ya que nunca hubiera esperado que las cosas llegasen hasta ese extremo. Pero ahora ya nada podía detener la masacre.

Benicius, desde la ventana de su habitación, escuchaba los horribles gritos de los heridos, el relincho de los caballos y los golpes de acero. Pero se alarmó de verdad cuando vio una columna de humo negro que procedía de los establos y ascendía hasta el cielo.

Arquimaes y Alexia no se fijaron en las dos figuras que huían a campo través, después de haber esquivado la acción de dos soldados que intentaron cortarles el paso. Mientras corrían, Arturo y Crispín pensaban que ya no había nada en el castillo de Benicius que les pudiera interesar.

–¡Esto es culpa vuestra! –bramó Benicius–. ¡Supongo que estaréis contentos!

Arquimaes, que estaba verdaderamente indignado, se acercó y dio un bofetón al rey.

–¡La actitud de tus soldados refleja la calaña de tus pensamientos! –le dijo, escupiéndole a la cara–. Nunca has tenido respeto por la vida humana. ¡Eres un asesino y mereces la muerte!

–¡O algo peor! –dijo Alexia–. ¡Te lo advertí!

La hija de Demónicus le puso la mano sobre el hombro y recitó algunas palabras mágicas antes de que Arquimaes pudiese impedirlo. Benicius empezó a retorcerse y a cambiar de forma. Lanzó algunos gritos que se fueron convirtiendo en gruñidos mientras su cuerpo cambiaba definitivamente de forma. El sortilegio de Alexia era tan poderoso que, pocos segundos después, el rey Benicius se había convertido en un cerdo.

XXII

EL CONOCEDOR DE SUEÑOS

Me he dejado convencer por Metáfora y he venido a la consulta del padre de Cristóbal, que es médico especialista en enfermedades relacionadas con el sueño. Sé que es una pérdida de tiempo ya que nadie puede entrar en los sueños de otra persona para descubrir su problema, si es que lo tiene. Con esta visita me aseguro de que Metáfora no insistirá más y dejará de querer llevarme a sitios raros para escuchar tonterías. Al fin y la cabo, su madre cuida a papá, así que me siento en deuda con ella.

–Ya pueden entrar –dice la joven enfermera–. El doctor Vistalegre los está esperando.

Metáfora se levanta y espera a que me ponga en pie, cosa que no me apetece en absoluto.

–Venga, anda, que me has prometido que te portarías bien –me recuerda–. No nos hagas perder el tiempo.

–Está bien –digo, levantándome–. Para que luego no digas que no te hago caso. Pero es la última vez que voy a visitar a alguien para hablar de mis sueños. Ya estoy harto.

La enfermera, que ha esperado pacientemente, sonríe y nos señala el camino. Entramos en un despacho en el que un hombre alto, joven, pelirrojo y robusto nos tiende la mano:

–Soy el doctor Vistalegre, Cristóbal Vistalegre, y os doy la bienvenida a mi consulta. Por favor, tomad asiento. Mi hijo Cristóbal me ha pedido que escuche el problema que me vais a plantear, así que os atiendo encantado. No hace falta que os diga que nadie sabrá nada de lo que hablemos aquí.

Metáfora se siente deslumbrada por el cálido recibimiento y toma asiento. Yo hago lo mismo, pero antes de decir nada, observo la decoración del despacho. Las paredes están pintadas de azul, y están llenas de pequeñas estrellas. Es como la habitación de un niño, con un estilo entre Walt Disney y los cuentos infantiles. A cada lado del doctor hay una lámpara que despide una luz amarillenta que se proyecta sobre la pared en forma ovalada. Es una decoración estupenda para adormecerte... O hipnotizarte. Me acuerdo de la habitación de la pitonisa que me echó las cartas y me doy cuenta de que, en este mundo, cada uno pone su propia escenografía.

–Antes de nada, decidme vuestro nombre, por favor. Es para la ficha médica.

–Yo me llamo Metáfora Caballero y él es Arturo, Arturo Adragón.

–Bien, mi hijo me ha dicho que tú, Arturo, tienes un problema ¿no es cierto? –pregunta el padre de Cristóbal, mirándome–. ¿Puedes contármelo?

–Creo que mi amigo Arturo sufre de narcolepsia –dice Metáfora–. Se queda dormido y tiene sueños extraños. Venimos para que usted le cure.

–¿Así que tienes narcolepsia?

–No lo sé. Ella dice que sí, pero a mí me parece que se equivoca. Lo mío es otra cosa –explico–. Tengo muchos sueños.

–¿Sabes que es la narcolepsia? –pregunta–. Pues es una enfermedad que hace que la persona tenga un sueño repentino y muy intenso. Le puede dar un ataque en cualquier momento...

Me observa durante unos instantes, tratando de averiguar si sufro esa enfermedad que acaba de describir.

–Me parece un poco precipitado que hayas llegado a esa conclusión. ¿Qué te hace pensar que tiene narcolepsia? –le pregunta a Metáfora al cabo de un rato.

–Tiene sueños muy intensos. Durante el día pierde la conciencia y se despierta muy alterado –explica Metáfora.

–Desde luego, los síntomas coinciden, aunque eso no es suficiente. ¿Con qué frecuencia te ocurre?

–Últimamente, muy a menudo. Hemos venido porque estoy muy preocupada. Va de mal en peor. Incluso sueña despierto.

–Bueno, Metáfora, no conviene alarmarse. La narcolepsia no es una enfermedad peligrosa. Hay mecanismos para controlarla, algunos medicamentos se han revelado muy útiles. Y no es grave.

Abre un bloc que tiene sobre la mesa, quita el capuchón de su pluma estilográfica y me lanza una tranquilizadora sonrisa antes de volver a utilizar esa voz tan suave:

–Veamos, Arturo, cuéntame exactamente lo que te pasa. Con todos los detalles que recuerdes.

–Tiene sueños extraordinarios...

–Por favor, Metáfora, deja que él mismo me lo cuente. Adelante, Arturo, te escucho.

–Pues verá, tengo sueños extraordinarios.

–¿Con qué frecuencia?

–Creo que casi todos los días. Tengo sueños profundos que me inquietan y luego me levanto muy cansado, hecho polvo. Es como si lo que sufro durante los sueños me afectara luego, cuando me despierto. Estoy desconcertado.

–¿Desde cuándo te ocurre eso, Arturo?

–Es difícil saberlo. Creo que hace mucho tiempo, pero le he empezado a dar importancia ahora...

–Empezamos a preocuparnos una noche, después de una cena, cuando empezó a sentirse mal y se quedó adormilado, como desmayado. Luego dijo que se había transportado a la Edad Media –añade Metáfora, que está deseando hablar–. Imagínese, a la Edad Media.

–¿Edad Media? ¿Dices que has estado en la Edad Media?

–Sí, señor, eso creo.

–Dime una cosa... ¿Juegas al rol?

–No, no señor... Nunca he jugado a eso.

–Y algo más confidencial. Aunque claro, si no quieres contestarme... ¿Fumas marihuana o tomas alguna sustancia, pastillas o algo así?

–No, le juro que nunca he fumado nada y nunca he tomado ninguna pastilla.

–Pues, cuéntame cómo te has transportado hasta la Edad Media.

–Con los sueños. Cuando me duermo, sueño que estoy en la Edad Media. Así de sencillo.

–¿Y qué haces en esa época? ¿Eres rey, campesino...?

–No, soy una especie de caballero independiente que tiene una misión. ¡Debo proteger a un alquimista! Por lo menos al principio, ahora las cosas se han complicado. Tengo que guardar unos dibujos y debo buscar a una hechicera.

–¿Tienes que localizar a Alexia? –pregunta Metáfora, un poco nerviosa–. ¿Para qué?

–No sé, supongo que para ayudarla o algo así...

–¿Y por qué tienes que buscarla? –insiste.

–No sé, ya te he dicho que es un sueño.

El doctor se frota la barbilla y medita sobre mis palabras. Creo que está un poco desconcertado. En el fondo le comprendo, si yo estuviera en su lugar, me pasaría lo mismo.

–Le aseguro que si viera en qué estado se despierta se preocuparía usted mucho –dice Metáfora–. Debe de ser una narcolepsia muy profunda. O quizá sufra alucinaciones.

–Antes de nada, debemos determinar si es narcolepsia o no. A veces, los síntomas nos pueden llevar a una conclusión equivocada. Debemos ser muy prudentes. Cuéntame más cosas. Por ejemplo, si los sueños están relacionados los unos con los otros o no tienen nada que ver.

–Es como una película. Es una historia con capítulos que se continúan. Es un relato medieval que podría convertirse en un libro –le explico–. Está lleno de detalles y podría contárselo todo si tuviera usted un par de semanas libres. Le aseguro que es impresionante.

–¿Te gusta el cine? ¿Lees mucho?

–Claro que le gusta el cine y lee mucho. De hecho vive en una biblioteca... Una biblioteca de libros medievales –se desboca Metáfora.

–Vaya, esa es una buena pista. Quizá te sientes influido por el ambiente y tus sueños reflejan lo que vives durante el día. Posiblemente se reduzca a eso.

–¿Me está diciendo que estoy obsesionado con la Edad Media y que por eso tengo estos sueños? –digo, un poco enfadado–. ¿Me está diciendo que sufro alucinaciones solo porque vivo en una biblioteca, rodeado de libros?

–Bueno, a veces ocurre. Hubo un actor que interpretó el papel de Tarzán en varias películas y acabó tan poseído por su personaje que, al final de su vida, andaba por ahí dando saltos y gritos como el hombre mono. Algunas personas acaban creyendo que se han convertido en un personaje de ficción sobre el que han leído o al que adoran.

–Entonces, ¿tiene narcolepsia o no? –puntualiza Metáfora.

–Es pronto para decirlo. Es cierto que algunos síntomas coinciden, pero debemos profundizar. Veamos, os voy a dar cita para dentro de quince días... Mientras tanto, te voy a pedir que escribas todo lo que pasa en tus sueños. Quizá eso nos dé alguna pista.

No he sacado nada en claro de esta entrevista. El doctor está más desconcertado que yo. Al menos, he conseguido que Metáfora me haya prometido que no me dará más la paliza con nuevas visitas.

* * *

–Hola, mamá, aquí estoy otra vez. Ya sabes que papá está pasando un mal momento, pero no debes preocuparte. Los médicos dicen que no es grave. Norma le cuida mucho y le ayuda a recuperarse.

Me siento en el viejo sofá y me pongo cómodo. Quizá estoy tratando de ganar un poco de tiempo.

–Hoy he ido a ver a un médico que me ha dejado muy preocupado. Hemos hablado de mi problema y estoy cada día más confuso. Metáfora dice que a lo mejor tengo una enfermedad que se llama narcolepsia, aunque el médico tampoco está seguro, y eso me preocupa más. Es posible que tenga algún trastorno desconocido, una alteración extraña que me hace soñar con cosas que han ocurrido de verdad hace mil años. Mercurio, el vigilante del instituto, ha encontrado un yelmo de la Edad Media que me resulta familiar. Creo que yo mismo lo he usado, en otro tiempo. También he descubierto una espada con un signo de una calavera mutante que he visto en mis sueños. Y no dejan de pasarme cosas que me recuerdan esa otra vida en la Edad Media. En realidad, no es que me recuerden esas cosas, es que estoy convencido de que las he vivido de verdad. Y estoy muy preocupado. He empezado a hacerme preguntas raras...

Me detengo un poco para recuperar fuerzas ya que me he emocionado.

–¿Sabes algo de todo eso? ¿Son viajes en el tiempo? Y si es así, ¿cuál es su finalidad? ¿Me estoy volviendo loco, como el abuelo? Nadie me comprende y me siento muy solo. Intento aparentar que nada de todo esto me afecta, pero es mentira. Estoy cada día más descentrado y por muchas preguntas que me hago, no encuentro ninguna repuesta que me consuele. Si estuvieras aquí, seguro que me ayudarías y me explicarías este misterio. ¿Por qué me pasa todo esto? ¿Qué energía es esa que me lleva inevitablemente a vivir otra vida y que me hace sufrir tanto?... Te echo de menos y creo que me haces más falta que nunca. ¿Por qué no me ayudas, mamá?

FIN DEL LIBRO TERCERO

Libro cuarto

El poder del dragón

I

EL CABALLO DE TROYA

ARTURO y Crispín consiguieron escapar del castillo de Benicius sin un solo rasguño. Sin embargo, seguían haciéndose algunas preguntas que no tenían respuesta y que les inquietaban: ¿Qué había pasado con Arquimaes? ¿Por qué se había suspendido la ejecución? ¿Le habían matado? ¿Dónde estaba Alexia?

Esa misma noche, cuando estaban absolutamente agotados, decidieron tumbarse a los pies de un árbol. Mientras buscaban hojas y helechos con los que cubrirse y resguardarse del intenso frío, descubrieron una cabaña abandonada en el bosque. Ni siquiera había camas, y mucho menos mesas o sillas para acomodarse, así que se instalaron en ella como buenamente pudieron. Aquella choza era la representación de la pobreza más absoluta.

–Hemos escapado de milagro –dijo Crispín mientras asaba un conejo que había logrado cazar–. Nos ha faltado poco para morir en esa pelea sin sentido.

–No consigo entender qué ha podido pasarle a Arquimaes. Le iban a ejecutar; y, sinceramente, no creo que Benicius se arrepintiese en el último momento. Ha tenido que ser por un motivo poderoso –susurró Arturo–. Me temo lo peor. Sospecho que lo han matado... Seguramente, mientras lo torturaban para arrancarle información sobre ese condenado secreto.

–Todo el mundo quiere tener la fórmula de Arquimaes –argumentó Crispín–. ¿Tan importante es?

–Solo él lo sabe. No ha contado nada a nadie, pero supongo que si estaba decidido a poner su vida en peligro para protegerla será porque es muy valiosa. De todas formas, eso ya no importa.

Crispín cortó algunos trozos de carne ya dorados por el fuego y los colocó sobre una piedra.

–Toma, come, que con el estómago vacío no se piensa bien –dijo.

–Sin él, no podemos hacer nada –se lamentó Arturo–. Me resisto a creer que haya muerto.

–A ver, supongamos que ha conseguido escapar. ¿Adónde iría? –preguntó Crispín–. ¿Quién le ayudaría?

–No sé, imagino que la reina Émedi. Es la única persona que haría algo por él. Me lo dijo en varias ocasiones.

–Entonces ya sabemos dónde tenemos que ir. Vayamos a verla e intentemos continuar el trabajo de Arquimaes. Podemos entregarle los dibujos.

–No estamos seguros de que se haya escapado. A lo mejor...

–Vamos, hombre, tú no confías en él. Yo creo que está vivo –dijo Crispín con optimismo, dando un mordisco a la sabrosa pata del conejo que acababa de asar.

–En quien no confío es en Benicius. Incluso es posible que lo haya ejecutado para vengarse por nuestra fuga... O por lo que sea. Ese hombre es un reptil.

–Creo que estás equivocado. A Benicius tú y yo no le importamos nada y le da igual que nos hayamos escapado. De todas formas, no sería tan estúpido como para matar a un rehén tan importante como Arquimaes, un alquimista respetado por todos. Ya has visto que ni siquiera Demónicus se atrevió a matarle. No, me apuesto lo que quieras a que Arquimaes irá a ver a la reina Émedi en cuanto le sea posible.

Arturo saboreó la carne del conejo y, al cabo de un rato, dijo:

–Me asombras, Crispín, no sabes leer pero eres capaz de hacer deducciones inteligentes. Creo que eres más listo de lo que quieres aparentar.

–Mi padre me enseñó que para sobrevivir hay que parecer un poco bobo. La inteligencia no es algo que deba mostrarse a todo el mundo. Mi padre dice siempre que nuestra inteligencia es nuestro mejor tesoro. Y que solo hay que descubrirse del todo ante personas en las que confiamos mucho.

–Tu padre tiene razón. Has tenido un buen maestro. Me pregunto de qué serás capaz el día que aprendas a leer y a escribir.

–Seré un gran caballero. Y serviré a un gran rey.

–O reina...

–O a ti, cuando seas rey.

–Venga, vamos a dormir, que ya empiezas a decir tonterías.

Arturo se tumbó sobre el suelo de madera y cerró los ojos. Sin embargo, y a pesar de que no había hablado de ella con Crispín, no dejaba de pensar en Alexia.

¿Seguiría con vida? ¿Habría vuelto con su padre? ¿Volvería a verla?

* * *

Alexia y Arquimaes abrieron la puerta con precaución para hablar con el caballero Reynaldo, que había tomado el mando y quería hacer un trato.

–Las cosas se han complicado demasiado por tu culpa, alquimista –dijo el caballero–. He venido para ofrecerte la libertad. Te dejaré libre a condición de que salgas de este reino lo más pronto posible.

–¿Solo eso? –preguntó el sabio.

–Ahora que Benicius está incapacitado para gobernar, y como yo no tengo ningún interés en tu secreto, prefiero que te marches antes de que las cosas se compliquen. Ahora yo soy el rey.

–¿Y yo? –preguntó Alexia.

–Puedes marcharte con él. Tampoco tengo nada contra ti. Lo único que quiero es recuperar la paz y gobernar en seguida. Temo que la rebelión de los campesinos pueda extenderse. Vuestras vidas por la tranquilidad de mi reino –propuso Reynaldo.

–Me parece un buen trato –dijo Arquimaes–. Creo que lo aceptaremos.

–Sí, yo también aceptaré tu proposición –dijo Alexia–. Danos caballos y protección para que podamos marcharnos en paz. Debes impedir que me ocurra algo en tu nuevo reino. Si mi padre se entera de que he sufrido por tu culpa, te lo hará pagar caro.

–Os daré protección hasta la frontera...

–No. Nos darás protección hasta que lleguemos a nuestro destino –ordenó Arquimaes–. Debemos llegar sanos y salvos al castillo de Émedi.

–¿Vais a ir juntos? –preguntó el nuevo rey.

–Sí. ¿Qué ha sido de esos chicos que estaban con nosotros?

–Me han informado de que han encontrado tres cadáveres cerca de Drácamont. Vuestros amigos pueden haber caído en manos de alguna banda. Es posible que los hayan matado para vengarse.

–Lo dudo mucho –dijo Alexia–. Arturo no se dejará matar por unos pobres diablos... Pero eso es otra historia. ¿Nos ofreces escolta hasta el castillo de Émedi?

–Sí. A partir de ahí lo que hagáis es cosa vuestra. Pero quiero vuestra promesa de que no volveré a veros nunca más en mis tierras.

–La tienes –afirmó Arquimaes–. Te garantizo que jamás pondré los pies en tu reino.

Reynaldo dio un paso atrás y dio órdenes a sus hombres. Unos minutos más tarde, se acercó de nuevo hasta sus rehenes y dijo:

–¡Hasta nunca! ¡Espero que te lleves tu secreto a la tumba, mago! Esa fórmula tuya solo nos ha traído problemas.

Giró sobre sus talones, les dio la espalda y desapareció al final del pasillo, acompañado por su nueva guardia personal.

* * *

Los soldados habían aplastado la rebelión de los campesinos después de muchas horas de lucha. Pero en realidad solo habían logrado apagar las llamas, no las brasas, que trataban de reavivarse. Una vez que la gente se alza en armas, es difícil aplacarla.

Esa misma noche, unas horas después de que Arquimaes y Alexia pactaran su marcha con Reynaldo, los más resueltos a continuar la lucha se reunieron alrededor de una gran fogata en un campamento improvisado, al otro lado del río. Habían organizado turnos de vigilancia para evitar que los soldados pudieran sorprenderlos, y la luna, que brillaba intensamente, parecía animarlos a seguir la lucha.

Eran unos doscientos hombres, indignados, heridos y hambrientos. Muchos habían visto cómo sus compañeros, vecinos y familiares habían muerto bajo las armas o los cascos de los caballos de los soldados.

–¡Hay que seguir luchando! –sugirió Royman, un honrado campesino respetado por todos–. ¡Hay que poner fin a tanto abuso! ¡Hemos aguantado demasiado!

–Pero no tenemos armas. Somos pocos y no estamos preparados –respondió un tipo grande como un buey–. Solo soy un herrero, no un soldado.

–¿Qué podemos hacer? Ahora el rey querrá vengarse. Habrá represalias. Ahorcarán a muchos de nosotros y nuestras familias sufrirán las consecuencias –se lamentó un labrador, que tenía una herida en un brazo.

–Los reyes son los reyes. Ellos mandan y nosotros no podemos hacer nada –se lamentó una mujer que tenía los ojos enrojecidos–. Hoy han matado a mi hijo y no tengo a quién pedir explicaciones.

–¡Los reyes son más débiles de lo que parece! –exclamó un individuo, vestido con hábito de monje–. ¡Puedo deciros cómo se les quita el poder!

Todas las miradas se clavaron en él. Llevaba la capucha sobre la cabeza y su rostro quedaba oculto bajo una gran sombra.

–¿Quién eres tú? ¿De dónde sales? –preguntó Royman.

–¡Lo he visto todo! ¡He visto cómo esos soldados arrollaban a vuestra gente! ¡Yo puedo ayudaros a deshaceros de Benicius!

–¡Explícate de una vez!

–Es un borracho vagabundo –dijo un tipo delgado, con el pelo ensortijado–. Hace unos días se estaba emborrachando en la taberna de Julius.

–Está loco. ¡Echadle de aquí! –ordenó Royman–. ¡Márchate!

–¡No estoy loco! ¡Yo he sido caballero y conozco las debilidades de los reyes! –se rebeló el desconocido.

–¿Y qué haces aquí? ¿Cómo has pasado de ser un caballero a convertirte en un borracho?

–La desgracia me persigue. Lo he perdido todo por culpa de Benicius. Si me ayudáis a matarlo, os ayudaré a conquistar el castillo.

La mujer se acercó sigilosamente y, de un rápido movimiento, le quitó la capucha.

–¡Yo te conozco! –exclamó–. ¡Eres el conde Morfidio!

–¡Yo no soy ese que dices! –gritó, mientras intentaba taparse nuevamente–. ¡Déjame en paz! ¡Yo me llamo Frómodi!

–¿El conde Morfidio? –preguntó Royman–. Todo el mundo dice que ha muerto en un combate a espada con un muchacho.

–¡Morfidio ha muerto! ¡Os aseguro que yo me llamo Frómodi y no tengo nada que ver con él! –explicó el conde–. A Morfidio lo mató el ayudante de ese maldito hechicero llamado Arquimaes...

–¡Eres un farsante! –gritó un hombre–. ¿Qué buscas aquí?

–¡Yo puedo ayudaros a conquistar la fortaleza de Benicius! ¡Sé cómo hacerlo! ¡Quiero liberaros de este tirano!

De alguna forma, sus palabras despertaron el interés de los campesinos, que hicieron un breve silencio.

–¿Quieres un poco de vino? –le ofreció un rudo campesino, al cabo de un rato–. Toma, bebe.

Morfidio agarró la vasija, se la llevó a los labios en un rápido movimiento y bebió con ansia. El vino se derramó por su barbilla y cayó sobre el hábito.

–¿Lo veis? Es un borracho y un farsante. Ya no es el conde, ahora es una piltrafa humana.

–Sí, pero sabe cosas que nos interesan. Anda, Frómodi, o como te llames, siéntate y cuéntanos todo lo que sepas sobre estrategia militar. Y del castillo de Benicius… o de Reynaldo... Dadle más vino… ¡Más vino para este hombre!

–¿Habéis oído hablar del Caballo de Troya? –preguntó Morfidio–. Un caballo de madera cuyas tripas estaban llenas de soldados. Veréis…

Royman le observó con atención y llegó a la conclusión de que aquel hombre estaba loco. Pero la historia del caballo lleno de soldados le interesó.

* * *

Alexia se levantó sigilosamente antes del amanecer y se acercó a su caballo. Un centinela, que la vio, le cerró el paso.

–¿Adónde vas?

–No soy tu prisionera –dijo la princesa–. Solo eres un escolta y estás aquí para protegerme.

–Tenemos la misión de protegeros a ti y al alquimista –respondió el soldado–. No puedes salir sola.

–En lo que a mí atañe, quedas relevado de tu trabajo. Yo me voy y no puedes impedírmelo. Soy libre e iré donde quiera.

–¿No te vas a despedir de tu compañero? Ese científico se ha preocupado mucho por ti.

–Cuando se despierte, dile que me he ido con mi padre. Que vuelvo a mi casa.

El soldado pensó que no había nada malo en dejarla partir, así que se apartó y le permitió coger un caballo. Al fin y al cabo, si se marchaba, había menos trabajo que hacer.

–Se lo diré –comentó mientras Alexia subía sobre su montura–. Que tengas buen viaje.

La princesa le hizo un saludo con la mano y se alejó lentamente del campamento. Después, cuando ya nadie podía escuchar los cascos de su caballo, lo espoleó y se perdió entre el paisaje.

II

UNA REVELACIÓN SORPRENDENTE

Por fin, después de varios días de pruebas, han dado el alta médica a papá. Hoy vuelve a la Fundación, a nuestro hogar. Mohamed ha venido con el coche a buscarle. Norma, Metáfora y yo vamos con él.

–Ya estaba deseando volver a mi trabajo –dice–. Me siento ansioso después de tantos días inactivo. Tengo un montón de ideas.

–Bueno, Arturo, es conveniente que te lo tomes con tranquilidad –advierte Norma–. Ahora tienes que pensar en recuperarte. Tu trabajo puede aguardar.

Yo no digo nada para evitar discusiones, pero creo que ella tiene razón. Es mejor esperar un poco a ver si todo sigue bien.

–Supongo que desde que tenemos un jefe de seguridad todo está más tranquilo –dice papá.

–No hemos vuelto a tener problemas. Nadie se ha acercado a la Fundación para robar. Es como si alguien los hubiera avisado de que Adela lo vigila todo.

–Bueno, entonces esperaremos algún tiempo antes de prescindir de sus servicios.

–¿Vas a despedirla? –pregunta Norma.

–¿No querrás que tengamos a estos vigilantes toda la vida rondando por la Fundación? Eso acabaría espantando a los clientes.

–O les daría más tranquilidad.

–Una biblioteca no debería tener necesidad de estar protegida –dice mi padre. Pero no sé por qué, tengo la sensación de que no lo dice del todo convencido.

–Te equivocas, cariño, una biblioteca como la vuestra necesita más protección de la que imaginas. Tenéis verdaderos tesoros ahí dentro. Y debéis protegerlos.

Llegamos a la Fundación y Mohamed aparca el coche en el jardín trasero. Entramos en el edificio, donde *Sombra*, Mahania y Adela nos están esperando junto a uno de los vigilantes armados.

–Bienvenido a casa, señor –dice Mahania–. Nos alegramos de verle de nuevo.

–Gracias, Mahania. Siempre da gusto volver al hogar.

Sombra se acerca en silencio y le alarga la mano. Durante un instante cruzan una mirada y noto que se alegran de verse. Siempre he pensado que papá y él son como hermanos, y ahora lo constato.

–Gracias, *Sombra*. Gracias por cuidar de la Fundación mientras he estado fuera.

–La Fundación es nuestro hogar –responde–. Siempre la cuidaré.

Estas sencillas palabras cobran, de repente, una enorme importancia. Ahora que lo dice, creo que *Sombra* jamás ha salido del recinto de la Fundación. Que yo recuerde, nunca le he visto salir al mundo exterior.

–Vaya, usted debe de ser Adela. Hemos hablado por teléfono, pero... Me alegro de conocerla.

–Sí, señor, Adragón, soy Adela Moreno, su jefe de seguridad.

–¿Cree que corremos peligro?

–Mientras mantengamos la guardia alta no ocurrirá nada. Pero si se descuidan, todos los buitres se les echarán encima. He revisado este edificio y he visto que tienen aquí una verdadera fortuna. Deben protegerla.

–¿Y qué propone? ¿Tiene usted algún plan?

–Pues, de momento, estoy haciendo un estudio de los puntos débiles. Y le aseguro que hay muchos. Tendremos que implantar algún sistema de control de acceso. Hay que controlar a las visitas y pedirles que se identifiquen...

–¡Un momento! ¿Quiere que controlemos a los que vienen a consultar libros? ¿Pretende imponer un sistema de vigilancia que implique que nuestros clientes se encuentran bajo sospecha?

–Yo solo propongo que hagamos lo necesario para ampliar la seguridad de la Fundación. Y para eso es necesario saber quién entra y quién sale. No todos los que vienen aquí traen buenas intenciones.

–¡No lo consentiré! La Fundación ha permitido siempre el acceso libre a todos los que...

–Si no me deja hacer mi trabajo a mi manera, será mejor que me marche –responde Adela–. Si no soy necesaria, prefiero irme a otro sitio donde se aprecie mejor mi labor. Aquí no pinto nada.

Papá está a punto de responder, pero Norma se interpone inmediatamente.

–Bueno, ya habrá tiempo de tratar este asunto en profundidad. Ahora, nos vamos a calmar y que cada uno se dedique a lo suyo.

Supongo que la costumbre de tener la última palabra en el instituto se repite en todas las situaciones. Todo el mundo guarda silencio y seguimos nuestro trayecto. El vigilante sigue de cerca a papá.

–No hace falta que me acompañe –dice mi padre.

–Este hombre será su sombra –responde Adela–. Tiene instrucciones de no perderle de vista. Y eso será así hasta que yo decida lo contrario.

Nada que objetar.

* * *

Mientras papá se instala y se habitúa a su nueva situación, Metáfora y yo subimos a mi habitación para hablar de algo que a ella le preocupa.

–Creo que ya tengo la respuesta a lo de tus sueños –dice apenas entramos–. Creo que he encontrado la solución.

–¿Qué respuesta? No entiendo a qué te refieres. Esto no es un acertijo. Tengo sueños y punto, igual que todo el mundo.

–No, de verdad, Arturo, lo tuyo es diferente.

–Me vas a volver loco. Por un lado me criticas y me dices que estoy medio loco y ahora me sales con que lo mío es diferente. No te entiendo.

–Claro que no me entiendes. Tú no entiendes a las chicas, eso es lo que pasa. Eres un solitario que no comprende lo que pasa a su alrededor.

–¿Qué es eso de que no entiendo a las chicas? ¿Tienes algún problema conmigo?

–El problema es que si sigues así no encontrarás una chica que te quiera. Me preocupo de ti y me vienes con que no me comprendes. ¿No te das cuenta de que todo esto lo hago porque me intereso por ti?

Mientras hablamos me voy quitando el chaquetón lentamente, para ganar tiempo. A ver si consigo entender a dónde quiere ir a parar. Tiene razón en eso de que no comprendo a las chicas, por eso es mejor ir despacio y dejar que descubra sus cartas.

–A ver, Arturo, siéntate a mi lado y préstame atención, que me estás poniendo nerviosa... Ahora escúchame bien. Debes aceptar que las chicas somos más detallistas que los chicos, que nos fijamos en las cosas pequeñas y que las palabras y los sentimientos tienen mucha importancia. Si no te das cuenta de estas cosas no podrás entender el mundo femenino.

–¿Qué tiene de especial el mundo de las chicas?

–Que es diferente. Las chicas pensamos y sentimos de manera distinta a los chicos.

–Vaya, yo creía que éramos iguales.

–Y lo somos, pero cada uno tiene su peculiaridad. Somos iguales, pero diferentes –insiste.

–Ya, como el día y la noche.

–Como el día y la noche... Por eso nos complementamos.

–Bueno, ahora que ya me has explicado tu teoría sobre la igualdad de los sexos, cuéntame ese descubrimiento tuyo sobre mi problema de los sueños.

Se levanta, da un par de vueltas por la habitación, se muerde las uñas y se prepara para hablar.

–Verás, he estado pensando a fondo sobre lo que te ocurre... Y creo que todo tiene algo en común, que todo está interrelacionado.

–¿Tiene relación con el hecho de que tú seas chica y yo chico?

–No digas tonterías y presta atención. La relación está entre tus sueños y las letras de tu cuerpo. Estoy casi segura de que lo uno tiene que ver con lo otro. O mejor dicho, lo uno es consecuencia de lo otro.

–Vaya, así que tengo sueños porque tengo el cuerpo lleno de letras.

–Las letras te hacen soñar. Son ellas las que te hacen soñar esas cosas tan extrañas. Ellas forman tus sueños como si fuesen escenas de una película. ¡Esas letras tienen un poder mágico! ¡Ellas te obligan a soñar!

Ahora necesito un vaso de agua.

–A ver, Metáfora, ¿has llegado a la conclusión de que son las letras las que me hacen soñar porque son mágicas?

–Exactamente.

–Pero una chica como tú, hija de una profesora de instituto, que lee y entiende las cosas de este mundo, no puede creer en la magia. Eso está bien para las novelas y todo eso, pero hoy sabemos que la magia no existe. Es buena para la imaginación y para desarrollar la fantasía, pero no existe. La magia no ha existido nunca.

–¡Ya sé que la magia no existe! ¡Lo sé perfectamente!

–Entonces, ¿por qué tratas de convencerme de que soy víctima de ella? ¿Por qué intentas convencerme de que vivo atrapado en un círculo mágico del que no podré desprenderme nunca? ¡Porque tienes que saber que jamás me desharé de esas letras!

Veo que mis palabras la han sorprendido. Se ha quedado muda, sin respuesta. Si es cierto eso de que las chicas son más sensibles que los chicos, lo próximo que hará será disculparse.

–Arturo, escucha, lo siento de verdad –dice–. No quería herirte y tampoco quitarte la esperanza de que algún día seas un chico normal... Quiero decir, un chico sin letras en el cuerpo ni dragones en la cabeza, pero quería decirte lo que pienso y ser sincera contigo. Perdóname si te he ofendido.

–No pasa nada. Es igual. A lo mejor tienes razón y estoy hechizado. Por eso es mejor que te busques otros amigos, no sea que te contagie.

Se acerca a mi lado, se pone de rodillas y me abre la camisa. Después, lentamente, acaricia las letras con su mano derecha.

–Ojalá pudiera contagiarme. Ojalá pudiera ser como tú. Ojalá me pudiera fundir contigo. Ojalá pudieses verme como a tu mejor amiga.

No sé si se contagiará, pero noto que mi corazón se ha acelerado. Ahora va a mil por hora. Ahora sí me ha demostrado que las chicas son más sensibles de lo que imaginaba.

III

EL CORAZÓN DE LA REINA

LA reina Émedi dejó que el aire acariciara su pelo rubio. Desde lo más alto de la torre de su fortaleza observó al grupo de jinetes que se acercaba hacia el puente levadizo. Su mirada estaba puesta sobre el hombre de larga cabellera, que llevaba una túnica de alquimista, similar al hábito de los monjes. La silueta de Arquimaes le recordó mejores tiempos.

Los vigías le habían avisado de su llegada y su corazón se llenó de ilusión. Había conocido al alquimista años atrás y ahora, después de mucho tiempo, tenía la ocasión de volver a verle... y de escuchar la voz que le había salvado la vida y que había entrado hasta el más íntimo rincón de su alma. Y Émedi, que había soñado con este reencuentro durante años, no lo había olvidado.

Notó que su corazón palpitaba más rápido mientras veía cabalgar al antiguo monje. Había deseado tantas veces vivir este momento que le pareció un milagro. Más de una vez había dudado si volvería a verle, pero ahora estaba cabalgando hacia ella, igual que un caballero andante.

Por su parte, Arquimaes, que había reconocido su frágil silueta dibujada sobre el cielo claro, había sentido una excitación similar. Él tampoco había olvidado su ojos transparentes y la dulzura de sus ademanes.

–Nosotros no podemos pasar de aquí –dijo el jefe de la patrulla que le escoltaba–. Hemos cumplido nuestra misión. Tenemos que volver para servir a Reynaldo, nuestro nuevo señor.

–Os doy las gracias por la protección que me habéis dado –dijo Arquimaes–. Os habéis portado dignamente conmigo y con Alexia. Os aseguro que no lo olvidaré.

Después de un fuerte apretón de manos, el oficial se retiró con sus hombres. En ese momento, un destacamento salía del castillo para recibir al recién llegado.

–Mi señora os da la bienvenida y os ofrece su hospitalidad –dijo el capitán Durel, cuando llegó hasta el sabio–. Os envía sus respetos y me ha pedido que os acompañe hasta vuestros aposentos.

Escoltado por los hombres de la reina, Arquimaes entró en el castillo y fue llevado a un magnífico dormitorio, desde cuya ventana se observaba un paisaje digno de ser pintado. Emedia era un bello país.

–Mi señora os invita a cenar –dijo un criado cuando empezaba a oscurecer–. Dentro de una hora os espera en el comedor principal.

–Dale las gracias y dile que iré encantado.

La reina Émedi estaba nerviosa por el próximo encuentro con el alquimista. Cuando llegó a su habitación, se sentó en la silla, frente al espejo, y pidió a su criada que la ayudara a vestirse para la cena.

–Esta noche quiero estar más guapa que nunca –dijo con voz emocionada–. Haz que mi cabello resplandezca como el sol.

* * *

Arturo y Crispín se detuvieron cuando llegaron a la orilla del río Monterio. El sol se estaba poniendo y los dos amigos se encontraban cansados. La oscuridad empezaba a extender su manto sobre el valle y ya no podían seguir el viaje. Había llegado la hora de descansar.

–Antes de comer me bañaré –dijo Arturo–. Estoy sucio y ya no aguanto mi propio olor. Después decidiremos qué camino tomamos.

–Estamos a la deriva. Así no podemos seguir –comentó Crispín.

–Sí, tendremos que tomar una decisión. Mañana elegiremos un camino. Quizá deberías bañarte, Crispín.

–Prepararé la cena, pero no me bañaré.

–Haces mal, amigo mío. Conviene lavar el cuerpo de vez en cuando.

Pero Crispín, habituado a la suciedad, no le hizo caso. Arturo se despojó de sus ropas para meterse en el agua. Su magnífico cuerpo adornado con las bellas letras de tinta despertó la envidia de Crispín, que no pudo evitar hacer un comentario.

–Tu cuerpo parece un libro de esos que tanto te gustan –dijo–. Es igual que los que había en Ambrosia.

–No digas tonterías. Es solo un adorno.

–Un adorno mágico. Un día me contarás cómo te lo hiciste o quién te lo hizo. Me gustaría parecerme a ti.

–No sé ni cómo aparecieron sobre mi cuerpo –reconoció Arturo–. Es un gran misterio.

–Es magia. Ya has visto lo que hacen esas letras. Te ayudan y te han salvado la vida varias veces. Gracias a ellas estamos vivos.

–Sí, pero, a cambio, debo ir con cuidado. A más de uno le gustaría arrancarme la piel a tiras. O encerrarme en una jaula y mostrarme en las ferias... o quemarme como a los brujos.

Arturo metió los pies en el agua, que estaba fría como la nieve. Dudó un instante y, aunque estuvo a punto de dar marcha atrás, al final decidió lanzarse de cabeza. Dio algunas brazadas y recuperó el vigor cuando empezó a notar que la sangre circulaba con fuerza por sus venas. Después, se acercó a la orilla y se frotó el cuerpo con un manojo de hierbas para eliminar la suciedad que había ido acumulando.

Crispín había encendido una pequeña fogata para asar unos peces que había conseguido pescar y Arturo se acercó al fuego para calentarse.

Entonces, se notó nervioso. El cuerpo le picaba.

–¿Qué te pasa? –le preguntó su compañero–. Estás raro. Anda, come un poco, te sentará bien. Ya te dije que el agua no es buena. No deberías haberte bañado.

Pero Arturo no respondió. Se estaba poniendo lívido y su cuerpo estaba tenso.

–Eh, me estás asustando –dijo Crispín, un poco preocupado–. Es mejor que te muevas un poco para entrar en calor. Ese maldito río debía de estar helado.

Arturo cerró la boca, abrió los ojos y apretó los puños. De repente, las letras de su cuerpo empezaron a cobrar vida y empezaron a moverse igual que alacranes. Crispín, que no sabía qué tenía que hacer, se quedó embobado, observando atentamente.

Algunas letras se despegaron de su cuerpo y se colocaron ante los ojos de Arturo, a pocos centímetros y, después de bailar un poco, formaron una palabra: *Onirax*.

Al cabo de unos segundos, los signos volvieron a colocarse en su lugar original, sobre el pecho de Arturo. En ese momento despertó del trance en que había estado durante los últimos minutos.

–¿Qué ha pasado? –preguntó cuando recuperó el sentido–. He notado que recibía un extraño mensaje.

–Sí, algunas letras se separaron de las otras y se pusieron ante tu rostro. Pero no sé lo que ponía, yo no sé leer.

–Ha sido como si mi mente se despegara de mi cuerpo. He visto impresa la palabra *Onirax* en mi cara... ¿Qué significa? ¿Es algún lugar, un pueblo, un valle?

–No lo sé. Nunca en mi vida he escuchado esta palabra. *Onirax*... Es muy rara.

–Creo que ahora lo mejor será que cenemos. Mañana buscaremos a alguien que nos indique dónde está ese sitio –propuso Arturo.

–Si es que existe. Yo no me fiaría de unas letras que flotan. A lo mejor no significa nada.

–Ya veremos. Ya veremos –dijo Arturo, clavando su daga en uno de los pescados–. Esto huele de maravilla.

Mientras degustaba el exquisito pescado, Arturo no dejó de preguntarse quién le había enviado aquel extraño mensaje. «Solo puede ser Arquimaes –pensó con cierta alegría–. Eso significa que está vivo.»

* * *

Morfidio fue ganando prestigio entre los campesinos, que vieron en él a un buen estratega, cosa que no abundaba entre su gente. El pueblo estaba indignado con los soldados, que seguían con su política de represalias a pesar de que el propio Reynaldo había ordenado acabar con los enfrentamientos. Posiblemente a causa de su inexperiencia, los soldados no seguían sus órdenes al pie de la letra y seguían cometiendo abusos que enardecían los ánimos de los rebeldes. Por todo ello, los campesinos estaban cada día más decididos a no dejarse avasallar y a obtener justicia.

–Atacaremos el castillo cuando menos se lo esperen –propuso Morfidio en una reunión secreta que se había organizado en el pajar de Royman, el campesino más prestigioso de la comarca–. Destituiremos a Reynaldo y le haremos pagar con creces sus abusos.

–¿Y quién ocupará su lugar? –preguntó Royman–. Alguien tendrá que dirigir el reino de Benicius.

–Este reino ya no es de Benicius, ni de Reynaldo –explicó Morfidio–. Ahora es nuestro. Nosotros somos los amos. El castillo y los campos nos pertenecen.

–Pero hará falta un rey –insistieron algunos–. Un reino necesita un rey.

–Yo propongo que tú seas el rey, Royman –dijo Morfidio–. Eres el mejor de nosotros. Eres el más justo y el más sabio. Todo el mundo confía en ti.

–Pero yo no estoy preparado para reinar –advirtió Royman.

–Reynaldo tampoco. Y Benicius no lo estaba mucho más –insistió Morfidio–. Si tú reinas, estaremos mejor gobernados. Confiamos plenamente en ti. Yo te apoyaré. Seré tu capitán, si quieres.

Todos estuvieron de acuerdo en que Royman sería un buen rey. Ahora, animados por el nuevo horizonte de esperanza que se creaba ante ellos, los campesinos se sintieron más dispuestos a asaltar el castillo y a exponer su vida para lograr mayores cotas de justicia. Un rey noble y justo era la mayor ambición de las gentes humildes que, tradicionalmente, se habían encontrado con que los nuevos reyes siempre eran peores que los anteriores.

La noticia corrió durante días por varias comarcas y muchos vieron renacer la ilusión de crear un reino justo. Por ello, no dudaron en ofrecer su brazo para alzarse contra Reynaldo y sus soldados. Tener un rey como Royman colmaba sus esperanzas y estaban dispuestos a jugarse la vida para conseguirlo.

* * *

La reina Émedi se sintió turbada cuando Arquimaes se arrodilló ante ella.

Los antiguos recuerdos renacieron con tal fuerza en su alma que estuvo a punto de perder el sentido. El alquimista, por su parte, tuvo que hacer un tremendo esfuerzo para que su voz no le traicionara.

–Majestad, vengo a ofreceros mis respetos y a ponerme a vuestro servicio –dijo, con la voz a punto de romperse–. Y también a pediros protección.

–Gracias, Arquimaes, sabio de sabios –respondió la reina–. Sabemos de vuestra valía y apreciamos vuestra nobleza. Podéis contar con nuestra tutela. Mientras estéis en nuestro reino, gozaréis de nuestra hospitalidad y os aseguro que nadie osará haceros daño alguno.

–Os agradezco vuestras palabras de amistad. Mientras permanezca aquí, pondré mis conocimientos a vuestro servicio.

–Eso está bien. Necesitamos personas ilustradas, capaces de trabajar por el bien de nuestras gentes. Contad con toda nuestra ayuda.

–Majestad, también he venido para proponeros un plan. Creo que ha llegado el momento de unir fuerzas con otros reyes para formar una alianza contra la hechicería. Una alianza contra la ignorancia.

–¿Suponéis acaso que otros gobernantes os darán su apoyo para luchar contra la Magia Oscura? –preguntó la reina.

–Debemos hacer lo posible para detener el avance de la hechicería maléfica. Debilita a los pueblos y los destruye.

–Sabemos que Demónicus se está preparando para ampliar su poder y dominar algunos reinos que luchan contra él. Tenemos noticias de que pretende conquistarnos, por eso nos estamos preparando para la batalla. Se avecina una gran guerra de poder. Es tiempo de lucha, no de alianzas.

–Permitidme que insista. Las alianzas son la mejor garantía de paz y ofrecen la posibilidad de ganar guerras.

–Nuestros vecinos son reyes ambiciosos a los que mantenemos en sus fronteras con mucho esfuerzo –aclaró la reina.

–Organizad una gran mesa de negociación. A ellos les interesa igualmente enfrentarse a Demónicus.

–Algunos se están aliando con él y no enviarán sus ejércitos para hacerle frente. En todo caso, pueden interpretar mi deseo de negociar como una debilidad y podrían caer en la tentación de invadir mi reino. Las negociaciones en estos tiempos son peligrosas.

–Entonces, majestad, ¿no habrá negociación?

–Me temo que no.

–Lamento oír eso. No obstante, os aseguro que estaré siempre a vuestro lado. No os abandonaré.

Émedi se dejó seducir por la palabras de Arquimaes, igual que lo había hecho años antes, cuando le propuso una estrategia que la convertiría en reina a la muerte de su padre. Arquimaes le había salvado la vida al descubir una conspiración encabezada por su propio esposo, que había decidido envenenarla y apropiarse de su reino. El alquimista estaba inevitablemente unido a Émedi.

IV
EL SEGUNDO SÓTANO

ADELA nos acompaña hasta la entrada del segundo sótano junto a uno de los vigilantes armados. Está empeñada en mantener la entrada bajo vigilancia mientras lo visitamos.

–Nunca se sabe lo que puede suceder –dice–. Nadie debe tener acceso a los departamentos de la Fundación. Este vigilante se quedará en la puerta mientras recorréis el interior. Permanecerá aquí hasta que salgáis. Ah, y nadie sacará nada, ni siquiera una mota de polvo. Si es necesario, os registraremos.

Sombra está más enfadado que la vez anterior. Va a cumplir las órdenes de mi padre con desgana y, posiblemente, con rabia, cosa nada habitual en él.

–General, le ruego que me explique con toda precisión qué busca en este sótano –dice mientras enarbola la gran llave–. Lo digo para que no perdamos tiempo.

–Te lo voy a explicar una sola vez, fraile. Busco todo lo que me ayude a encontrar pistas sobre ese Ejército Negro del que ya te he hablado –responde Battaglia en tono autoritario–. Eso significa que lo quiero ver todo y que no permitiré que me pongas trabas. ¿Entendido?

Metáfora y yo notamos que el enfado de *Sombra* es como un barril de pólvora a punto de estallar. Cualquier chispa le hará saltar.

–Necesito ayuda para abrir esta puerta –dice, después de girar la llave–. Está un poco atascada. Hace mucho tiempo que no se abre.

Los tres le ayudamos a empujar la gran puerta de madera. Es gruesa, pesa mucho y se resiste a moverse, y cuando lo hace, lanza chirridos que hacen daño a nuestros oídos.

–Es la puerta más difícil de abrir que he visto en mi vida –se queja el general–. Espero que el esfuerzo valga la pena.

Sombra no responde y enciende la luz. El vigilante se queda fuera, listo para impedir que salga o entre nada ni nadie sin su autorización.

La estancia es más grande y bastante más profunda que la del primer sótano. Del techo cuelgan estandartes y las paredes están llenas de objetos. Estatuas, lanzas, restos de armaduras, espadas… Hay algunas estanterías repletas de pergaminos, libros y legajos. Varias zonas están cubiertas con telas y sábanas, pero se adivina que aquí hay gran cantidad de documentos a los que nadie ha tenido acceso. Ni siquiera los del banco han llegado a este sótano para hacer el famoso inventario. Espero que no entren nunca, ya que esto es un verdadero tesoro.

–¡Santo cielo! –exclama el general, llevándose las manos a la cabeza–. Esto contiene más historia que cualquier otro museo que yo haya visto. Seguro que aquí podré encontrar lo que busco. ¡Es asombroso!

Metáfora está deslumbrada y Cristóbal no encuentra palabras para expresar su admiración. Yo tengo la sensación de que acabamos de penetrar en un mundo con el que, de alguna manera, tengo mucha relación. Mi olfato me dice que algunos de estos objetos han pasado por mis manos o han estado cerca de mí en algún momento. Pero lo más curioso es que empiezo a sentir un picor en el pecho, el típico picor que noto cuando las letras cobran vida. Tan solo espero no tener ahora uno de mis sueños.

–He ampliado la memoria fotográfica de mi móvil –me susurra Cristóbal–. Y no sé si tendré bastante para fotografiar todo lo que hay aquí.

–Yo también he traído el mío –añade Metáfora–. Espero que encontremos cosas que nos sirvan para…

La miro y espero a que concluya su frase.

–… para demostrar que mi teoría es cierta.

El general Battaglia no pierde el tiempo y lo remueve todo, ante la mirada enfurecida de *Sombra*, que ni siquiera se molesta en protestar. Es evidente que mi padre le ha dado instrucciones claras.

–¡Ni en mis mejores sueños hubiera imaginado que debajo de estas paredes podría ocultarse un tesoro tan grande! –exclama, mientras acaricia las tapas de un libro encuadernado con cuerdas–. Aunque viviera cien años, no tendría tiempo de leer todo lo que hay aquí. ¡Lo que daría por poder estudiarlos todos!

–¿Qué es esto? –pregunta Metáfora–. Es la espada más extraña que he visto en mi vida.

Me acerco para ver de cerca su descubrimiento y me encuentro con algo sorprendente: una espada medieval con inscripciones dibujadas con tinta en la hoja.

–Es extraño –dice el general, que también se ha interesado por el descubrimiento de Metáfora–. ¡Jamás había visto nada semejante! Sé que hay algunas espadas con grabaciones y relieves, pero nunca he encontrado un arma en la que alguien se hubiera molestado en escribir. La han utilizado como si se tratase de las páginas de un libro.

Se pone las gafas y la observa con más atención.

–Pero lo más curioso es que estas letras están muy bien escritas. Parecen hechas por uno de aquellos calígrafos medievales. ¡Deben de estar hechas por un monje experto! ¡Un copista!

Veo que *Sombra* se estremece cuando el general hace esta afirmación.

–¿Para qué iba a escribir un monje sobre una espada? –pregunta Metáfora.

–Puede que lo hiciera para dedicar una poesía a su propietario... O para hacer un regalo –añade Cristóbal–. A veces la gente hace cosas así de raras.

–También puede tratarse de una bendición, o de un hechizo... Cualquiera sabe. Voy a fotografiar el texto e intentaré descifrarlo, es la única manera de saber para qué grabaron esas letras –explica el general.

Mientras hace algunas fotografías, yo me acerco a las estanterías e intento encontrar algo que me interese.

Levanto algunos documentos y remuevo varios legajos hasta que, quizá por casualidad, encuentro un dibujo medieval con una extraña escena. En él se ve a un hombre trabajando en un escritorio. Por la vestimenta, se trata sin duda de un alquimista. Sobre la mesa hay un tintero y, sentado delante, a pocos metros, un hombre deja que el alquimista escriba sobre su rostro. Aunque el dibujo no se ve con claridad, es evidente que ocupa todo el rostro del modelo.

Sin que nadie me vea, saco mi propio móvil y hago una fotografía del dibujo, que me interesa mucho. Es posible que contenga información interesante para mí.

Después de dos horas, *Sombra* anuncia que la visita ha terminado. Dice que tiene órdenes tajantes de mi padre y que no es sano permanecer tanto tiempo en un lugar como este, lleno de polvo y con el aire enrarecido.

–La visita ha terminado –advierte–. Si quiere volver, tendrá que hablar con el señor Adragón. Yo he cumplido con mi misión.

Pocos minutos después salimos del sótano bajo la estricta mirada del vigilante, que intenta descubrir si alguien ha cogido algún objeto. Pero no sabe que lo más importante está en nuestras cámaras, en nuestra mente y en nuestra retina.

* * *

Papá ha decidido que esta noche quiere cenar en familia para celebrar su vuelta a casa. Por eso ha invitado a Norma y a Metáfora. Aunque en un principio pensó en llamar a Stromber, a *Sombra*, a Battaglia y a Adela, al final ha decidido que organizará una cena con todos ellos el próximo fin de semana. Hoy quiere algo íntimo.

–Es agradable estar en casa, con tu familia, con la gente que quieres –dice apenas nos sentamos a la mesa–. Después de estos días en el hospital, estaba deseando volver al hogar.

–Metáfora y yo nos sentimos muy honradas de que nos consideres como de tu familia –comenta Norma–. Y te lo agradecemos.

–Tenía que hacer algo para demostraros que os estoy muy agradecido. Durante mi estancia en el hospital me habéis cuidado como a alguien de vuestra familia y quiero corresponderos.

No sé por qué, pero me parece que la cosa se está poniendo un poco romántica. Empiezo a sospechar que esta cena no tiene nada que ver con la vuelta a casa.

–Ahora que me encuentro bien, creo que ha llegado el momento de deciros que... Bueno, que estoy muy contento de haberos conocido –añade papá–. Y creo que Arturo también lo está, ¿verdad, Arturo?

–Claro que sí. He tenido suerte por partida doble. He ganado una buena profesora y una amiga.

–Nosotras también estamos muy satisfechas –dice Norma–. Hemos encontrado buenos amigos y compañía agradable. Y eso es muy placentero, sobre todo cuando llegas a una ciudad desconocida y empiezas un nuevo trabajo. Gracias por vuestra amistad.

Mahania lleva un rato sirviendo la comida y veo que, aunque no lo parece, presta atención a lo que decimos. Yo sé que no es una cotilla entrometida, pero sospecho que tiene la misma sensación que yo.

–El caso es que... quería deciros algo –dice papá, después de tomar un trago de vino–. Bueno, Norma y yo queríamos deciros una cosa... Una cosa que nos afecta a todos...

Intento disimular mi impaciencia tomando un poco de zumo y poniéndome la servilleta. Después de hacer una pequeña pausa, papá vuelve al ataque

–Como todo el mundo sabe, cuando las personas se hacen amigas y se van conociendo, resulta que puede nacer entre ellas un sentimiento más fuerte que la amistad... ¿No? Bueno, pues Norma y yo nos hemos ido conociendo y hemos descubierto que... Bueno, pues que...

–¿Necesitas que te ayude? –pregunta Norma, viendo que papá se ha quedado sin fuerzas para hablar.

–¿No te importa?

–Pues resulta que Arturo y yo nos hemos enamorado –dice la madre de Metáfora, que también es mi profesora y que ahora parece que va a ser algo más–. Y aunque todavía es pronto para hacer planes de futuro, queremos que sepáis que es posible que acabemos casándonos...

–Sí, eso es lo que quería decir –añade papá, que ha empezado a sudar–. Espero que os parezca bien a los dos. ¿Qué opinas, Arturo?

–Que es una sorpresa. Nunca lo hubiera imaginado –digo, mintiendo como un bellaco–. ¡Jamás lo hubiera pensado!

–Bueno, ya sabemos que la vida es una caja de sorpresas. Hay que estar abiertos a lo que pueda pasar –añade papá–. Yo tampoco había imaginado que esto pudiera ocurrirme.

–A mí me parece muy bien lo vuestro –dice Metáfora, levantándose y dando un abrazo a su madre–. Espero que tengáis suerte.

Supongo que la sensibilidad femenina, de la que tanto me ha hablado Metáfora, consiste en darse besos y abrazos cuando hay una buena noticia. Por eso me levanto y doy un apretón de manos a papá y un beso en la mejilla a Norma.

–Felicidades a los dos –les deseo.

–Bueno, tampoco hay que adelantar acontecimientos –dice papá–. Estamos en el principio de la relación.

Mahania no ha abierto la boca. No se permitiría entrometerse en los asuntos de la familia Adragón ante otras personas. Supongo que felicitará a papá cuando esté a solas con él.

Cenamos tranquilamente, haciendo bromas sobre cómo será nuestra vida cuando papá y Norma se casen. Sin embargo, en un momento determinado veo que a Metáfora le cuesta contener las lágrimas, así que intento cambiar de tema.

–Por cierto, papá, aunque ya sé que no es el mejor momento para hablar de estas cosas, quería decirte que quizá tengamos la oportunidad de adquirir derechos de conservación y exhibición de algunas piezas medievales que han encontrado en el patio de mi instituto. Las he visto y parecen valiosas.

–Vaya, eso está bien. Me gusta que te intereses por esas cosas. Iremos a verlas cuando quieras. Pero este asunto es más complicado de lo que parece. Ya sabes que el Departamento de Cultura tendrá que autorizar esta operación. Nadie puede quedarse con restos que tengan valor histórico. Cultura debe aprobar el derecho de exhibición y conservación de esas piezas. Es cuestión de pujar para conseguir los derechos. En cualquier caso, sí me gustaría ver esos objetos. Imagínate que podemos conseguir el permiso de explotación… ¡Podríamos organizar una exposición!

–Eso significa ganancias –digo.

–Exactamente. Una buena exposición suele ser rentable. Nos ayudaría a rebajar esa deuda con el banco.

–Tendrá que ser pronto. No sea que venga alguien y se nos adelante. Estoy seguro de que son importantes.

–Bien, pues lo intentaremos... Cuenta con ello.

* * *

Mientras papá y Norma disfrutan de un rato de intimidad en el comedor, Metáfora y yo hemos subido al mirador del tejado para hablar un poco. En realidad, he sido yo el que le ha pedido que subiera.

–Antes he visto que tenías lágrimas en los ojos –digo–. ¿Quieres contarme lo que te ha pasado?

Se lo piensa un poco. Estoy a punto de decirle que lo dejemos cuando empieza a hablar.

–Me he acordado de mi padre. No he podido evitarlo. Yo le quería mucho...

–Si quieres que cambiemos de tema...

–No, es igual. Alguna vez tendré que hablar de ello. Ya te conté que se marchó sin decir nada, pero no te expliqué el verdadero motivo de su partida.

–¿Estás segura de que quieres hablar de ello?

–Sí, necesito hacerlo. Verás, yo estaba muy enferma y me faltó poco para morir. Mi padre no tuvo valor para afrontar lo que se avecinaba y se marchó. Es un cobarde. Le quiero, pero es un cobarde que me abandonó. Por eso he llorado, porque me he acordado de él.

–Lo siento. Si lo llego a saber no te hubiera preguntado.

–Espero que tu padre sea más valiente. Si abandona a mi madre o le hace daño, soy capaz de matarle. Ella sufrió mucho cuando él nos abandonó. Tuvo una depresión terrible y la superó por mí, para no dejarme sola.

–¿Sabe tu padre que te curaste? ¿Le has vuelto a ver?

–Debe de creer que estoy muerta. Y no le he vuelto a ver. Ni quiero. Nunca le perdonaré habernos abandonado de esa manera. Era mi padre y tenía que haberse quedado conmigo hasta el final. Un padre no puede abandonar a su hija cuando se está muriendo. ¡El hombre que hace eso es un canalla! Espero que tú no seas así.

–Si alguna vez tengo un hijo, no le abandonaré jamás. Aunque me partiera el corazón verle en ese estado.

Veo de reojo sus lágrimas. Estoy a punto de decir algo para consolarla, pero me doy cuenta de que es mejor estar callado. Por eso le paso el brazo sobre el hombro y la abrazo mientras llora desconsoladamente.

Me parece que ahora empiezo a comprender esa actitud fría y casi autoritaria que ha mantenido conmigo hasta ahora. Ojalá sepa comprender que puede contar conmigo para lo que quiera y que jamás le fallaré.

Me voy a esforzar para que se sienta segura, para que se convenza de que, si las cosas alguna vez van mal, no la abandonaré.

V

SALVANDO A UNA BRUJA

DESPUÉS de caminar durante un par de días sin rumbo fijo, dejándose llevar por la intuición, Arturo y Crispín salieron de la densa cortina de niebla que los había acompañado durante las últimas horas y se encontraron ante un gran burgo. Mientras paseaban por sus calles, se dieron cuenta de que las personas con las que se cruzaban estaban contentas e iban vestidas con sus mejores galas.

–Me parece que hemos llegado en un día de fiesta –dijo Crispín–. Mejor para nosotros. Aquí repondremos fuerzas. Seguro que encontraremos a alguien dispuesto a ayudar a dos viajeros cansados.

–Espero que alguien pueda darnos alguna pista sobre Onirax.

–No te obsesiones. A lo mejor solo es un mensaje sin sentido.

–No es posible, esas letras siempre actúan por algún motivo. Debo encontrar ese lugar.

–O a esa persona...

–O lo que sea...

Según iban adentrándose en el burgo, el bullicio era mayor. Varias personas venían riendo y bailando, y todas parecían ir a algún lugar alegre.

–Buena mujer, ¿puedes decirnos adónde se dirige toda esta gente? –preguntó Crispín a una señora que llevaba un niño en brazos.

–A la plaza. Hoy tenemos espectáculo.

–Es día de feria y seguro que los comediantes entretendrán a la gente. Nos vendrá bien divertirnos un poco –alegó Crispín.

Por algún motivo, Arturo no compartió su alegría. Dedujo que tanta alegría no tenía mucho que ver con la presencia de unos cómicos. Tenía que tratarse de algo más especial.

Inmersos en la riada humana llegaron a la plaza mayor, que estaba repleta de gente. Arturo tenía un extraño presentimiento del que no podía desprenderse. Preguntó algunas veces por ese lugar llamado Onirax, pero nadie supo darle una respuesta concreta.

De repente, las trompetas sonaron y todo el mundo guardó silencio. Las miradas se dirigieron al centro de la plaza, donde se alzaba un patíbulo.

–Van a quemar a una bruja –les explicó un anciano–. La han descubierto haciendo hechizos. ¡Dicen que ha convertido al alcalde en una gallina!

–¿Una bruja? ¿Van a quemarla viva? –peguntó Arturo, apretándose el pecho con la mano, sintiendo una ligera opresión–. ¿Seguro que es una hechicera?

–Claro. La han encarcelado y ahora van a hacerle pagar todas su brujerías –añadió el hombre–. Dicen que ha hecho cosas horribles.

–¿Quién lo ha visto? –preguntó Crispín–. ¿Quién ha visto esos hechizos?

–¿Acaso hacen falta testigos para reconocer a una bruja? ¿Eres amigo de esa mujer?

–¿Yo?... No, no... Nosotros acabamos de llegar y no conocemos a nadie... –negó el joven proscrito para eludir el peligro.

El anciano, un poco receloso, se alejó en dirección al patíbulo. Arturo y Crispín se fundieron en la multitud, intentando alejarse de la mirada de aquel hombre. Sabían que cuando los ánimos estaban exaltados, podía suceder cualquier cosa.

Los gritos de los soldados que abrían paso a un carro tirado por bueyes se impusieron sobre el gentío. Estos se iban apartando para dejarles el camino libre. La multitud empezó a proferir insultos contra la bruja que iba encerrada en una jaula de hierro. Le tiraban frutas, huevos y otros objetos que, la mayoría de las veces, se estrellaban contra los barrotes.

–No me gusta nada eso de que quemen a una mujer –reconoció Arturo, un poco inquieto–. Aunque sea una bruja.

–¿Qué dices? Ya sabes que a las brujas hay que purificarlas –respondió Crispín–. Deben morir entre llamas. Son malvadas y deben desaparecer. Es la costumbre.

–Nunca he asistido a un acto tan bárbaro y no sé si podré soportarlo.

–Pues te aconsejo que te aguantes. Nadie permitirá que alguien la defienda. A veces me sorprendes. Parece que no conoces las costumbres del pueblo.

Arturo no respondió. Sintió un poderoso pinchazo en el pecho que le impidió articular palabra. Las letras se habían alborotado y revoloteaban a su antojo sobre su piel, advirtiéndole de que algo estaba a punto de pasar.

Los guardianes sacaron a la mujer de la jaula, la subieron al patíbulo y la ataron a un enorme mástil de madera que había sido colocado para la ejecución. Debajo de la plataforma de madera habían amontonado ramas y troncos de árbol. Un verdugo se acercó a ella con una antorcha en la mano y esperó a que el alguacil leyera la sentencia en voz alta antes de prender fuego.

–¡Esta mujer ha sido hallada culpable de practicar la brujería! –exclamó el alguacil, a pleno pulmón, elevando una gallina entre sus manos–. ¡Aquí está la prueba de su maldad!

Entonces, y mientras la gente rugía, la vista de Arturo se posó sobre la condenada y, a pesar de la distancia, la reconoció en seguida.

–¡Es Alexia! –exclamó–. ¡Es la princesa Alexia!

Crispín, que no salía de su asombro, y sabedor de que los amigos de las brujas también son sospechosos, intentó tranquilizar a su compañero.

–Vamos, hombre. Nosotros no la conocemos. Es una bruja y nosotros no conocemos brujas.

–¡Es Alexia y la van a quemar! –insistió Arturo–. ¡Hay que impedirlo!

–¿Qué dice este chico? –preguntó un hombre fornido, que había escuchado sus palabras–. ¿Quiere salvar a esa hechicera?

–¡No! –exclamó Crispín–. Es que ha bebido y no sabe lo que dice. Anda, amigo, vámonos de aquí.

Agarró a Arturo del brazo y lo arrastró lo más lejos que pudo.

–¡Has sido condenada por practicar la hechicería oscura y debes morir entre las llamas de la Justicia! –dijo el alguacil, sujetando con fuerza a la asustada gallina–. ¡Y vamos a ejecutar la sentencia!

Crispín consiguió llevar a Arturo hasta una callejuela solitaria. Disimuló cuando una patrulla de soldados pasó a su lado.

–Está un poco mareado –les dijo–. Siempre le pasa lo mismo. Por su culpa me pierdo las ejecuciones.

Los soldados se rieron y siguieron su ronda para asegurarse de que todo estaba en orden y que ningún hechicero intentaría salvar a la condenada.

–¡Tenemos que hacer algo! –dijo Arturo, cuando se quedaron solos–. No podemos dejar que la maten.

–Oye, escucha. Tú y yo sabemos que es la hija de Demónicus, el mago más perverso de todos. No nos conviene inmiscuirnos. Además, se merece lo que le va a ocurrir. ¡Es una bruja de verdad!

–¡Nadie merece morir de esa manera! ¡Y ella menos!

–¡Por orden del Tribunal de la ciudad, vas a morir! –gritó el alguacil.

Desesperado, Arturo se quitó la camisa antes de que Crispín pudiera impedírselo. Invocó el poder de las letras, sin estar seguro de conseguirlo. En pocos segundos salieron de su cuerpo y formaron una barrera en el aire, delante de él.

–¡Os necesito! ¡Quiero que me llevéis a la plaza y me ayudéis a salvar a Alexia! –ordenó el joven–. ¡Ahora!

Las letras se sometieron dócilmente y se colocaron tras él, sobre su espalda, desplegadas como las alas de un pájaro. Arturo les dio una orden:

–¡Volad hacia la plaza!

Crispín sintió un miedo imposible de descifrar. Si alguien descubría que era amigo de ese individuo que volaba en ayuda de la hechicera, su vida no valdría nada.

Cuando la muchedumbre vio que un enorme pájaro entraba volando en la plaza, empezó a gritar asustada. ¡Una bestia medio humana venía volando para salvar a la hechicera! ¡Era como uno de esos animales que salían por la noche para atacar y devorar campesinos!

–¡La hechicera le ha llamado! –gritó una mujer horrorizada–. ¡Que alguien nos libre de esa fiera!

–¡Matadlo! –ordenó el alguacil a sus soldados–. ¡Matad a ese animal!

–¡Es un dragón humano! –exclamaron algunos, aterrorizados–. ¡Nos va a matar!

El pánico cundió con rapidez. Varias personas se arrodillaron y empezaron a rezar; otras insultaban y amenazaban al monstruo volador que agitaba esas enormes alas negras que ni siquiera tenían plumas. Algunos soldados, más audaces, dispararon sus arcos contra Arturo, pero este estaba protegido por las letras, que detenían el vuelo de las flechas.

El verdugo, que comprendió en seguida la intención de Arturo, arrojó la antorcha sobre el montón de pequeñas ramas, que prendieron inmediatamente. En pocos segundos, Alexia estaba envuelta en llamas y el humo la rodeaba, poniendo en peligro su vida. La joven podía morir asfixiada.

Arturo se situó sobre la columna de humo negro y se acercó a la princesa, que ya empezaba a sentir los primeros síntomas de ahogo. Mientras se mantenía en el aire, algunas letras rompieron las cadenas que sujetaban a la princesa, justo cuando sus ropas empezaban a arder. Las llamas producían un intenso calor, pero Arturo se esforzó por elevarse sobre el patíbulo. La abrazó por la cintura para elevar el vuelo y se alzó hasta una gran altitud, dejando a todos los presentes con la boca abierta y con la frustración de no haber podido ver morir a una persona abrasada.

Crispín, temeroso de que alguien le asociara con Arturo, había robado un caballo. Aprovechando la gran confusión que reinaba en las calles, cabalgó lo más rápido posible hacia las afueras para dejar atrás aquella maldita ciudad cuyos habitantes le habrían linchado si le hubieran puesto las manos encima. Solo la suerte le libró de las flechas de los arqueros, que le persiguieron durante un largo trecho.

Más arriba, casi entre las nubes, volando sobre su cabeza, Alexia se abrazaba a Arturo, el cual la apretaba contra su cuerpo con todas las fuerzas de las que era capaz.

–Creía que no ibas a venir –susurró la muchacha.

–¿Me esperabas?

–Te envié un mensaje. Las letras tenían que indicarte que estaba en peligro en esta ciudad.

–¿Bromeas? Yo solo he recibido un mensaje que decía *Onirax* y lo debió de enviar Arquimaes.

–No, te lo envié yo.

–Pero, esta ciudad se llama Raniox, no Onirax –explicó Arturo.

–Recibiste el mensaje con las letras cambiadas. Yo pensé en Raniox y tú recibiste Onirax. Las mismas letras dispuestas de manera distinta.

–Eso significa que tienes que perfeccionar tu magia transmisora.

Alexia no dijo nada. A pesar de que no había sido perfecto, el mensaje le había llegado, y eso, para ella, era muy importante.

* * *

La estrategia de Morfidio comenzaba a dar buenos resultados y los campesinos rebeldes estaban contentos. Ahora veían posibilidades de éxito.

Reynaldo había decidido hacer algunas obras para mejorar la seguridad del castillo y había contratado muchos obreros, ahora que la rebelión había remitido y apenas se producían enfrentamientos. El nuevo señor se había convencido a sí mismo de que el levantamiento estaba llegando a su fin y de que los campesinos se habían dado cuenta de que no tenían nada que ganar con esa situación de violencia.

Por eso, los soldados habían bajado la guardia y se limitaban a comprobar los nombres de los obreros que entraban cada día en el castillo. Parecían estar tan agotados que ni siquiera los registraban.

Morfidio había logrado introducir más de un centenar de hombres, que pasaban cada día el puente levadizo sin despertar sospechas. Estos campesinos habían acumulado armas, las habían depositado entre las herramientas de trabajo y solo esperaban el momento de atacar por sorpresa a los guardianes del castillo.

Y ese día había llegado.

A media mañana, aprovechando un descanso, los hombres de Morfidio cogieron disimuladamente las armas y se lanzaron inesperadamente sobre los guardias, que nunca hubieran imaginado que la rebelión pudiera venir desde dentro del castillo.

Cuando una flecha encendida disparada desde el bosque surcó el cielo, todos actuaron como un solo hombre.

El primer ataque fue tan veloz que los soldados apenas tuvieron tiempo de dar la alarma. Cuando quisieron darse cuenta, los rebeldes que esperaban desde el exterior habían entrado en la fortaleza y ani-

quilado prácticamente toda la resistencia, incluyendo al sustituto de Benicius.

Reynaldo nunca supo que los atacantes se habían disfrazado de mujeres ni que se habían ocultado en los puestos del mercado. O que algunos, sencillamente, se habían hecho pasar por campesinos inofensivos o por tullidos, mientras merodeaban cerca de la puerta principal, esperando la orden de ataque.

Dos horas después, el castillo que había pertenecido a Benicius y a Reynaldo pasaba a ser propiedad de Morfidio. Una flecha perdida se había clavado en el corazón de Royman. Un terrible y desgraciado accidente.

Cuando la fortaleza cayó en manos de los rebeldes y los cuerpos de Reynaldo y sus oficiales colgaban de las almenas, Morfidio hizo una aparición triunfal, rodeado de algunos hombres que, de repente, se presentaron como sus más fieles caballeros. Subido a la almena más elevada del castillo y con la espada en la mano, el antiguo noble aseguró que no quería el poder.

–Seré regente de este castillo hasta que decidáis quién es el sustituto del desafortunado Royman –explicó–. Cuando llegue el momento, le entregaré el poder.

Nadie opuso resistencia. Todos los hombres que se acababan de jugar la vida por la libertad, convencidos de que Royman sería el nuevo rey, tuvieron una cierta sensación de haber sido engañados. No hubo una sola queja… aunque tampoco hubo gritos ni vítores.

VI

EL REINO DEL MENDIGO

PATACOJA me ha llamado y hemos organizado un encuentro secreto. Para que nadie pueda vernos juntos, hemos quedado en el sitio en el que vive, un solar abandonado no muy lejos de la Fundación.

Su campamento está rodeado de basura y porquería. Hay ratas y cucarachas por todas partes y huele muy mal. Es un agujero abandonado en el que no entra nadie. La suciedad se acumula sola, viene de todas partes, empujada por el viento, producida por los gatos que le hacen compañía y le protegen del ataque de las ratas…

Metáfora y yo entramos por una abertura de la valla metálica que *Patacoja* ha abierto y que apenas se nota. De no ser por su ayuda, jamás habríamos podido acceder al interior.

–Pasad con cuidado, no vayáis a tropezar. Hay mucha porquería por aquí y no conviene hacerse heridas.

–Gracias, amigo –digo–. Gracias por tu ayuda.

–Venid aquí, donde nadie pueda veros. Sentaos tras esas cajas.

–Supongo que tienes información importante –dice Metáfora–. No nos habrás hecho venir para nada, ¿verdad?

–He descubierto cosas muy interesantes. Hay una empresa que quiere quedarse con la Fundación. Es una empresa de excavaciones arqueológicas que se dedica a la compraventa de objetos medievales. Son especialistas y tienen mucho poder.

–¿Tiene Stromber algo que ver con ellos?

–No, al contrario, está compitiendo con esa empresa. Stromber está asociado con Del Hierro. También quieren quedarse con vuestro edificio.

–¿Tanto dinero vale la Fundación? –pregunto.

–A la empresa le interesa el dinero, pero a Stromber le interesa otra cosa. ¡Quiere ser el propietario de la Fundación al precio que sea! ¡Quiere quedarse hasta con vuestro apellido!

–¿Qué dices? ¿Cómo va a quedarse con el apellido Adragón? Eso es imposible.

–No creas. Hay maneras legales de robar un apellido. De hecho, el tráfico de apellidos ilustres es mayor de lo que imaginas.

–Pero ¿qué quiere exactamente? ¿Para qué quiere quedarse con la Fundación? ¿Para qué quiere nuestro apellido? ¿Qué locura es esa?

–No me atrevo a decirte lo que pienso –comenta–. La gente tiene ideas muy raras.

–Venga, no me vengas ahora con bobadas. Dime lo que sepas.

–Sí, tienes que decirnos lo que estás pensando, por muy descabellado que sea –le incita Metáfora, que también está picada por la curiosidad.

Patacoja titubea un poco. Es evidente que lo que nos va a decir le parece muy grave. Casi no se atreve a hablar. Creo que sabe que me va a hacer daño.

–Por favor, amigo, dímelo –le apremio.

–Pues creo... creo que... ¡Ese hombre quiere sustituirte!

–¿Estás loco? ¿Para qué va a querer hacer eso un anticuario que tiene tantas posesiones que casi no las recuerda?

–No sé qué motivos tiene, pero te aseguro que sé lo que digo. Ese hombre está obsesionado contigo. ¡Quiere ser tú!

–¡Pero eso es imposible! ¡Nadie puede sustituir a otra persona! ¡Puede robarle el dinero, sus posesiones, lo que sea, pero jamás podrá ser esa otra persona! –digo, intentando convencerme de mis palabras–. ¡Tienes que estar equivocado!

–Arturo, la gente tiene ideas muy complicadas y se empeña en llevarlas a cabo. Te digo que a ese hombre se le ha metido en la cabeza la idea de ser tú. ¡Quiere ocupar tu lugar! ¡Quiere ser Arturo Adragón! ¡Te lo aseguro!

Estoy atónito. Jamás hubiera pensado que alguien tuviera unos objetivos tan extraños. Tenía la sospecha de que quería quedarse con la Fundación, de que le gustaría ser propietario de nuestra biblioteca, pero jamás hubiera pensado en semejante locura.

Patacoja nos invita a tomar un zumo de naranja de un brick, del que él mismo ha bebido.

–Ya veis que estoy cumpliendo mi palabra. No he vuelto a tomar una gota de vino desde que hicimos nuestro trato. Este zumo está buenísimo.

Tomamos un sorbo e intentamos recuperar la conversación. Todavía estoy asombrado.

–¿Qué me recomiendas? ¿Qué puedo hacer ante semejante locura? ¿Lo podemos denunciar a la policía?

–No. Yo creo que deberíais averiguar por qué quiere ocupar tu lugar. Podéis aprovechar que lo tenéis cerca para interrogarle. Pero os aseguro que lo que os cuento es verdad.

–¿Cómo has descubierto sus intenciones? No me digas que anda por ahí diciendo que quiere ser yo.

–Ya te he dicho que tengo muchos contactos. Los arqueólogos somos expertos en sacar a la luz cosas que están enterradas y bien ocultas. Y los deseos de Stromber, a pesar de estar escondidos, son muy claros. Para mí son tan transparentes que no tengo ninguna duda.

Hay tanto ardor en sus palabras que empiezo a creer en ellas. *Patacoja*, al que siempre he visto como un mendigo desahuciado, se está revelando como un gran conocedor de las personas. Me parece que sabe más de lo que parece.

–Os aseguro que hay algo maléfico en Stromber. Lo sé porque le he seguido y he visto con quién trata. Tiene socios peligrosos. Además, estoy seguro de que tiene relación con esos tipos que atacaron a tu padre.

De repente, varios gatos salen corriendo detrás de dos grandes ratas que se han acercado demasiado. Revuelven en la basura y se meten entre algunas bolsas armando mucho revuelo. Poco después, vuelven un poco más tranquilos. *Patacoja* les acaricia el lomo y deja que se acurruquen a su lado.

–Sin ellos las ratas ya me habrían devorado –explica–. Me protegen y me cuidan. A cambio, les doy cariño y mimos. ¿Sabéis que los gatos son igual que las personas y que no pueden vivir sin cariño?

–Parece que sabes mucho de animales –dice Metáfora.

–Siempre he estado rodeado de gatos. Desde pequeño me he entendido bien con ellos. Ya ves, ahora son mis únicos amigos... Aparte de vosotros, claro. Con lo que yo he sido... Todo el mundo quería estar conmigo. La gente me respetaba y me apreciaba...

Sus recuerdos le inundan y empieza a hablar de cuando era un gran profesional, de su infancia, de sus deseos. Poco a poco, empieza a desvelar su vida y, durante un rato, me parece que estamos en el palacio donde Sherezade contaba cuentos al sultán, en aquella increíble historia de *Las mil y una noches*. Por lo que cuenta, *Patacoja*, Juan Vatman ha vivido una vida apasionante.

–¿Por qué te hiciste arqueólogo? –pregunta Metáfora.

Patacoja sonríe con nostalgia mientras coordina sus recuerdos. La pregunta le ha pillado por sorpresa y necesita reordenar sus pensamientos.

–Por culpa de Troya –responde al cabo de unos segundos–. Aquella ciudad de leyenda que fue arrasada.

–¿Te refieres a la ciudad que fue destruida por culpa de Helena?

–Exactamente, me refiero a la mítica ciudad de Troya. Veréis, de pequeño leí la historia de un hombre llamado Schliemann. Su padre, cuando tenía ocho años, le enseñó un dibujo de Troya ardiendo. Ese dibujo le impresionó tanto que decidió dedicar su vida a buscar las ruinas de Troya. Su padre intentó hacerle desistir diciéndole que solo se trataba de un dibujo, producto de la imaginación de un artista, y que esa ciudad nunca había existido. Pero el chico se empeñó en encontrar las ruinas. El caso es que ese dibujo encendió los sueños de Schliemann de tal modo que, después de ganar mucho dinero, dedicó su vida a su gran pasión. Y, a pesar de que todo el mundo intentaba hacerle desistir, encontró la ciudad. ¡Schliemann hizo su sueño realidad cuando encontró las verdaderas ruinas de Troya! Y todo porque había visto un dibujo que provocó en él una ilusión. ¿No os parece increíble?

–Desde luego, lo es –reconozco–. Me gustaría encontrar algo en la vida que me permitiera tener un sueño como el de Schliemann.

–Los sueños se transmiten y se contagian. Ese hombre me convenció de que si tienes un sueño, una meta, eres una persona feliz. Y me hice arqueólogo para descubrir ciudades perdidas, tesoros ocultos, mundos secretos... La historia de Schliemann me hizo comprender que el mundo está lleno de cosas maravillosas y que si tienes un sueño, puedes hacerlo realidad. Por eso me convertí en arqueólogo, porque quería vivir un sueño, quería vivir con ilusión.

Metáfora y yo nos miramos con asombro. La historia que nos cuenta *Patacoja* nos ha deslumbrado.

–Pero las cosas se torcieron. Cuando empecé a triunfar, el alcohol se cruzó en mi camino y truncó todos mis sueños. Ya no soy aquel muchacho que soñaba con descubrir la Antártida, Eldorado y otras ciudades perdidas. Estoy vacío y he caído en este lugar.

–Bueno, siempre cabe la posibilidad de que un día aparezca una nueva ilusión –digo–. Si pudieras volver a tener un sueño, ¿cuál sería?

–Si fuese posible, me gustaría reencontrarme a mí mismo. Daría cualquier cosa por volver a ser el joven Juan Vatman, que tenía un sueño. Daría cualquier cosa por soñar de nuevo con ilusión. Pero eso es imposible, la vida no da segundas oportunidades.

–Nunca se sabe –digo–. Es posible que necesitemos tu ayuda. Quizás tengas que recuperar tus habilidades profesionales.

–No me hagas eso, Arturo, no me crees ilusiones que a lo mejor no se realizan. Podría costarme caro. Si volviera a fallar, creo que nunca me recuperaría.

Hay tanta dulzura en su voz que los gatos se acercan para que los acaricie. Los cuida como si fuesen sus hijos. Esta noche he aprendido que todo el mundo tiene sueños ocultos y que hay que cuidarlos para que no desaparezcan por el camino. Una persona que no tiene ilusión está perdida.

* * *

Metáfora me acompaña hasta la puerta de la Fundación. Creo que me ha visto un poco melancólico. La conversación con nuestro amigo *Patacoja* me ha dejado con los ánimos por los suelos.

–Tenemos que hacer algo para ayudarle –digo–. Aunque le dé miedo fallar de nuevo, daría cualquier cosa por volver a trabajar en lo suyo.

–Sí, tienes razón. Dicen que lo último que las personas pierden es la esperanza. Y creo que a él todavía le queda algo.

–Esta noche he sentido tanta pena que he estado a punto de llorar.

–¿Ves cómo eres un chico sensible?

–¿Sensible como una chica?

–Sensible como un ser humano. Los que no son capaces de comprender el dolor ajeno han perdido algo de esa humanidad. Por eso estoy orgullosa de ti.

Se acerca y me da un beso en la mejilla. Después, sin decir nada, se da la vuelta y se marcha.

Antes de entrar en mi habitación, subo a la buhardilla para hablar un poco con mamá. Necesito decirle algo antes de que se me olvide.

–Hola, mamá. Aquí estoy otra vez. Esta noche me han contado una de las historias más impresionantes que he oído en mi vida. Es de mi amigo *Patacoja*, el mendigo, el arqueólogo cojo. Es un hombre destrozado pero, en el fondo de su corazón, guarda un sueño. Le gustaría encontrar todas las ciudades que se han perdido en este mundo, que deben de ser muchas. Dice que vivimos en un planeta lleno de secretos. Dice que el mundo tiene varias capas y que, en cada una, puede haber una ciudad, un país o una civilización enterrada. Y piensa que los humanos somos igual. Llenos de secretos. Su conversación me ha emocionado tanto que me ha hecho pensar en ti. Me ha hecho preguntarme si tú estás dentro de mí y si algún día seré capaz de descubrirte. No sabes cómo me gustaría conocerte, saber quién eras de verdad. Me gustaría saber qué hay detrás de esa maravillosa imagen de reina que tienes en este retrato.

Noto cómo una lágrima se desliza sobre mi mejilla. Metáfora tiene razón: llorar nos hace más humanos.

–Y también me he preguntado si fue casualidad que murieras en el desierto, aquella noche en que envolvisteis mi cuerpo en el pergamino... Me he preguntado si no habrá sido el destino. Incluso he llegado a pensar que fuiste tú la que llevó a papá al desierto para que las cosas ocurrieran de esta manera. ¿Tienes algo que ver con lo que provoca esos sueños casi reales que me están ayudando a ver la vida de una manera tan especial...? Ya sé que es una locura pensar así, pero esta noche, mientras escuchaba a *Patacoja*, mi imaginación se ha desbordado... Y me he preguntado cuál es mi verdadero sueño. Si tuviera que responder ahora, diría que mi gran sueño es el de poder hablar contigo, darte un beso y decirte cuánto te quiero.

VII

LA FLECHA ENVENENADA

ARTURO y Alexia aterrizaron lejos de cualquier aldea. El sol estaba en lo más alto e iluminaba con fuerza el paraje rocoso que los acogió.

Alexia se acercó al riachuelo que caía en cascada entre las rocas blancas y se mojó la cara con agua fresca. Después del susto, la joven estaba bastante nerviosa y le costaba trabajo respirar.

Un poco después, ya recuperada, se acercó al grupo de árboles que sombreaba la orilla y se sentó al lado de Arturo, que estaba medio adormilado, con la espalda apoyada contra un viejo chopo.

–Has sido muy valiente. Nunca olvidaré lo que has hecho por mí –dijo, mientras cogía una brizna de hierba–. Mi padre te recompensará generosamente.

Arturo no respondió. Parecía que no la había oído. Alexia pensó que estaba cansado y esperó un poco. Sabía que cada vez que usaba el poder de las letras se quedaba agotado. Sin embargo, unos minutos después, empezó a preocuparse.

–Arturo, ¿te encuentras bien? –preguntó.

–No, no estoy bien… –susurró el muchacho.

Alexia se dio cuenta de que estaba pálido y de que sudaba bastante. Se levantó de un salto y pudo ver que, a su lado, sobre la hierba, había un charco de sangre.

–¡Por todos los rayos! –exclamó, mientras se lanzaba en su ayuda–. ¿Qué te ha pasado?

No hizo falta que Arturo le respondiera. Cuando lo inclinó hacia delante, vio que tenía una flecha clavada en la espalda, a la altura del hombro y cerca del omoplato.

Sin perder tiempo le tumbó boca abajo y, con ayuda de una daga, le rasgó la camisa y dejó la herida al descubierto. La flecha estaba bien clavada y la herida era profunda. Ahora tenía que decidir si la extraía o la empujaba para hacerla salir por el pecho.

–No te muevas de aquí –dijo–. Voy a buscar algunas cosas.

A pesar de que en aquel paraje había poca vegetación, Alexia revisó cada tallo y cada rama en busca de cualquier planta que tuviera poderes curativos que pudieran ayudar a cicatrizar y desinfectar la herida de Arturo.

Finalmente, cuando encontró lo que buscaba, optó por empujar el tallo de la flecha y atravesar la carne, ya que para extraerla habría tenido que provocar una verdadera carnicería. Limpió cuidadosamente la herida y procuró que no quedara en ella ni un leve resto de madera o del hierro de la punta. Después, aplicó toda la mezcla de hierbas que había preparado.

Pero la herida era más grave de lo que parecía. Ni siquiera las cataplasmas sirvieron para detener la furiosa infección que invadía el cuerpo de Arturo. La fiebre alcanzó pronto niveles muy altos.

Por algún motivo, las cosas se habían complicado. Cuando examinó la flecha, comprendió que la habían empapado con algún veneno especial que extendía la infección de manera brutal. El veneno era mortal; sin sus ungüentos, le habría matado en pocas horas.

* * *

Algunas noches después, cuando ya no le quedaban más recursos, Alexia decidió hacer una invocación a sus dioses para pedir ayuda. Como necesitaba que Arturo estuviera despejado para que el hechizo surtiera efecto, le preparó un brebaje fuerte que le mantuvo con los ojos abiertos durante algunas horas.

–Intenta mantenerte despierto. Si los dioses vienen en tu ayuda deben ver que aún estás vivo –le explicó Alexia.

–¿Vivo? ¿Quién está vivo? ¿Te quemaron viva?

–Sigue hablando. Da igual lo que digas, pero sigue hablando... ¿Me has entendido?

Arturo tenía los ojos entreabiertos, pero no veía nada de lo que había ante él. Divagaba igual que si estuviera borracho.

–Me gusta tu pelo rubio –dijo–. Me gusta tu voz, y tu nombre me encanta...

–¿Mi nombre? –preguntó antes de empezar la invocación–. No sabía que te gustara.

–¡Metáfora! ¡Es un nombre precioso!

Alexia se quedó de piedra.

–¿Quién es Metáfora?

–Metáfora es de otro mundo... Es una amiga... Es un sueño...

–¿Sueñas con una chica que se llama Metáfora? Nunca me habías hablado de ella.

Arturo sonrió. Levantó la mano derecha e intentó atrapar algo en el aire, sin conseguirlo.

–¡Iré a buscarla! ¡Es mi chica! ¡Es mi gran amiga!

Alexia le dio un bofetón en la cara y le obligó a cerrar la boca.

–¡Debería dejarte morir aquí! ¡Así te irías al otro mundo, a visitar a tu amiga!

Pero Arturo, cuya mente era un caos, ya había perdido el hilo de sus pensamientos y entró en otra dimensión.

–¡El polvo negro que viene con el agua! ¡El polvo negro es mágico! –susurró–. ¡Las letras de Arquimaes!

Alexia volvió a prestar atención a sus palabras y trató de hacerle hablar. Aquello tenía un interés inesperado.

–¿Dónde está el polvo negro mágico?

–No sé... No sé... Está en una cueva...

La princesa intentó hacerle hablar, pero Arturo entró en un profundo desconcierto y no volvió a decir nada coherente.

–Tinta... Castillo... Ambrosia... Humo...

Entonces, Alexia comprendió que ya no conseguiría nada de Arturo y decidió actuar. Dibujó un círculo en el suelo y entró en él con los puños llenos de tierra. Abrió los brazos y mirando a la luna blanca que iluminaba el cielo, elevó unos cánticos misteriosos.

–¡Dioses! ¡Necesito vuestra ayuda...!

Después de varias horas de cantos mágicos e invocaciones, en las que lanzó sobre el cuerpo del herido tierra, agua y algunas gotas de su propia sangre, se tumbó al lado de Arturo para esperar los resultados.

Pero, antes de cerrar los ojos, no pudo resistir la tentación de echar una ojeada al contenido de la bolsa de cuero que Arturo llevaba colgada.

* * *

Arquimaes y la reina Émedi paseaban tranquilamente por el jardín del castillo, disfrutando del sol y del buen tiempo. El alquimista se detuvo cerca del pequeño lago e invitó a su acompañante a sentarse.

Estaban juntos todas las horas que podían y cada vez que se encontraban no dejaban de hablar. Sin embargo, sabían perfectamente que la situación era peligrosa y que debían enfrentarse a ella.

–¿Crees que la reunión de reyes servirá para algo? –preguntó Émedi.

–Pediré una alianza, que también les beneficiará.

–Ellos se sienten seguros en sus reinos. Tienen ejércitos que les defienden y nunca se pondrán a las órdenes de un jefe superior para luchar contra Demónicus, al que temen y odian por igual. No servirá de nada.

–Tengo la esperanza de que querrán formar parte de tu gran ejército –insistió Arquimaes–. Ya verás como consigo esa alianza.

–Creo que me ocultas algo –dijo la reina–. Es como si poseyeras algún secreto que no me quieres contar.

Arquimaes guardó silencio. Observó los pájaros que sobrevolaban el agua y volvió su mirada hacia Émedi.

–No puedo responderte. Prefiero guardar silencio. No te mentiré.

Émedi bajó la vista y, al cabo de unos segundos, dijo:

–Está bien así. Confiaré en ti.

–Te aseguro que no te defraudaré.

VIII

NEGOCIANDO EL FUTURO

ME LLAMO ARTURO ADRAGÓN, VIVO EN LA CIUDAD DE FÉRENIX, EN LA FUNDACIÓN, EN EL SIGLO VEINTIUNO, Y HE VUELTO A SOÑAR CON ARQUIMAES Y CON ÉMEDI.

SALGO de la cama a toda velocidad para meterme en la ducha. Necesito esforzarme para salir del mundo de fantasía y entrar en el real, o me volveré loco. Esta noche me ha parecido que soñaba con mi madre, cuando en realidad se trataba de la reina Émedi. Tendré que volver a visitar al padre de Cristóbal para que me ayude a comprender este galimatías que me está desconcertando. Llegará un momento en que no seré capaz de saber en qué lado me encuentro.

Debo darme prisa porque hoy mi padre me va a acompañar al instituto para entrevistarse con el director a propósito de los objetos encontrados allí.

Me visto deprisa, bajo las escaleras y me encuentro con que me está esperando en el portal, con el coche preparado, al lado de Mohamed, que nos va a llevar.

–¿Qué te ha pasado, hijo?

–Lo siento, papá, me he quedado dormido.

–Venga, sube, que vamos un poco retrasados.

Adela se acerca con uno de sus guardias armados, el mismo que nos vigiló cuando bajamos el otro día al segundo sótano.

–Buenos días, señor Adragón. Armando los va a acompañar. Se sentará al lado de Mohamed.

–¿Es necesario? –pregunta papá–. Solo vamos al instituto.

–Hasta que esté segura de que no hay peligro –responde Adela– será mejor así. Buen viaje.

Armando entra en el coche y abandonamos el aparcamiento de la Fundación casi sin decir una palabra. Es la primera vez que papá sale del edificio desde que le atacaron.

Veo que *Patacoja* sigue en su sitio de siempre, pidiendo limosna y vigilando todos los movimientos sospechosos. Me ha contado que se suele hacer el dormido para que nadie sospeche, pero que, en realidad, no pierde detalle de todas las personas que pasan cerca de la Fundación. Me da confianza saber que observa y vigila todos los movimientos de extraños. En cualquier caso, desde la conversación que tuvimos la otra noche, le veo de manera distinta; para mí no es un mendigo cualquiera.

–¿Crees que el director aceptará nuestra propuesta? –me pregunta papá, sacándome de mis pensamientos.

–Es un hombre razonable y creo que atenderá tu demanda.

–Espero que sea así. Ya sabes que no tenemos mucho dinero. Las cosas siguen complicadas y estamos bajo control económico. Ya he hablado con Del Hierro y me ha autorizado a negociar, pero tendré que conseguir su permiso para adquirir los derechos de exhibición.

Llegamos al instituto y deseo que Horacio no nos vea llegar en coche, acompañados de un vigilante armado y con chofer. Estoy seguro de que sería una excusa perfecta para burlarse de nosotros, igual que hizo aquella vez que papá vino en bicicleta.

Mercurio, que está informado de nuestra visita, nos ve llegar y abre la puerta para que podamos entrar.

–El *parking* está ahí, al fondo, detrás del edificio –explica a Mohamed.

Seguimos sus instrucciones y llegamos al lugar indicado. Armando baja el primero y abre la puerta de papá. Después entramos en el edificio y Norma, que nos está esperando junto a Metáfora, nos acompaña hasta el despacho del director.

–Buenos días, señor Adragón. Gracias por venir –nos recibe el director–. Veo que ya se encuentra bien de ese asalto que sufrió hace unos días.

–Estoy completamente recuperado. Solo tengo algunos dolores de cabeza de vez en cuando, que me recuerdan que hay personas de las que conviene cuidarse. Pero hoy he venido para otro asunto.

–Pase a mi despacho y podrá ver los objetos.

–Lo estoy deseando –dice papá–. Si nos ponemos de acuerdo adquiriré los derechos de exhibición. La Fundación Adragón está dispuesta a...

–Debo advertirle que hemos recibido otra oferta. Ayer, un pujador anónimo me mostró su deseo de tutelar todos los objetos que Mercurio encontró en nuestro jardín. Por tanto, hoy solo le mostraré las piezas. Comprenda que debo exponer las ofertas al Consejo y a la comisión de Cultura para que puedan decidir. Yo solo soy el director y no puedo tomar una decisión de esta envergadura.

–Vaya, es un contratiempo con el que no contaba. ¿Y dice usted que se trata de un exhibidor anónimo?

–Exactamente. Solo tengo el nombre del despacho de abogados que actúa en su nombre. Y no estoy autorizado a dárselo.

–Bien, de todas formas me gustaría ver esos objetos medievales –añade papá–. Me muero por tocarlos.

Norma levanta la mano para llamar la atención.

–Director, si no nos necesita, nosotros nos vamos a clase.

–Claro, claro. Haga su trabajo. Supongo que el señor Adragón no tiene inconveniente.

–No hay problema. Usted y yo nos bastamos para revisar estos objetos. Arturo, hijo, nos vemos esta tarde en casa. ¿De acuerdo?

Metáfora, Norma y yo nos vamos a clase y los dejamos solos, en compañía de Armando, que se sitúa ante la puerta. Resulta sospechoso que en el último momento haya aparecido un comprador, teniendo en cuenta que muy poca gente sabe de la existencia de esos objetos. Casi puedo imaginar que Del Hierro ha informado a Stromber y le ha puesto sobre la pista.

Antes de entrar a clase, Cristóbal se me acerca y me dice que ha hablado con su padre.

–Me ha dicho que conviene que vayas a verle para hacer un seguimiento. Dice que hagas el favor de llevarle todo lo que has escrito sobre tus sueños, como te pidió... Ah, y tengo fotos increíbles de la visita del otro día. A ver si vamos a tu casa y te las doy. Ya verás lo que he encontrado.

Horacio me observa desde su sitio, con una sonrisa irritante en los labios. Estoy seguro de que se está burlando de nosotros con sus amigotes.

* * *

Metáfora y yo hemos venido a la Fundación para analizar los últimos acontecimientos. En el instituto todo el mundo comenta que Mercurio ha entregado las piezas antiguas que ha descubierto en la caseta del jardinero y que mi padre las quiere custodiar. Me impresiona ver que las noticias corren como el viento... Cuando quieren.

Horacio se ha estado jactando de que me ha derrotado y cuenta que soy un demonio, poseído por el dragón que adorna mi frente. No sé qué pretende con esas idioteces, pero ya empiezo a pensar que planea algo.

–Tengo la impresión de que aquel día pasó algo que no me has contado –dice Metáfora, señalando mi dibujo–. Él asegura que ese dragón cobró vida. Dice exactamente lo mismo que Jazmín, el tatuador.

–Ya te he dicho mil veces que son fantasías. Un dibujo no es un ser vivo. Eso sería brujería.

–O magia. Igual que las letras de tu cuerpo, que aparecen y desaparecen cuando quieren. Dime la verdad, que no se lo contaré a nadie. Sabes que puedes confiar en mí.

–Para ser sincero, te diré que no he visto nada de lo que cuentan. Ellos aseguran que mi dragón cobró vida, pero yo no lo puedo confirmar, tenía los ojos cerrados.

–¿Puedes jurarme que no ocurrió?

No puedo sostener su mirada e inclino la cabeza. No tengo fuerzas para negarle lo que vengo sospechando desde hace días. Es posible que el dibujo haya cobrado vida durante unos instantes... Y es posible que durante ese tiempo, se convirtiera en algo peligroso, muy peligroso.

–Oí un rugido. Solo te puedo decir eso. Pero no he visto nada.

–Tienes que contárselo a alguien. Si es cierto que esa cosa está viva, puede ser muy peligroso. Imagínate que ocurre de noche, mientras duermes... O cuando alguien te vuelva a atacar. Piensa en lo que puede ocurrir.

–¿A quién se lo cuento? ¿En quién puedo confiar? ¿Quién escuchará esta fantasía sin pensar que estoy loco?

–Habla con el padre de Cristóbal. Es el único que puede dar una explicación razonable. Escríbelo para que lo lea...

–Quiero enseñarte una cosa –digo, acercándome al ordenador–. Es una fotografía que hice de un dibujo que había en el segundo sótano. La hice sin que nadie me viera... Mira...

Amplío la imagen del escribiente que dibuja sobre la cara de un muchacho, en un pequeño cuarto iluminado por una vela. Le muestro los detalles de la cara del chico que, aunque no se aprecia demasiado bien, parece que tiene un dibujo similar al mío. Sobre la mesa, un tintero, y en la mano del escribiente, una plumilla de acero.

–Este dibujo no representa nada. Es solo un grabado medieval que puede...

–¿Y si fuese como el dibujo que Schliemann vio de pequeño? Un dibujo que no es producto de la fantasía de un ilustrador, sino la representación de algo que ocurrió en realidad... Igual que el dibujo de Troya...

–¿Y eso qué tiene que ver contigo? –pregunta.

–No estoy seguro, pero tengo la sensación de que yo soy ese chico que está ahí sentado.

–Vamos, vamos, Arturo... No te dejes llevar por el pánico. ¿Has soñado alguna vez una escena como esta?

–Nunca.

–Entonces no te sigas torturando. Y olvídalo. Tú no eres ese chico –dice para animarme–. Es solo un dibujo.

El teléfono interior suena y mi padre me pide que baje a su despacho para hablar con él. Le digo que Metáfora está conmigo y quiere que venga también, ya que Norma está con él.

–Vamos al despacho de papá. Nos contará qué ha pasado con esos objetos medievales.

Entramos en el despacho y nos sentamos en el sofá. Papá y Norma se colocan frente a nosotros, dispuestos a informarnos de las negociaciones.

–Después de examinarlos, puedo afirmar que son auténticos, del siglo X, aproximadamente.

–Pero el director insiste en que tiene otra oferta –añade Norma–. Y eso lo complica todo.

–Él dice que no sabe de quién se trata, pero creo que miente. El caso es que tenemos alguna pista sobre de su identidad...

–Stromber, ¿verdad? –dice Metáfora.

–Yo creo lo mismo –digo.

Papá y Norma se miran con complicidad.

–Os equivocáis –dice papá–. Norma ha averiguado su verdadero nombre. ¡Es el padre de Horacio!

–¿Qué? Pero, ¿qué interés tiene en este asunto? Él se dedica a otras cosas. No tiene ningún museo.

–Parece que Horacio se lo ha pedido.

–Quiere hacerse con los derechos de custodia de esas piezas para traspasárselas a un tercer museo y que la Fundación nunca pueda tener acceso a su exhibición pública. Así nos quitarían cientos de visitas y de solicitudes de investigadores. Y eso, a la larga, supone perder mucho dinero en concepto de entradas, copias, investigaciones para tesis doctorales. Eso demostraría que tiene más poder que tú. Horacio quiere vengarse de ti.

–¡Yo nunca he dicho que tenga ningún poder! –exclamo.

–Pero le has ganado en esa pelea del jardín. Y no te lo perdona.

No digo nada, pero creo que Horacio tiene otro motivo para quedarse con esos objetos medievales. Sé que el dragón de mi frente le dio un susto del que no se recuperará jamás. Y, por algún motivo, habrá llegado a la conclusión de que, de esta manera, estará a salvo.

IX
LA BRUJA Y EL CABALLERO

CUANDO Alexia se despertó por la mañana, descubrió en seguida que la infección de Arturo había empezado a remitir. A pesar de que estaba pálido y desmejorado, tenía los ojos abiertos y miraba al cielo, esperando a que alguien le moviera. Tenía el aspecto de un recién nacido.

–Veo que te encuentras bien –dijo la princesa–. Eres fuerte como un roble y ninguna flecha envenenada puede contigo.

–Te debo la vida –reconoció Arturo, haciendo un tremendo esfuerzo–. Sé que me has cuidado y gracias a ti estoy vivo.

–Estamos en paz. Tú me salvaste de la hoguera y yo te he curado de la infección. Los dos nos hemos librado de la muerte.

–Entonces, estamos en deuda el uno con el otro.

–Si prefieres verlo así. Dentro de poco podrás volver junto esa tal Metáfora.

–¿Metáfora? No conozco a nadie que se llame así –negó Arturo.

–Durante tus pesadillas la nombrabas sin cesar. Debe de ser muy importante para ti. Decías que era muy guapa.

–Te aseguro que ese nombre no me suena de nada.

–¿Ah, no? ¿Y el polvo negro, tampoco te suena de nada?

Arturo dio un brinco, como si le hubieran sorprendido en una mentira. El polvo negro sí pertenecía a su mundo, mientras que esa tal Metáfora provenía, seguramente, del mundo oscuro que de vez en cuando le asaltaba. Pero no se sentía con fuerzas para hablar de ello.

–No me hagas hablar... Es un secreto... pero te aseguro que no conozco a Metáfora. Y si la conozco, no la recuerdo.

–No hace falta que me mientas. Yo no soy nada para ti. Hoy partiremos hacia el reino de mi padre. Allí terminarás de curarte.

Arturo se encontraba muy confuso. Por un lado, quería decir que no tenía intención de volver al reino de Demónicus, pero, por otro, no tenía fuerzas para negarse. Parecía condenado a obedecer a la princesa Alexia. Durante unos segundos sintió que era su esclavo.

–Tu amigo Arquimaes está en el castillo de la reina Émedi –explicó Alexia–. Ha ido a pedir su ayuda para luchar contra mi padre. Tú y yo debemos ser amigos y luchar contra los que quieren aniquilarnos.

La mente de Arturo se había convertido en un complicado laberinto en el que las ideas vagaban sin control. ¿Desde cuándo era aliado de Demónicus y por qué tenía que defenderle de Arquimaes, al que siempre había considerado un buen amigo?

Arturo sintió una palpitación en el pecho y, entre tinieblas, se acordó de que había algo a lo que podía recurrir si le hacía falta; pero era incapaz de coordinar sus pensamientos y no sabía de qué se trataba.

–¿Soy aliado de tu padre? –preguntó con un hilo de voz–. ¿Soy de los vuestros? ¿Arquimaes es mi enemigo?

Ella le miró fijamente, levantó la mano derecha y le mostró la palma; en ella había unos signos que él identificó como letras.

–Cuando estabas en peligro en la choza de Górgula, puse mi mano sobre tu cuerpo y rocé los signos mágicos –explicó, mostrándole la inscripción que tenía en el pecho–. Hace algunos días, estos signos empezaron a hacerse visibles. Cuando me condenaron a muerte, les pedí que te avisaran de que estaba en peligro... Y viniste a salvarme... Entre nosotros hay magia.

–Entonces... Entonces, estamos unidos por esos signos –dijo Arturo, casi mareado–. Unidos por la magia.

–Lo estamos. Ahora somos dos en uno. Dos magos que reinarán en este continente. Seremos reyes absolutos y nadie se opondrá a nuestros deseos. Por eso eres amigo de Demónicus, mi padre, y él aprobará nuestra unión. Cuando llegue el momento, nos casaremos.

–¿Casarnos?

–Convenceré a mi padre para que deshaga el contrato de matrimonio que hizo para mí con el príncipe Ratala y seré tu esposa.

A pesar de que las palabras de Alexia eran amistosas, en el fondo de su corazón, Arturo intuía que había algo que no era de su agrado; pero, por algún motivo, se veía incapaz de rebatir los argumentos de su salvadora. El agradecimiento que sentía porque le había salvado la vida era tan grande que incluso se preguntó si no era exagerado. Pero, al final, después de tomar el brebaje que ella le dio y que, según Alexia, servía para recuperar fuerzas y acabar con la infección, estuvo totalmente de acuerdo en que era su amiga, su salvadora, y que nada en el mundo lo separaría de ella.

–Ha llegado la hora de partir –ordenó Alexia–. Levántate, que yo te ayudaré a caminar. Ya verás que juntos llegaremos lejos.

Arturo se sintió seguro a su lado. Se apoyó sobre ella y comenzó a caminar, sin hacerse más preguntas. Ahora lo veía todo más claro: Alexia era su compañera, Demónicus su amigo y protector, y Arquimaes era un traidor.

* * *

Crispín había logrado escapar de la ciudad de Raniox con apenas algunos rasguños; a pesar de que los soldados estuvieron a punto de alcanzarle. Gracias a su astucia había conseguido salir ileso y los había perdido de vista. Saber cabalgar a toda velocidad entre árboles le había dado una gran ventaja.

Después de vagar durante algún tiempo en busca de su amigo Arturo, acabó perdido en una taberna, entre bandoleros y borrachos. Desesperado y casi sin recursos, tuvo que vender su caballo para poder comer y alojarse, hasta que llegó a un acuerdo con el dueño de la taberna.

–Estoy dispuesto a trabajar a cambio de alojamiento y comida –le propuso–. Estoy acostumbrado a trabajar duro.

–Nos vendría bien un criado y alguien que ayudara en los establos. Atenderás a los clientes y a los caballos.

–Puedo hacerlo perfectamente.

–A cambio te daré alojamiento y comida –dijo Mancuso–. Es todo lo que puedo ofrecerte.

–Te agradezco la oferta –respondió Crispín–. La aceptaré, pero debo advertirte que debo encontrarme con unos amigos y no sé cuánto tiempo podré trabajar para ti.

De esta manera, Crispín entró al servicio de Mancuso. Por la mañana se ocupaba del establo y por la tarde trabajaba en la taberna.

Casualmente, tres noches más tarde, mientras servía a dos caballeros, Crispín escuchó una conversación que le interesó.

–La reina Émedi ha dado alojamiento y protección a un sabio alquimista –dijo uno–. Es una locura que le costará caro.

–En estos tiempos, el que se compromete a ayudar a los alquimistas se mete en un lío. Son todos unos farsantes. Te embrujan y te quitan hasta el alma.

–Dicen que está locamente enamorada de ese individuo. Habría que matarlo antes de que la embruje y le haga perder la razón.

–Seguro que le ha dado algún brebaje misterioso y la ha vuelto loca.

–¡Maldito científico! –profirió el caballero de larga barba–. ¡Es un embaucador!

Crispín, que no había perdido palabra, esperó el momento oportuno para abordarlos.

–Caballeros, tenemos el honor de invitaros a una jarra de buen vino –dijo–. ¡Por la reina Émedi!

–¡Por la reina!

–¡Por la reina y su sensatez!

–¿Sabéis por ventura cómo se llama ese alquimista que ha embrujado su corazón? –preguntó Crispín, mientras llenaba las copas–. Me gustaría saberlo para huir de él cuando le vea. Seguro que es peligroso.

–Se llama Artames o algo así.

–No, se llama Arquimatares... –le corrigió el otro.

Crispín esperó pacientemente a que se pusieran de acuerdo. Lo que había escuchado hasta ahora le pareció suficiente. Seguro que se trataba de Arquimaes.

¡El sabio estaba vivo y se alojaba en el castillo de una reina y, además, la había enamorado! Ya se lo había advertido a Arturo.

–¿No necesitaréis, por ventura, un criado o un escudero? –les preguntó–. Estoy dispuesto a ofrecerme a cambio de comida y el derecho a subir a uno de vuestros carros.

–Siempre hay sitio para un criado –respondió uno de los caballeros–. Partimos mañana temprano. Si estás dispuesto, te dejaremos un sitio... Pero tendrás que trabajar duro, chico.

Crispín entró en la cocina y se acercó al posadero:

–Mancuso, te has portado bien conmigo, pero tengo que partir. Mañana me marcho temprano con esa caravana.

El sol aún no había salido cuando el grupo salía del recinto de la posada. Crispín, que iba sentado en el pescante de un carro, sintió una cierta alegría al saber que iba a encontrase de nuevo con ese alquimista que tan bien le había tratado y que tantas cosas le había enseñado. Solo tenía un problema: ¿cómo explicarle que Arturo había desaparecido volando por el cielo, como un gran pájaro, para salvar a la hija de Demónicus?

* * *

El jefe de uno de los grupos que Demónicus había enviado en busca de su hija observó desde lejos a las dos figuras que caminaban lentamente por el sendero, al otro lado del río, como dos sombras perdidas que no sabían a dónde iban.

–Quizá puedan informarnos –dijo–. Es posible que nos ayuden a encontrar a la princesa Alexia.

Escorpio, que iba con ellos, asintió. Las últimas noticias que le habían llegado eran inquietantes. Ahora ya no estaba tan seguro de que Alexia siguiera en el castillo de Benicius, que había sido derrocado y cuyo trono había sido ocupado por un grupo de rebeldes dirigidos por un truhán asesino y medio loco al que todos llamaban Frómodi. Después de lo que había contado a Demónicus, le convenía obtener información fiable.

Los jinetes cruzaron el río y tardaron poco en alcanzar a los dos caminantes. Uno de ellos iba herido y le costaba andar, mientras que el otro, una chica, se detuvo en cuanto reconoció sus estandartes.

–Hola, Germano –dijo ella en cuanto le reconoció–. ¿Me estás buscando?

Germano se quedó de piedra cuando la reconoció.

–¡Princesa Alexia! –exclamó–. ¿Qué ha pasado? ¿Qué haces aquí?

–Voy a ver a mi padre. ¿Tendrías problemas en acompañarme?

Germano se apeó de su montura y se acercó a Arturo.

–¿Es este el chico que te ha secuestrado? ¿Quieres que le matemos aquí mismo?

–No, quiero que le cuidéis. Debe llegar vivo al castillo. Preparad una camilla para transportarle –ordenó la joven–. Llevadle con cuidado, tiene mucho valor para mí.

–Princesa, permíteme que me presente. Me llamo Escorpio y estoy al servicio de tu padre. ¿Qué ocurrió en el castillo de Benicius? ¿Dónde está Arquimaes?

–Preguntas demasiado –respondió la altiva princesa, subiendo a un caballo–. No tengo que darte ninguna explicación. Solo rendiré cuentas a mi padre.

–A tu padre no le gustaría saber que salvaste la vida de Arquimaes –dijo con sutileza el espía.

–Es posible que tampoco le guste saber que alguien recomendó a Benicius que me encerrara, ¿verdad? Ya lo aclararemos todo en cuanto lleguemos al castillo.

Escorpio torció el gesto. No sabía que Alexia estaba enterada de que la habían encerrado en el pozo por recomendación suya. Ahora tenía un problema y le podía costar la vida. Inmediatamente pensó en la manera de reconciliarse con ella.

Minutos después, la patrulla se puso en marcha en dirección al castillo de Demónicus.

X
LA CENA DEL COMPROMISO

ESTA noche papá ha organizado una cena extraordinaria con muchos invitados. Quiere dar a todos la noticia de que él y Norma han formado pareja.

Llevan días preparando la sala de recepciones, que hace tiempo que no se usa. Han contratado los servicios de una empresa de *catering* con camareros incluidos, para asegurarse el éxito del acto. Han limpiado los muebles y Norma se ha ocupado de realzar la decoración. Por eso ha sacado algunas estatuas, estandartes, escudos y armas, y crear así un ambiente medieval. De hecho, el menú estará compuesto por platos típicos de la Edad Media.

Todo indica que va a ser una noche especial. Metáfora se ha comprado un vestido y yo he buscado un esmoquin, para no desentonar.

La verdad es que estoy un poco nervioso, pero tengo que estar a la altura de las circunstancias; no quiero hacer el ridículo. Ah, y por primera vez he usado la navaja de afeitar que me regalaron en mi cumpleaños... Ha sido una experiencia curiosa.

Los invitados han empezado a llegar hace un rato. El general Battaglia ha sido de los primeros en aparecer, vestido con uniforme militar, y acompañado de Leblanc, el escritor que le gusta tanto a Metáfora. Después, han entrado algunos profesores del instituto invitados por Norma; Del Hierro, y varios más. En total, se supone que habrá unas cincuenta personas.

Los camareros se esmeran en servir copas para que el cóctel previo a la cena resulte lucido. Adela está presente en la sala, mientras dirige a dos vigilantes que controlan la entrada de invitados.

La gente hace corrillos y charla al ritmo de las copas y los canapés, que se reparten incesantemente. Como siempre, Norma ha acertado al elegir el servicio de catering.

–¿Estás nervioso? –pregunta Metáfora, que está preciosa con su nuevo vestido–. Parece que la cosa va en serio.

–Ya, aunque solo se comprometen, lo de la boda vendrá más tarde. No hay nada seguro todavía.

–No me has dicho qué opinas sobre eso. ¿Te parecería bien que se casaran?

–Bueno, yo creo que se entienden bien. Y eso es muy importante.

–Pero ¿te gustará tener una madrastra?

–Si no es como la del cuento de Cenicienta, me parece bien. Fuera de bromas, me alegro de que papá haya encontrado una mujer que le quiera y le comprenda. Estoy seguro de que Norma será buena para él.

–Yo también creo que harán buena pareja. ¿Te has dado cuenta de que eso nos convertirá en hermanastros?

–¿Y eso es malo?

–No, pero imagina que quisiéramos casarnos... Fíjate qué dilema.

–¿Casarnos? Pero...

–¡Arturo! ¡Hola!

Es Cristóbal, que viene acompañado de sus padres.

–Hola, Arturo, ¿te acuerdas de mí? –pregunta su padre.

–Doctor Vistalegre. Buenas noches.

–Me debes una visita. Tienes que hablar conmigo, recuerda que tienes que enseñarme lo que has escrito sobre tus sueños.

–Claro, claro... Iré un día de estos... Pero casi no he escrito nada.

–Bueno, Arturo, no quiero insistir, pero sería bueno que, cuando lo hagas, apuntes algunas cosas de tu infancia. Esas cosas son muy útiles.

El cóctel toca a su fin y nos sentamos en la gran mesa en forma de «U» que han preparado especialmente para esta noche. Nosotros nos colocamos en la cabecera presidencial, al lado de papá y de Norma.

Los camareros empiezan a servir los platos y la gente da buena cuenta de ellos. El ambiente está muy animado y todo el mundo parece sentirse a gusto. La comida es francamente buena y el acto transcurre en armonía.

Finalmente, llegan los postres, el café y el champán. Entonces, papá se levanta con una copa en la mano y se dispone a dirigirnos unas palabras:

–¡Queridos amigos y amigas! Antes de nada, quiero agradeceros vuestra presencia aquí, en esta noche tan especial para nosotros... Nos hemos reunido para anunciaros que Norma y yo hemos dejado de ser únicamente amigos para ser algo más. Queremos anunciaros que estamos enamorados y que, posiblemente, si las cosas salen como esperamos, algún día, nos casaremos.

Todo el mundo aplaude.

–Por tanto, brindo por nuestra felicidad y por la vuestra. Estáis aquí porque os apreciamos y queremos compartir este momento con vosotros –añade.

Más aplausos.

–Y, si todo va bien, volveremos a reunirnos para celebrar nuestra boda. ¡Saludos!

Más aplausos.

El general Battaglia se levanta con su copa en la mano y pide la palabra:

–¡Quiero ser el primero en felicitar a esta pareja! ¡Les doy mi más cordial enhorabuena y les deseo lo mejor de este mundo! ¡Les deseo un gran futuro!

–Gracias, general –dicen a la vez papá y Norma.

–¡Yo también quiero sumarme a esa felicitación! –exclama Stromber, que se ha puesto en pie–. ¡Mis mejores deseos de futuro! ¡Espero que vuestro sueño se materialice!

Varias personas los felicitan y les desean lo mejor de lo mejor. Durante casi media hora, uno tras otro, todos los invitados han manifestado sus deseos de felicidad para la nueva pareja. Solo *Sombra* se mantiene en silencio. Le noto preocupado y me prometo que luego hablaré con él. Me temo que la visita del general Battaglia al segundo sótano le ha disgustado en exceso y no lo está superando bien. Sin embargo, si es verdad que ese Ejército Negro no existió, no entiendo qué puede temer de las averiguaciones del general. Si nunca existió, no pueden encontrarse pruebas de su existencia.

Los convidados se levantan y hacen corrillos mientras los camareros sirven copas; es el momento en el que el alcohol desata las lenguas. Me acerco al general Battaglia para agradecerle sus palabras.

–Muchas gracias por su brindis, general. Me ha gustado mucho.

–Pues te gustará más saber que he encontrado pruebas de que el Ejército Negro existió –dice, eufórico–. Puedo confirmar que luchó con fiereza y creo que dentro de poco encontraré el nombre de su comandante en jefe.

–Pero, general, eso es una gran noticia –dice Metáfora, que se acaba de unir a nosotros–. Eso significa que su teoría era cierta.

–Por fin dispongo de indicios de que ese Ejército Negro existió. Tengo pruebas fehacientes. Y todo gracias a la colaboración de la Fundación Adragón y de su director y propietario, don Arturo Adragón. Estoy muy contento.

–¿Qué pruebas ha encontrado usted, general? –pregunto.

–Las presentaré dentro de poco. Expondré públicamente todos los indicios que he encontrado, que son muchos. Demostraré que existió un ejército poderoso que hizo cosas extraordinarias, entre las que se encuentra la hazaña de haber creado un reino.

–Será al contrario, general: un reino habrá creado un ejército.

–No, jovencita. Lo he dicho bien: ¡el Ejército Negro creó un reino!

–Pero eso es imposible. Eso no ha ocurrido nunca en la historia.

–Ya lo veremos, ya lo veremos –dice, retirándose.

Veo que papá está hablando con Stromber y con Del Hierro, y no parece contento.

–Metáfora, veamos de qué hablan papá y Stromber.

Nos acercamos disimuladamente y, antes de que se den cuenta de nuestra presencia...

–Entonces, ¿es irreversible? –dice papá.

–Lo siento, señor Adragón, pero las cosas se han complicado demasiado. Usted ha intentado hacerse con los derechos de custodia de nuevas piezas de museo, y eso cuesta dinero. Además, no ha sido capaz de cancelar la deuda y esta ha crecido. No nos queda más remedio que actuar –explica Del Hierro con todo detalle.

–¿Qué puedo hacer?

–Nada. Tendrá que negociar conmigo si no quiere que ejecutemos el embargo.

Metáfora y yo nos retiramos. Ya sabemos bastante. La situación se ha agravado, parece que no tiene remedio.

–Oye, Arturo, vamos a saludar al señor Leblanc, que quiero preguntarle si está escribiendo algún libro –me pide Metáfora–. Me interesa mucho.

–Sí, de acuerdo, vamos a verle.

* * *

Estoy a punto de dormirme cuando alguien llama a mi puerta. Inmediatamente me levanto para ver quién quiere verme a las cuatro de la madrugada.

–*Sombra*, ¿qué haces aquí a estas horas?

–¿Puedo hablar contigo?

–Claro, pasa, pasa... Te veo muy nervioso.

Se sienta en el borde de mi cama y se retuerce las manos. Ni siquiera me mira a los ojos, como suele hacer siempre. Debe de tratarse de algo muy importante.

–Verás, quiero pedirte ayuda. Hay un grave problema que yo no puedo solucionar.

–Dime de qué se trata. Ya sabes que puedes contar conmigo.

–Las cosas se me han escapado de las manos. Ya no controlo la situación. Lo siento.

–¿A qué situación te refieres?

–Al general. Ese hombre nos va a complicar la vida. La Fundación corre peligro. Si habla y cuenta lo que sabe, la Fundación puede desaparecer.

Sus palabras me sorprenden. No sé cómo puede el general hacer desaparecer la Fundación.

–*Sombra*, creo que estás yendo demasiado lejos. Eso no puede ocurrir. La Fundación jamás desaparecerá.

–¡Ese hombre dice que ha encontrado pruebas de que el Ejército Negro existió! ¿Te das cuenta de lo que eso significa?

–Pues, no. Tú siempre has dicho que ese ejército es producto de la fantasía de dibujantes y escritores, que jamás ha existido.

–Claro, claro... Pero ahora llega ese soldado y afirma lo contrario. Es posible que pueda demostrar que... que yo estoy equivocado.

–Pero ¿qué ocurre si estás equivocado? ¿En qué nos afecta a nosotros que ese ejército haya existido alguna vez? ¿Qué nos importa a nosotros?

–Mucho, Arturo. ¿Es que no te das cuenta? Si esa noticia sale a la luz, todo el mundo vendrá aquí a investigar. Todo el mundo querrá saber qué hay de verdad en todo eso. Se llenará de periodistas, de investigadores, de historiadores...

–*Sombra*, amigo, eso ya ocurre. Aquí viene mucha gente para buscar información. Además, eso significa dinero, mucho dinero, pues se va a cobrar una tasa de entrada y otra de derechos de investigación. Así podremos pagar la deuda de la Fundación.

–Pero no buscan nada concreto. Investigan sobre la forma de vida en la Edad Media, sobre su historia, sus reyes... No hacen ningún daño...

–No lo entiendo. No sé a qué te refieres. ¿Qué tiene de peligroso que el general diga que existió un ejército medieval del que nadie ha oído hablar nunca y cuya existencia todo el mundo niega? ¿Qué pueden encontrar los periodistas que nosotros no sepamos?

–Arturo, escucha... Si esto se llena de gente que quiere saber cosas, las acabarán encontrando. Revisarán todos los libros, entrarán en la biblioteca, bajarán a los sótanos, tocarán todo lo que está ordenado, saquearán la información que tenemos... Y es posible que encuentren cosas peligrosas.

–No te entiendo. ¿Qué tenemos que ocultar? ¿Qué hay en la Fundación que no deba ser conocido?

–¡Nadie debe penetrar en las profundidades de la Fundación! ¡Hay que impedirlo como sea!

–¿Impedir qué?

–¡Impedir que el general informe de lo que sabe! ¡Impedir que el general explique lo que ha encontrado! ¡Impedir que salte la noticia de que el Ejército Negro existió!

–Entonces, ¿existió?

–Eso no importa. Lo que me preocupa es que mucha gente lo crea. ¡Hay que silenciar al general! ¡Tienes que ayudarme!

–¿Has hablado con mi padre? ¿Le has contado todo esto?

–Tu padre no me hará caso. Él no tiene nada que ver con esta historia.

–¿Y yo sí?

Tarda un poco en responder.

–Arturo, tú sí tienes mucho que ver con el Ejército Negro.

Ahora sí que me he quedado atónito.

XI

UN HIJO PARA EL MAGO TENEBROSO

ARTURO llegó inconsciente al castillo de Demónicus. El viaje fue durísimo y las pocas fuerzas que le quedaban desaparecieron en el trayecto. Por eso, al cabo de varios días de recorrer caminos, valles y senderos tortuosos, entró en un estado de agotamiento que le mantuvo adormilado, al borde del desfallecimiento.

En ese estado no pudo ver el abrazo entre padre e hija. Demónicus, que era un ser diabólico, se estremeció entre los brazos de su hija, a la que, en algunos momentos, había dado por perdida.

–Hija mía, por fin vuelvo a ver el color de tus ojos –dijo–. ¡Los dioses han sido generosos conmigo!

–Padre, te he echado de menos.

–Ahora ha llegado el momento de la venganza. Creo que ese chico que viene contigo es el que te secuestró aquí mismo, hace algunas semanas.

–Es él, padre. Lo he traído para que veas con tus propios ojos lo que es capaz de hacer. ¡Es extraordinario!

–Lo único extraordinario que le espera es la muerte. ¡Debe pagar caro lo que nos ha hecho! ¡Lamentará haberte separado de mi lado!

–Antes de tomar una decisión debes escuchar lo que tengo que contarte. Ese chico tiene poderes inimaginables. Te asombrará. Y querrás que forme parte de nuestra familia. Es mejor tenerle a nuestro lado que...

–¿No estarás enamorada, verdad?

–Padre, ¿qué dices?...

–Respóndeme... ¿Estás enamorada de él?

Alexia bajó los ojos y tardó unos segundos en responder.

–No lo sé. Estoy muy unida a él por varios motivos. Debes saber que me ha salvado la vida...

–No debes enamorarte de cada hombre que te salve la vida –le reprochó su padre–. Tienes que ser más dura.

–Arturo es especial. Te gustará cuando le conozcas. Te aseguro que tiene poderes mágicos increíbles.

Pero el corazón de Demónicus era demasiado duro para ablandarse con las palabras de su hija. El mago prefirió dejar de lado la discusión para no disgustar a Alexia. La abrazó y le contó las cosas que habían ocurrido desde que ella saliera del castillo.

–Estamos siendo atacados por los reyes y caballeros que odian la magia y prefieren la alquimia –le explicó–. Dentro de poco habrá guerra. Debemos imponer nuestro reino o nos esclavizarán.

–He estado a punto de morir en la hoguera por practicar la hechicería. Sé que tienes razón. Debemos prepararnos para lo que se avecina.

–Me ha llegado información de que la reina Émedi quiere encabezar una lucha contra nosotros. Dicen que se va a reunir con otros reyes para formar un poderoso ejército.

–Creo, padre, que Arturo puede sernos muy útil en esta batalla. Si logramos convencerle de que se ponga de nuestro lado, seremos invencibles.

–¿No exageras? ¿No estarás cegada por esa fiebre que te domina?

–No, padre. Yo misma vi cómo aniquilaba al dragón que enviaste para salvarme.

–¿Ese chico eliminó mi dragón?

–¡Él solo, padre! ¡Lo hizo él solo!

Las palabras de Alexia hicieron dudar a Demónicus. ¿Y si su hija tenía razón y ese extraño muchacho tenía poderes invencibles?

–Cuéntame todo lo que sepas sobre ese mago. Quiero saber todos los detalles.

–Sé muy poco de él, pero he visto mucho. Nadie sabe de dónde procede y él apenas cuenta cosas. Es como si viniera de un mundo lejano que ni él mismo conoce. Es algo especial. Espera a conocerle y tú mismo te convencerás.

Demónicus prestó mucha atención a las palabras de su hija, ya que en ellas podía haber pistas sobre el origen de ese increíble guerrero, matador de dragones.

* * *

Morfidio había organizado la ceremonia de su coronación a toda velocidad, antes de que las voces que se oponían a su reinado se unieran y le resultase imposible acallarlas.

El día había amanecido soleado, como hecho a propósito para un acontecimiento de esta naturaleza. Sus más fieles caballeros, seleccionados entre antiguos oficiales de Benicius y posteriormente de Reynaldo, a los que había corrompido convenientemente con promesas de fortuna y poder, lo habían organizado todo con firmeza y habilidad.

Incluso habían conseguido que un obispo oficiara la ceremonia. Fue una pena que los reyes y nobles vecinos declinaran la invitación, en la que, además, habría torneos, fiestas y opíparas cenas. A cambio, contrató cómicos, bailarines y músicos para alegrar y dar brillo a la fiesta.

Pero había algo con lo que no había contado.

–Señor, un grupo de campesinos quiere veros –le advirtió uno de sus caballeros–. Desean hablar con vos antes de que la ceremonia se celebre.

–¿No pueden esperar a mañana?

–Aseguran que no. Insisten en que necesitan entrevistarse con vos, señor.

–Está bien. Los atenderé en el salón de armas. Que la guardia esté preparada.

El caballero entendió perfectamente el mensaje y se retiró empuñando su espada, para hacer saber a Frómodi, su nuevo amo, que podía contar con él.

Unos minutos después Morfidio entraba acompañado de seis de sus mejores caballeros en la sala de armas, donde una veintena de campesinos le aguardaba.

–Aquí me tenéis, amigos míos. Supongo que venís a felicitarme por mi nombramiento.

Los hombres inclinaron la cabeza en señal de respeto hacia el que pretendía ser su rey. Después, uno de ellos dio un paso adelante y dijo:

–Señor, me han nombrado portavoz de la delegación de campesinos de este reino. Tengo el encargo de entregaros un mensaje que hemos elaborado entre todos.

Alargó la mano y mostró un pliego enrollado, del que colgaban varios sellos lacrados con los símbolos de diversos pueblos y ciudades.

–Prefiero que me lo leas. Hoy es un día especial para mí y no deseo esforzarme en la lectura de un pergamino escrito por mis súbditos.

El hombre sintió un escalofrío. No pensó nunca en la posibilidad de tener que leer en voz alta las peticiones de sus compañeros y se puso muy nervioso.

–Vamos, no me hagas perder el tiempo –le apremió Morfidio–. ¡Lee!

–Perdón, señor... –se disculpó mientras desenrollaba el pergamino–. Veamos... Dice así: «Con todo respeto, caballero Frómodi, en nombre de todos los que luchamos para derrocar a Reynaldo, queremos recordaros que la corona pertenece al pueblo y que el nuevo rey debe ser elegido entre los hombres de la comarca, por lo que os pedimos que renunciéis a la Corona hasta que las comunidades decidan quién ha de ser el nuevo soberano»... En fin, esto es lo que hemos...

–Vaya, ¿así me agradecéis lo que he hecho por vosotros? ¿Es que habéis olvidado que yo fui el que preparó toda la estrategia militar para acabar con ese condenado rey Reynaldo que quería aplastaros bajo su bota?

–Os estamos agradecidos por vuestra ayuda y estamos dispuestos a recompensaros...

–¿Recompensarme? ¿Acaso me habéis confundido con un mercenario? –gruñó Morfidio expresando una gran rabia y acercándose al portavoz–. ¿Por quién me habéis tomado?

El hombre se dio cuenta de que tenía que pensar muy bien sus próximas palabras. Pero no tuvo tiempo, ya que Morfidio le clavó una daga en la garganta.

–¡Matadlos a todos! –ordenó a sus caballeros–. ¡Que no quede ni uno vivo! ¡Estos desagradecidos no merecen vivir!

Los caballeros, que ya estaban preparados, desenvainaron sus espadas y se lanzaron sobre los indefensos campesinos. Estos trataron de huir pero se encontraron la puerta cerrada bajo llave. Los soldados que la vigilaban desde fuera escucharon estremecidos los horribles gritos de los campesinos.

Pocos minutos después, la puerta se abrió y Morfidio, acompañado de sus caballeros, salió empapado en sangre, con la espada aún sucia y con restos de ropa colgando de su afilada hoja.

–¡Limpiad esta sala en seguida! –ordenó–. ¡Quemad los cadáveres! La ceremonia empezará en cuanto me cambie de ropa.

Se dirigió a su aposento y se desprendió de sus ricos y bellos hábitos que, ahora, estaban ensangrentados. Los arrojó a la chimenea y se vistió de nuevo. Cuando estaba a punto de calzarse, observó la mancha negra que tenía en sus pies, hasta la altura de los tobillos. Se frotó intentando quitarla, pero fue inútil. Se sirvió una generosa copa de vino y se la bebió casi de un trago.

Estaba furioso. Cada día que pasaba se notaba más sediento de sangre, más violento y ambicioso. Incluso se sintió preocupado por esos inesperados ataques de locura que, de vez en cuando, le dominaban. Y todo desde que metió los pies en aquel riachuelo subterráneo, mientras luchaba contra Arturo, ese pequeño salvaje que le había humillado.

–¡Te mataré! ¡Te juro que te mataré, maldito! –murmuró mientras se ponía las botas.

Después, según estaba previsto, la ceremonia de coronación se celebró en el más absoluto silencio. Nadie preguntó por los campesinos que habían ido a hablar con el nuevo rey, Frómodi, pero la gran chimenea dejaba salir una intensa columna de humo que despedía un olor delator.

XII
EL CERCO SE ESTRECHA

EL padre de Horacio ha vuelto a subir su oferta para hacerse con la custodia y conservación de los objetos que Mercurio encontró en el jardín del instituto. Y mi padre ha hecho lo mismo. Ahora las cosas se han complicado porque el precio, al ser más elevado, dificulta las relaciones con el banco, que no está dispuesto a permitir despilfarros.

Por otro lado, Horacio ha ido diciendo por todas partes que la familia Adragón es una familia de aprovechados que quiere acaparar todos los objetos medievales que se encuentran en nuestra ciudad. Y eso me ha puesto bastante nervioso. Le veo cruzar el patio y me pregunto si debo enfrentarme con él y exigirle que retire sus acusaciones. Si lo hago, sé que mi padre se llevará un disgusto; y ahora que está tan contento con lo de su compromiso con Norma, no me parece bien estropearle la fiesta.

Metáfora se acerca acompañada de Cristóbal, que se ha convertido en nuestra sombra. A veces me preocupa tanta cercanía, ya que está conociendo cosas muy personales que pertenecen a mi ámbito privado. Sin embargo, no sé por qué, pero me fío de él. Me ha demostrado que puedo hacerlo, ya que, después de la entrevista con su padre, no ha dicho una palabra a nadie. Y podía haber contado muchas cosas. Supongo que es bueno poder fiarse de alguien, sobre todo cuando estás rodeado de espías.

–Arturo, tienes cita con mi padre dentro de dos días –me recuerda Cristóbal–. Dice que no conviene retrasar el seguimiento de tu enfermedad...

–Yo no estoy enfermo.

–Bueno, de lo que sea. Piensa que es peligroso dejarlo crecer sin saber de qué se trata. Así que, por favor, debes visitarle.

Estoy a punto de responderle que sí, que iré, cuando mi móvil me avisa de que he recibido un mensaje:

Peligro

Es de *Patacoja*. Cualquiera sabe qué quiere decir con eso de *peligro*. Si puedo, luego iré a verle y le preguntaré. No quiero llamarle por si está con alguien. Parece que últimamente se mueve mucho y tiene un montón de contactos.

Horacio se acerca directamente hacia mí. Viene en plan agresivo y me preparo para pelear, por si acaso.

–*Caradragón*, vengo a decirte que avises a tu padre que no siga con la idea de comprar esos derechos de custodia. Son míos y los conseguiré. Y no te valdrán de nada esos trucos del dibujito. Si vuelves a usarlo, te partiré la cara. ¡Estás advertido!

–Escucha, no permitiré que me amenaces. Ya has abusado de tu fuerza todo lo que te ha dado la gana, pero se acabó –le respondo.

–¿Y qué vas a hacer? ¿Sacarás a tu dragón a pasear? –dice Horacio en plan burlón–. ¡No creas que me da miedo! A mí tus trucos de feria no me asustan.

Doy un paso adelante, dispuesto a solucionar el problema de una vez, pero Metáfora me sujeta del brazo.

–Ven, vamos a clase. No le sigas el juego –dice.

Veo que Norma nos ha estado observando desde lejos, pero ha preferido no intervenir. Creo que eso que Metáfora llama sensibilidad femenina consiste también en no dejarse llevar por la pasión en ciertos momentos.

Horacio, que ve que su provocación no ha surtido efecto, se retira acompañado de sus amigos.

Mercurio viene a saludarme. Hace días que no hablo con él.

–Ya has visto que te he hecho caso –dice–. Entregué todos los objetos al director. Absolutamente todos.

–Te felicito, Mercurio. Has tomado la decisión adecuada.

–¿Te has enterado de que van a venir a excavar en el jardín?

–¿Para qué?

–Para buscar más objetos –afirma–. Alguien le ha comentado al Consejo que puede haber un yacimiento de objetos medievales ahí debajo.

–¿Cuándo va a ocurrir eso?

–Dentro de unos días verás las excavadoras. El Consejo, como es su obligación, lo ha puesto en conocimiento de las autoridades. Han enviado a un arqueólogo público para la elaboración de la correspondiente Carta Arqueológica. No sé cómo terminará todo esto.

No digo nada. No estoy seguro de que sea una buena noticia. No es que esté en contra de que encuentren objetos antiguos, pero tampoco estoy a favor de que esto se convierta en un circo.

* * *

Sorprendentemente, *Patacoja* no está en su sitio habitual. Le llamo al móvil, pero lo ha desconectado. Espero que no pase nada grave.

–No te preocupes –dice Metáfora–. Estará ocupado. Ya verás como pronto aparece.

–No es normal. Él siempre está localizable. Me inquieta, sobre todo después del mensaje que me ha enviado esta mañana.

–Venga, vamos a entrar. Quiero que hablemos un momento con el general, que todavía está trabajando.

Le hago caso y trato de olvidar durante un rato a mi amigo *Patacoja*, el arqueólogo secreto. Nos encontramos con Adela, que está revisando el libro de entradas y de salidas, con cara de preocupación.

–¿Pasa algo? –le pregunto.

–Espero que no. Según el libro de registro de entradas de hoy, falta una persona por salir. Vamos a registrar todo para estar seguros de que no hay problemas.

–¿Para qué querría quedarse alguien dentro de la Fundación? –pregunto ingenuamente–. ¿Qué puede hacer?

–Es mejor descubrirlo y echarlo. Si está, lo encontraremos.

–¿Crees que puede ser un ladrón?

–Es posible. A veces se quedan dentro de los museos para robar durante la noche, y luego salen al día siguiente, mezclados entre las visitas, tan tranquilos. Pero esta vez le vamos pillar. Es una pena que aún no hayamos instalado el sistema de videovigilancia.

–No me digas que vais a colocar cámaras de vídeo por toda la Fundación –digo un poco sorprendido.

–Es lo que se hace ahora. Tendremos un puesto de control para que nada pase desapercibido. Todo quedará grabado.

–¿La tercera planta también?

–Claro. Ya te digo que no quedará un centímetro de este edificio sin controlar.

Me despido y subo a mi habitación con la sensación de que pronto mil ojos me estarán observando. Supongo que esas cámaras aumentarán la seguridad, pero no dejo de tener un extraño y profundo sentimiento de encarcelamiento.

Esta noche espero disfrutar de un rato de intimidad; necesito poner mis ideas en orden. Tengo muchas cosas en las que pensar y quiero revisar esas fotografías que he hecho en el segundo sótano.

Enciendo el ordenador y entro en el archivo de fotos. Las empiezo a abrir cuando, casi por casualidad, encuentro el escaneado de la moneda pulida que Cristóbal me regaló. Intuitivamente decido abrirla para echarle una ojeada, aunque temiendo que no servirá de nada.

Vuelvo a revisarla. No sé explicarlo, pero hay algo que me llama la atención, aunque no soy capaz de determinar qué es exactamente. Supongo que esa imagen del reverso, que prácticamente no se ve, me sigue llamando la atención. Como dice *Sombra*, las cosas que no se ven son las más interesantes.

La amplío y vuelvo a observarla, buscando pistas que me lleven a alguna conclusión. Como no hay nada llamativo, empiezo a imaginar formas que puedan caber entre los puntos en relieve que aún se ven. Utilizo un programa de diseño y hago algunas pruebas; dibujo líneas desde los puntos de relieve e intento formar piezas concretas. Finalmente, encuentro una figura geométrica que me llama la atención por su sencillez: un triángulo. No es perfecto, pero parece que el dibujo invisible cabe en un triángulo... Intento con otras figuras, pero nada: siempre llego a lo mismo. Bueno, no es mucho pero es una pista. Ahora sé que el símbolo original de esa moneda tenía forma triangular.

Lo dejo de lado para ocuparme de las otras fotografías. Amplío la que me tiene obsesionado, la de ese chico al que un hombre le dibuja algo en el rostro. La observo con atención, me fijo en los detalles e intento descubrir qué le están dibujando en el rostro... Es evidente que hay algo en la frente, y que una de las mejillas también ha sido pintada, lo que me hace suponer que la otra también... Si imagino una línea que empieza en la frente, va a una mejilla, sigue hasta la otra y vuelve a la frente, ¡obtengo también un triángulo!

Vuelvo a abrir la fotografía de la moneda y comparo las dos imágenes. Una forma geométrica simple que se ve en muchos sitios...

Y sin embargo, cada vez soy más consciente de que todo esto tiene que ver con otra vida... Otra vida que tengo o que he tenido. ¿Quizá alguien, como en el dibujo, me pintó la cara con esa «A» con cabeza de dragón y patas con garras? ¿Y hubo una moneda de un antiguo reino medieval que llevó el mismo símbolo?

Pero la pregunta es ¿por qué? ¿Quién me hizo ese dibujo? ¿Para qué lo hizo? ¿Con qué intención? Y más preguntas. ¿Tiene esto algo que ver con el Ejército Negro del que habla el general? Y las excavaciones del instituto, ¿son casualidad?

De repente se me ocurre que hay algo que puede tener la respuesta a todas mis preguntas: el pergamino que usaron para envolverme cuando nací.

¡Ahí tiene que estar la clave de todo este puzzle!

Pero ¿dónde estará? ¿Lo conservarán en algún templo egipcio? ¿Quién puede saber algo sobre ese misterioso pergamino medieval que apareció a orillas del río Nilo?

XIII
EL ESCLAVO DE LA HECHICERA

Dos semanas después, Arturo se empezaba a sentir bien y, por primera vez, se levantó. El primer día, consiguió dar un paseo hasta el jardín y disfrutó de una mañana maravillosa en la que brillaba una intensa luz que le alegró el corazón.

A pesar de que sus pensamientos eran confusos, cada vez que veía a Alexia sentía una enorme alegría. Ella le había visitado todos los días y su amable conversación le había ayudado a recuperarse. Se había convencido de que Alexia era la dueña de su alma y de su corazón. O lo que es lo mismo, de que él era su esclavo.

Después de intentar recuperar la memoria, que creía haber perdido y que por algún motivo no lograba reactivar, se dio por vencido. Aceptó que no había conocido otra vida más que la que estaba viviendo, en un extraordinario castillo en el que hasta sus más mínimos deseos eran atendidos con rapidez. Una pequeña legión de criados y esclavos se ocupaba de él las veinticuatro horas y le bastaba con mover un dedo para ser complacido.

Cuando aquella mañana Alexia se encontró con él en el jardín, sintió, como siempre, un gran regocijo.

–¿Dónde has estado, princesa? –preguntó, saliendo a su encuentro–. Te he echado de menos.

–He tenido que resolver unos asuntos que nos beneficiarán. He ordenado que preparen un laboratorio para que podamos trabajar juntos. Un laboratorio completo, en el que haremos hechizos maravillosos que nos darán mucho poder cuando seamos marido y mujer.

–Pero, yo no soy hechicero, ni mago, ni nada parecido –replicó Arturo–. Yo soy... Soy...

–¡Un caballero! ¡Eres el caballero Arturo Adragón, matador de dragones y futuro esposo de la princesa Alexia!

Arturo trató de digerir las palabras de Alexia, cuyo alcance no acababa de comprender del todo.

–Así que soy un caballero.

–El más valiente, el más atrevido y el más feroz. Nadie puede ganarte en combate. Y llegará el día en que se lo puedas demostrar a todos. Pero ahora, lo importante es que trabajemos juntos en nuestro laboratorio... Verás, lo primero que vamos a hacer es descifrar unos grabados dibujados por un desconocido... Espero que seas capaz de comprender su significado...

–¿Descifrar grabados es un trabajo de caballero?

–Claro que sí. Los caballeros pueden hacer cosas sorprendentes. Y tú demostrarás que eres capaz de comprender lo que otros son incapaces de desentrañar... Ahora, vamos a ver a mi padre, que está deseando conocerte mejor. Le he hablado mucho de ti y tiene muchas esperanzas en nuestra unión.

Cuando subían la escalera principal que llevaba a los aposentos de Demónicus, un criado se acercó a Arturo y le entregó una copa.

–Aquí tienes tu medicina, amo.

–Me parece que ya no me hace falta –dijo Arturo–. Ya me encuentro bien. Estoy curado.

–Es necesario que la sigas tomando –insistió Alexia, acercándole el brebaje–. No conocemos el alcance del veneno de la flecha que casi te atravesó el corazón. Es mejor prevenir.

Arturo no opuso resistencia y tomó el contenido de la copa sin rechistar. De alguna manera había asimilado que tenía que obedecer todas las órdenes de Alexia... Y lo hacía con placer.

–Recuerda que debes tomarlo una vez al día –decretó Alexia–. No quiero ver como recaes. ¿De acuerdo?

–Claro, haré lo que dices.

Mientras caminaban sobre las lujosas y mullidas alfombras que adornaban el suelo del fortín de la cúpula ardiente, el cuerpo de Arturo fue asimilando la medicina que acababa de tomar. A cada paso que daba, su voluntad se ablandaba, pero le pareció natural. Le habían advertido que ese era el efecto que le protegía del veneno que los soldados de la ciudad de Raniox le habían metido en el cuerpo y que no existía otra forma de anularlo.

Los soldados que vigilaban la estancia de Demónicus se apartaron para dejarles paso. Ellos eran los únicos que podían entrar sin ser previamente anunciados. En ese momento, el Gran Mago Tenebroso estaba despachando con su consejeros sobre asuntos de guerra y todos se inclinaban alrededor de una gigantesca maqueta que representaba un extenso territorio en el que se distinguían varios castillos, ciudades, pueblos, ríos, lagos y valles.

–Alexia, aprovechando que estás aquí, dinos cómo conquistarías el castillo de la reina Émedi, que parece que se ha convertido en nuestra principal enemiga –pidió Demónicus–. Quizá Arturo quiera dar su opinión.

La princesa se acercó a la maqueta y la observó atentamente. Pero, justo cuando estaba a punto de dar su opinión, la puerta se abrió con violencia. Todas las miradas se dirigieron hacia ella, para ver quién era el intruso que se atrevía a interrumpir la reunión.

–¿Dónde está el que pretende sustituirme? –gritó un muchacho de gran fortaleza física–. ¿Quién es el insensato que quiere casarse con mi prometida?

Alexia se situó delante de Arturo para protegerle de la furia del recién llegado.

–¡Ratala! ¿Cómo te atreves a entrar de esta manera? –le increpó Demónicus–. ¿Has olvidado acaso que me debes el máximo respeto?

–¿Y tú, has olvidado el trato de matrimonio que hiciste hace años con mi padre? –respondió el osado muchacho–. ¿Con qué derecho deshaces esa alianza?

–Tengo poder para hacer y deshacer lo que se me antoje –respondió Demónicus–. Pagaré a tu padre una compensación que le hará feliz. No te preocupes.

–¡Yo no quiero dinero! ¡Quiero a Alexia!

–¡Pero yo no te quiero! ¡No me casaré contigo, Ratala! –exclamó Alexia–. ¡Tendrás que aceptarlo! Además, te recuerdo que cuando me secuestraron no moviste un solo dedo para rescatarme.

Pero Ratala no estaba dispuesto a perder su presa. Ya había hecho demasiados planes de futuro como para dejar que, ahora, por culpa de un desconocido, todo se esfumara. Se acercó a Arturo y, después de mirarlo despectivamente, se enfrentó con Alexia:

–¿Piensas casarte con este idiota? ¿Crees que lo voy a permitir?

–Te aseguro que no lo podrás impedir –afirmó ella.

–Eso ya lo veremos... De momento, he venido a pedir mi derecho a luchar con el pretendiente de mi futura esposa. La ley me permite retar al que quiera ocupar mi lugar.

Demónicus comprendió en seguida que Ratala tenía razón. Cuando un hombre era desafiado, tenía que aceptar el reto.

–¡Eres un miserable, Ratala! –gritó Alexia–. ¡Sabes perfectamente que Arturo está convaleciente de una terrible herida y no puede luchar contigo!

–Esperaré lo que haga falta. Pero, si quiere casarse contigo, tendrá que luchar antes conmigo. ¡Es la ley!

–Yo no quiero luchar contigo –admitió Arturo, que no entendía nada de lo que estaba sucediendo–. No hay motivo para...

–¡Es un cobarde! –exclamó Ratala–. Ni siquiera está dispuesto a pelear por ti. Le mataré al primer golpe.

–¡No permitiré que le hagas daño! –gritó Alexia.

–Escucha, Demónicus. Según la ley puedo elegir la forma de combate, y quiero que sea un torneo con dragones –advirtió Ratala.

Alexia contuvo la respiración. Ratala era experto en luchar con dragones. Había pasado su infancia entre ellos y los dominaba a la perfección, mientras que Arturo jamás había montado sobre el lomo de un dragón y apenas había tenido contacto con ellos. Aunque ella sabía que Arturo contaba con otras armas secretas muy valiosas.

Demónicus sabía que no le quedaba más remedio que dar la razón a Ratala. Por eso, y a pesar de que no quería, tomó una dura decisión.

–¡Que sea lucha con dragones! Ratala tiene razón.

–El torneo tendrá lugar dentro de dos semanas –advirtió Ratala–. Veremos entonces quién merece casarse con la gran princesa Alexia.

Cuando pasó ante Arturo, escupió despectivamente en el suelo y siguió su camino con arrogancia.

Demónicus y Alexia se miraron durante un instante, pero ella no encontró en la mirada de su padre el consuelo que esperaba.

* * *

Tránsito, que había observado la escena desde una ventana, oculto tras un estandarte, sintió que sus deseos de venganza estaban a punto de cumplirse. Ahora que Arturo estaba cerca, podía utilizarlo para vengarse de las horribles cosas que su hermano Arquimaes le había hecho. Le habían contado que el joven se había refugiado en el castillo de la reina Émedi, y el chico podía ser la llave que le pusiera al alcance de la mano al hermano traidor.

XIV
EL LECTOR DE SUEÑOS

La enfermera nos ha reconocido apenas hemos entrado en la consulta.

–Buenos días. El doctor os atenderá en seguida –dice.

–Gracias –responde Metáfora.

Nos sentamos en la sala de espera y Metáfora trata de hacerme conversar. Pero mis nervios no me lo permiten, así que me mantengo en silencio. Prefiero pensar en *Patacoja*, con el que he hablado. Me ha explicado que ha estado escondido durante un par de días y que ha preferido no dejarse ver. Me ha tranquilizado mucho saber que está bien, ya que llegué a temer que le hubiera pasado algo. «Estad atentos», me ha advertido. «Van a por vosotros».

–No hace falta que te comportes como si fueses al dentista –bromea Metáfora–. Solo vienes a hablar, no pienses que te van a abrir el cerebro para ver lo que tienes dentro.

–No gastes bromas. No tengo humor para soportar bobadas. Creo que mi problema se ha agravado y...

–Venga, no seas exagerado. Ya verás como todo va bien.

–Ya podéis pasar –anuncia la joven enfermera–. El doctor Vistalegre os espera.

Entramos en el despacho e, igual que la otra vez, el médico pelirrojo nos recibe con una amplia sonrisa.

–Me alegra veros de nuevo. Ahora sois casi hermanos, ¿no?

–Bueno, algo así –responde Metáfora–. Es posible que lo lleguemos a ser, si nuestros padres se deciden.

–Bien, ahora hablemos de Arturo... de tus sueños, Arturo. ¿Cómo va la cosa?

–Cada vez más grave. Las cosas han empeorado y ahora empiezo a creer que no sueño, sino que me transporto a la Edad Media.

–No le haga caso, es un cuentista. Tiene fijación con eso de la Edad Media, pero yo creo que es sugestión o narcolepsia o lo que sea, pero nada de lo que él piensa.

–¿Y tú qué sabes? ¿Acaso has entrado en mi cerebro para saber lo que me pasa? –me desboco–. ¿Eh, sabihonda?

–Bueno, Arturo, no hace falta que te enfades. Controla tus nervios, que Metáfora no es tu enemiga... Venga, cuéntame con detalle en qué momento te encuentras.

–Perdón, perdón... Es que estoy un poco nervioso. Estoy pasando un momento de crisis... tanto en mi vida real como en la otra, la de los sueños.

–Vaya, eso no me lo habías dicho. No me digas que has vuelto a soñar con la bruja esa... Alexia –dice Metáfora.

–Bueno, vamos a tranquilizarnos –pide el doctor–. ¿Has escrito los sueños, según te pedí?

–La verdad es que no. Empecé, pero luego me pareció una pérdida de tiempo, creo que me acuerdo de todo... Cada día me acuerdo mejor de lo que pasa. Podría darle todos los detalles, caras, nombres, lugares...

–Bueno, eso es un avance, aunque me habría gustado más que lo hubieras escrito. Ya sabes que los textos se pueden analizar mejor... Ahora intenta ser más concreto y cuéntame en qué fase te encuentras.

–Verá, doctor, vivo los sueños como si fuesen reales, como si formasen parte de mi vida. Sufro todo lo que me pasa en la otra vida exactamente igual que si ocurriese en esta.

–¿Siempre en la Edad Media?

–Siempre. Pero lo más raro es que en esta vida real, he encontrado objetos que aparecen en mis sueños. Tengo la impresión de que mis sueños son recuerdos de algo que he vivido de verdad... Estoy asustado. Son muchas casualidades.

–¿Qué casualidades?

–No sé... El símbolo del mutante con llamas. Lo he visto mil veces en sueños. Esos estandartes, las monedas, el yelmo... Le aseguro que ese yelmo que hemos encontrado en el instituto lo he usado en mis aventuras medievales. Yo he sido caballero y he llevado ese yelmo, se lo aseguro... O lo voy a llevar...

Veo que apunta algunas de las cosas que le explico. Presta mucha atención a mis palabras, pero no estoy seguro de que pueda darme una respuesta clara.

–Doctor, ¿es posible que haya vivido mis sueños? ¿Es posible que en una vida anterior haya sido ese caballero que mata dragones y que ahora eso se refleje en mis sueños? Dígame algo...

–En principio, todo es posible. En este mundo ocurren muchas cosas que no tienen explicación. Hay personas convencidas de que anteriormente fueron animales, frutas o cualquier otra cosa... Dicen que los sueños son como ríos subterráneos que emergen de vez en cuando y nos muestran lo que hay dentro de nosotros. Digamos que suelen enseñar lo que no somos capaces de ver cuando estamos despiertos. Para eso existen, para que veamos lo que amamos, lo que deseamos, lo que creemos que somos, lo que no somos... Algunos dicen que nos muestran lo mejor que hay en nosotros: los seres humanos creemos que dentro de nosotros hay un alguien mejor, alguien que nos gustaría ser. En tu caso, podríamos pensar que, dentro de ti, hay alguien que cree en la justicia, en el honor, en el amor... Y también alguien que tiene una carencia de amor. Es como si buscaras el gran amor de tu vida.

–¿Por eso sueña con Alexia? –suelta Metáfora, en un ataque de celos.

–Creo que hablamos de algo más general. Cuando una persona ha perdido a un ser querido...

–Mi madre –digo sin poder contenerme.

–Exactamente. Lo acabas de decir. Es posible que sueñes con un mundo en el que puedes reencontrarte con ella... Lo que perdemos en este mundo, lo encontramos en el otro, en el de los sueños. El reino de los sueños nos compensa de lo que sufrimos en la vida real.

En el fondo, sus palabras me alivian. Si todo se reduce a eso, supongo que el tiempo me curará, pero si se trata de otra cosa... Si mis temores se confirmasen, no sé qué haría.

–Pero, doctor, eso no explica las cosas que están ocurriendo. El yelmo...

–No te obsesiones. Pueden ser simples casualidades que ajustas a tu ansia. Si estás deseando creer que en otra vida fuiste un caballero, todo te encajará. Digamos que te estás empeñando en que tus sueños tengan un reflejo en la realidad.

–Entonces, ¿qué hago? ¿Sigo así, como si no pasara nada? ¡Ya no sé qué hacer!

–Te voy a decir lo que tienes que hacer. Convivir con ello y entender que es una suerte poder soñar con aventuras maravillosas. ¿Sabes que hay personas que no sueñan? ¿Sabes que eso les da una infelicidad tremenda?

–O sea, que todo está bien. Vamos, que soy un afortunado.

–La gente no se muere por soñar demasiado, pero sí se puede volver loca por creer en cosas que no existen. Tienes que ordenar tus ideas y aceptar que son solo sueños. No debes obsesionarte con las casualidades, que van a seguir existiendo. Es más, cuanto más creas en ellas, más similitudes encontrarás. Por eso, lo mejor que te puedo aconsejar es que trates el tema como si fuese una cosa normal a la que no debes dar demasiada importancia. Y si además escribes todo lo que te ocurre, tú mismo te darás cuenta de que es producto de tu fantasía.

–Eso es lo que yo le digo, pero no me hace caso –añade Metáfora–. Si usara esa imaginación que tiene para escribir libros de fantasía o guiones de películas, le iría mejor. ¿Por qué no escribes un guión para un cómic de fantasía?

Entre los dos me han convencido de que nadie creerá jamás que he sido un caballero valiente, que he matado dragones, que he salvado la vida a un alquimista, que he luchado con bolas de fuego, que he luchado a muerte con un conde y que he... que he encontrado una gruta profunda en la que había tierra negra capaz de resucitar a los muertos.

* * *

–Mamá, ahora sé que eres la única que me comprende. Nadie en este mundo, ni siquiera papá, entiende lo que me pasa, salvo tú. Y me siento más solo que nunca. Yo había puesto muchas esperanzas en Metáfora, pero me ha decepcionado. Es posible que seamos hermanos, pero es imposible que pueda compartir con ella mi gran secreto.

El móvil me interrumpe para avisarme de que alguien me ha enviado un mensaje. Ya lo miraré luego.

–Están ocurriendo cosas que me tienen asombrado. *Sombra* me desconcierta. Dice que es mejor que nadie conozca las profundidades de la Fundación. Y eso me asusta. ¿Es que hay algo que ocultar en este edificio? ¿Qué secretos hay aquí? ¿Es que estoy sobre un mundo tan difícil de comprender?

Después de recubrir el retrato con la gran tela que lo protege, salgo de la buhardilla y vuelvo a mi habitación. Entonces hago caso a mi móvil, que vuelve a avisarme de que tengo un mensaje.

Que sepas que estoy contigo.
A lo mejor no te comprendo,
pero te quiero. Metáfora.

Me parece que esta noche voy a soñar. Noto que las letras de mi cuerpo están moviéndose. Efectivamente, tengo la piel recubierta de esos signos de escritura... Quizá se los enseñe un día al doctor Vistalegre, a ver si opina entonces que todo es producto de mi fantasía...

XV
DESCIFRANDO DIBUJOS

ARTURO se encontraba mejor cada día. Los cuidados de Alexia y las pócimas que seguía tomando con frecuencia le proporcionaban un gran bienestar. No obstante, no acababa de recuperarse del todo. Se sentía débil y mareado.

Curiosamente, esto no parecía preocupar demasiado a Alexia, que respondía con los mismos argumentos cada vez que hablaban del tema.

–No debes inquietarte. El veneno debió de entrar en tu sangre y ahora costará sacarlo, pero te aseguro que estás cada día mejor. Ya verás como volverás a ser el de antes.

Arturo la escuchaba con atención y, aparentemente, la creía. Pero en algún lugar de su mente, la respuesta no era tan clara. Sufría una cierta debilidad mental que le impedía tomar decisiones, afrontar la vida como solía hacerlo anteriormente, con valentía y decisión. Parecía haber perdido todo su empuje.

Un día le llevaron a un laboratorio en el que habían colocado cortinas transparentes sobre las ventanas para suavizar la luz del día. El ambiente era muy íntimo y algunas antorchas reforzaban la iluminación de la estancia.

Demónicus y Alexia le situaron frente a un gran tablero en el que habían colocado los veinticinco dibujos de la bolsa de cuero que la princesa había rescatado, cuando Arturo la salvó de morir en la hoguera.

–Arturo, ¿comprendes el significado de estos dibujos? –preguntó amablemente Alexia–. ¿Puedes explicarnos qué significan?

Arturo dudaba. No estaba seguro de conocer la respuesta, pero le atormentaba aún más no estar convencido de que fuese una buena idea explicar el contenido de esos dibujos. Tenía un millón de preguntas sin respuesta que revoloteaban en su cerebro. Y eso le confundía enormemente.

–No lo sé. Creo haberlos visto antes, pero no soy capaz de interpretarlos –respondió–. Es muy difícil.

–Haz un esfuerzo. Estoy segura de que si te concentras podrás decirnos cuál es su verdadero significado. Además, me haría muy feliz ver que haces algo por mí. Recuerda que he renunciado a casarme con Ratala para unirme a ti de por vida. Por eso te pido que hagas un esfuerzo.

–Sí, muchacho. A mí también me gustaría conocer lo que contienen estos grabados –añadió Demónicus–. Sería un signo de amistad por tu parte. Al fin y al cabo, vamos a ser familia y no hay nada malo en ayudar a los que te quieren.

Arturo comprendió que no le quedaba otra alternativa que complacer a las dos personas que se preocupaban por él. La figura de un hombre sabio, de mirada profunda y voz agradable cobraba forma de vez en cuando, pero se esfumaba con rapidez. Miró a Alexia y se convenció de que debía traducir el contenido de aquellos inofensivos grabados. Al fin y al cabo, solo eran dibujos sobre un pergamino y no podían representar peligro para nadie.

–Creo que significan sueños. Representan a alguien que tiene horribles pesadillas y que también tiene sueños preciosos y muy optimistas.

–¿Tienen esos sueños algo que ver con las letras de tu cuerpo? –preguntó Alexia, ofreciéndole un sorbo de su medicina diaria–. Una vez me hablaste de una tinta mágica. Y de unos polvos negros... ¿Recuerdas?

–No estoy seguro. Creo que los sueños optimistas son mágicos, irreales. O sea, que el que los imagina quizá los desea. Pero no sé si tienen relación con los signos de mi cuerpo.

–¿Y si los dibujos estuvieran hechos con la misma tinta que las letras de tu cuerpo? –preguntó Demónicus, que empezaba a unir cabos–. ¿Es posible?

–Sí, es posible, pero no seguro. Estos dibujos son... grabados de fantasía... Para que el que los vea disfrute con ellos. Creo que son decorativos. A lo mejor sirven para ilustrar un libro.

–¿Es posible que la mano que hizo los dibujos escribiera las letras sobre tu piel? –preguntó Alexia, acariciando la mano de Arturo–. ¿Qué opinas?

Arturo se sintió confundido. Aquellas preguntas removían tantos recuerdos y vivencias que estuvo a punto de perder el sentido. Por eso no respondió.

–Arturo, ¿has soñado alguna vez con las escenas de estos dibujos? –inquirió Demónicus–. ¿Has tenidos sueños parecidos?

–Creo... creo que sí... He soñado muchas veces con personas que son felices, que disfrutan con su familia, con la buena comida, que viven en un mundo justo... Pero no sé cuándo ha ocurrido. Es todo muy confuso.

Alexia, después de ofrecerle otro sorbo, se preparó para continuar el interrogatorio. En ese momento, su padre la detuvo con un gesto e hizo una pregunta inesperada.

–¿Dónde has nacido, muchacho? Cuéntanos todo lo que sabes sobre ti. ¿Cuál es tu verdadero apellido?

–No consigo recordar dónde y cuándo nací –empezó a decir Arturo–. Mi memoria es muy débil últimamente. Apenas recuerdo nada de mis amigos o de mi familia. A veces creo que no existo.

–Pero te acuerdas de una tal Metáfora, ¿verdad? –soltó Alexia.

–¿Metáfora? Ah, sí, esa chica rubia. Pero no soy capaz de recordar a qué época de mi vida pertenece. Solo sé que la asocio con el sol... Es alguien que brilla en la oscuridad y que me ha ayudado. He estado solo durante mucho tiempo. He estado solo casi toda mi vida, encerrado en algún sitio... Pero no recuerdo nada más... Mi apellido siempre ha sido Adragón. No recuerdo otro.

–Ese apellido te lo hemos puesto nosotros hace poco tiempo –le recordó Alexia–. Lo inventamos el día que mataste al dragón.

–¿He matado un dragón? ¿Yo?

Demónicus empezó a perder la paciencia. Se levantó, hizo una señal a su hija y los dos se apartaron de Arturo.

–Este chico está drogado y no sabe lo que dice. No conseguiremos nada de él. Estamos perdiendo el tiempo.

–Estoy convencida de que sabe más de lo que parece. Déjame que prosiga con el interrogatorio. Estoy segura de que me contará todo lo que yo quiera.

–Espero que lo consigas. Y que sirva para algo.

–Padre, te aseguro que tiene poderes mágicos.

–Te creo, y sé que nos será muy útil. Pero hay que avanzar más. Yo también creo que posee un extraordinario secreto, pero te va a costar mucho arrancárselo.

–Haré lo que pueda.

–Si pudieras averiguar algo antes de que empiece la guerra contra la reina Émedi, sería de gran utilidad.

Demónicus lanzó una mirada a Arturo, que parecía un niño desorientado observando los dibujos con los ojos vacíos, mirando sin ver. Luego salió de la estancia.

Alexia se sentó nuevamente a su lado y le acarició la mano.

–Querido Arturo, dice mi padre que confía en ti y que está seguro de que ganarás el torneo de dragones con Ratala –comentó con voz melodiosa–. Y yo también lo creo.

–¿Un torneo con dragones?

Alexia comprendió que tenía que elaborar una nueva fórmula que le devolviera las fuerzas. A lo mejor su padre tenía razón y se estaba pasando con esa pócima de la docilidad que le estaba suministrando.

–Veo que estás mejor, dejarás de tomar esa medicina. A partir de ahora solo beberás zumos de fruta; te gustarán más... Ahora, volvamos a los dibujos... ¿Alguno de estos personajes es Metáfora? ¿Alguno de estos dibujos te representa? ¿Qué dibujo esconde el secreto de tus letras?

–Metáfora es la chica que está bailando en esa fiesta –dijo Arturo–. La que sonríe.

Alexia dio un brinco y se acercó al dibujo. Si esa chica era Metáfora y estaba en un grabado hecho hacía varios años, ¿por qué le había dicho que solo la conocía en sus sueños?

XVI
EL SECRETO DE LOS ALQUIMISTAS

Por fin ha llegado el día en que papá va a dar su gran conferencia sobre el tema del que más entiende en el mundo: la piedra filosofal y la alquimia.

Va a venir gente muy importante y Adela, que ha extremado las precauciones, ha contratado a otros tres vigilantes más. Ella siempre teme que nos puedan atacar. Supongo que es su obligación pensar de esa manera, pero, la verdad, a mí me resulta un poco agobiante.

–Imagine que se produce un incidente cuando el salón de actos esté lleno de personalidades. ¿Qué cree que puede suceder? Yo se lo diré. Si pasa algo grave, la policía revisará este edificio durante días y se verá usted obligado a cerrar la Fundación. Además, no hace falta que le diga la mala publicidad que eso supondría. La prensa no dejaría de roer este hueso hasta que encuentre algo publicable. Podría ser el fin de la Fundación. Por eso, es mejor ser precavidos antes que lamentarse por no haberlo sido –le explicó a papá hace unos días–. Recuerde que un individuo se coló entre las visitas y no pudimos encontrarlo. Suponemos que solo quería espiar... Pero no hemos descubierto por dónde se escapó.

Naturalmente, ante este panorama, él accedió a que Adela tomara todas las medidas necesarias. Y ahora estamos todos bajo vigilancia.

Los invitados van llegando y todo indica que tendremos lleno absoluto. Se ve que el tema de la piedra filosofal despierta mucho interés. En el fondo, todo el mundo desea descubrir el mayor secreto que los alquimistas intentaron encontrar. Unos dicen que con éxito, otros aseguran que fracasaron; ya veremos qué es lo que mi padre nos desvela hoy.

Metáfora lleva conmigo toda la tarde y hemos ayudado a organizar la mesa de papá. Hemos hecho pruebas de sonido para asegurarnos de que el micrófono funciona a la perfección. Norma, siempre atenta a los detalles, se ha ocupado de que en la mesa haya vasos, una jarra de agua fresca y varios ramos de flores. Los focos están bien dirigidos y parece que ahora todo está preparado.

–Ahora solo queda que tu padre no se ponga nervioso, que sea capaz de hablar con tranquilidad y que pueda exponer bien su tesis.

–Estoy seguro de que lo hará bien. Tiene experiencia en estas cosas. Está habituado a hablar ante grandes grupos.

–Sí, claro, pero los nervios pueden traicionar –admite Metáfora.

–Anda, no seas agorera, vamos a sentarnos. Todo va a salir a pedir de boca.

El salón está lleno. Más de doscientas personas ansían escuchar el discurso de papá. Periodistas, historiadores, científicos... Un público excepcional.

Metáfora y yo nos hemos sentado en la quinta fila, que está reservada para los más cercanos. Junto a nosotros están Norma, el general Battaglia, Leblanc, Stromber y *Sombra*, que excepcionalmente ha accedido a presenciar la conferencia. Solo falta *Patacoja*.

Las luces de la sala se apagan y las del escenario se encienden e iluminan una mesa vacía. Apenas unos instantes después, papá sale de entre bastidores y se dirige hacia ella entre aplausos, cosa que me emociona.

Después de dejarse fotografiar por los periodistas, y de saludar al público, papá se sienta y en la sala se hace un extraordinario silencio que me sobrecoge.

–Antes de nada, quiero agradecerles su presencia en este acto –dice para empezar–. Quiero que sepan que estoy muy emocionado y que lo que les voy a exponer aquí hoy es el fruto de varios años de investigación sobre la llamada «piedra filosofal», a cuya búsqueda muchos alquimistas dedicaron gran parte de su vida.

Un leve murmullo recorre la sala. Pero dura poco y el silencio se vuelve a imponer.

–Para empezar, permítanme aclarar que el sentido que los alquimistas daban a la piedra filosofal no es el que todo el mundo imagina. Mi tesis es que la mejor arma de los alquimistas no eran las probetas, los calderos u otras herramientas, como el mercurio, el hierro o el aceite... ¡Su mejor arma era la escritura!

Sorpresa. Se nota que la interpretación de papá no es la habitual. Creo que nadie esperaba una declaración de este tipo.

–Para ellos, la escritura era el principio y el fin de todo, y si creían en alguna magia era precisamente en la fuerza de la palabra escrita. Sabían perfectamente que la memoria es frágil y pronto comprendieron que, lo que no se escribe, se pierde en la noche de los tiempos. Por eso para ser alquimista era necesario saber leer y escribir... Y, en algunos casos, dibujar. Eran verdaderos artistas del texto escrito. Sus fórmulas quedaban protegidas entre misteriosas líneas de textos que solo ellos mismos y algunas personas cercanas a sus estudios podían descifrar. La escritura protegía sus descubrimientos.

Ahora, el silencio es sobrecogedor.

–La fuerza y el poder de los alquimistas no estaba solo en sus descubrimientos científicos, estaba sobre todo en su capacidad para escribir. Para ellos, la verdadera piedra filosofal no estaba en el poder de convertir el plomo en oro o en encontrar la fórmula de la eterna juventud, estaba en las letras que dibujaban minuciosamente sobre la superficie de los pergaminos.

Metáfora me mira, sorprendida.

–¡Qué bonito! –susurra–. Tu padre sabe llegar al corazón de las cosas.

–Por tanto, si alguien quiere descubrir sus fórmulas y comprenderlas, debe empezar por estudiar su caligrafía. Además de volcar sus palabras sobre las hojas de papel, daban a cada letra unos rasgos especiales que las convertían en únicas. De esta manera, cada signo tenía, además de su significado habitual, trazos que le daban un sentido añadido. Por ello cada letra podía significar cosas diferentes.

Vaya, mi móvil está vibrando.

–Muchas letras tenían colas de dragón, orejas de ratón, patas de gallo... Otras parecían soles, lunas, nubes, agua, fuego... Cada alquimista otorgaba un valor añadido a estos signos enriqueciendo con ello su explicación y su contenido. Estos símbolos gráficos, casi ocultos, permanecieron escondidos durante muchos siglos.

Es un mensaje, pero no sé si mirarlo, no me quiero distraer.

–Mis investigaciones me han llevado a la conclusión de que el lenguaje de los alquimistas era tan secreto como sus fórmulas. Puedo afirmar que las letras y la escritura en general eran sus mejores ingredientes para conseguir el fin que perseguían: su propia inmortalidad.

El mensaje es de *Patacoja*:

Las ratas están en el edificio.

–La «piedra filosofal», lo que les ha otorgado la vida eterna, la fuente de la eterna juventud... es lo que escribieron, más allá de lo que inventaron.

–¿Adónde vas? –pregunta Metáfora.

–Las fórmulas y los descubrimientos desaparecen con el tiempo, pero, lo que se escribe, permanece. La escritura es más sólida que la roca y más valiosa que la piedra filosofal... La escritura es inmortal.

–Al baño. Ahora vuelvo.

Salgo de la sala con la mayor discreción posible, aunque no lo consigo ya que soy el único que se mueve.

–Dominaban el arte de la escritura...

He salido del salón y me dirijo rápidamente a mi habitación. Marco el número de *Patacoja*.

–¿Qué significa ese mensaje? –le pregunto inmediatamente.

–¡Están dentro! ¡Están robando!

–¿Ahora?

–¡En este instante!

–Pero, eso no puede ser... ¡Mi padre está dando una conferencia!

–Para ellos es el mejor momento... ¡Haz lo que puedas!

Ha colgado. ¿Qué hago? ¿Aviso a Adela? ¿Llamo a la policía? ¿Qué hago?... Lo primero es tranquilizarme. A ver, creo que lo mejor que puedo hacer es comprobarlo por mí mismo. Eso es, voy a observar como si no pasara nada.

Doy una vuelta por la planta baja y veo que Adela está con sus hombres, verificando los pases de entrada.

–Adela, ¿puedo hablar contigo un momento?

–Arturo, ¿qué haces aquí? –me pregunta.

–Necesito contarte algo...

–Ahora no es el momento. Luego hablaremos. Estoy muy ocupada.

–Es que...

–Por favor, no insistas...

Veo que es inútil presionarla, así que, teniendo en cuenta que tampoco estoy muy seguro de lo que tengo que explicarle, decido echar un vistazo por mi cuenta. Mientras camino, no dejo de pensar dónde podrían estar esos tipos. Ni siquiera sé cuántos serán. Ni cómo habrán entrado. *Patacoja* me ha dicho que habían aprovechado la mejor oportunidad, así que supongo que estaban informados de que hoy se iba a dar la conferencia... Habrán tenido que camuflarse... Me extrañaría que estuviesen entre los invitados porque Adela los habría detectado. Así que tienen que haberse ocultado entre... ¡La furgoneta del *catering!* El chofer no es el mismo que la otra vez... ¡Eso es, esos tipos han suplantado al verdadero conductor...! Y es muy probable que los camareros estén suplantando a los verdaderos. O sea, que cuando la conferencia termine dentro de una hora, esas ratas habrán salido de aquí con su botín.

Si no me estoy equivocando, deberían de estar en la cocina, preparando el cóctel. Así que me voy a acercar por allí a ver si todo está en orden. Entro de nuevo en el edificio y veo que Adela está absorta en sus controles internos, debatiendo con los vigilantes. No sé por qué, pero decido no comentarle nada de momento. Justo cuando me estoy preguntando si hago bien, algo me llama la atención: la puerta que da paso a la escalera que lleva a los sótanos está entreabierta. ¡Seguro que están ahí!

No tengo tiempo de plantearme si pido ayuda a Adela o bajo yo solo, cuando quiero darme cuenta ya estoy junto a la puerta. Me digo a mí mismo que solo me asomaré y, si veo algo sospechoso, vendré corriendo en busca de ayuda.

Empujo la puerta y veo que la luz de la escalera está encendida. Bajo lentamente, sin hacer ruido... Me escondo en un hueco oscuro, detrás de una columna, y espero un poco.

XVII
EL MUNDO DE DEMÓNICUS

ALEXIA esperó a que Arturo terminase de beber la nueva pócima que le estaba administrando.

–¿Te gusta? –preguntó–. Ya verás como a partir de ahora te vas a sentir mejor, con más fuerzas y con más ganas de vivir.

–Está bueno. Me gusta –reconoció Arturo–. Sabe mejor que la otra medicina.

–Luego elegiremos un dragón para el torneo. Te enseñaré los mejores y daremos un paseo por el castillo. Quiero que conozcas el lugar en el que vivo, y que será tu hogar. Piensa que algún día serás mi rey, el rey de la tierra de los Magos Tenebrosos. Pero antes saldremos a dar una vuelta a caballo.

–Pero yo no soy mago. Solo soy...

–¡Lo serás! ¡Serás el rey de los Magos Tenebrosos! ¡Tendremos hijos que gobernarán el mundo!

Arturo no discutió. Las palabras de Alexia le intimidaron. Cada vez que ella decía algo, él sentía la imperiosa necesidad de obedecer.

Llegaron a las caballerizas y los criados les abrieron las puertas de los establos. Así podrían escoger las monturas que más les gustaran. Alexia le enseñó los mejores caballos y se permitió hacerle algunas recomendaciones, a pesar de que Arturo mostraba poco interés por el tema. Estaba tan sedado que lo que menos le preocupaba era la elección de un caballo o un dragón.

–Te sugiero que montes este, es el más fuerte y el más veloz –propuso Alexia–. Ya verás cómo te llevas bien con él. Es una de las mejores obras de mi padre.

–¿Es que tu padre cría caballos?

–Mi padre crea caballos, igual que hace con los dragones. Ya te he explicado que es el Mejor Mago Tenebroso de la historia. Es capaz de crear un dragón, un ser humano o cualquier animal que desee.

–¿Puede crear personas? –preguntó Arturo, sorprendido por la afirmación de Alexia–. Eso no es posible.

–Después te lo mostraré. Mi padre puede hacer lo que quiera con los seres vivos... O muertos. Su magia es ilimitada, como la tuya.

–Pero... yo no tengo magia. No tengo poderes... No puedo crear personas ni animales...

–Estoy segura de que puedes hacer cosas que ni siquiera imaginas. Pronto descubrirás al gran hechicero que hay dentro de ti –afirmó la muchacha–. Y ahora, vamos a galopar. Un paseo al aire libre te sentará bien.

Salieron a campo abierto, bajo la protección de una patrulla que los seguía a distancia, y cabalgaron en línea recta, hacia la zona rocosa que marcaba el comienzo de la ciénaga, frente al castillo de Demónicus. Allí, se detuvieron para contemplar la llanura pantanosa que se extendía a lo largo de muchos kilómetros, hasta que la vista se perdía en el horizonte.

–Algún día nuestro reino se extenderá hasta el fin del mundo. Seremos los reyes más grandes de la historia –dijo Alexia, mientras alargaba el brazo para señalar el horizonte–. Pero tendrás que hacer un esfuerzo. Deberás luchar con Ratala y matarlo. Ten cuidado con él; es muy peligroso.

–No tengo intención de pelear con él –respondió Arturo, con la mirada vacía–. No lo haré.

–¡Te tacharán de cobarde! ¡Tienes que pelear y matarlo! Es la única forma de que podamos casarnos. La ley dice que cuando hay un compromiso matrimonial, el nuevo pretendiente debe luchar a muerte.

–No pelearé con Ratala.

Alexia se acercó y le dio una tremenda bofetada.

–¡Te enfrentarás a él y le vencerás! –ordenó–. ¡Te casarás conmigo, cueste lo que cueste! ¿Lo has entendido?

La debilidad mental de Arturo le impidió seguir discutiendo, pero la voz que protestaba desde su interior no dejaba de poner en duda todo lo que estaba sucediendo. ¿Por qué tenía que batirse con alguien al que solo había visto una vez en su vida? ¿Por qué tenía que casarse con Alexia?

–Haré lo que quieras –dijo dócilmente–. No deseo verte enfadada.

–Quiero que mates a Ratala y que me cuentes todo lo que sabes sobre esos dibujos y esos signos que llevas en el pecho. Quiero que me reveles todos los secretos que conoces sobre Arquimaes. Quiero que te conviertas en un esposo obediente. Eso es lo que quiero.

–Sí, princesa. Haré lo que me pides.

–Arturo, si te casas conmigo tendrás poderes inimaginables. Quiero que comprendas que hay muchos hombres dispuestos a jugarse la vida para ocupar tu lugar. Yo te quiero a ti, pero tienes que colaborar. ¿Entiendes?

Arturo inclinó la cabeza y respondió con un tímido sí.

–Bien, pues prepárate para ver cosas increíbles, mi rey. Volvamos al castillo.

–¡Mira! –exclamó ingenuamente Arturo, mirando al cielo–. ¡Qué bonito! ¡Son dragones!

–Sí, son los de mi padre. Hacen vigilancia. Vienen de lo alto de la torre que vamos a visitar. En el tejado siempre hay un par de ellos, listos para hacer una ronda.

* * *

Apenas entraron en la fortaleza, Arturo y Alexia se dirigieron hacia una extraña torre cuyas puertas estaban cerradas y vigiladas por soldados vestidos con cota de malla, grandes escudos rojos y toda clase de armas.

–Son los pretorianos –explicó Alexia–. Están especialmente entrenados para vigilar la torre. Aquí es donde mi padre y yo practicamos los hechizos y llevamos a cabo nuestras mejores obras. Ahora vas a ver de lo que somos capaces. También podrás participar, si quieres.

El oficial de guardia se acercó a los visitantes y se cuadró ante Alexia:

–Princesa, vuestro padre está dentro –le informó–. Le acompaña el monje.

–Gracias, Quinto. ¿Dónde están?

–En el sótano.

–Bien, nosotros vamos a hacer una visita. Que nos acompañen dos de tus hombres... O mejor, ven tú también.

–Sí, princesa.

Quinto se retiró, dio algunas instrucciones y volvió acompañado de dos pretorianos.

–¿Es necesario que vengan con nosotros? –preguntó Arturo.

–Es por seguridad. Nunca se sabe lo que puede pasar.

–¿Tan peligroso es este sitio? ¿Alguien puede atacarnos?

Alexia sonrió, le agarró del brazo y empezó a caminar. La gran puerta chirrió mientras se abría. La cruzaron bajo la atenta mirada de los soldados.

Arturo no pudo evitar un estremecimiento cuando puso los pies en el interior del recinto. Estaba lleno de soldados fornidos y bien armados. Tuvo la impresión de que estaban guardando un gran tesoro. Pero cuando se dio cuenta de que todas las ventanas tenían gruesas rejas de hierro forjado, se preguntó qué podía haber allí dentro que precisara tantas medidas de seguridad.

–Primero iremos al piso de arriba. Allí verás algo sorprendente... ¡Quinto, que abran las puertas!

El oficial dio varias consignas a uno de sus pretorianos, y este salió corriendo hasta la puerta enrejada que tenían de frente.

Cuando llegaron ya estaba abierta, así que pudieron entrar sin detenerse. Alexia señaló con la mano el lugar al que quería ir e, inmediatamente, un hombre con la cara tapada con capucha de verdugo, cogió una antorcha y les iluminó el camino.

Subieron unas escaleras que estaban estrechamente vigiladas y llegaron al primer piso. Allí, Quinto se acercó a una puerta de madera y dio un par de golpes. Una mirilla se abrió y la cara de un hombre con el rostro medio descarnado les preguntó sus nombres y la contraseña.

–Es la princesa Alexia y su futuro marido –respondió Quinto–. Ábreles la puerta.

El tuerto cerró la mirilla y, pocos segundos después, abría la poderosa puerta con la ayuda de otros dos individuos.

–¿Queréis ver el nido, mi princesa? –preguntó el hombre, inclinándose.

–Sí, llévanos allí ahora mismo.

Lanzó un gruñido que sus ayudantes entendieron muy bien, por lo que empujaron una parte del muro y este empezó a moverse. Ante los asombrados ojos de Arturo, varias piedras unidas entre sí se desplazaron y descubrieron ante ellos una abertura que permitía el paso.

Quinto desenvainó su espada y se dispuso a seguir a la princesa muy de cerca.

–Vosotros protegedle a él –ordenó a sus dos pretorianos.

Arturo sintió el aliento de los soldados en la nuca y comprendió que tras ese muro debía de haber algo extremadamente peligroso.

–Entremos –ordenó Alexia, dando un paso.

El tuerto entró delante y los demás le siguieron.

Arturo sintió arcadas a causa del aire pútrido que inundó sus pulmones.

–Te acostumbrarás –le consoló Alexia–. Te acabará gustando. Forma parte de nuestro trabajo.

Arturo no respondió e hizo un gran esfuerzo para no vomitar. Se dio cuenta de que unos lejanos gruñidos llamaban su atención. El estrecho pasillo desembocó en una espaciosa habitación iluminada apenas por la tenue luz que entraba a través de una claraboya de doble enrejado, matizada por unos delicados velos transparentes. Arturo descubrió que los velos eran membranas de algún animal, quizá un dragón.

–Ahora solo tenemos tres –advirtió Morlacus–. Pero dentro de poco habrá otros dos.

Alexia dirigió la mirada hacia el centro de la estancia.

–Mira, Arturo, mira qué maravilla.

Tres pequeños dragones se agitaban dentro de un nido hecho especialmente para ellos. Rugían mientras peleaban e intentaban morderse mutuamente.

–Pobrecillos, tienen hambre. Traedles la comida –ordenó el tuerto a sus ayudantes–. ¡En seguida!

Mientras los hombres salían, Arturo dio un paso adelante para ver más de cerca a los tres dragoncitos, pero los dos pretorianos le impidieron seguir adelante.

–¡No os acerquéis, señor! –dijo Quinto–. ¡Es peligroso!

Antes de que Arturo pudiera preguntar cómo era posible que unos seres tan pequeños fueran peligrosos, los ayudantes del carcelero entraron trayendo consigo a un prisionero al que hicieron profundos cortes de los que salieron chorretones de sangre. Los gritos del hombre parecieron despertar el apetito de los tres pequeños dragones, que enseñaron sus largos y afilados dientes.

–¿Nos da su permiso, princesa? –preguntó el hombre de un solo ojo.
–Claro, haced vuestro trabajo.

A pesar de que el horrorizado hombre pedía clemencia, los ayudantes lo acercaron peligrosamente al nido y lo arrojaron dentro. Entonces, atraídos por la sangre y los gritos, los tres animales empezaron a darle tremendos mordiscos, con los que le arrancaban grandes pedazos de su cuerpo. La carne humana parecía gustarles.

–No sabía que comieran seres humanos –dijo Arturo.

–Les enseñamos desde pequeños. No comen otra cosa. Así se fortalecen y se hacen más salvajes. Serán excepcionales máquinas de guerra cuando llegue el momento.

–Entonces, ¡las historias que se cuentan sobre ellos son ciertas! ¡Es verdad que hay dragones que salen de noche y se comen a los campesinos!

–Son nuestros dragones. ¿Recuerdas al que mataste cuando me secuestraste? Pues si no lo hubieras matado, habrías muerto despedazado y devorado entre sus fauces.

–¿Su madre también es...?

–¿Madre? No, estos dragones no tienen madre. Estos dragones han nacido gracias a los hechizos de mi padre. Dentro de poco yo también sabré crearlos.

Cuando terminaron de comerse al prisionero, los dragones se tranquilizaron y se tumbaron sobre el fondo del nido. Algunos huesos quedaron esparcidos entre charcos de sangre y restos de carne.

–Serán grandes dragones –aseguró Alexia–. Ahora, salgamos de aquí y dejemos que descansen.

Ella parecía satisfecha, pero Arturo notó que algo se removía en su interior. Arturo se acordó de los grabados que le habían enseñado y comprendió que, si alguien hubiera ilustrado la escena del hombre devorado por los dragones, estaría entre los dibujos de pesadillas, entre las escenas de horror.

* * *

Alexia siguió guiando a Arturo por el castillo. Cuando el muchacho vio a cincuenta desgraciados prisioneros hacinados en el fondo del pozo, desnudos, sucios y heridos, sintió punzadas en el estómago.

–Mi padre los usa para sus experimentos –explicó Alexia–. No te puedes ni imaginar los éxitos que ha obtenido. Cuanto más hambrientos, maltratados y emponzoñados, mejor. Se parecen mucho a las bestias y son mejores para hacer grandes hechizos, porque han perdido parte de su condición humana.

–¿Qué clase de experimentos? ¿Qué hace con ellos? Están medio muertos.

–Quinto, haz que abran una jaula –ordenó Alexia–. Elige tú mismo al que mejor te parezca.

El oficial inclinó la cabeza y salió de la habitación.

–Ahora verás lo que mi padre es capaz de hacer con ellos.

–Ya hemos sacado a uno, princesa –dijo Quinto–. Puedes verlo cuando quieras.

–Ven, Arturo. Ahora vas a disfrutar de algo extraordinario.

Entraron en una gran cámara de piedra iluminada por varias antorchas. Los pretorianos volvieron a desenfundar sus espadas. El propio Quinto empuñó su arma y se colocó varios metros por delante de la princesa. Arturo comprendió que algo importante estaba a punto de suceder. Escuchó un latigazo en la cámara contigua y una sombra empezó a reptar por el suelo. Una figura humana se deslizó sobre la piedra, arrastrando algunos restos de paja y tela rota. Estaba medio desnudo, abrió la boca y enseñó unos dientes extraordinariamente desarrollados. Arturo se horrorizó cuando descubrió que algunas extremidades del hombre pertenecían a un animal, quizá a un lobo o a un perro.

–Dentro de algún tiempo será un animal completo. Mi padre está perfeccionando un hechizo nuevo y conseguirá lo que se propone. Convertirá seres humanos en animales feroces, muy útiles en caso de guerra. Hemos dejado escapar algunos, para comprobar su eficacia, y te aseguro que los resultados son extraordinarios. Aquellos que los han visto de cerca han empezado a pagar los tributos sin protestar y son ahora más serviles que nunca.

El mutante lanzó un ladrido y se acercó peligrosamente a Arturo, pero no tuvo tiempo de hacer nada. Los pretorianos, que estaban alerta, se lanzaron sobre él y le mataron antes de que pudiera revolverse y tocarlos.

–Si te muerden, estás perdido –explicó Alexia–. Te contagian y te conviertes en una bestia. Si te topas con alguno, no dudes en matarle.

–Lo siento, princesa –dijo el verdugo de la barriga grande–. Estos animales son incontrolables...

–No te preocupes, estás haciendo un buen trabajo. No pasa nada.

–Pero ha puesto a mis hombres en peligro –intervino Quinto–. Tiene que ser castigado.

–Que ellos mismos lo hagan –sugirió la princesa–. Que entren en la celda y le castiguen.

Los dos pretorianos se miraron y sonrieron. Agarraron al verdugo por los brazos y lo llevaron a una celda contigua.

–No tardéis demasiado –pidió la princesa–. Tenemos prisa.

–Os aseguro que serán rápidos –aseguró Quinto–. Saben lo que tienen que hacer.

Los gritos se escucharon hasta en el patio de la fortaleza. Los dos pretorianos salieron un poco después y, tras enfundar sus espadas, hicieron un gesto de aprobación.

–¿Qué le han hecho a ese hombre? –preguntó Arturo, que poco a poco iba tomando interés por lo que pasaba a su alrededor.

–Le han cortado los brazos. Esta noche servirán de alimento a los dragones pequeños –explicó Quinto–. Es importante imponer una gran disciplina en este lugar. Nuestros pretorianos son demasiado valiosos.

Alexia no se dio cuenta de que los puños de Arturo se cerraron de rabia. Estaba tan indignado por todo lo que veía que su mente empezó a reaccionar y a rechazar todo aquello que a ella le resultaba tan normal.

Durante el resto del recorrido, Alexia mostró los grandes logros de su padre y de otros magos. Arturo sintió retortijones resistiéndose a aceptar como bueno que seres humanos fuesen convertidos en bestias o que sirvieran de comida a los dragones antropófagos.

Durante horas, Arturo tuvo que ver cosas horrendas que ningún ser humano podía imaginar. Cuerpos retorcidos por hechizos malignos, personas incrustadas dentro de otras, seres con dos cabezas, sin piernas y con brazos en la espalda, y otras mil locuras que solo mentes enfermas eran capaces de crear. Toda una galería de horrores que ningún ser humano de corazón noble podía soportar.

–Cuando seas rey y Gran Mago podrás hacer los hechizos que te apetezcan –dijo Alexia, provocando la indignación de Arturo, que, a pesar de los efectos de la pócima de docilidad, se encontraba al borde de la rebelión–. Serás un gran hechicero, cariño.

XVIII

RATAS DE BIBLIOTECA

He escuchado algunos ruidos ahí abajo. Estoy casi seguro de que hay alguien en el primer sótano. Si compruebo que es así, subiré corriendo a buscar a Adela y a sus hombres.

Bajo unos peldaños deslizándome contra la pared con mucho sigilo. Veo que hay movimiento y varias cajas en el pasillo. Son cajas del *catering*. Veo a un hombre vestido de camarero que está sacando los objetos que vimos durante nuestra visita: espadas, escudos, estandartes… y ¡los mete en la caja! Ahora sale otro tipo, también vestido de camarero… No sé cuántos más habrá ahí dentro, pero está claro que ha llegado el momento de avisar a Adela.

–¿Qué haces aquí, chico? –pregunta uno de los hombres desde arriba, bloqueando la escalera–. ¿Qué buscas?

–Yo, nada, nada… Es que me he perdido.

–¿Perdido? Ven conmigo, que te voy a enseñar la salida. Baja y no digas nada, ¿entendido?

–Sí, señor… No diré nada.

Le hago caso y desciendo por la escalera. Me parece que he caído en mi propia trampa. Cuando los otros dos me ven llegar me miran con asombro. Seguro que no esperaban visita.

–¿Quién es? –pregunta uno de ellos, alto y fuerte como un roble.

–No lo sé. Lo acabo de encontrar en la escalera. Estaba espiando.

El tercer hombre sale y me observa con atención.

–¡Es el hijo de Adragón! ¡Es el amigo del cojo! –dice–. ¿Para qué le has traído?

–Yo no le he traído, le he encontrado en la escalera –explica el que está detrás de mí–. ¿Qué querías que hiciera?

–No lo sé, pero esto complica las cosas. ¿Qué hacemos con él?

–Le ataremos, le amordazaremos y le encerraremos ahí dentro –dice el fortachón–. Es lo mejor para todos.

–Pero, nos ha visto la cara. ¡Puede identificarnos!

–¿Le matamos entonces?

–Yo les prometo que no diré nada –digo, intentando convencerlos de que no seré un problema.

–Ya, claro, eso lo dices ahora, pero no me fío. Vamos, entra aquí, que te voy a espabilar –ordena, cogiéndome del brazo.

Me dejo hacer sin oponer resistencia, pero mi mente piensa a toda velocidad la manera de liberarme de esos tipos, aunque lo veo muy difícil.

–Siéntate aquí y no te muevas. Si haces el más mínimo ruido, te mato, ¿entendido?

–Sí, señor.

Se reúnen para deliberar sobre mi futuro. Les he estropeado los planes y ahora tienen que tomar una decisión muy importante: qué hacer conmigo. Noto que mi móvil, al que quité el sonido, está vibrando. Debe de ser Metáfora, que estará preocupada.

Terminan de llenar las cajas de objetos y las cierran. El fortachón se acerca a mí con cara de pocos amigos.

–Escucha, chico, nos has complicado la vida y tenemos que resolver este problema. Quiero saber por qué has venido al sótano. Tú tenías que estar en el salón de actos, escuchando la conferencia de tu padre. ¿Acaso alguien te ha avisado de que estábamos aquí?

–No, no señor. Es que me aburría y he salido a dar una vuelta. He visto que la puerta estaba entornada y me he asomado para ver qué pasaba. Eso es todo.

–No te creo –dice, agarrándome de los hombros–. A mí no me tomas el pelo. ¡Dime quién te ha avisado!

–Nadie… –respondo antes de recibir una bofetada que me corta la respiración.

–¡Dime la verdad! –insiste, mientras me da otros golpes en el cuerpo–. ¡Sé que nos estás engañando!

–¡Le juro que no le miento!

Recibo otras dos bofetadas. El camarero de pelo engominado se acerca, dispuesto a solucionar el asunto.

–Matarlo sería lo mejor –dice, apuntándome con su mano, como si fuese una pistola–. Así no habrá pruebas.

–No nos interesa matar a nadie. Nosotros nos dedicamos a otra cosa –se opone el fortachón.

–¿Quieres ir a la cárcel por culpa de un entrometido?

–No, pero tampoco estoy dispuesto a matarle.

–Pues sal de aquí, que yo me ocupo... Vamos, empieza a subir cajas...

Los otros dos se retiran ante la insistencia de su patrón. Estoy asustado. Creo que mi vida corre serio peligro. Durante un momento contemplo la posibilidad de meter la mano en el bolsillo y llamar a Metáfora, pero desisto, no parece una buena idea.

–Chico, te doy una última oportunidad de salvarte. Dime quién te ha avisado de que estábamos aquí... ¿Ha sido el cojo? ¿Ha sido él?

–No, no, de verdad que no...

Coge una espada y me amenaza con ella.

–Aquí hay armas suficientes como para que parezca que has tenido un accidente... –dice mientras la levanta como si fuera a partirme por la mitad–. No te lo volveré a preguntar. ¡Habla!

Doy por finalizada mi triste vida. El hombre echa hacia atrás el arma y coge impulso... Cierro los ojos para no ver como la vieja espada cae sobre mí.

–¡Ahhhhhhhh! ¡Socorro! ¡Quitadme esto de encima!

Abro los ojos y veo algo aterrador: el dragón de mi frente ha cobrado vida y le ha clavado los dientes en el cuello. Aprieta con tanta fuerza que el pobre hombre ha dejado caer la espada para intentar liberarse con las manos. Pero no lo consigue... El dragón está ahora suelto, ha aumentado de tamaño y ataca con fuerza. Observo la escena con estupefacción. Ahora comprendo que Jazmín y Horacio tenían razón. ¡El dragón puede cobrar vida!

–¿Qué pasa, Yuste? –pregunta el fortachón, que se acerca al oír los gritos.

–¡Socorro!

–¡Madre mía! ¿Qué es esto? –exclama cuando ve lo que está ocurriendo–. ¿Qué monstruo es ese?

Como no puede ayudar a su amigo solo con las manos, coge una espada y se acerca con la evidente intención de matar al dragón, que sigue aferrado a su presa. Mi atacante no tiene fuerzas para seguir en pie y se encuentra arrodillado, a punto de ser vencido completamente por mi peligrosa mascota.

Decido que debo hacer algo... Cojo una espada y me pongo frente a su cómplice, dispuesto a luchar si es necesario.

–¿Qué haces, chico? ¿Quieres pelear conmigo? –dice sorprendido–. ¡Te voy a partir por la mitad al primer mandoble!

–¡Inténtalo! –le desafío.

Un poco desconcertado, da un paso adelante, dispuesto a acabar conmigo. Entonces, sin saber por qué, ya que no tengo experiencia en el manejo de armas, levanto la espada con las dos manos y doy un paso adelante. Los aceros se cruzan y se golpean con fuerza, haciendo saltar alguna chispa. De reojo, veo que el que ha intentado matarme se revuelca en su propia sangre y se defiende inútilmente del feroz ataque del dragón, al que sujeta con las dos manos.

Mi adversario, que tampoco es experto en la lucha a espada, lanza mandobles incontrolados contra mí y me obliga recular. Sus golpes son tan fuertes que lo único que puedo hacer es eludirle, pero soy incapaz de atacar. Mi situación es desesperada. No aguantaré mucho tiempo.

–¡Dile a esa bestia que suelte a nuestro amigo o morirás! –amenaza.

–¡No puedo! ¡No me obedece!

–Las mascotas obedecen siempre a sus amos. ¡Retírala!

En ese momento, el tercer ladrón, que había ido a subir una de las cajas, entra en la estancia y se frota los ojos para asegurarse de que no está soñando.

–¡Por todos los diablos! ¿Qué pasa aquí? ¿De dónde ha salido esa bestia? ¿Qué hacéis con esas espadas?

–¡Quítamelo de encima! ¡Ayúdame!

Consigo coger un escudo para protegerme. Cada golpe produce un ruido que a mí me parece ensordecedor y una pequeña nube de polvo se desprende de la vieja chapa. Doy un giro para evitar un golpe mortal y veo que el recién llegado ha sacado una pistola.

–¡Ya vale, chico! ¡Deja esa espada o mato a tu mascota!

Ha cometido el error de mirarme mientras me amenazaba y no ha visto que el dragón vuela ahora hacia él. Cuando quiere darse cuenta de lo que le viene encima, es demasiado tarde. Los dientes de mi protector se han clavado con tanta fuerza en la mano que sujeta la pistola que casi se la desgarra.

–¡AAAHHHHH! –aúlla, dejando caer el arma–. ¡Maldito bicho!

Mi adversario mira con sorpresa a su compañero y se distrae un segundo. Yo aprovecho la ocasión para asestarle un golpe con la hoja plana sobre la cabeza. Atónito y mareado, se tambalea y cae de rodillas. El dragón ha soltado a su presa y lo acorrala contra la pared, esperando a que haga algún movimiento peligroso; si ese hombre comete el error de hacer una insensatez, le costará caro.

Creo que lo mejor que puedo hacer es salir corriendo, así que tiro mi espada al suelo y sin dudarlo me dirijo hacia la puerta.

–Vamos, Adragón, ven conmigo –ordeno.

El dragón vuela hacia mí y se vuelve a colocar sobre mi frente, dejando ver, como casi siempre, la cabeza y algunas manchas repartidas sobre mi rostro.

Subo la escalera a toda velocidad y llego arriba. Empujo la puerta y me detengo.

–¡Socorro! ¡Socorro! –grito a pleno pulmón–. ¡Están robando! ¡Aquí abajo! ¡Socorro!

Adela, que estaba hablando por teléfono, corta la comunicación y me mira atónita, mientras dos vigilantes armados se dirigen hacia mí.

XIX

LA AMENAZA DE ARTURO

ARTURO aún sentía repugnancia por todo lo que había visto durante el recorrido por las celdas y cámaras de la fortaleza de Demónicus. Estaba a punto de pedir a Alexia que volvieran a sus aposentos, ya que se encontraba mal. En ese momento un pretoriano entró corriendo, se acercó a Quinto y pidió permiso para hablar.

–¿Qué quieres? –preguntó el oficial.

–Princesa, vuestro padre se ha enterado de que estáis aquí y os invita a visitarle –informó–. Os quiere mostrar lo que está haciendo.

–Seguro que será algo interesante –dijo Alexia–. Arturo, ahora verás cómo trabaja mi padre, seguro que aprenderemos algo.

Arturo no respondió, pero sintió una punzada en el estómago, como un aviso de que no era una buena idea visitar a Demónicus.

Bajaron las escaleras y llegaron al sótano. Allí caminaron por un largo pasillo en el que, de nuevo, Arturo tuvo la oportunidad de ver más horrores. Personas encadenadas y animales que se devoraban unos a otros o a sí mismos; personas que lamían las heridas de los animales y que después eran destrozadas por las dentelladas de estos... Sangre, cadáveres, esqueletos, moribundos, horribles mutantes. Toda una gama de horrores inimaginables.

Cuando entraron en el laboratorio de Demónicus, Arturo se sentía enfermo y estaba a punto de estallar.

–¡Por fin! –dijo el Gran Mago Tenebroso, cuando vio que su hija se acercaba sonriente para darle un beso–. Bienvenido a mi laboratorio, Arturo. Aquí es donde desarrollo toda mi obra.

–Padre, nos han dicho que estabas haciendo algo extraordinario –dijo Alexia–. Espero que puedas sorprender a Arturo.

–Claro que sí. Venid aquí. Os voy a enseñar mi último logro. El fuego de la venganza...

Entraron en una cámara de piedra rojiza, de cuyas paredes colgaban cadenas y otros elementos para torturar a los prisioneros. Tres verdugos, con la cara cubierta con una gran máscara negra, pinchaban a un hombre que estaba colgado por las muñecas con unas grandes cadenas.

–Es Herejio, el mago que me traicionó –explicó Demónicus–. Después de buscarle mucho le hemos atrapado. Gracias a la astucia de ese repugnante Escorpio.

–¡Le reconozco! –exclamó Arturo–. Ese hombre lanzó bolas de fuego contra el castillo de Benicius. ¡Estuvo a punto de matarnos a todos!

–¡Es un traidor! –escupió Demónicus–. Me robó el hechizo del fuego y se puso al servicio del rey Benicius. Ha intentado enriquecerse a mi costa. Y ahora, lo va a pagar caro.

Arturo observó detenidamente el cuerpo de Herejio y se dio cuenta de que no había un solo centímetro de su cuerpo que no hubiera padecido tortura.

–Mis verdugos le han molido los huesos –explicó Demónicus–. Está preparado para sufrir mi venganza. Me ha robado el secreto del fuego y le voy a pagar con la misma moneda. Ahora lamentará haberme traicionado.

–Piedad, gran Demónicus –logró susurrar el pobre Herejio–. Ten piedad de mí.

–¿Ahora pides clemencia? –se burló el Gran Mago–. ¿Bromeas? Debiste pensarlo antes. Confié en ti y te enseñé muchas cosas. Si ahora me apiado de ti, todos pensarán que pueden abusar de mi confianza y ya no podré fiarme siquiera de mis pretorianos, ni de mi propia hija, ni de su futuro marido... Ahora verás cuál es el precio de la traición.

Demónicus dio un paso adelante y se situó frente a su prisionero. Extendió los brazos hacia él y alargó los dedos hasta que parecieron dagas. Pronunció una fórmula mágica y de sus uñas afiladas salieron rayos que se dirigieron directamente al estómago de Herejio. Su vientre se hinchó como una pelota y empezó a ponerse rojo. Entonces, ante los ojos atónitos de todos los presentes, del estómago de Herejio empezaron a salir unas pequeñas llamas que, poco a poco, fueron creciendo hasta convertirse en un extraordinario fuego.

Cuando Herejio se dio cuenta de que el fuego procedía de sus propias entrañas, empezó a gritar y a implorar perdón. El dolor era tan grande que sus palabras resultaban ininteligibles.

–Como podéis ver, he conseguido que un cuerpo humano arda solamente en la zona que yo deseo. Me ha costado mucho trabajo lograrlo, pero por fin lo he conseguido –expresó Demónicus con orgullo.

–¡Oh, padre, eres maravilloso! –dijo Alexia, dándole un beso y abrazándole–. Esto es un gran avance.

Arturo observaba cómo el vientre de Herejio ardía igual que un tronco de madera y se sintió enfurecido. Los gritos del traidor entraban en sus oídos y en su mente como cuchillas de acero que penetraban hasta su alma, hasta su parte más noble y más humana, y ya no pudo resistir más. La pócima de la docilidad dejó de hacer efecto. Arturo abrió la boca y emitió una sola palabra:

–¡Salvajes!

Todas las miradas se dirigieron hacia él y le observaron con asombro.

–¿Qué has dicho, Arturo? –preguntó Alexia al cabo de unos segundos.

–¡Que sois unos salvajes! –exclamó–. ¡No sois humanos!

–¡Este chico está embrujado! –exclamó Demónicus–. ¡Ha sido ese maldito Herejio! ¡Mátalo, Quinto! ¡Mata a ese maldito hechicero!

Pero Quinto no fue lo bastante rápido. A pesar de tener los reflejos adormecidos, Arturo se interpuso en su camino y le lanzó un puñetazo en pleno rostro. Sin embargo, Quinto apenas acusó el golpe y le apartó de un empujón mientras desenvainaba su espada. Herejio sintió cómo la hoja de acero penetraba en su corazón, que dejó de latir inmediatamente.

–Vámonos de aquí –dijo Alexia, acercándose a Arturo–. Ven conmigo, te daré tu medicina y te sentirás mejor.

–¡Suéltame, arpía! ¡Eres una bruja sangrienta y no quiero saber nada de ti! ¡Tú y tu padre sois peores que las bestias!

–¡Ya está bien, Arturo! –ordenó Demónicus–. ¡Deja de decir tonterías! Tienes suerte de estar protegido por Alexia, porque si no...

–¿Qué pasaría? ¿Me echarías a los dragones? ¿Me convertirías en una bestia mutante?

–Si sigues hablando así a nuestro Gran Mago, tendré que matarte –dijo Quinto, que se dio cuenta de que la rebelión de Arturo no estaba causada por influencia de Herejio–. ¡Háblale con respeto!

–¡Seguiré diciendo lo que me parezca bien! ¡Y tú, Gran Mago, eres una bestia sedienta de sangre! ¡No eres humano!

Alexia le dio un bofetón.

–¡No vuelvas a hablar así a mi padre!

–¡Eres igual que él! ¡Bestias sedientas de sangre!

–¡Arturo, contén esa lengua! –ordenó la princesa–.

–¡No contendré ni mi lengua ni mi rabia! ¡Mantengo lo que he dicho y te anuncio que no me casaré contigo ni por todo el oro del mundo! ¡Y haré todo lo posible para destruir este antro de crueldad! ¡Formaré un ejército y os aniquilaré!

Demónicus hizo una señal a Quinto y este se lanzó sobre Arturo. Pero el muchacho se dio cuenta de sus intenciones y se situó al lado de uno de los pretorianos, al que empujó mientras sacaba su espada de la funda. El arma de Quinto, que se dirigía directamente hacia su cuello, encontró en el último momento el obstáculo del acero que Arturo colocó en su trayectoria. Quinto, colérico, se dispuso a luchar contra Arturo, que se preparó para defenderse. Los dos pretorianos se colocaron delante de Demónicus y de Alexia para protegerlos, mientras el oficial se enfrentaba directamente con Arturo.

Quinto dibujó un arco con su espada con la esperanza de confundir y distraer a Arturo y clavarle la daga en el costado. Pero le salió mal. Arturo esquivó hábilmente la pequeña arma y aprovechó el desconcierto de su atacante para ensartarle con la espada, justo en el pecho, encima de la armadura.

Un pretoriano corrió al encuentro de Arturo, pero apenas tuvo tiempo de hacer ningún movimiento. El joven fue muy rápido y pudo cortarle el cuello de un solo tajo. Un verdugo cogió un hierro candente e intentó neutralizarle, pero tampoco lo consiguió, ya que Arturo detuvo su carrera cuando, al lanzar su espada, esta se clavó en su voluminoso vientre.

Alexia empezó a gritar pidiendo ayuda. El pretoriano, que se había quedado sin espada, estaba desconcertado y solo podía proteger a Demónicus con su propio cuerpo. Pero el Mago no estaba dispuesto a quedarse quieto viendo cómo un estúpido muchacho de la misma edad que su hija deshacía todo el trabajo de su vida. Así que se agachó, cogió la espada de Quinto e intentó atacar a Arturo. Una vez más, Arturo se dio cuenta de la maniobra y se adelantó clavando una daga en el brazo de Demónicus.

–¿Qué has hecho? –exclamó, aterrorizada, Alexia–. ¡Le has herido! ¡Has herido a mi padre!

Pero Arturo apenas pudo prestar atención a sus palabras, ya que se estaba deshaciendo del segundo pretoriano.

–¡Él se lo ha buscado! –respondió–. ¡Que use sus hechizos para curarse!

–¡Maldito seas! ¡Que su sangre caiga sobre tu cabeza! –exclamó Alexia, arrodillándose para ayudar a su padre, que se desangraba.

Arturo escuchó ruidos y comprendió que eran soldados que venían en ayuda de Demónicus. Estaba acorralado y tenía que tomar una decisión rápida si quería sobrevivir.

–¡Ahora lo vas a pagar caro! –le advirtió Alexia–. ¡Vas a pagar tu traición!

–¡No encontrarás un lugar en este mundo para esconderte! –amenazó Demónicus–. ¡Mi venganza será terrible! ¡Desearás no haber nacido, muchacho!

Arturo se volvió hacia el Gran Mago, dispuesto a hacerle callar, pero Alexia se interpuso.

–¡Déjale en paz! ¡Es mi padre! ¡Ya nos has hecho bastante daño! ¡Respeta su vida!

–¡Recuerda que le debes la vida a tu hija! –dijo Arturo, empujando al Mago y haciéndole caer al suelo.

Arturo se disponía a subir por la escalera para huir de allí, cuando Demónicus le apuntó con sus afilados y peligrosos dedos. Sin perder tiempo, el muchacho dio una patada a un caldero de hierro que contenía brasas y lo lanzó contra el mago justo a tiempo de impedir que este terminase de lanzar un poderoso maleficio. Los ardientes trozos de carbón que cayeron sobre el cuerpo de Demónicus traspasaron sus ricos ropajes y abrasaron sin piedad su carne.

Alexia vio horrorizada cómo el cuerpo de su padre era víctima del mismo tormento que había infligido a tantos otros. El rostro del mago se había convertido en una brasa, en la que docenas de enrojecidas ascuas quemaban su piel y entraban por todos los orificios que encontraban a su paso. Por suerte para él, se protegió con las manos y logró impedir que su ojo derecho ardiera, pero no pudo librar de ese castigo al izquierdo, que quedó carbonizado.

–¡Padre! ¡Padre! –gritaba Alexia, intentando apagar y alejar las bolas de fuego que se cebaban con el Gran Mago Tenebroso–. ¡Padre!

Desesperada, desenvainó su daga para clavarla en el cuello de Arturo, que había empezado a subir las escaleras. Intentó alcanzarle, pero supo que no lo conseguiría.

Aferrada a los barrotes de un pequeño ventanuco, vio unos segundos después cómo Arturo, montado sobre un dragón, se elevaba sobre la fortaleza, acompañado de una lluvia de mortíferas flechas que intentaban inútilmente impedir su ascenso. Sobrevoló la cúpula de fuego y, después de dar un par de vueltas alrededor de las peligrosas llamas, se dirigió hacia el norte. Alexia, con los ojos nublados por culpa de las lágrimas, le vio alejarse hasta que se convirtió en un punto invisible que se perdió entre las nubes.

XX

BAJO SOSPECHA

Estoy en el despacho de Adela, sentado en una silla y acompañado por un vigilante armado y un inspector de policía. Me he limpiado la sangre de la ropa y me acaban de dar un refresco.

–Escucha, Arturo, lo que ha ocurrido es muy grave. Tienes que explicarnos con todo detalle lo que ha pasado. Esos tipos nos han contado una historia demasiado increíble para ser cierta; y lo han hecho para confundirnos. Creo que tú eres el único que puede revelarnos la verdad.

–No sé si podré. Ya te he dicho que me dieron un golpe y perdí el conocimiento. Cuando me desperté vi a esos dos tipos sangrando y al otro en el suelo, con la espada en la mano. Entonces subí corriendo.

–El más grandote dice que peleaste a espada con él... Y los otros hablan de un dragón que los atacaba. ¿Qué hay de verdad en lo que dicen?

–Yo creo que ellos pelearon entre sí. Uno decía que había que matarme y los otros no estaban de acuerdo. Discutieron, me golpearon y no sé nada más.

El inspector, que hasta ahora ha estado callado, acerca un poco su silla y me mira fijamente:

–Arturo, ¿puedes explicarnos por qué tenías sangre en los pantalones y en la mano?

–Ya le he dicho que me pegaron, mire cómo tengo la mejilla... Y el labio... Después, se enzarzaron a golpes.

–Claro, pero no encontramos explicación a esas mordeduras del cuello y de la mano de esos hombres. ¿Con qué crees que se las hicieron?

–No tengo ni idea. Ya le digo que yo estaba inconsciente... Cuando me desperté estaban en el suelo y subí corriendo a dar la voz de alarma. No sé nada más.

–Dicen que ese dibujo que tienes en la frente cobró vida y los atacó –añade Adela.

–¡Eso es absurdo! ¿Quién se creería algo así? Son capaces de inventar cualquier cosa para librarse de lo que se les viene encima. Lo único cierto es que habían venido para robar. Las cajas estaban llenas de...

–Sí, pero, ¿por qué iban a inventarse una historia tan increíble como la del dragón? Podrían buscarse otra excusa más lógica. Además, cuando los encontramos, estaban aterrorizados.

–Bueno, si han intentado matarse unos a otros, es normal que estén así de nerviosos, ¿no? –explico.

Adela y el inspector se miran. Creo que se han dado cuenta de que no me van a sacar nada más, pero tampoco les han convencido mis explicaciones.

–Está bien, de momento puedes irte, pero es posible que tengas que volver a declarar –me informa el policía–. Vete al médico, por si tienes alguna herida.

–Sí, señor, gracias.

Me levanto y, cuando estoy a punto de salir, el agente me hace una nueva pregunta:

–¿Por qué has bajado al sótano? ¿Alguien te dijo que ahí pasaba algo o fue intuición?

–No, señor. Iba al cuarto de baño y vi que la puerta estaba entreabierta. Así que bajé a ver... Esa puerta está siempre cerrada.

–Ya, bueno, gracias...

Salgo y me encuentro con Metáfora, Norma y mi padre. Me abrazan calurosamente.

–Papá, siento que al final se te haya estropeado la conferencia –me disculpo.

–No te preocupes. Pude terminarla. La pena es que no haya habido cóctel, pero ya lo haremos en otra ocasión. Ahora, lo importante es que te encuentres bien.

–¿Qué tal con la policía? –pregunta Norma–. ¿Has podido aclararles algo? Adela estaba muy preocupada. Se siente culpable por no haberte hecho caso.

–Ella no tiene la culpa. Yo no debería haber bajado solo. Y de todos modos, esos tipos lo habían planificado todo muy bien.

Metáfora me coge de la mano y me limpia un poco de sangre que me quedaba en la comisura de los labios.

–Lo mejor es que descanses un poco –propone–. Te acompañaré a tu habitación para que te acuestes. Mañana hablaremos de todo esto.

–Es una buena idea –dice Norma–. Después de lo que has pasado es mejor que descanses un poco.

–Yo voy contigo –dice mi amiga–. Y si quieres, te puedo preparar una infusión o algo.

–No, no hace falta, de verdad… Creo que necesito dormir.

–Bueno, hijo, hasta mañana. Y no te preocupes de nada, yo me ocupo de los papeleos con la policía y todo lo demás.

–Gracias, papá. Hasta mañana.

Subimos andando hasta el tercer piso. Cuando llegamos a la puerta de mi habitación, nos encontramos con *Sombra*, que me estaba esperando. Se acerca y me da un abrazo de los suyos.

–Arturo, mi niño, cuánto me alegro de ver que estás bien. Esos salvajes nos han dado un susto de muerte –dice con cariño.

–Gracias, *Sombra*, no debes preocuparte. Todo ha pasado –le aseguro.

–Yo creo que esto es el principio. Ya ha empezado a correr la voz de que la Fundación está llena de valiosos tesoros y volverán a intentarlo. Los saqueadores no tienen prisa, saben que tarde o temprano obtendrán lo que buscan.

–Bueno, ahora tenemos vigilancia…

–Ya ves de qué ha servido. Si no llega a ser por tu intervención, se lo habrían llevado todo –se lamenta.

–Pero no lo han conseguido. Ahora pasarán mucho tiempo en prisión.

–Arturo se ha portado como un valiente. Ha impedido que esos tipos saquearan el primer sótano… –dice Metáfora.

–Y volverán para saquear el segundo, el tercero… y todo lo que puedan –afirma *Sombra*.

–*Sombra*, ahora necesito descansar –digo–. Hablaremos mañana, si quieres.

Me coge la cabeza con las dos manos y me da un beso en la frente, sobre las cejas, en el lugar exacto en que se encuentra la cabeza del dragón.

–Gracias por tu ayuda –añade–. Eres un gran vigilante.

Vemos cómo se retira escaleras abajo y nosotros entramos en mi habitación. Me acerco al espejo del baño y me lavo los últimos restos de sangre que aún quedan sobre mi rostro. Me peino y me siento frente a Metáfora, que se ha acomodado sobre el borde de mi cama.

–Uf, estoy agotado. Creo que voy a dormir durante dos días seguidos.

–¿Has visto lo que ha hecho *Sombra*?

–Sí, me ha dado un beso en la frente. A veces lo hace...

–Te ha dado un beso sobre el dibujo del dragón y le ha dicho que es un buen vigilante.

–Oye, no digas tonterías. No se lo ha dicho a él, me lo ha dicho a mí. Es su forma de darme las gracias por defender los bienes de la Fundación. Todo lo que hay en los sótanos le pertenece.

–Te digo que se lo ha dado al dragón y ha hablado con él.

–Bueno, no vamos a discutir por un malentendido...

–Ahora no podrás negar que el dragón ha cobrado vida y ha hecho de las suyas. Esto no es como lo de Jazmín y lo de Horacio.

–Por favor, Metáfora, no insistas... Esos tipos se han inventado todo esto para intentar escapar de la policía. Ya ves que no recuerdan nada de lo que pasó salvo que un dragón los atacó... ¡Qué casualidad!, no se acuerdan de lo que no les conviene.

–Claro, igual que tú. Parece que tampoco recuerdas lo que ocurrió.

–Es que yo perdí el sentido.

–Claro, y yo me chupo el dedo.

A veces se pone un poco pesada, por eso le hago notar que no voy a contestar a sus extrañas preguntas. Es lo mejor para todos.

–Yo no salgo de aquí hasta que me cuentes lo que sucede con ese dragón –insiste–. Lo digo en serio.

–Mira que eres cabezota.

–Lo que no soy es idiota. Cuéntame lo que pasa con ese dibujo.

–¡Y yo qué sé! Estoy empezando a pensar que esa tinta tiene algunas propiedades alucinógenas que hacen ver visiones a los que lo miran fijamente. Por eso creen que cobra vida, cuando en realidad es un efecto visual... Nada más.

–Eso está bien para contarlo en un programa de televisión, pero conmigo no cuela –dice un poco enfadada.

–¿Ah, no? Anda, ven, acércate y míralo fijamente, ya verás como dentro de un rato tendrás la impresión de que está vivo y de que te va a devorar.

–¡Eres insoportable! ¡Me preocupo por ti y solo se te ocurre burlarte!

–Lo siento, Metáfora, de verdad, pero es que te pones muy pesada con esa historia. Te aseguro que no hay nada. Es solo un dibujo inofensivo que me amarga la vida y del que todo el mundo se burla.

–Ojalá pudiera creerte, pero he visto el estado de esos dos hombres que aseguran que les ha atacado un bicho que salió de tu frente.

–Pues créeme a mí mejor que a ellos. Recuerda que son ladrones... Y ahora, de verdad, déjame dormir, que se me están cerrando los párpados.

–Bien, hasta mañana, pero no creas que me has convencido. Sé que me ocultas algo –asegura–. Y averiguaré qué es.

Cuando sale de mi habitación, me pongo el pijama y me tumbo sobre la cama, absolutamente agotado. Me paso la mano sobre la frente y acaricio el dibujo. Noto que el cuerpo me pica pero no quiero ver cómo las letras emergen sobre mi piel. Creo que esta noche voy a tener sueños muy intensos.

XXI

ARQUIMAES, ÉMEDI Y ARTURO

Arturo, que estaba recuperando la memoria, recordó claramente que Alexia le había dicho que Arquimaes se había refugiado en el castillo de la reina Émedi, pero no podía estar seguro de que aún permaneciera allí. Solo había una forma de comprobarlo.

Dirigió el vuelo del dragón hacia el norte con la intención de reunirse con su amigo Arquimaes. «Si está allí, le encontraré», pensó.

El dragón siguió las órdenes de Arturo, que supo manejarlo con firmeza a pesar de no haber montado jamás sobre uno de estos espectaculares animales. Cruzaron algunas nubes bajas que amenazaban tormenta y remontaron el vuelo para huir de unos extraños pájaros de afilado pico, posiblemente enviados por Demónicus, que salieron a su encuentro justo antes de entrar en las montañas nevadas, y que les persiguieron durante un buen trecho hasta que se agotaron y se perdieron.

Atravesaron el desfiladero que los llevaba a las llanuras emedianas mientras una terrible tormenta eléctrica descargaba sobre ellos. Soportaron el intenso calor de los bosques incendiados, que despedían un poderoso fuego, pero consiguieron alcanzar su objetivo.

Arturo no conocía con exactitud el emplazamiento del castillo de Émedi, solo sabía que estaba al norte, muy al norte. El dragón perdió las pocas fuerzas que le quedaban cuando Arturo distinguió a lo lejos la silueta del castillo y cayó al suelo casi de golpe. Arturo rodó por el polvo y estuvo a punto de partirse la cabeza con una gran piedra que se interpuso en su camino, pero se libró milagrosamente. La suerte estaba de su lado... O quizá las letras de su pecho tuvieran algo que ver. Lo cierto es que ni siquiera tuvo tiempo de confirmarlo, pero sí sintió una fuerza que le apartaba de su trayectoria.

El dragón de Demónicus estaba exhausto. Era un buen dragón que le había rendido un gran servicio. Le acarició dulcemente la cabeza y le acompañó en sus últimas exhalaciones. Arturo sintió una enorme furia al recordar los horrores que había visto en aquel castillo. El odio hacia Demónicus creció en su interior como la lava de un volcán. Aun así, no dejaba de sentir un gran atracción por Alexia, a pesar de sus crímenes.

–¡Maldito hechicero! –exclamó, apretando el puño–. ¡Yo te detendré! ¡Impediré que sigas torturando a la gente! ¡Impediré que sigas convirtiendo a los seres humanos en bestias!

El dragón cerró los ojos, inspiró por última vez y murió entre convulsiones.

Arturo se dirigió hacia el castillo que se dibujaba en el horizonte, sobre el cielo grisáceo y luminoso, como una señal esperanzadora que le proporcionaba seguridad. La fortaleza tenía una gran torre que sobresalía sobre la sólida muralla y estaba acompañada de otras cinco torres circulares de menor tamaño, pero más robustas. Sobre todas ellas flotaban estandartes blancos que se dejaban mecer por el ligero viento.

Apenas había caminado un par de kilómetros, cuando una patrulla de seis hombres se cruzó en su camino, cortándole el paso.

–¿Adónde vas, muchacho? –preguntó el oficial–. Estás en las tierras de la reina Émedi y queremos saber qué buscas aquí.

–Soy amigo de Arquimaes, el alquimista. Me han dicho que se encuentra en compañía de vuestra señora. Voy a su encuentro. Tengo que hablar con él.

–¿Cómo sabemos que de verdad es amigo tuyo?

–Arquimaes es mi maestro. Tiene una barba no demasiado larga, la nariz aguileña y los ojos negros y profundos... Y una voz serena y tranquilizadora.

–Te escoltaremos hasta el castillo. Espero que no nos hayas engañado –advirtió el oficial–. Lo pagarías caro.

Arturo se encaramó a la grupa del caballo de uno de los hombres que le tendió el brazo y le ayudó a montar. En pocos segundos, cabalgaba hacia el castillo con los soldados.

* * *

Morfidio entró en su habitación con la espada ensangrentada. Acababa de matar a uno de los caballeros que se había atrevido a tocar su corona. Le había enfurecido tanto que le había clavado la espada hasta la empuñadura. Ahora era rey y quería demostrar a todos que tenía poder absoluto.

–¡Maldito traidor! –exclamó, rojo de ira–. ¡Quería ocupar mi lugar!

Se sentó ante el gran espejo que había mandado colocar en su habitación y se quedó observando su imagen, quieto como una estatua, mientras sujetaba una copa de vino.

Con la mano aún temblando, suspendida en el aire, su penetrante mirada observó atentamente a su doble en el cristal. Durante unos instantes pareció que iba a enzarzarse con él, pero no ocurrió nada. Desde hacía algún tiempo se había vuelto muy desconfiado. Tenía accesos de ira que no podía controlar y solo le calmaba la sangre. Por eso, cada día necesitaba matar a alguien. Sus hombres de confianza no se atrevían a decirle que la gente le temía y que todos los que podían evitarle lo hacían.

–Mataré a todo aquel que intente quitarme mi corona –murmuró, mirándose fijamente en el espejo–. ¡No tendré piedad con los traidores! ¡Sé muy bien que quieren ganarse mi confianza para clavarme un puñal mientras duermo!

Tomó un trago de vino y, durante un instante, pareció que la lucidez había vuelto a su mente. Recordó que antes no pensaba de esta manera. Y llegó a creer que algo o alguien le había embrujado.

–¡Arquimaes! –exclamó de repente–. ¡Ha sido él! ¡Quiere volverme loco! ¡Ahora lo comprendo todo! ¡Estoy embrujado!

Sujetó la espada con fuerza y lanzó la hoja de doble filo contra el espejo, haciéndolo añicos.

–¡Te mataré, maldito brujo! ¡Quieres volverme loco, pero te mataré antes de lo que imaginas! ¡Maldito alquimista! ¡Ahora comprendo que ese descubrimiento secreto era una brujería para matarme!

Con los cientos de trozos de cristal esparcidos a sus pies y sin nadie para enfrentarse, su mente volvió a caer en el pozo de locura que últimamente le atenazaba. Morfidio se estaba volviendo loco y no podía hacer nada para impedirlo.

–Y a ti, Arturo... ¡A ti, que me humillaste, también te mataré!

* * *

Arturo se lanzó a los brazos de Arquimaes, que le recibió con una inmensa alegría. Los dos se quedaron entrelazados durante unos instantes, sin decir una sola palabra. La respiración agitada del alquimista y los fuertes apretones de Arturo les hizo saber que lo que sentían el uno por el otro era algo más que un mutuo afecto. La reina

Émedi, que no perdió detalle desde la distancia, comprendió que Arturo y Arquimaes eran uno solo.

–Creía que no volvería a verte –dijo Arquimaes, emocionado–. Crispín me dijo que habías decidido irte con Alexia y temí que te hubieras pasado al bando de Demónicus... Junto a su hija...

–Estuve a punto –reconoció Arturo–. Durante un tiempo me convencieron de que ese mundo era el mío. Pero la razón volvió a mi alma y he escapado. Mi sitio está aquí, con mi maestro.

–Ahora estamos bajo la protección de la reina Émedi –confesó Arquimaes–. Nos dará todo lo que necesitemos para llevar a cabo nuestro proyecto.

–He visto los dibujos. He comprendido muchas cosas –reconoció Arturo.

–Ya hablaremos de eso, ahora quiero que conozcas a la reina, mi salvadora, mi protectora...

Arturo se acercó a Émedi y se arrodilló. Pero ella, con un gesto de la mano derecha, le invitó a levantarse

–En mi reino nadie se arrodilla –dijo dulcemente–. Y menos un amigo de Arquimaes.

–Soy vuestro servidor –dijo Arturo.

–Soy reina, pero no tengo esclavos.

–Queremos hacer un país de hombres libres –dijo Arquimaes–. Este reino será un reino de justicia.

–Os dejaré que habléis a solas –dijo la reina, dirigiéndose hacia la puerta–. Esta noche cenaremos juntos y podremos compartir nuestros sentimientos.

Arquimaes puso las manos sobre los hombros de Arturo y le dirigió una sonrisa amistosa.

–Salgamos al jardín y hablemos. Estoy deseando saber qué te ha ocurrido desde que nos separamos.

–Me temo que traigo malas noticias –dijo Arturo–. Creo que Demónicus nos atacará con todas sus fuerzas... por mi culpa.

–Hace tiempo que quiere apropiarse de este reino. Quiere implantar un mundo de magia oscura para apoderarse de todo el continente. No es culpa tuya –le tranquilizó Arquimaes.

–Es que... le he herido. Ha jurado venganza y vendrá a buscarme. Debo esconderme, solo he venido a despedirme.

–¿Crees que te voy a dejar solo? Ni lo sueñes, amigo. Te quedarás aquí y le haremos frente. Ya es hora de oponerse a ese bárbaro. La hechicería ha dañado al mundo de forma terrible. Ha llegado el momento de acabar con esta situación.

–¿Cómo lo haremos? Posee muchos hombres armados y bien entrenados, dragones asesinos y bestias horribles...

–¡Formaremos un ejército! ¡Un ejército de valientes caballeros y poderosos soldados! ¡Lucharemos hasta la muerte y venceremos! ¡Ya lo verás!

–¿De dónde sacaremos a esos caballeros? La reina Émedi apenas tiene soldados para defender su castillo. Y nadie vendrá en nuestra ayuda.

–La reina Émedi y yo queremos formar un reino justo. La voz está corriendo y pronto vendrá gente en nuestro apoyo. Son muchos los que desean apoyar la justicia y la ciencia y acabar con la tiranía y la hechicería. El pueblo está harto de brujería. Encontraremos lo que necesitamos, ya lo verás.

Arturo se disponía a responder cuando una voz conocida le interrumpió.

–¡Arturo! ¡Arturo, soy yo!

–¡Crispín! ¡Crispín, amigo mío!

Los dos muchachos se abrazaron con tal fuerza que estuvieron a punto de caer al suelo. Arquimaes los observó con serenidad y sintió que el calor de la amistad podía ayudar mucho a Arturo.

–¿Cómo has conseguido llegar hasta aquí? –preguntó Arturo–. ¿Cómo lograste salir de aquella ciudad infernal?

–Escapé de casualidad. Me uní a unos mercaderes que me trajeron hasta aquí. La verdad es que creía que habías muerto. Vi cómo los soldados te tiraban flechas y me pareció que una te alcanzaba. Te perdí de vista entre el humo.

–Conseguimos escapar –dijo Arturo.

–¿Alexia también?

–Sí. Caí herido y me salvó la vida. Después fuimos hasta el castillo de su padre y pude recuperarme. Ayer me escapé después de herir gravemente a Demónicus, que ahora vendrá a buscarme para matarme.

–¿Crees que habrá guerra? –preguntó Crispín.

–Seguro. Querrá vengarse y aprovechará para conquistar las tierras de la reina Émedi.

–¡No le dejaremos!

–¡Estaremos a tu lado! –añadió Arquimaes–. ¡La reina te nombrará caballero!

–Y necesitarás un escudero de verdad. ¡Por fin voy a entrar en batalla! –dijo Crispín, como si se tratase de un juego de niños.

–Una guerra no es un juego –advirtió Arquimaes–. Morirá mucha gente.

Los tres se miraron con preocupación. En las guerras mucha gente muere y los huérfanos las recuerdan toda su vida con horror.

XXII
EL MUSEO DE LAS LETRAS

METÁFORA y yo hemos quedado con *Patacoja* en el Museo del Libro, un lugar bastante oscuro en el que hay poca gente y donde podemos hablar tranquilamente. Estamos deseando comentar el asalto a la Fundación, que ha sido muy raro.

Después de pasar los controles de vigilancia, en los que hemos tenido que cruzar bajo el arco detector de metales, entramos en la gran sala de exposiciones, que está en la planta baja. El ambiente es inquietante debido al extraordinario silencio que nos envuelve y la iluminación, que ayuda a crear una atmósfera misteriosa.

En las paredes hay vitrinas empotradas que muestran algunos ejemplares especiales, entre los que hay una Biblia escrita en tres idiomas, pergaminos más antiguos que los que tenemos en la Fundación y muestras de alfabetos rúnicos, románicos y medievales. Hay también algunos expositores en el centro del pasillo con objetos de escritura casi prehistóricos que demuestran que los seres humanos empezamos a escribir casi al mismo tiempo que a hablar. Son dos cosas que nos ha costado mucho trabajo aprender y que, milagrosamente, al cabo de tantos siglos, nos permiten transmitir nuestros pensamientos y emociones a personas a las que no conocemos, aunque pertenezcan a siglos diferentes.

–He leído en la prensa gratuita que eran tres –dice *Patacoja*–. Y que los han detenido.

–Eran cinco. También estaban el conductor y un mozo de carga, pero huyeron en la furgoneta en cuanto vieron que las cosas se complicaban –explico–. Yo los vi antes de bajar al sótano.

–Ya os dije que era una banda muy peligrosa –me recuerda.

–Tenían una pistola y casi le matan de un tiro –añade Metáfora–. Su vida ha corrido peligro.

–No podía dejar que se llevasen nuestro tesoro. Tuve que actuar.

–Pusiste tu vida en peligro. Tenías que haber avisado a la jefe de seguridad, que para eso la tenéis. La próxima vez, ten más cuidado –me advierte el mendigo arqueólogo–. Esa gente no se anda con tonterías.

–Tienes razón.

–¿Qué intentaban llevarse?

–Eso es lo que me preocupa. Lo habían planeado todo para bajar al primer sótano y apropiarse de lo mejor. Espadas y escudos de caballeros, forjados con las mejores técnicas. Material que vale mucho dinero. No lo comprendo.

–Hombre, no iban a entrar para llevarse un florero, ¿no? –dice.

–Lo que quiero decir es que poca gente sabe que el primer sótano contiene esas joyas históricas. Y los pocos que lo sabemos somos todos de la Fundación.

–Menos el general. Él no es de la Fundación –añade Metáfora.

Nos detenemos ante una vitrina sobre la que hay una inscripción que dice: *La escritura es una tecnología tan antigua como la Humanidad que ha permitido el desarrollo del pensamiento*. Detrás, para avalar esta afirmación, hay un pergamino egipcio tan antiguo que, si alguien soplara, se desharía en pedazos.

–¿No pensarás que el general ha informado a los asaltantes, verdad? –pregunto.

–No, solo digo que él sabe todo lo que hay en esos dos sótanos –se defiende ella–. No digo nada más.

–En este asunto no nos podemos fiar de nadie –advierte *Patacoja*–. No debemos descartar ninguna posibilidad. Lo único cierto es que estos tipos sabían perfectamente dónde estaban los objetos mas valiosos. Y alguien se lo ha tenido que contar.

–O nos han espiado –le corto–. Es posible que alguien haya descubierto por algún sistema lo que muy pocos sabemos. Ahora hay muchas técnicas de escucha y de vídeo.

–¿Ya nos estamos montando una película de espías? –protesta Metáfora.

–Arturo tiene razón. Ahora hay maneras de saber hasta lo que pensamos. Hay formas de pinchar teléfonos, de grabar imágenes a distancia, de escuchar a través de las paredes... Sistemas que se venden en tiendas y que cualquiera puede comprar... Por eso no podemos descartar nada.

Seguimos nuestro recorrido y llegamos a una zona más oscura, en la que hay diversas ediciones de *El Quijote* en varios idiomas. Miramos los libros con curiosidad, ya que ver una obra universal en caracteres que no conocemos tiene su interés. Otro milagro de la escritura. La imprenta fue uno de los mejores inventos del mundo.

–Ahora lo que me preocupa es que vuelvan al ataque –digo.

–Eso no se puede descartar. Ya saben que la Fundación está repleta de objetos valiosos y no cejarán hasta conseguir lo que desean.

–No hay nada que temer –dice Metáfora–. No creo que lo intenten desde la cárcel.

–No te fíes. Esas bandas tienen muchas ramificaciones. Los que caen en manos de la policía son inmediatamente sustituidos por otros –explica *Patacoja*, que parece conocer muy bien ese mundo–. Tienen lista de candidatos. Es como un *casting* de esos que ahora están de moda. Seguro que se reorganizarán y volverán al ataque.

–Pues menudo problema.

Hemos llegado al fondo de la sala y ahora la oscuridad es total. Hay ejemplares extraordinarios de libros y pergaminos.

–Pero también hay algo que me preocupa, algo a lo que no he dejado de dar vueltas –digo.

–¿Tus sueños? ¿Te siguen preocupando? –pregunta Metáfora, dando una zancada para acercarse a otra vitrina–. ¿Todavía sigues con eso?

–No, pienso en algo que me dijo *Sombra* el otro día... Habló de las profundidades de la Fundación. No sé a qué se refería... ¡Las profundidades de la Fundación!

–A lo mejor habló en sentido figurado, ya sabes. A lo mejor se refería a los secretos, a su historia... –explica Metáfora.

–Pero también pudo referirse a las profundidades de los sótanos... –dice *Patacoja*–. ¿Cuántos sótanos tiene ese edificio?

–Tres sótanos –respondo categóricamente–. Hay tres niveles bajo el suelo.

–Tres sótanos permiten hablar de profundidades –afirma *Patacoja*–. En arqueología, eso es mucho. Tres niveles pueden esconder muchos secretos...

–Tengo el presentimiento de que en el tercero hay algo secreto... Algo muy secreto... Una noche vi a papá y a *Sombra* bajar. Luego, cuando les pregunté, lo negaron y cuando insistí, le quitaron importancia. Quizá *Sombra* se refería al tercer sótano.

–Puedes intentar bajar un día, cuando no estén.

–Pero necesitaré una llave para entrar. No sé si seré capaz de encontrarla. La guardan muy bien...

–Hombre, una llave no es un gran problema. Durante toda mi vida he abierto todo tipo de puertas. No hay cerradura que se me resista.

–¿Podrías ayudarme a entrar?

–¡Ayudarnos! –me corrige Metáfora–. ¡Yo también quiero bajar!

–Oye, chico, eso es más complicado. Una cosa es trabajar en secreto para ti y otra es cometer un delito de allanamiento.

–No es un delito, es un trabajo que te encargo. ¡Y te lo pagaré aparte!

–Bueno, eso ya es otra historia –admite–. Puedo intentarlo.

Hemos hecho casi todo el recorrido y estamos a punto de salir. Me doy cuenta de que hay pocos visitantes, lo que me apena bastante.

–Entonces cuento contigo. Ya te avisaré cuando vea que tenemos una buena oportunidad. Estoy deseando ver qué hay en ese sótano.

–Espero que no sea ninguna sorpresa desagradable –dice Metáfora.

–Serán restos históricos, seguro –dice *Patacoja*–. Y os ayudaré a disfrutar de ellos. Todo lo que tiene que ver con arqueología es pan comido para mí.

Salimos a la calle y nos encontramos con una cascada de luz que nos deslumbra. Después de tanto rato en la penumbra, los ojos necesitan habituarse al cambio.

* * *

–Hola mamá, aquí estoy otra vez. Vengo mucho a verte porque desde hace un tiempo no dejan de pasar cosas sorprendentes. El otro día estuve a punto de morir. Unos tipos asaltaron la Fundación para llevarse algunos objetos de valor del sótano. Los descubrí y tuve que luchar para impedir que se salieran con la suya. También para defender mi vida. No se lo he dicho a nadie, pero reconozco que, a pesar del susto que me llevé, me gustó luchar para defender lo que es mío. Por primera vez en mi vida tuve que enfrentarme a una grave situación, y lo hice. No me porté como un cobarde y encontré el valor suficiente para luchar como un caballero medieval, como el que aparece en mis sueños.

Guardo silencio durante unos segundos, mientras me paso suavemente los dedos por la frente.

–También ha pasado otra cosa que quiero contarte, aunque lo he mantenido en secreto ante todo el mundo, incluso ante papá. Es difícil de explicar, pero... alguien me socorrió. ¿Recuerdas que hace poco te pregunté por el dragón? Pues vino en mi ayuda. Noté cómo revivía y salía de mi piel para atacar a uno que me estaba pegando. Le mordió en el cuello y casi lo devora. Yo sabía que ese dibujo tenía algunos poderes, pero, esa noche, comprendí que es excepcional. No sé quién me lo puso en la frente, pero gracias a él estoy vivo. Decían los medievales que los dragones poseían una fuerza extraordinaria, pero nunca hubiera imaginado hasta qué punto. Con todo lo que he leído sobre ellos, ahora empiezo a comprenderlos. Son fieles y valientes y sirven a causas nobles. Ya sé que hay también dragones malvados, pero tengo que pensar que lo son porque alguien les obliga a comportarse con maldad. No creas que estoy asustado. Después de lo que soporté el día del asalto, creo que he perdido el miedo. Creo que ya me estoy haciendo un hombre.

Me levanto, me acerco al cuadro y lo acaricio.

–Dentro de unos días bajaré al tercer sótano acompañado de *Patacoja* y de Metáfora. Ha llegado el momento de descubrir qué hay ahí abajo. He tenido un extraño presentimiento... Tengo la sensación de que me pides que baje, creo que tú quieres que entre en ese sótano... Siento tu llamada, mamá. Creo que poco a poco voy comprendiendo lo que pasó aquella noche en el desierto, cuando entregaste tu vida... a cambio de la mía.

FIN DEL LIBRO CUARTO

Libro quinto

El reino de Arquimia

I
AMENAZA DE GUERRA

CUANDO los treinta jinetes dirigidos por el príncipe Ratala, bajo bandera de Demónicus, se acercaron al castillo de Émedi, se dieron cuenta de que, desde lejos, varias patrullas emedianas los vigilaban.

Los recién llegados se detuvieron a una distancia prudencial y esperaron, con gesto arrogante, a que algún oficial de la reina se acercara a hablar con ellos.

–Traemos un mensaje de nuestro señor Demónicus para vuestra reina –informó Ratala al hombre que se acercó–. Se lo contaré en persona.

Dos jinetes partieron inmediatamente hacia el castillo mientras los demás cercaban al grupo de Ratala, atentos por si traían alguna intención oculta. Les pidieron que mantuvieran las manos alejadas de las armas y les advirtieron que no permitirían ninguna falta de respeto a su señora.

Los emisarios volvieron poco después escoltando a la reina, que traía consigo la espada de plata y montaba su espléndido caballo de guerra.

Protegida por su escolta personal y algunos caballeros, se acercó hasta el lugar del encuentro. Arturo, Arquimaes y Crispín también la acompañaban.

–¿Qué buscáis en mis tierras, hombres de Demónicus? –preguntó Émedi con tono autoritario.

–Venimos a arrestar a ese cobarde que se hace llamar Arturo Adragón –respondió el príncipe Ratala, señalándole–. Ha herido gravemente a Demónicus y ha abusado de nuestra hospitalidad.

–Arturo Adragón es mi invitado y no se lo entregaré a nadie. No abandonará esta fortaleza.

–Ha rehuido un combate que tenía pendiente conmigo, ha atacado a traición a nuestro señor Demónicus, ha despreciado a nuestra princesa Alexia y ha robado uno de nuestros dragones... ¡Queremos venganza!

–¿Me convertiréis también en una bestia humana? –preguntó Arturo, indignado por las palabras de Ratala.

La reina levantó la mano para silenciarle.

–No entregaré a Arturo –dijo con firmeza–. Es mi última palabra.

–Entonces, señora, os informo de que mi señor Demónicus enviará a su ejército para apresarle. Si es necesario, arrasaremos vuestro castillo y vuestras tierras. Debéis prepararos para una terrible guerra que os costará cara.

–Decid a vuestro amo que no tenemos miedo. Que estamos preparados para defender el derecho a proteger a nuestros invitados. La reina Émedi no traiciona a sus amigos.

–Se lo haré saber. Podéis estar segura de que la furia de Demónicus será tan poderosa como una tormenta. Nadie quedará vivo en vuestros dominios –amenazó directamente el príncipe Ratala–. Emedia será arrasada.

–Partid antes de que os haga encerrar en mis mazmorras para haceros pagar vuestra insolencia –le ordenó la reina–. Decid también a vuestro amo que no temo su furia. Tengo caballeros y soldados valientes que sabrán defender mi reino con su vida. No le resultará fácil invadir esta tierra.

–Todo el mundo sabe que no tenéis ejército. No disponéis de fuerza suficiente para oponeros al ataque de Demónicus –respondió Ratala con arrogancia–. Además, permitidme que recuerde a este cobarde que tiene un combate pendiente conmigo. Y que lo celebraremos, tanto si le gusta como si no. Le mataré con mis propias manos.

Arturo se disponía a hablar, cuando la reina levantó nuevamente el brazo, dando por terminada la entrevista. Los hombres de Demónicus comprendieron que había llegado la hora de partir. Dieron la vuelta con sus monturas y se marcharon por donde habían venido, escoltados por los vigías emedianos.

La reina esperó pacientemente hasta que se perdieron de vista. Entonces, la comitiva real volvió al castillo con tranquilidad, pero con una sombra de temor en el corazón. La amenaza de ser atacados por los salvajes guerreros de Demónicus no era una amenaza vana, y todos lo sabían.

Arturo no podía quitarse de encima un cierto sentido de culpabilidad, ya que la guerra que se avecinaba se iba a producir en parte por su culpa. Todo lo que Ratala había dicho sobre él era cierto; y eso le reconcomía el corazón. Sobre todo le dolía haber hecho daño a Alexia, en quien no había dejado de pensar ni un solo momento. Cada noche soñaba con ella.

* * *

Alexia se había sentado al lado de su padre, Demónicus, que estaba siendo atendido por los magos hechiceros expertos en curación de heridas producidas por fuego. Le observó con una gran pena, pues le adoraba, y no pudo evitar sentir cómo el odio hacia Arturo se apoderaba de ella. Un odio que sustituía a la admiración que le había profesado desde que lo conoció.

Recordó con nostalgia los extraordinarios momentos que había pasado a su lado. Todavía guardaba en su memoria el día en que Arturo mató al dragón en el barranco, o el día en que la había rescatado de la hoguera, en aquella maldita ciudad, y el posterior viaje hacia su reino, mientras le curaba su herida mortal... Una experiencia que le había ayudado a ver la vida de otra manera. Nunca había conocido a nadie con un corazón tan noble. Un corazón que la había deslumbrado.

–¡Júrame que matarás a Arturo Adragón! –exigió Demónicus, con la voz llena de odio, agarrándola del brazo con furia–. ¡Júrame que me vengarás!

Alexia abandonó los recuerdos y volvió a la realidad.

–¡Te lo juro, padre! –dijo–. ¡Te juro que tendrás la venganza que deseas!

–Quieres demasiado a ese traidor. Estoy seguro de que cuando llegue el momento, tu mano vacilará. ¡Tienes que desear la muerte de Arturo con rabia! –pidió Demónicus.

–¡Te aseguro que quiero matarlo, padre! ¡Es lo que más deseo en esta vida! ¡Arturo debe morir a mis manos!

–Tu voz revela que más que matarle, lo que querrías es besarle –se lamentó el Mago Tenebroso–. No me darás la venganza que ansío.

–¡Te lo juro, padre! ¡Te juro que lo mataré! ¡Te prometo que no temblaré cuando llegue el momento!

Demónicus, que sabía muy bien cómo tratar a su hija, se calló y esperó unos instantes.

–Mírame bien... Nunca volveré a ser el mismo. Mi cara está desfigurada y mi cuerpo apenas puede moverse –explicó después de toser varias veces y de arrojar algunas gotas de sangre por la boca–. Arturo Adragón es el culpable de mi desgracia y mi propia hija no va a ser capaz de vengarme.

Por primera vez en muchos años, los ojos de Alexia se llenaron de lágrimas. Sabía que estaba obligada a obedecer a su padre, pero su corazón le pedía otra cosa. Era demasiado joven para saber que cuando el amor se mezcla con el odio produce extraños sentimientos que no es fácil controlar.

–¡Puedes estar seguro de que cumpliré con mi deber! –afirmó la princesa, poniéndose en pie–. ¡Lo mataré sin vacilar! ¡Pagará caro lo que te ha hecho, padre! ¡Ya lo verás!

Más tarde, cuando salió de la habitación, se dirigió al patio de armas, pidió una espada, se puso la cota de malla y estuvo practicando durante algunas horas. Su profesor de esgrima recibió varios golpes que le hicieron pensar que aquello no era un ensayo, sino más bien el reflejo del deseo de matar a alguien. Conocía muy bien a la princesa y comprendió que estaba rabiosa, pero no sabía que esa rabia provenía de un lugar muy profundo. Alexia sentía furia hacia sí misma por tener que hacer algo que no quería hacer. ¡Si mataba a Arturo, se mataría a sí misma!

* * *

Émedi estaba reunida alrededor de una gran mesa de madera con su Consejo de Guerra, del que Arquimaes y Arturo formaban parte. La sala estaba decorada con grandes tapices que representaban escenas de las batallas más importantes. Batallas victoriosas que habían dado como resultado la formación del reino emediano.

Todo el mundo había oído hablar de la amenaza que Ratala había arrojado a la cara de su reina esa misma mañana, y ahora querían ver de cerca qué efecto había producido en su ánimo. Se rumoreaba que estaba arrepentida de haberse negado a entregar al joven ayudante del alquimista. Por eso estaban deseando escuchar sus palabras.

–Caballeros, sabéis que Demónicus ha amenazado seriamente con atacarnos. Debemos prepararnos para repeler su ofensiva. Estamos aquí para preparar una estrategia de defensa –anunció la reina con solemnidad.

Los fieles caballeros emedianos se mantuvieron en silencio y tragaron saliva. La reina, con gran entereza, tomó asiento en una gran silla de madera coronada con su blasón y los invitó a hablar.

–Quiero conocer vuestro parecer –dijo–. ¿Qué pensáis que debemos hacer?

–Tenemos pocas fuerzas de combate, majestad –dijo el caballero Montario, al cabo de un rato–. Lo único que podemos hacer es reunir a los campesinos y darles arcos y flechas para que maten a cuantos enemigos puedan.

–Los campesinos no están preparados para combatir contra un ejército bien organizado como el de Demónicus –objetó Leónidas–. Y apenas tenemos soldados. Este reino se ha mantenido desde hace años sin ejército.

–Sí, desde la Gran Batalla, nuestro ejército fue disminuyendo –reconoció la reina–. Creíamos que nunca más íbamos a necesitarlo. Probablemente hemos sido unos ingenuos.

–Ha llegado el momento de prepararnos para la batalla decisiva –explicó el caballero Puño de Hierro–. Demónicus invadirá este reino y expandirá su poder hasta donde sus fuerzas se lo permitan.

–Nos esclavizará y se apropiará de todas las riquezas de Emedia –añadió Montario–. Y no podemos hacer nada para impedirlo. Solo somos un puñado de caballeros y disponemos de pocos soldados. Apenas tenemos máquinas de guerra.

–Quizá podamos pedir ayuda a otros nobles. Están obligados a defender a la reina. Y podemos hacer acuerdos con el rey Frómodi y otros. Es posible que podamos formar un ejército de hombres de guerra –explicó Puño de Hierro.

–Nadie se aliará con nosotros –afirmó Leónidas–. Demónicus es un enemigo poderoso y siempre le han temido. No nos engañemos, estamos solos en esto.

Un oscuro silencio cruzó la sala y nadie se atrevió a contradecirle. Todos sabían perfectamente cuál era la situación real. Ningún noble y ningún rey se atrevería a levantar sus ejércitos contra el Mago Tenebroso. A estas alturas, todo el mundo sabía lo que Arturo le había hecho a Demónicus.

Arquimaes y Arturo cruzaron una mirada de complicidad.

–Quizá yo encuentre una solución –dijo el sabio, dando un paso adelante.

–¿Conoces a alguien que quiera ponerse de nuestro lado? –preguntó Puño de Hierro, con un tono irónico que irritó a Émedi–. ¿O acaso vas a formar tú el ejército que necesitamos?

–No es el momento de discutir entre nosotros –dijo la reina–. Todos estamos en el mismo bando.

–Cierto. Todos estamos en el mismo bando y somos fieles a nuestra reina, pero la culpa es de ese chico –insistió el caballero–. Ya lo dijo bien claro el enviado de Demónicus, si se lo entregáramos nos libraríamos del ataque.

–¿Propones que tu reina entregue a uno de sus amigos para librarse de la ira de un malvado? ¿Crees que tu reina es una mujer débil y miedosa que se arrodilla ante cualquiera que la amenace? –dijo con voz grave y solemne la soberana.

–No, mi señora. Os pido disculpas por mis palabras. Pero debemos reconocer que...

–Nadie, ni siquiera Demónicus, puede venir a decirnos lo que tenemos que hacer. Nosotros no entregamos a nuestros amigos, por muchos soldados que tengan y por muy peligrosos que sean. Si alguno de mis caballeros teme el ataque de Demónicus, le invito a que se una a sus fuerzas. Aquí solo queremos gente leal, valerosa y justa.

Las palabras de Émedi resonaron con tal fuerza y poseían tal vigor que nadie se atrevió a contradecirla. Arturo observó a los caballeros y comprendió que todos lucharían por su reina. Pero también asumió que eran demasiado pocos como para pensar en una victoria.

* * *

Morfidio recibió a Escorpio sin demasiado entusiasmo.

El antiguo espía de Benicius, que posteriormente se había puesto al servicio de Demónicus, no era precisamente un tipo del que uno pudiera fiarse. Después de que Alexia le retirara su confianza, obligándole a huir del reino Tenebroso, había decidido buscar un nuevo señor que estuviera dispuesto a pagar sus servicios... Y el nuevo rey Frómodi era un buen candidato.

–¿Qué vienes a ofrecerme, espía del diablo? –preguntó el nuevo rey–. Traicionaste a Benicius y espero que no pretendas hacer lo mismo conmigo.

–Te aseguro que no, mi señor Frómodi. Tengo noticias importantes. Demónicus se está preparando para atacar a la reina Émedi.

–¿Y a mí qué me importa? ¿Qué tengo yo que ganar? ¿O acaso después me atacará a mí?

–Demónicus es ambicioso y quiere conquistar todo el territorio que pueda. Ha prometido ser el dueño del mundo. Pero eso no es lo que importa. Lo que os interesa, mi señor, es que en el castillo de Émedi se ha refugiado un muchacho llamado Arturo Adragón, al que creo que conocéis bien... Y está acompañado de un alquimista llamado Arquimaes... al que conocisteis hace tiempo... cuando erais conde... O antes, incluso...

Morfidio sintió un estremecimiento que le recorrió todo el cuerpo. ¡Arturo y Arquimaes juntos! ¡Ahora tenía la oportunidad de vengarse de los que le habían hecho tanto daño y le habían humillado públicamente! Una ola de ira le invadió y se levantó de un salto. La imagen de Arquimaes se dibujó en su mente con tal claridad que se estremeció.

–¿Estás seguro de lo que dices? ¿Juras por tu vida que esos dos están en el castillo de Émedi?

–Con toda seguridad, mi señor. Demónicus ha amenazado con invadir sus tierras si la reina no le entrega al muchacho del que quiere vengarse.

–¿Por qué quiere vengarse?

–Le ha herido gravemente. Demónicus está postrado en la cama a causa de las heridas que Arturo le ha infligido. Dicen, además, que ha humillado y despreciado a la princesa Alexia. Demónicus está preparando su ejército para atacar a Émedi. Torturará a Arturo Adragón hasta que lamente haber nacido.

–¡Arturo es mío! ¡Los mataré a los dos con mis propias manos! –exclamó Morfidio con la mirada extraviada y exaltado por la locura que le poseía desde hacía meses y que avanzaba sin cesar.

–Entonces debéis apresuraros. Si no, Demónicus se adelantará, podéis estar seguro.

–¿Qué puedo hacer?

Escorpio sonrió maliciosamente. Ahora Morfidio estaba en sus manos y le pagaría todo lo que le pidiese si le daba la oportunidad de atrapar a ese diabólico muchacho.

–Me he portado bien con Demónicus y le he entregado a Herejio, del que se ha vengado con creces; pero su hija, Alexia, no me ha perdonado cierto desliz que cometí con ella y me ha arrojado de su reino. A mí también me gustaría vengarme… Juntos podemos obtener venganza y fortuna, mi señor Frómodi…

–Me pondré del lado de Demónicus y le daré mi apoyo a cambio de la vida de esos dos.

–No, mi señor, no es eso lo que nos conviene…, tengo otra idea…

* * *

Era tan temprano que apenas había gente levantada. Solo los pocos soldados que estaban de guardia pudieron ver cómo Émedi despedía a Arquimaes, a Arturo y a Crispín en el puente levadizo.

–Cuidaos mucho. Esto puede estar lleno de enemigos que nos espían –aconsejó la reina–. No dudarán en mataros.

–No os preocupéis, señora –respondió el sabio–. No permitiremos que nos impidan llevar a cabo nuestra importante misión. No fallaremos.

–Os prometo que volveremos sanos y salvos –añadió Arturo–. Nadie nos cerrará el camino.

–Y llegaremos a tiempo para participar en esa guerra –añadió Crispín–. No me la perdería por nada del mundo.

–Espero que no nos ataquen antes de que regreséis –deseó la reina.

–Desplazar un ejército cuesta mucho trabajo y lleva mucho tiempo –la tranquilizó Arquimaes–. Nosotros somos pocos y cabalgaremos con ligereza. Seguro que volveremos antes de que esos diablos asedien la fortaleza.

–Que la suerte os acompañe –deseó Émedi, envolviéndose en su gruesa capa para protegerse del frío–. Esperamos vuestro regreso con ansiedad.

Arquimaes y Émedi cruzaron una mirada que no escapó a Arturo. Era evidente que aquella separación les partía el corazón a ambos.

El sabio espoleó su caballo y sus dos acompañantes le siguieron. La reina se quedó esperando hasta que los perdió de vista. Entonces, con el corazón sobrecogido, volvió a entrar en el castillo y el puente levadizo se cerró tras ella.

II

BAJANDO AL PASADO

SON las tres de la madrugada y todos están durmiendo. Metáfora se ha quedado a pasar la noche en la Fundación, con la excusa de que mañana tenemos que preparar los exámenes.

Me levanto sigilosamente, sin hacer ruido. Cojo mi mochila con todo lo necesario para llevar a cabo nuestra operación y salgo de mi habitación después de enviar un mensaje a Metáfora: «Ya estoy».

La espero en el descansillo y bajamos juntos hasta la planta baja. Menos mal que Adela no ha instalado todavía las cámaras de vídeo. Felizmente, por la noche la vigilancia se reduce a un coche patrulla que da vueltas constantemente por la calle, alrededor de la Fundación. Hace días que hemos comprobado el recorrido del coche y sabemos exactamente lo que tarda en hacer cada ronda, así que, si hemos calculado bien, nadie nos descubrirá.

Salimos al jardín y, pegados a la pared, nos acercamos a la puerta trasera del edificio. Después de abrir la cerradura con mucho cuidado, entreabrimos la puerta de madera y esperamos... El coche tarda poco en aparecer.

–Ahí está –susurró–. Haz el cálculo...

Mientras ella pone su cronómetro en marcha, yo hago una señal con la linterna: una larga, una corta, una larga, una corta... Ya está. *Patacoja* ha tenido que ver la luz que indica que la cuenta atrás acaba de empezar. Esperamos a que, dos minutos después, el coche vuelva a pasar.

–No volverá hasta dentro de cinco minutos –dice Metáfora.

–Bien, avisaré a *Patacoja*.

Espero medio minuto y lanzo otra tanda de señales: una larga y tres cortas seguidas.

Veo que *Patacoja* sale de un portal que hay en la acera de enfrente y viene directamente hacia nosotros. Un minuto, dos... ¡Ya está aquí! Con tiempo suficiente para entrar sin ser detectado por el vigilante, que aún tardará en llegar.

–¿Todo en orden? –pregunta cuando cierro la puerta tras él–. ¿Algún imprevisto?

–Todo está saliendo según nuestros cálculos –le informo.

–Bien, pues sigamos adelante con nuestro plan.

Amparados por la oscuridad de las sombras del muro, volvemos a entrar en el edificio. Miro mi reloj y veo que ya son las tres y media. El tiempo corre y no nos podemos descuidar.

Nos acercamos a la gran puerta que permite bajar a los sótanos y la abro con la llave maestra que he conseguido. Con el mayor sigilo posible la cruzamos y volvemos a cerrar desde dentro. Abro la mochila y les presto una linterna a cada uno.

–Es mejor no encender las luces y apañarnos con esto –les explico–. He traído más pilas, por si acaso; así que no hay problema.

Bajamos la escalera agarrados al pasamanos para evitar tropezones inesperados. Nos cruzamos con algunas ratas que, cuando nos ven, salen huyendo. Según descendemos notamos que la humedad es mayor.

–¿Hay algún pozo o corriente de agua por aquí? –pregunta *Patacoja*.

–Que yo sepa, no –respondo–. La humedad se debe a que esta zona lleva mucho tiempo cerrada.

Llegamos hasta la puerta del tercer sótano y nos detenemos delante de ella. Es grande, de madera con inscrustaciones de hierro, y tiene dos hojas.

–Es aquí. Esta puerta no se utiliza desde hace años y creo que nos va a costar trabajo moverla –les advierto–. Tendremos que empujar fuerte.

Giro el pomo después de abrir la cerradura y, ante mi sorpresa, la puerta se abre casi sola.

–Me parece que esta puerta se abre más a menudo de lo que tú crees –dice *Patacoja*–. Las bisagras ni siquiera han chirriado.

Metáfora está tan sorprendida como yo.

–Bueno, es posible que *Sombra* tenga que bajar algunas veces a guardar cosas –añado poco convencido–. O a hacer limpieza.

Abro de nuevo la mochila y saco una gran lámpara eléctrica con batería, que tiene una potencia de luz superior a nuestras tres linternas juntas. Cuando la enciendo podemos ver que estamos en una gran estancia repleta de libros y pergaminos antiguos. Cerca de las paredes hay escritorios medievales, como los que usaban los monjes en los monasterios. Sobre algunos veo que hay pergaminos abiertos.

–Oye, este tintero ha sido usado hace poco –observa Metáfora–. Fíjate...

–Ya te digo que *Sombra* puede haber venido a hacer algún inventario.

–Esto no es un inventario. Parece una fórmula matemática... o un crucigrama especial... Mira, hay letras escritas en filas cruzadas y en diagonal... ¡Son letras como las que comentaba tu padre, de esas que contienen signos secretos! ¡Escritura simbólica!

–Qué cosa más rara –digo, un poco sorprendido.

–Esa puerta de ahí enfrente guarda algo importante –dice *Patacoja*–. Es la más antigua de todas y tiene el símbolo de los alquimistas: un sol y una luna.

Nos acercamos e intentamos abrirla, pero resulta imposible. Saco el manojo de llaves que he cogido en la habitación de papá, pero ninguna sirve para abrirla.

–Me parece que no vamos a poder entrar –reconozco–. No hay llave.

–¿Me permites hacer una prueba? –pregunta *Patacoja*.

–Claro, mientras no rompas nada...

Se acerca y empieza a palpar el marco... Roza algunos relieves que sobresalen demasiado hasta que, de repente, exclama:

–¡Mira que soy idiota! Voy a dejar la muleta contra la pared, así que tenéis que sujetarme... Creo que esto va a ser más sencillo de lo que parece.

Entonces, cuando aprieta a la vez el sol y la luna, escuchamos un sonido seco que proviene del interior.

–Las llaves de los alquimistas no son como las nuestras –dice, empujando levemente las dos pesadas hojas de madera–. Esos tipos eran muy listos.

Asombrado, cojo la lámpara e ilumino la nueva estancia, un larguísimo pasillo repleto de cuadros y estatuas. Después de pensarlo un poco, decidimos entrar. Aunque es largo, se adivina que al final, hay otra puerta, pero, cuando nos acercamos, nos llevamos una gran decepción.

–No hay puerta, es un muro –corroboro, un poco decepcionado–. Hay que volver atrás.

–No, hay que encontrar la forma de desplazar este muro. Mira los bordes, esa pequeña ranura indica que se puede mover... ¡Es una puerta secreta!

Patacoja tiene razón, pero no hay nada a lo que agarrarse, nada que tocar o apretar. Es imposible abrirla.

–Tiene que haber algún mecanismo –insiste *Patacoja*, pasando las manos por todas partes, en busca de algún resquicio–. Tiene que haber...

Se detiene en seco. Mira al techo, levanta su muleta y aprieta una baldosa que parece más gastada que las que la rodean. ¡Clic!

El muro se desplaza hacia la derecha con una lentitud exasperante.

–Los mecanismos antiguos son así –explica *Patacoja*–. Funcionan con un sistema de pesas que hacen girar las ruedas dentadas. Son eficaces, pero muy lentos.

Casi un minuto después el paso está libre.

La luz nos muestra una estancia ricamente adornada con banderolas que cuelgan del techo; lámparas que ahora están apagadas; cuadros en las paredes; telas y bellos cojines que decoran un gran trono de piedra, rodeado de lanzas, espadas y escudos... En el centro hay un sepulcro de mármol blanco. ¡Un sarcófago medieval!

–Parece que hemos llegado al corazón de este sótano –dice *Patacoja*–. Esto es lo que la Fundación guarda. A esto se refería tu amigo *Sombra.*

Nos acercamos al sepulcro y lo observamos con atención. Está decorado con imágenes en relieve, cinceladas con gran habilidad. Un lateral tiene algunas letras grabadas, pero mantiene casi toda la superficie plana y lisa, como esperando a ser utilizada.

–Aquí hay un cuerpo yaciente –explica *Patacoja*–. Fijaos en esta figura.

Efectivamente, sobre el sarcófago hay una escultura de mármol blanco que representa a una mujer tumbada que mira al cielo con los ojos abiertos. Tiene las manos entrelazadas sobre el pecho. De su cabeza, sobre la que tiene una hermosa corona, salen largos mechones de pelo que cuelgan a su alrededor, como si fuesen rayos de sol. Lleva puesto un lujoso vestido repleto de pliegues que parecen olas, y la majestad de su postura hace pensar en una persona que medita, más que en una que está muerta. Paradójicamente, es la imagen de una persona que parece vivir con gran ilusión.

–Estoy segura de que podría levantarse si se lo ordenara –susurra Metáfora–. Parece que está esperando a que alguien se lo pida.

–Es cierto –añade *Patacoja*–. Da la impresión de que el artista fue capaz de recoger la alegría de vivir que esta mujer poseía entonces... Por cierto, ¿quién es?

Nos acercamos para ver la inscripción que hay en una placa que se encuentra sobre el lateral derecho. En letras similares a las que acabamos de ver en los pergaminos leemos:

> AQUÍ DESCANSA LA REINA ÉMEDI, ESPOSA DE ARQUIMAES, MADRE DE ARTURO E INSPIRADORA DE ARQUIMIA. LOS TRES SE REENCONTRARÁN DE NUEVO AL FINAL DE LOS TIEMPOS.

Metáfora y yo nos miramos asombrados. Una reina que se llama Émedi, que tenía un hijo llamado Arturo y que era la esposa de Arquimaes. ¡Émedi también aparece en mis aventuras medievales! Ahora ya no hay duda de que mis sueños no son disparates.

Metáfora empieza a atar cabos, se acerca y me da un fuerte abrazo. Me hace sentir que lamenta todo lo que me ha dicho y que ahora cree mis fantásticos relatos.

–¡Soy una estúpida! ¡Siempre empeñada en hacerte poner los pies en el suelo! –exclama Metáfora, dándose cuenta de que ha estado equivocada durante mucho tiempo–. Lo siento mucho, Arturo.

–¿Me podéis explicar lo que pasa? –pregunta *Patacoja*–. Tengo la impresión de que me he quedado fuera de juego.

–Ya te lo explicaremos cuando tengamos tiempo –respondo–. Te aseguro que es muy largo de contar.

–Bueno, pues ya hemos empezado a descubrir el secreto del tercer sótano –dice *Patacoja*–. A partir de ahora será más apasionante.

–Antes de marcharnos quiero hacer unas fotos para estudiarlas –propongo–. Tardo poco.

Saco una cámara digital de la bolsa y fotografío el sarcófago desde todos los ángulos posibles. Cada foto que hago me asombra más y descubro detalles que me fascinan. Si hubiera algún sitio en el mundo que pudiera explicar mis sueños, sería este, la tumba de la reina Émedi. Una reina de la que nadie había oído hablar y que, finalmente, parece que existió, que tuvo un reino, un esposo y un hijo... que podría ser yo.

Mientras hago las fotos, veo que *Patacoja*, llevado por su pasión de arqueólogo, estudia atentamente los ricos objetos que nos rodean. Creo que es lógico que quiera curiosear, ya que esto es algo que no se ve todos los días.

–Es mejor salir de aquí antes de que nos descubran –le apremio–. El vigilante llegará dentro de poco.

–Me gustaría quedarme un poco –pide *Patacoja*, absolutamente emocionado ante lo que está viendo–. ¡En mi vida había visto nada igual! ¡Es impresionante! ¡Es el sueño de cualquier arqueólogo!

–Ya volveremos otro día –digo–. Pero ahora debemos salir. No quiero ni pensar en lo que ocurrirá si nos descubren.

Finalmente me hacen caso. Abandonamos el tercer sótano después de haber ordenado todo para que nadie note nada, y salimos con el deseo de volver lo más pronto posible. Estamos seguros de que aún quedan muchas cosas por descubrir.

Poco después volvemos a la puerta de salida del jardín posterior y la abrimos para que *Patacoja* pueda salir sin ser visto.

–Ha sido una experiencia increíble –dice antes de salir al exterior–. Gracias por darme la oportunidad de vivir algo tan apasionante. Para un arqueólogo, esto es lo mejor de la vida.

Dejamos pasar el coche del vigilante un par de veces y, cuando llega el momento en el que su ronda va a ser más larga, *Patacoja* se desliza hacia afuera. Pegado a la pared, desaparece en dirección contraria y cruza de nuevo la calle.

Metáfora y yo volvemos al edificio principal y subimos en silencio por la escalera hasta la tercera planta. Haríamos demasiado ruido subiendo en ascensor.

–Bueno, vamos a dormir –me despido–. Ya hablaremos mañana.

–Déjame entrar un momento. Estoy tan emocionada que necesito hablar de esto contigo –dice, entrando en mi habitación.

Entonces, una vez dentro, me coge las manos y me mira fijamente a los ojos:

–Arturo, lo siento. Perdóname. He sido una tonta por no creerte. Ahora veo que estaba equivocada y comprendo que no exagerabas. Siento haberme negado a escucharte cuando...

–Pues todavía no te he contado lo mejor –digo–. Hay algo que me ha dejado el corazón helado.

–¿A qué te refieres? ¿Crees que de verdad eres hijo de una reina que existió hace más de mil años? ¿Crees que eso es posible? Ya sé que lo que hemos visto es asombroso, pero te recuerdo que esas cosas solo son producto de...

–Ven, acompáñame... Quiero que veas una cosa.

Salimos de nuevo de mi habitación y subimos por la escalera que va hasta la buhardilla que hay dentro de la cúpula central. Abro la puerta, entramos y quito la tela que cubre el gran cuadro de mi madre, que está colgado en la pared.

–¡Mira! ¡Fíjate bien!

Metáfora, que se queda blanca, se lleva las manos a la cara y susurra, casi sin darse cuenta de lo que dice:

–¡Es la reina! ¡Es tu madre! ¡Son ellas! ¡Santo cielo!

–Sí, pero hay una pregunta que me inquieta: ¿quién está dentro del sepulcro?

Metáfora me mira desconcertada. La incógnita que se abre ahora es tan profunda como un abismo. Y los dos estamos junto al borde, a punto de caer.

III

REGRESO A AMBROSIA

ARQUIMAES, Arturo y Crispín entraron en el valle de las montañas nevadas después de un viaje agotador. Estaban tan cansados que apenas se dieron cuenta de que una manada de lobos los acechaba desde las rocas que lindaban con un bosque cercano.

–Este paisaje me resulta familiar –dijo Arturo, reconociendo una enorme montaña blanca que sobresalía sobre la línea del horizonte–. Ya hemos estado aquí, ¿verdad?

–Sí, estamos en el valle de Ambrosia –respondió Arquimaes–. Más adelante la encontraremos.

–Pero Ambrosia ya no existe –dijo Crispín–. Los hombres de Demónicus la destruyeron.

–Lo que venimos a buscar no está destruido, te lo garantizo –afirmó el sabio–. Sobrevivirá por los siglos de los siglos.

–¿Qué puede haber en este extraño lugar, abandonado de la mano del hombre, que nos pueda interesar? –preguntó Arturo–. Aquí no hay vida, aquí no hay nada.

–No digas eso, Arturo. La vida emerge siempre, está en todas partes. Hasta los elementos más inesperados tienen vida propia. Es el milagro de la tierra.

Más tarde, una gran nevada los sorprendió y tuvieron que refugiarse en una cueva que encontraron entre las rocas. Encendieron un fuego y cocinaron unas alubias con carne que les devolvieron las fuerzas. Sabiendo que corrían el riesgo de ser descubiertos, durmieron con un ojo abierto y esperaron tranquilamente la llegada del amanecer.

Por la mañana, el cielo estaba desprovisto de nubes y el sol les ofreció un día luminoso y dorado.

Después de tomar un pequeño desayuno, reemprendieron la marcha hacia la última etapa de su viaje.

Justo al mediodía, cuando el sol estaba en lo más alto, divisaron el lugar en el que, antaño, se había alzado Ambrosia, la abadía de los monjes calígrafos más hábiles del mundo.

–No sé si podré soportar ver los restos de Ambrosia –confesó Arturo–. Verla destruida y abandonada me destroza el corazón.

–Arturo, amigo, te aseguro que a mí me pasa lo mismo –le consoló Arquimaes–. Me gustaría saber qué ha sido de mis hermanos y de los monjes que no han llegado a Emedia

Crispín, que no tenía un gran lazo afectivo con el monasterio, les escuchaba un poco sorprendido, ya que, para él, Ambrosia no había sido más que un montón de piedras que cobijaba a algunos monjes.

–Mira, maestro, ahí se alza el muro más alto de Ambrosia. Aún sigue en pie –advirtió Arturo, un poco después.

–Todavía quedan muros enteros sin destruir –reconoció Arquimaes–. Ambrosia estaba bien construida.

–Me parece que veo humo –dijo Crispín–. Pero no creo que sea del incendio. Ya ha pasado mucho tiempo.

Sorprendentemente, detectaron signos de vida cerca de las ruinas. Algunas personas habían construido cabañas, mientras que otras se habían refugiado entre las ruinas, que utilizaban como hogares.

–¿Ves lo que te decía? La vida siempre termina renaciendo. Donde el fuego arrasó un lugar de paz, ahora puede que se esté iniciando un próspero burgo –comentó Arquimaes–. Nunca se sabe.

–Hay que estar loco para levantar un poblado en este sitio tan aislado –dijo Crispín–. Esta gente no sabe lo que hace.

–¿Por qué no? Aquí hay todo lo necesario para vivir: tierra fértil, un río, aire sano... –explicó el alquimista–. En lugares más inhóspitos se han construido florecientes poblados. Es cuestión de dejar correr el tiempo... Además, su situación es estratégica, a salvo de ataques inesperados.

Los tres compañeros se detuvieron a medio kilómetro de las ruinas para no despertar sospechas y buscaron un lugar en el que instalarse.

Cuando lo encontraron, al abrigo de un gran árbol, cerca del río, montaron una pequeña tienda con sus mantas. Después, descargaron a los caballos y Crispín se ocupó de darles algo de comer y de beber.

Una hora más tarde se dirigieron a la zona más poblada en busca de información. Allí pudieron comprobar que, efectivamente, familias enteras habían aprovechado las piedras, los muros y las vigas que no estaban totalmente calcinadas para instalar sus hogares.

–¿Quiénes son? ¿De dónde salen? –preguntó Crispín.

–Campesinos sin suerte, que ven una oportunidad de rehacer su vida. Gente sin recursos, perseguidos por el rey, desafortunados que no tienen donde vivir –explicó Arquimaes–. Vivimos en una época muy injusta. Hay demasiadas personas desamparadas y sin recursos.

–¿Y no tienen otro sitio mejor para instalarse?

–Sí, la cárcel o la esclavitud. Los reyes son demasiado ambiciosos y ni siquiera les permiten comer la hierba de los campos. Les impiden cazar, no les ceden ni un palmo de tierra, pero quieren tributos a cambio de su protección... Este valle está muy alejado y aquí nadie les impone castigos por pescar peces o cazar aves... Pueden plantar verduras y alimentar a su ganado en los pastos... Creo que estas ruinas son un regalo que el cielo envía a esta gente. Me alegra saber que Ambrosia ha tenido un final útil para muchas personas.

Tres hombres armados les cortaron repentinamente el paso. Arturo reconoció en seguida las inconfundibles armaduras y cascos de los soldados de Oswald que habían destruido Ambrosia.

–¡Alto ahí, viajeros! –dijo uno, que tenía una barba muy poblada–. ¿Qué buscáis aquí?

–Nada importante –respondió Arquimaes–. Estoy buscando a mi hermano, que era monje de esta abadía. Quizás podáis indicarme si aún vive o dónde encontrarle.

–¿Cómo se llama tu hermano?

–Tránsito. Se llama Hermano Tránsito.

–¿El que hizo los garabatos?

–¿A qué garabatos te refieres? –preguntó Arquimaes.

–Nosotros no nos dedicamos a dar información, nosotros somos recaudadores –respondió un hombre que tenía un ojo tapado con una venda sucia–. Debéis pagar para estar aquí. Vuestros caballos han bebido agua y habéis acampado. Eso tiene un precio.

–Esta tierra pertenece a los monjes de Ambrosia –le recordó el sabio.

–Nosotros somos recaudadores. Todos los que pasan por aquí, tienen que pagar –insistió el hombre, agitando su larga lanza–. Cinco monedas de oro por cada uno... y lo mismo por los caballos.

–¡Treinta monedas de oro! –exclamó el alquimista–. ¿Es una broma?

–Si no pagáis, nos quedamos con vuestros caballos.

Arquimaes no respondió. Ya había notado que Arturo había permanecido en silencio, lo cual significaba que estaba tramando algo.

–¿Y a quién tenemos que pagar? –preguntó Arturo.

–A mí. Yo soy el tesorero –dijo el hombre de la barba.

–¿Y me darás un recibo?

–¿Qué? ¿Qué dices? ¿Qué me estás pidiendo?

–Un recibo. Ya sabes, yo te pago y tú me das un papel firmado que dice que te he pagado –explicó Arturo.

Los tres hombres estallaron en carcajadas. Les hizo mucha gracia que un muchacho envuelto en una capa oscura y sucia les pidiera un papel firmado, a ellos, que ni siquiera sabían leer ni escribir.

–¡Si no pagas te daré un recibo en forma de patada en el culo! –dijo el tercer hombre, que hasta ahora no había abierto la boca–. ¡Y a vosotros también!

Cuando vieron que Arquimaes daba un paso hacia atrás, creyeron que iban a pagar la cantidad que les habían pedido, pero tardaron poco en darse cuenta de su error.

Arturo desenfundó velozmente la espada que llevaba oculta bajo la capa y colocó la punta a medio centímetro de la garganta del barbudo; Crispín sacó un cuchillo de la manga y se preparó para lanzárselo al segundo, con el brazo en alto; Arquimaes desató el cordón de su túnica con tal rapidez que, antes de que el individuo que tenía delante pudiera reaccionar, se lo había enredado alrededor del cuello.

–Si queréis seguir con vida, marchaos ahora mismo –dijo Arturo, pinchando la garganta del capturado–. Marchaos sin mirar atrás. Y no volváis.

El prisionero de Arquimaes creyó que el alquimista no tendría fuerzas suficientes para retenerle, así que trató de liberarse del cordel e intentó clavarle su puñal en el pecho, pero calculó mal. Arquimaes tensó los músculos de sus brazos y apretó con tanta fuerza que lo estranguló sin darle tiempo a comprender que también un hombre de paz puede ser capaz de responder a una agresión.

Cuando los otros dos vieron el cadáver de su compañero tumbado en el suelo, decidieron rendirse y levantaron las manos.

–¡Nos vamos! –dijo el barbudo–. ¡No queremos líos!

–Si me entero de que volvéis a abusar de esta pobre gente, nadie en el mundo podrá salvaros de mi ira –advirtió Arturo–. ¿Lo habéis entendido? ¡Y llevaos a vuestro amigo!

Los dos individuos recogieron el cuerpo y se marcharon corriendo. Después de montar en sus caballos, se perdieron de vista en pocos minutos.

–Quiero saber a qué se refería ese rufián cuando dijo que Tránsito había hecho algunos garabatos... –comentó Arquimaes–. ¿Qué querría decir?

Algunas personas que habían visto lo sucedido se acercaron a ellos, inclinando la cabeza en actitud sumisa.

–Señores, queremos daros las gracias por librarnos de estos bandidos –dijo un hombre, que venía acompañado de un chiquillo.

–Estaremos mejor sin ellos –aseguró una mujer de aspecto demacrado–. Eran unas bestias que se aprovechaban de su fuerza.

–Sí, menos mal que los habéis echado. Os daremos comida y todo lo que queráis –ofreció un anciano, al que le faltaba un brazo.

–No queremos nada –rehusó Arquimaes–. Eran unos ladrones y los hemos expulsado, como era nuestro deber.

–Eran peores que los lobos –explicó una anciana–. Nos estaban devorando. Cada día querían más. Eran insaciables.

–Explícate, mujer –pidió el sabio.

–Les pagábamos para que nos protegieran de ellos mismos. Les dábamos de comer y se cubrían con nuestras ropas. Se llamaban a sí mismos guardianes.

–¿Guardianes? ¿Guardianes de qué?

–De este lugar. Decían que eran la ley y el orden. Decían que iban a organizar nuestras vidas y que todo esto era suyo.

–¡Menudos bribones! –estalló Arturo, indignado por la actitud de los bandidos–. ¡Ni siquiera dejan en paz a la gente que no tiene nada! ¡Sabandijas!

–¿Podemos hacer algo por vosotros? –preguntó la anciana.

–Buscamos al hermano Tránsito –dijo Arquimaes–. ¿Sabéis algo de él?

–¿El de los garabatos?

–¿Qué garabatos? ¿A qué garabatos te refieres?

–Seguidme y os los enseñaré.

La anciana les llevó hasta el gran muro que aún se mantenía en pie. Iba despacio, debido a una grave cojera que la hacía tambalearse a cada paso. Finalmente, después de rodear la pared, levantó la mano y dijo:

–Estos son los garabatos que hizo Tránsito antes de marcharse.

Los tres compañeros elevaron la vista y observaron cómo sobre la cara del muro, que hasta ese momento se había mantenido oculta a sus ojos, había unas letras escritas en grandes caracteres que podían leerse desde lejos. Arquimaes descifró el texto y su rostro palideció dramáticamente.

–¿Qué pone ahí? –preguntó Crispín–. ¿Qué significan estas letras?

–Léelo tú, Arturo –pidió Arquimaes, con la voz quebrada, alejándose.

Mientras Arquimaes, absolutamente abatido, se retiraba, Arturo leyó para Crispín, con voz alta y clara:

–Pues verás, dice así: «Aquí se elevó la abadía de Ambrosia, la cual trabajó durante muchos años al servicio de la escritura. De ella salieron numerosos libros caligrafiados por los monjes que la habitaron y que prestaron sus servicios hasta que la barbarie les arrebató la vida y los arrojó de este lugar. Y todo por culpa de un traidor llamado Arquimaes, que trajo consigo el dolor y la muerte. Ojalá su alma se pudra en el infierno».

IV

EL BANCO EXIGE SUS DERECHOS

DEL Hierro ha pedido a mi padre que se reúna con él para tratar definitivamente de la deuda que la Fundación mantiene con su banco. Teniendo en cuenta que está aún convaleciente y que Stromber va a asistir, he pedido estar presente para asesorar a papá.

–No veo la necesidad de que un muchacho de catorce años, que no tiene poderes y no entiende de economía, asista a una reunión tan importante –se queja el señor Del Hierro–. Debería salir de aquí ahora mismo y dejar este asunto en manos de personas mayores.

–Lo siento, pero se lo he prometido. De cualquier forma, él no va a intervenir en las decisiones –explica papá–. No hay que olvidar que Arturo será algún día el propietario de todo esto y conviene que se vaya acostumbrando a ver cómo funcionan las cuestiones administrativas.

Del Hierro mira a su abogado, que acepta, receloso, las palabras de mi padre. Veo que Stromber se remueve un poco en su silla, como si no le gustara verme allí.

–Señor Adragón, desde que la Fundación sufrió el asalto hace unos días, las cosas se han complicado –anuncia Del Hierro–. Tememos que pueda volver a ser blanco de ataques y queremos tomar medidas de protección.

–Le recuerdo que los asaltantes se centraron en el sótano que, como bien saben, no pertenece a la Fundación, sino a *Sombra*, el monje que vive con nosotros. La biblioteca no ha sufrido ningún ataque.

–Claro, claro, pero a nosotros nos preocupa que algún día ocurra algo. Además, la intervención de la policía, que ha interrogado a los ladrones heridos, nos ha puesto un poco nerviosos.

–Pero nosotros no tenemos la culpa. Arturo se defendió para proteger su vida. Esos hombres se pelearon entre sí y se hicieron ellos mismos las heridas –insiste papá.

–La policía no opina lo mismo. El incidente no está aclarado y puede haber repercusiones inesperadas. Cuando hay sangre, los agentes profundizan en la investigación y nadie puede predecir hasta dónde los puede llevar. Por eso, nuestro abogado, el señor Terrier, les va a explicar nuestra decisión.

Terrier se pone las gafas, abre una carpeta y, con la mirada puesta sobre los papeles, dice:

–Vamos a intervenir la Fundación Adragón. Nuestros expertos opinan que es mejor que el banco se haga cargo de la situación antes de que se complique, cosa que ocurrirá tarde o temprano. Vamos a nombrar un interventor que se ocupará de la gestión de esta institución y la dirigirá con mano firme para representar nuestros intereses. El banco no está dispuesto a permitir que sus posesiones se pongan en peligro.

–¿Qué pretenden hacer exactamente?

–A partir del próximo mes, dicho interventor gestionará esta Fundación. Tomará todas las decisiones que afecten a las cuestiones económicas –detalla el abogado.

–Y usted podrá, si lo desea, permanecer aquí como presidente no ejecutivo. El banco está dispuesto a pagarle un sueldo y permitirle que siga dirigiendo esta casa, pero solo en asuntos técnicos. Es decir, usted será un empleado del banco y únicamente podrá tomar decisiones que afecten a asuntos técnicos, relacionados con los libros –explica Del Hierro–. Eso, o ir a juicio.

–Vaya, tal y como están las cosas, no es una mala oferta –dice Stromber–. El banco es generoso, amigo Adragón.

–¡Pero, yo soy el propietario de la Fundación! –protesta papá.

–Usted tiene una enorme deuda con el banco –le recuerda del Hierro–. Y debe pagarla.

–Somos el mayor acreedor de esta casa, por eso, ahora, la vamos a gestionar –añade Terrier–. Es la única solución.

–Yo intenté ayudarle. Estuve dispuesto a comprarle algunos documentos para que usted consiguiera fondos con los que ir pagando la deuda. Y usted se negó a ello. Ahora no le queda más remedio que aceptar las consecuencias. Lo siento, pero las cosas están así –apostilla Stromber.

–Parece que está usted más de acuerdo con el banco que con la Fundación –digo–. Usted no está de nuestro lado.

–Pero, Arturo, ¿cómo dices eso? –pregunta Stromber sorprendido–. Yo siempre he tratado de ayudaros.

–No, usted ha tratado de aprovecharse de la situación. Usted no es nuestro amigo. Y creo que su juego pasa por ayudar al banco.

–Pues tú no has hecho mucho por defender los intereses de la Fundación. Por tu culpa hay hombres heridos –añade con tono agresivo.

–¡Yo tuve que defenderme! –respondo–. ¡Esos hombres estaban dispuestos a matarme!

–¿Defenderte? ¿Cómo te defendiste? ¿Con una espada?

–Ellos querían matarme.

–¡Debiste avisar a Adela y a los vigilantes! –dice Stromber, acusándome directamente.

–¡No tuve tiempo!

–La policía dice que no puedes explicar por qué bajaste al sótano... Y eso es sospechoso...

–Muy sospechoso –añade Del Hierro.

–¿Sabes lo que piensan algunos policías? –dice Stromber, insinuando que la cosa es grave–. ¿Quieres que te lo diga? ¿Quieres saber cuál es su teoría?

–Stromber, le ruego que mida sus palabras –interviene papá, acudiendo en mi ayuda–. Arturo es solo un muchacho.

–Las voy a medir, amigo Adragón. Por eso me voy a limitar a repetir lo que piensan los agentes de la investigación... Suponen que Arturo estaba compinchado con esos ladrones, por eso bajó al sótano mientras usted daba su conferencia. Suponen que discutieron por el botín y que él los hirió con esas armas medievales... Eso es lo que piensan. ¿Qué le parece?

Papá está tan sorprendido como yo. La teoría que Stromber acaba de exponer es tan asombrosa que nos ha dejado fuera de juego.

–Pero eso... Eso es imposible... Mi hijo jamás haría una cosa así... –dice papá, titubeando.

–¿No? Pues podría explicarnos la extraña amistad que tiene con ese mendigo, *Patacoja*... Un individuo que ha pasado más tiempo en la comisaría que cualquier ladrón profesional. Ese tipo roba por donde pasa, pelea y ataca a todos los que tienen algo de valor... ¿Puede explicar su hijo esa compleja amistad con un tipo que es amigo de todas las bandas de maleantes que operan en esta ciudad?

–¡Mi hijo es amigo de *Patacoja*, pero no es un bandido! –grita papá, un poco excitado.

–¡*Patacoja* no es ningún ladrón! ¡Él no se dedica a asaltar y a engañar a la gente, como hace usted! –respondo, fuera de mis casillas–. ¡Usted nos ha traicionado!

Todo el mundo me mira como si estuviera loco.

–¿Traicionado? ¿A qué te refieres? –pregunta papá.

–Hemos escuchado una conversación entre él y el señor Del Hierro y...

–¡Un momento! –me interrumpe el banquero–. No hemos venido aquí para hablar del señor Stromber ni de ese *Patacoja* o como se llame... ¡Estamos aquí para solucionar el asunto de la deuda de la Fundación!

–Exactamente, y vamos a tomar las medidas que le acabamos de exponer –añade Terrier–. A partir del próximo mes, usted pasa a ser un empleado del banco y recibirá órdenes del nuevo interventor.

–¿Y quién es esa persona que se supone que va a gestionar la Fundación? –pregunta papá.

El señor Del Hierro se levanta, coge su carpeta y se dispone a salir. Cuando llega a la puerta, nos mira y dice:

–Stromber es la persona de nuestra confianza que presidirá la Fundación Adragón. Buenas tardes.

Terrier se levanta y entrega a mi padre un sobre con algunos documentos.

–Aquí tiene el contrato. Fírmelo y hágamelo llegar lo antes posible. Si en quince días no lo he recibido, entenderé que no acepta nuestra oferta. Si es así, buscaremos a otra persona que le sustituya.

Papá está atónito, igual que yo. La noticia de que Stromber va a presidir la Fundación nos ha demolido. Yo sabía que no era de confianza, pero nunca imaginé que llegaría hasta ese punto.

–Bueno, amigo Adragón, ya ve cómo son las cosas –dice Stromber–. El señor Del Hierro me ha hecho digno de su confianza y no me ha quedado más remedio que aceptar su oferta. Estará usted de acuerdo en que es mejor que sea un amigo y no un desconocido el que se ocupe de administrar los bienes de la Fundación. Ya tendremos tiempo para hablar de las nuevas normas que pienso imponer para un mejor funcionamiento. Buenas tardes.

* * *

Patacoja me ha enviado un mensaje para que nos reunamos con él. Dice que tiene algo importante que contarnos, así que Metáfora y yo nos hemos acercado hasta un patio que le sirve de refugio. Allí vive rodeado de ratas y protegido por sus gatos.

–Nos han descubierto –nos dice–. Esos tipos saben que estoy trabajando para vosotros. Alguien se lo ha tenido que contar. ¿Con quién habéis hablado?

–Con nadie. Es un secreto que solo conocemos nosotros tres.

–Entonces, tiene que haber un espía. Me juego algo a que me están siguiendo... ¡Seguro que han contratado a un detective privado!

–Pero, bueno, ¿esto qué es? ¿Es que estamos locos? ¡Detectives privados!... –se burla Metáfora.

–Esto es más serio de lo que parece –se defiende *Patacoja*–. Hay mucho dinero en juego. Demasiado dinero. Por eso no es descabellado pensar que han podido contratar los servicios de un detective. Esa gente no se detendrá ante nada.

–Esta teoría de la conspiración que te estás montando no me gusta nada –insiste Metáfora–. Nos vas a volver locos a todos.

Patacoja acaricia a un gato que se ha sentado en su regazo. Bebe un trago de zumo de naranja y, después de limpiarse, vuelve a la carga:

–Escuchad, os he llamado porque quiero compartir con vosotros algo que me preocupa desde que visitamos ese sótano...

–Explícate –le pido.

–Me fijé en que había muchas puertas, lo cual indica que hay más estancias en ese nivel. Pero, además, estoy seguro de que debajo también hay algo.

–¿Otro sótano? –pregunta Metáfora.

–Estoy seguro. Es muy habitual que los arquitectos dejaran un sótano debajo de una cripta como la de la reina Émedi. Existía la creencia de que, si acaso volviera a la vida, debía tener una puerta por la que evadirse... Y por arriba es imposible. La cripta forma un bloque sólido de mármol...

–¿Estás diciendo que la reina Émedi podría resucitar? –pregunto–. ¿Es una broma?

–No. Solo digo que era algo habitual en aquellos tiempos. Mucha gente creía en la resurrección –se defiende–. Casi puedo afirmar que debajo hay otro sótano. Y si tienes interés en saber lo que hay en las profundidades de la Fundación, es necesario investigarlo.

–Pero eso es imposible. Que yo sepa no existe ninguna escalera. No se puede bajar.

–Tiene que haberla. Pero necesito que hagas algo especial. Necesito que compres una fotografía aérea. Un fotografía de la ciudad, de esas que se hacen desde los aviones.

–¿Y cómo conseguimos eso? –pregunto.

–Me he puesto en contacto con un antiguo compañero y me ha dado la dirección de una empresa que se dedica a hacer este tipo de trabajos. Tienes que encargar varias fotografías. No digas que quieres vistas de la Fundación, di que es para estudiar la construcción y expansión de Férenix. Pide algunas del centro de la ciudad y otras genéricas, en las que se pueda apreciar toda la extensión de la ciudad... Aquí tienes la dirección. No pierdas tiempo.

–Podías decirnos qué buscas exactamente... –quiere saber Metáfora–. Porque supongo que tienes una idea de lo que quieres.

–Os lo explicaré cuando tengamos las fotos –responde–. Lo comprenderéis mejor. Y ahora, salid de aquí sin que nadie os vea.

–Eso va a ser difícil –digo–. Si hay alguien vigilando, nos verá salir por esa rendija.

–No, aquí detrás hay una salida oculta –comenta–. Da a la otra calle. Pasaréis por un pasadizo oscuro, húmedo y maloliente, pero es más seguro. Llámame cuando tengas las fotos. ¿De acuerdo?

Nos despedimos y seguimos sus indicaciones. Poco después nos encontramos en una calle solitaria.

V

POLVO NEGRO

ARQUIMAES, Arturo y Crispín aprovecharon la oscuridad de la noche para penetrar en la gruta secreta que se escondía bajo los cimientos del monasterio de Ambrosia... O lo que quedaba de él.

Nadie se había molestado en desescombrar la entrada que, a causa del incendio, estaba cubierta por completo. En realidad, solo ellos sabían que debajo de esos restos existía una puerta que llevaba al sótano.

–Ayudadme a levantar estas vigas y los ladrillos que cubren la entrada –pidió Arquimaes–. Esto es un desastre.

Después de un buen rato de duro trabajo, consiguieron despejar el hueco de acceso y entraron rápidamente.

El sabio abrió la puerta de la escalera con mucho cuidado. Sabía que podía derrumbarse en cualquier momento.

–Antes de marcharnos, la tapiaremos. No quiero correr el riesgo de que algún intruso la descubra –sugirió–. Lo que hay aquí es demasiado importante como para que un bandido lo convierta en su refugio.

Arturo y Crispín tomaron buena nota de las palabras del maestro.

–Yo me ocuparé. Cuando hayáis terminado vuestro trabajo, cerraré esta entrada –prometió Crispín–. Os aseguro que nadie podrá entrar.

Arquimaes le sonrió. Estaba cada día más satisfecho de la actitud del joven proscrito. Había pasado de ser un ladronzuelo, atracador de viajeros, rebelde e ignorante, a un muchacho honesto, voluntarioso y con deseos de convertirse en un caballero noble y leal.

–Ahora, Crispín, tienes que esperarnos aquí –ordenó el alquimista–. Arturo y yo vamos a bajar. Si alguien intenta entrar mientras estamos dentro, debes impedírselo.

–Sí, maestro –prometió el muchacho, sacando una maza de su bolsa–. Os aseguro que nadie cruzará esta puerta.

Arturo y Arquimaes entraron y Crispín cerró la puerta tras ellos. Bajaron despacio por la escalera porque los escalones estaban desgastados y cubiertos de polvo y eran apenas visibles con la luz de la antorcha que portaba Arturo.

Alcanzaron la puerta que permitía la entrada a la gruta y suspiraron. Para Arquimaes aquel lugar era sagrado, mientras que para Arturo seguía siendo un misterio; nunca antes había visto una gruta tan profunda como esta.

–Alguien ha tenido que entrar aquí desde que tuve aquella lucha con Morfidio –aseguró Arturo–. Recuerdo que su cuerpo cayó sobre la arena, cerca del pequeño lago. Estoy seguro de que estaba muerto.

–¿Tocó el agua? –preguntó Arquimaes–. ¿Llegó a poner los pies en el riachuelo?

–Creo que sí. Fue justamente antes de caer muerto. Cuando salí de aquí, yacía sobre la arena... Y juraría que no respiraba. Alguien se lo ha llevado.

–Algunos campesinos cuentan que un hombre con barba y pelo gris, cuerpo de oso, iracundo y colérico, ocupa ahora el puesto de Benicius. Se ha nombrado a sí mismo rey, haciéndose llamar Frómodi. Es posible que Morfidio no muriera.

–Pues yo habría jurado que lo maté –insistió Arturo, seguro de lo que decía y sin prestar demasiada atención a las palabras de su maestro.

Arquimaes se acercó a la orilla, cuidando de no meter los pies en el agua. Se arrodilló y cogió arena negra, que introdujo en un pequeño saco que llevaba consigo. Después, abrió una vasija de cristal y la llenó de agua.

–Ya podemos irnos –dijo–. Con esto es suficiente.

–¿Este polvo negro nos ayudará a pelear con el ejército de Demónicus? –preguntó Arturo–. ¿Servirá de algo?

–Es la base para crear el Ejército Negro –aseguró Arquimaes–. Esta arena negra nos dará poderes inimaginables. Crearemos una armada tan poderosa que las fuerzas de Demónicus desparecerán de la faz de la tierra. Ya lo verás.

–Tengo plena confianza en vos, maestro –aceptó Arturo–. Seguiré vuestras instrucciones.

–Nunca hables con nadie de este secreto –le pidió Arquimaes–. El polvo negro tiene poderes mágicos. Fabricaremos una tinta que da fuerzas a las letras que se escriben con ella. La escritura alquímica es tan poderosa que ni siquiera yo sé hasta dónde alcanza.

–¿Las letras que tengo sobre el cuerpo están escritas con esta tinta?

–No están escritas, están unidas por contacto. No sé en qué momento se unieron a tu cuerpo y tampoco soy capaz de determinar cuándo las escribí, pero estoy seguro de que es mi caligrafía. De que las he escrito... o las escribiré en algún momento.

–No entiendo. Si no las habéis escrito, ¿cómo es posible que se hayan trasladado a mi cuerpo? –preguntó Arturo, un poco sorprendido–. Lo que no existe no puede estar en otro sitio.

–Lo que no existe en un mundo, puede estar en otro. Lo que no existe en un siglo, puede aparecer en los siguientes... Las cosas de este mundo no son sencillas. Y no debe extrañarnos que haya hechos que no tienen explicación.

–Vuestras palabras encierran mucho misterio para mí. Me gustaría que me explicarais qué es eso de que lo que no existe en un sitio puede aparecer en otro. ¿Estás hablando de magia?

–Hablo de magia, de misterios y de mundos diferentes. Lo que hacemos en un momento puede tener repercusión siglos más tarde. Sé que esta arena misteriosa posee poderes mágicos, pero no sé quién la ha puesto aquí, igual que tampoco sé de dónde proviene su poder. También es un gran misterio que el río subterráneo que la transporta haya emergido precisamente en esta cueva.

–Debajo de una abadía. Debajo de Ambrosia.

–La persona que decidió que este era un buen sitio para construir el monasterio, ¿lo hizo porque sabía que esta arena era mágica, o fue pura casualidad?

–Es posible que fuese casual.

–Me cuesta creer en las casualidades. No creo, por ejemplo, que tú hayas aparecido en mi vida de forma accidental. Tú has llegado en el momento oportuno, cuando más falta me hacías, cuando más te necesitaba. No sé de dónde vienes, ni quién eres, pero ahora vas a dirigir el Ejército Negro... No hay casualidades, Arturo.

Arturo trató de ahondar en su memoria para encontrar alguna pista que contradijese a Arquimaes, pero no la encontró. No fue capaz de recordar nada anterior a su aparición en el torreón, la noche del secuestro, cuando Morfidio entró con sus hombres, le hirió a él y mató a otros ayudantes. Solo encontró algunas imágenes sueltas, inconexas, que no fue capaz de descifrar.

* * *

–Ahora salgamos de aquí y volvamos al castillo de Émedi –propuso el alquimista–. Es hora de enfrentarnos con nuestro destino. Nos esperan grandes acontecimientos.

Cuando volvieron a la luz, Crispín había preparado una argamasa y había amontonado varias piedras y ladrillos. Ayudado por Arturo, tapió la puerta de entrada del sótano y disimularon la obra, ensuciándola con barro. Pasados unos días nadie sería capaz de distinguir entre la vieja pared y el nuevo muro.

Cuando los tres compañeros se alejaron de Ambrosia, el sol empezaba a despuntar sobre el pico de la gran montaña.

Varios días después volvían a ver la silueta del castillo emediano, lo que les alegró el corazón. Pero lo mejor de todo es que no había ni rastro del ejército de Demónicus.

–Hemos vuelto a tiempo –dijo Crispín–. Todavía no han llegado.

–Sí, pero no debemos descuidarnos –respondió Arquimaes con los ojos puestos en la figura de la reina Émedi, que les esperaba en el mismo lugar desde el que los había despedido–. Todavía tenemos que hacer grandes preparativos. Hay mucho trabajo por delante.

VI
SUPERPODERES

Acabo de entrar en el instituto y la presencia de Horacio me ha producido malas vibraciones. Verle ahí, rodeado de sus fieles, sonriendo abiertamente en cuanto me ha visto, me hace pensar que hoy sí voy a tener problemas.

–No le hagas caso –dice Metáfora–. Ya sabes que intenta provocarte.

–Es un idiota que solo busca que los que le hacen la pelota le adoren –explica Cristóbal–. Sigamos adelante sin mirarle.

Intento hacerles caso, pero las cosas no son tan sencillas.

–Oye, *Caradragón*, parece que formas parte de una banda de ladrones –grita, en plan provocador–. ¿Vas a hacer lo mismo aquí?

Me detengo, dispuesto a responderle, pero Metáfora y Cristóbal me agarran y me obligan a seguir mi camino.

–¿Te da igual que te llamen ladrón? –chilla, intentando hacerme reaccionar.

–Venga, vamos –insiste Metáfora.

–Hay que ver... Los mangantes son todos iguales –dice Horacio a grito pelado, para que todo el mundo pueda oírle.

–Sí, habrá que tener cuidado de que no nos robe nuestras cosas –añade uno de sus amigos.

–Claro, si roba a su padre, puede hacer lo mismo con los demás –comenta otro.

–En vez de *Caradragón*, habrá que llamarle *Caraladrón* –añade Horacio–. Aunque quizá su padre también forme parte de la banda de ladrones.

Hago un tremendo esfuerzo para no encararme con él. Mercurio ha observado la escena y no ha dicho nada. Me parece bien. Creo que debo resolver yo solo esta situación.

Durante toda la mañana escucho las bromas y las burlas. Han hecho circular notas en las que han dibujado un dragón con antifaz de ladrón. También han escrito una lista de normas para evitar ser atracado por un dragón.

Norma consigue hacerse con una de esas notas y pide que el que la haya escrito salga a dar la cara, pero nadie se da por aludido.

–Esto es de cobardes –dice con rabia–. Es indigno de estudiantes de vuestro nivel. Venís aquí a aprender a comportaros como personas civilizadas, pero no tenéis reparos en actuar como gente miserable.

Cuando las clases terminan por la tarde, estoy verdaderamente alterado. El mal humor me domina y ya no aguanto más. Veo que Horacio sale del instituto acompañado de sus amigos, riéndose de mí, lo que hace que la sangre me empiece a hervir.

Salgo con Metáfora y Cristóbal, que tratan en vano de consolarme. Hemos quedado en ir a recoger las fotografías aéreas, pero, cuando llegamos a una plaza, les pido que sigan sin mí.

–¿No vas a venir a recoger esas fotos?

–Sí, pero antes tengo que hacer un recado. Esperadme en la puerta, dentro de un rato estaré con vosotros...

–¿Qué vas a hacer? –preguntan.

–Debo solucionar un pequeño problema... Ahora nos vemos...

A pesar de su insistencia en acompañarme, consigo separarme de ellos. Cuando doblo la esquina y ya no pueden verme, salgo corriendo calle arriba. Cruzo un par de semáforos y llego a una gran avenida. Subo una calle llena de tiendas y me encuentro con lo que vengo a buscar:

–¡Eh, Horacio! Espera, que quiero hablar contigo –grito.

Horacio, que está solo, a punto de llegar a su casa, palidece cuando me ve. Supongo que no se lo esperaba.

–¿Qué quieres?

–Hablar contigo... Ven, busquemos un sitio tranquilo y apartado, donde nadie nos moleste –casi le ordeno.

–¿Para qué queremos un sitio apartado?

–Para hablar –le agarro del brazo y le fuerzo a caminar–. Ven, entremos en este paso subterráneo. Seguro que ahí no hay nadie... Vamos, valiente, venga...

Curiosamente, parece que ahora ya no tiene interés en hablar conmigo. Me cuesta trabajo llevarle hasta el túnel, pero lo consigo.

–Bueno, ahora estamos solos. Si quieres puedes volver a insultar a mi padre. Vamos, no te cortes.

–Oye, ¿qué es esto?

–Te estoy dando la oportunidad de repetir lo que dices en público, pero a solas conmigo, cara a cara. Así nadie nos puede separar y puedes despacharte a gusto.

–Es que... Bueno, esto no me gusta.

–¿Cómo que no te gusta? ¿Qué es lo que no te gusta? ¿Ya no te divierte insultar a mi padre?

Da un paso hacia atrás dispuesto a marcharse, pero le cierro el camino. Dejo mi mochila en el suelo y me desabrocho la chaqueta, para que vea que ha llegado el momento de solucionar el problema.

–Venga, repite ahora todo lo que has dicho de mi padre –insisto–. Hazlo si te atreves.

–Yo solo he dicho lo que han contado en la televisión. Las noticias dicen que has intentado robar...

–Mientes, las noticias dicen que unos tipos han intentado robar en la Fundación... Estás falseando las noticias. Eres un difamador.

–Oye, espera, que yo solo quería...

De repente, aprovechando que me estoy quitando la chaqueta, me lanza un puñetazo a traición.

Aunque me aparto con rapidez, ha conseguido darme en el cuello. Me dispongo a defenderme, pero él aprovecha su ventaja y me lanza una patada en la pierna y un puñetazo en el pecho. Tengo los brazos trabados en la chaqueta y apenas puedo defenderme, solo puedo esquivar los golpes, que cada vez son más. Al final, consigo liberar mi brazo derecho y le envío un puñetazo, pero no le doy. Como vuelve al ataque, me lanzo sobre él y nos enzarzamos. El impulso nos hacer caer contra la pared, rodamos un poco y casi caemos al suelo. Me agarra del cuello y se prepara para darme un puñetazo en plena cara... ¡Y ocurre lo inevitable!

Horacio no se mueve. Tiene los ojos muy abiertos. Su expresión es de miedo. ¡Me mira aterrorizado!

–¡Ahhhhh! –grita, con voz angustiada–. ¡No! ¡Otra vez, no!

Pero no me muevo. Espero a ver qué pasa.

–¡Quita eso de ahí! –vocifera cuando ve que el dragón de mi cara ha cobrado vida y se dispone a morderle–. ¡Quita ese bicho de ahí!

–¿Por qué habría de quitarlo? ¿Es que tú tienes piedad cuando te metes conmigo e insultas a mi padre? ¿Y si dejo que te devore?

–¡Por favor, quítamelo de encima! –suplica–. ¡No lo soporto!

Pero dejo que el dragón se acerque peligrosamente a su cara, hasta que pueda sentir su aliento y sus nervios se paralicen. Veo que sus ojos están a punto de salirse de las órbitas y sus manos, que no se atreven a tocarlo, tratan de impedir que el dragón le ataque.

–¡Haré lo que quieras! –ruega–. ¡Haré lo que me mandes!

–Es que no quiero que hagas nada. No me interesa que hagas nada. Solo quiero que dejes de insultar a mi padre.

–¡Lo haré, lo haré! Nunca volveré a insultarle.

Permito que el dragón le roce las manos y espero a que sienta que el peligro le acecha. Me gustaría que se diera cuenta de que su actitud es despreciable y de que no debe aprovechar su situación de superioridad para insultar a la gente o abusar de los más pequeños.

–Escucha, Horacio... Hoy voy a dejar que te vayas sin un rasguño... El dragón no te atacará y volverás a tu casa igual que todos los días... Pero te lo advierto: vuelve a pasarte de la raya, vuelve a insultar o a desacreditar a alguien, vuelve a hacer una de tus gracias... y te aseguro que la próxima vez no te irás de rositas. ¿Lo has entendido?

–Sí, sí... te juro que no me meteré con nadie.

–Más te vale. Piensa en este dragón que ahora te mira con rabia y no olvides que te vigilará, que siempre estará dispuesto a hincarte el diente... Y que no dudará en hacerlo... Y no vuelvas a llamarme *Caradragón*.

–¡No lo haré más!

–Quiero que a partir de ahora me llames el «Caballero del dragón».

–Sí, te llamaré como quieras.

–«Caballero del dragón» ¡Dilo!

–Arturo es «el Caballero del dragón».

–Pórtate bien y no tendrás nada que temer... Ahora puedes marcharte. Es mejor que no cuentes nada de lo que ha pasado, pero, si lo haces, quiero que solo digas la verdad... Quiero que expliques todo lo que ha ocurrido.

–¡Si digo lo que ha pasado, nadie me creerá!

–Claro, la verdad es más difícil de creer que las mentiras. Venga, márchate... ¡Y no olvides lo que ha pasado!

Recoge su mochila y retrocede, seguido de cerca por el dragón. Sujeto al animal y dejo que Horacio se marche, cosa que hace a toda velocidad. Después, me pongo de nuevo mi cazadora y salgo lentamente a la calle. Hace sol y la luz me deslumbra.

* * *

Ya me estoy tranquilizando. Este enfrentamiento con Horacio me ha sacado de mis casillas, pero ya ha pasado. Supongo que a partir de hoy me dejará en paz. Ahora tengo que ver a mis amigos y recoger esas fotos.

Llamo a *Patacoja* para informarle de que estoy a punto de conseguir las fotografías, pero dice que es mejor esperar un poco para vernos.

Me cuenta que, la noche anterior, unos tipos han entrado en su refugio, le han golpeado y han intentado prenderle fuego. Dice que tiene miedo y que está pensando en esconderse.

–Las cosas se han complicado mucho –dice–. El encarcelamiento de esos tipos ha acelerado las cosas. Algunas empresas creen que su negocio está en peligro. Y creen que yo tengo la culpa.

–¿Qué vas a hacer? ¿Te vas a ir de la ciudad?

–¡Ni hablar! Tengo un compromiso contigo y lo voy a cumplir. Además, la Fundación me tiene intrigado. Ahí hay muchas más cosas de lo que parece. No me lo perdería por nada del mundo. La arqueología es algo que se mete en la sangre, chico, y no desaparece así como así. Voy a buscar un sitio más seguro, ya te llamaré.

–Está bien. Intentaré ayudarte. Hablaremos.

Llego a la oficina de Fotografías Aéreas y veo que Metáfora y Cristóbal me están esperando.

–Oye, ha llamado mi padre, dice que le gustaría hablar contigo –anuncia Cristóbal–. Si quieres, puedes llamar esta noche a casa...

–Gracias por el mensaje –digo–. Luego hablaré con él. Ahora vamos a recoger esas fotografías.

* * *

Aprovecho que estoy solo en mi habitación y marco el número de mi amigo Cristóbal. Estoy intrigado.

–¿Cristóbal? Hola, soy yo, Arturo... Llamo para hablar con tu padre.

–Ah, espera un momento, ahora se pone.

Mientras espero, ojeo un cómic de *Spiderman* que me he comprado. Es un coleccionable de superhéroes que se vende en fascículos, y este es el número 10. Ya tengo los de *Batman*, *Superman*, *Daredevil*...

–Hola, buenas noches, señor Vistalegre... Me ha dicho Cristóbal que quería usted hablar conmigo.

–Sí, Arturo. Voy a estar fuera unos días, en un congreso, y quería hacerte unas preguntas, si no te importa.

–Claro que no, usted dirá…

–Quiero saber algunas cosas sobre los personajes de tus sueños… ¿Son personajes normales o tienen poderes fantásticos?

–Hay de todo. Algunos son muy reales. Personas que sufren, igual que nosotros, y que soportan las injusticias y son perseguidas. Pero otros son hechiceros con poderes increíbles.

–Debes tener cuidado con eso. Algunos personajes de sueños pueden engañarte y hacer que creas cosas fantásticas. El poder de los sueños es muy grande y hay que estar muy atentos.

–No entiendo.

–En el mundo de los sueños, todo es posible. Si te descuidas, te hacen creer cosas que no existen… ¿Alguno de esos personajes te ha prometido algún superpoder?

–Pues, el caso es que… Bueno, es posible que alguien me haya dado un poder extraordinario.

–¿Qué tipo de poder? ¿Invisibilidad? ¿Antigravedad? ¿Transformación?

–Bueno, creo que voy a ser el jefe de un ejército…

–¿Jefe de un ejército? Vaya, eso es muy raro… ¿Qué clase de ejército?

–No sé, no me lo han explicado.

–¿Un ejército de monstruos?

–Creo que no es eso. Me parece que se trata de gente normal, soldados, caballeros…

–Ya, el típico sueño de caballeros medievales.

–Sí, además me quieren nombrar caballero.

–Debes estar muy atento. Es posible que también te otorguen algún poder extraordinario, como la inmortalidad, una fuerza ilimitada o algo así… Solo quiero advertirte de que, cuando estés despierto, prestes mucha atención. A veces, los sueños son tan reales que nos hacen creer que los hemos vivido.

–Vaya, no creo que eso me ocurra.

–Le pasa a mucha gente. Una vez tuve un paciente que estuvo locamente enamorado de una mujer, pero ella le abandonó. Un día soñó que ella había vuelto a quererle y, durante algún tiempo estuvo convencido de que había vuelto con él... El sueño fue tan fuerte que se lo estuvo contando a un montón de gente. Imagínate lo que supuso para él descubrir que solo lo había soñado... No quiero que eso te ocurra a ti. ¡Bajo ningún concepto debes creer nada de lo que te ocurra en los sueños! ¡Prométeme que tendrás cuidado!

–Se lo prometo, doctor... Le doy mi palabra de que estaré atento.

–Si notaras algo raro, me llamas en seguida. A tu edad, los sueños pueden ser muy peligrosos.

–Lo tendré en cuenta.

–Cuando vuelva te llamaré y profundizaremos en tus sueños... Adiós, Arturo.

–Adiós, doctor.

A veces, me parece que las personas adultas son un poco exageradas. Yo nunca me creería ninguna promesa de un personaje de mis sueños. Ni aunque me prometiera todo el oro del mundo.

Mientras echo una ojeada al cómic de *Spiderman*, trato de recordar las palabras del doctor Vistalegre, que son un poco confusas. ¿Es posible que alguien sueñe que tiene superpoderes y luego resulte que los tiene de verdad?

VII

LA ESPADA ALQUÍMICA

ARTURO se arrodilló ante la reina Émedi e inclinó la cabeza. Ella, después de levantar la espada, dejó caer la hoja sobre el hombro derecho del joven dándole dos pequeños golpes.

–Yo, Émedi, reina de Emedia, te nombro a ti, Arturo Adragón, caballero de este reino. Desde este momento encabezarás la lucha contra la hechicería y la magia oscura... ¡Te nombro jefe de nuestro ejército!

–Y yo, Arturo Adragón, juro por mi honor que daré mi vida si fuese necesario para mantener la dignidad de este reconocimiento. Seré un caballero noble, justo y valiente, no retrocederé ante el peligro, defenderé a los débiles y me enfrentaré a todos los que quieran imponer sus malas artes.

Leónidas y los otros caballeros miraron a Arturo Adragón con envidia. Les costaba asimilar que un muchacho de catorce años pudiese convertirse en su comandante en jefe, pero los viejos juramentos de fidelidad que habían hecho a la reina les obligaban a acatar sus deseos sin protestar.

Sabían que Arquimaes había influido en la decisión. Todos habían sido testigos del gran cariño que ella le tenía. Los rumores hablaban de una apasionada historia de amor, de resurrección y de inmortalidad... Cosas que nadie podía confirmar...

Los músicos empezaron a tocar sus instrumentos y Arquimaes se acercó a Arturo.

–Amigo mío, te entrego esta espada forjada especialmente para ti –le dijo–. En ella he escrito palabras mágicas que te ayudarán a luchar contra tus peores enemigos. Y con ella dirigirás el Ejército Negro que se está preparando para luchar contra las fuerzas de Demónicus, el más cruel mago oscuro del que se tiene noticia.

Arturo, emocionado, la sujetó por la empuñadura y mostró a todos su extraordinaria hoja de doble filo, en la que las letras escritas por Arquimaes destacaban de forma llamativa. Más que una espada, parecía la hoja de un pergamino.

–Este filo servirá para defender a los que necesiten mi ayuda, y este otro lo usaré para luchar contra los tiranos que quieran abusar del pueblo –afirmó Arturo–. Esta espada es el símbolo de la justicia, y solo la usaré para este fin.

Mientras el acto proseguía y la reina también nombraba caballeros a algunos hombres que se habían ganado ese privilegio, el ejército de Demónicus se desplazaba con lentitud hacia el castillo emediano. Varias divisiones de guerreros cubrían diferentes colinas mientras las máquinas de guerra, más pesadas, se acercaban por las llanuras.

Los exploradores emedianos, que no los perdían de vista, abandonaron sus posiciones y se dirigieron al castillo para informar de la próxima llegada de esa terrible armada.

* * *

Arturo envainó su espada en la preciosa funda que Arquimaes le acababa de entregar. Y, de repente, se sintió nervioso. Fue consciente de que algo estaba a punto de ocurrir. Supo inmediatamente que alguien trataba de comunicarse con él. Se quitó el guantelete y vio cómo unas extrañas formas cobraban vida sobre la palma de su mano. Unas letras negras como la noche formaron un mensaje inequívoco: *Morirás, Arturo. Yo misma te mataré»*

En seguida supo quién se lo enviaba y sintió un estremecimiento.

* * *

Dentro de la gran carroza, Demónicus se retorcía de dolor sobre su lecho. Alexia le observaba con lágrimas en los ojos, mientras los magos y curanderos se excusaban, impotentes, por no poder aliviar el dolor de su amo.

–Las heridas son muy profundas. Pero lo que resulta más extraño es esa especie de pus negro que supura por las llagas y que indica que algo venenoso ha entrado en su cuerpo –explicó Tránsito, que había venido expresamente para prestar sus servicios a Demónicus, al que había prometido fidelidad absoluta.

–¿Y no tenéis fórmulas para luchar contra la fuerza de ese veneno? –inquirió la princesa.

–Lo hemos intentado todo. Creo que es una ponzoña muy poderosa y nunca hemos visto nada parecido. Puede que sea algo mágico –respondió Tránsito.

–Pero Arturo no tenía nada extraordinario. Os aseguro que no utilizó ninguna pócima secreta. Sus manos estaban...

Alexia se quedó petrificada. Su mente recordó cosas que había visto y, de repente, colocó su propia mano ante sus ojos. ¡La tinta de Arturo! ¿Era posible que hubiera entrado en la sangre de su padre y estuviera envenenándole?

* * *

Los dieciocho monjes que sobrevivieron a la masacre de Ambrosia y que se habían refugiado en el castillo de Émedi observaban atentamente cómo Arquimaes llenaba sus tinteros con el líquido negro y espeso que había preparado durante la noche anterior. La tinta oscura parecía tener vida propia y se deslizaba por la boca de entrada con extraordinaria facilidad, como si estuviera deseando hacerlo.

Después, Arturo les entregó una pluma y un pincel a cada uno. Mientras, Crispín, que le seguía de cerca, repartía hojas de pergamino que contenían instrucciones muy precisas. Se trataba de las explicaciones que había redactado Arquimaes sobre el uso de ambos instrumentos de escritura.

Los monjes permanecieron en silencio y esperaron a que el sabio les explicara por qué los habían citado de madrugada en la biblioteca, con órdenes muy precisas de actuar con sigilo y de no hablar con nadie.

Cuando el sabio terminó de repartir el líquido oscuro, esperó pacientemente a que los dieciocho monjes le prestaran atención, cosa que hicieron después de revisar lo que les acababan de entregar.

–Hermanos, os he citado aquí para pediros un trabajo excepcional –anunció–. Vuestra habilidad para el dibujo y la escritura va a tener estos días la mejor oportunidad de ponerse al servicio de fines nobles y justos.

Algunos monjes se miraron un poco extrañados y bastante nerviosos por el aviso que el alquimista acababa de hacer.

–Os voy a pedir algo que os extrañará, pero que debéis realizar con el mayor entusiasmo. De vosotros dependerá que este reino siga siendo libre y que los que lo habitan puedan vivir como seres humanos y no como esclavos de la hechicería y de la magia oscura. Escuchadme bien, tenéis tinta, pluma e instrucciones. Escribid y dibujad con el mayor entusiasmo y tened fe en que vuestro trabajo se verá ampliamente recompensado. Como sabéis, estamos a punto de ser atacados por el ejército de Demónicus. Según nos han informado nuestros exploradores, estará aquí dentro de unos días, por eso debemos aprovechar el tiempo. Sabed que lo que hagamos durante las próximas horas será definitivo para el desarrollo de la guerra que se avecina. Si trabajamos mal, perderemos; pero si lo hacemos bien, la victoria estará de nuestro lado.

El hermano Cálamo levantó la mano para pedir la palabra:

–¿Qué tenemos que hacer exactamente? ¿Cómo es posible que nuestra escritura pueda ayudar a ganar una guerra?

–Eso lo sabrás cuando llegue el momento. Ahora te pido que creas en mí y hagas lo que te pido... lo que os pido –casi suplicó el alquimista–. Cada uno tiene que hacer su trabajo. Los soldados y los caballeros preparar sus armas y nosotros, escribir.

Arquimaes notó que su repuesta no era del todo satisfactoria, así que decidió ampliar sus explicaciones.

–Vosotros, hermanos, sois los mejores en el arte de la escritura, por eso os necesito. Confío plenamente en vosotros.

Los monjes, que no eran inmunes a los halagos, le observaron sin decir nada, esperando que diera algunas explicaciones más. Pero Arturo se adelantó.

–Vamos a tener que luchar contra un ejército inmenso –dijo–. Oleadas de enemigos se van a lanzar contra nosotros. Y somos pocos. Solo hay una posibilidad de sobrevivir: hacer caso a Arquimaes. Es el único que puede ayudarnos. Yo tengo fe en él y estaré en primera fila. Espero que vuestro trabajo ayude a nuestros soldados y caballeros a luchar con valentía.

Después, hizo una señal a los soldados, que abrieron la puerta de par en par. Caballeros, soldados, arqueros y lanceros entraron en la biblioteca portando su armamento.

–Debéis escribir sobre estas armas –anunció Arquimaes–. Hacedlo con precisión, según el modelo que se os ha entregado. Pensad que lo único que nos distinguirá de los hombres de Demónicus será precisamente las letras y dibujos que vosotros hagáis. La escritura será nuestro signo de batalla. ¡El signo de la victoria!

Los monjes comprendieron el mensaje y recibieron a los soldados que se acercaban a ellos. Esos hombres iban a luchar a muerte y merecían ser dignificados por los símbolos de la escritura.

Arquimaes vio cómo algunos introducían las plumas y pinceles dentro de las frascas de cristal y empezaban a dibujar letras sobre los escudos, las espadas, las lanzas... y se sintió satisfecho.

–Es posible que lo consigamos –murmuró–. Hay esperanza.

–Estos hombres son nuestros mejores aliados. Trabajarán hasta el agotamiento y darán fuerza a los guerreros –añadió Arturo–. Lo lograremos.

–Que el cielo te oiga. Si mi fórmula falla, no quedará piedra sobre piedra –sentenció Arquimaes–. Y nuestro mundo se vendrá abajo.

VIII
EL SECRETO DEL PADRE

SÉ que esta noche van a bajar y llevo horas esperando a que salgan. Les he observado y sospecho que hoy les toca. Estoy escondido en el salón de actos, con la puerta entreabierta, atento al mínimo ruido. Estoy seguro de que no van a tardar.

Esta tarde he hablado con papá y le he pedido que contrate a *Patacoja* como limpiador; es lo único que puedo hacer para ayudarle.

–Pero, Arturo, hijo, ya sabes que no podemos contratar a nadie. Dentro de poco el banco se hará cargo de la Fundación –me ha respondido–. Stromber no lo permitirá.

–No es necesario que lo hagas de una manera oficial. Podemos contratarle como colaborador y pagarle con un recibo, así nadie te dirá nada.

–Creo que esto puede complicarnos la vida.

–Papá, él te ayudó cuando te atacaron. Ahora necesita nuestra ayuda... Te ruego que le permitas cobijarse aquí, entre estas paredes.

–¿Tan importante es?

–Mucho, papá. Tengo que hacer algo por él...

–Está bien, pero solo durante este mes, hasta que Stromber se haga cargo de la Fundación. Intenta que no llame demasiado la atención. Yo se lo explicaré a Adela.

Mañana iré a verle para decirle que puede instalarse en la caseta del jardín. Espero que eso le tranquilice y le ponga a salvo, aunque ahora uno ya no sabe dónde está más protegido, si dentro o fuera.

Acabo de escuchar un ruido... Sí, alguien baja por la escalera... Seguro que son ellos.

Observo por la pequeña rendija y veo que papá y *Sombra* abren la puerta del sótano. Lo hacen con la tranquilidad del que sabe que nadie le observa. Ni siquiera temen que Mahania o Mohamed se despierten y los descubran... Aunque, ¡qué tonto soy! ¡Nunca los van a sorprender, por la sencilla razón de que ellos también lo saben! El único que no sabe nada de esas visitas soy yo. Por eso *Sombra* siempre se oponía a que entrara gente nueva.

Papá y *Sombra* acaban de entrar en la escalera de los sótanos y han cerrado la puerta por dentro. Espero un poco a que bajen. Con mucho cuidado me acerco a abrir con mi llave. La meto lentamente en la cerradura y ya estoy a punto de entrar cuando alguien, detrás de mí, me llama.

–Arturo, ¿qué haces aquí a estas horas? –pregunta Mahania–. ¿No deberías estar durmiendo?

–Llevo muchos años durmiendo, Mahania... Creo que esta noche voy a despertar a la realidad. Ya es hora de saber qué pasa a mi alrededor.

–Si entras, es posible que descubras cosas que no te gusten.

–Si no entro, ya no podré dormir nunca. Me preguntaré quién soy durante todo el resto de mi vida. Ha llegado la hora de saberlo. No me impidas entrar, Mahania

–Solo quiero advertirte. Te recomiendo que no sigas adelante –insiste.

–Llevas años engañándome, igual que ellos... ¡Ahora voy a tomar la iniciativa!

Me deslizo entre las dos hojas de la pesada puerta y penetro en el submundo que se esconde bajo mis pies.

Enciendo mi linterna y desciendo lentamente, escalón a escalón, sin prisas, seguro de que ellos estarán haciendo su trabajo. Veo que la puerta del primer sótano está cerrada, así que continúo el descenso, paso la segunda puerta y observo que también está cerrada... Sin embargo, la puerta del tercer sótano tiene una leve línea de luz por debajo de la rendija. Así que es ahí donde hacen las visitas. Debí suponerlo... Seguro que tiene que ver con el sarcófago de

Émedi... El misterioso sarcófago de una reina medieval que tiene el rostro de una mujer que murió hace catorce años... El rostro de mi madre.

Apago mi linterna y empujo la puerta con mucho cuidado. Consigo entrar sin llamar la atención. Veo un resplandor que proviene de la estancia funeraria... Camino de puntillas, con mucho cuidado. Si quiero descubrir el motivo de estas misteriosas visitas, debo ver qué hacen. Y también debo intentar que no me vean, aunque ahora que Mahania me ha descubierto, supongo que mañana se enterarán de todo.

Me asomo a la puerta y veo que están cerca de la tumba. Han desplegado un gran pergamino sobre el suelo. *Sombra* tiene un cincel y un martillo, y se está preparando para grabar algo sobre el mármol. Papá sujeta un papel en la mano, señala el pergamino y susurra algo que no consigo escuchar. *Sombra* golpea el cincel con suavidad, igual que un cirujano. Cada golpe es seco y rotundo, pero leve. Pone mucho cuidado para no equivocarse. Supongo que un error daría al traste con su trabajo. El problema de grabar imágenes sobre la piedra es que no puede haber equivocaciones... igual que los tatuadores. Por eso son tan precisos.

Espero un poco, mientras pienso en cuál va a ser mi próximo paso.

Llevamos aquí más de media hora y he observado hasta sus más mínimos movimientos. He llegado a la conclusión de que están copiando el contenido de un pergamino, que papá primero debe descifrar. Luego lo graban sobre la piedra lisa que hay en el lateral derecho. No entiendo la necesidad de grabar sobre mármol las palabras que están escritas sobre un pergamino, pero supongo que si lo hacen será algo importante.

Estoy a punto de dar un paso hacia atrás cuando noto que algo se interpone entre mi pie y el suelo... Y me asusto.

–¡Ay!

Silencio. *Sombra* ha dejado de golpear.

–¿Quién está ahí? –pregunta papá–. ¿Mahania?

Silencio. Veo que la rata sale corriendo en dirección contraria. Supongo que se ha asustado más que yo.

–¡Ha sido una rata! –dice *Sombra*.

–Hay algo más. He escuchado una voz –dice papá, poniéndose en pie.

No me muevo. Si tengo suerte no me verá... Espero que piense que se ha equivocado y vuelva a lo suyo... Pero he calculado mal. Ha cogido el martillo y viene hacia mí para comprobar que, efectivamente, se trata de algo más que una rata.

–¡Sal de ahí, seas quien seas! –ordena–. ¡Sal ahora mismo!

Decido que es mejor hacerle caso, antes de que las cosas se compliquen más de la cuenta.

–¡Arturo! –exclama cuando me ve–. ¿Qué haces aquí? ¿Cómo sabías que...?

Sombra da un respingo ante mi llegada. Sabe que he descubierto el gran secreto que han mantenido oculto desde que nací.

–He venido para que me expliquéis con claridad qué está pasando aquí –digo, un poco alterado–. Necesito descubrir qué secreto guardáis. ¿Por qué me lo ocultáis? ¿Qué hay en este lugar que yo no puedo ver? Quiero saber en qué me afecta.

–Es mejor que vuelvas a tu habitación –me aconseja papá–. Aquí no hay nada para ti. Es cosa de adultos.

–No, papá, no voy a marcharme hasta que me lo cuentes todo... Ya tengo edad para saber cosas sobre mi vida.

–No hay nada que explicar, Arturo. *Sombra* y yo estamos trabajando en mi investigación. Ya sabes, la que me tiene obsesionado.

–¿Incluye esa investigación grabar letras sobre un sarcófago que tiene mil años? ¿Quién es esta mujer que se parece tanto a mamá?

–No digas eso. Las imágenes son casi todas iguales. No imagines cosas que no existen. Esculpir en mármol es muy difícil.

–Si es producto de mi fantasía, supongo que no tendrás inconveniente en que vea lo que habéis escrito, ¿verdad? –digo, avanzando hacia el sarcófago.

Sombra se interpone en mi camino y trata de hacerme volver sobre mis pasos.

–Por favor, Arturo...

–Déjame que vea de cerca esa inscripción... Y ese pergamino... ¿De dónde sale? No lo he visto nunca. ¿Qué es?

Me acerco a la cripta y me dispongo a coger el documento, pero papá intenta impedirlo.

–¡No lo toques! ¡No lo toques!

–¿Por qué no? ¿Qué tiene de especial?

–Es muy antiguo –dice *Sombra*–. Podría romperse. Hay que tratarlo con mucho cuidado.

–Bien, entonces solo lo miraré...

–Es mejor que no lo hagas –me aconseja *Sombra*, que vuelve a interponerse en mi camino.

–No, *Sombra*, al contrario. Debo saber lo que pasa aquí –insisto, mientras le aparto, sin que él oponga la más mínima resistencia.

Me acerco y lo observo con atención... Según paso la vista sobre él, mi corazón se acelera... ¿será...? Mis sospechas se confirman cuando miro las caras de papá y de *Sombra*.

–¿Es el pergamino perdido? ¿El pergamino que envolvió mi cuerpo la noche en que nací?

Sus caras expresan claramente que tengo razón, aunque no sean capaces de pronunciar una sola palabra. ¡Tenían el pergamino y lo han estado negando durante años!

–¿Por qué me habéis engañado toda mi vida? –pregunto, con voz débil–. ¿Por qué me habéis hecho creer que este pergamino estaba perdido? ¿A qué viene este engaño?

–Ese pergamino contiene un gran secreto –replica papá–. Teníamos que protegerlo. Nadie debe tener acceso a él.

–Nunca quisimos engañarte. Te lo íbamos a contar todo cuando tuvieras edad suficiente para entenderlo, cuando fueses mayor –alega *Sombra*–. Tienes que creernos.

–¿Creeros? ¿Por qué tengo que creeros si me habéis mentido tanto que ya empiezo a dudar hasta de mi nombre?

–No hables así, hijo. Lo hemos hecho por una buena causa... Lo hemos hecho por tu madre.

Ahora sí que me ha sorprendido.

–¿Qué tiene que ver mamá con todo esto? ¿De qué estás hablando?

–Su cuerpo está en esta cripta –confiesa con tono solemne.

Tardo un poco en asimilar sus palabras. Si me hubiera dado un martillazo en la cabeza, no me habría dejado tan aturdido.

–¿Cómo? Pero... ¿no decías que estaba enterrada en Egipto, en medio del desierto? ¿Qué hace en la cripta de otra mujer? ¿Qué es todo esto, papá?... Por favor, explícamelo antes de que me vuelva loco.

Sombra se derrumba. Ahora comprende que han hablado demasiado y que, tarde o temprano, acabaré uniendo las piezas de este complejo puzzle.

–Está bien, subamos a mi despacho y hablemos de todo esto –acepta papá, que también se ha dado cuenta de que las mentiras ya no sirven de nada.

IX

TORNEO CON DRAGONES

ACABABA de amanecer cuando las legiones del ejército de Demónicus se apostaron frente al castillo de Émedi. Siguiendo las instrucciones de sus jefes y, con mucha precisión, se situaron estratégicamente frente al muro principal, dejando ver su enorme potencial.

Docenas de estandartes con el dibujo de la calavera mutante ondeaban al viento y anunciaban quién era el enemigo que se iba a enfrentar con ellos.

Los cuernos y los tambores lanzaban órdenes que se cumplían inmediatamente. Cientos de jinetes daban vueltas alrededor del castillo para cerrar el paso a cualquiera que quisiera entrar o salir. La amenaza del ejército invasor era manifiesta. Había venido a vencer y nadie podría escapar.

Horas antes, cuando las trompetas emedianas sonaron para dar la alarma, los campesinos se habían dirigido rápidamente al castillo de Émedi para refugiarse en su interior.

La fortaleza nunca había alojado a tanta gente. Fue necesario habilitar todos los espacios disponibles, tanto cubiertos como sin techo, incluidos los establos, para albergar a tantas personas y animales.

Ahora que el enemigo estaba enfrente y era visible, las cosas se complicaron mucho a causa de la excitación y el miedo que provocaba la inminente guerra. La gente pensaba en proteger a sus hijos y sus pertenencias, aunque temía perderlo todo, incluso la vida. Los hombres y las mujeres sabían que, llegado el momento, y si las cosas se complicaban, deberían coger una azada, un palo o cualquier cosa que pudiera servir de arma, y defender su propia vida y la de sus familias luchando contra los asaltantes.

Muchos caballeros y soldados se habían alistado en las filas de la reina, pero, lamentablemente, no eran ni mucho menos suficientes para afrontar con éxito la lucha contra las fuerzas de Demónicus.

–Por mucho valor que demuestren nuestros hombres, no lograrán abatir al enemigo, que es veinte veces más numeroso –advirtió Émedi, observando el despliegue enemigo desde las almenas–. Caeremos en el primer ataque.

–Mi señora, debéis confiar en mi plan –aseguró Arquimaes–. Es posible que las cosas mejoren si todo sale como yo espero.

–Confío en vos, amigo mío. Pero mis ojos ven lo que ven y no puedo engañar a mis sentidos. Uno contra veinte es demasiado. No podemos pedir a nuestros caballeros que hagan milagros.

De repente, un griterío humano emergió de la plaza principal. Arquimaes, la reina y los demás se asomaron a las ventanas para averiguar el motivo del alboroto, y se quedaron mudos por la sorpresa.

–¡Dragones de fuego! –exclamó la reina–. ¡Dragones mágicos!

Tres extraordinarios dragones sobrevolaban el castillo, arrojando fuego por la boca. La gente se arrodillaba implorando piedad, mientras algunos soldados arrojaban flechas y lanzas contra estos animales. Pero todo era inútil: los dragones volaban a gran altura y las flechas ni siquiera los rozaban. Las pocas que les acertaban, apenas les producían daño.

–¡Habrá que acabar con ellos antes de que atemoricen a nuestros soldados! –exclamó Arturo, empuñando su nueva espada–. ¡Debemos eliminarlos!

–Tranquilo, esperemos el momento oportuno. Los monjes aún están trabajando –respondió Arquimaes–. Ya llegará el momento de defendernos.

–Pero no podemos hacer nada contra ellos –afirmó la reina–. Nosotros no tenemos dragones. Estamos indefensos. Apenas disponemos de algunas ballestas gigantes y un par de catapultas.

Crispín se fijó en el semblante de la reina. Había perdido definitivamente la confianza y ahora estaba segura de que tendría que arrastrarse a los pies de Demónicus.

* * *

Frómodi y Escorpio, camuflados entre los árboles y disfrazados de campesinos, observaban desde una colina el escenario de la batalla.

–Fijaos, mi señor –dijo el espía–. Los emedianos están perdidos. El ejército de Demónicus se va a lanzar como un alud sobre ellos y los van a destrozar.

–A mí no me interesa. Yo quiero atrapar a Arturo y a Arquimaes –respondió Frómodi, agarrado a una garrafa de vino–. Y todavía no me has explicado cómo lo voy a conseguir.

–Debemos esperar un poco más. En breve tendremos la oportunidad que estamos esperando. Os lo aseguro.

–No sé qué hacemos aquí, con estos harapos. Esta ropa de campesino me repugna.

–Paciencia, mi señor, paciencia.

–De eso ya me queda poco. Por culpa de ese maldito alquimista y de ese jovenzuelo me estoy volviendo loco –se quejó Frómodi–. Esa maldita mancha no deja de crecer y no quiero morir sin haber cumplido mi venganza.

–Os puedo asegurar que cumpliréis vuestros deseos –aseguró Escorpio–. Ya lo veréis.

–Te he pagado muy bien, miserable espía. Y te daré el doble de lo que has recibido si logras ponerme al alcance a esos dos. Pero te aseguro que si me fallas, no encontrarás un lugar en el mundo para esconderte –aseguró, dando un larguísimo trago de vino–. Aunque sea lo último que haga en mi vida, te mataré.

–No tengáis dudas, mi señor. Mi plan es perfecto. Es el mejor que he ideado nunca. Tiene un riesgo, pero con él cumpliréis vuestra venganza, ya lo veréis.

* * *

A pesar de las advertencias de los magos y de los curanderos, Demónicus se había trasladado al campo de batalla. Quería ver con sus propios ojos cómo sus enemigos caían rendidos a sus pies y cómo su hija le vengaba.

Desde una tienda especialmente montada para él, observaba atentamente los movimientos que se producían alrededor del castillo.

–Señor, estamos seguros de que no aguantarán un asalto. Su ejército es pequeño. Apenas han conseguido reunir a unos cuantos soldados y varios caballeros. Con ellos, no podrán contenernos –dijo Ratala, exagerando un poco su ventaja para complacer a Demónicus–. Todo está preparado para el asalto definitivo. Solo esperamos tus órdenes.

Demónicus, que estaba nervioso y excitado ante la cercanía de su venganza, se incorporó un poco sobre su litera y dos curanderos se acercaron inmediatamente. Pero el Mago Tenebroso los detuvo con un gesto.

–Atacaremos mañana –anunció–. Enviaremos emisarios con bandera blanca para darles la oportunidad de rendirse. Después, entraremos a sangre y fuego. Saquearemos su castillo, haremos esclavos, ajusticiaremos a la reina y nos apropiaremos de todas las riquezas. Los soldados podrán saquear y matar a su gusto... pero solo quiero una cosa... ¡Quiero a Arturo Adragón y a Arquimaes vivos! ¡Esos dos tienen que acabar arrodillados ante mí! Dad órdenes concretas y avisad de que recompensaré a quien me los traiga con vida.

–¡Yo quiero luchar contra ese maldito Arturo! –dijo Ratala–. ¡Tengo derecho! ¡Tenemos pendiente un torneo y quiero cobrarme su vida! ¡Me ha humillado y deseo que Alexia vea que nadie me sustituye! ¡Lo mataré para ti y te traeré su cabeza, mi señor!

–Tiene razón, padre. Tiene derecho a luchar con Arturo –intervino Alexia–. ¡Déjale luchar!

Demónicus no estaba muy convencido, pero las súplicas de su hija le hicieron cambiar de idea.

–Está bien. Pero me tienes que traer su cadáver. Es la única condición que te pongo. ¡Lo quiero entero!

–¡Prefiero cortarle la cabeza!

–¡No! ¡Te ordeno que no lo hagas! Si su cuerpo está completo, es posible que consiga resucitarle para torturarle durante años. Mátalo, pero no lo descuartices.

–Está bien –aceptó Ratala, convencido de que podría matar a Arturo–. Lo haré como dices. Ahora voy a prepararme para el combate. Mañana al amanecer le retaré y antes de que el sol esté en lo más alto, tendrás aquí su cadáver, mi señor.

–Te acompaño –dijo Alexia–. Quiero contarte algunas cosas sobre Arturo que pueden serte útiles. Sé mucho sobre su forma de luchar. Le he visto pelear... Yo misma he cruzado el acero con él...

Demónicus siguió con los ojos a la pareja, que entró en una gran tienda de mando. Se sintió orgulloso de su hija y de Ratala, ese joven valiente que iba a acabar con Arturo. Con ese matrimonio se aseguraba una extraordinaria sucesión. El futuro de su reino tenebroso estaba asegurado.

* * *

Arturo y Arquimaes entraron en la biblioteca para comprobar cómo iba el trabajo de los monjes. Éstos llevaban varios días trabajando sin cesar y quería infundirles ánimo.

–¿Tenéis tinta suficiente? –preguntó el sabio.

–Seguro que sobrará. Se diluye bien y queda adherida con una sola pasada de pincel o de pluma –explicó el hermano Cálamo–. Podremos completar nuestro trabajo.

–Entonces, ¿todo estará listo para mañana?

–Hemos seguido tus instrucciones al pie de la letra y podemos asegurarte que mañana al amanecer todos los escudos y armas tendrán el símbolo escrito, tal y como has pedido.

–Gracias, hermanos. Habéis cumplido sobradamente con vuestra misión. La reina sabrá agradeceros vuestro trabajo.

–Lo hemos hecho para impedir que ese diablo conquiste más territorios y tiranice a la gente que los habita. Alguien tiene que oponerse a su bárbara conquista –reconoció uno de los monjes.

–Espero que mañana se acaben sus deseos de dominación –añadió Arturo–. Entre todos le venceremos.

–Arturo, aún podríamos hacer algo más, pero debes dar tu aprobación. Es algo que te afectará durante el resto de tu vida, pero creo que es necesario, si no, no te lo propondría.

–¿De qué se trata, Arquimaes? ¿Tan grave es? –preguntó el caballero Adragón.

–Vas a ser el jefe de nuestro ejército y debo darte la mayor protección posible. Después de todo lo que hemos pasado juntos, creo que es preciso reforzar el poder de la escritura que te protege. He pensado en aplicarte tinta original sobre tu cuerpo. Me gustaría escribir el símbolo de nuestro futuro reino sobre tu piel.

–¿Creéis que con las letras de mi cuerpo no es suficiente?

–Con este nuevo dibujo te convertirás en el símbolo de nuestra lucha. Te señalará como el gran jefe que vas a ser. Te convertirás en un caballero especial... Y aseguraremos tu protección.

–¿Y qué clase de dibujo queréis escribir sobre mi piel?

–He preparado un boceto para que lo veas mejor. Te dará una idea más exacta de lo que pretendo hacer.

–Mostrádmelo.

Arquimaes le llevó hasta un pequeño cuarto iluminado por una vela. Estaba decorado con un espejo, una silla de madera de respaldo alto, una pequeña mesa y una banqueta, además de un pequeño armario de pared. Una vez dentro, corrió una pesada cortina y ambos quedaron aislados, fuera de la vista de los monjes. Abrió una carpeta y el dibujo que mostró a Arturo hizo que este se quedara petrificado.

–Maestro, ¿queréis dibujarme esto en...?

–Sé que es el mejor sitio. Lo he estudiado a fondo y estoy plenamente convencido de que producirá los efectos que deseamos.

Arturo respiró profundamente y cogió el dibujo. Lo observó atentamente y, al cabo de un rato, dijo:

–¿Cuándo queréis hacerlo?

–Ahora mismo.

Arturo, que jamás se había negado a una petición de su maestro, asintió con la cabeza. Ni siquiera tuvo necesidad de pronunciar una sola palabra.

–Siéntate y acomódate. Llevará un rato. Es un trabajo muy preciso –explicó Arquimaes–. Ah, y cierra los ojos.

Arturo se colocó sobre la silla que Arquimaes había preparado. Con los ojos cerrados, escuchó cómo su maestro abría un pequeño armario, sacaba algunos utensilios, colocaba una banqueta ante él y se sentaba.

–Respira profundamente y piensa en algo agradable –le pidió Arquimaes–. Y, sobre todo, no te muevas. Cada línea quedará grabada para siempre y no se podrá borrar.

Arturo sintió cómo la pluma de acero se deslizaba sobre su piel y dejaba un rastro de tinta fresca y fría. De vez en cuando, el sabio aplicaba los dedos de su mano izquierda para estirar la piel y dejarla completamente lisa. Así podía dibujar con más precisión. En más de una ocasión, la punta perforó la piel y produjo alguna pequeña incisión, no demasiado dolorosa.

Dos horas después, Arquimaes le dijo que ya podía levantarse y que, si lo deseaba, podía mirarse en el espejo de la pared.

Arturo se levantó un poco adormilado, se acercó al espejo y se quedó sin palabras. ¡Su rostro había cambiado para siempre! Una gran letra «A», coronada por la cabeza de un dragón, con garras en las puntas y con forma sinuosa como el cuerpo de un animal alado, estaba plasmada sobre su rostro. El dibujo empezaba en la parte superior del entrecejo y llegaba hasta la base de las mejillas. Su aspecto era ahora bastante más feroz y, a la vez, tranquilizador, ya que parecía la página de un libro. Una extraña mezcla de tatuaje típico de los bárbaros y portada de libro diseñada con gusto por los monjes artistas. Una combinación que le dejó aturdido. Una cosa era ver un boceto sobre un papel y otra verlo sobre su propia piel.

–Este símbolo te distingue como jefe supremo del Ejército Negro, la fuerza armada del reino de justicia que vamos a crear. Te otorgará la fuerza del dragón y la inteligencia de los alquimistas. Con el tiempo, te dará poderes que ni imaginas y te convertirás en un caballero legendario que sobrevivirá a todos los tiempos –explicó Arquimaes–. A partir de ahora, Arturo Adragón, posees el poder de la escritura alquímica.

–Seré digno de la confianza que me otorgas. Juro que no os defraudaré y que dedicaré mi vida a hacer honor a la responsabilidad que exige este símbolo. El símbolo del dragón alquímico. La letra adragoniana.

–Sé justo, valiente y generoso, y pasarás a la historia como el más extraordinario caballero que haya pisado jamás la tierra. No abuses del poder que esta letra te otorga y todos verán en ti al más noble modelo que nunca haya existido. Nadie posee un símbolo como el tuyo, y eso te hace único.

MARCELO · PEREZ

–Nadie tiene una letra como símbolo. Todo el mundo prefiere pintar animales en sus blasones. Por eso seré diferente y trataré de hacer honor a las palabras que acabas de pronunciar.

–A partir de ahora estás obligado a portarte con una nobleza nunca vista. Poseerás tal fuerza que te parecerá increíble, pero debes recordar que jamás debes portarte con crueldad. Te está prohibido ser un tirano, un malvado, y abusar de los débiles. No lo hagas nunca, ya que esta letra es un símbolo de poder y, a la vez, una maldición. Ella vigilará tu comportamiento y, si incumples estas reglas, podría pedirte cuentas y volverse contra ti, Arturo. No debes olvidar esta advertencia.

–Sí, maestro, tendré un comportamiento intachable y ejemplar.

–Que así sea, Arturo, que así sea.

X

PALABRAS DE RESURRECCIÓN

ENTRAMOS en el despacho de papá y él se sienta en su sillón favorito. Yo me acomodo frente a él, para verle bien la cara y poder escuchar atentamente sus palabras... Y para que él también me vea con claridad. Esta va a ser, probablemente, la conversación más importante que hayamos tenido nunca.

–Te escucho, papá. Haz el favor de explicarme lo que está pasando con mi vida, que ya no entiendo nada. Tienes que darme respuestas claras. ¿Por qué me has ocultado lo de mamá? ¿Qué pasó realmente en el desierto de Egipto?

Después de cruzar una mirada con *Sombra*, que está de pie, quieto como una estatua, se inclina hacia delante, como si estuviera dispuesto a confesarse conmigo.

–Tu madre murió una noche en Egipto, una hora después de tu nacimiento...

–¿Una hora? La noche que cenamos con Norma y Metáfora dijiste que había muerto dos días después –le hago notar–. ¿Cuál es la verdad?

–La que te estoy contando. Tu madre te tuvo en los brazos durante una hora. La noche de tu cumpleaños dije muchas tonterías.

–Está bien, sigue.

–Intenté por todos los medios traer su cuerpo a casa, pero las autoridades me denegaron sistemáticamente los permisos necesarios. Ante esa injusta situación, no me quedó más remedio que enterrarla en el pueblo más cercano. Mahania tenía buenos contactos y me ayudó a encontrar personas capaces de envolver el cuerpo de Reyna en las mejores condiciones posibles de conservación. Permaneció enterrada en el desierto durante un año. Al cabo de ese tiempo, planeamos la manera de traerla, haciéndola pasar por un familiar de Mahania. La hemos conservado aquí, en el tercer sótano, desde hace años... Te aseguro que fue algo muy complicado.

Ahora comprendo que mis sentimientos de unión con mi madre tenían una base real, ya que estaba más cerca de lo que imaginaba.

–Decidimos no decir nada a nadie. Estaba esperando a que fueses mayor para contártelo, porque puedes estar seguro de que lo ibas a saber, Arturo –añade–. Tienes que comprender que, por motivos de seguridad, estábamos obligados a mantenerlo en secreto. Solo *Sombra*, Mahania, su marido y yo lo sabemos... Y ahora tú...

–¿No confiabas en mí? ¿Creías que se lo iba a contar a todo el mundo? –le increpo.

–No. Solo quise asegurarme. No podías contar lo que no sabías. Por eso lo mantuvimos en secreto. Pero te doy mi palabra de que, en más de una ocasión, deseé contártelo. Muchas veces estuve a punto de compartir este gran secreto contigo...

–Pero yo se lo impedía –interviene *Sombra*–. Teníamos muchas ganas de decírtelo, pero estábamos obligados a ocultarlo. Imagínate que nos hubiesen descubierto. Nos habríamos visto forzados a devolver el cuerpo a las arenas del desierto. Tu padre no lo habría podido resistir. Ni yo tampoco.

–Desde que ella murió, mi vida ha sido un infierno –se lamenta papá–. Y si lo he soportado ha sido gracias a que podía bajar a su tumba y hablar con ella. Ha sido un gran alivio para mí.

–También lo habría sido para mí. ¿No crees? –le reprocho.

–Tienes que perdonarme. Lo hice con el convencimiento de que era lo mejor para todos. Habría dado cualquier cosa por compartirlo contigo, te lo aseguro.

–No seas tan severo con tu padre, Arturo –dice *Sombra*–. Nunca quiso engañarte. Él te quiere.

–Pero, hay cosas que no entiendo... ¿Qué hace ella dentro del sarcófago de la reina Émedi? ¿Y por qué ocultaste el pergamino?

Mi padre y *Sombra* vuelven a cruzar una mirada de complicidad. Parece que papá pide permiso a *Sombra* para hablar.

–Eso es más difícil de explicar –dice *Sombra*–. Pero podemos intentarlo. Siempre y cuando estés dispuesto a abrir tu mente y te veas con fuerzas para escuchar cosas sorprendentes. Cosas que te parecerán imposibles de creer...

–Puedo intentarlo, pero os ruego que no me contéis mentiras. Es lo único que no estoy dispuesto a soportar –digo.

–Bien, pues escucha... –dice papá–. Después de morir tu madre, yo traté de leer el contenido de ese misterioso pergamino con el que te envolvimos apenas naciste. En los primeros intentos que hice, me di cuenta de que podía tratarse de algo muy importante. También pude descubrir que, a pesar de encontrarse en Egipto, estaba escrito por un alquimista medieval europeo, cosa que me sorprendió enormemente. Temeroso de que las autoridades lo confiscaran, decidí ocultarlo. Fue Mahania la que me dio la idea de colocarlo junto al cuerpo de mamá, donde permaneció enterrado durante años.

Papá se detiene un momento y, se frota las manos haciendo una pausa. Luego, tras un gesto de apoyo por parte de *Sombra*, continúa con el relato.

–Cuando su cuerpo llegó aquí, pasó mucho tiempo hasta que me decidí a coger el pergamino y a examinarlo. Debes saber que ese documento ha sido motivo de mis desvelos. Casi me vuelvo loco. Tiene una escritura secreta simbólica casi imposible de descifrar. Estuve a punto de tirar la toalla, pero un día, logré identificar algunas palabras que me animaron a seguir y despertaron mis deseos de traducirlo en su totalidad.

–¿Qué palabras son esas? –pregunto.

Se levanta, da unos pasos alrededor del sillón y, con bastante indecisión, como si temiera explicarse, dice:

–«Resurrección»... «Inmortalidad»... «Vida eterna»... Esas son las más importantes... Imagínate que ese pergamino tuviera la fórmula que tanto buscaban los alquimistas, la de la piedra filosofal, la vida eterna... La resurrección...

–Pero, papá. Eso es una quimera, una ilusión. Nunca descubrieron esa piedra filosofal. Además, la fórmula de la resurrección o de la inmortalidad nunca ha existido –le reprendo–. Eres un investigador moderno y lo sabes perfectamente.

–¿Cómo sabes que no la encontraron? ¿Quién puede afirmar que ese alquimista no descubrió la forma de hacer revivir a los muertos?

–No lo sé. Nadie lo sabe. Esa es la prueba de que no existe. Si la hubieran encontrado, se sabría –argumento–. Todo el mundo lo sabría.

–Vivimos tiempos turbulentos, en los que resulta muy difícil descubrir la verdad de las cosas. Nadie puede afirmar nada –explica–. Mis investigaciones me han llevado a la conclusión de que vivimos en un mundo lleno de secretos. ¡Si descifro ese pergamino, es posible que pueda devolver la vida a mamá!

–¿Qué dices, papá? ¿Te has vuelto loco? ¿Crees de verdad que mamá puede resucitar?

–No me digas que alguna vez no has deseado verla viva para poder hablar con ella. No me digas que no lo has soñado. No me digas que no darías cualquier cosa por tenerla cerca y acariciar sus manos y su cabello. Escuchar su voz y sentir su aliento...

–¡Claro que daría mi vida por tenerla cerca y poder tocarla! Pero sé que eso es imposible. Sé que nunca ocurrirá y que me tendré que conformar con hablar con ella a través del cuadro... O verla en sueños.

–¿Y si la resucito? ¿Y si consigo que vuelva a este mundo?

–¿Cómo lo vas a hacer? ¿Vas a usar trucos de hechicería? ¡La magia no existe, papá!

–¡Te equivocas! ¡Estoy grabando sobre la cripta las palabras que devuelven la vida a los muertos y que están en ese pergamino! Es un trabajo lento y complicado, pero lo estoy consiguiendo. ¡Te aseguro que en los textos de ese pergamino están escritas las frases mágicas que resucitan a las personas!

Ahora sí que se me han acabado las palabras. No sé qué decir. No estoy seguro de haber oído bien los argumentos de mi padre. ¿Ha dicho que puede resucitar a mamá, o definitivamente me estoy volviendo loco?

–¿Y Norma? ¿Qué crees que hará cuando se entere de que sigues locamente enamorado de mamá y que llevas años trabajando para traerla de nuevo a este mundo? –le pregunto, mirándole fijamente a los ojos–. ¿Qué dirá, papá?

–Ya lo he hablado con ella –reconoce.

–¿Quéeee...? ¿Le has contado que vas a resucitar a mamá?... ¿Y qué te ha dicho?

–Que le parece bien.

–Habrá pensado que has perdido la razón.

–No, ha dicho que quiere colaborar.

Ahora sí que no entiendo nada.

O quizá sí.

A lo mejor ahora empiezo a comprender que todas las contradicciones de mi padre tienen una explicación. Es posible, incluso, que algún día me cuente la verdad que todavía me oculta.

Y también comprendo que casi todas las exageraciones estaban destinadas a seducir a Norma, de la que quería algo concreto desde el principio. Quizá estoy empezando a comprender que mi padre no es el pobre hombre obsesionado con los libros que aparenta ser. ¿Quién es mi padre y qué oculta?

Aunque también empiezo a hacerme preguntas sobre *Sombra*. Siempre me ha hecho creer que era mi segundo padre, pero, ahora, estoy seguro de que también esconde algo.

Me parece que a partir de ahora se van a encontrar con un nuevo Arturo. Con un Arturo que quiere saber quién es. Un Arturo Adragón diferente.

–Una pregunta más, papá... ¿Es verdad que me envolviste en el pergamino cuando nací?

–Sí, te lo aseguro. Yo mismo te envolví en ese pergamino.

XI
LA REINA GUERRERA

Aunque el sol salió muy temprano y prestó a todo una luz brillante, la mañana trajo consigo un cielo cubierto de nubes teñidas de un color rojizo intenso, poco usual a esas horas del día. Los centinelas del castillo sintieron un extraño miedo cuando se encontraron con un paisaje diabólico que anunciaba lluvia de sangre.

Una hora después, todo el mundo estaba en alerta. Muchos campesinos se despedían de sus esposas e hijos y se disponían a tomar posiciones en las almenas. Los soldados vestían sus uniformes y empuñaban las lanzas y espadas. Los caballeros, ayudados por sus escuderos, ajustaban sus cotas de malla y rezaban antes de salir de sus aposentos, dispuestos a enfrentarse con la muerte.

Todos se sorprendieron cuando vieron a la reina Émedi, en lo alto de la torre, vestida como un guerrero, con una cota de malla encima del vestido real y la espada de plata al cinto, como símbolo de mando. Había cubierto su cabeza con una pequeña corona, pero algunos mechones de su rubio cabello se habían liberado y flotaban al viento como hilos de oro.

Arquimaes, Arturo, Crispín, Leónidas y otros caballeros se habían unido a ella y formaban la cabeza de mando que debía dirigir la defensa del castillo. Todos tenían una letra pintada en el escudo: una «A» similar a la que Arturo llevaba sobre el rostro. Una letra dibujada con la tinta especial que Arquimaes había preparado. Un símbolo adragoniano que los distinguía de los hombres de Demónicus.

Arturo se arrodilló ante la reina y esperó su bendición para iniciar el combate. Émedi le puso la mano en el hombro y dijo:

–Arturo Adragón, depositamos todas nuestras esperanzas en ti. Nuestras vidas y nuestras posesiones dependen de tu valor, arrojo y coraje. Hagas lo que hagas, confiamos en ti. Espero que mi aliento te dé la fuerza necesaria para defender la justicia.

Entonces, todo el mundo pudo ver cómo la reina puso sus labios sobre la cabeza del dragón que el nuevo jefe de su ejército tenía sobre la frente, y le dio un sonoro beso.

–¡Que la fuerza y la inteligencia del dragón te guíen! –exclamó en tono solemne.

Frente a ellos, el ejército diabólico de Demónicus, en rigurosa formación de ataque, esperaba las órdenes de su jefe para iniciar la ofensiva. Los guerreros estaban ansiosos por empezar a combatir y saquear el castillo, del que se decía que estaba lleno de inmensas riquezas. Solo con pensar en la fortuna que podían conseguir se volvían locos de alegría.

De repente, un aullido atronador salió de entre los árboles, detrás de los soldados de Demónicus. Fue un sonido tan estremecedor que incluso ellos se asustaron. Era un grito medio humano y medio animal y, desde luego, quien lo había emitido no era ni una cosa ni otra, sino ambas a la vez.

Pocos segundos después, un dragón, acompañado de una bandada de pájaros, salió de la floresta e hizo una demostración de poder que asombró a todos. Sobre su lomo, un caballero, armado con escudo y espada, cabalgaba con habilidad. Llevaba un yelmo que le cubría el rostro, pero sus formas delataban a Ratala.

Mientras el príncipe avanzaba, seis jinetes con bandera blanca salieron de las filas del ejército de Demónicus y se dirigieron al castillo. Cuando llegaron a una prudente distancia, se detuvieron y desplegaron el estandarte de Demónicus para dejar claro a quién representaban.

Se llevaron una gran sorpresa cuando vieron que el suelo estaba cubierto de libros. No entendían a qué se debía que los defensores del castillo hubieran arrojado miles de libros alrededor del castillo, a los pies de la muralla exterior.

Llegaron a la conclusión de que se trataba de un desesperado gesto que de rendición. Quizá esperaban que ese acto fuese suficiente para satisfacer a Demónicus, que se mostraría magnánimo. Los mensajeros se rieron, pensando en su inocencia; estaba claro que aquella gente no conocía bien a su amo. ¡Arrojar libros al suelo no les iba a servir de mucho! Aunque ellos tampoco sabían que esos libros provenían de la abadía de Ambrosia.

–¡En nombre de nuestro señor, el príncipe Ratala, venimos a retar al caballero llamado Arturo Adragón a un duelo a muerte! –exclamó uno de ellos–. ¡Mi señor quiere una lucha con dragón y está dispuesto a ofrecerle uno, si lo desea!

Émedi y Arquimaes escucharon la declaración sin pestañear. Arturo empuñó su espada, mostrado así su deseo de luchar.

–No tienes que hacerlo –dijo la reina, conteniéndole–. No estás obligado.

–Pero quiero hacerlo. No dejaré que piense que soy un cobarde. Si piensan que tengo miedo, se envalentonarán y lucharán con más ardor –argumentó Arturo–. ¡Debo enfrentarme a él!

–Es una locura. No puedes montar uno de sus dragones. No lo podrás manejar –le previno Arquimaes–. ¡Si lo haces, perderás y será peor para todos!

–¿Qué debo hacer? ¿Quedarme aquí como un cobarde? –se lamentó Arturo.

Arquimaes comprendió que Arturo tenía razón. Era necesario aceptar el combate contra Ratala. Sus propios hombres le mirarían como un despreciable miedoso si se quedaba oculto tras las faldas de la reina.

–Está bien, ven conmigo –aceptó el alquimista.

–¿Qué vais a hacer? –preguntó Émedi.

–Con tu permiso, señora, vamos a demostrar a todos que Arturo Adragón no tiene miedo –respondió Arquimaes.

–Adelante. Haced lo que creáis conveniente –aceptó Émedi.

–Es una locura –protestó Leónidas–. No tienes ninguna posibilidad. Si mueres, nuestros hombres perderán la confianza. Déjame que yo ocupe tu lugar, Arturo.

–Prefiero morir como un valiente antes que dejar que piensen que tengo miedo –respondió Arturo–. Os agradezco el gesto, amigo Leónidas, pero nadie ocupará mi puesto.

Mientras Ratala planeaba con su dragón sobre el castillo, demostrando su poderío, Arturo, Arquimaes y Crispín se acercaron a la puerta principal del castillo y ordenaron a los guardianes que bajasen el puente levadizo. Desde fuera, los emisarios vieron salir a los tres amigos y pensaron que venían para rendirse. Un alquimista, un caballero y un escudero que portaba el escudo de su amo era una delegación suficiente para pedir clemencia. Ya habría tiempo para hablar con la reina.

Pero cuando vieron que se detenían y que el sabio, después de descabalgar, hacía un gesto de invocación, similar al que solían hacer los magos, comprendieron que se habían equivocado.

Arturo se ajustó el yelmo y Crispín le colocó las espuelas y le entregó el escudo. Arquimaes seguía con sus cánticos y el viento se levantó con fuerza. Entonces, los libros que habían sido arrojados desde las almenas, fueron barridos por un inesperado viento y, después de agitarse, se abrieron de par en par, como si se sometieran a la voluntad del alquimista.

El viento se convirtió en un torbellino de aire que azotó los libros y formó una gran polvareda que impidió ver lo que estaba sucediendo a todos los que estaban detrás de Arquimaes. Este, protegido por una cortina de polvo, invocó a las letras de los libros que permanecían en el suelo a lo largo de las murallas y a ambos lados de la puerta principal. Las letras abandonaron las páginas y se unieron para formar un ser increíble, nunca visto por el ojo humano. Las letras, escritas por los monjes con la tinta mágica, le obedecieron.

Cuando el viento cesó y la nube de polvo perdió fuerza, en el lugar de los libros había un extraordinario dragón negro. Parecía haber surgido de la nada. Un dragón poderoso que se dejó montar dócilmente por Arturo Adragón.

–¡Ahora podéis decir a vuestro príncipe que Arturo Adragón acepta el duelo a muerte! –exclamó Crispín, orgulloso de ver a su señor cabalgar sobre el magnífico dragón oscuro que iniciaba el vuelo–. ¡Decidle que no le servirá de nada esconderse! ¡Y que mi señor tiene su propio dragón!

Los emisarios estaban atónitos, ya que nunca habían presenciado en vivo semejante alarde de magia. Rápidamente hicieron girar sus monturas y se marcharon galopando al campamento para informar a su amo.

Mientras tanto, la magnífica figura de Arturo Adragón vestido para la guerra con una brillante cota de malla y túnica negra con ribetes amarillos, se elevaba con su dragón sobre la fortaleza, como un símbolo de valor, dispuesto a luchar hasta la última gota de sangre.

* * *

Los soldados que formaban la expedición de aprovisionamiento del ejército de Demónicus apenas tuvieron tiempo para reaccionar. Una docena de hombres cayó sobre ellos tan rápido que ni siquiera pudieron identificarlos. Solo consiguieron ver el brillo de sus armas cuando se clavaban en sus cuerpos.

–¡Que no quede ni uno vivo! –ordenó Morfidio–. Y procurad no estropear las armaduras.

Sus hombres desnudaron con rapidez a los soldados de Demónicus y se vistieron con sus ropas.

–Perfecto, mi señor –aseguró Escorpio–. Parecéis un verdadero oficial de ese hechicero. Nadie sabrá que debajo de esa armadura se esconde el rey Frómodi.

–Enterremos a estos hombres para que nadie los pueda encontrar y partamos hacia el campamento de Demónicus –ordenó Morfidio.

Dos horas más tarde, los carros con las provisiones entraban en el campamento del gran hechicero. Nadie les prestó atención y se mezclaron entre los soldados de forma natural. Morfidio se permitió el lujo de pasear cerca de la tienda del gran Mago Tenebroso, que ni siquiera le dirigió una mirada.

* * *

Arturo Adragón vio cómo Ratala volaba hacia él. Se dio cuenta de que su rival estaba nervioso por la manera en que agitaba la espada. Ningún caballero entrenado haría una cosa así. Una espada se maneja con habilidad y no se malgastan energías con ella en balde. Cada movimiento debe tener una finalidad y su trayectoria debe estar bien calculada; nunca debe usarse como un juguete. Si seguía así, Ratala se quedaría pronto sin fuerzas.

Todo el mundo pensó que los dos dragones iban a chocar, pero, en el último momento, Arturo esquivó hábilmente el encontronazo. Ratala lanzó un grito cuando casi se rozaron, pero Arturo lo ignoró. Sabía que una de las técnicas del enemigo consiste acosar verbalmente a su adversario.

Después de girar, los dos contendientes volvieron a encontrarse más despacio. Los dragones se detuvieron cerca el uno del otro, agitando sus alas para mantenerse en el aire. Arturo y Ratala empezaron a intercambiar mandobles con sus espadas. Cada golpe enfurecía al contrario, que atacaba con más fuerza. Los pocos que lograban ver con precisión el combate estaban impresionados por su gran intensidad.

Arturo tuvo que inclinarse peligrosamente sobre su montura para esquivar un lance de Ratala. Los dragones, animados por los golpes de acero, se empujaban el uno al otro con fuerza, hasta el punto de hacer peligrar a sus jinetes. El dragón de Ratala, dotado de la tenebrosa fuerza del fuego, arrojaba llamas con la intención de castigar a la montura de Arturo, que se mantenía alejado para esquivar las llamas.

Demónicus, que observaba el combate desde su tienda, tuvo que ser atendido por los curanderos, ya que los nervios y la excitación provocaron que algunas heridas del rostro se abrieran.

–¡Mátale! ¡Mata a ese maldito traidor! –gritaba mientras le untaban pomadas–. ¡Tienes que traerme su cadáver!

Ratala lanzó un mandoble que golpeó el yelmo de Arturo y le dejó atontado durante unos instantes. Envalentonado, avanzó con furia y lanzó un golpe que quería ser definitivo contra el joven caballero. Pero este protegió su costado con la parte baja del escudo y consiguió salvarse.

El príncipe Ratala embistió de nuevo y estuvo a punto de matar a Arturo al dirigir su espada hacia la abertura horizontal que el yelmo tenía para los ojos. Una secuencia de golpes de espada con el filo derecho puso a Arturo en grave peligro de perder el combate. Pero la habilidad del joven matador de dragones quedó de manifiesto cuando, de un mandoble limpio, cortó el penacho del yelmo de Ratala, hecho que le desconcertó y le hizo bajar la guardia. Arturo aprovechó para asestar un nuevo golpe y alcanzó el cuello de su contrincante, que se tambaleó sobre su silla. Arturo intentó mirar a los ojos de Ratala para descubrir en qué estado se encontraba, pero no lo consiguió. El príncipe esquivó la mirada e inclinó la cabeza en el instante en que Arturo clavaba sus ojos sobre la ranura del yelmo.

Arquimaes y Émedi observaban con atención el desarrollo del combate, sin ser capaces de predecir el final. Arturo era buen combatiente, pero el príncipe era muy astuto y esquivaba los ataques con mucha habilidad. Había engañado a Arturo haciéndole creer que se

encontraba cansado, pero resultaba más que evidente que no era así, todavía le quedaba mucha fuerza.

Cuando parecía que el combate iba a eternizarse, Arturo tuvo la oportunidad de asestar un golpe en la pierna de Ratala, lo que obligó a este a descuidar la defensa de su pecho, que quedó al descubierto. El mandoble le había producido una herida en el muslo de la que manaba un aparatoso reguero de sangre, lo que intranquilizó al dragón del príncipe. Arturo aprovechó su ventaja y volvió al ataque con un nuevo golpe horizontal que acabó sobre el vientre del príncipe Ratala y que le hizo tambalearse peligrosamente.

Los soldados y caballeros del castillo rugieron de alegría, y el clamor de sus gargantas inundó el escenario del combate, animando de nuevo a Arturo. Pero entonces, ocurrió algo inesperado. Ratala, que se veía perdido, elevó repentinamente a su dragón y se colocó encima de Arturo, para que la montura lo atrapase con sus garras. El joven caballero, sorprendido por esta acción innoble, reaccionó inmediatamente y logró desgarrar las pezuñas del animal, causándole graves heridas que le obligaron a retirarse. Luego, Arturo consiguió asestar un mandoble en el ala de la montura del príncipe y le hizo perder el equilibrio. En su caída, el dragón de Ratala se agarró al animal de Arturo y lo arrastró. Ambos se vieron obligados a aterrizar.

El golpe fue aparatoso y el polvo los envolvió a los cuatro.

El ánimo y la salud de Demónicus se estaba agravando al contemplar el combate. Sentía una gran rabia al ver que su futuro yerno no conseguía eliminar al enemigo más odiado de su vida. Hizo llamar a su hija que, según le habían informado, se había quedado en la tienda del príncipe para invocar a los dioses y pedirles que otorgaran la victoria a Ratala.

–¡Quiero que venga! ¡Si he de morir, necesito hablar con ella! ¡Quiero que esté a mi lado! –rugió–. ¡Traedla aquí!

Los dragones se revolcaron en el suelo y su sangre alcanzó los libros en blanco que estaban diseminados por los alrededores. El de Ratala intentó levantar el vuelo pero el dragón negro de Arturo se abalanzó sobre él, le dio un bocado en el cuello y lo degolló. Después, volvió a su estado original; su cuerpo se convirtió nuevamente en letras que se introdujeron en los libros.

Arturo y Ratala se recuperaron y volvieron a enfrentarse en el suelo, sobre la arena. Ratala tenía dificultades para caminar y Arturo se dio cuenta del agotamiento de su contrincante. El joven caballero comprendió que el final del combate estaba próximo. Aquella lucha solo podía acabar con la rendición de Ratala o con su muerte.

–¡Arroja tu arma, Ratala, y daremos por terminado este duelo! –exclamó Arturo–. ¡Salva tu vida, ahora que puedes!

Pero Ratala no contestó. Ignoró la propuesta de Arturo y se lanzó a por él con fuerzas renovadas. El príncipe estaba dispuesto a gastar sus últimas energías en matar a Arturo.

Ahora las espadas se cruzaban con una violencia inusitada. Cada vez que chocaban, saltaban chispas y los soldados de la muralla se estremecían. Todo el mundo sabía que el combate estaba a punto de terminar. Cuando dos contendientes luchan con tanta furia, es seguro que uno de los dos está a punto de morir.

Aprovechando que Arturo había tropezado y se encontraba en el suelo, Ratala blandió su espada con las dos manos y la alzó con firmeza, dispuesto a partirle por la mitad. Pero Arturo fue más rápido y, sujetando su espada arquimiana con habilidad, la clavó en el vientre del joven y malvado príncipe. Este se quedó como una estatua de piedra. Antes de que Arturo hubiese retirado su espada, Ratala cayó pesadamente de rodillas, sin emitir ningún sonido, sin quejarse, como si la muerte le hubiese cogido por sorpresa.

Arturo elevó su espada y levantó los dos brazos en señal de victoria. Todos los habitantes y soldados del castillo de la reina Émedi que presenciaban el combate lanzaron un grito de victoria. El clamor se oyó desde el campamento de Demónicus.

¡Arturo acababa de matar a Ratala!

* * *

Cuando el soldado entró en la tienda del príncipe para avisar a Alexia, se encontró con una escena desconcertante: Ratala estaba tumbado en su cama, durmiendo profundamente. Intentó despertarle para asegurarse de que estaba vivo, ya que su respiración era tan suave como la de un pájaro. Pero fue inútil, Ratala dormía tan profundamente que nada podía devolverle a la realidad.

El criado no comprendía nada de lo que estaba pasando. El porta armadura estaba vacío y el escudero que le había ayudado a vestirse para la batalla había desaparecido. Dio un paso hacia atrás y tropezó con una copa de metal que rodó por el suelo. La cogió y olió los restos de líquido que aún permanecían dentro y comprendió en seguida que le habían drogado. La cuestión era saber quién había sido.

Volvió corriendo a la tienda de Demónicus, que estaba desesperado por la muerte de Ratala.

–¡La princesa no está en la tienda! –informó el soldado, sabedor de que dar noticias como aquella tenía un precio muy alto–. ¡El joven Ratala está profundamente dormido y la princesa ha desaparecido!

–¿Qué dices, idiota? –gruñó Demónicus, confundido por la extraña noticia–. ¿Estás mal de la cabeza?

–¡Creo que alguien ha secuestrado a la princesa Alexia, mi señor! Y con respecto a Ratala, parece que alguien ha derramado alguna poción en su copa.

Demónicus dejó de prestar atención al campo de batalla y clavó sus ojos sobre el pobre mensajero, con la esperanza de que el miedo le hiciera rectificar.

XII
EL TESORO DEL GENERAL BATTAGLIA

–¡El Ejército Negro existió! –afirma el general Battaglia, que ha tenido la amabilidad de recibirnos en su casa para explicarnos todo lo que sabe sobre su existencia–. Y parece ser que batalló duramente.

Metáfora, Cristóbal y yo estamos en su sala de trabajo, una habitación repleta de libros y recuerdos de su vida militar. Hay mucho orden y todo está limpio y reluciente, algo que también a la Fundación le vendría bien.

Coge una carpeta que tiene guardada en un archivo metálico y se dispone a dar más explicaciones.

–Tras mis investigaciones y después de las visitas a los dos sótanos de la Fundación, puedo afirmar que existió un ejército medieval que se llegó a conocer como el Ejército Negro –explica, mientras ordena sus papeles–. Se llamó de esta manera por una característica muy especial, que lo diferenciaba de otros ejércitos: su símbolo era una gran letra pintada con tinta negra sobre sus escudos, yelmos y espadas.

–Pero, ¿qué pruebas tiene usted, general? –pregunto.

–Varias. Yo disponía de unos grabados medievales que no conseguía relacionar, pero lo que he visto en la Fundación me ha servido para recuperarlos. Fijaos en este grabado hallado hace años en un edificio rehabilitado del centro de Férenix. Me lo vendió un hombre muy anciano que me aseguró que lo había encontrado entre las pertenencias de un antepasado suyo. Mirad...

Nos muestra un dibujo medieval original a plumilla, sobre un papel grueso y amarillento. Parece muy antiguo. En él, un caballero vestido de negro porta una espada en la mano y monta a lomos de un caballo negro, adornado y preparado para la guerra. El caballero mira hacia delante a través de la ranura de su reluciente yelmo. Sobre el frontal del yelmo se ve un dibujo que ya conocemos: la gran «A» con cabeza de dragón.

Detrás, legiones de soldados y caballeros, en formación de ataque, vestidos de forma similar y con el mismo símbolo sobre el escudo y el pecho... Los estandartes que ondean al viento llevan igualmente dibujado el signo de la «A». No hay duda, es la imagen del general de un ejército.

–Pero no hay pruebas de que sea el Ejército Negro –dice Cristóbal–. Puede pertenecer a cualquier compañía de soldados, a las órdenes de algún rey.

–Bien, escuchad esto. Es una página de un libro que relata una hazaña... También me lo vendió ese hombre... Escuchad...

«Cuando las fuerzas del mal estaban a punto de atacar, el jefe del Ejército Negro apareció sobre un dragón negro y sobrevoló el castillo de la reina. Los soldados recuperaron la confianza que habían perdido a lo largo de los últimos días. Su alegría fue tal que la reina tuvo que subir a la torre para atender los vítores de sus soldados. Todo indicaba que ese iba a ser un gran día; sin embargo...»

–Sin embargo, ¿qué? –pregunta Metáfora.

–Nada. La página está rota y no hay más referencias... Eso es todo, pero es importante...

Las palabras del general me han dejado sin habla. La imagen de ese caballero cabalgando sobre un dragón negro ha revolucionado mi memoria. Es exactamente igual que lo que he vivido en mi sueño hace pocas noches. Y lo que más me asombra de todo es que no se lo he contado a nadie. ¿Cómo puede ser que algo que he soñado aparezca ahora en un libro antiguo?

* * *

Acabamos de instalar a *Patacoja* en un pequeño edificio independiente que está situado en el jardín, dentro del recinto de la Fundación. Ha venido de noche, oculto dentro de la furgoneta de Mohamed, que le ha recogido en un parking del centro de la ciudad. Nadie le ha visto entrar y puede sentirse seguro. Aquí no le encontrarán.

–Espero que nadie sepa que estoy aquí –dice–. Esto se está poniendo imposible. La otra noche entraron en mi solar, mataron algunos gatos y casi me liquidan. Yo creo que estaban pagados por alguien que quiere eliminarme.

–Oye, no pensarás que hay una conspiración para matarte, ¿verdad? Tiene que tratarse de una casualidad. Aun así, debes tener cuidado.

–Las casualidades no existen, chico. Y menos cuando hay muchas cosas en juego.

–Empiezo a no entenderte –dice Metáfora–. Creo que hablas de cosas que se me escapan. ¿A qué te refieres cuando dices que hay muchas cosas en juego...?

–Creo que las cosas están revueltas porque, de repente, algunos se han dado cuenta de que esta ciudad es una mina, un tesoro. Y todos quieren coger parte del pastel.

–¿De qué pastel hablas?

–¡Del pastel de la arqueología! ¿Es que no lo entiendes? Han intentado robar cosas en la Fundación, pero también se han interesado por las piedras, que son enormemente valiosas. Si mi teoría se confirma, podemos estar sobre algo grandioso –explica, dando un golpe con la muleta sobre el suelo–. Por eso he pedido las fotografías.

–Las tengo en mi habitación –confirmo yo–, pero no he visto nada sospechoso.

–No puedes ver nada. Solo ojos expertos como los míos pueden leer las pistas importantes. Estoy impaciente por ver esas fotos.

–Vamos a mi habitación –propongo–. Allí estaremos más cómodos. Además podemos buscar información en internet si lo necesitas.

–Eso está bien –responde–. Vayamos en seguida

–¿No prefieres esperar hasta mañana?

–No, no, ahora. Estoy loco por empezar a trabajar.

Esperamos un poco hasta que considero que todo el mundo debe de estar acostado y cruzamos el jardín. Subimos andando y entramos en mi cuarto.

–Esta habitación es digna de un rey –dice apenas entra–. Eres un chico afortunado. Esa espada es una maravilla... ¿Excalibur?

–No creas que soy tan afortunado, las cosas se han puesto difíciles. Estoy convencido de que Stromber nos echará de aquí en cuanto pueda. Y sí, es Excalibur.

Me acerco al armario y saco un gran sobre que coloco sobre la mesa.

–Aquí están esas fotografías aéreas. A ver qué sacas en limpio.

Patacoja rasga el sobre y deja caer las imágenes sobre la mesa. Las coloca en fila y las mira detenidamente. Metáfora y yo procuramos no distraerle y esperamos sus conclusiones.

–¡Es impresionante! –exclama después de observarlos un rato–. ¡Nunca había visto nada igual! Yo diría que es el descubrimiento arqueológico más importante de los últimos años. ¡He estado ciego! ¿Cómo no lo he visto antes?

Metáfora y yo nos miramos, deseosos de saber de qué está hablando.

–¡Tenemos que bajar otra vez al tercer sótano, muchachos!

–¿Otra vez? Eso va a ser difícil. Mi padre no quiere que entres en la Fundación.

–Tenemos que bajar para confirmar mis sospechas. ¡Creo que he encontrado algo inaudito! ¡Algo que hará historia!

–Si Stromber se entera de que te hemos dejado entrar…

–Si lo que creo es cierto, Stromber será una sombra del pasado en muy poco tiempo. ¡Podréis deshaceros de él y del banco! ¡Esa deuda será insignificante!

–De momento tenemos una deuda real con el banco –le recuerdo–. Y si las cosas se complican, podrían quitarnos de en medio de un plumazo.

–¡Creía que eras más valiente! ¡Pensaba que nada en el mundo te asustaba! ¿Es que no quieres hacer honor a tu apellido?

–Claro que sí, pero…

–Entonces, Arturo Adragón, prepáralo todo para llevar a cabo esta expedición. Te aseguro que no te arrepentirás.

XIII

EL ATAQUE DE LA BESTIA

ARTURO estaba absolutamente agotado. Apenas le quedaban fuerzas, pero sabía que tenía que hacer una última cosa para dar por terminado el combate. Era algo que no le gustaba, pero que resultaba imprescindible si quería que todo el mundo comprendiera quién era el ganador.

Se arrodilló al lado de Ratala e incorporó su cuerpo, hasta que quedó sentado, para que todo el mundo pudiera verlo claramente. Después, sujetó su yelmo y lo deslizó hacia arriba, dejando su cabeza al descubierto. Entonces, Arturo comprendió que algo no iba bien… ¡Aquella no era la cabeza de Ratala…! ¡Aquella cabeza era…! Una expresión de horror se dibujó en su rostro.

¡No era Ratala, era Alexia!

¡Acababa de matar a la princesa Alexia con sus propias manos!

Absolutamente desconcertado, se levantó y miró al cielo en busca de una explicación. ¿Qué había hecho? ¿Cómo no se había dado cuenta de que estaba luchando con Alexia? ¿Qué había pasado? ¿Cómo podría soportar el dolor que se estaba apoderando de él y que se iba a instalar en su corazón para el resto de su vida?

Volvió a arrodillarse al lado de Alexia y abrazó su cadáver igual que un padre abraza a un hijo. El cuerpo que yacía entre sus brazos era, en realidad, parte de su corazón. Arturo le había asestado un golpe mortal con su propia espada, la que Arquimaes había forjado especialmente para él.

Arquimaes y Émedi se dieron cuenta de lo que estaba sucediendo y tuvieron la certeza de que la tragedia había caído sobre el reino de Emedia. ¡Arturo había matado una parte de sí mismo! ¡El que mata a la chica que ama no puede vivir en paz!

Cuando Demónicus se fijó en la actitud de Arturo, empezó a comprender lo que estaba pasando. De repente, lo vio todo claro. Su mente retorcida empezó a asimilar que aquel cadáver que estaba tendido en el suelo, ante sus propias tropas, era el de su hija Alexia. Durante un instante se quedó mudo, paralizado, como ido de este mundo. Su mente se nubló y pronto se le calentó la sangre. Cogió una daga y la clavó en el pecho del soldado que le había traído la mala noticia de la desaparición de Alexia; lo sujetó con fuerza mientras se desangraba y pronunció algunas palabras misteriosas. Entonces, el mensajero, aún agonizante, empezó a sufrir una tremenda transformación. Su cuerpo se retorció hasta que cobró la forma de un lobo draconiano. Una bestia con fauces de depredador, alas de dragón y garras de león deseoso de matar. Su única finalidad en este mundo era precisamente devorar.

–¡Mata! –ordenó Demónicus–. ¡Mata a Arturo! ¡Muerde su carne y tráeme su cuerpo!

Mientras la bestia empezaba a correr, los curanderos se acercaron inmediatamente para sujetar a su amo antes de que cayera al suelo. Este último esfuerzo le había hecho tambalearse y gemir de dolor.

–Mi señor, debéis descansar o moriréis –le aconsejó Tránsito.

–¿Descansar? –gritó–. ¡Ya no hay descanso para mí! ¡Quiero que destruyáis esa fortaleza! ¡Que nadie quede vivo! ¡Traedme el cuerpo de mi hija! ¡Matadlos a todos!

Los oficiales escucharon confundidos. Ignoraban el final de Alexia y no sabían si las palabras de Demónicus eran una orden o solo un acceso de ira. Pero Demónicus los sacó de dudas.

–¡Atacad! ¡Atacad! ¡Atacad! ¡Que mueran todos! ¡Que nadie quede con vida! ¡Soltad a las bestias!

Las trompetas sonaron inmediatamente y miles de guerreros bien entrenados iniciaron su marcha hacia el castillo de la reina Émedi, acompañados de feroces y hambrientos animales. El sonido del imponente ejército llegó a los oídos de los defensores de la fortaleza que, inevitablemente, temieron por sus vidas. Nadie podría detener a aquella gigantesca marea de guerreros deseosos de acabar con ellos. Indudablemente, estaban viviendo sus últimos momentos.

–¡Enviad los dragones! –ordenó Demónicus.

Mientras, los emedianos observaban a su jefe, el caballero Arturo Adragón, a quien la reina había confiado el mando del ejército. Estaba llorando en el suelo, rodeando con sus brazos el cadáver de una chica que nadie conocía. Arturo en ese momento era un jefe destruido por el dolor y nadie podía esperar nada de él.

–¡Dragones de fuego! –gritó Leónidas, señalando las tres figuras que se recortaban en el cielo y que volaban hacia ellos–. ¡Alerta!

Los hombres de Émedi tuvieron un momento de debilidad que puso en peligro la fortaleza. El ardor guerrero que hasta ahora había existido en sus filas se enfrió y la sombra de la derrota planeó sobre el castillo. Sin fe, era imposible parar aquel ataque.

Entonces, la reina Émedi, que hasta entonces había actuado con pasividad dejando el mando del ejército a Arturo, reaccionó y elevó su voz sobre el inquietante silencio que dominaba la fortaleza:

–¡Mi caballo! –ordenó–. ¡Traedme mi caballo!

Sus jefes y sirvientes tardaron en reaccionar.

–¡Traedme mi caballo! –repitió–. ¡Ahora!

Los sirvientes corrieron en busca del caballo de guerra de la reina, que en pocos minutos fue llevado a su presencia. Subió a su montura, sujetó las bridas con fuerza, desenfundó su espada de plata, levantó el brazo y dio una nueva orden:

–¡Abrid la puerta y seguidme!

Espoleó su caballo y se lanzó al trote hacia la gran puerta que ya empezaba a abrirse. Los caballeros la siguieron. Incluso las tropas de infantería se lanzaron tras ella, sabiendo que salir del castillo podría acelerar su propia muerte. Pero ya daba igual, si la reina era la primera en enfrentarse con el enemigo, ellos no podían quedarse atrás.

La reina cabalgó hasta el lugar en el que Arturo, aferrado a Alexia, lloraba desconsoladamente. Ordenó que varios caballeros le rodeasen y le protegiesen con su propia vida. Una docena de valientes formaron un escudo alrededor de Arturo Adragón y se dispusieron a defenderle, mientras la reina miraba con preocupación a las tropas de Demónicus que avanzaban con la seguridad del que va a arrasar a sus enemigos.

–¡Muramos como personas libres! –gritó, enardecida–. ¡Enseñemos a estos bárbaros cómo mueren los valientes!

Ya se disponía a reemprender la marcha cuando Arquimaes se interpuso en su camino.

–Señora, escuchadme… Serviréis mejor a vuestro reino si ayudáis a Arturo a recuperarse. Creo que ahora él os necesita.

–¡Yo tengo que dirigir a mis hombres! ¡Arturo se recuperará solo!

–Os equivocáis. Arturo necesita vuestro aliento. Yo puedo dirigir a los hombres. Permitidme que tome el mando.

Émedi dirigió una mirada a Arturo y comprendió que Arquimaes tenía razón. El joven lloraba desconsoladamente y el resto del mundo había desaparecido para él. Lo único que le importaba era velar el cuerpo de su querida Alexia, la hija del hombre al que más odiaba en el mundo.

–Está bien, amigo Arquimaes, tomad el mando mientras yo me ocupo de él –aceptó la reina.

–Prestadme vuestra espada de plata –pidió el sabio–. Entregadme el símbolo de mando.

–Aquí la tenéis. Haced buen uso de ella –dijo, antes de dar una nueva orden a sus hombres–. ¡Obedeced a este hombre como si fuese yo misma! ¡Ahora él tiene el mando!

Los caballeros prestaron atención a Arquimaes. Ahora su reina, la valiente mujer que parecía dispuesta a dirigir un ejército, iba a consolar al derrotado Arturo Adragón, que no había sido capaz de reponerse de su dolor. Felizmente, Leónidas reaccionó:

–¡Sigamos a Arquimaes a la victoria!

Los demás caballeros alzaron sus espadas hacia el cielo y repitieron la consigna:

–¡Hacia la victoria! ¡Honor!

Arquimaes notó que los hombres le seguían y espoleó su caballo. Leónidas, deseoso de hacerse notar, le adelantó y se puso a la cabeza del ejército, que empezó a avanzar más deprisa.

Los dragones de fuego hicieron algunos vuelos rasantes mientras lanzaban grandes piedras y poderosas llamas que consiguieron sembrar el terror entre las filas emedianas.

La bestia enviada por Demónicus se abría camino entre las filas de sus propios soldados y se coló entre los emedianos en busca de su presa, aullando y mordiendo a todo aquel que se interponía en su camino. Antes de alcanzar la explanada, ya había matado a seis valientes que intentaron detenerle.

Mientras el ejército avanzaba, la reina Émedi se acercó a Arturo, que apenas era consciente de lo que ocurría a su alrededor. Cuando le puso la mano sobre el hombro, Arturo se sobresaltó, igual que si le hubieran devuelto de golpe a la realidad.

–Arturo, tienes que sobreponerte –susurró Émedi–. Debes recuperar la confianza en ti mismo. Entremos en el castillo y protejamos el cuerpo de Alexia.

Arturo la observó como si no entendiera nada de lo que le decía. Sus ojos, enmarcados entre las líneas de la gran letra que adornaba su rostro salpicado de sangre, estaban llenos de lágrimas y parecían no tener vida.

–¿Qué? ¿Qué decís? –balbució.

–Levántate y afrontemos la realidad. Esto va a estar pronto lleno de enemigos que querrán matarte. Mi guardia protegerá mejor su cuerpo en el castillo. ¡Debemos ponernos a salvo!

–¡Está muerta! ¡La he matado!

Émedi se dio cuenta de que el joven estaba descompuesto, y parecía haber perdido el juicio.

–Ven, entremos en el castillo –sugirió–. Tienes que protegerte.

–¡Yo la he matado! –repetía Arturo–. ¡Soy peor que las bestias!

–No digas eso –dijo Émedi, abrazándole tiernamente–. Tú no tienes la culpa. Te engañaron.

–¡Ese maldito Ratala es un cobarde! –gruñó Arturo, apretándose contra el cuerpo de la reina–. ¡Les mataré a él y a Demónicus!

Antes de que la reina protectora pudiera contestar, un rugido animal llamó su atención. La bestia enviada por Demónicus estaba descuartizando a un hombre de la guardia. Otro, que se acercó, recibió un zarpazo que lo destrozó. Dos más quedaron gravemente heridos cuando intentaron apresarla.

La reina, impulsivamente, protegió a Arturo con su cuerpo. Pero la bestia no iba a detenerse. Tenía una misión que cumplir y la iba a llevar a cabo. Sus ojos y sus fauces llenas de sangre lo anunciaban.

–¡A mí la guardia! –gritó Émedi, pidiendo ayuda–. ¡A mí la guardia!

Sus hombres, que estaban asustados, no veían la forma de acercarse al animal. La visión de los heridos, descuartizados y medio devorados, les aterrorizaba tanto que ni siquiera los que tenían lanzas osaban aproximarse. Por un momento, la reina pensó que iba a morir. Entonces, Arturo reaccionó.

–¡Bestia del infierno! –gritó cuando vio que Émedi corría peligro–. ¿Te ha enviado Demónicus para matarme?

El animal identificó a su presa y respondió con un rugido. Se preparó para abalanzarse sobre él, pero ocurrió algo imprevisto. La fiera, que aún conservaba algo de su instinto humano, reconoció a Arturo que, a su vez, creyó haber visto esa mirada en algún sitio y le resultó familiar.

El mutante recordó fugazmente cómo el muchacho le había protegido en el palacio y había impedido que Demónicus le arrojase a los dragones.

Pero Arturo no bajó la guardia. Empuñó su espada alquímica y se preparó para repeler el ataque de la bestia. Como buen guerrero, sabía que tenía que ser preciso y contundente e intentar que la lucha fuese lo más corta posible. Una pelea cuerpo a cuerpo, con alguien que tenía una boca como aquella, llena de peligrosos dientes, y cuatro garras afiladas, no debía alargarse demasiado.

Arturo se situó entre la reina y la bestia, con la cara sudorosa y la mirada afilada, atento al menor movimiento de su enemigo, con la espada dispuesta.

–¡Lo siento, amigo! –dijo, para dejar claro que su mano no iba a vacilar cuando llegara el momento–. ¡Lo siento de veras!

El animal se apoyó sobre las patas traseras y se abalanzó sobre Arturo, con la boca abierta, decidido a clavarle los dientes en el cuello. Arturo esperó hasta el último segundo para ladearse y alzar la espada. Cuando cayó al suelo, el animal sintió una punzada en su vientre. Giró la cabeza y observó que de su cuerpo salía mucha sangre. Arturo le había abierto las entrañas con el filo derecho. En un último esfuerzo, cambió su dirección y se abalanzó contra la reina, suponiendo que era una presa más fácil. Pero el acero de Arturo le seccionó el cuello limpiamente.

–¡Entremos en el castillo! –propuso Émedi–. ¡Están a punto de llegar!

Arturo limpió su espada sobre el pelaje del animal muerto y observó serenamente la llegada de los hombres, caballos y animales que componían el ejército de Demónicus. Lanzó una ojeada al cielo y vio que los dragones se ensañaban con el castillo.

–¡Voy a luchar! –respondió con decisión el caballero Adragón–. ¡Hasta la última gota de mi sangre!

–¡Pero no estás en condiciones! Estás muy afectado por la muerte de Alexia –insistió la reina.

–¡Esa bestia me ha devuelto a la realidad! ¡Poneos a salvo y llevaos a Alexia! ¡Quiero verla cuando vuelva! ¡Tengo que hablar con ella!

Émedi estaba a punto de responder que nadie puede hablar con un muerto, pero Arturo ya se había puesto el yelmo y su cabeza se había refugiado en el acero protector. Pidió un caballo y se alejó al galope hacia el centro de la batalla, que ya estaba a punto de comenzar.

Los caballeros depositaron el cuerpo de Alexia sobre un gran escudo y se lo llevaron al castillo. Antes de entrar, la reina miró hacia atrás, observó la elegante figura de Arturo y suspiró. Sintió una mezcla de alegría y de temor cuando vio que el muchacho se mezclaba con el grueso de su ejército y se perdía entre el bosque de lanzas, espadas y escudos.

XIV
EL PALACIO DE LA LUZ

DESPUÉS de organizar bien la vuelta al tercer sótano, *Patacoja*, Metáfora y yo hemos bajado la escalera sin problema. Estamos preparados para hacer una expedición con algo de riesgo, ya que nuestro amigo nos ha advertido de que debemos estar preparados para cualquier imprevisto. Ha insistido en que las fotografías aéreas le han mostrado algo sorprendente.

–Es mejor que lo veáis con vuestros propios ojos –nos dijo ayer–. Además, prefiero no decir nada por si estoy equivocado. La arqueología es una caja de sorpresas.

–Entonces, ¿no nos puedes adelantar nada? –preguntó Metáfora.

–Tened paciencia. Desvelaremos el misterio que la Fundación guarda en sus entrañas.

Le hemos hecho caso y hemos esperado. Y ahora estamos en vías de descubrir ese extraordinario misterio que *Patacoja* supone que existe.

–Voy a abrir la puerta –digo–. Tenéis que ayudarme.

Igual que la otra noche, volvemos a entrar en el tercer sótano. La gran lámpara y las linternas nos ayudan a caminar sin temor a tropezar. Nos acercamos al sarcófago de la reina Émedi y volvemos a admirarlo. Es una verdadera obra de arte, lleno de grabados e inscripciones artísticas.

–Creo que estamos en el centro del reino –dice *Patacoja.*

–¿Qué reino? –pregunto–. ¿De qué hablas?

–Del reino que hubo aquí, bajo nuestros pies.

–Sí, un reino de sueños –bromea Metáfora.

–Te equivocas, las fotografías demuestran lo contrario –insiste *Patacoja*–. Aquí hubo un reino importante. Déjame ver...

Se inclina y observa la cabecera del sarcófago. Lo acaricia y trata de descifrar algunos relieves. Un poco después, se levanta y mira hacia el fondo de la estancia. Coge su muleta y se dirige hacia allí.

–Seguidme, chicos... Creo que sé por dónde entrar.

Se acerca a una de las enormes puertas de madera y la empuja, pero no cede. Está claro que el portón es casi imposible de abrir. Se necesitarían varios hombres para desplazar las hojas de madera y acero.

–No lo conseguirás –digo–. Necesitamos ayuda.

–Tiene que haber un mecanismo que la abra –afirma–. Estoy seguro de que tiene que estar por aquí cerca. La única pista es esta inscripción que dice «La llave es el dragón».

Ha pasado media hora y no hemos conseguido nada. La puerta sigue cerrada y *Patacoja* está un poco desanimado.

–Solo queda una posibilidad –dice finalmente–. Es una locura, pero hay que intentarlo... Arturo, acércate aquí un momento... Pon la cabeza aquí, frente a esta placa de metal... Que coincida con el dragón que tienes dibujado en la frente... Así, muy bien... Si no funciona me rindo...

Mi dibujo no produce ningún efecto sobre la placa metálica brillante. Pero se me acaba de ocurrir una idea, a ver si es buena.

–*Patacoja*, Metáfora, haced el favor de poneros al lado del sarcófago. Quiero hacer una prueba.

Un poco extrañados por mi petición, dan algunos pasos hacia atrás.

–No, tenéis que poneros al lado del sarcófago y colocar las manos encima... haced el favor.

–Bueno, pero esto es muy raro –se queja Metáfora.

Ahora que están lejos y apenas pueden verme, me pongo frente a la puerta, cierro los ojos e invoco al dragón, al dibujo de mi frente: «Abre la puerta», le ordeno.

Escucho algunos ruidos y espero un momento. Cuando abro los ojos, la puerta se ha abierto un poco.

–¡Ya podéis venir!

Se acercan y, cuando se dan cuenta de lo que ha pasado, abren los ojos como platos, absolutamente alucinados.

–¿Cómo lo has hecho? –pregunta *Patacoja*–. ¿Tienes superpoderes?

–Creo que no, pero no os puedo explicar cómo lo he conseguido. No me creeríais.

Entre los tres empujamos una hoja y conseguimos espacio suficiente para entrar. Ahora nos encontramos en la lujosa antesala de un palacio medieval, adornada con tapices y otros ricos objetos. Un gran escudo, lleno de polvo, domina el gran salón. En él se puede leer, con dificultad: «Reino de Arquimia».

–¡Increíble! –exclama *Patacoja*–. ¡Era verdad! ¡Las fotografías eran ciertas!

–¡Un palacio debajo de la Fundación! –dice Metáfora.

–Ya no estamos debajo de la Fundación –aclara *Patacoja*–. Ya la hemos dejado atrás.

–¿Dónde estamos entonces? –pregunto.

–Seguimos en Férenix, pero alejados de la Fundación... Estamos en el palacio de Arquimia... Un reino misterioso y desconocido que desapareció. En realidad, creo que estamos en el túnel del tiempo.

–¿El reino del Ejército Negro?

–El mismo, chico. El mismo.

–Dice el general Battaglia que el Ejército Negro fue uno de los mejores y más bravos de la Edad Media, pero que nadie sabe por qué desapareció –comenta Metáfora–. Tampoco se sabe quién lo creó, ni quién fue su general.

–Todo lo que florece, muere. Todo lo que vive, desaparece. Es ley de vida. Pero los cronistas de la época han tenido que dejar constancia de su trayectoria.

–Quizá hubo un incendio que lo arrasó todo –sugiero.

–No hay pruebas de eso. Nadie sabe lo que pasó y no hay explicación –dice Metáfora.

–Siempre hay explicación para todo. Pero antes de preguntarnos por qué desapareció, tratemos de averiguar cómo fue su creación y reconstruyamos su esplendor –comenta *Patacoja* con emoción–. Quiero averiguar todo lo que pueda sobre Arquimia...

Nos adentramos en la gran sala con un enorme respeto. A pesar de que está deshabitada y no hay restos humanos, damos por hecho que, en algún momento, este lugar estuvo ocupado por personas de gran valía.

–Me parece que acabamos de hacer un gran descubrimiento –afirma *Patacoja*, visiblemente emocionado–. El problema es decidir a quién se lo contamos. Debemos informar a las autoridades.

–¿Es necesario contárselo a alguien? –pregunto–. ¿Es obligatorio?

–Es obligatorio y necesario. Este descubrimiento nos supera. No nos pertenece y debemos compartirlo. Así lo establece la ley.

–Pero no hay prisa, ¿verdad?

–Supongo que tenemos algún tiempo por delante.

Entramos en un gran pasillo que nos lleva a varias estancias. La decoración, a pesar del deterioro producido por el paso del tiempo, parece excelente y de gran gusto. Grandes cuadros, tapices, muebles y otros mil objetos nos deslumbran por su belleza.

–Este castillo parece muy grande –dice Metáfora.

–Creo que es un palacio –le contradice *Patacoja*–. Todo aquí es muy sofisticado, al contrario que en los castillos, donde todo era más rudimentario. Piensa que los castillos eran lugares cerrados, de origen militar, preparados para resistir asedios. Mientras que un palacio es una edificación de lujo, preparada para habitar con todas las comodidades. Ni siquiera tienen almenas y sus murallas no son tan resistentes.

–Bueno, pues este palacio es grande. Para ser de la Edad Media, parece excesivo. Además, si no está preparado para resistir ataques, ¿cómo se defendían?

–Es pronto para saberlo. Tengo la impresión de que acabamos de descubrir solo la punta de un iceberg. Conocer todo esto llevará mucho tiempo.

Parece que *Patacoja* tiene razón. Cuanto más avanzamos, más queda por descubrir.

–Esto es obra de arquitectos muy hábiles y adelantados –explica *Patacoja*–. Y desde luego, aquí no hay ninguna finalidad militar, más bien parece un palacio de paz. Un palacio que sirvió para dirigir un reino de paz y tranquilidad.

–Eso, en la Edad Media, parece imposible –digo–. Siempre estaban en guerra, intentando dominar al enemigo, tratando de conquistar las tierras de sus vecinos.

–Tienes razón, pero estoy seguro de que este palacio no estaba hecho para eso. Casi afirmaría que era un monumento a la paz.

A juzgar por nuestros descubrimientos, el palacio debe de ser inmenso. Cada habitación, cámara o sala que descubrimos, nos resulta aún más sorprendente que la anterior. Todo indica que el palacio arquimiano es más grande que cualquier otra edificación de su época.

–Chicos, sugiero que salgamos y nos organicemos para explorar el palacio como es debido. No quisiera estropear nada que pudiera ser de valor arqueológico. Debemos prepararnos en serio para aprovechar esta mina de conocimientos. Volveremos provistos de libretas, cámaras de fotos o de vídeo y trabajaremos como investigadores. Tendremos que comprar algunas herramientas de profesional.

Metáfora y yo aceptamos con pena la sugerencia de nuestro amigo. Sabemos que tiene razón y que conviene hacer las cosas bien. Ya habrá tiempo de volver.

Cuando cruzamos la gran puerta, tengo una extraña sensación. Es como si saliera de un lugar querido y apreciado. Como si saliera de mi casa.

–Haremos un resumen de todo lo que hemos visto –propone *Patacoja*–. Y no diremos nada a nadie hasta estar seguros de que conocemos la verdadera dimensión de lo que hemos encontrado. Pero dentro de poco habrá que informar a las autoridades de este fabuloso descubrimiento. Lo dice la ley.

XV

LA CÓLERA DE ARTURO

La noticia de que Arturo se había incorporado de nuevo a la batalla corrió rápidamente entre las filas de los emedianos. Arquimaes se enteró en seguida y se lo hizo saber a Leónidas.

–¡Ahora tenemos más posibilidades de ganar! –dijo el caballero, más animado–. ¡Si no fuese por esos malditos dragones!

–¡Se llamará la batalla de Arturo! –le corrigió el sabio, blandiendo la espada de plata–. ¡Ahora puedes estar seguro de que vamos a salir victoriosos!

Arturo alcanzó a Arquimaes, se puso a la cabeza del Ejército Negro y, poco a poco, ralentizó el paso de su caballo, obligando a sus hombres a detenerse. Los soldados se sintieron más seguros con su presencia y le aclamaron.

Los oficiales de Demónicus se preocuparon cuando advirtieron que Arturo Adragón se ponía otra vez al mando de los emedianos. Habían oído hablar de él, y algunos le habían visto y saludado durante su estancia en el castillo del Gran Mago Tenebroso. Todos tenían noticias de su arrojo y valentía. La propia Alexia había contado historias extraordinarias de sus enfrentamientos con dragones.

A pesar de que Demónicus había intentado ocultarlo, muchos conocían el castigo que Arturo le había inflingido, y eso le convertía en peligroso ante sus ojos. Un muchacho de la edad de Alexia había humillado y herido gravemente a su amo y eso, de alguna manera, les inquietaba. Aunque se sabían superiores en número, tuvieron el presentimiento de que las cosas podían torcerse. Sabían sobradamente que un buen jefe es mejor que mil guerreros, y ellos no lo tenían: Demónicus estaba postrado en la cama, su hija acababa de morir y Ratala no aparecía por ninguna parte.

Cuando sus hombres se detuvieron, Arturo Adragón hizo girar su montura, se puso frente a su ejército y esperó a que sus soldados permanecieran en silencio. Entonces, se quitó el yelmo y dejó ver su rostro para que todos pudieran saber que quien les iba a hablar era, en verdad, Arturo Adragón, su comandante en jefe, nombrado por la reina para liderar su ejército. Entonces, mirándoles con firmeza, exclamó en voz alta, con mucha rabia:

–¡Emedianos! ¡Hombres del Ejército Negro! ¡Soy Arturo Adragón! ¡Ha llegado el momento de luchar por nuestro honor, por nuestra libertad y por la justicia! ¡El ejército de Demónicus debe ser aniquilado! ¡Recordad que lleváis el signo del dragón! ¡Recordad que estáis protegidos por el poder de la escritura! ¡Luchad por vuestra reina y por la justicia! ¡Adelante! ¡Al ataque!

Arturo espoleó su caballo y se lanzó hacia las filas enemigas.

Los hombres, impresionados y envalentonados por sus palabras, gritaron como una sola voz y le siguieron. La enérgica figura de Arturo Adragón destacaba sobre todas las demás. Con la espada en alto, cabalgaba con arrojo y sus gestos demostraban sus ansias por entrar en combate. El Ejército Negro había redoblado sus fuerzas.

Cuando los dos ejércitos chocaron, los caballeros y oficiales de Demónicus que estaban frente a Arturo se apartaron para evitar su embestida. Esto le permitió adentrarse hasta casi el corazón de las tropas enemigas acompañado de algunos hombres que le seguían de cerca, entre los que estaban Arquimaes, Leónidas y Crispín.

La colisión fue tan brutal que la tierra se estremeció. Todos eran conscientes de que la lucha era a muerte. Las hachas, espadas y mazas dibujaban arcos letales que producían un terrible daño a sus enemigos. Tanto en un bando como en otro, luchaban con más energía de lo que lo habían hecho jamás. Los unos sabían que si perdían, la hechicería se propagaría como la peste y sus familias serían las primeras en sufrir las consecuencias. Los contrarios luchaban bajo la presión de sus oficiales que, con seguridad, tacharían de cobardes y ejecutarían a los que no lo hicieran con bastante fiereza.

Los gritos de dolor se confundían con los sonidos de los tambores y de las trompetas, que aumentaban a cada momento que pasaba para envalentonar más a los suyos. Los relinchos de los caballos heridos llenaban de miedo y horror el alma de los contendientes. La visión de la sangre los enardecía. Pero el espectáculo se hizo más aterrador cuando varias columnas de humo negro salieron del castillo a causa del ataque de los dragones, que seguían haciendo estragos.

Frómodi y sus hombres se habían infiltrado entre las filas de los soldados de Demónicus y se encontraban a poca distancia de Arturo. Escorpio luchaba al lado de su señor y protegía su retaguardia con bastante eficacia. El rey se abría paso hacia su objetivo a brazo partido. Le daba igual aniquilar a unos o a otros, lo único que le interesaba era alcanzar los corazones de Arturo y de Arquimaes. Y todo indicaba que lo podía conseguir.

Arturo luchaba con tesón. Era tal su valor que parecía poseído de una fuerza sobrehumana. Su brazo armado era como el aspa de un molino en movimiento que se abatía sin cesar sobre los que se interponían en su camino. Arquimaes, a su derecha, luchaba como si el guerrero que llevaba dentro hubiera despertado después de permanecer dormido durante muchos años. Leónidas se abría paso entre los hombres de Demónicus, lanzando terribles mandobles con su larga espada.

–¡Acabad con ellos! –gritaban los oficiales del Gran Mago–. ¡Acabad con Arturo!

–¡Demónicus recompensará a aquel que lo mate! –gritaban otros, para animar a sus hombres a enfrentarse con el general más fiero que habían visto en su vida–. ¡Matad a Arturo y seréis ricos!

Pero todo el que se ponía al alcance de la espada alquímica caía irremediablemente herido de muerte debido a la fuerza del golpe asestado. Muchos lo intentaron a traición, por detrás o por sorpresa, pero la habilidad de Arturo y la protección de las letras de su espada le mantenían entero y vivo. Las flechas que intentaban alcanzarle eran inmediatamente detenidas y ninguna lanza o hacha lograba acercarse a su cuerpo. La voz corrió entre las filas del Ejército Negro y fue como un bálsamo:

–¡Arturo es inmortal! ¡Arturo no puede morir! ¡Nadie le matará!

Los soldados y caballeros que llevaban el símbolo de la letra adragoniana marcado en sus armas veían con ilusión cómo el general iba en su ayuda cuando lo necesitaban y muchos salvaron su vida gracias a la letra mágica. Se envalentonaron y redoblaron su confianza en la victoria. ¡Era cierto que los signos de escritura ennoblecían y protegían a los que los llevaban! Lo que Arquimaes les había contado era verdad: el poder de las letras era indestructible.

Entonces, uno de los dragones fue atravesado por una gran flecha lanzada desde la ballesta que protegía el puente levadizo. El animal lanzó un terrible rugido y, después de dar un par de vueltas sobre sí mismo, cayó en el interior del castillo, donde fue rematado por algunos campesinos.

Los informes que llegaban a Demónicus eran preocupantes. Los emisarios encargados de informar al Mago Tenebroso sobre el desarrollo de la batalla no dejaban de traer malas noticias.

–Mi señor, algo extraordinario está ocurriendo –le dijo un observador, que venía aterrado–. ¡Sus armas tienen magia! ¡Una magia desconocida para nosotros!

–Eso no es posible –respondió Demónicus–. ¿De qué magia hablas?

–¡Letras y símbolos voladores protegen a esos hombres!

Demónicus trataba de descifrar aquellas misteriosas palabras, cuando un nuevo informador se arrojó a sus pies.

–Mi señor –dijo el hombre, que sangraba por una herida de flecha clavada en el pecho–. Arturo está abriendo una brecha central que podría dividir nuestro ejército en dos partes. Su arrojo es tal que nadie puede detenerlo.

Demónicus, aún destrozado por la muerte de su hija, se mordió la lengua antes de hacer la siguiente pregunta:

–¿Nuestros hombres se enfrentan a él?

–Apenas, mi señor. Tienden a apartarse en cuanto lo ven. Se diría que está poseído por una extraña fuerza superior. Es como si...

–¡Viene a por mí! –exclamó el Mago Tenebroso, comprendiendo de repente la estrategia de Arturo–. ¡Ese maldito viene a matarme!

–¡Déjame que vaya a luchar contra él! –pidió Ratala, todavía afectado por el brebaje que Alexia le había dado–. ¡Tengo que acabar con ese traidor y vengar la muerte de Alexia!

–¡Debería dejarte ir para que te mate de una vez! –respondió Demónicus con rabia–. ¡O mejor aún, debería matarte yo mismo!

–¡Alexia me engañó! ¡Yo no tengo la culpa! ¡Me dio un brebaje y ocupó mi lugar! –se defendió el príncipe.

–¡Si fueses lo bastante hombre no te habrías dejado engañar! ¡Deberías ocupar su lugar en el mundo de los muertos! ¡Y quizá lo consigas!

Ratala se quedó mudo. Las palabras de Demónicus eran muy crueles. Trífido, el padre de Ratala, dio un paso adelante y se encaró con Demónicus:

–No dejaré que hables así a mi hijo. Él no tiene la culpa de que tu hija...

–¡Te voy a dar la oportunidad que pides, Ratala! –le interrumpió el Mago–. ¡Eres un estúpido engreído y tendrás lo que te mereces! ¡Salid todos de aquí y dejadnos solos! ¡Ahora!

Trífido estuvo a punto de negarse a acatar la orden, pero Ratala le sujetó del brazo y le hizo salir. Después, los criados, oficiales y guardias personales siguieron su ejemplo y se apostaron a los lados de la puerta, fuera de la tienda, observando el desarrollo de la batalla. Nadie vio lo que ocurría dentro, pero se escucharon algunos gritos, cánticos y rezos. De repente, la tienda se agitó como poseída por un extraño viento interior...

Unos minutos después, la tela de la puerta se descorrió y una extraña figura salió al exterior. Los que lo vieron sintieron temor, asco y perplejidad pero no tuvieron valor para decir una sola palabra. Algunos se arrodillaron y otros dieron algunos pasos hacia atrás.

Le reconocieron gracias a que algunos rasgos físicos de Ratala permanecían en la imponente figura del ser monstruoso que acababa de salir de la tienda. La horrible expresión de su faz era la de la muerte en vida. Una mezcla de perro y simio peludo, que caminaba sobre las dos patas posteriores y con las fauces, de las que salían llamas, llenas de afilados colmillos. Trífido se horrorizó cuando le vio. Aquel que había sido su hijo era ahora una bestia enfurecida, deseosa de matar sin piedad. Era un ser sin alma. ¡Era una bestia de fuego!

–¡Por las estrellas del cielo! –exclamó Trífido, espantado–. ¿Qué te ha hecho?

Pero Ratala, o lo que ahora ocupaba su cuerpo, no respondió. Trífido no insistió y se quedó quieto, viendo como se dirigía hacia el campo de batalla.

Mientras, en lo más alto de la torre, la reina Émedi, con el corazón encogido por la angustia, no perdía de vista la figura de Arturo, que luchaba como un bravo guerrero. Cada vez que algún enemigo se acercaba a él, ella suspiraba de miedo, temiendo por la vida de su joven comandante en jefe, al que quería como a un hijo.

A sus pies, tal y como le había pedido Arturo, el cadáver de Alexia permanecía cubierto por una manta, inmóvil. Si ganaban la batalla, Émedi estaba convencida de que Arturo oficiaría un funeral digno de una verdadera reina, a pesar de que solo era una princesa y de que su padre era uno de los magos oscuros más temibles y temidos del mundo conocido.

–¡Subid aquí una ballesta! –ordenó cuando se dio cuenta de que los dos dragones habían comenzado a asediar la gran torre, quizá atraídos por la presencia de Alexia.

Por su parte, Frómodi se iba a acercando peligrosamente a Arturo. Le faltaba poco para alcanzarle y ya se relamía de placer al pensar que el momento de su ansiada venganza estaba cerca, muy cerca…

XVI
LA CIUDAD SUBTERRÁNEA

PATACOJA nos ha insistido en la necesidad de volver al tercer sótano. Ha estudiado a fondo todo lo que vimos durante nuestra última inspección y dice que es necesario seguir adelante, ya que puede ser la solución a todos los problemas que acucian a la Fundación.

–Estáis a punto de perder el control de la biblioteca. Parece ser que hay una gran empresa dispuesta a pagar lo que haga falta para apropiarse de ese edificio. Solo la resistencia de Stromber ha impedido que el banco cediera a esa presión –nos explica mientras paseamos por un solitario parque para que nadie nos vea juntos–. Hay que desentrañar cuanto antes los misterios que se encuentran en ese sótano.

–Pero ya lo hemos descubierto todo ¿no? –pregunta Metáfora–. Hay una cripta y un palacio. Eso es todo.

–Te equivocas. Aún no conocemos las dimensiones de ese palacio –le rebate *Patacoja*–. Las fotografías aéreas indican que puede tener una extensión enorme... Mira, aquí se puede ver.

–Yo no veo nada. Esta fotografía solo muestra que Férenix es una gran ciudad.

–Observad la disposición de los edificios... Fijaos en la antigua muralla. Se ve claramente que Férenix tuvo una muralla de protección que abarcaba toda la zona del centro, donde se encuentra la Fundación, en pleno casco histórico. Bien, pues ahora fijaos en esta circunvalación natural. Indica que hubo otra muralla exterior, un segundo anillo de protección...

–Sí, es muy interesante, pero no dice mucho –insiste Metáfora.

–Ahora, prestad atención. Casi en las afueras, se observan restos que podrían formar un tercer anillo. Pudo haber otra muralla protectora. Es posible que debajo de nuestros pies hubiera, hace siglos, una ciudad gigantesca. ¡Algo inaudito en la Edad Media!

–Pero, ¿qué tiene todo eso que ver con la Fundación? –objeto–. Nuestro edificio tiene unas dimensiones reducidas.

–Tengo una corazonada –responde *Patacoja*–. Al ver esas fotografías y por la distribución de estancias en el palacio, pensé que los sótanos de la Fundación podrían ser puertas que abren paso a un laberinto extraordinario que permite el acceso hasta la tercera muralla exterior. ¡Podría ser que debajo de nuestros pies se encuentre el mayor laberinto subterráneo del mundo!

Metáfora y yo nos quedamos muy sorprendidos por la afirmación de nuestro amigo, el arqueólogo.

–Eso es imposible –dice ella–. No puede haber pasillos tan largos. No habría oxígeno.

–Puede haber salidas camufladas –se defiende *Patacoja*–. Se hacía con frecuencia.

–¿Cuál es el objeto de hacer un mundo subterráneo? ¿Para qué tanto trabajo?

–Cuando lo construyeron, posiblemente no era subterráneo. El tiempo lo ha ido enterrando. Pero aun así no descarto que hicieran túneles mucho más profundos, ocultos a la vista de todos.

–¿Para qué? –pregunto.

–¡Para esconder algo! Igual que las pirámides de Egipto. Un laberinto protegido que contiene un secreto muy poderoso.

–¿Un tesoro? ¿Oro? ¿Joyas?

–Imposible saberlo –responde *Patacoja*–. Solo hay una manera de descubrirlo. Bajando hasta el fondo y haciendo una exploración en toda regla.

–¿Cómo se hace eso? –pregunto, bastante interesado.

–Actuando como profesionales. Necesitamos equipos de exploración, cuerdas, botas y herramientas.

–No sé, me da un poco de miedo –comenta Metáfora–. Quizá deberíamos contárselo a tu padre, y que él decida.

–Hacedlo si tenéis dudas –dice *Patacoja*.

–Si allí hubiera un tesoro solucionaría nuestros problemas –apunto.

–No te puedo garantizar nada. Es posible que haya derrumbamientos que lo estropeen todo. No hay garantía de nada –advierte *Patacoja*.

–Quiero pensarlo –digo–. Mañana te diré qué hacemos. Es una decisión importante y tengo que estar seguro.

* * *

Metáfora y yo salimos del instituto y, aunque Cristóbal intenta sumarse, le pido que nos deje, ya que tenemos algo importante que hacer.

–¿Y no puedo ir con vosotros? –pregunta.

–Hoy no, Cristóbal. Hoy tenemos que hablar de asuntos de mayores –le digo–. Otro día.

–Siempre pasa lo mismo. Me llamáis solo cuando necesitáis algo de mí, pero cuando hay que hacer algo interesante de verdad, nunca contáis conmigo.

–Venga, anda, no te enfades –le consuela Metáfora–. Ahí tienes a Mireia, tú la quieres conquistar y por eso te metes en líos con los mayores ¿no?

–No, yo me junto con vosotros por otro motivo, pero no os lo voy a decir. Para que veáis que yo también tengo mis secretos.

Finalmente, se dirige hacia Mireia que, como siempre, le recibe con burlas. La verdad, no sé por qué no prefiere estar con los de su edad en vez de complicarse la vida con los que tienen más años que él.

Decidimos dar un paseo hasta la Fundación. Hace una buena tarde. A lo lejos, sobre la línea de los edificios, vemos cómo la montaña está ligeramente cubierta de nieve.

–Tengo que contarte una cosa –digo–. Es algo muy importante.

–Ya me tienes habituada a tus confesiones, así que no te cortes.

–Es sobre mi padre y tu madre. Parece que ellos han hablado de algo... especial.

–¿De casarse?

–De algo más especial.

–¿Qué puede haber más especial entre una pareja que hablar de matrimonio.

–De... ¿resurrección? –pregunto tímidamente.

–¿Resurrección? ¿Te refieres a esa tontería que tu padre le ha contado a mamá sobre hacer revivir a tu madre? ¿Es eso?

O sea, que ella también estaba al tanto de la locura de papá. Menuda sorpresa.

–Bueno, sí, pero no es ninguna tontería. Papá tiene el proyecto muy avanzado... Además, creo que tu madre está de acuerdo.

–Oh, claro. Si tu padre quiere resucitar a tu madre, pues no hay problema... Que lo haga si quiere.

Cruzamos de acera por culpa de unas obras. Creo que es verdad eso que dice *Patacoja* de que están levantado Férenix en busca de huellas históricas.

–Me parece que os lo estáis tomando a broma –digo.

–¿Quieres que nos lo tomemos en serio? Simplemente es una locura. Bueno, pues venga, creamos en ello si quieres.

–Oye, me molesta un poco que te tomes a broma la resurrección de mi madre –me quejo–. ¡Es un asunto serio!

–Que tu padre le pregunte a mi madre si le parece bien que resucite a su esposa muerta hace catorce años no debería molestarnos, ¿verdad?

–Oye, es mejor que dejemos esta conversación.

–Escucha, Arturo. Mi madre y yo apreciamos mucho que tu padre quisiera devolver la vida a su esposa. Es un gran signo de amor. Y nos gusta la idea, pero tienes que pensar en...

–¿A ti te gustaría que tu marido quisiera resucitarte si te murieras? –le pregunto inesperadamente.

–Claro que me gustaría.

–Pues eso es lo que intentaría si me casara contigo algún día... Aunque no creo que eso ocurra... –y dando la conversación por terminada, me despido de ella–. Hasta mañana.

Me adelanto y la dejo plantada. Es mejor no seguir hablando de un tema que no es capaz de comprender. Por muy sensibles que digan que son, a veces las chicas también son un poco insensibles con algunos asuntos.

XVII

ORDEN DE RETIRADA

El Ejército Negro iba ganando posiciones. La presencia de Arturo había infundido mucho valor a sus tropas y les había ayudado a ganar terreno sin cesar. Por otro lado, los hombres de Demónicus se sentían derrotados a medida que avanzaba la batalla.

Después de varias horas de combate, la victoria se inclinaba decididamente a favor de los hombres de Arturo Adragón. El ejército que tenía una letra adragoniana como símbolo iba ganado la batalla.

Mientras, el nuevo Ratala había alcanzado la zona de combate caminando con firmeza, abriéndose paso a zarpazos y dentelladas. Algunas flechas enemigas se habían clavado en su torso, pero parecían no hacer mella en él. Era como si fuese insensible al dolor. Pronto llegó a la zona en la que Arturo y sus amigos se movían.

Entonces Morfidio, que se había infiltrado en la batalla, se encontró repentinamente frente a Arquimaes, su mayor enemigo después de Arturo. El hombre que tanto dolor le había causado a lo largo de los últimos tiempos.

–¡Por fin nos vemos las caras, sabio! –exclamó, contento de enfrentarse con él.

El alquimista, que no esperaba encontrarlo allí, se quedó sorprendido y llegó a pensar que se trataba de un espejismo. Por fin el destino le ofrecía la oportunidad de dar su merecido a ese falso conde… a ese falso rey… a ese ser innoble y desnaturalizado…

–¡Morfidio! –bramó–. ¿Qué haces tú aquí? ¿Qué tienes que ver con esta guerra?

–Ahora soy rey y me llamo Frómodi –explicó el antiguo conde–. ¡Y he venido en busca de venganza! ¡Quiero tu vida! ¡Esa es mi verdadera guerra!

Arquimaes no perdió el tiempo en responder y enarboló la espada de plata, disponiéndose a luchar. Pero Morfidio, según su estilo habitual, atacó inesperadamente y asestó el primer mandoble, que, felizmente, falló. El sabio no se quedó esperando un segundo ataque y lanzó una serie de golpes contra su peligroso enemigo.

Los dos hombres, ajenos a lo que les rodeaba, se enzarzaron en un duelo personal que había quedado pendiente desde aquella dramática noche, en el torreón de Drácamont.

–¡Yo también quiero venganza! –rugió Arquimaes, recordando a sus fieles sirvientes, cuyos cadáveres acabaron aquella noche en el río–. Hoy vamos a resolver esas viejas cuentas pendientes, impostor.

–¡Ni siquiera tu magia te librará de mi odio! –respondió Morfidio, extasiado por tener al alcance de su espada a uno de los dos seres que le habían traído la ruina.

En ese momento, un caballo malherido cuyo jinete acababa de recibir un lanzazo se interpuso entre ellos y detuvo el combate durante unos instantes. Morfidio intentó aprovechar el desconcierto de Arquimaes, que había recibido el impacto del hombre herido, y dirigió la punta de su espada directamente hacia la garganta del sabio... Pero no había contado con la letra que el alquimista había pintado sobre la hoja de plata, y que, en el último momento, desvió la trayectoria de su arma.

Entonces, Arquimaes se inclinó, dio un giro sobre sus talones e impulsó su espada hacía arriba, seccionando limpiamente el brazo derecho de Morfidio que, en ese momento, se disponía a golpear con su espada.

Los dos hombres se quedaron quietos, mirándose a los ojos, esperando ver quién hacía el próximo movimiento, como si el mundo se hubiera paralizado a su alrededor. La espada de plata chorreaba sangre y el brazo de Morfidio hizo algunos movimientos antes de quedarse definitivamente quieto en el suelo.

Morfidio tenía la mirada extraviada y no se movía. Escorpio se colocó a su lado y trató de sujetarle para que no cayera de golpe, pero no pudo impedirlo. El enorme corpachón del antiguo conde cayó de bruces sobre el caballo malherido.

Arquimaes tuvo el impulso de rematarlo y cortarle la cabeza de un tajo. Por fin tenía la oportunidad de saldar cuentas pendientes. Recordaba la historia que Arturo le había contado sobre su aparente muerte y no quería exponerse a que el conde volviera a recuperarse. No, era necesario acabar con él de una vez por todas.

–¡La mano que mató a tu padre se separa de ti, carnicero! –exclamó el sabio, decidido a terminar con él–. ¡Ahora separaré del tronco esa cabeza llena de malas ideas!

Ya estaba alzando su espada cuando un rugido le heló el corazón. ¡La bestia encendida se dirigía directamente hacia Arturo, dispuesta a acabar con él!

–¡Proteged a Arturo! –gritó el sabio, lanzándose en su ayuda y olvidándose de Morfidio–. ¡Matad a esa bestia infernal!

Consiguió interponerse en su camino, pero Ratala le arrolló y siguió adelante en busca de su objetivo. Arquimaes estaba tan aturdido que no consiguió prestar a Arturo la ayuda que necesitaba.

Los soldados poco pudieron hacer para impedir el avance de un animal enfurecido, sanguinario y que lanzaba llamas. Algunos murieron apenas levantaron sus espadas contra él, otros ardieron como la madera. Muchos se apartaron y otros se tiraron al suelo, bajo sus escudos, dispuestos a soportar el impacto inevitable que se produciría cuando les pasara por encima.

El calor que Ratala despedía era tan intenso que acabó llamando la atención de Arturo. Cuando lo vio, le vino a la memoria todo lo que había visto en el castillo de Demónicus. Las transformaciones humanas, las torturas y los encantamientos que el gran Mago Tenebroso había llevado a cabo ante sus ojos. Durante un instante se compadeció de ese ser bestial, por lo que estuvo a punto de eludir el enfrentamiento para no tener que matarle. Pero el animal conservaba algunos rasgos de Ratala y Arturo le reconoció.

La bestia se colocó frente a él, con los brazos abiertos, dispuesta a triturarlo con sus poderosas manos. El fuego salía de su cuerpo como si formase parte de él. La boca abierta mostraba algunos restos humanos entre los colmillos y la sangre caía a chorros desde su mandíbula.

Arturo recordó el día en que tuvo que enfrentarse con una gigantesca bola de fuego, en el castillo de Morfidio, y pensó que si usaba la misma forma de ataque, saldría victorioso. Su piel empezó a picarle con fuerza y a endurecerse. Era evidente que la fuerza que poseía pedía a gritos salir de la celda en la que se hallaba. Por eso detuvo su caballo y desmontó. Los que estaban cerca se apartaron y dejaron espacio para que los dos contendientes pudieran enfrentarse. El suelo estaba empapado de sangre y Arturo patinó. Crispín saltó de su montura y vino en su ayuda inmediatamente.

–¡Cuidado, Arturo! –le dijo–. ¡Es demasiado peligroso para un hombre solo!

–¡No le tengo miedo! –respondió el caballero, quitándose el yelmo y la túnica–. ¡Yo también poseo fuerzas ocultas!

Se despojó de la cota de malla y se quedó desnudo de cintura para arriba frente al animal, que parecía sonreír ante su osadía. El joven abrió los brazos, ensanchó su pecho y las letras que le cubrían el torso empezaron a agitarse. Tardaron muy pocos segundos en cobrar vida propia y en sobrevolarle, formando ante él un escudo inexpugnable. Los que estaban cerca se frotaron los ojos varias veces para asegurarse de que no sufrían alucinaciones. Pronto se convencieron de que lo que estaban viendo era tan real como los cadáveres que les rodeaban y los lamentos que atormentaban sus oídos.

Ratala dio un paso adelante, pero la muralla de signos lo detuvo en seco. Las letras le sujetaron los brazos y se los retorcieron igual que si se tratase de las ramas de un árbol, haciéndole gritar desesperadamente. Después, Arturo dio algunas órdenes y lo elevaron hasta lo más alto, para que todo el mundo pudiera verlo. Ratala se retorcía de dolor flotando sobre el campo de batalla como un trofeo de guerra, ardiendo por los cuatro costados, incapaz de soltarse. En ese momento fue cuando todo el mundo comprendió que los emedianos habían ganado la batalla.

–¡Arturo! ¡Arturo! ¡Arturo! –gritaron sus hombres, para desmoralizar definitivamente al enemigo–. ¡Adragón! ¡Adragón!

Arquimaes se acercó a su joven ayudante y le hizo levantar el brazo que mantenía la espada arquimiana, para que todos se dieran cuenta de que el comandante estaba vivo, en buen estado y con capacidad para derrotar a cualquier bestia, dragón o nuevo enemigo que Demónicus quisiera enviarle.

–¡Adragón! ¡Adragón! ¡Adragón!

–¡Arturo Adragón es el jefe del Ejército Negro y proclama su victoria sobre las fuerzas de Demónicus! –gritó Arquimaes, levantando su propia espada de plata–. ¡Rendíos, soldados de Demónicus!

La reina Émedi, desde la torre, sintió una inmensa alegría cuando comprendió que la batalla estaba a punto de tocar a su fin. Su confianza en Arquimaes y en Arturo iba a tener su recompensa.

Todos los ojos estaban puestos sobre Arturo Adragón, mientras Ratala se balanceaba como la hoja de un árbol a merced del viento. Pero nadie vio cómo Demónicus, tumbado en el camastro de su tienda, lanzaba un pequeño dragón en dirección a Ratala.

El animal sobrevoló el campo de batalla sin llamar apenas la atención y se acercó a su objetivo sin que nadie tratase de impedírselo.

Arquimaes abrazó a Arturo justo cuando el dragón alcanzaba a Ratala y lo empujaba por los aires sin que las letras pudieran evitarlo. Ratala voló varios metros antes de que el dragón lo soltara y lo dejara caer sobre los libros que rodeaban el castillo. Las letras, que apenas podían alejarse de Arturo, volvieron a su sitio habitual, mientras el dragón desaparecía entre las nubes, con su misión cumplida.

Ratala cayó al suelo, se revolcó sobre los libros y les prendió fuego. Los tomos de pergamino empezaron a arder como la paja, creando grandes llamas que se extendieron alrededor del castillo. En poco tiempo la hoguera de papel lanzó al aire una gran columna de humo que llamó la atención de los ejércitos. Arquimaes comprendió en seguida la gravedad de la situación.

–¡Atacad! –ordenó Demónicus–. ¡El fuego es nuestro aliado!

Los oficiales que le acompañaban ordenaron a los encargados de los tambores que dieran la orden de ataque, que fue cumplida con celeridad por los jefes de los escuadrones. De esta manera, la batalla, que había bajado de intensidad y estaba casi a punto de terminar, comenzó de nuevo con más fuerza.

Arturo, que había quedado desprotegido, tuvo que hacer un esfuerzo para recuperarse. Las letras protectoras habían vuelto a su lugar habitual y no tenía fuerzas para pedirles que volvieran a ayudarle. Pero lo más grave fue que todas las letras de los emedianos se paralizaron de repente sobre sus armas. La escritura de los escudos quedó inutilizada a medida que los libros iban ardiendo. En pocos minutos, el Ejército Negro había perdido su mejor aliado. Mientras, el fuego se extendió y el puente de madera empezó a ser pasto de las llamas.

Arquimaes y Arturo se alarmaron. En seguida comprendieron que su victoria corría peligro y que sus hombres se sentían desamparados sin la extraordinaria ayuda de las letras. La fuerza de la escritura los abandonaba y nada podía sustituirla.

–¡Las cosas se han complicado! –advirtió Arquimaes, acercándose a Arturo–. ¡Debemos replegarnos!

–¡Da la orden de retirada! –aceptó Arturo, convencido de que era mejor evitar la lucha inútil y salvar la vida de sus hombres–. ¡Retirada! ¡Retirada!

El Ejército Negro empezó a retroceder en busca de la protección de la muralla, donde los arqueros les daban cobertura con sus certeras flechas.

Mientras Ratala ardía, llevándose con él los libros de Ambrosia, los monjes observaban el desastre desde la muralla. Lloraban al ver cómo los ejemplares, que tanto trabajo les había costado escribir, eran devorados sin piedad por el maldito fuego del Mago Tenebroso. Un fuego rojo, trepidante y contagioso, que se propagaba incluso sobre la hierba y alcanzaba ya los postes del puente. De seguir así, en poco tiempo habría alcanzado proporciones descomunales, haciéndose inextinguible.

–¡No se puede apagar, capitán! –dijo un soldado a su jefe, después de haber arrojado cubos de agua–. ¡Cuanta más agua echamos, más crece!

El capitán recordó haber oído hablar de algo llamado *fuego griego*, que correspondía a la descripción del soldado, pero era la primera vez que se topaba con él. Le resultaba imposible creer que el fuego no se apagara con el agua.

–¡Echad más agua! ¡Tiene que apagarse! –ordenó–. ¡Más agua!

Pero era inútil. El agua parecía alimentar el fuego y las llamas se elevaban con más fuerza.

–¡Es fuego mágico! –gritó un caballero–. ¡No echéis más agua!

La reina Émedi se alarmó cuando vio que su ejército retrocedía, que los libros ardían y que el fuego empezaba a propagarse en el castillo. Por primera vez tuvo conciencia de que la batalla estaba perdida y ahora debía tomar una decisión. ¿Qué hacer? ¿Protegerse en el castillo y luchar a muerte o huir?

Arturo fue de los últimos en retroceder. Junto a Arquimaes, Leónidas, Crispín y otros valientes, mantenían a raya a cuantos soldados enemigos les era posible.

–¡Tenemos que volver al castillo y reorganizarnos! –propuso Arturo.

–¡No es posible! ¡El castillo va a arder por completo! –contestó el sabio–. ¡Debemos marcharnos!

–¿Y abandonar el castillo? –preguntó Leónidas.

–No hay más remedio. Si nos quedamos, moriremos todos –insistió Arquimaes–. ¡Debemos marcharnos lo antes posible!

–¿Adónde? –preguntó Arturo.

–¡A algún lugar donde podamos instaurar un nuevo reino! –respondió el sabio, clavando su espada en la garganta de una fiera con cuerpo de perro y pico de ave que se abalanzaba sobre él–. ¡Lejos de aquí!

Los soldados de Demónicus se habían envalentonado y atacaban con la furia de una tormenta. Empujaban al Ejército Negro hacia el castillo con tanta fuerza que la puerta estaba casi bloqueada.

–¡Es una trampa! –gritó Arquimaes–. ¡Quieren que entremos en el castillo para acabar con nosotros! ¡Quieren quemarnos vivos!

Arturo comprendió que el sabio tenía razón. Era evidente que la estrategia de Demónicus era precisamente hacerlos entrar en el castillo y acabar con ellos con más facilidad, arrojando fuego líquido sobre ellos, algo parecido a lo que Herejio había intentado, meses atrás, en el castillo de Morfidio.

–Entonces debemos resistir aquí. Hagamos que salgan todos los que están dentro y huyamos de este infierno. ¡Crispín, ve a avisar a la reina de que es necesario desalojar el castillo! ¡Corre!

El joven escudero, consciente de la importancia de su misión, escoltado por dos soldados, salió corriendo en busca de la reina para entregarle el mensaje de Arturo. Cruzó el patio de armas y subió a la torre, donde Émedi esperaba desolada y desconcertada.

–Majestad, dice mi señor, Arturo Adragón, que es necesario abandonar el castillo. ¡Hay que huir inmediatamente!

–Está bien, hagámosle caso –aceptó la reina, con un temblor en la voz–. Esta batalla está perdida. Salvemos lo que podamos.

En ese momento, uno de los dragones de Demónicus se lanzó en picado hacia ellos. Llevaba un rato dando vueltas alrededor de la torre y, al final, se había decidido a atacar directamente a la reina rubia que cuidaba el cadáver de la princesa Alexia.

Crispín y Émedi, ayudados por los soldados, dirigieron la gran ballesta hacia la bestia voladora. En un impulso de supervivencia, la reina fue capaz de accionar el mecanismo de disparo y la enorme flecha salió disparada contra el animal.

La cabeza del dragón cayó sobre la torre destrozando la ballesta.

Su cuello quedó atrapado en el hueco entre dos almenas, dejando su cuerpo colgado en el vacío. La flecha que le había atravesado la cabeza sobresalía sobre el cráneo, como una bandera victoriosa.

Mientras los soldados remataban al dragón, Émedi y Crispín se abrazaron durante un instante, intentando superar el terror que les había producido el inesperado ataque.

–¡Hay que salir de aquí! –musitó la reina–. ¡Esto es el infierno!

Arturo Adragón y sus hombres peleaban con todas sus fuerzas, y resistían los insistentes ataques del ejército enemigo con una entereza admirable.

Los hombres de Demónicus veían cómo los tesoros que pensaban saquear se escapaban de sus manos, y eso les enfureció. Pero no pudieron hacer nada, ya que el Ejército Negro había formado un muro imposible de traspasar.

Una hora después, una larga caravana empezó a alejarse del castillo, que ya empezaba a arder por los cuatro costados. Los monjes se llevaron los pocos libros que habían podido salvar, las mujeres protegían a sus hijos con sus propios cuerpos; los ancianos y los heridos se habían situado sobre algunos carros tirados por mulas y bueyes. Los sirvientes portaban los enseres necesarios para comer y vestir y varios carros llevaban algunas de las posesiones más importantes de la reina, que cabalgaba al lado de la carroza que transportaba el cuerpo de Alexia.

Detrás, los que aún podían mantenerse en pie, usaban sus arcos contra los más osados enemigos que intentaban acercarse más de la cuenta, haciéndoles pagar su atrevimiento con la vida.

Una vez que el castillo quedó vacío, el Ejército Negro empezó a replegarse, acercándose a los suyos para protegerlos desde los flancos y la retaguardia. Por suerte, cuando ya estaban a punto de alcanzarlos, los soldados de Demónicus prefirieron saquear lo que quedaba del castillo en vez de perseguirlos, con lo que ganaron un tiempo precioso. Aprovecharon bien aquella pequeña tregua y pudieron marchar durante algunos kilómetros sin sufrir casi ataques.

Desde lejos, Arturo y sus amigos contemplaron el campo de batalla, repleto de cadáveres de ambos bandos. Muchos heridos intentaban levantarse y algunos se arrastraban sin piernas, sin brazos, o perdiendo sangre por algunas heridas. Muchos de esos heridos no verían el nuevo amanecer ya que serían rematados por los hombres de Demónicus o devorados por las bestias que los acompañaban.

Pero no prestaron atención a un individuo de grandes orejas y ojos saltones que, ayudado por cuatro soldados, transportaba a un hombre que tenía un solo brazo.

–Hemos conseguido detener la hemorragia, mi señor –dijo Escorpio–. Ahora vamos a cicatrizar la herida.

–¡No!... ¡Quiero recuperar mi brazo! –rugió Morfidio–. ¡Lo necesito para matar a ese maldito alquimista!

–Pero... eso es imposible –respondió Escorpio, sorteando el cadáver de un mutante–. ¡Eso solo lo puede hacer un hechicero!

–¡Lo buscaremos! Tenemos que encontrar un brujo o un mago capaz de unir de nuevo mi brazo a mi cuerpo –insistió Morfidio–. ¡Recoged mi brazo!

–Está bien, mi señor, yo me ocupo –aseguró Escorpio, volviendo sobre sus pasos.

–¡Encuéntralo y te cubriré de oro! –prometió Morfidio.

XVIII
UN NUEVO DUEÑO

ESTAMOS penetrando en la gran sala de entrada del palacio de Arquimia, en el subsuelo de la Fundación.

Patacoja y Metáfora están nerviosos, igual que yo. A pesar de que ya hemos estado aquí y conocemos el lugar, no podemos evitar sentirnos alterados. Si lo que las fotografías indican es cierto y si las intuiciones de nuestro amigo son correctas, puede ser un día extraordinario.

Nos hemos preparado a conciencia. Hemos comprado un equipo profesional y estamos preparados para llegar hasta donde haga falta. Incluso, y para evitar que algo salga mal, hemos pedido ayuda a Cristóbal, que se quedará aquí fuera, en la puerta, esperando nuestro regreso. Si algo ocurriera, tiene instrucciones de avisar inmediatamente a mi padre.

–Adelante –ordena *Patacoja*–. Veamos qué hay aquí dentro. Y recordad que no debemos separarnos. Pase lo que pase, debemos permanecer unidos. Haced lo que yo os diga en todo momento. Es importante.

Asentimos con la cabeza y le convencemos de que cumpliremos sus órdenes al pie de la letra.

Pasamos por los mismos sitios del otro día y volvemos a sentir la misma emoción. Saber que las paredes que nos contemplan llevan más de mil años en pie impone mucho respeto. Recorremos las mismas estancias y nos fijamos en los muebles y en los objetos, que se conservan en buen estado. Parece que han encontrado el lugar adecuado para mantenerse intactos durante toda la eternidad.

–A veces, si la atmósfera no es la adecuada o hay un exceso de humedad, se echan a perder, pero en este caso, parece que están en el mejor sitio posible –explica *Patacoja*–. Es extraordinario.

–¿Tienes algún plan concreto o vamos a la aventura? –le pregunto.

–Hoy no nos alejaremos demasiado. Nos moveremos en un perímetro reducido. Cuando comprendamos mejor la estructura de todo esto y pueda hacer una valoración del estado de los muros, haremos exploraciones en línea recta y profundizaremos. Ardo en deseos de descubrir hasta dónde llega esta ciudad subterránea.

En este momento me acuerdo del libro de Julio Verne, *Viaje al centro de la Tierra*, en el que varias personas entran en un volcán apagado con la intención de llegar al mismísimo núcleo de la Tierra. De alguna manera, estamos haciendo lo mismo, solo que en vez de buscar el centro del planeta, queremos llegar al corazón del reino arquimiano.

Después de recorrer algunos pasillos y salas, encontramos dos grandes estatuas. Una representa a un hombre que parece un monje o un alquimista, y la otra reproduce la imagen de un caballero medieval.

–Una buena pareja –dice *Patacoja*–. Representa muy bien la base de un reino: un soldado y un sabio, la mejor combinación.

–Falta algo –dice Metáfora–. Falta una mujer.

De repente, como si alguien quisiera confirmar sus palabras, vemos que entre los dos hombres hay una gran cortina. *Patacoja* se acerca y la descorre. Detrás aparece, efectivamente, la estatua de una mujer.

–¡Es la reina Émedi! –exclama Metáfora–. ¡Es la misma que está en la cripta!

–¡Es verdad! –digo con asombro–. ¡Es la reina, flanqueada por un sabio y un caballero!

–Creo que representa a una familia completa –explica *Patacoja*–. El padre, la madre y el hijo.

–Pero Arquimaes y Émedi no estaban casados y no tenían hijos –digo espontáneamente.

–¿Cómo lo sabes? –pregunta *Patacoja*–. ¿Cómo sabes tú que no estaban casados?

–Porque... creo que ese caballero del yelmo... no es su hijo. Además, no sé por qué lo he dicho, se me ha venido a la cabeza... Una tontería.

–Arturo, deja de especular sobre lo que no conoces –me pide *Patacoja*–. Trata de descifrar lo que ves, nada más.

No digo una sola palabra más, pero mi memoria me indica que tengo razón. Aunque, claro, ¿cómo sé yo que, años después de la batalla, no se casaron y tuvieron un hijo?

–Sigamos adelante –propone *Patacoja*–. Ya tendremos tiempo de examinar todo esto en su momento.

Caminamos detrás de él, según nos ha ordenado, y avanzamos en círculo. Alcanzamos una gran sala que contiene un trono doble, que debió de pertenecer a los reyes; a derecha e izquierda hay unos bancos de madera.

–En esta sala se impartía justicia –explica *Patacoja*–. Pero lo curioso es que el tribunal está en el mismo nivel que los reyes. En la Edad Media las cosas no funcionaban así. Curioso reino este, en el que los monarcas están a la misma altura que sus súbditos.

Mi memoria me sigue enviando imágenes. De forma muy fugaz, me veo a mí mismo en esta sala.

–Esta tarima del centro es para los acusados. Y a los lados, podéis ver que hay un sitio para la acusación y para el abogado defensor. Es como los juicios modernos. Es evidente que en este reino daban mucha importancia a la justicia.

–Sí –murmuro–. Parece que la justicia les interesaba mucho.

Seguimos adelante y descubrimos lugares muy interesantes. Un gran teatro, baños, etc...

De repente, *Patacoja* nos pide que nos mantengamos silencio.

–No estoy seguro, pero me ha parecido escuchar una voz... Alguien que nos llamaba.

–¡Arturo! ¡Metáfora! ¡Volved aquí!

–¡Es Cristóbal! ¡Nos está llamando!

–¡Venid en seguida! –grita con fuerza–. ¡Por favor!

–¡Algo pasa! –dice *Patacoja*–. ¡Corramos!

Siguiendo el cable que hemos ido dejando en el suelo, retrocedemos hacia la puerta. En pocos minutos cruzamos la gran puerta y nos encontramos con una extraordinaria sorpresa.

–¡Stromber! –exclamo–. ¿Qué hace usted aquí?

–Hola, Arturo... Hola, Metáfora... Hola, *Patacoja*... –saluda con un cierto aire de cinismo–. Hola a todos.

–Lo siento, he hecho lo que he podido –explica Cristóbal, un poco compungido.

–¿Quién le ha dado permiso para entrar aquí? –pregunto.

–¿Permiso? Yo no necesito permiso, soy el nuevo gerente. Voy a ser el nuevo administrador de la Fundación. ¿Recuerdas?

–Pero usted no tiene jurisdicción en esta zona. Usted solo dirige las plantas superiores.

–Oh, vaya... Entonces me he perdido. Este edificio es tan grande y tiene tantos pasillos que es fácil equivocarse.

–Usted no se ha perdido –dice Metáfora–. Usted sabe perfectamente dónde está.

–¿Y dónde estoy? ¿En la Fundación? ¿En la Edad Media? ¿En el palacio de Émedi? ¿Puedes explicármelo?

–Tiene que salir de aquí ahora mismo –le ordeno–. Usted no puede estar aquí. Esto es propiedad privada.

Sonríe maliciosamente mientras se acerca a la cripta de Émedi.

–Tarde o temprano seré dueño de todo esto –dice–. Seré el propietario absoluto de todos los objetos que hay en la Fundación. Poseeré todo lo que hay bajo el suelo o sobre él. Solo he venido a ver cómo es mi futura propiedad.

–Se equivoca, Stromber. Usted no poseerá nada de todo esto. Mi padre recuperará el control de la Fundación. Cueste lo que cueste. ¡Todo lo que hay aquí vale una fortuna! ¡Pagaremos la deuda del banco!

–¡O iréis a la cárcel por saqueadores!

–¡Usted es el único saqueador! –grito.

–Eres un ingenuo, muchacho. Y no has entendido nada. Yo he venido aquí para convertirme en rey de Arquimia. Seré el nuevo rey y este reino renacerá de sus propias cenizas.

–¡Usted está loco! –exclama Metáfora–. No sabe lo que dice. Arquimia desapareció hace mil años. Es una historia que pertenece a la Edad Media.

–Estamos de acuerdo en algunas cosas, jovencita. La Edad Media está aquí y, como habéis podido comprobar, existe. Pero no estoy loco. Al contrario. Espero recuperar lo mejor de esa época.

–¿Y qué es lo mejor, según usted? –pregunta *Patacoja*–. ¿Qué es lo que le interesa de la Edad Media? ¿Las riquezas?

–¡El trabajo de los alquimistas! Eso es exactamente lo que me interesa recuperar. Y concretamente el trabajo de Arquimaes. Busco la piedra filosofal! ¡El secreto de la vida eterna!

Creo que este hombre está loco. Ha perdido completamente la razón. En estos tiempos la inmortalidad no existe. Es cosa del pasado, de los tiempos en los que la fantasía se mezclaba con la realidad.

XIX
PENSANDO EN EL FUTURO

A medianoche, después de haberse alejado de sus seguidores, que les habían estado acosando durante muchas horas, la reina Émedi ordenó hacer un descanso. Se encontraban tan agotados que muchos se quedaron dormidos apenas se tumbaron en el suelo.

Leónidas organizó turnos de guardia, por si el enemigo volvía a atacar. Prohibió encender fogatas ya que, a pesar de que estaban rodeados de árboles y varias colinas, el resplandor podía verse desde lejos.

Muchos aprovecharon para lavarse, curarse las heridas, aprovisionarse de agua y comer. Arturo se acercó hasta el río y se metió en el agua fría, permaneciendo allí un buen rato.

Después de comer un trozo de pan y algo de carne curada que su fiel Crispín le había conseguido, dio una vuelta por el campamento y trató de aliviar a los que se encontraban en mal estado. Muchos heridos habían conseguido unirse a la caravana y ahora, los que estaban sanos, tenían la responsabilidad de cuidarlos. Los lamentos de los que estaban siendo curados le herían el corazón. Muchos valientes habían muerto en el campo de batalla, pero otros estaban ahora pagando las consecuencias de haberse enfrentado a Demónicus. Arturo sintió un sentimiento de culpa, ya que no podía olvidar que esa batalla había tenido lugar por su culpa. Pensó que si Alexia le hubiera dejado morir de aquel flechazo envenenado, mucha gente seguiría viva. Y los que ahora sufrían la pena de tener que abandonar sus hogares estarían durmiendo plácidamente en sus jergones. Entonces se acordó de la princesa y no pudo impedir una congoja que le hizo llorar durante algunos minutos.

–Arturo, la reina quiere hablar contigo –anunció Crispín, un poco más tarde–. Ha reunido al consejo.

Arturo se recompuso y su escudero le acompañó hasta la tienda de la reina. En el interior habían encendido algunas velas, las justas para verse las caras, pero no para ser detectadas desde fuera. Arquimaes, Leónidas y varios caballeros se habían sentado alrededor de una alfombra. La reunión estaba presidida por la reina Émedi.

–Tenemos que organizar un plan –dijo Émedi, cuando se hubo sentado–. Ya no disponemos de un castillo y hemos sido arrojados de nuestras tierras. Tenemos que tomar una decisión. ¿Adónde vamos?

–Propongo que vayamos a ver a algunos reyes y nobles, reunamos un ejército y volvamos a rescatar lo que nos pertenece –propuso Leónidas–. Estoy seguro de que muchos querrán ayudarnos.

–Lo dudo. Sabían que íbamos a ser atacados por Demónicus y no movieron un solo dedo, tal y como nos habían anunciado –afirmó Émedi–. No creo que ahora deseen prestarnos sus ejércitos para emprender una guerra contra quien acaba de ganarnos.

–Es cierto –dijo Puño de Hierro–. La única ayuda que podemos esperar es la que nosotros mismos seamos capaces de proporcionarnos. Propongo que organicemos una resistencia de guerrilla. Podemos atacar cuando menos lo esperen, debilitar sus fuerzas...

–Con esa técnica tardaremos mucho en recuperar nuestro reino –se opuso la reina–. Ahora debemos pensar en nuestra gente. Necesitamos dirigirnos a algún sitio en el que nos sintamos protegidos y fuera del alcance de Demónicus.

Arquimaes se acarició la barba con la mano y esperó a oír las propuestas de los caballeros. Finalmente, una vez que todas quedaron descartadas, dijo:

–Yo conozco un sitio para refugiarnos. Es un lugar que podemos convertir en inexpugnable. Las fuerzas de Demónicus no se atreverán a atacarnos si nos fortificamos.

–¿Qué lugar es ese? –preguntó Émedi.

Arturo y Arquimaes cruzaron una mirada de complicidad.

–Está a varios días de aquí, en dirección norte. Es un hermoso lugar rodeado de colinas desde las que se divisan muchos kilómetros de distancia. Nadie se atreverá a acercarse si hacemos una fortificación. Estaremos a salvo para siempre.

–¿Dónde se encuentra ese lugar?

–Es un sitio único, que llevo estudiando durante años y por eso sé que es propicio para construir una fortaleza desde la que se puede dirigir un reino.

–¿El reino de justicia con el que sueñas? –preguntó irónicamente Puño de Hierro–. ¿Quieres usarnos para llevar a cabo tu sueño?

–Es verdad que sueño con un reino de justicia –replicó Arquimaes–. Y es cierto que ese es el lugar que he elegido desde hace años.

–¿Quieres ser nuestro rey? –insistió Puño de Hierro.

–Quiero que Émedi sea vuestra reina. Yo seré el rey de mis sueños. Me conformaré con ver mi proyecto en pie y estoy dispuesto a dar mi vida para que exista un reino en el que los hombres y las mujeres sean felices y obtengan la justicia que se merecen. En el que los niños crezcan libres, sabiendo que sus gobernantes harán lo mejor para ellos.

–¡Eres un demente! –bramó Puño de Hierro–. ¡Estás más loco que una cabra!

–¡Ya basta! –le cortó Arturo, poniéndose en pie–. ¡No permitiré que te burles de él!

–Vaya, nuestro joven batallador defiende al mago –insistió el caballero–. ¡Volved al lugar del que os habéis escapado!

Arturo desenvainó su espada, dispuesto a hacerle retirar sus palabras.

–¡Quietos! –ordenó la reina–. ¡No quiero peleas entre nosotros! Mañana por la mañana os haré saber mi decisión... Ahora vamos a dormir un poco, que nos esperan duras jornadas.

* * *

Morfidio había perdido mucha sangre y la fiebre alta le mantenía postrado en la tosca camilla de madera que sus hombres habían construido para transportarle.

Escorpio, a su lado, le mojaba la frente con un paño y le limpiaba la grave herida del brazo.

–He recuperado vuestro brazo, mi señor –le dijo en un momento en el que el conde recuperó la lucidez–. Pero si no cicatrizamos la herida con fuego, hay riesgo de que muráis.

–¿Morir?... ¡Yo no moriré nunca, imbécil! –respondió Morfidio–. ¡Nada ni nadie puede matarme!

–La infección es grave. Puede empeorar.

–¡No insistas! Ahora, lo importante es encontrar a alguien que pueda colocármelo de nuevo... En este mundo no se puede vivir sin manejar la espada... Seguro que conoces a alguien capaz de unirlo de nuevo a mi cuerpo.

–Hace años conocí a una mujer... Una hechicera...

–¿Quién es? ¿Dónde está?

–Sirvió a Benicius hasta que hizo algo que le ofendió... y la echó de su reino. Estuvo a punto de quemarla viva pero consiguió escapar.

Morfidio se revolvió en su camastro. El dolor le impidió hablar durante unos instantes. Sin embargo, la historia de la hechicera le sonaba y trató de recordar.

–¡Dime de una vez quién es! –ordenó con impaciencia–. ¿Quién es esa mujer?

–Se llama Górgula. Tengo entendido que vive con los proscritos. Lejos de aquí. Pero no sé si está viva... Hace tiempo que no sé nada de ella.

–¿Górgula?... ¿Es la bruja que contagió la lepra a Benicius? –interrogó Morfidio, ordenando sus ideas–. ¿Es la hechicera que...?

–Exactamente, mi señor. Es la hechicera que Benicius mantuvo bajo su protección hasta que pasó algo que nadie sabe; ella, para vengarse, le maldijo con esa enfermedad. El rey buscó la ayuda de Arquimaes y él le curó de la lepra.

Morfidio se tomó un respiro y cerró los ojos. ¿Así que esa bruja seguía viva? Entonces, con un movimiento rápido alargó el brazo izquierdo y agarró con fuerza el cuello del espía.

–Escucha, Escorpio... Te he prometido mucho oro y te lo daré. Pero tienes que recomponer mi cuerpo. Si no me llevas ante esa bruja, no verás ni una sola moneda –amenazó mientras presionaba aún más–. ¡Te advierto que podrías perder la vida!

Escorpio esperó a que su señor, con el que esperaba enriquecerse, aflojara la mano. Cuando se sintió libre, y después de recuperar la respiración, dijo:

–Os llevaré ante ella. Si esa mujer no es capaz de hacerlo, nadie lo hará. Os costará caro, muy caro...

–Te daré todo lo que quieras –aceptó Morfidio–. Te convertiré en rey. Pero tienes que conseguir que recupere mi brazo.

Morfidio, un poco más tranquilo por las palabras de Escorpio, cerró los ojos bajo la traidora mirada de su espía.

–Mataré a Arquimaes y haré sufrir a Arturo –murmuró entre sueños–. Sufrirá mucho... Con la ayuda de Górgula podré hacer lo que quiera.

XX
EL DUELO A MUERTE

STROMBER está ante nosotros, desafiante, seguro de sí mismo, convencido de que nadie puede obligarle a salir del sótano. Acaba de profanar la tumba de mi madre y de Émedi, y eso no se lo voy a perdonar.

–¿Qué dice usted, Stromber? –le pregunto–. ¿Qué cree que va a obtener con esta actitud? ¿Es que no sabe que la inmortalidad no es posible? Usted se ha vuelto loco.

–¿Que la inmortalidad no existe? ¿Y tú dices eso? ¿Precisamente tú?

–Estamos en el siglo veintiuno, señor Stromber.

–Lo sé perfectamente. Sé en qué siglo vivo. Sé exactamente en qué lugar estoy y sé que tú posees lo que dices que no existe. Quiero lo mismo que tú has conseguido, jovencito.

–¿De qué habla? ¡Usted está loco! ¿Qué tengo yo que pueda interesarle?

–¿No lo sabes, verdad? Pues a estas alturas ya deberías saberlo.

Metáfora da un paso adelante y se coloca delante de mí, como protegiéndome.

–¡Lo que Arturo tiene usted no lo podrá tener jamás! ¡Las letras son mágicas, pero nadie puede conseguirlas! –grita.

–Eres una ingenua. Yo te demostraré que puedo tener ese mismo poder. No pienses que es algo exclusivo de Arturo. Algunos podemos disponer de él. A mí también me interesa la magia.

–¡Lo suyo son delirios de grandeza! –exclama Cristóbal–. ¡Usted sueña!

–Mis sueños se convertirán en realidad, mocoso. Ya lo verás. Y no tardarán mucho...

–Su juego está al descubierto, Stromber –grita *Patacoja*–. No le servirá de nada hacer creer a los demás que es usted un anticuario. Sabemos que es un estafador.

–Te equivocas, mendigo. Soy un hombre de recursos y voy a conseguir lo que estoy buscando. Cuando lo obtenga, te aseguro que no me interesará en absoluto lo que pienses de mí.

–Antes tendrá que conseguir eso que tanto ansía. Porque se lo vamos a impedir –le responde *Patacoja*.

–No creo que un tullido sea capaz de dificultar mis planes –responde Stromber, empuñando una espada–. Ya te digo que soy un hombre de recursos... ¿Qué tienes tú?

Avanzo unos metros y me acerco un poco más al anticuario, dispuesto a enfrentarme a él. Ojalá el dragón actúe antes de que Stromber pueda hacer nada...

–Arturo, vamos a ver si eres tan poderoso como cuenta la leyenda –dice, cogiendo otra espada–. Te voy a dar la oportunidad de demostrar a tus amigos que eres lo que pareces.

Me lanza uno de los sables y se pone en guardia, dispuesto a atacar o a repeler mi ataque. ¡Me acaba de desafiar!

–¿Qué es esto? ¿Cree que vamos a luchar? ¡Usted está loco!

–Será una lucha a muerte –responde–. Al estilo antiguo, como los antiguos caballeros medievales. Llevo muchos años practicando y tú lo has hecho en otra época. Ha llegado el momento de ver si has aprendido algo.

Estoy a punto de decirle que no voy luchar con él, pero hace algo que me produce verdaderas ansias de pelear. Señala el sarcófago de Emedi, en el que mi madre descansa.

–Ahí está el secreto de la vida –dice burlonamente–. Vamos a ver quién es merecedor de él.

Agarro la espada y me preparo para luchar, pero Metáfora se interpone.

–¡Quieto, Arturo, no le sigas el juego! ¡Él se ha preparado a conciencia! Seguro que es un maestro de esgrima y tú aún no tienes edad para enfrentarte con él. No le sigas el juego, por favor.

–No le tengo miedo, Metáfora... Y le voy a enseñar a respetar a mi madre... No creo que tenga el valor que dice tener. ¡Es un cobarde!

Stromber sonríe irónicamente. Eleva la espada y da un par de pasos hacia la derecha, buscando el mejor ángulo para atacar. Noto que tiene destreza en el manejo de la espada y que, efectivamente, está preparado para luchar. Estoy seguro de que si no tuviera esa seguridad en sí mismo, no provocaría este duelo. Tiene ventaja y lo sabe.

–¡Ya basta! –grita *Patacoja*–. ¡No le voy a permitir que pelee con este chico!

–¿Ah, no? –responde Stromber en tono burlón–. ¿Cómo lo vas a impedir, mendigo?

Patacoja, que está cerca de Stromber, intenta golpearle en la cabeza con la muleta, pero el anticuario, que es más rápido que una serpiente, esquiva el ataque.

–¡Aparta, tullido! –grita mientras le empuja, tirándole al suelo–. ¡Fuera!

Patacoja cae de espaldas y, a pesar de que intenta reincorporarse, no puede.

–¡Quédate ahí, escoria! –le ordena Stromber, dando una patada a la muleta y lanzándola lejos–. A lo mejor, luego me ocupo también de ti... Y ahora, Arturo Adragón, sigamos con lo nuestro.

Intento que no note que estoy nervioso, pero creo que no puedo evitarlo. Las manos me sudan y eso provoca que el mango de la espada no quede perfectamente ajustado a mi puño.

Stromber se abalanza sobre mí como un tigre. En su ataque lanza rápidas y sucesivas estocadas, seguramente para tantearme. Detengo los golpes como puedo y salgo bien de esta primera andanada. La hoja de su espada ha pasado cerca de mi garganta un par de veces, lo que indica claramente que ese es su punto favorito de ataque. He notado que tiende a dejar desprotegido el flanco izquierdo cuando levanta su arma, cosa de la que espero sacar provecho.

Metáfora, que atiende a *Patacoja*, me hace un gesto de ánimo cuando rodeo el sarcófago para recuperar las fuerzas tras este primer ataque, que ha sido muy agresivo. Le respondo con un ligero movimiento de mano, que indica que estoy bien. Pero Stromber no me da ningún respiro y vuelve al ataque. Y lo hace con más furia si cabe. Levanta su arma y la deja caer en picado, como un hacha, como si quisiera rajarme por la mitad. Es posible que quiera confundirme y por eso cada vez use una técnica distinta para, al final, lanzar una inesperada estocada frontal y atravesarme. Por eso debo estar muy atento y no fiarme de este hombre, experto en estrategia.

En vista de que llevo desventaja, decido que es mejor atacar en vez de defenderme, así que tomo la iniciativa y cambio las tornas. Le hago retroceder con diversos golpes bajos, a la altura de la cintura, que son los que me convienen para no cansarme elevando demasiado la espada. La zona baja es mi punto fuerte y Stromber no tarda en darse cuenta de ello.

Los golpes de acero se suceden uno tras otro durante un buen rato, sin que la ventaja se incline hacia ningún lado. Cada vez que detengo uno de sus golpes altos, el cuerpo me tiembla de arriba abajo, como si una corriente eléctrica lo cruzara, cosa que me agota. Stromber me ha engañado durante todos estos meses, me ha hecho creer que era un hombre delicado, refinado y débil; pero ahora demuestra que posee la fortaleza física de un oso.

Noto que las fuerzas me fallan y procuro eludir sus golpes en vez de detenerlos. Pero eso me obliga a retroceder. Veo que en su cara se empieza a dibujar la perspectiva del triunfo. Su rostro muestra ahora que se siente seguro de la victoria y trata de transmitirme la idea de que estoy perdido. Es una nueva estrategia psicológica que, si me descuido, puede producir un efecto nefasto sobre mí.

Nos hemos desplazado bastante y estamos en el fondo de la habitación, lejos del sarcófago. Este lugar parece un campo de batalla. Hemos roto muchos objetos, cuyos restos se distribuyen por el suelo, dando un aspecto de desorden a la sala. Parece que acaba de pasar un ciclón.

Patacoja, Metáfora y Cristóbal observan el desarrollo de la lucha con interés. Están bastante más asustados que yo, que ya es decir. Si notaran lo que se siente cada vez que Stromber descarga su espada sobre mí, creo que me comprenderían mejor.

–Prepárate para morir, muchacho –advierte el anticuario–. Ahora vas a ver que este mundo posee secretos inimaginables.

No respondo para no gastar fuerzas, que es posiblemente lo que pretende, y sigo evitando sus golpes, que son cada vez más débiles pero más certeros. Ya me ha hecho algunas pequeñas heridas que sangran y que me duelen. Sé que estoy en desventaja y necesito equilibrar las fuerzas, sobre todo para que no piense que está en situación de superioridad, lo que le daría demasiada confianza.

Me froto el hombro derecho para hacerle creer que tengo el brazo agotado y abro la mano para que piense que la espada me pesa demasiado. Su mirada me indica que se lo ha creído, ahora piensa que ya no tengo fuerzas. Por eso coge su espada con las dos manos, dispuesto a asestar un golpe definitivo. Pero justamente cuando se dispone a alzarla, le lanzo un ataque horizontal muy rápido y le rasgo el muslo izquierdo. Sorprendido, observa cómo de su herida brota una buena cantidad de sangre. Como un animal herido, ataca sin control, destrozando objetos pero sin rozarme siquiera.

–¡Me has engañado, pequeña hiena! –grita, enfurecido–. Pero no te servirá de nada.

–¡Tú me has enseñado cómo se hace! –digo, para enfurecerle aún más, ya que sé que la rabia es su peor enemigo.

No obstante, sigue siendo peligroso y me veo obligado a retroceder. Me da un pequeño respiro cuando patina ligeramente y está a punto de perder el equilibrio. Vuelve a enfurecerse y ataca con más fuerza. De repente, me siento acorralado. Estoy contra la pared y su espada se acerca peligrosamente. Sabe que debe curar su herida o morirá desangrado, por eso necesita acabar este duelo lo más pronto posible.

–¡Abandone la lucha, Stromber! –grita *Patacoja*–. Arturo ha ganado. Esto debe terminar ahora mismo.

–¿Terminar? Pero si acaba de empezar –advierte, lanzándose contra mí con toda su fuerza.

Su empujón me ha hecho caer contra la pared y estoy medio atontado, pero veo que se dispone a dejar caer su espada sobre mí. Cuando el acero viene como un rayo, me inclino y la hoja penetra en el muro, igual que un pico. La pared absorbe el golpe de la espada con mucha facilidad. Stromber trata de sacarla y se descuida durante unos segundos. Aprovecho la ocasión, me sitúo a su espalda y me lanzo contra él, haciéndole caer contra el muro. El impulso me hace rodar con él y ambos nos lanzamos contra la pared, que se derriba con nuestro peso. Parece que era una puerta tapiada, muy vieja, porque ha cedido al primer empujón. Una nube de polvo se levanta a nuestro alrededor y casi nos ciega.

Intento evitar que Stromber me ataque por sorpresa, pero no lo consigo. Entre el polvo veo que el acero brilla fulgurante, como una estrella plateada que viene hacia mí. Tengo el tiempo justo de echarme hacia atrás para evitar que me golpee. Retrocedo entre cascotes, piedras y arena e intento ponerme a salvo, pero la figura amenazadora de Stromber surge entre la neblina polvorienta, como un fantasma vengativo, y vuelve al ataque.

También veo varias siluetas humanas diluidas que se asoman por el boquete que hemos dejado atrás; supongo que son Metáfora, Cristóbal y *Patacoja*. Pero no me quiero distraer porque Stromber está ante mí, dispuesto a asestarme uno de sus terribles golpes. Retrocedo unos pasos hacia atrás en busca de un respiro. El polvo me hace toser y me debilita durante algunos segundos. De repente, noto que pierdo el equilibrio... Caigo rodando por una escalera que había detrás de mí y que no he visto... Ruedo como una pelota sin control, botando sin parar y, aunque intento agarrarme a algún sitio, no encuentro nada que pueda detener mi caída. A pesar de todo, consigo pararme. Me he quedado de rodillas, pero el impulso me obliga a seguir bajando a trompicones.

Aunque no veo nada y estoy un poco mareado, sé que he caído sobre un suelo de tierra; mi mano derecha roza la arena. Stromber debe de estar ahí cerca, acechándome con su espada, dispuesto a matarme. Aunque estoy aturdido, me levanto de un salto y busco mi espada, que no aparece por ningún sitio. Miro a mi alrededor, en busca de una solución, y veo que estoy cerca de una puerta, o de una abertura natural en la roca. La escalera por la que he caído tiene los escalones muy gastados, y eso me ha beneficiado. Al otro lado de esa puerta, que también está muy desgastada, hay una luz blanca, natural y resplandeciente. Una luz que parece llamarme.

Tambaleándome, me asomo por ese gran agujero.

Las paredes están húmedas y, cuando las toco, la tierra se deshace y se producen pequeños desprendimientos. Parece un lugar peligroso... Un lugar en el que he estado en alguna ocasión... Un lugar con el que he soñado. Es como si cruzara la puerta del tiempo.

XXI

HACIA EL EXILIO

Arturo, embozado en una capa negra que le protegía del frío, cabalgaba al lado del carro que transportaba el féretro de Alexia. La nieve caía sin cesar y los hombres y mujeres que le acompañaban formaban un cortejo silencioso. Eran los derrotados de la batalla de Emedia, que marchaban hacia el exilio. Sabía que muchos de los que estaban con él pensaban que habían elegido el bando equivocado, que hubiera sido mejor ponerse del lado de Demónicus y no de un reino dirigido por una mujer débil, un alquimista medio loco y un muchacho con el rostro pintado.

Era consciente de que mucha gente pensaba que habían perdido la batalla porque el fuego es más poderoso que la escritura y que, finalmente, la hechicería tenía más fuerza que la ciencia.

Otros pensaban que la culpa de la derrota era de Arquimaes, el alquimista que había seducido a la reina Émedi. En voz baja, comentaban cuánto había cambiado ella desde que el sabio había llegado al castillo... Ese hombre había vertido en el oído de la reina palabras envenenadas que la habían vuelto loca y le habían robado la razón. Todos eran conscientes de que Émedi estaba ciega de amor por el brujo, al que consideraban más peligroso que el propio Demónicus. Y muchos lamentaban haber luchado a su lado.

La caravana de exiliados siguió su camino hacia el norte, con los enemigos pisándoles los talones, envueltos en un mar de dudas, en la que prevalecía la pregunta más inquietante de todas: ¿adónde los llevaba su destino?

Leónidas, que había organizado la defensa de la retaguardia, impedía que los perseguidores, que eran cada vez menos numerosos, se acercaran demasiado.

Al tercer día, Arturo sintió un picor en la palma de la mano derecha y se sobresaltó. Después de soportarlo durante horas, se quitó el guante y observó la piel enrojecida e irritada con atención. La frotó con firmeza, pensando que se debía al esfuerzo que había hecho con la espada durante el combate, pero no sirvió de nada. El picor era cada vez más fuerte y aumentaba por momentos.

Una hora después, cuando la caravana alcanzaba la llanura, volvió a observar la palma de su mano, que le seguía picando, y se llevó una sorpresa. Una inscripción escrita en color negro llenaba su mano: *Quiero volver a verte. Te quiero.*

Sorprendido, Arturo pensó en mil posibilidades, pero no encontró una respuesta satisfactoria. Hasta ahora, solo Alexia le había enviado mensajes de ese modo, pero Alexia estaba muerta, encerrada en el féretro que le acompañaba. ¿Quién más podía enviarle ese mensaje? De repente, se acordó de esa chica a la que había conocido en sus sueños o en sus recuerdos... ¿Cómo se llamaba? Ah, sí, Metáfora... Pero esa chica no tenía necesidad de mandarle un mensaje como ese. ¿O sí?

Sin embargo, y a pesar de que trataba de engañarse, Arturo sabía perfectamente quién se lo había enviado. Quizá por eso rozó la carroza con la mano.

Cuando alcanzaron la llanura que se extendía ante las montañas nevadas, la cabeza de Arturo estaba llena de preguntas. ¿Quién era Metáfora? ¿Quién era esa mujer rubia que tanto se parecía a la reina Émedi, y que surgía en sus sueños? ¿Quién era ese hombre llamado Arturo y que decía ser su padre?... Pero sobre todo, había una pregunta que le inquietaba más que todas las demás: ¿Quién era él? ¿De dónde venía? ¿Era de esta época o pertenecía a otro mundo? ¿Por qué tenía ese poder de la escritura sobre el cuerpo?

Se acercó hasta Arquimaes y cabalgó a su lado, en busca de protección. Finalmente, tuvo la necesidad de hacer una pregunta:

–Maestro, ¿quién soy?

–Eres Arturo Adragón y debes seguir el camino que el destino te ha marcado –respondió el alquimista–. Has liderado una lucha para preservar la justicia. Todos recordarán que luchaste con bravura.

–Eso no explica nada sobre mí. Me cuentas las cosas que he hecho, pero no dices nada sobre mi origen. ¿Quién soy?

–Todo lo que has hecho indica que eres un valiente, un elegido del destino para hacer cosas extraordinarias. Nos dice que estás aquí por algún motivo que desconocemos, pero que, más tarde o más temprano, se nos desvelará. Eres la pieza más importante de todo este proyecto que quiero llevar a cabo. Nuestro mundo cambiará gracias a ti.

–Pero ¿por qué yo? Vos estáis más preparado para hacer cosas importantes, para crear ese reino del que habláis. Yo solo soy...

–¡Un caballero! Sabemos que eres un caballero que no ha dudado en exponer su vida para defender el reino de Émedi. Un caballero que ahora nos ayudará a crear Arquimia, un reino de justicia, y gracias a ello, tus hijos podrán vivir en un mundo mejor. Eso es lo que eres. Eso es lo que sabemos de ti.

Arturo Adragón escuchó las palabras de su maestro con satisfacción, pero con dudas. Miró al cielo y observó que estaba lleno de nubes blancas, como las que aparecían en sus sueños, y se preguntó si ahora no estaría viviendo en uno de ellos.

–También sabemos que te aferras a la vida con fuerza especial. Todos los que han intentado matarte han fracasado. ¿Recuerdas cuando Morfidio te clavó su puñal aquella noche, en el torreón de

Drácamont? ¿Y cuando las llamas de Herejio te envolvieron hasta abrasarte?… Eso es algo muy especial… que dice mucho de ti… Sí, Arturo, creo que sabemos quién eres… Y tú también lo sabes.

* * *

Tres días después, la caravana alcanzó la cima de una colina y los emedianos se prepararon para acampar durante algún tiempo, reponer fuerzas, cuidar a los heridos y reorganizarse. Los enemigos habían dejado de acosarlos y empezaban a sentirse seguros.

Los monjes y los más hábiles en las labores de curación de heridas y enfermedades se esforzaron en limpiar las horribles llagas que empezaban a infectarse o a gangrenarse. Muchas víctimas habían empeorado a causa de la falta de higiene y medicinas. Cada noche, desde que habían abandonado el castillo, morían mujeres, niños, soldados, campesinos y caballeros.

–Muchas armas estaban untadas con veneno –explicó Arquimaes–. Demónicus no tiene piedad. Extermina a la gente igual que un campesino arranca las malas hierbas de sus campos de labranza. Y nosotros no podemos hacer nada. Sus venenos son muy poderosos.

La reina Émedi le escuchó desolada. Cada emediano que moría le producía un inmenso dolor.

–¿No existe ninguna fórmula para devolver la salud a estos bravos guerreros?

–Lo siento, mi reina –respondió Arquimaes–. No disponemos de ungüentos para luchar contra el veneno de Demónicus.

Los gritos y lamentos de los heridos desmoralizaban a los supervivientes, que observaban con dolor el rastro de tumbas que dejaban tras ellos. El viaje hacia el exilio estaba siendo aterrador.

* * *

Demónicus temblaba de ira.

–Explícame otra vez eso de que el cuerpo de mi hija no aparece por ningún sitio –bramó el Mago Tenebroso–. ¡Tiene que estar en algún lugar!

–Lo siento, mi señor –balbució el mensajero–. Hemos recorrido el campo de batalla palmo a palmo y no lo hemos encontrado. Aún seguimos buscando.

–Si al amanecer no la has localizado, quiero ver tu cadáver tendido ante mi tienda cuando salga el sol –ordenó con rabia Demónicus–. ¡Alexia tiene que estar en algún sitio y quiero que la encontréis!

El oficial se inclinó ante Demónicus y salió de la tienda de su amo con el corazón encogido. Sabía perfectamente que el cadáver de Alexia no iba a aparecer. Tenía la certeza de que la princesa se había consumido entre las llamas y se había convertido en humo.

–Tránsito, te voy a dar el mando del castillo de Émedi –le informó Demónicus–. Te encargo la misión de encontrar el cuerpo de mi hija, esté como esté y se encuentre donde se encuentre. Te daré hombres y medios para localizarla. Si cumples, tendrás todo lo que quieras para trabajar en tus inventos y te daré lo que te haga falta para que puedas vengarte de Arquimaes. Te permitiré que hagas con su cuerpo lo que se te antoje. Pero recuerda... ¡debes encontrar a Alexia!

Tránsito se arrodilló ante su amo e inclinó la cabeza:

–Te aseguro que dedicaré el resto de mi vida a localizar el cuerpo de tu hija, mi señor. Puedes contar conmigo.

–Y te digo lo mismo que le he dicho a ese oficial: el cuerpo de mi hija o tu vida.

Tránsito inclinó aún más su cabeza para demostrar su sumisión. Decidió que haría todo lo posible para encontrar el cuerpo de Alexia, pero recordó que su verdadero objetivo era vengarse de Arquimaes, al que quería ver muerto. Lo demás no importaba.

* * *

Arquimaes, de forma inesperada, pidió ayuda a Arturo.

–Coge tu espada y tu escudo y ven esta noche a verme. Necesito que me protejas, debo hacer algo muy especial.

Después de cenar, Arturo, ayudado por Crispín, se vistió con su cota de malla, se colocó el yelmo negro y se acercó a la tienda de Arquimaes. El sabio los llevó hasta una colina situada en el centro del campamento a cuyo alrededor, y como medida de protección, habían clavado en el suelo docenas de lanzas, espadas y escudos que llevaban la letra «A», con cabeza de dragón, que los monjes habían dibujado. En un segundo círculo de protección, varios caballeros y soldados formaban una muralla inexpugnable capaz de impedir la entrada a cualquiera que quisiera acercarse. Era una especie de fortaleza dentro del campamento.

En el centro, Arquimaes había dispuesto una mesa y una silla iluminada por una antorcha.

–No dejes que nadie se acerque –le pidió Arquimaes–. Voy a escribir algo tan secreto que nadie, absolutamente nadie, debe verlo.

–¿Temes acaso que los hombres de Demónicus vengan aquí a atacarnos?

–Temo lo peor. Hay algo que no he contado a nadie, pero que debes saber. He notado que algunos de nuestros heridos empiezan a sufrir mutaciones. El veneno de muchas armas del ejército de Demónicus está hechizado y varios hombres se convertirán en bestias en los próximos días.

–¿No podemos evitarlo? –preguntó Arturo.

–Es imposible saber quién está poseído por la fuerza de la mutación. No podemos matar a todos los heridos. Solo podemos estar atentos.

Arturo expresó su preocupación con un apretón de su puño derecho.

–¡Ese maldito hechicero! ¡Es el peor ser humano que he visto en mi vida!

–Te equivocas, Arturo, Demónicus no es un ser humano. Es una bestia transformada en humano –desveló Arquimaes–. Por eso no tiene piedad, ni alma ni compasión.

Arturo le escuchó aterrado.

–Entonces, su hija Alexia... –preguntó con la respiración casi cortada–. ¿Es también una bestia sin corazón?

–No tengo respuesta para eso –dijo el científico–. No sé nada sobre el origen de Alexia.

Arquimaes notó que la respiración de Arturo se agitaba y decidió cambiar de tema.

–Ahora tengo que escribir algo importante. Y necesito estar seguro de que me vas a proteger. Nadie puede apropiarse de este pergamino.

–¿Puedo saber qué vas a escribir en él?

–Durante la batalla he estado a punto de morir varias veces atravesado por flechas, lanzas y espadas... Morfidio casi lo consigue. Si hubiera muerto, la fórmula mágica de la tinta se habría perdido para siempre. Por eso es necesario escribirla para que, si me ocurriese alguna desgracia, caiga en manos de alguien que pueda aprovecharla.

–¿Y si cae en manos de Demónicus u otro desalmado?

–A partir de ahora, tu misión es proteger la fórmula secreta que todos los hombres desean encontrar. Para ayudarte en tu trabajo, la esconderemos en un lugar inaccesible, que solo tú conocerás.

–Dudo que haya algún lugar en este mundo al que los diablos ambiciosos no puedan acceder.

–Lo hay, Arturo. Y tú lo conoces. No lo voy a nombrar por si acaso el viento se lleva mis palabras, pero lo conoces. Has estado allí y sabes que nadie lo encontrará.

Arturo se acordó de la cueva que conoció en la abadía de Ambrosia. En lo más profundo de la tierra. Aquel era sin duda el lugar más escondido y secreto al que, posiblemente, nadie iría nunca a buscar el pergamino con la fórmula secreta.

–Tenéis razón, maestro, nadie descubrirá vuestra fórmula en ese escondite. Nadie imaginará que allí está el secreto más importante que ningún sabio ha inventado jamás.

–Además, lo escribiré en un lenguaje secreto que nadie podrá descifrar, salvo aquellos que posean los conocimientos necesarios. De esta forma, me aseguraré de que solo sea accesible para los que merezcan conocerlo.

–Estoy preparado para protegeros de cualquier ataque. Podéis empezar a escribir cuando queráis.

Arquimaes se sentó en la silla, alisó el pergamino con la mano izquierda, abrió el tintero, empapó la pluma de tinta y empezó a escribir con habilidad, formando líneas rectas y precisas, como las filas de un ejército.

Durante horas caligrafió con lentitud todo lo que sabía sobre el secreto de la escritura y de la tinta mágica que tanto trabajo le había costado descubrir. Utilizó todas las metáforas, simbologías y dio todos los datos que fue capaz para dar pistas a los que lo merecieran y, a la vez, confundir a los indeseables que pudieran posar sus ojos sobre ese pergamino. Dio tantos indicios que los que lograsen descifrarlo podrían crear caballeros arquimianos, formar un Ejército Negro o devolver la vida a los muertos, viviesen en la época que viviesen. Ahí quedaron escritos todos los secretos sobre la vida y la muerte.

Arquimaes aseguró el futuro de la justicia en el mundo de la mejor forma posible: con la escritura. Los años que había pasado caligrafiando libros en Ambrosia le habían proporcionado una extraordinaria habilidad que, ahora, por fin, alcanzaba su cenit. El secreto de Arquimaes estaba a salvo para toda la eternidad. La escritura simbólica lo protegía.

Arturo vigiló con atención todas las sombras que se movían entre los carros, los árboles y las aguas del río que bordeaba el campamento. Estuvo atento a cualquier movimiento sospechoso y escudriñó la oscuridad con los ojos de un lince. Pero nadie se acercó hasta el círculo protegido por las armas y los signos. El perímetro de seguridad no fue traspasado en ningún momento y Arquimaes pudo terminar su trabajo al amanecer, justo cuando el sol despuntó sobre las montañas del este.

Los primeros rayos se posaron sobre el texto recién escrito y secaron las últimas palabras de tinta. El pergamino, que hace unas horas era solo un trozo de piel de poco valor, contenía ahora un secreto por el que muchos habían muerto y muchos más estarían dispuestos a dar su vida o, lo que es más grave, a quitársela a otros.

–He terminado, Arturo –advirtió Arquimaes–. Amigo mío, ahora solo nos queda ponerlo a salvo.

–Os aseguro que no he visto a nadie sospechoso rondar cerca de este lugar. Los soldados y caballeros que nos protegen no han mirado hacia aquí en ningún momento, y los jinetes de guardia estaban tan retirados que no han podido ver nada de lo que estabais haciendo.

–Esta caja de madera que yo mismo he diseñado se puede cerrar con facilidad. Basta con presionar un poco para que quede sellada. Pero está protegida y nadie puede abrirla –explicó el sabio, sacando el cofre de una bolsa–. Contiene tantos mecanismos que si alguien intenta forzarla, debido a un sistema de frotación de ciertas piedras de sílex, saltarían chispas que prenderían fuego inmediatamente al pergamino. Ni siquiera tendrían tiempo de abrirla para sacarlo antes de que ardiera por completo. Dentro hay una reja metálica imposible de abrir, ya que el candado que la mantiene cerrada no tiene cerradura de apertura. Nadie puede acceder a esta caja a menos que conozca la clave para hacerlo. Y esa clave está en mi cabeza, en la tuya y en la de Émedi.

–¿En mi cabeza? Pero yo no tengo ninguna clave –argumentó Arturo, sorprendido por las palabras de su maestro.

–No lo sabes, pero tienes una respuesta en tu mente. Algún día, alguien te hará una pregunta y tú, sin saber que se trata de la clave, le dirás a esa persona lo que quiere saber. Esa respuesta llevará a hacer otra pregunta a la reina Émedi para explicar la última parte de la clave que permite abrir esta caja.

–¿Se trata de una cadena de palabras que forman una clave?

–Exactamente, tú lo has dicho. Cada uno de nosotros tenemos una parte de la clave, y vosotros ni siquiera sabéis cuál es. Eso asegura el secreto.

Arturo vio cómo Arquimaes cerraba definitivamente la caja con una leve presión.

–Lo que se cierra con facilidad solo puede ser abierto con gran esfuerzo –sentenció Arquimaes–. Con el esfuerzo de la inteligencia, no el de la fuerza bruta.

El sabio metió la caja de madera en el mismo saco que la había envuelto hasta ahora y se la entregó a Arturo, que la cogió con emoción. Sabía la importancia de su contenido y se juró a sí mismo que la protegería con su vida hasta que fuese depositada en el lugar más oscuro y silencioso del mundo.

–Maestro, hay una cosa que no os he contado –dijo Arturo antes de retirarse–. Vuestros dibujos... Los de los sueños...

–¿Qué pasó con ellos? ¿Los escondiste en algún sitio?

–No, los quemé. Cuando estaba bajo el embrujo de Alexia, me pidieron que los quemara... Los arrojé al fuego.

Arquimaes se acercó a Arturo y le puso la mano en el hombro.

–Lo importante es que ahora están en tu memoria –dijo–. No olvides su significado. Si los mantienes vivos en tu imaginación, habrán cumplido su finalidad.

* * *

Arturo Adragón se acercó en plena noche al féretro de Alexia, se arrodilló ante él y se quedó en silencio durante mucho tiempo. Al final, convencido de que no había nadie cerca que pudiera escuchar sus palabras, susurró:

–Alexia, estoy perdido. Sin ti nada tiene razón de ser. No sé qué hago aquí ni a qué he venido. Tu muerte es mi muerte. Pero sé una cosa... Te prometo que te devolveré a la vida. Te traeré de vuelta a este mundo... O moriré en el intento. Nada podrá impedírmelo. Te lo juro por mi vida, por mi razón y por mi amor.

Arquimaes, que le observó desde lejos, oculto tras un carro, comprendió todo lo que le pasaba. Comprendió que Arturo había sufrido el mayor dolor que un ser humano puede sentir en esta vida. La pasión que consume a los enamorados había alcanzado a su joven ayudante.

Era cierto que Arturo había perdido la batalla contra Demónicus, pero también lo era que no había sido culpa suya, igual que tampoco lo había sido la muerte de Alexia. Arturo había perdido dos batallas en un día, y eso le obligaba a aferrarse con más fuerza a la vida, y a sobrevivir a tanto dolor. Ahora, la cuestión era saber si Arturo Adragón podría recuperarse o, al contrario, se convertiría en un muerto en vida, en un individuo acabado.

Arquimaes se acercó a la tienda de Émedi, entró silenciosamente y se sentó al lado de la reina.

–¿Has visto a Arturo? –preguntó ella.

–Sí, y estoy preocupado. Muy preocupado.

–¿Crees que se recuperará?

–Es necesario que lo haga. Nuestra vida depende de él –explicó Arquimaes.

–¿Lo sabe? ¿Sabe que el futuro de todos nosotros depende de él?

–No, mi reina, no lo sabe. No se lo he contado.

–Deberías decírselo.

–No. Esperaré a que se recupere. Necesito saber si tiene fuerzas suficientes para afrontar su destino. Le espera una misión importante. Si no es bastante fuerte, es mejor saberlo ahora.

–Alexia le ha dejado un gran vacío. ¿Qué crees que hará?

–Supongo que intentará devolverle la vida. Es lo que cualquier hombre desea hacer cuando pierde a la mujer que ama. Estoy seguro de que intentará resucitarla.

–¿Igual que hiciste conmigo?

Arquimaes la miró con una inmensa ternura. La cogió de la mano, se acercó y la besó.

–Sí, igual que hice contigo.

* * *

Arturo se despertó sobresaltado. Acababa de amanecer y la tropa iniciaba la recogida del campamento. Los relinchos de los caballos, el paso de los carruajes, los gritos de órdenes y las trompetas le habían despertado en pleno sueño. Se quedó sentado sobre el camastro durante unos instantes, y como no acababa de recuperarse, murmuró para sí algo que le ayudó a centrarse:

> ME LLAMO ARTURO ADRAGÓN, SOY UN CABALLERO ARQUIMIANO Y JEFE DEL EJÉRCITO NEGRO QUE HA SIDO DERROTADO POR DEMÓNICUS. MI MAESTRO SE LLAMA ARQUIMAES. HE MATADO A ALEXIA. TENGO SUEÑOS EXTRAÑOS EN LOS QUE VIVO EN UN MUNDO LEJANO QUE NO HE VISTO NUNCA Y DEL QUE INTENTO SALIR, PERO ME RESULTA IMPOSIBLE YA QUE ME SIENTO CADA DÍA MÁS LIGADO A ÉL.

Después, llamó a su fiel escudero y le pidió que calentara un poco de agua y le ayudara a hacer algo especial.

–¿Qué quieres que haga? –le preguntó Crispín acercándose con una cazuela de agua caliente–. ¿Tienes acaso alguna herida que debo curar?

–Sí, la tengo, pero es demasiado profunda para curarla –le respondió Arturo, sentándose sobre su silla de montar, que estaba sobre una roca–. Coge tu navaja y rápame la cabeza.

–¿Cómo? ¿Quieres que te afeite la cabeza?

–Por completo. No quiero ver un solo pelo sobre mi cráneo… Hasta que mi vida deje de ser un infierno. Cada noche me rasurarás para asegurarnos de que mi promesa se cumple.

Crispín dejó la cazuela en el suelo, y se dispuso a cumplir el trabajo que su señor, el caballero Adragón le acababa de encomendar.

Una hora después, cuando la caravana iniciaba la marcha, la cabeza de Arturo Adragón estaba afeitada y los que le vieron, se dieron cuenta de que acababa de nacer un nuevo ser dispuesto a todo.

–Te ayudaré a conseguir tu objetivo –le dijo Arquimaes, cabalgando a su lado–. Conseguiremos que revivas.

XXII

LA MUERTE DE ARTURO

CRUZO el arco que forma la puerta que me separa del mundo real y me encuentro en una enorme gruta natural, como las que he visto mil veces en los libros de arqueología y de naturaleza. El silencio es absoluto y cada ruido que hago, por muy pequeño que sea, se repite mil veces a causa del eco. De repente, una ola de aire fresco acaricia mi rostro, como si alguien hubiera abierto una ventana.

Una explanada de tierra, roca y arena bordea un riachuelo. Algo que no tiene nada de extraordinario. Salvo que, al borde del agua, la tierra es negra, como el polvo del carbón. Por lo demás es una gruta muy normal, grande, con una leve corriente de aire, seguramente producida por el túnel que transporta el agua transparente del río.

En el centro del riachuelo, casi oculta por las sombras, sobresale una roca negra. En la parte más elevada, hay algo que... ¿Qué ha sido ese ruido? ¡Stromber viene enfurecido hacia mí, con la espada preparada! Apenas tengo tiempo de retroceder para evitar el ataque, pero tropiezo y me clava la hoja de acero en el estómago. ¡Me ha atravesado!

–¡Te lo he advertido, muchacho! –dice triunfante, sacando el arma ensangrentada de un solo movimiento–. ¡Te he dicho que iba a ocurrir!

Apenas puedo pronunciar palabra. Las fuerzas me abandonan. El instinto de supervivencia me obliga a levantarme, pero apenas consigo ponerme de rodillas. La sangre mana en abundancia de la terrible herida. Creo que voy a morir. Las entrañas me arden y la respiración empieza a fallar.

–Es tu destino, chico –dice Stromber, haciendo un torniquete en la herida de su pierna, que sigue sangrando–. Debo irme para que me curen, porque aún no soy como tú. Pero no te preocupes, ahora verás que yo tenía razón y que mi lucha estaba justificada.

Se aleja, cojeando. Metáfora y *Patacoja* entran en este momento en la gruta y se cruza con ellos.

–¿Qué ha pasado aquí? –pregunta *Patacoja*.

–¡Le ha matado! –exclama Metáfora, dando un grito desgarrador–. ¡Ha matado a Arturo! ¡Asesino!

–¡Ya se lo había avisado! –responde Stromber.

Intento taponar la herida con las manos, pero no sirve de nada. Creo que Metáfora tiene razón, estoy herido de muerte. Tengo graves temblores y empiezo a perder la consciencia... Dentro de poco cerraré los ojos para siempre.

Metáfora me abraza e intenta mantenerme despierto.

–¡Arturo, aguanta! –grita–. ¡Vamos a buscar ayuda...! ¡*Patacoja*, ayúdame a llevarle arriba! ¡Tenemos que llamar a una ambulancia!

–No podemos subirle por esa escalera –responde *Patacoja*, exasperado–. ¡Y aquí no hay cobertura, el móvil no responde! Lo estoy intentando, pero no sé qué hacer...

–¿Es que le vamos a dejar morir?

–Metáfora... Escucha... –susurro–. Mi destino está escrito... Mi historia tiene este final...

–Pero, Arturo, tú no puedes morir. No puedes dejarme sola.

–No te dejaré sola. Siempre estaré contigo. Te cuidaré desde el otro mundo.

–¡Quiero morir contigo! –grita Metáfora aferrándose a mi cuerpo.

–No digas eso... Tienes que vivir para cuidar a tu madre y a mi padre.

Patacoja me coge la mano y me toma el pulso. Noto por su expresión que las cosas no van bien... Estoy llegando al final de mi extraña vida. No he conocido a nadie que haya tenido una existencia semejante a la mía, llena de tragedias, repleta de problemas. Una vida de huérfano, recluido voluntariamente en una prisión, sin amigos... Con un dragón dibujado en el rostro, que ha sido motivo de burlas de todo el mundo... Y el cuerpo lleno de letras, como una maldición.

–Aguanta, Arturo, voy a echarte un poco de agua en la frente –dice Metáfora, acercándose a la orilla del río y cogiendo agua con las dos manos–. ¡Esto te aliviará!

–Metáfora, gracias por tu amistad... –consigo decir mientras noto que mi corazón se para.

Me salpica el rostro con agua y noto algo extraño... Es un efecto inmediato. Siento un gran frescor que me produce un alivio extraordinario. Parece que me despierto de un sueño.

–¿Qué pasa? –susurro–. ¿Ya estoy muerto?

Metáfora me mira de una manera muy extraña. Como si estuviera viendo a un fantasma.

De repente, me siento más espabilado, como si estuviera despertando de un sueño profundo.

–¿Qué me ha pasado? –pregunto–. ¿Qué ha ocurrido?

–No lo entiendo... Estabas a punto de morir, pero parece que el contacto con el agua te ha... No sé cómo decirlo, pero la verdad es que te ha hecho revivir.

–¿Revivir? –pregunta extrañado *Patacoja*–. Eso no es posible. Nadie revive cuando se está a punto de morir.

–Pues ya lo ves. Míralo. Está perfectamente –insiste Metáfora.

–Eso es porque la herida no era grave...–explica *Patacoja*–. En seguida se recuperará. Es posible que nos hayamos alarmado más de la cuenta.

–Ya me encuentro mejor –digo–. Me estoy recuperando. He sufrido una especie de alucinación...

–Pero... ¡estabas a punto de morir! –exclama Metáfora–. ¡Hace un momento estabas moribundo!

–¿Yo? ¿Dices que yo me estaba muriendo? –pregunto extrañado.

–¡Lo he visto con mis propios ojos! –repite, como si hubiera perdido la razón–. ¡Sé que casi estabas muerto!

Patacoja coge mi mano y me toma el pulso. Después, observa mi cuerpo y se fija en la herida.

–Esa sangre no es suya –dice–. Es de Stromber, que estaba herido. Arturo está bien. No tiene ninguna herida.

Metáfora me abre la ropa y descubre mi pecho, en el que no hay rastro de ninguna herida.

–¡Te digo que estaba muerto! –insiste Metáfora–. Te lo aseguro. He notado cómo su corazón dejaba de latir.

–Es posible que sufriera una especie de *shock* –explica *Patacoja*–. Ya sabes, una fuerte impresión producida por el esfuerzo de la pelea... O por la profundidad de esta cueva... A lo mejor el oxígeno está viciado. Hay gente que parece muerta, pero revive a las pocas horas. Recuerda esas historias sobre personas enterradas vivas a causa de esa enfermedad. Eso es lo que le ha debido de pasar a Arturo.

–Debe de ser eso –digo–. Ya me voy encontrando bien.

–¡Es increíble! –dice Metáfora–. ¡Has resucitado!

–Vamos, vamos, no exageres –le pide *Patacoja*–. Lo importante es que ahora está vivo. Quizá tus nervios te han jugado una mala pasada.

Con su ayuda, consigo ponerme en pie. Observo la mancha de sangre que empapa mi ropa y me estremezco. Solo de pensar que podía ser mía tengo escalofríos.

–Has tenido suerte, Arturo –explica *Patacoja*–. Stromber ha pensado que te había matado y se ha marchado. Él sí que estaba herido.

–Yo creo que estáis equivocados –advierte Metáfora, todavía desconcertada–. Os digo que...

–¿Qué es eso? –se pregunta Cristóbal, en voz alta–. ¿Qué es eso?

Hago un esfuerzo y miro hacia el lugar que señala.

–¡Vaya! ¡Esto sí que es interesante! –admite *Patacoja*–. ¡Una espada clavada en una roca! ¿Cómo es posible?

–¡Menuda pasada! –exclama Cristóbal, alucinado–. ¡Es una espada de verdad, clavada en una roca negra! ¡Es un símbolo de guerra!

–Pero ¿qué dices, pequeñajo? –interviene Metáfora–. Tú eres un peliculero y ni siquiera deberías estar aquí. Esto es cosa de mayores.

–Yo estoy aquí por Arturo, para que lo sepas –reconoce–. Desde que lo vi por primera vez en el colegio, con ese dragón grabado en la frente, supe que era un tío especial.

–Vaya, así que ese era el motivo por el que te juntabas con los mayores –digo–. Y yo que pensaba que lo hacías para ligarte a esa chica... Mireia...

–A mí lo que me interesaba era tu dragón –insiste–. Ya te he dicho que, de mayor, quiero ser un valiente caballero, como tú.

–Venga, no exageres –le corta Metáfora–. Aquí ni hay caballeros ni hay nada. Y ahora nos vamos de aquí, que Arturo tiene que descansar.

Patacoja avanza para acercarse a la espada, pero algo me dice que no debe entrar en el agua.

–¡Alto! ¡No pongáis los pies en el río! –ordeno de forma tajante–. ¡No lo hagáis!

Por algún extraño motivo, me hacen caso. Ni siquiera me preguntan qué peligro les acecha si entran en el agua, pero dan por hecho que tengo razón.

–Esta espada es de verdad y lleva aquí muchos años. Más de mil, posiblemente –nos informa *Patacoja*–. Es un verdadero tesoro.

La observo con atención y mi memoria se activa. Me hace recordar escenas que no son de mi vida cotidiana, pero que sí pertenecen a ese segundo mundo que me ha dado tantos quebraderos de cabeza. Me quedo paralizado, con la mirada puesta en la espada. Observo atentamente la empuñadura y veo que en la cruceta está el símbolo que tantas inquietudes me ha producido. ¡La gran «A» con cabeza de dragón! ¡La letra adragoniana!

–¡Yo conozco esa espada! Es mía, la he utilizado... me la regaló Arquimaes...

–¿Qué dices, Arturo? Estás todavía aturdido... –dice *Patacoja*–. Dices cosas muy extrañas.

–Esta es la prueba de que he vivido otra vida –insisto–. Quizá sea cierto que soy inmortal.

–Acabaré creyendo en tus sueños –reconoce Metáfora.

–Chicos, no me vengáis con historias. Yo soy arqueólogo y todo lo que no se pueda demostrar no existe –dice *Patacoja*.

–Es fantástico que reconozcas una espada que tiene más de mil años –dice Cristóbal–. Es un alarde de imaginación. Ya verás cuando se lo cuentes a mi padre.

–No estoy fantaseando. ¡Digo que esa espada es mía y que fue forjada especialmente para mí!

–Entonces, ¿puedes explicarnos qué hace ahí, clavada en una roca negra, en medio del río? –pregunta *Patacoja*.

–No, no puedo explicarlo. Digo que la he empuñado durante la batalla contra Demónicus. Y que la he llevado colgada del cinto durante mucho tiempo.

–¿Quién es Demónicus? –quiere saber mi amiga–. ¿Un brujo?

–Es el padre de Alexia. Un hechicero muy peligroso que juró vengarse de mí.

–Vaya, ahora resulta que esa Alexia tiene un padre muy malo –ironiza Metáfora–. ¿Qué más nos puedes contar de tu fantástica historia?

–Me preocupa la espada. ¿Qué hace ahí? ¿Cuándo la clavé en esa roca?

–Bueno, chicos, creo que es hora de volver a subir –ordena *Patacoja*–. No conviene estar aquí demasiado tiempo. Ya volveremos a bajar, si lo consideramos necesario. Y averiguaremos el misterio de esa espada. Vámonos, antes de que alguien baje y nos descubra.

Noto que Metáfora está un poco disgustada. Ya sé que no le gusta que hable de Alexia, pero se me ha escapado. Los recuerdos de Demónicus me han sobresaltado.

–Venga, anda, no te enfades –le digo mientras cruzamos la puerta que lleva a la escalera–. Ya te he dicho que Alexia es solo un sueño.

–Sí, pero hay cada día más pruebas de que has vivido de verdad en un sueño. Y si recuerdas que su padre era un hechicero, es porque también la tienes metida en tu corazón. ¡Y no me gusta nada que pienses en ella!

Mientras habla, lanzo una última mirada a la gruta... Y a la espada. ¿Qué habrá pasado para que el caballero Arturo Adragón haya vuelto a bajar a la gruta de Ambrosia y se haya visto obligado a clavarla en una roca?

–Esperad. Cristóbal y yo nos quedaremos para colocar todo esto un poco –dice *Patacoja*–. Vosotros podéis ir a arreglaros.

–¿Y si viene alguien y os descubre? –pregunto.

–Bah, ya saldremos como podamos –responde–. Recuerda que tengo muchos recursos.

–Bien, entonces nos vamos –digo–. Tened cuidado con lo que hacéis.

Me apoyo en Metáfora y empezamos a caminar cuando, de repente, Cristóbal me llama.

–Arturo... Oye, que quiero decirte que... Bueno, que ha sido alucinante. Has sido muy valiente enfrentándote con Stromber. Te admiro mucho.

–Gracias, Cristóbal.

–¿Sabes una cosa?... Si fueses un caballero, me gustaría ser tu escudero... Lo digo en serio... La verdad es que lo pensé la primera vez que te vi con ese dragón pintado en la cara...

–Venga, no nos pongamos tontos. Cómo sois los chicos cuando empezáis con las batallas... –interviene Metáfora–. Vámonos, que Arturo tiene que descansar.

Cuando llegamos a la primera planta, nos encontramos con Mahania. Nos mira como si supiera lo que ha pasado. Me doy cuenta de que a su lado hay una bayeta con un cubo de agua.

–He limpiado la sangre del señor Stromber –dice–. Mohamed le ha llevado al hospital. Nos ha dicho que ha tenido un accidente... Que ha tropezado y se ha caído.

–Has hecho muy bien en ayudarle –digo–. Es mejor que nadie sepa nada de lo que ha pasado.

–¿Y los otros? –pregunta–. El señor *Patacoja* y Cristóbal.

–Se han quedado abajo para ordenar.

–Voy a ayudarlos –dice, dirigiéndose hacia la puerta que lleva a los sótanos–. Ellos solos no podrán.

Metáfora y yo subimos la escalera andando, lentamente. Con mucho esfuerzo. Cuando llegamos a la puerta de mi habitación, me detengo un momento.

–Oye, Metáfora, ¿podrías hacerme un favor? Se me acaba de ocurrir una idea y necesito tu ayuda... creo que eres la más indicada para... eso.

–¿Qué quieres? ¿De qué hablas? ¿Qué me vas a pedir?

–Entremos en mi habitación... ¿Recuerdas la navaja que me regalasteis tu madre y tú cuando cumplí catorce años?

–Claro que me acuerdo.

–¿Y crees que sabrías manejarla?

–Oye, ¿en qué estás pensando exactamente?

–Ahora te lo cuento... Ahora ayúdame, que casi no me tengo en pie.

* * *

EPÍLOGO

I

EL FINAL DEL CAMINO

Casi dos semanas después, Arturo, Arquimaes y Émedi subieron a una colina desde la que observaron ilusionados un tranquilo valle que se extendía ante sus ojos. Un valle profundo que llegaba hasta donde la vista alcanzaba. Un territorio de paz que trajo un aliento de ilusión a sus destrozados corazones. Un lugar en el que no había ni rastro de los hombres de Demónicus.

–¿Es aquí? –preguntó la reina.

–Sí, mi señora –respondió Arquimaes–. Aquí comenzaremos una nueva vida. En este lugar crearemos un reino de justicia.

Arturo Adragón escuchó las palabras de su maestro con esperanza. Quizá aquí podría encontrar la paz que tanto necesitaba. Quizá podría perdonarse a sí mismo el daño que se había infligido. Posiblemente podría enterrar dignamente a Alexia, de la que había prometido no separarse jamás.

La reina levantó el brazo y dio la orden de avanzar a su derrotado ejército. Los emedianos, que ya estaban al borde de la extenuación, iniciaron su lenta marcha hacia unas ruinas que se elevaban un poco más adelante.

Eran los restos de Ambrosia.

La reina, el alquimista y el joven caballero se adelantaron y se reunieron con los campesinos que habían conocido en su último viaje y les expusieron sus planes de instalarse en Ambrosia.

–No debéis temer nada –les aseguró Arquimaes–. Venimos en son de paz. Creemos en la justicia y vuestros derechos serán respetados. No venimos a invadir, venimos a convivir.

Después de discutir durante horas, los más reticentes llegaron a la conclusión de que era mejor rodearse de gente de buen corazón que esperar a que, un día, los bárbaros invadieran el lugar.

–Os recibiremos como amigos –decidieron al amanecer–. Los emedianos serán bien recibidos. Sed bienvenidos.

El ejército emediano se encontró con una cálida acogida. Los heridos, por primera vez en mucho tiempo, recibieron cuidados y alimentos; las hogueras y la comida caliente hicieron verdaderos milagros.

La reina Émedi instaló su cuartel general cerca del muro principal de Ambrosia y tuvo la oportunidad de leer el mensaje escrito por Tránsito. Arquimaes le dio todas las explicaciones posibles y logró convencerla de que todo había sido una jugarreta del destino, que se había ensañado con él.

Arturo Adragón, el personaje principal de esta leyenda, depositó el cuerpo de su amada Alexia entre las paredes que aún quedaban en pie y, con la ayuda de su fiel escudero Crispín, la estuvo velando durante mucho tiempo.

–¿Qué puedo hacer para que vuelvas a mí? –preguntó una noche, poniendo la mano sobre el sarcófago–. ¿Cuándo volveré a verte?

II
CONFESANDO SECRETOS

ESTA noche he bajado al tercer sótano para hablar por primera vez con mamá, con el cuerpo de mamá, y no con una pintura al óleo.

Estoy solo, sentado en el trono de piedra, el mismo que debían de usar los que querían hablar con la reina Émedi. Me siento muy emocionado por estar tan cerca de ella, la persona con la que tantas veces he soñado.

–Hola, mamá... Aquí estoy. Supongo que ahora me oirás mejor. Ahora estamos más cerca que nunca. Y supongo que te llamará la atención verme con la cabeza afeitada... No, no lo he hecho por seguir una moda, lo he hecho en tu honor... En honor a todo lo que me está pasando. Y ya ves, al final, la navaja de afeitar que me regalaron aquella noche, cuando cumplí catorce años, ha servido para algo.

Hago un breve silencio, con la esperanza de que me haga alguna señal que signifique que me está escuchando. Aunque sé de sobra que eso no ocurrirá.

–Últimamente he descubierto cosas asombrosas... Entre ellas, saber que has estado siempre muy cerca de mí. Durante catorce años he estado convencido de que te encontrabas perdida en el desierto y ahora resulta que estabas aquí, bajo mis pies... en las profundidades de la Fundación. Y eso me emociona. Hoy he venido a hablar contigo porque necesito compartir algunas inquietudes que me agobian. Después de todo lo que ha pasado, empiezo a pensar seriamente que he estado viviendo otra vida, camuflada en mis sueños. Hay demasiadas pruebas que demuestran que soy otra persona distinta de la que creo que soy. Me llamo Arturo Adragón, vivo en la Fundación con mi padre, contigo, con *Sombra*. Voy al Instituto Férenix y he conocido a Metáfora, que se está colando en mi corazón. Pero también soy Arturo Adragón, el caballero medieval que lucha contra Demónicus al lado de Arquimaes. He matado a Alexia y en mis sueños sufro tanto por ello que a veces me he visto llorando mientras iba al instituto.

Hago otra pausa para dejar pasar esta gran congoja.

–Te confieso que estoy desconcertado. No sé quién soy. Tengo la impresión de que soy dos personas al mismo tiempo, pero me empiezo a preguntar si sueño desde la Edad Media o lo hago desde esta época. Ya no sé si tú eres mi verdadera madre o si podría serlo la reina Émedi. Si tú no me ayudas a saber quién soy, nadie lo hará... Te aseguro que yo ya no soy capaz de ordenar mis ideas... Y tengo que saber lo que de verdad pasó aquella noche en el desierto. ¿Fue una casualidad que el pergamino que Arquimaes escribió apareciera en Egipto, a orillas del Nilo? ¿También fue casualidad que papá lo cogiese justo cuando yo nací, y que sirviese de manta protectora para mi cuerpecillo de recién nacido, mientras tú morías?

Me levanto y pongo la mano sobre el sarcófago.

–¿Qué clase de vida me espera? ¿Qué ocurrirá si papá tiene éxito en su empresa y tú vuelves a este mundo? ¿Conseguiremos ser felices?

Tengo una nueva pregunta que hacer, pero me da miedo. Después de pensarlo un poco, me atrevo a hacerla:

–Mamá, no puedo evitarlo, la duda no me deja tranquilo: ¿soy inmortal?

Por hoy he terminado. Sé que volveré más veces para hablar con ella, en busca de un consuelo que llevo toda la vida deseando. No sé si servirá de algo, pero sí sé que necesito compartir mi angustia con ella.

Entro en mi habitación y me tumbo en la cama. Estoy agotado. Las experiencias de los últimos meses pesan como una losa.

Mi teléfono móvil me avisa de que he recibido un mensaje de voz:

> ARTURO, MUCHACHO, TENGO ALGO INCREÍBLE QUE CONTARTE –DICE LA PODEROSA VOZ DEL GENERAL BATTAGLIA–. HE DESCUBIERTO QUE EL EJÉRCITO NEGRO EXISTIÓ, ¡PERO NO ERA UN EJÉRCITO!... ESTOY IMPRESIONADO. YA NO TENGO NI IDEA DE LO QUE ESTOY BUSCANDO... UN EJÉRCITO ES UN CUERPO DE SOLDADOS DIRIGIDO POR UN GENERAL... Y SÍ, ESO ES LO QUE TENGO QUE ENCONTRAR. ¡SIEMPRE PASA LO MISMO CON LAS LEYENDAS! SIEMPRE TE CONFUNDEN... ¡PERO TE ASEGURO QUE DESCUBRIRÉ QUÉ ES ESE MALDITO EJÉRCITO NEGRO!... EN FIN, YA HABLAREMOS.

Ya le llamaré mañana para que me cuente esta locura. Ahora resulta que el ejército no era un ejército. ¿Qué creerá Battaglia que era?

Esta noche ya no quiero preocuparme de nada. Esta noche voy a dormir profundamente para alimentar mis sueños... El mejor de todos es que espero convertirme en el caballero Arturo Adragón, matador de dragones, de los que me gustaría heredar todo su poder. También me gustaría ser el jefe del Ejército Negro, el que luchó con todas sus fuerzas contra las tropas de Demónicus, aunque ahora resulte que no era un ejército... Y, si es posible, me gustaría ver de nuevo a Alexia. Eso es lo que más deseo.

Lo que más miedo me da es que, una noche, esos sueños desparezcan y no vuelvan nunca. Creo que me quedaría tan vacío que mi vida perdería todo su sentido. Por eso me esfuerzo en alimentar esa fantasía medieval donde me encuentro a gusto porque descubro que realmente odio las injusticias y estoy dispuesto a luchar con quien sea para defender a la gente que quiero.

Ahora sé que esos sueños me han enseñado muchas cosas que ignoraba y me han mostrado lo mejor que hay dentro de mí.

FIN

AGRADECIMIENTOS

Un libro de esta envergadura no se lleva a cabo sin la ayuda de un gran equipo de colaboradores y amigos. Por eso me parece justo que sus nombres aparezcan en los títulos de crédito:

Roberto Mangas
Por su apasionada colaboración en la revisión del texto
y por sus valiosos comentarios.

Roberto Mangas *Junior*
Por su lectura y asesoramiento.

Miguel Ángel Calvo
Calígrafo medieval que me descubrió un mundo maravilloso. Sus dibujos me sirvieron de mucho y estoy en deuda con él.

Laura Calvo
Por su entusiasmo y sus consejos.

Joaquín Chacón
Que me prestó documentación y me dejó las películas necesarias
para adentrarme en el mundo de la Edad Media.

El equipo de la editorial
Que se desvivió para sacar adelante este proyecto.
Y por el apoyo que le dieron desde el principio.

Departamento de marketing de la editorial
Que merece una mención especial por el alarde creativo
y el tremendo esfuerzo para lanzar el Ejército Negro.

Carlos Castel y equipo de Universal Mix
Por el magnífico trabajo de rodaje de los *trailers* que sirvieron para promocionar este libro.

Isabel García
por la lectura y los comentarios.

Ángel Marrodán
Por su trabajo fotográfico durante el rodaje de los *trailers*. Sus fotos me sirvieron de mucho para hacer dibujos que me ayudaron a contar mejor la historia.

Comerciales de CESMA
Que escucharon con paciencia cómo este proyecto iba creciendo, y por los ánimos que me dieron cuando más falta me hacían.

Clara, de Cartagena
Por su inestimable paciencia y colaboración.

Alberto, de Toledo
Que me mostró el camino para hacer la espada de Arturo.

Juan Alcalde
Por las largas conversaciones y las sugerencias.

Marcelo Pérez
Por las magníficas ilustraciones de portada e interior.

Gracias a todos por vuestra colaboración.